ANDREW TAYLOR

Das verriegelte Fenster

Buch

Thomas Penmarsh führt ein scheinbar ruhiges, komfortables Leben: Mit seiner Mutter wohnt er in einem Landhaus an Cornwalls Küste; der früh verstorbene Vater hat ihnen genug Geld hinterlassen, um Mutter und Sohn ein angenehmes Leben mit Hausangestellter zu ermöglichen. Aber Thomas hat nicht die Kraft, sich gegen seine dominante Mutter durchzusetzen, die ihn nicht nur daran hindert, nach der Schule zum Studieren nach London zu gehen, sondern ihm auch ungefragt eine Anstellung in der kleinen Buchhandlung des Ortes verschafft. Allein wäre Thomas verloren, aber er hat von Kind an einen Freund, der sich seiner annimmt: seinen Cousin Esmond, der bei den Penmarshs aufwächst. Von klein auf sind die beiden unzertrennlich. Doch dann kommt der Zeitpunkt, an dem Esmond allein nach London geht. Erst Jahre später, als Thomas' Mutter stirbt, kehrt er zurück nach Finisterre, um Thomas Gesellschaft zu leisten und das gemeinsame Erbe, Finisterre, zu verwalten. So könnte es für Thomas immer bleiben. Doch dann kündigt sich Besuch in Finisterre an. Es ist ein Gast aus der Vergangenheit, der droht, ein tödliches Geheimnis ans Licht zu bringen. Und das muss Thomas um jeden Preis verhindern …

Autor

Andrew Taylor ist der Autor zahlreicher preisgekrönter Kriminalromane. Er lebt mit seiner Frau und seinen Kindern im Forrest of Dean. Weitere Informationen zu Andrew Taylor und seinen Romanen unter: www.andrew-taylor.co.uk

Von Andrew Taylor außerdem erschienen

Aus der Lydmouth-Serie:

Am dunklen Ende der Nacht. Roman (44751)

Verblühte Rosen. Roman (45034)

Dunkle Verhältnisse. Roman (45533)

Aus der Roth-Trilogie:

Die vier letzten Dinge. Roman (45063)

Das Recht des Fremdlings. Roman (45064)

Andrew Taylor

Das verriegelte Fenster

Roman

Aus dem Englischen von
Christian Quatmann

GOLDMANN

Die Originalausgabe erschien 1993 unter dem Titel
»The Barred Window«
bei Sinclair-Stevenson, London

Umwelthinweis:
Alle bedruckten Materialien dieses Taschenbuches
sind chlorfrei und umweltschonend.

2. Auflage
Deutsche Erstveröffentlichung Februar 2004

Umschlaggestaltung: Design Team München
Umschlagfoto: Look/Heinz Wohner
Satz: Buch-Werkstatt GmbH, Bad Aibling
Druck: GGP Media, Pößneck
Verlagsnummer: 45446
JE · Herstellung: Max Widmaier
Redaktion: Alexander Groß
Made in Germany
ISBN 3-442-45446-8
www.goldmann-verlag.de

Für Diana

Eins

»Glaubst du an Magie?«, wollte Esmond einmal von mir wissen.

Die Annahmen, auf die wir uns in unserem Alltag stützen, sind magischer Natur: Beschwörungen, die dazu dienen, unserem Leben einen Sinn zu geben oder es wenigstens erträglich zu machen. So hatte ich beispielsweise nach dem Tod meiner Mutter und Esmonds Rückkehr angenommen, dass ich fortan das glückliche Leben eines Märchenprinzen führen könnte. Doch was der eine als magisches Denken abtun mag, gilt dem anderen als rational begründete Vermutung und wieder einem anderen als Wunschdenken.

Tatsächlich durchlebte ich in den Monaten, die zwischen der Bestattung meiner Mutter im Mai, also zu dem Zeitpunkt, da Esmond zurückkehrte, und dem Ausklang des Sommers Ende September verstrichen, eine außerordentlich glückliche Zeit. Erst dann übermannte mich unversehens das dumpfe Gefühl, dass irgendetwas schief lief. In jenen Spätsommertagen wurde ich nämlich Zeuge einer Unterhaltung, die Esmond und Bronwen im Wohnzimmer führten.

Wann immer ich die zwei belauschte, sorgte ich dafür, dass irgendetwas neben mir am Boden lag. Und so deponierte ich an jenem Nachmittag einen Band mit Lorca-Gedichten, der auf der Sitzfläche des Sessels lag, neben mir auf dem Teppich. Noch nie hatte mich jemand dabei überrascht, wie ich auf allen vieren am Boden kniete, obwohl das natürlich eines Tages durchaus passieren mochte. Jedenfalls konnte man, wann immer mein Cousin Esmond im Spiel war, gar nicht vorsichtig genug sein.

»Ach, das dumme Buch ist mir gerade aus der Hand gefallen«, lautete der Satz, den ich mir für den Notfall zurechtgelegt hatte. Hätte natürlich auch meine Brille oder mein Füller sein können. »Mein Gott, wie ungeschickt.«

Der Sessel bildete zwischen mir und der Tür eine Art Barriere. Ich verspürte ein Stechen im linken Knie und hatte eine Schwindelattacke. Ja, ich weiß sogar noch, wie ich dachte, dass ich allmählich zu alt dafür sei, am Boden herumzukrabbeln. Ich war achtundvierzig, was natürlich noch nicht wirklich alt ist. Die meisten Leute würden jemanden wie mich vermutlich sogar als Mann in den besten Jahren bezeichnen. Doch ich selbst glaube fest, dass ich mich 1967 in einem einzigen Augenblick von einem jungen in einen alten Mann verwandelt habe. Ich bin so alt, wie ich mich fühle.

Ich klappte die Ecke des Teppichs zurück, bis ein dreieckiges Segment des Eichenfußbodens sichtbar wurde. In eine der Bodendielen war ein etwa dreißig Zentimeter langes unlackiertes Kiefernholzbrett eingesetzt. Der Zimmermann hatte sich die Mühe gespart, es eigens an dem Tragbalken festzunageln.

Ich hob das Holzstück mit den Fingerspitzen vorsichtig aus der Öffnung. Eine Spinne floh vor dem Licht. Die Vertiefung unter dem Brett war mit Holzspänen und Gipsbrocken ausgefüllt. Graue Staubfäden schaukelten girlandenartig in der zirkulierenden Luft hin und her. Das Loch war mein Versteck. Niemand außer mir wusste davon. Ich verwahrte dort persönliche Dinge. Und natürlich benutzte ich die Öffnung, um zu lauschen.

Im ersten Augenblick war ich fast überrascht, als ich die Stimmen hörte: Die beiden waren also tatsächlich unten im Wohnzimmer. Im Allgemeinen hielten sie sich nur abends in dem Raum auf. Immer noch auf den Knien, beugte ich mich hinunter und drehte den Kopf so, dass sich mein rechtes Ohr direkt über der Öffnung im Boden befand. Ich verspürte an der Wange einen Lufthauch.

»Hat Rumpy schon seinen Spaziergang gemacht?«, fragte mein Cousin Esmond.

»Ach, jetzt lenk doch nicht ständig ab«, erwiderte Bronwen.

»Du nimmst diese Geschichte viel zu ernst, glaub mir.«

Ein Löffel schlug klirrend gegen Porzellan. Ich vermutete, dass Bronwen den Zucker in ihrem Kaffee herumfuhr. Typisch, dass sie mit dem Löffel wie mit einem Stößel in ihrer Tasse herumrührte.

»Hast du gewusst, dass wir mit so etwas rechnen müssen?«, fragte sie. »Kann doch gar nicht anders sein.«

»Na ja. Völlig auszuschließen war es natürlich nie. Aber äußerst unwahrscheinlich.«

»Dann hättest du mich wenigstens warnen können.«

»Wieso denn? Was hätte das denn genützt?«

»Weil ich lieber weiß, woran ich bin.« Wenn Bronwen nicht nur ihre übliche Unausstehlichkeit an den Tag legte, sondern richtig wütend war, klang ihre Stimme wie die Klinge eines Messers auf einem Schleifstein. »Ehrlich gesagt: Ich finde, du hast dich verdammt dämlich verhalten.«

»Jetzt reg dich mal wieder ab. Uns wird schon was einfallen.«

»Also, wenn du mich fragst, ich glaube, wir sollten allmählich daran denken –«

»Ach Quatsch. Wenigstens würde ich an deiner Stelle nichts überstürzen«, unterbrach Esmond sie. »Gibt es noch Kaffee?«

»Wie meinst du das?«

»Weißt du doch genau. Thomas und ich haben uns schon als Kinder ein Motto gegeben.« Dann fing er an, wie ein kleiner Junge zu sprechen: »*Alle* für *einen* und *einer* für *alle*. Gemeinsam wir *stehen* und getrennt wir *fallen*.«

»Arschloch.«

Ich musste lächeln.

Nach einem kurzen Schweigen fuhr Esmond fort: »Übrigens glaube ich, dass wir eigentlich sogar Glück haben.«

»Bist du nicht ganz dicht?«

»Versuch es doch mal anders zu sehen«, sagte Esmond geduldig. »Nicht als Problem, sondern als Chance. Aber du hast meine Frage nicht beantwortet: Hat Rumpy nun seinen Spaziergang gemacht oder nicht?«

»Hört das denn niemals auf?«

Esmond ignorierte die Frage. »Ich hab ihm heute Morgen was zu essen gebracht«, sagte er. »Hat für sein Alter noch einen ganz schönen Appetit, der Knabe. Aber er braucht auch Bewegung. Tut ihm gut.«

»Grrr«, machte Bronwen. »Grrr, grrr. Aber er hat doch sowieso keinen Spaß am Leben. Am besten, wir schaffen ihn aus dem Weg.«

»Rumpy? O nein … ohne Rumpy wäre doch nichts mehr, wie es ist. Das weißt du doch so gut wie ich.«

»Ach, der macht es doch ohnehin nicht mehr lange. Ich hab das Gefühl, er wird stündlich seniler.«

»Gilt das für uns etwa nicht?«

»Und manchmal riecht er sogar.«

»*Nobody's perfect*, meine Liebe«, erwiderte Esmond.

Ich schob das Brett wieder in die Öffnung im Boden und brachte den Teppich in Ordnung. Kurz darauf saß ich wieder, mit dem geöffneten Buch vor mir auf den Knien, auf dem Fenstersitz. Am Himmel schoben sich riesige graue Wolkenformationen vorbei. Allerdings waren zwischen den Wolkenbänken hier und da hellblaue Flecken zu erkennen. Möglich, dass das Wetter wieder aufklarte. Im Garten strichen zwei Katzen umher.

Eine davon beehrte uns in Finisterre regelmäßig mit ihrem Besuch: ein humpelnder schwarzweißer alter Kater mit einem zerfetzten Ohr. Die andere war jünger, ein getigertes Tier, das nur halb so groß war wie der Kater und wesentlich scheuer. Und sie war schön. Allerdings konnte ich sie noch weniger ausstehen als den Kater, weil sie – nach Lage der Dinge – noch länger zu leben hatte als er.

Ich klopfte an das Fenster, doch der Kater ignorierte den Lärm. Wie alle alten Katzen schien er fest davon überzeugt, dass er allen übrigen Lebewesen unendlich überlegen war. Die Tigerkatze besaß immerhin so viel Anstand, dass sie kurz innehielt und sich umsah. Als es ihr nicht gelang, die Ursache des Lärms auszumachen, befand sie, dass sie das Klopfen ebenfalls ungestraft ignorieren könnte.

Ich verbrachte noch fast eine Stunde auf dem Fenstersitz. Die Katzen unternahmen jetzt erste Vorstöße auf den Rasen. Dabei diente ihnen eine von uns als Gebüsch bezeichnete Ansammlung von Sträuchern als Rückzugsgebiet. Sie konnten ja nicht ahnen, was sich unter ihnen im Boden verbarg. Wenn es in meinem alten Leben überhaupt etwas gegeben hatte, was ich schmerzlich vermisste, dann die Fähigkeit, mich den Katzen gegenüber angemessen zu verhalten.

Zum ersten Mal seit drei Tagen kam die Sonne zum Vorschein. Zunächst fing das Meer an zu glitzern, dann lag der Garten in gleißendem Licht. Die Trittsteine, auf denen man weiter unten den als Blackberry Water bezeichneten kleinen See trockenen Fußes durchqueren konnte, funkelten wie winzige silbrige Nagelköpfe. Die Blau- und Grüntöne waren so intensiv, dass sie in den Augen schmerzten. Die Gitterstangen vor meinem Fenster zeichneten sich im Sonnenlicht auf dem Teppich als längliche Schatten ab.

Ich zählte die Schatten. Auch heute waren es wieder sechs Stangen und sechs Schatten, wie ich es schon seit frühester Kindheit unendlich oft beobachtet hatte.

Um halb fünf kam Bronwen mit leeren Händen in mein Zimmer. Ich wartete schon auf meine Tasse Tee. Sie klopfte grundsätzlich nicht an, trotzdem hatte mich ihr Erscheinen noch nie überrascht, da sie bereits draußen auf dem Gang so viel Lärm machte.

Ich hüstelte und bemühte mich, sie viel sagend anzusehen. »Ich dachte, dass du mir den Tee bringst.«

»Esmond hat gesagt, dass du heute deinen Tee mit ihm trinkst«, erwiderte Bronwen. »Er erwartet dich im Arbeitszimmer.«

Ich sah sie erstaunt an. Sie war eine groß gewachsene Frau mit drahtigem dunklem Haar und festen, fast konischen Brüsten. Ihr schulterlanges Haar verströmte einen leicht modrigen Geruch. Sie trug vorzugsweise enge Pullover und kurze Röcke. Auf Walisisch bedeutet Bronwen »weiße Brust«. Trotzdem stellte ich mir ihre Brüste eher gelblich vor – und vorne an den Brustwarzen mit behaarten Vorhöfen.

»Im – im Arbeitszimmer?«

»Richtig. Jetzt komm schon. Ich hab nicht den ganzen Tag Zeit.«

Wie üblich, wenn etwas mich überraschte, reagierte ich auch auf Bronwens Mitteilung zuerst mit Nervosität und dann mit Panik. Ich wusste nicht mehr, wo ich meine Jacke gelassen hatte. Bronwen entdeckte sie auf dem Haken an der Tür. Ich wollte mich kämmen, doch meine Hand fing so stark an zu zittern, dass ich den aussichtslosen Kampf, mir einen geraden Scheitel zu ziehen, wieder aufgeben musste. Als ich zu ihr sagte, dass ich unbedingt ein frisches Taschentuch brauchte, packte sie mich oberhalb des Ellbogens am Arm und zog mich zur Tür.

»Herrgott«, sagte sie. »Du gehst doch bloß zu Esmond ins Arbeitszimmer.«

Dann führte sie mich die Treppe hinunter. Sie hatte den

Daumen und die beiden ersten Finger in meinen Oberarm gegraben. Unten im Entree waren ein paar weiße Vasen mit Astern aufgestellt. Am Fuß der Treppe gab Bronwen meinen Arm wieder frei und schob mich wie ein widerspenstiges Kind ganz sanft vorwärts. Auch diesmal kam ihr unerwarteter Anflug von Zärtlichkeit für mich wieder völlig überraschend.

Ich ging langsam durch die Halle und empfand fast so etwas wie Vergnügen. Durch die Lünette über der Eingangstür fiel schräg das Sonnenlicht herein. Esmond hatte die Bodendielen frisch abschleifen lassen und in London ein paar türkische Teppiche besorgt. Das leuchtende Weiß der Vasen und das Rosa und Purpur der Astern waren einfach überwältigend. *Geblendet sind die Augen mir*, dachte ich. Doch obwohl mir die Worte so vertraut waren, hatte ich vergessen, woher ich sie kannte. Auch wusste ich nicht mehr, wie der Text weiterging. Und plötzlich war meine gute Laune verflogen. Ich klopfte an die Tür des Arbeitszimmers, und Esmond bat mich herein.

Er stand am Fenster. Im strahlenden Sonnenlicht sah er nur halb so alt aus, wie er tatsächlich war. Er war groß gewachsen und hatte breite Schultern und schmale Hüften. Sein Haar war noch genauso dicht wie bei unserer ersten Begegnung, und die grauen Strähnen ließen ihn nicht etwa alt erscheinen, sondern nur besonders distinguiert. In Esmonds Gegenwart fühlte ich mich noch kleiner, älter und hässlicher als sonst: Er hatte die Macht, mir das Gefühl zu geben, dass ich einer minderwertigen Spezies angehörte. Als Junge hatte mich das nicht weiter gestört. Es hatte mir sogar geschmeichelt, glaube ich, dass Esmond sich überhaupt dazu herabließ, sich mit mir abzugeben.

»Ich möchte, dass du einen Brief schreibst«, sagte er. »Setz dich. Anschließend können wir dann Tee trinken.«

Er wies mit dem Kopf auf den Schreibtisch. Ich nahm

auf dem mit grünem Leder bezogenen Stuhl dahinter Platz. Die Sitzfläche war noch warm von Esmonds Körper. Auf der weichen Unterlage vor mir lag ein Bogen Briefpapier. Ich schraubte die Kappe von meinem Füllhalter, den ich glücklicherweise gerade in der Jackentasche hatte, und kritzelte damit verstohlen ein paar Krakel auf das Löschpapier. Tinte war jedenfalls noch genug in dem Schreibgerät. Dann blickte ich Esmond an, um zu sehen, ob er etwas bemerkt hatte.

Er hatte die Hände in die Taschen geschoben und starrte aus dem Fenster. Ich wartete und ließ den Füller zwischen Daumen und Zeigefinger hin und her rollen. Das Papier war einmal weiß gewesen, im Laufe der Zeit jedoch vor allem an den Rändern deutlich vergilbt. Ich konnte mich noch erinnern, wie meine Mutter davon einmal einen ganzen Stoß mit oben aufgedrucktem Briefkopf bei einem Drucker in Kinghampton bestellt hatte. *Finisterre, Ulvercombe, Nord-Cornwall.* Natürlich keine Telefonnummer. Das Telefon gehörte zu den Neuerungen, die Esmond eingeführt hatte.

Anfangs machte mir das Warten nichts aus. Ich fühlte mich in Esmonds Gesellschaft wohl und hielt mich im Übrigen gerne in dem Arbeitszimmer auf. Ein schön geschnittener frisch renovierter Raum, und sogar die Möbel glänzten unter einer frischen Politur. In den alten Tagen, als meine Mutter das Arbeitszimmer noch benutzt hatte, hatte sie dort einmal im Monat auf diesem Stuhl und an diesem Schreibtisch ihre Haushaltsabrechnung gemacht.

Ich wartete so lange, bis ich irgendwann überzeugt davon war, dass Esmond mich vergessen hatte. Der Gedanke verdarb mir endgültig die gute Laune. Bereits in meiner Jugend hatte ich manchmal geträumt, dass Esmond mich vollständig vergessen hatte. Und selbst heutzutage hatte ich noch bisweilen solche Albträume, wenn auch nicht mehr so häufig. Dabei hatten sich im Laufe der Zeit verschiedene Variationen des Themas herauskristallisiert. Bisweilen kam ich in diesen Träumen in einen vertrauten Raum – etwa das Kinderzimmer oder das Klassenzimmer am Bicknor College –, und Esmond war bereits dort. Wenn ich ihn dann sah, fing mein Puls an zu rasen: eine äußerst unangenehme Empfindung, als ob sich mir das Herz buchstäblich aus der Brust reißen wollte. In Esmonds Gesicht hingegen war keine Spur von Freude darüber zu erkennen, dass ich vor ihm stand, ja nicht einmal ein Anzeichen dafür, dass er mich überhaupt erkannte. Vielmehr schien er durch die Unterbrechung irritiert und verwirrt: sonst nichts. Ja, er behandelte mich wie einen völlig Fremden, der kein Recht hatte, überhaupt da zu sein.

Mitunter bemerkte er in meinem Traum aber nicht einmal, dass ich hereinkam. Manchmal war noch eine zweite Person bei ihm, ein Freund. Dann lachte er mich aus, wie wir als Kinder über Krüppel und behinderte Leute gelacht hatten. Jedenfalls liefen sämtliche Varianten des Traumes auf ein und dasselbe hinaus: Esmond hatte vollständig vergessen, dass wir Cousins und Freunde waren. Er betrachtete mich mit völlig objektiven Augen: mit dem kühlen unvoreingenommenen Blick eines Fremden.

»Heute ist der 30. September«, sagte er.

Ich schrieb das Datum auf. Esmond wandte sich vom Fenster ab. Er durchquerte den Raum und ging zu dem Büfettschrank hinüber, der die untere Hälfte des Alkovens links neben dem Kamin ausfüllte. Oben auf dem Büfett standen mehrere Bücher. Er fuhr mit dem Zeigefinger darüber und inspizierte dann seine Fingerspitze, als ob er dort Staub zu sehen erwartete.

»Meine liebe Alice«, fuhr er dann fort und starrte weiterhin seinen Finger an.

Ich wartete, den Füller in Bereitschaft. »*Alice?*«

»Ja.«

»*Unsere* Alice?« Irgendwie brachte ich es nicht fertig, »meine« zu sagen.

Er nickte. »Du kannst ganz beruhigt sein.«

Ich fing an zu schreiben.

»Danke für deinen Brief. Es tut mir Leid wegen deiner Ehe. Natürlich habe ich gegen deinen Vorschlag eines Treffens nichts einzuwenden.«

»Könntest du bitte etwas langsamer sprechen?«, sagte ich. Die Feder kratzte auf dem Papier, und mir taten die Finger weh.

»Neuer Absatz«, sagte er nach einer längeren Pause. »Allerdings steht es um meine Gesundheit nicht zum Besten.« Ich sah Esmond fragend an, der mich weiterhin keines Blickes würdigte. »Ich führe hier mit meinem Cousin Esmond und seiner Frau Bronwen ein sehr ruhiges Leben. Mein Arzt hat mir empfohlen, tunlichst nicht zu reisen und auch jede Aufregung zu vermeiden. Unter den derzeitigen Bedingungen muss ich deshalb deine freundliche Einladung, nach London zu kommen, leider ausschlagen.«

Nach »zu vermeiden« hörte ich auf zu schreiben und murmelte: »›... muss ich deshalb Deine freundliche Einladung ... leider ausschlagen‹ ...?«

»Was gefällt dir daran nicht?«

»Würde ich mich wirklich so ausdrücken? Kommt mir reichlich förmlich vor. Um nicht zu sagen aufgeblasen.«

»Und was schlägst du vor?«

»Wie wäre es mit: ›... Deshalb fürchte ich, dass ein Besuch in London für mich nicht in Frage kommt‹?«

»Okay. Sehr gut.« Er wartete, während ich den geänderten Satz zu Papier brachte, und fuhr dann fort: »Aber es wäre mir ein großes Vergnügen, wenn Du ein paar Tage hier zu uns kommen könntest. Das würde uns allen die Möglichkeit geben, uns ein wenig näher kennen zu lernen.«

»Nein«, sagte ich. »Bitte, Esmond. Das halte ich, glaube ich, nicht aus.«

Er sah mich mit hochgezogenen Augenbrauen an. Also schrieb ich auf das Papier, was er gesagt hatte.

»Esmond oder ich werden uns in den nächsten Tagen telefonisch bei Dir melden«, fuhr er fort. »Mit ganz herzlichen Grüßen …« Er hielt inne. »Dein Thomas Penmarsh. Das wär' s fürs Erste. Ein Kuvert findest du in der zweiten Schublade von unten auf der rechten Seite.«

Ich öffnete die Lade. »Ich verstehe nicht ganz.«

»Musst du auch nicht.« Esmond trat näher an den Schreibtisch heran. Er nahm den Brief und überflog ihn noch einmal. »Du kannst ganz beruhigt sein.«

Ich zog ein Kuvert aus der Lade. Bevor ich sie wieder zuschob, sah ich einen Ring mit mehreren kleinen Schlüsseln daran, einige mit angerosteten Schildchen. Sicher befand sich auch der Schlüssel für den Büfettschrank an dem Ring. Esmond diktierte mir Alice' vollständigen Namen und ihre Adresse, eine Pension in Earl's Court.

»Nicht sehr Vertrauen erweckend … die Adresse«, sagte er, während er das Kuvert verschloss. »Los, komm schon. Den Tee trinken wir im Wohnzimmer.«

Ich spürte, wie ich errötete. Ich war verlegen und ein bisschen verärgert. »Meinst du, dass ich ihren Brief mal lesen kann?«

»Besser nicht. Überlass das mir. Ich möchte nicht, dass du dich beunruhigst.«

»Und wenn ihr die Änderungen hier im Haus nun nicht gefallen? Hätten wir sie nicht um Erlaubnis fragen müssen?«

Esmond klopfte mir besänftigend auf die Schulter. »Mach dir nicht immer so viele Sorgen. Ich regle das schon. Dafür bin ich schließlich da.«

Er ließ den Brief in eine Schublade fallen und ging zur

Tür. Ich stand auf. Da ich es so eilig hatte, ihm zu folgen, stieß ich mit dem Oberschenkel gegen die Ecke des Schreibtischs.

»Wenn du es unbedingt wissen willst«, sagte Esmond. »Sie ist ein bisschen knapp bei Kasse, glaube ich. Sie hat es also nicht etwa auf Liebe abgesehen, sondern auf einen hübschen Scheck.«

»Hat sie wirklich so etwas angedeutet ...?«

»Das war leicht zwischen den Zeilen herauszulesen.« Er öffnete die Tür und blickte über die Schulter zurück. »Ganz schön hart die Welt da draußen. Du kannst froh sein, dass ich dir das alles abnehme.«

Die Fenster des geräumigen Wohnzimmers gingen nach Südwesten und Nordwesten hinaus. Auf dem Tisch hinter dem Sofa stand bereits das Tablett mit den Teeutensilien für uns bereit. Mit besonderem Wohlgefallen registrierte ich den großen Plätzchenteller. Ich bin nämlich ein Schleckermaul. Bronwen hatte nur zwei Gedecke von dem Crown-Derby-Service bereitgestellt, was mir sehr entgegenkam. Wie erfreulich, Esmond wieder einmal ganz für mich zu haben – fast wie in alten Zeiten.

Mit seiner Redseligkeit war es allerdings plötzlich vorbei. Nachdem er den Tee eingeschenkt hatte, saß er in dem schweren Sessel und starrte ins Feuer. Die gerade erst neu installierte Zentralheizung funktionierte zwar hervorragend, doch es war noch nicht kalt genug, um sie tagsüber einzuschalten; außerdem liebte Esmond ein gescheites Feuer.

Ich überlegte, ob ich meinen Cousin vielleicht beleidigt hatte. Dabei vertilgte ich drei Bourbon-Biscuits und trank die erste Tasse Tee viel zu heiß. Die Abweichung von unserer gewohnten Nachmittagsroutine hatte mich verwirrt. Zum einen das – und dann noch, was ich über Alice erfahren hatte.

»Woran denkst du?«, fragte Esmond.

»Was? Ach, an gar nichts.«

»Los, raus damit.«

Ich kratzte mich an meiner kahlen Stelle. Es war mir schon immer schwer gefallen, Esmond anzulügen. »Ich – also ich habe gerade darüber nachgedacht, wie sie früher eigentlich war«, sagte ich.

»Alice? Wenigstens wissen wir, dass sie nur aufs Geld aus ist. Alles andere ist nebensächlich.«

»Ja, sicher. Das leuchtet mir ein. Aber natürlich bin ich neugierig auf sie.«

»*Natürlich?*«

»Sie ist meine Tochter.«

»Mit deiner Neugier stehst du nicht allein«, sagte er. »Liegt offenbar in der Familie. Also, wenn du es unbedingt wissen willst: Sie hat sich in ihrem Brief nach ein paar Dingen erkundigt.«

Mir fiel auf, dass meine Tasse oben am Rand einen winzigen Sprung hatte. Meine Mutter wäre außer sich gewesen. Von draußen drang das Heulen der Motorsäge herein: Bronwen hatte offenbar viel zu tun – klang ganz so, als ob das Sägen ihr Spaß machte. Half ihr vermutlich dabei, ein paar hässliche Dinge aus ihrer Vergangenheit zu verdrängen. In meinem Kopf fing es an zu pochen und zu summen. Ich wünschte, dass Alice tot wäre – genau wie all die anderen.

»Erkundigt? Wonach?«

Esmond zündete sich in aller Ruhe eine Zigarette an. »Sie möchte alles über ihre Mutter wissen, ihre richtige Mutter, meine ich. Vermutlich ist ihr was zu Ohren gekommen.«

Ich setzte die Tasse ab und inspizierte den Ärmel meiner Jacke. Unten am Handgelenk fehlte ein Knopf. Der Tweed glänzte an einigen Stellen, so abgewetzt und fettverschmiert war der Stoff. Mein Kopfweh hatte deutlich zugenommen.

»Mach dir doch nicht immer so viele Gedanken«, sagte Esmond, dessen Stimme zugleich weit entfernt und merklich irritiert klang. »Ich regle das schon für dich. Kein Grund zur Besorgnis.«

Ich zuckte mit den Schultern.

»Du brauchst etwas frische Luft, um deine trüben Gedanken zu verscheuchen.« Er sah mich lächelnd an und schnalzte zweimal mit der Zunge. »Na, komm schon, Rumpy«, sagte er. »Gassi gehen.«

Zwei

Manchmal sehe ich Alice im Traum, wie sie in Finisterre auf ihrem Bett liegt. Ich sehe bloß ihren Kopf und ihre Schultern. Sie blickt mit weit geöffneten Augen Richtung Zimmerdecke. Ihre Augen haben keinerlei Ähnlichkeit mit denen ihrer Mutter. (Was für eine seltsame Vorstellung, dass Lilian tatsächlich Mutter sein soll. Wie merkwürdig, sie mir genauso alt vorzustellen, wie ich jetzt bin.) Alice hat kleinere Augen als Lilian. Sie sind hellbraun, doch je nachdem, wie das Licht gerade fällt, können sie auch haselnussbraun oder sogar grünlich blau erscheinen. Vielleicht zu klein, um schön zu sein, doch für meinen Geschmack nehmen sie sich in Alice' Gesicht trotzdem recht hübsch aus.

In dem Traum ist alles wie erstarrt. Das Kopfkissen ist blendend weiß. Dann erst begreife ich, dass ich nicht Alice vor mir sehe, sondern Lilian, und ich kann nicht verstehen, wie um alles in der Welt ich die Tochter mit der Mutter verwechseln konnte.

Dabei weiß ich eigentlich gar nicht, wo genau ich anfangen soll. Obwohl sich diese Frage ohnehin erübrigt. Schließlich *habe* ich ja bereits angefangen: und zwar mit der Ankunft von Alice' Brief. Und schon damals standen die Gespenster der Toten unsichtbar zwischen uns, das heißt zwischen den vier Personen, die zu diesem Zeitpunkt noch am Leben waren. Und das waren: Esmond und ich, Alice und Bronwen.

Ich neige dazu, mir über alles und jedes endlos den Kopf zu zerbrechen. Esmond hat mich deshalb früher oft ausgelacht. »Mein Gott, jetzt entscheide dich endlich, Rumpy«, sagte er manchmal. »*So* schwierig ist es doch auch wieder nicht.«

O doch …

Finisterre lag in einem lang gezogenen Tal, das im Westen zum Atlantik hin abfiel. Dieses sehr enge Tal wurde seitlich von so steilen Hängen begrenzt, dass kaum genug Platz für unser Haus, den Garten, den Bach und die Schotterstraße blieb, die zum Blackberry Water und zum Strand hinunterführte.

Das Haus lag knapp einen Kilometer landeinwärts. Das Dorf Ulvercombe befand sich von uns aus gesehen nochmals gut anderthalb Kilometer weiter im Landesinnern. Finisterre machte nicht viel her: ein von einem Schieferdach gekrönter unscheinbarer Steinkasten. Die Fensterläden und die übrigen Holzelemente, die auf der Außenseite Verwendung gefunden hatten, waren dunkelgrün lackiert. Ferner gab es einen rund viertausend Quadratmeter großen Garten. Aus unerfindlichen Gründen erinnerte mich das Haus an eine Kröte, die auf ihren Hinterbeinen hockt. Übrigens habe ich eine Schwäche für Kröten. Und auch der Name *Finisterre* – »wo das Land zu Ende ist« – gefiel mir; sagte er doch: bis hierher und nicht weiter.

Der erste Besitzer des Anwesens war ein Kolonialwarenhändler aus Budstow gewesen, der das Haus kurz nach 1880 hatte erbauen lassen. Ich glaube, er hatte es sogar selbst entworfen. Er ließ sich ein ebenso solides wie unprätentiöses Haus bauen. Dabei hatte er offenbar weniger an sich selbst als an spätere Generationen gedacht. Schließlich hatte er sich ganz nach Finisterre zurückgezogen und war bereits sechs Monate später gestorben. Kurz darauf hatte dann auch seine Frau das Zeitliche gesegnet, und 1939 war von den ursprünglich fünf Kindern des Paares nur noch eine unverheiratete Tochter am Leben. Enkel gab es ebenfalls keine. Diese Frau hatte das Haus kurz nach Ausbruch des Krieges an meinen Vater verkauft.

Als ich zum ersten Mal das Märchen von Dornröschen hörte, war ich fest davon überzeugt, dass der von Dornengestrüpp umschlossene Palast in der Geschichte genau wie Finisterre ausgesehen haben musste.

Ich weiß noch, wie ich meine Mutter einmal fragte: »Wohnen wir in einem verzauberten Haus?« Das war lange bevor ich Esmond kennen lernte. Ich war damals vielleicht sechs Jahre alt.

»Ach, red doch keinen Unsinn, Thomas«, fuhr sie mich an. »Zauberei gibt es doch gar nicht.«

Von der Straße aus, die von mächtigen Weißdornhecken gesäumt wurde und beträchtlich tiefer lag als unser Garten, war das Haus nicht einzusehen. Auch gab es weiter unten am Ozean keinen richtigen Parkplatz. Da die Straße zudem unbefestigt war, fuhren selbst im Hochsommer nur wenige Autos bei uns vorbei. Die Spaziergänger und Wanderer wiederum bevorzugten meist den Fußweg oben an der Küste und unternahmen nur selten Abstecher ins Landesinnere.

Schließlich war das Haus noch durch zwei Baumgruppen abgeschirmt, die meine Familie in den dreißiger Jahren zum Schutz gegen den Wind hatte anpflanzen lassen. Allerdings war es zwischen den dicht stehenden Bäumen – lauter Koniferen – finster und unheimlich. Da sie alles Licht verschluckten, war ringsum mit Ausnahme einiger Efeuranken und Stechpalmen alles Leben verendet. Sogar die Koniferen selbst schienen von unten her allmählich abzusterben und sich ihrer eigenen Lebensgrundlagen zu berauben, indem sie alles Licht vom Boden fern hielten.

Die beiden Baumgruppen waren zwar hässlich, aber auch nützlich. Der Wind wehte hier meist von West, außerdem peitschten immer wieder Sturmböen über das Land.

In unserem Teil der Welt waren die Wipfel sämtlicher Bäume und Büsche deshalb landeinwärts geneigt und zur Seeseite hin meist verkrüppelt.

»Eine grausame Küste«, hatte Lilian häufig gesagt. Besonders fasziniert hatten sie die alten Geschichten von den Strandräubern, die mit ihren falschen Leuchtfeuern früher manchmal große Schiffe dazu gebracht hatten, draußen vor der Ulvercombe-Bucht auf die Felsen aufzulaufen.

Nachdem Mr. Jodson 1977 seinen ersten Schlaganfall erlitten hatte, waren das Haus und der Garten zusehends heruntergekommen. (Mr. und Mrs. Jodson wohnten im Dorf und hatten sich mehr als dreißig Jahre bei uns in Haus und Garten nützlich gemacht.) Freilich gab es noch weitere Gründe für diesen Niedergang: Etwa zur selben Zeit wurden nämlich die Augen meiner Mutter immer schlechter, und auch ihr Geldvermögen schmolz infolge der Inflation rasch dahin. Also registrierte ich mit Interesse und mildem Bedauern, dass einige der Fenster sich nicht mehr öffnen ließen; dass die Hortensien allmählich von den Winden überwuchert wurden; dass nach stürmischen Nächten Dachziegel am Boden lagen. So breitete sich die Verwahrlosung von Tag zu Tag wie ein Krebsgeschwür immer mehr aus.

Natürlich hätte ich etwas dagegen tun können. Mrs. Jodson wurde auch nicht jünger und blieb irgendwann ebenfalls ganz aus. Hier und da verlangte meine Mutter von mir, eine Reinigungskraft kommen zu lassen, die das Haus sauber machen sollte. Was für ein Umstand: Nicht nur war es schwierig, eine solche Person überhaupt ausfindig zu machen, nein, ich musste sie auch noch mit dem Taxi herbringen und hinterher wieder nach Hause fahren lassen. Und wenn eine derartige Reinigungskraft dann bei uns erschien, verbrachte sie den Großteil ihrer Zeit damit, Tee zu trinken, sich über den Schmutz ringsum zu beklagen und sich über ihre Familie und ihre Wehwehchen auszulassen. Außerdem brachten diese Leute nur alles durcheinander, so oft ich sie auch bat, behutsam zu Werke zu gehen. Ein-, zweimal – zum Beispiel bei einem Rohrbruch – musste ich sogar einen Handwerker kommen lassen. Mein Gott, was für ein Aufwand. Tatsächlich lohnte es die Mühe nicht. Deshalb gelangte ich irgendwann zu der Überzeugung, dass es einfacher sei, mich irgendwie durchzuwurschteln.

Doch das alles änderte sich, als Esmond zurückkam. Esmond – Esmond Arthur Chard. Der romantischste Name auf der ganzen Welt. So hatte ich es schon seit Kindertagen empfunden. Esmond kümmerte sich um mich.

»Esmond kümmert sich schon um Thomas«, hatte Tante Imogen damals vor vielen, vielen Jahren gesagt. Das war ein Befehl gewesen.

Tante Imogen war Esmonds Mutter. Sie und meine Mutter waren Schwestern. Ihre nahe Verwandtschaft war in der Tat leicht zu erkennen. Beide hatten ein kleines Kinn, eine große Nase und Pausbacken. Beide hatten vorstehende Zähne. Esmond hatte früher sogar manchmal gesagt, dass die beiden ein Kaninchengesicht hatten. Schon damals hatte ich gewusst, dass Kaninchen ganz schön kräftig und grausam sein können. Der Sohn der Jodsons hatte nämlich früher mal einen großen Rammler gehabt, der – wie es hieß – einmal sogar ein Junges getötet hatte.

Tante Imogen erteilte ihrem Sohn diese Order im Sommer 1954. Ich war damals gerade elf geworden. Esmond hatte seinen elften Geburtstag noch vor sich, und seine Schwester Lizzy war kaum älter als einen Monat. Obwohl Esmond und ich Cousins waren, hatten wir uns vorher noch nie gesehen, denn er war in Irland zur Welt gekommen und aufgewachsen. Wie ich einigen Bemerkungen meiner Mutter entnehmen konnte, handelte es sich bei Lizzy um einen

»Irrtum« – eine Charakterisierung, die mich nicht wenig erstaunte. Bis dahin hatte ich nämlich geglaubt, dass jedes Kind von Gott gewollt sei und dass Gott einen Irrtum natürlich überhaupt nicht begehen könne.

Jedenfalls fuhren meine Mutter und ich von Finisterre mit dem Auto nach Barnstaple, wo die Chards damals wohnten, um unsere Verwandten zu besuchen. Ich hatte meine neue Schuluniform angezogen: Vielleicht wollte meine Mutter, dass ich mich allmählich daran gewöhnte, vielleicht hatte sie aber auch den Wunsch, vor ihrer Schwester damit anzugeben, dass sie mich auf dem Bicknor College angemeldet hatte. Es war ein heißer Tag Ende Juli, und ich fühlte mich in meiner Uniform äußerst unwohl. Doch meine Mutter lehnte es rundweg ab, das Fenster zu öffnen, weil sie Angst hatte, dass der Staub und die Zugluft ihre Frisur womöglich ruinieren könnten.

Mein neuer grauer Anzug und das Hemd waren jedoch nicht nur zu warm für den heißen Tag, sie kratzten auch auf der Haut. Und der Hemdkragen beengte mich am Hals. Längere Autofahrten waren für mich ein schwieriges Unterfangen, weil mir dabei häufig übel wurde. Noch bedrückender allerdings war die Angst vor den fremden Menschen, denen ich an diesem Tag begegnen sollte.

Meine Mutter sah mich an. »Und wenn dir schlecht wird«, mahnte sie, »sag bitte rechtzeitig Bescheid.« Dann fügte sie in ihrer grauenhaften Allwissenheit noch hinzu: »Esmond hat sich beim Autofahren übrigens noch nie übergeben.«

Tatsächlich stellten sich die ersten Vorboten einer Übelkeit auch sofort ein.

Andererseits erschien mir die Möglichkeit, mich in Barnstaple von meiner vorteilhaften Seite zu zeigen, durchaus verlockend. Schließlich war Esmond nicht nur jünger als ich, sondern außerdem in Irland aufgewachsen. Und das wusste doch jeder, dass in Irland nur Schwachköpfe lebten, die dumm genug gewesen waren, die Segnungen einer Zugehörigkeit zu Großbritannien rundweg auszuschlagen. Außerdem hatte ich aus mehreren Bemerkungen meiner Mutter geschlossen, dass die Chards eigentlich zu bemitleiden waren. Das war zum Teil darauf zurückzuführen, dass sie nicht sehr viel Geld hatten; es gab dafür aber auch noch einen anderen Grund.

»Arme Imogen«, hatte meine Mutter gesagt, als sie mit Tante Ada, einer engen Vertrauten, die jedoch nicht mit uns verwandt war, über den geplanten Besuch gesprochen hatte. »Wenn sie das nur früher gewusst hätte.«

Das Haus in Barnstaple gehörte zu einem Reihenhauskomplex, der an einem Hang gelegen war. Auf der gegenüberliegenden Straßenseite gab es eine identische Siedlung. Die einzelnen Häuser waren nur durch eine niedrige Mauer und einen gut einen Meter tiefen Vorgarten von der Straße getrennt. Der Vorgarten der Familie Chard wurde fast vollständig von zwei verstaubten Lorbeersträuchern eingenommen.

»Soso«, sagte meine Mutter. Sie stellte den Motor ab und inspizierte sichtlich zufrieden die Fassade des Hauses. »Soso.«

Sie schürzte die Lippen, und ihr Gesicht verwandelte sich in ein Netzwerk pudergeränderter Falten. Als sie aus dem Wagen stieg, raschelte ihr Seidenkleid. Sie trat durch die geöffnete Gartenpforte und näherte sich dem Haus, während Tante Imogen bereits in der Eingangstür erschien. Dann blieben die beiden Frauen etwa einen halben Meter voneinander entfernt stehen.

»Fiona.«

»Imogen.«

Beide Schwestern ließen den Kopf wechselseitig bis fast auf die rechte Schulter der anderen sinken und hauchten sich einen Kuss auf die Wange. Dann richteten sie sich wieder auf.

»Und das da«, sagte Tante Imogen, »muss der kleine Thomas sein.«

»Komm und gib deiner Tante die Hand.«

Ich ging ängstlich in ihre Richtung.

»Gerade stehen.«

Tante Imogen ergriff meine Hand. »Er ist klein für sein Alter, nicht wahr?«

Irgendwo im Haus schrie das Baby. Tante Imogen führte uns in einen kleinen dunklen Raum im vorderen Teil des Hauses. Ein schwarzes Klavier und ein braunes Sofa nahmen dort den Großteil des Platzes ein. Die bodenlangen Samtvorhänge vor den Fenstern waren halb zugezogen. Ferner bot eine ungepflegte Netzgardine noch zusätzlich Schutz vor den Blicken neugieriger Passanten.

»Arthur ist untröstlich, dass er nicht hier sein kann«, sagte Tante Imogen. »Aber er muss unbedingt einen Geschäftstermin wahrnehmen.«

Die beiden Frauen blickten sich an. Ich spürte sofort, dass mit Onkel Arthur, Esmonds Vater, etwas nicht in Ordnung war. Was, begriff ich allerdings erst viel später.

»Wie schade«, erwiderte meine Mutter mit gespieltem Bedauern. »Dabei hatte ich mich schon so darauf gefreut, ihn mal wiederzusehen.«

»Aber Esmond ist da.« Tante Imogen lehnte sich aus der Tür und rief seinen Namen. Das Baby schrie immer lauter. »Und natürlich Lizzy. Sie ist heute etwas unpässlich, fürchte ich. Wahrscheinlich Blähungen.«

»Mein Gott«, sagte meine Mutter. »Wie belastend.«

Auf der Treppe waren Schritte zu hören.

»Pssst«, sagte Tante Imogen. Wieder sah sie ihre Schwester an. »Ach, mach dir deshalb keine Sorgen, Fiona. Blähungen sind doch ganz normal, ja eigentlich sogar gut.«

Esmond war mindestens fünf Zentimeter größer als ich. Er ging direkt auf meine Mutter zu und streckte ihr die Hand entgegen. »Guten Tag, Tante Fiona«, sagte er. Er hatte tatsächlich einen leichten Akzent, der in meinen Ohren allerdings nicht so sehr irisch, sondern vielmehr ausgesprochen distinguiert klang.

»Und das ist dein Vetter Thomas«, erklärte Tante Imogen. »Du kannst ihm ja mal den Garten zeigen.«

Ich starrte auf meine einwärts gedrehten Füße. Neben mir wurde meine Mutter allmählich unruhig, und ich betete inständig, dass sie mich irgendwie von der Pflicht entbinden würde, mich mit diesem fremden Jungen zu befassen.

»Ach – ihr habt sogar einen Garten?«, sagte sie. »Wie entzückend.«

»Esmond kümmert sich schon um Thomas«, sagte Tante Imogen. »Und jetzt geht spielen, Kinder. Und macht euch nicht schmutzig.«

Esmond sah mich an und übernahm dann die Führung. Wir gingen schweigend durch das enge Entree, danach durch eine Küche und traten schließlich durch eine weitere Tür in den Garten hinaus. Allerdings war der Garten völlig anders als alles, was ich mir bislang unter dem Begriff vorgestellt hatte.

Der Hof wurde auf einer Seite durch das Haus und in den übrigen Richtungen durch hohe Backsteinmauern begrenzt. Es gab dort zwei Mülltonnen, eine Außentoilette, einen Kohlenschuppen, eine Wäscheleine und ganz hinten in der Ecke eine Stelle, wo allerlei Grünzeug wuchs. Die Mauer gegenüber wurde durch ein Tor in zwei Hälften geteilt. Oberhalb davon waren die Dächer und Fenster eines weiteren Reihenhauskomplexes zu sehen.

Abgesehen von dem blauen Himmel über unseren Köpfen und dem Pflanzenbewuchs in der Ecke herrschten in dem Hof Grau- und Brauntöne vor. Einige der Pflanzen standen gerade in Blüte, und ihre Farben wirkten in dieser tristen Umgebung irgendwie deplatziert: das Weiß des Wiesenkerbels, das kräftige Purpur der Weidenröschen und das leuchtende Gelb des Löwenzahns.

Esmond schob die Hände in die Taschen seiner kurzen Hose. Sein üppiges Haar war dunkelbraun und hatte einen rötlichen Schimmer. Es schmiegte sich wie eine Kappe an seinen Kopf. Sein Gesicht und seine Art zu stehen erinnerten mich an eine farbenprächtige Illustration, die ich bei mir zu Hause im Kinderzimmer verwahrte: nämlich das Titelblatt von *Robin Hoods Abenteuer.*

»Siehst du das?« Esmond hielt mir die geöffnete Hand entgegen, auf der ein Sixpencestück lag. »Rate mal, wo ich das her habe.«

»Keine Ahnung«, erwiderte ich. Ich starrte auf die Münze, was mich der Notwendigkeit enthob, Esmond direkt ins Gesicht zu sehen.

»Im Nachbarhaus gibt es einen Jungen – der ist zwölf –, und ich darf natürlich nicht mit ihm spielen. Na ja. Jedenfalls haben wir gewettet: Wer von uns beiden es schafft, auf der Mauer dort drüben entlang zu hüpfen, ohne herunterzufallen, der bekommt eine Sixpencemünze. Die Mauer ist kein Problem, schwierig ist nur das Tor. Also, wenn einer von uns beiden von der Mauer herunterfällt, muss er dem anderen ein Sixpencestück geben. Das ist alles. Verstanden?«

»Ganz schön hoch die Mauer«, sagte ich.

»Und der Boden ist verdammt hart, wenn man nicht zufällig in dem Grünzeug dort drüben landet. Obwohl man sich an den Nesseln ganz schön verbrennen kann.«

»Und weiter?«

»Er ist runtergefallen. Ich nicht. War auch besser so, weil ich ihm nämlich gar keine Sixpencemünze hätte geben können.« Esmond ließ die Münze wieder in der Hosentasche verschwinden und tat dann noch beiläufig kund: »Und geschnitten hat er sich auch. Musste sogar vom Arzt genäht werden.«

Wir standen schweigend da.

»Und wie schaut's bei dir so aus, ich meine mit Geld?«, fragte Esmond.

Natürlich wusste ich, dass es klüger gewesen wäre, den Mund zu halten. Ich hatte nämlich eine kleine Lederbörse mit einer halben Krone in der Tasche. Tante Ada hatte mir die Münze zu meinem letzten Geburtstag geschenkt. Aber hatten mir die Erwachsenen nicht immer wieder eingebläut, dass es eine Sünde ist zu lügen und dass Gott Menschen, die lügen, manchmal auf der Stelle tot umfallen lässt? Ja, das hatten sie gesagt, alle, die etwas zu melden hatten: meine Mutter, Tante Ada (die mich als Frau des Vikars außerdem in der Sonntagsschule unterrichtete), aber auch andere Autoritätspersonen, die sich mit solchen Sachen ganz genau auskannten. Außerdem wollte ich meinem Cousin natürlich imponieren. Also kramte ich meine Börse hervor und zeigte Esmond die halbe Krone.

»Weißt du was«, sagte er, »wenn du es schaffst, oben auf der Mauer entlang zu hüpfen, ohne abzustürzen, gebe ich dir die Sixpencemünze.«

»Und wenn ich runterfalle?«

»Dann gibst du mir deine Sixpencemünze.«

»Aber ich habe doch gar keine Sixpencemünze, sondern nur die halbe Krone.«

»Ach, das Geld kann ich in dem Laden da drüben wechseln.«

Ich blickte zum Haus zurück. »Meinst du, dass es den beiden recht ist?«

»Ach, die erfahren doch gar nichts davon.« Esmond wies auf das Tor. »Wir nehmen den Weg auf der anderen Seite.«

»Und wenn sie uns suchen?«

Er zuckte mit den Schultern.

Ich fing an zu zittern. Damals kam es mir freilich so vor, als ob nicht ich am ganzen Körper bibberte, sondern vielmehr die Welt, Esmond inklusive, unter der Angst, die ich auszustehen hatte, ganz erbärmlich zu beben anfing.

»Ich glaube nicht, dass ich es schaffe, auf die Mauer zu klettern«, sagte ich.

»Ach, das ist doch ganz leicht. Du musst einfach auf der Rückseite an dem Tor hochsteigen. Ich kann dir ja helfen.«

»Aber ...« Zu meinem Entsetzen bemerkte ich plötzlich, dass mir heiße Tränen die Wangen hinunterliefen.

»Ach so – verstehe.« Esmond legte die Stirn in Falten und trat einen Schritt zurück. »Kein Problem. Soll ich lieber auf die Mauer steigen? Wenn ich es schaffe, musst du mir aber ein Sixpencestück geben.«

»Oh ja, bitte.«

»Na gut. Wenn du es so willst.« Esmond sah mich lächelnd an, und ich wurde von einer Welle der Dankbarkeit durchflutet. Seine Großmut erschien mir fast übermenschlich. »Los, komm. Du kannst mir dabei helfen hochzuklettern.«

Wir liefen zu dem Tor. Es bestand aus sechs senkrechten Brettern, die von drei horizontalen Leisten zusammengehalten wurden. Es war schwieriger, an dem Tor hinaufzuklettern, als Esmond mir zunächst hatte weismachen wollen. Ja, er benutzte mich sogar als Leiter. Seine Absätze gruben sich tief in meine Schultern.

»Siehst du?«, sagte Esmond, als er kurz darauf oben auf der Mauer umherbalancierte. »Ist doch ganz leicht.« Er streckte die Arme seitlich aus und sah mich grinsend an. »Ich gehe jetzt zuerst bis zur Ecke dort drüben. Und dann fang ich an zu hüpfen.«

Während ich ihm zusah, wusste ich mit der schicksalsergebenen Gewissheit des Kindes, dass Esmond einen Sturz von dort oben unmöglich überleben könnte und dass man hinterher natürlich mir die Schuld geben würde. Aber so grauenhaft diese Aussicht auch war, noch schlimmer wäre es gewesen, wenn ich an seiner Stelle dort oben gestanden hätte. Munter pfeifend marschierte Esmond auf der Mauer bis zur Ecke des Hofes. Dann drehte er sich in meine Richtung und fing an zu hüpfen.

Die Mauer war so breit wie ein Backstein lang, also etwa zwanzig Zentimeter. Und das Tor selbst war oben sogar noch viel schmaler. Als er den ersten Torpfosten erreicht hatte, hielt Esmond kurz inne und konzentrierte sich ein letztes Mal. Ich schloss die Augen. Als ich sie wieder öffnete, hatte Esmond bereits die andere Seite des Tores erreicht und hüpfte gerade auf dem noch verbleibenden Stück Mauer dahin. Am Ende blieb er stehen und sah zu mir herunter.

»Ich habe am Tor das Bein gewechselt«, sagte er. »Das ist erlaubt, weißt du. So sind nun mal die Regeln.«

Ich nickte. Esmond ging oben auf der Mauer zum Tor zurück und gestattete mir, ihm herunterzuhelfen. Ich zog meine Geldbörse aus der Tasche und gab ihm die halbe Krone.

Er inspizierte die Münze aufmerksam. »Das ist ja noch eine alte«, sagte er dann. »Das heißt, sie ist ganz aus Silber.« Er biss mit den Zähnen darauf. »Man kann nicht vorsichtig genug sein. Sagt mein Vater immer.«

Er öffnete das Tor, und wir standen plötzlich in einer Art Hohlweg, der auf der Rückseite der beiden Reihenhauszeilen zwischen den Höfen hindurchführte. Man konnte dort kaum zu zweit nebeneinander gehen. Es roch nach Urin und Brikett. Trotz des heißen Sommertages war der Untergrund matschig.

Dann erreichten wir eine Straße mit einem kleinen Kolonialwarengeschäft. Vor dem Laden standen zwei Jungen.

Sie hatten schmutzige Knie und waren im Gesicht ungewaschen. Die beiden machten einen rohen, gefährlichen Eindruck und entsprachen genau dem, was meine Mutter als »vulgär« bezeichnet hätte. Die zwei Lümmel zeigten mit dem Finger nicht etwa auf Esmond, sondern auf mich, und einer von ihnen sagte: »Was will denn der Kleine hier? Suchst du deine Mommy?«

Esmond ignorierte sie. Er trat mit mir im Schlepptau in den Laden und orderte für zwei Pennys Schokoladenriegel. Die Frau hinter der Ladentheke wollte zuerst sein Geld sehen.

Als wir schließlich das Wechselgeld hatten, gab Esmond mir zwei Shilling und schob die restlichen vier Pennys in die eigene Tasche. Dann bot er mir einen von den Schokoladenriegeln an. Meine Mutter erlaubte es normalerweise nicht, dass ich Süßigkeiten aß.

»Ist das für mich?«, fragte ich. Wieder stiegen mir Tränen in die Augen. Womit hatte ich nur so viel Großzügigkeit verdient?

»Los, nimm schon.«

Zu meiner Erleichterung waren die beiden frechen Jungen nicht mehr da. Esmond wickelte die Schokolade aus, warf das Papier achtlos zu Boden und fing an zu essen. Ich blickte umher, weil ich Angst hatte, dass jemand uns beobachtete. Dann folgte ich Esmonds Beispiel. Wir spazierten durch den Hohlweg zurück. Als wir wieder vor dem Tor standen, hatten wir die Schokolade komplett verputzt.

»Hast du ein Taschentuch?«

»Ja.« Ich hatte immer ein Taschentuch bei mir.

»Dann putz dir lieber den Mund ab. Dein Gesicht ist ja total mit Schokolade verschmiert.«

Erst jetzt fiel mir auf, dass ich völlig verschmutzt war. Nicht nur im Gesicht: Auch meine Schuhe waren verdreckt, ebenso die Schultern und die Ärmel meiner neuen

Schuluniform. Esmond dagegen war makellos sauber, mit Ausnahme seiner Schuhsohlen.

»Was hast du denn?«

Ich sagte es ihm.

»Keine Sorge«, erwiderte Esmond, »das übernehme ich schon.«

Wir gingen in den Hof. Esmond holte einen Ball, der in dem Toilettenhäuschen deponiert war. Wir hatten den Ball kaum zweimal hin- und hergeschoben, als Tante Imogen das Fenster aufmachte und uns zum Tee rief. Wäre der Tee auch nur eine Minute früher fertig gewesen, hätte sie unweigerlich bemerkt, dass wir nicht da waren. Esmond hatte meistens Glück.

Meine Mutter war in der Küche und hielt Esmonds Schwester Lizzy auf dem Arm. Lizzy erinnerte mich an einen kleinen rosa-weißen Affen: zu winzig für einen normalen Menschen. Als meine Mutter mich sah, schürzte sie die Lippen und bleckte die Zähne. Am liebsten wäre ich weggelaufen.

»Was hast *du* denn schon wieder angestellt?«

Esmond baute sich vor ihr auf. »Das ist meine Schuld, Tante Fiona.« Er stand sehr groß und sehr aufrecht vor ihr und hatte die Hände hinter dem Rücken zusammengelegt. »Ich bin im Hof ausgerutscht, weißt du. Thomas wollte mir bloß wieder auf die Beine helfen. Dabei ist er über mich gestolpert und in das Blumenbeet gestürzt.«

Meine Mutter lächelte. Allerdings war das Lächeln auf ihrem Gesicht augenblicklich verschwunden, als sie mich näher inspizierte. Ihre Wangen röteten sich. Sie sah über den Tisch hinweg Tante Imogen an und sagte: »Wirklich ein aufrechter kleiner Mann, dein Sohn.« Dann holte sie Luft, als ob sie noch etwas anderes sagen wollte, machte den Mund aber einfach wieder zu.

»Genau wie Arthur in dem Alter«, entgegnete Tante Imogen, und diesmal war es an ihr, die Zähne zu blecken. »Oder ist dir das noch nicht aufgefallen?«

Es gibt Dokumente, die beweisen, dass ich Esmonds Vater, Arthur Chard, erst am Ende jenes Sommers kennen gelernt habe. (So heißt es etwa in dem Bericht des Privatdetektivs, dass die erste Begegnung im September 1954 stattgefunden hat.) In der Erinnerung will es mir freilich so scheinen, als ob ich ihn bereits am Tag nach meinem ersten Zusammentreffen mit Esmond kennen gelernt hätte. Wenn ich in die Kindheit zurückblicke, erscheint mir alles so fern wie durch ein Teleskop. Eigentlich ist es sogar seltsam, dass ich mich überhaupt noch an Onkel Arthur erinnern kann.

Tante Imogen, Esmond und Lizzy haben wir in jenem Sommer mehrmals gesehen. Meist kamen sie zu uns nach Finisterre. Zweifellos wusste meine Mutter nur zu genau, dass wir finanziell erheblich besser dastanden als ihre Schwester. Ich erinnere mich noch, wie wir einmal in der Ulvercombe-Bucht gepicknickt haben; ich weiß noch, dass ich manchmal hinter einem Felsen bitterlich weinte, weil mir die Füße so furchtbar wehtaten, wenn ich auf den Kieselsteinen am Strand barfuß ging; ich weiß noch, wie Tante Imogen laut aufschrie, als sie mit einer Feuerqualle kollidierte; und ich erinnere mich noch daran, wie ich Esmond das erste Mal im Meer habe schwimmen sehen; ja ich weiß sogar noch, dass ich darüber nachgegrübelt habe, ob es so etwas wie männliche Nixen gibt.

Damals habe ich mich nicht weiter mit der Frage beschäftigt, wieso Onkel Arthur bei unseren familiären Begegnungen nie dabei war; Kinder sind ja so unglaublich selbstbezogen. Vermutlich habe ich einfach gedacht, dass er vollauf mit einer geheimnisvollen männlichen Tätigkeit beschäftigt sei, mit der es Verwandte, die zufällig zu Besuch kamen, oder die üblichen sommerlichen Zerstreuungen schlichtweg nicht aufnehmen konnten. Als ich später erwachsen war, erklärte ich mir seine Abwesenheit mit seinem Stolz und mit der offenkundigen Abneigung, die meine Mutter ihm entgegenbrachte. Inzwischen weiß ich natürlich, dass es für seine Abwesenheit weit wichtigere und zwingendere Gründe gab.

Immerhin stattete uns Onkel Arthur Ende des Sommers in Finisterre einen ersten und letzten Besuch ab. Wir hatten die Chards an dem Tag zum Mittagessen und zum Tee geladen. Da meine Mutter keine Zeit hatte, die Gäste in Kinghampton abzuholen, fuhr Mr. Jodson hin. Ich versteckte mich in dem Gebüsch, das unsere kleine Auffahrt säumte, und wartete – wie mir schien – eine Ewigkeit auf die Rückkehr des Autos. Auf den Blättern der Sträucher hatte sich Staub abgelagert, deshalb musste ich dauernd niesen, sodass ich irgendwann ins Haus ging. Ich kannte Esmond jetzt schon etwas besser und freute mich wahnsinnig darauf, ihn wiederzusehen. Allerdings wäre die Behauptung, dass wir Freunde waren, nicht ganz zutreffend. Denn Freundschaft setzt Gleichheit voraus.

Als das Auto unten vorfuhr, war ich gerade in meinem Zimmer, um ein frisches Taschentuch zu holen. Ich spähte über die Fensterbank nach draußen und stemmte mich vorsichtig immer höher, bis ich die perspektivisch verkürzten Gestalten unten vor dem Haus erkennen konnte. Schon vorher hatte ich Esmond um den Besitz eines Vaters beneidet, und diese Neidgefühle nahmen noch zu, als ich sah, dass es sich bei Arthur Chard um einen groß gewachsenen, breitschultrigen Mann mit schwarzen Haaren handelte.

Ich zwang mich, nach unten zu gehen. Onkel Arthur trug ein militärisch gestutztes Oberlippenbärtchen und war noch größer, als ich erwartet hatte. Als wir uns die Hand reichten, würdigte er mich zwar keines Blickes, doch sein Händedruck war so fest, dass ich laut protestierte. Genau wie Esmond war er für mich sofort eine heroische Gestalt. Ich stellte mir vor, wie er mit einer Schnellfeuerwaffe in der Hand eine deutsche MG-Stellung einfach auslöschte oder seine Einheit sicher durch schwer vermintes Niemandsland führte. Erst später erfuhr ich, dass er sich dem Kriegsdienst dank seines irischen Wohnsitzes vollständig hatte entziehen können.

Onkel Arthur rauchte pausenlos filterlose Zigaretten, die er in einem abgewetzten Silberetui verwahrte. Dass jemand in unserem Haus rauchte, war etwas ganz Außergewöhnliches. Ich traute mich vor lauter Schüchternheit kaum, ihn auch nur anzusehen. An seine Hände kann ich mich noch gut erinnern. Sie waren braun und am Rücken schwarz behaart; vor allem aber waren sie ruhelos wie kleine Tiere, die verzweifelt nach einem Fluchtweg suchen.

Beim Mittagessen öffnete er den Mund nur, um etwas Essbares hineinzuschieben. Er aß sehr viel. Hinterher erklärte er, dass ihm die Zigaretten ausgegangen seien. Meine Mutter und Tante Imogen sahen sich an, und meine Mutter verzog das Gesicht, als ob ihr gerade ein unangenehmer Geruch in die Nase gestiegen wäre.

Sie sagte: »Im Forley Arms gibt es, glaube ich, welche zu kaufen.«

Niemand sonst sagte etwas. Esmond starrte vor sich auf den Teller, hatte die Stirn in Falten gelegt und schien konzentriert über etwas nachzudenken. Onkel Arthur schob seinen Stuhl zurück und ging aus dem Zimmer.

Die Auskunft meiner Mutter irritierte mich nicht wenig. Ich wusste, dass die Atkinsons, die den einzigen Laden in Ulvercombe betrieben, Zigaretten verkauften. Das Geschäft befand sich, von Finisterre aus gesehen, gleich hinter dem Ortseingang, während das Lokal ganz in der Nähe der Kirche und der Pfarrei mitten im Ort lag, also ein paar hundert Meter weiter entfernt war.

»Fiona …?« Tante Imogen schluckte.

»Ja, was gibt es?«

»Ach, nichts, meine Liebe.«

»Was glaubst du, wann Arthur zurückkommt?«, fragte meine Mutter.

»Eigentlich müsste er in einer halben Stunde wieder hier sein«, antwortete Tante Imogen.

Meine Mutter sah sie lächelnd an und entblößte die Zähne. »Wenn du es sagst.«

Drei

Die Kinderstube im ersten Stock hatte für mich immer etwas Rätselhaftes. Als der Kolonialwarenhändler damals Finisterre hatte erbauen lassen, also in den Jahren nach 1880, waren seine Kinder für ein solches Zimmer bereits viel zu alt gewesen. Und soweit ich weiß, hatte auch keines von ihnen eigene Kinder gehabt – zumindest keine, zu denen sie sich offiziell bekannt hätten. Für wen also hatte man ein solches Zimmer eingerichtet? Es sprach alles dafür, dass die sechs senkrechten Gitterstäbe vor dem Fenster schon genauso lange an ihrem Platz waren wie das Fenster selbst, ja so alt waren wie das ganze Haus. Die einzige plausible Erklärung: Der Kolonialwarenhändler hatte in Finisterre eine Kinderstube für Enkelkinder einbauen lassen, die ihm niemals vergönnt gewesen waren. Das Zimmer bezeugte die Naivität des Wunsches, auch noch das Dasein der eigenen Nachkommen genau zu planen.

Mochten die früheren Bewohner von dem Raum auch nicht viel gehabt haben, uns leistete er gute Dienste. Denn anders als das Sterbezimmer, das der Kinderstube schräg gegenüberlag, war der Raum mit dem vergitterten Fenster in den fünfzig Jahren, die das Haus sich mittlerweile im Besitz der Familie Penmarsh befand, fast ständig bewohnt gewesen. Schließlich habe ich selbst während des größten Teils meines Lebens in dem Zimmer im ersten Stock geschlafen: zunächst in den Jahren bis zu meiner Heirat. Als es mit meiner Ehe dann später vorbei war, schlug meine Mutter mir vor, wieder in mein altes Zimmer zu ziehen.

»Wenigstens hängen an dem Zimmer nicht so viele unglückliche Erinnerungen«, sagte sie. »Ich habe das Bett schon bezogen und deine Sachen in den Schrank gehängt.«

Ich habe meiner Mutter nie gerne widersprochen, erst recht nicht in jener Phase meines Lebens. Vielleicht hat sie es ja sogar gut gemeint. Allerdings habe ich da gewisse Zweifel, wie ich peinlicherweise einräumen muss. (Es ist nicht immer ganz leicht, zwischen Dummheit und mangelndem Feingefühl auf der einen und bewusster Gemeinheit auf der anderen Seite zu unterscheiden.) Nachdem ich wieder in meine Kinderstube gezogen war, war es einfach bequem, dort wohnen zu bleiben. Und ein Jahr später wollte ich schon gar nicht mehr ausziehen.

»Für mich gehören dieses Zimmer und du schon immer zusammen«, sagte Esmond, als er nach dem Tod meiner Mutter nach Finisterre zurückkehrte. »Allerdings hätte ich nie gedacht, dass du noch darin wohnst.«

»Wieso nicht?«

»Na ja – ist halt ein viktorianisches Kinderzimmer, mit den Gitterstäben und so weiter. Fühlst du dich da nicht irgendwie eingesperrt?«

»Nein, eigentlich nicht. Die Stäbe fallen mir gar nicht mehr auf.«

»Dann bleibst du am besten dort wohnen«, sagte Esmond.

In den Monaten, die zwischen dem Tod meiner Mutter und Alice' Ankunft in Finisterre vergingen, verbrachte ich die Tage größtenteils in meiner geliebten Kinderstube. Nicht dass man mich dort eingesperrt hätte. Aber ich bin nun mal ein Gewohnheitstier. Ich habe am liebsten meine Ruhe. Zu der Zeit herrschte in dem Haus nämlich ein ständiges Kommen und Gehen der Handwerker und Innenausstatter, und Esmond fand, dass ich die Situation gewiss leichter ertragen könnte, wenn ich in meinem Zimmer blieb. Hinzu kam noch, dass ich auf diese Weise nicht ständig im Weg herumstand.

Natürlich verbrachte ich nicht die ganze Zeit oben im Kinderzimmer. Esmond meinte, dass ich aus gesundheitlichen Gründen täglich einen Spaziergang machen sollte. »Rumpys Gesundheitspromenade« nannte er diese Märsche, auf denen er und Bronwen mich abwechselnd begleiteten. Außerdem fand er es gut, wenn ich ab und zu mal woanders hinging, einerseits zu meiner eigenen Abwechslung, zum anderen aber auch, weil er es nützlich fand, wenn ich bisweilen auch mal in der Nachbarschaft gesehen wurde. Er bezeichnete das als »Flagge-Zeigen«, weshalb ich mir auf meinen Spaziergängen manchmal vorkam wie ein britisches Kanonenboot mit der weißen Flagge der Kriegsmarine am Heck.

Hin und wieder fuhren wir aber auch zum Einkaufen nach Kinghampton oder sogar noch Budstow oder Bideford. Und eher noch seltener nahmen wir unser Mittagessen in einem Restaurant ein. Ich war froh, dass Esmond und Bronwen mich bei solchen Gelegenheiten begleiteten. Ich hatte mich nämlich in größeren Menschenansammlungen alleine schon immer eher unbehaglich gefühlt. Doch Esmond lenkte mich ab und tat einfach so, als ob es sich bei diesen Auftritten um eine Art Spiel handelte. Er war unendlich aufmerksam und behandelte mich wie ein rohes Ei.

»Mein Gott, wie es hier zieht, Thomas«, sagte er zum Beispiel bei solchen Anlässen mit ungewöhnlich lauter Stimme. »Herr Ober, wir brauchen einen anderen Tisch. Mr. Penmarsh sitzt zu nahe an der Tür.«

»Zu freundlich«, murmelte ich dann. »Wie umsichtig von dir.«

Wenn der Ober mich dann an einen anderen Tisch gesetzt und sich wieder entfernt hatte, sah Esmond mich lächelnd an, und ich musste mich zusammennehmen, damit ich nicht anfing zu kichern. Esmond verstand sich darauf, uns wie zwei verschworene Freunde erscheinen zu lassen. Ja, ich glaube sogar, dass Bronwen manchmal ziemlich eifersüchtig war.

Bevor Alice auftauchte, hatten wir drei zwischen uns eine Art Gleichgewicht der Kräfte erreicht. Wie ich bereits erwähnt habe, war es durchaus nicht so, dass die beiden anderen sich immer nur gegen mich verbündet hätten. Oft genug waren Esmond und ich uns einig, obwohl Bronwen etwas völlig anderes wollte. Manchmal war sie aber auch so sauer auf Esmond, dass sie unbedingt mit mir über ihn reden – oder sich über ihn beklagen – wollte. Und Esmond machte es sich schon bald wieder zur Gewohnheit, den guten alten Rumpy oben in dessen Zimmer zu besuchen und ins Vertrauen zu ziehen. Und so hatte dieses Leben durchaus eine Menge Vorzüge. Ich war nicht einsam. Ich war behütet. Und ich führte ein ziemlich glückliches Leben.

Dann erschien Alice auf der Bildfläche und brachte alles durcheinander. Meine geliebte Alice.

Am liebsten würde ich jetzt vorgreifen und von Alice und von den letzten Tagen in Finisterre berichten. Aber das würde auch nichts bringen. »Du versuchst mal wieder, das Pferd von hinten aufzuzäumen«, hatte Mr. Jodson früher manchmal zu mir gesagt. Wirkungen kann nämlich nur verstehen, wer die Ursachen kennt. Und auch Ursachen ergeben nur dann einen Sinn, wenn man davon in der richtigen chronologischen Reihenfolge erzählt. Was mich wieder auf jenen Samstag im September 1954 bringt: den Tag, an dem die vier Chards zum ersten und letzten Mal zusammen in Finisterre weilten.

Onkel Arthur machte sich also auf den Weg ins Dorf, wo er angeblich Zigaretten besorgen wollte. Esmond und ich vergnügten uns nachmittags mit irgendwelchen Spielen im

Garten. Man hatte uns verboten, allein an den Strand zu gehen. Die Hitze und das schwere, fettige Essen hatten uns träge gemacht. Unsere Mütter hielten sich derweil mit der kleinen Lizzy im Wohnzimmer auf. (Zu dieser Zeit muss Esmonds Schwester ungefähr drei oder vier Monate alt gewesen sein.)

Beim Nachmittagstee bemerkte ich dann, dass es zwischen meiner Mutter und ihrer Schwester Unstimmigkeiten gab. Tante Imogen versuchte das Beste aus der Situation zu machen und erklärte, Onkel Arthur sei offenbar aufgehalten worden.

»Das habe ich mir auch schon gedacht, meine Liebe«, sagte meine Mutter.

»Möglich, dass er im Ort einen Bekannten getroffen hat«, gab Tante Imogen zu bedenken. »Und benachrichtigen kann er uns ja nicht, weil ihr in Finisterre kein Telefon habt.« (Diese Bemerkung war eine Spitze gegen meine Mutter, die ihren Konservatismus nach Tante Imogens Auffassung entschieden zu weit trieb.)

»Ach, ich habe gar nicht gewusst, dass Arthur in Ulvercombe jemanden kennt«, sagte meine Mutter. »Ich meine, abgesehen von uns. Aber er ist ja immer für eine Überraschung gut.«

Tante Imogen war der Meinung, dass Arthur ganz sicher im Dorf auf unser Auto warten würde, falls er nicht mehr rechtzeitig nach Finisterre zurückkehren konnte.

»Meinst du vor dem Forley Arms?«, sagte meine Mutter spitz.

Tante Imogen warf sich in die Brust. »Wie kommst du denn darauf, Fiona?«

»Weil der Platz vor dem Lokal im ganzen Ort die einzige Möglichkeit bietet, mit dem Wagen anzuhalten. Du weißt doch, wie eng die Straße ist.«

Als es schließlich so weit war, quetschten wir uns allesamt in den Wagen. Es war ein schöner Abend, aber auch auf der Fahrt ins Dorf blieb die Stimmung angespannt. Und meine Mutter machte alles nur noch schlimmer, als sie laut darüber nachdachte, wann das Forley Arms abends wieder öffnete. Tante Imogen hielt die kleine Lizzy im Arm und bekundete ihren Unwillen, indem sie so tat, als ob ihr der Fahrstil meiner Mutter nicht ganz geheuer wäre. Esmond und ich saßen schweigend auf dem Rücksitz.

Doch Onkel Arthur wartete weder vor dem Forley Arms noch sonst wo in Ulvercombe auf uns. Meine Mutter steuerte den Wagen auf den Platz vor dem Lokal, das wegen der Nachmittagspause noch geschlossen war. Tante Imogen tat kund, dass sie bei den Atkinsons vorsprechen wolle.

»Huhuu!« Tante Ada lehnte sich über die Mauer des Pfarrgartens und winkte uns mit einer großen Schere zu. »Fiona! Imogen! Huhuu!«

Meine Mutter drehte das Fenster herunter. »Ada? Hast du zufällig …?«

»Mr. Chard gesehen? Ja, hab ich. Und ich habe hier eine Nachricht für Imogen.«

Wir stiegen alle aus dem Wagen. Die Pfarrei lag vom Forley Arms aus gesehen direkt auf der anderen Straßenseite. Tante Ada war eine groß gewachsene blasse Frau, deren blumengemustertes Kleid sie wie ein dick aufgepolstertes Sofa erscheinen ließ. Sie kam uns in der Einfahrt entgegen und brachte unter dem Gartenwerkzeug in ihrem Korb ein mit Erde beschmutztes Kuvert zum Vorschein. Meine echte Tante und meine Nenntante waren sich im Laufe des Sommers schon mehrfach begegnet, kannten sich also bereits.

»Es muss kurz vor drei gewesen sein«, sagte Tante Ada, »als Mr. Chard plötzlich über die Mauer schaute und mich fragte, ob ich ihm ein Kuvert borgen beziehungsweise überlassen könnte. Ihr wisst schon, was ich meine. Ich habe ihn gleich erkannt, weil ich ihn heute früh bei euch im Auto gesehen habe. Er hat gesagt, dass er gerade vom Forley Arms aus mit einem Kollegen telefoniert hat ...«

Meine Mutter und Tante Imogen ließen sie einfach reden. In dem Umschlag steckte ein kleinformatiges liniertes Blatt, wie man es auch in Taschen-Ringordnern findet. Tante Imogen reichte Lizzy an meine Mutter weiter. Dann wandte sie sich halb von uns ab. Obwohl es sich gewiss nur um eine relativ kurze Nachricht handelte, brauchte sie ewig, um die paar Sätze zu lesen.

»... eine dringende berufliche Verpflichtung«, sagte Tante Ada. »Ich habe gefragt, ob wir ihn nach Kinghampton fahren sollen. Doch er hat gesagt, dass er uns das nicht zumuten möchte und außerdem fast genauso schnell mit dem Bus hinkommt. Also habe ich ihm angeboten, seine Nachricht nach Finisterre zu bringen, falls er es wünscht. Aber er hat gesagt, dass das nicht nötig ist und dass Mrs. Chard ohnehin Bescheid weiß ...«

»Ach, tatsächlich, Imogen?«, sagte meine Mutter.

»Was?« Tante Imogen blickte auf. »Oh, ja. Hab ich das nicht erwähnt?«

»Na ja ...« Tante Ada schien verwirrt, als sie begriff, dass der Inhalt des Briefes Tante Imogen deutlich mehr zu überraschen schien, als Arthur Chard sie – Tante Ada – hatte glauben machen wollen. »Ich hoffe ... also ich hoffe, es handelt sich nicht um eine schlechte Nachricht.«

»Nein«, sagte meine Mutter und war plötzlich wieder ganz Familientier. »Natürlich nicht, Ada. Wie kommst du denn auf so etwas?«

Ich war sehr aufgeregt. Denn trotz meiner jungen Jahre begriff ich instinktiv, dass sich eine Katastrophe entweder bereits ereignet hatte oder gerade anbahnte. Ich war nämlich schon als Kind ein wahres Stimmungsbarometer – und der Zeiger sank rasch nach unten.

»Nochmals herzlichen Dank«, sagte Tante Imogen zu Tante Ada. »Wiedersehen.«

Sie ging unsicher zum Wagen zurück. Wir Übrigen trotteten hinterher.

»Kann ich wirklich gar nichts für euch tun?«, rief Tante Ada uns nach.

»Nein, danke, Ada«, antwortete meine Mutter. »Wir sehen uns doch ohnehin schon morgen, nicht wahr ...?«

Wir stiegen in den Wagen. Mit umwölkter Stirn ließ meine Mutter den Motor an und fuhr ungefähr einen Kilometer Richtung Kinghampton. Dann stoppte sie den Wagen vor einer breiten Pforte neben einem Feld. »Also, Imogen«, sagte sie atemlos. »Was steht nun in dem Brief?«

»Genau, was ich vermutet hatte. Du hast doch gehört, was Ada gesagt hat. Arthur hat am Telefon erfahren, dass man ihn bei wichtigen Verhandlungen braucht.«

»Am Wochenende?«

»Kann schon mal vorkommen.«

»Seit wann werden denn am Wochenende Geschäftsverhandlungen geführt? Das gibt es doch gar nicht. Nicht mal in der heutigen Zeit.«

Tante Imogen und meine Mutter blickten sich an. Ich glaube, sie hatten ganz vergessen, dass Esmond und ich auf dem Rücksitz saßen. Oder falls sie es nicht vergessen hatten, war es ihnen anscheinend egal. Das verwirrte mich am allermeisten. Es entfachte aber auch noch zusätzlich meine Neugier.

»Verhandlungen«, sagte Tante Imogen errötend und mit gebleckten Zähnen, »Besprechungen sagt man, glaube ich. Manchmal ist es sogar besser, wenn man solche Dinge in einer entspannten Atmosphäre abwickelt –«

»Du meinst, in einem Hotel?«, ließ meine Mutter verlauten und bleckte ebenfalls die Zähne. »Oder in einem Golfclub?«

»Ganz recht. Natürlich kann man potenzielle Kunden unter solchen Umständen leichter überzeugen als im Büro.«

Ich sah von der Seite das Gesicht meiner Mutter. Sie tat durch eine hochgezogene Augenbraue deutlich ihre Skepsis kund. Das weit geöffnete Auge erinnerte an eine feuchte Murmel.

»Aber Teuerste, er ist doch bloß Versicherungsvertreter.«

»Ich glaube, du begreifst nicht ganz, was Arthur in seinem Beruf abverlangt wird. Ebenso wenig scheinst du auch nur zu ahnen, welche Verantwortung er trägt. Natürlich hat er vor mir keine Geheimnisse, das ist doch klar. Aber er ist nun mal zu äußerster Diskretion verpflichtet, wenn er –«

»Ach, wie interessant. Stelle ich mir faszinierend vor, einem – äh –, einer solchen Führungskraft zur Seite zu stehen.«

»Ja, das stimmt.« Tante Imogen schob den Papierbogen in den Umschlag zurück und deponierte beides in ihrer Handtasche.

»Aber belastet dieses abrupte Kommen und Gehen nicht bisweilen das häusliche Zusammenleben?«

»Wir kommen damit Gott sei Dank ganz gut zurecht, Fiona.« Tante Imogen lächelte, und ich begriff zum ersten Mal, dass ein Lächeln auch grausam und triumphierend sein kann. »Dafür genießt man andere Vorteile.«

Meine Mutter holte tief Luft, als ob Tante Imogen sie mit einer spitzen Nadel gestochen hätte. Die Schwestern starrten sich wütend an. Meine Mutter ließ den Motor an und fuhr ruckelnd und mit heulendem Motor nach Kinghampton.

Nach dem Tod meiner Mutter sah ich in ihrem Schreibtisch im Arbeitszimmer die Papiere durch. In ihren besten Jahren war sie eine sehr ordentliche Frau gewesen. Jeder Schlüssel hatte ein eigenes Etikett. Die Rechnungen wurden pünktlich bezahlt und die Belege abgeheftet. Auf jedem Brief war das Datum der Antwort vermerkt, mitsamt einer knappen Inhaltsangabe.

Die meisten ihrer Fotografien waren auf der Rückseite datiert, nicht selten war sogar vermerkt, wer auf dem betreffenden Bild wo zu sehen war. »Blackberry Water, August 1951« oder »Thomas im Alter von achtzehn Monaten«. Der überwiegende Teil der Fotos war vor 1960 entstanden, und die meisten davon betrafen ihre eigene Familie. Möglich, dass die Penmarshes sich nicht gerne hatten fotografieren lassen. Oder aber – was wahrscheinlicher war – meine Mutter hatte kein Verlangen, Andenken an diese Leute zu verwahren.

Und dann fand ich noch ein paar Fotografien, auf denen meine Mutter und Tante Imogen als kleine Mädchen in Irland zu sehen waren. Der Vater der beiden, also mein Großvater mütterlicherseits, besaß einen Kaufmannsladen, und die Familie wohnte darüber im ersten Stock. Meine Mutter schilderte den Laden gerne so, als ob es sich um eine Art Harrods gehandelt hätte. »Wer es sich leisten konnte, kaufte bei den Bradleys ein. Das Geschäft war zwar nicht besonders preiswert, aber man bekam dort einfach alles, und zwar in guter Qualität.«

Auch von den Chards fand ich Fotos. Meine Mutter, Tante Imogen und Arthur Chard hatten bereits als Kinder zusammen gespielt. Arthurs Familie hatte in demselben Ort ein Hotel betrieben. Die Chards und die Bradleys besuchten sonntags dasselbe Gotteshaus der Kirche von Irland. Großvater Bradley liegt dort sogar auf dem Friedhof unter dem Ostfenster begraben. Ich habe einmal ein Foto von seinem Grabstein gesehen, auf dem es heißt: *Er ist nicht tot, er ist uns nur vorausgegangen.*

Auf einem der Fotos in der Sammlung meiner Mutter waren Esmond und ich im Garten von Finisterre zu sehen.

Wahrscheinlich hatte Tante Ada es aufgenommen. Der Vikar war ein begeisterter Fotograf, und Tante Ada passte sich in ihren Interessen meist ihrem Gatten an. Auf dem Foto überragt Esmond mich deutlich. Ich weiß, dass es nicht lange nach unserer ersten Begegnung entstanden sein kann, weil noch die Wiege der kleinen Lizzy in das Bild hineinragt. Esmond steht mit emporgerecktem Kinn da und hat die Mundwinkel hochgezogen. Er sieht aus wie ein Held aus dem viktorianischen Jugendmagazin *Boy's Own* – wie ein geborener Führer. Ich hingegen schaue nicht in die Kamera, sondern in Esmonds Gesicht. Dabei trage ich ein blasiertes Lächeln zur Schau: vielleicht weil Tante Ada mir einen Abzug von dem Foto versprochen hat; vielleicht aber auch, weil etwas von Esmonds Glanz auf mich fällt.

In der mittleren Schublade des Schreibtischs meiner Mutter befand sich ein Geheimfach. Ich entdeckte es erst nach ihrem Tod. Darin lag ein versiegelter brauner Umschlag. Als ich ihn öffnete, stieß ich auf den Bericht des Privatdetektivs und auf eine Fotografie, die Arthur Chard als jungen Mann zeigte. Auf dem postkartengroßen Bild war noch der Stempel des Fotoateliers in Dublin zu erkennen. Arthur ist darauf in einem zweireihigen Nadelstreifenanzug zu sehen. Er hat sein matt glänzendes Haar zurückgegelt und raucht eine Zigarette, die in einer schwarzen Spitze steckt. Sein Gesicht ist völlig faltenfrei, und er lächelt.

Fiona, hatte er auf die Rückseite geschrieben, *auf ewig dein, Arthur.*

Ich verbrannte das Foto – um Esmonds willen.

Vier

Mein Vater hatte eine gewisse Ähnlichkeit mit dem auf einem Atlantikdampfer verhafteten Mörder Dr. Crippen. Auf den Fotos ist ein freundlicher kleiner Mann mit Geheimratsecken zu sehen: mit fliehendem Kinn, einer Nickelbrille und einem buschigen, beinahe stattlichen Schnauzbart. Ich habe ihn nie gekannt. Er ist im August 1943, also zwei Monate nach meiner Geburt, in Finisterre an einer Lungenentzündung gestorben und liegt auf dem Friedhof in Ulvercombe begraben.

»Er fand dein Geschrei unerträglich«, sagte meine Mutter einmal.

Sonst ist mir über seine Gefühle für mich nichts bekannt. Nach Auskunft meiner Mutter war er ein begabter Amateurflötist; und sie machte von dieser Fähigkeit so viel Aufhebens, dass ich mich manchmal fragte, ob mein Vater keine anderen Eigenschaften besessen hatte, die einer Erwähnung wert waren. Ich nehme an, dass das Geld meines Vaters ihr ebenso viel bedeutete wie mein Vater selbst; doch vielleicht tue ich ihr damit auch Unrecht. Seine Familie hatte in Birmingham eine Firma, die Toilettensitze aus Holz herstellte. Freilich fühlte meine Mutter sich nicht unbedingt gedrängt, diese Tatsache in ihrem Bekanntenkreis breitzutreten. Die Firma wurde noch vor dem Krieg verkauft, und mein Vater legte seinen Anteil an dem Erlös so geschickt an, dass zunächst er selbst und später meine Mutter und ich genügend Geld zum Leben hatten. Meine Mutter war früher seine Sekretärin gewesen: So hatten die beiden sich kennen gelernt. Und dann hatten sie Finisterre gekauft, weil sie Angst hatten, die Deutschen könnten Birmingham bombardieren.

Es ist möglich, dass Fiona Bradley ihren Mann George Penmarsh wegen seines Geldes geheiratet hat. Es spricht vieles dafür, dass ihre Schwester Imogen Arthur Chard aus Liebe geheiratet hat. Die Chards haben zuerst geheiratet, im Januar 1940. Meine Eltern gaben sich vier Monate später das Jawort, und zwar nach einer »etwas überstürzten Brautzeit«. So berichtete es wenigstens einmal Tante Imogen in Gegenwart meiner Mutter Tante Ada, und zwar, wie mir schien, in der Absicht, ihre Schwester zu verletzen.

»Wie romantisch«, sagte sie. »Arthur und ich waren entzückt.«

Von außen betrachtet hat allerdings meine Mutter die bessere Partie gemacht. Mag sein, dass sie meinen Vater nicht geliebt hat, aber wenigstens hat er die Grandezza besessen, sich ebenso prompt wie unter gesellschaftlich akzeptablen Bedingungen aus dem irdischen Dasein zu verabschieden. Außerdem hinterließ er ihr Finisterre und so viel Geld, dass sie dort sorgenfrei leben und sich über ihre irische Verwandtschaft erheben konnte.

Tante Imogen wiederum bekam den Mann ihrer Träume, was nach meiner Beobachtung häufig direkt ins Unglück führt. Natürlich weiß ich nichts Genaues, doch nach meinem Eindruck war Arthur Chard ein schlichter Betrüger und selbst in diesem Gewerbe ohne Erfolg. Während des Krieges und in den Jahren danach war er eine Zeit lang für eine Bank im irischen Wexford tätig. Dann hatte es offenbar einen Skandal gegeben, wie meine Mutter gelegentlich durchblicken ließ, und die Bank hatte Chard gefeuert. Da Arthur in Irland keine Arbeit mehr fand, musste er wohl oder übel nach England gehen. Seit dieser Zeit hatten er und Tante Imogen sich vor allem an ihre vermögende Verwandtschaft angelehnt.

Arme Tante Imogen. Da stand sie nun mit ihren beiden kleinen Kindern: ohne Geld und mit einem Nichtsnutz von Ehemann – samt einer vermögenden Schwester, die entschlossen war, ihre finanzielle Überlegenheit bis zur bitteren Neige auszukosten.

Aber warum war meine Mutter dann so unzufrieden?

Wie gesagt: Meine Mutter ist plötzlich gestorben. Da dies ganz ohne Vorwarnung geschah, hat sie auch keine Zeit mehr gehabt, ihre Papiere zu ordnen. Auch das Foto von Arthur Chard habe ich ja bereits erwähnt. Sicher hätte sie weder gewollt, dass ich das Foto finde noch den Bericht des Privatdetektivs.

Arthurs Spur ließ sich bis zu einem Dampfer verfolgen, der im Oktober 1954 nach Amerika gefahren war, also fünf Wochen nachdem Chard seine Familie im Stich gelassen hatte. Er war auf dem Zwischendeck gereist. Das Angebot des Detektivs, einen Partner in New York mit weiteren Nachforschungen zu beauftragen, hatte meine Mutter abgelehnt. Ja, sie hatte sogar auf der letzten Seite des Berichts »NEIN« unter den Text geschrieben und das Wort zweimal unterstrichen. Möglich, dass meine Mutter den Detektiv auf Betreiben meiner Tante Imogen engagiert hatte. Möglich, aber eher unwahrscheinlich.

Hier und da musste ich noch an Arthur Chard in Amerika denken. Ich überlegte beispielsweise, ob er wohl noch immer so behaarte und ruhelose Hände hatte – wie mit einem dichten Pelz bekleidete kleine Tiere, die nach einem Fluchtweg suchen. Jahrelang kam sein Name kein einziges Mal über die Zunge meiner Mutter. Ja, man hätte leicht auf die Idee verfallen können, dass es sich bei Esmond um das übernatürliche Resultat einer jungfräulichen Empfängnis handelte. (»Esmond ist ein richtiger kleiner Bradley«, ließ sie bisweilen stolz verlauten, »während Thomas mehr nach den Penmarshes schlägt.«) Allerdings wollte meine Mutter ein paar Monate später plötzlich von mir wissen, ob ich es für möglich hielt, dass Arthur Chard noch am Leben sei.

»Arthur?« Ich war völlig durcheinander. »Nun ja … wie alt war er eigentlich, als er damals auf und davon ist?«

»Im November wäre er vierzig gewesen«, sagte sie. »Im November 1954.«

»Dann müsste er jetzt Ende siebzig sein. Schon denkbar, dass er noch lebt.«

»Aber er hat immer zu viel geraucht und getrunken«, erwiderte sie. »Ich habe nie geglaubt, dass er mal alt wird.«

»Das kann man nie so genau sagen.«

Plötzlich knallte sie die Spitze ihres Handstocks auf den Boden. Ich bekam einen solchen Schrecken, dass mir mein Buch vom Schoß rutschte.

»Red doch keinen Unsinn, Thomas. Kannst du nicht wenigstens einmal deinen Kopf gebrauchen? Wäre Arthur noch am Leben, hätte er doch längst versucht, weiteres Geld von mir zu borgen.«

Ich kann mich nicht entsinnen, dass ich in meinem ganzen Leben zu irgendeinem Zeitpunkt einmal *keine* Angst vor irgendwem oder -etwas gehabt hätte. Dabei konnten die Auslöser dieser Angst natürlich wechseln. Und bisweilen habe ich mich auch einfach nur so gefürchtet und wusste selbst nicht genau, wovor. Nach meinem Empfinden sind solche Angst- und Schuldgefühle auf eine Art Grundstimmung zurückzuführen, brauchen also nicht unbedingt einen konkreten Auslöser. Die Ursachen dieser Grundstimmung wiederum sind unserem Blick so weit entzogen, dass es sie möglicherweise gar nicht gibt.

Sobald ich anfange, über Angst nachzudenken, fällt mir sofort meine erste richtige Schule wieder ein – und natürlich Esmond, immer wieder Esmond. Diese Schule trug den grandiosen Namen »Bicknor College«, und ich wurde dort im September 1954, also kurz nach Arthur Chards fluchtartigem Verschwinden, eingeschult. Vorher hatte ich die kleine Dorfschule in Ulvercombe besucht.

Bicknor College war so etwas wie eine Grundschule für Jungen zwischen sieben und dreizehn. Das Institut war in Kinghampton in einem baufälligen Gebäude aus dem achtzehnten Jahrhundert untergebracht. In den Räumen roch es penetrant nach Bohnerwachs, Desinfektionsmittel, feuchter Wolle und fauligem Gemüse, und das, obwohl die Fenster so oft es nur ging geöffnet sein mussten. Zwar gab es in der Schule auch ein paar Interne, doch die meisten von uns waren lediglich Tagesschüler. Der Direktor war ein gewisser Mr. Broadbent-Brown, der von den Schülern allgemein als Bee-Bee bezeichnet wurde. Der Name seines Stellvertreters Mr. Maulet wurde wie »Morley« ausgesprochen. Dieser Mr. Maulet zeichnete sich vor allem durch sein Holzbein und das Unvermögen aus, sich die Namen der meisten seiner Schüler einzuprägen, sowie durch die Neigung, tief zu erröten, wenn er wütend war. Die älteren Jungen waren felsenfest davon überzeugt, dass Mr. Maulet in verzehrender Leidenschaft für Mr. Broadbent-Browns unverheiratete Schwester entflammt war. Diese Dame führte ihrem Bruder den Haushalt, unterrichtete Kunst, Musik und Geografie und war an unserem Institut gewissermaßen dafür zuständig, das weibliche Element zu verkörpern. Sie hatte keinen Beinamen.

Ich habe ein ganzes Jahr in Angst vor Miss Broadbent-Brown verbracht. Obwohl das Wort »Angst« nur einen unvollkommenen Eindruck von dem Grauen vermittelt, das sie in mir auslöste, und zwar vor allem in dem ersten Halbjahr, das ich an der Schule verbrachte. Heutzutage würde man vielleicht sagen, dass sie eine verklemmte alte Jungfer war, die sich für ihre sexuellen und emotionalen Frustrationen an den ihrer Obhut anvertrauten kleinen Jungen rächte. Mr. Maulet wiederum würde diese Analyse wahrscheinlich mit seinem Lieblingsausdruck als »Quatsch mit Sauce« bezeichnen. Ich habe in meinem Leben viele verklemmte Menschen gekannt, mich selbst eingeschlossen, von denen es den meisten immerhin gelungen zu sein scheint, darüber nicht zum Sadisten zu werden. Die einzige überzeugende Erklärung ist also, dass eine biologische Märchenfee Miss Broadbent-Brown schon am Tag ihrer Taufe mit einem besonderen Geschenk beglückt hat: der Fähigkeit, die Ausübung von Grausamkeiten als besonders befriedigend zu empfinden.

Mr. Maulet konnte ebenfalls grausam sein; allerdings handelte es sich bei seinen Ausbrüchen meist nur um spontane körperliche Züchtigungen: eine Ohrfeige, einen stechenden Hieb mit dem Lineal. Auch wenn es vielleicht absurd klingt, aber diese Grausamkeiten waren nicht wirklich bösartig. Miss Broadbent-Brown hingegen krümmte uns fast nie ein Haar. Darauf konnte sie gut verzichten. Sie gebot nämlich über subtilere Methoden, um ihre Vorstellungen von Disziplin durchzusetzen.

Als sie uns einmal in Kunst unterrichtete, verspürte ich plötzlich einen allzu menschlichen Drang. Ich weiß, dass mein Bedürfnis unaufschiebbar gewesen sein muss, andernfalls hätte ich gewiss gewartet. Unter den gegebenen Umständen war meine Verzweiflung jedoch so groß, dass ich meine Schüchternheit überwand und die Hand hob.

Anfangs ignorierte mich Miss Broadbent-Brown einfach. Ich wackelte in meiner Bank hin und her. Die Angst, in die Hose zu machen, reicht in unserer Kultur in geheimnisvolle Tiefen. Ein solcher Verlust der Selbstbeherrschung gilt besonders bei Kindern als große Schande.

Miss Broadbent-Brown kann meine unruhig winkende Hand unmöglich übersehen haben. Die Frau sah alles. Wie

Argus hatte sie hundert Augen. Doch sie tat so, als ob sie gerade vollauf damit beschäftigt wäre, einem Schüler zu erklären, wie sich aus blauer und gelber Farbe Grün mischen lässt.

»Bitte, Miss«, flehte ich. »Bitte, Miss.«

Dass ich mir die Kühnheit erlaubte, ohne ausdrückliche Genehmigung zu sprechen, beweist schon, wie verzweifelt ich war.

Miss Broadbent-Brown schaute auf, ließ den Blick ohne Eile durch den Raum schweifen und sah der Reihe nach sämtliche Schüler an. Sie war eine hoch aufgeschossene dünne Frau mit einem langen Gesicht, das so aussah, als ob eine geheimnisvolle Macht es völlig deformiert hatte.

»Penmarsh«, sagte sie. »Hast du uns etwas mitzuteilen? Vielleicht eine bahnbrechende künstlerische Erkenntnis?«

»Kann ich bitte auf die Toilette gehen, Miss?«

»Nein.«

Sie wandte mir den Rücken zu und ging zwischen den beiden Bankreihen hindurch zu ihrem Pult, das auf einem Podium stand. Ich war völlig ratlos, denn normalerweise erlaubte es Miss Broadbent-Brown Kindern, die ein dringendes Bedürfnis hatten, während ihres Unterrichts die Toilette aufzusuchen. Also hob ich die Hand und stand von meinem Platz auf.

»Bitte, Miss. Bitte, würden Sie mich bitte entschuldigen.«

Sie sah mich kalt lächelnd an. »Nein, Penmarsh, ich entschuldige dich nicht. Du bist gewissermaßen unentschuldbar.«

Einige der Jungen kicherten.

»Setz dich.«

Ich setzte mich. »Aber Miss –«

»Und jetzt möchte ich, dass ihr einen Apfel malt.« Miss Broadbent-Brown sprach wieder zur Klasse. »Einen grünen

Apfel auf einem Teller. Aber vergesst den Stängel nicht. Und versucht, den Apfel möglichst schmackhaft darzustellen. Ob ihr das könnt?«

Köpfe beugten sich über Zeichenpapier. Ich klapperte nervös mit dem Pinsel in meinem Marmeladenglas. Der Drang wurde immer stärker, doch noch schlimmer war die Angst vor dem drohenden Unheil. Ich schluchzte so laut, dass man es gewiss bis zum Podium hören konnte. Meine Wangen waren tränenüberströmt.

»Sag austreten«, flüsterte jemand hinter mir.

»Troon«, sagte Miss Broadbent-Brown, ohne den Blick von dem Roman abzuwenden, in dem sie gerade las. »Du weißt doch, dass ich es nicht mag, wenn jemand in meinem Unterricht spricht. Geh also bitte nach draußen auf den Gang. Wir sprechen uns später.«

Troon, ein einsamer rotgesichtiger Junge, der mir gegenüber bis dahin noch nie auch nur das geringste Zeichen von Sympathie an den Tag gelegt hatte und dies auch in Zukunft nie mehr tun sollte, ging mit schlurfenden Schritten aus dem Zeichensaal. Erst heute begreife ich, wie heroisch er sich an jenem Tag verhalten hat. Denn durch seine Parteinahme für mich hatte er nicht nur Miss Broadbent-Browns Tyrannei die Stirn geboten, sondern sich auch gegen die vorherrschende Haltung der ganzen Klasse aufgelehnt. Kleine Jungen sind nämlich Opportunisten, die sich am liebsten mit den Starken gegen die Schwachen verbünden.

Ich hob die Hand. »Bitte, Miss«, stammelte ich, »darf ich austreten? Bitte?«

Miss Broadbent-Brown hob langsam den Kopf. Ich stand inzwischen startbereit neben meinem Tisch.

»Wer hat dir erlaubt aufzustehen, Penmarsh?«

»Entschuldigung, Miss.« Ich setzte mich wieder.

»Dann möchtest du also austreten?«

»Ja. Ja bitte, Miss.«

»Und wieso hast du das nicht gleich gesagt?«

»Tut mir Leid, Miss.«

Bei uns zu Hause, aber auch in der Dorfschule und in anderen Situationen, die ich bis dahin kennen gelernt hatte, galt es als völlig normal, wenn man sich bei Auftreten eines dringenden Bedürfnisses kurz entschuldigte oder sagte, dass man die Toilette aufsuchen müsse. Doch hier herrschten offenbar andere Sitten. Und auf dem Bicknor College galt Unwissenheit ebenso wenig als Entschuldigung wie im normalen Leben.

Miss Broadbent-Brown blickte wieder in ihr Buch. Ein paar Sekunden verstrichen – oder waren es Jahrhunderte? Sie gähnte und hielt sich die Hand vor den Mund.

»Also gut, Penmarsh«, sagte sie. »Dann geh schon.«

Ich schoss Richtung Tür. Doch es war bereits zu spät. Am liebsten wäre ich im Boden versunken, als ich spürte, wie sich zwischen meinen Beinen ein warmer dunkler Fleck ausbreitete.

»Tante Imogen wird mit Lizzy und Esmond mit uns Weihnachten feiern«, sagte meine Mutter im Dezember zu mir. »Ist das nicht lustig?«

Lustig? Was für eine dumme Frau. Ich wusste, dass mich eine Zeit der Wunder und des Grauens und der unsäglichen Freuden erwartete. Doch »lustig« würde es gewiss nicht werden.

Meine Mutter gab sich zwar eine gewisse Mühe, den Schein vor mir zu wahren, allerdings störte es sie auch nicht weiter, wenn ich Zeuge ihrer Gespräche mit Tante Ada wurde. Immer wieder schnappte ich einzelne Wörter und allerlei Getuschel auf. Dabei gab meine Mutter (wie ich vermute) wegen ihrer schlecht sitzenden dritten Zähne merkwürdige Zischlaute von sich, sodass selbst ihre banalsten Bemerkungen irgendwie bedrohlich klangen.

»Ganz recht, meine Liebe: die Polizei. Wenigstens drei geplatzte Schecks. Was Mutter nur dazu sagen wird … Nun ja, letzten Endes sind wir natürlich trotzdem ein Fleisch und Blut. Am meisten tun mir die Kinder Leid. Ein Fleisch und Blut …«

»Du bist eine wahre Heilige, Fiona«, sagte Tante Ada, und das nicht einmal, sondern ständig, weil das nun mal ihre Art war. »Eine wahre Heilige.«

»Wie sich die Dinge langfristig entwickeln, ist natürlich noch nicht absehbar. Aber jetzt kommt zuerst einmal Weihnachten. Die hohe Zeit der Kinder. Die Kinder haben doch nicht mal was anzuziehen, vermute ich.«

»Es ist einfach nicht fair, meine Liebe.«

Ich saß auf der anderen Seite des Sofas auf dem harten Stuhl am Tisch und war mit einem Puzzle beschäftigt. Dabei ging es darum, die englischen und walisischen Eisenbahnen, die damals noch nicht verstaatlicht waren, richtig zusammenzufügen.

»Und wie geht es hinterher weiter?«, fragte Tante Ada. »Man kann doch nicht von dir erwarten …«

»Sie müssen wieder nach Irland ziehen. Seit dem Tod meines Vaters … Das Haus ist zwar nicht sehr groß, aber sie könnten dort in bescheidenen Verhältnissen ganz anständig leben. Zumindest wäre das viel vernünftiger … Und Esmond kann dort … Trotzdem: mein eigen Fleisch und Blut …«

Esmond sollte also wieder nach Irland gehen? Auf immer und ewig?

»Da sieht man es mal wieder«, sagte Tante Ada, ohne das »es« näher zu erläutern. »Also, Fiona, ich hab ja schon immer gesagt: Blut ist dicker als Wasser.«

Meine Mutter nickte. »Ich habe sie damals ja gewarnt, weißt du. Und nicht nur einmal, sondern hundertmal. Arthur war schon immer …« Sie hielt inne und blickte über die Schulter in meine Richtung. »Los, wasch dir die Hände, Thomas«, sagte sie. »Wir trinken gleich Tee.«

Ich wusste, dass es noch nie ein so schönes Weihnachten gegeben hatte wie das Christfest, das uns bevorstand. Und ich sollte Recht behalten.

Esmond kam bereits eine Woche vor dem Fest – natürlich mit Tante Imogen und der kleinen Lizzy – und musste erst in der zweiten Januarwoche wieder abreisen.

In Finisterre gab es fünf Schlafzimmer, die als Speicher genutzten Mansarden nicht mitgerechnet. Meine Mutter und ich hatten jeweils ein eigenes Schlafzimmer, wobei es sich bei meinem Zimmer um die so genannte Kinderstube mit dem vergitterten Fenster handelte. Ich hätte mich riesig gefreut, wenn Esmond bei mir in meinem Zimmer hätte schlafen dürfen, doch meine Mutter verweigerte dies mit der Begründung, dass wir dann ohnehin nicht schlafen würden. Also schlief Esmond in dem dritten und kleinsten Schlafzimmer, das zum Teil über der Veranda lag und dessen Fenster landeinwärts wies. In dem vierten Schlafzimmer nächtigte Tante Imogen mit der kleinen Lizzy, für die am Fußende des Bettes ein eigenes Kinderbettchen aufgestellt war. Das fünfte und größte Schlafzimmer blieb ungenutzt.

»Könnte ich nicht Lizzys Bettchen dort hineinstellen?«, fragte Tante Imogen am Nachmittag ihrer Ankunft. »Sie wacht nämlich sehr leicht auf, wenn wir in einem Zimmer schlafen.«

»Nein, besser nicht, meine Liebe. Wir brauchen den Raum eventuell noch, weißt du.«

»Erwartest du denn noch weitere Gäste?«

»Schon möglich«, antwortete meine Mutter vage.

In dem Zimmer hatte früher mein Vater geschlafen. Meine Mutter hielt es in einem Zustand permanenter Bereitschaft für einen Gast, der niemals kam. Mit etwa vierzehn, fünfzehn Jahren begriff ich, dass ihr Verhalten, milde ausgedrückt, exzentrisch war, allerdings hatte ich das zu dem Zeitpunkt bereits als eine unabänderliche und nicht weiter erwähnenswerte Konstante im Gewebe des Daseins akzeptiert. Das Bett wurde jede Woche frisch bezogen. Auch das Handtuch und das Badetuch wurden regelmäßig gewechselt. Doch wenn wir – selten genug – einmal Übernachtungsgäste hatten, mussten diese unweigerlich in einem anderen Zimmer schlafen.

Mein Vater war dort gestorben, und ich glaube, dass meine Mutter den Raum aus diesem Grund nie mehr benutzte. Nicht dass sie für diesen vorletzten Ruheort aus sentimentalen Gründen eine besondere Verehrung gehegt hätte. Vielmehr war sie wie viele dumme, aber willensstarke Leute zutiefst abergläubisch: Sie hatte Angst, den Geist meines Vaters zu kränken, fürchtete, dass er sie noch aus dem Grab mit seinen Armen umfangen könnte. Manchmal öffnete ich die Tür und beäugte das große hohe Bett samt dem mit Schnitzereien geschmückten dunklen Kopfbrett: dort also hatte der Leichnam meines Vaters gelegen. Ich wusste das ganz genau, weil die Jodsons es ihrem Sohn, also dem Jungen mit dem Mörderkaninchen, erzählt hatten, und der wiederum hatte es mir erzählt. Das fünfte Schlafzimmer gehörte den Toten.

Wenn ich behaupte, ich hätte damals ein wundervolles Weihnachten erlebt, so heißt das nicht, dass ich die ganze Zeit glücklich gewesen wäre. Aber wenigstens verbrachte ich die Tage in einem Zustand permanenter Erregung. Dabei hatte ich oft genug ganz fürchterliche Angst. Esmond ließ mich Dinge tun, die mich mit panischem Schrecken erfüllten. Manchmal kam es mir vor, als ob er mich – wie es im Mittelalter bei den Rittern Brauch war – einer Abfolge von Prüfungen unterziehen wollte, um herauszufinden, ob ich seiner Freundschaft würdig sei.

Einmal verlangte er von mir, bei den Atkinsons ein paar Süßigkeiten zu stehlen. Ein andermal führte er mich in das Dachgeschoss hinauf, wo es zu beiden Seiten eines schmucklosen Ganges je einen Abstellraum gab. Dann forderte er mich auf, ihm durch ein Oberlicht auf das mit grauen Schieferschindeln gedeckte steil abfallende Dach zu folgen.

Ich blickte in den Garten hinunter, der sich, aus solcher Höhe betrachtet, in einen unwirtlichen, Furcht einflößenden Ort verwandelte. Gleichzeitig wehte von der grauen See ein stürmischer Wind zu uns herauf. Ich stellte mir vor, wie die Luft mich davontrug, wie ich mich vergeblich an den Schindeln festzuhalten versuchte und eine heftige Böe mich unversehens tief landeinwärts schleuderte: bis nach Kinghampton und sogar noch weiter.

Ich sah, wie Tante Ada unten um die Ecke des Hauses bog. Sie erschien mir klein wie eine Puppe. Der Wind ließ ein wenig nach, als müsste er noch einmal Atem schöpfen. Plötzlich fühlte ich mich unwiderstehlich in die Tiefe gezogen. Ich fing leise an zu wimmern. Esmond packte mich am Gürtel und zog mich wieder zu dem Kippfenster hinauf.

»Weißt du eigentlich, dass ich dir gerade das Leben gerettet habe?«, sagte er, als wir uns wieder sicher auf dem Speicher befanden. »Ohne mich wärst du jetzt tot.«

Ein Gefühl unendlicher Dankbarkeit durchflutete mich, und ich wusste kaum, wie ich ihm danken sollte. Wie irrational wir doch manchmal sind. Natürlich wusste ich ganz genau, dass ich ohne Esmond gar nicht erst in Lebensgefahr geraten wäre. Trotzdem war meine Dankbarkeit echt. Ich glaube, ich war ihm schlicht dankbar dafür, dass er sich dazu herabließ, mich zur Kenntnis zu nehmen.

Die kleine Lizzy schrie pausenlos. In der Erinnerung kommt es mir vor, als ob sie tage-, nächte-, wochenlang nur geschrien hätte.

»So kenne ich sie gar nicht«, sagte Tante Imogen und bleckte die Zähne. Das war am Heiligen Abend morgens beim Frühstück. »Das macht sie sonst nie. Ich wüsste zu gerne, was sie quält.«

»Ja, ich habe sie letzte Nacht auch gehört«, sagte meine Mutter. »Dürfte schon fast fünf Uhr gewesen sein, als sie schließlich eingeschlafen ist.«

»Hoffentlich hat sie dich nicht gestört, Fiona.«

»Ach, *meinetwegen* brauchst du dir keine Gedanken zu machen. Mir geht es doch nur um Lizzy, das arme kleine Würmchen. Sie sieht ein bisschen krank aus.«

»Vielleicht liegt es an der neuen Umgebung. Oder sie fühlt sich durch mein Atmen gestört. Sie ist nämlich nicht daran gewöhnt, mit mir in einem Zimmer zu schlafen.«

»Allerdings dürfte sie schwerlich deinen Atem hören, wenn du mit uns hier unten bist. Wer weiß schon, was im Kopf eines Säuglings vor sich geht?«

»Ich habe dafür meist ein recht gutes Gespür. Das kommt von ganz alleine, erst recht beim zweiten Kind.«

Solche Wortwechsel klingen so harmlos, wenn man sie nur geschrieben vor sich sieht. Meine Mutter und ihre Schwester konnten sich auf diese Weise stundenlang unterhalten. Und so ergab eine Spitze die nächste. In Gestalt subtilster Anspielungen machten sich die beiden die gemeinsten Vorwürfe und bezichtigten sich wechselseitig: eine schlechte Mutter zu sein; Arthur Chard zur Flucht gezwungen zu haben; materialistisch oder unchristlich oder schlampig zu sein; ungesunde Kinder zur Welt zu bringen; im Grunde genommen zu nichts nutze zu sein. Mag sein, dass das alles völlig belanglos war – ein Nachhall kindlicher Querelen: mehr eine Art zu reden als zu empfinden, mehr eine Frage der Form als des Inhalts. Doch das glaube ich nicht. Meine Mutter und Tante Imogen waren in erster Linie Rivalinnen und dann erst Schwestern.

An Silvester spielten Esmond und ich unter dem Esszimmertisch ein Spiel, das *Commandos* hieß. Wie immer zwischen den Mahlzeiten lag auf dem Tisch eine blaugrüne Chenilledecke, die fast bis zum Boden hinunterreichte. Eigentlich hätten wir Kinder uns in dem Zimmer gar nicht aufhalten dürfen, weil es dort scharfe Messer und zerbrechliches Porzellan gab. Dann hörten wir Schritte.

»Ich weiß nicht, wie lange ich das noch aushalte«, stöhnte meine Mutter. »Familie hin oder her.«

Eine Tür des Sideboards wurde geöffnet. Gläser klirrten. Esmond berührte mich mit der Schulter.

»Ich verstehe ja, wie schwierig das für dich ist, meine Liebe«, sagte Tante Ada.

»Ständig diese Gemeinheiten. Und zwar aus Neid, aus purem Neid. So ist sie schon immer gewesen.«

»Du darfst das nicht an dich herankommen lassen.«

»Und das Baby – dieses *ewige* Geschrei. Du machst dir ja keine Vorstellung. Nur der Himmel weiß, was Imogen mit der Kleinen anstellt. So ein unausstehliches kleines Ding – ich meine Lizzy. Man braucht sie doch bloß anzuschauen, die Kleine; sie hat so einen merkwürdigen Zug um die Augen.«

»Seltsam, dass bereits bei so kleinen Kindern der Charakter durchscheint. Ich weiß noch, wie mein –«

»Und die Jodsons sind auch schon ganz durcheinander. Meistens behandelt Imogen die armen Leute ja wie Dreck, und dann plötzlich ermutigt sie sie zu völlig übertriebenen Vertraulichkeiten.«

»Oje«, sagte Tante Ada und fand sich damit ab, dass ihr in dem Gespräch lediglich eine Nebenrolle zugedacht war.

»Jodson ist erst heute Morgen zu mir gekommen. Ob er wirklich den Hof fegen soll, hat er gesagt, weil das bei diesem stürmischen Wetter völlig sinnlos sei. Natürlich nicht, habe ich erwidert. Und er hat gefragt, ob ich wüsste, dass

Mrs. Chard ihm den Auftrag dazu erteilt hat. In meinem ganzen Leben habe ich mich nicht so geniert.«

»Du hättest es dir gar nicht erst aufbürden sollen.«

»Ja, ich könnte wirklich gut darauf verzichten, Ada, das wirst du sicher verstehen.«

»Aber wenigstens –«

»Gegen den Jungen habe ich ja gar nichts, weißt du. Ein netter kleiner Bursche, und er ist auch sehr gut für Thomas. Er ist seinem Vater wie aus dem Gesicht geschnitten. Charakterlich allerdings kommt er Gott sei Dank nicht nach ihm.«

»Na, wenigstens ist die unerfreuliche Situation bald ausgestanden.«

Meine Mutter schnaubte und wies den Trost zurück. »Heute in einer Woche sind sie bereits in Irland, aber –«

Tante Ada hustete. »Ist da nicht jemand auf der Treppe?«

Das konnte nur Tante Imogen sein, die aus ihrem Zimmer nach unten kam. Wir hörten, wie sich die beiden entfernten und die Tür hinter sich schlossen. Esmond hob den Rand des Tischtuchs an. Licht flutete in unsere kleine Höhle.

»Ich habe gerade über Funk das Hauptquartier informiert«, sagte Esmond, als ob nichts geschehen wäre, »und du bist mit deinem Spähtrupp gerade vorne an der Front gewesen. Dabei hast du einen deutschen Stabsoffizier gesehen, der –«

»Wollen wir nicht lieber woanders hingehen?«, drängte ich. »Was sollen wir denn machen, wenn die beiden noch mal zurückkommen?«

»Ach, mach dir deshalb keine Sorgen«, sagte Esmond. »Ich pass schon auf dich auf.«

Eines Abends Anfang Januar 1955, zwei Tage bevor die Chards mit dem Fährzug nach Irland abreisen sollten, hatten meine Mutter und Tante Imogen einen Streit. In gewisser Hinsicht war der ganze Besuch ein einziger fortgesetzter Streit gewesen, doch diesmal verzichteten die beiden Schwestern zum ersten Mal darauf, ihre Wut zu kaschieren.

Lizzys Geschrei war der Funke, der zur Explosion führte. Zweifellos hätte meine Mutter auch einen anderen Anlass gefunden, wäre die Kleine zufällig einmal still gewesen. Der Streit begann, kurz bevor Esmond und ich ins Bett gingen, was an diesem Tag früher als sonst der Fall war, weil Tante Ada und der Vikar zum Abendessen erscheinen sollten. Tante Adas Mann blieb in unserem Haushalt stets der Vikar. Er wurde für mich auch nie zu einem Nennonkel, und meine Mutter legte Wert darauf, dass er von ihr selbst und von ihrer häuslichen Umgebung stets den besten Eindruck bekam. Deshalb fand sie das Geschrei des Kindes an diesem Tag besonders empörend.

»Hoffentlich hört Lizzy bald auf zu schreien«, sagte Esmond, als wir nach oben gingen.

»Ja, das hoffe ich auch.«

»Wenn das so weitergeht, lädt deine Mutter uns nie wieder ein.«

»Doch, natürlich. Ganz sicher.«

»Ich weiß nicht recht.«

»Dafür sorge ich schon«, erklärte ich.

Esmond sah mich lächelnd an. »Dumme Lizzy«, sagte er leichthin. »Ich könnte sie umbringen.«

Kurz darauf mussten wir ins Bett. Lizzy lag in Tante Imogens Zimmer in ihrem Körbchen. Sie weinte immer noch. Tante Imogen und meine Mutter kamen nach oben, um sich umzukleiden. Und dann fingen sie an zu streiten. Sie standen oben auf dem Treppenabsatz und keiften sich an.

»Ich bringe sie jetzt in das leer stehende Zimmer«, sagte Tante Imogen. »Begreifst du denn nicht, dass das der entscheidende Grund ist? Sie ist nun mal nicht daran gewöhnt, mit mir in einem Zimmer zu schlafen.«

»Aber du bist doch jetzt gar nicht bei ihr –«

»Ja, aber sie spürt, dass sie in *meinem* Zimmer liegt. Vielleicht hast du das vergessen, vielleicht ist es dir aber auch nie aufgefallen: Babys sind in dem Alter besonders –«

»Willst du damit etwa sagen –«

»Wenn du dir den Schuh anziehst, liebe Schwester. Das hast du gesagt, nicht ich.«

»Was habe ich gesagt?«

»Ach, lassen wir das. Jedenfalls drängt sich mir der Eindruck auf, dass du Schuldgefühle hast, weil du dem kleinen Thomas so wenig Zeit widmest.«

»So einen Quatsch habe ich ja in meinem ganzen Leben noch nicht gehört. Wenn ich bedenke –«

Es läutete an der Tür. Der Vikar und Tante Ada waren eingetroffen. Die beiden Frauen mussten den Streit abbrechen. Ich hörte die schweren Schritte meiner Mutter auf der Treppe, Stimmen unten im Entree und dann das Knarren der Wohnzimmertür.

Tante Imogen blieb noch oben. Anscheinend war sie zu Lizzy gegangen, denn das Geschrei des Säuglings wurde plötzlich leiser und ging in ein Wimmern über. Kurz darauf hörte ich ein kratzendes Geräusch, dann dumpfe Schläge und Türenschlagen.

Ich stieg aus dem Bett. Ich kann mich noch heute an die Kälte erinnern, die Zugluft an meinen nackten Füßen. Meine Tür blieb stets einen Spaltbreit geöffnet, und oben auf der Treppe brannte das Licht. Ich spähte durch den Spalt und sah Tante Imogen draußen auf dem Gang. Sie hatte die immer noch wimmernde kleine Lizzy auf der Hüfte. Mit der freien Hand zog sie das Kinderbett durch die offene Zimmertür. Sie ächzte, und ihre Wangen waren vor Wut und Anstrengung gerötet. Tante Imogen war keine besonders große Frau, und das Kinderbett war aus massivem Holz. Doch sie schien zu allem entschlossen.

Sie zog das Bett über den Gang bis zum Zimmer meines Vaters. Dann blickte sie zuerst zu Esmonds und dann zu meiner Tür hinüber, als ob sie spürte, dass jemand sie beobachtete. Ich ging auf Zehenspitzen wieder zu meinem Bett. Dann hörte ich wieder knirschende Geräusche und dumpfe Schläge. Es folgte ein Augenblick völliger Stille. Dann hörte ich, wie Tante Imogen mit eiligen Schritten Richtung Treppe huschte. Unten im Entree hallten ihre Absätze auf den Kacheln wider. Die Wohnzimmertür knarrte. Die kleine Lizzy fing wieder an zu schreien, doch diesmal anders – ihre Stimme klang lauter und irgendwie verwundert, und ich wusste nur, dass sie sich im Zimmer meines Vaters befand und es jetzt mit seinem Geist zu tun hatte.

Irgendwann stattete meine Mutter der Toilette im ersten Stock einen Besuch ab. Danach ging sie in das Zimmer meines Vaters. Lizzy schrie jetzt noch lauter als zuvor. Meine Mutter murmelte wirres Zeug wie die Wahnsinnige, die wir manchmal in Kinghampton sahen. Sie ließ das Kinderbett, wo es war. Und sie kam auch nicht, um bei mir nach dem Rechten zu sehen. Vielmehr rannte sie wütend die Treppe hinunter.

Lizzy brüllte immer noch, als die Erwachsenen schließlich anfingen zu essen. Das Schreien wollte und wollte nicht aufhören. Ich war außer mir, ja der Verzweiflung nahe. Mir schossen die schauerlichsten Gedanken durch den Kopf. Solange wir Kinder sind, erscheint uns das Leben wie ein Melodram, in dem wir uns mal als Helden, mal als Opfer erleben, bisweilen auch als beides zugleich. Noch heute Abend, direkt im Anschluss an das Essen mit Tante Ada und dem Vikar, würde meine Mutter die Chards aus dem Haus werfen. Und dann würde ich Esmond nie wiedersehen, und das alles nur, weil das Baby pausenlos schrie. Ich war so unglücklich, dass ich kaum noch Luft bekam. Ich hatte das Gefühl, dass jemand auf Höhe meines Zwerchfells einen Gürtel um mich gelegt hatte und ihn jetzt Loch für Loch immer enger zuzog. Mein Kopf dröhnte wider von dem ewigen Geschrei, bis ich nur noch ein unerträgliches Summen vernahm, wie man es früher hören konnte, wenn man auf dem Land das Ohr an einen Telegrafenmast presste.

Irgendwann hörte das Schreien auf. Ich war wie erlöst. Ein wundervoller Zustand der Erleichterung ergriff von mir Besitz: wie wenn furchtbare Zahnschmerzen plötzlich aufhören. Ein herrliches Gefühl der Entspannung machte sich in mir breit. Mir fiel auf, dass meine Füße kalt waren. Ich kletterte ins Bett und baute mir aus meinen Decken ein behagliches Nest. In meinem Kopf herrschten jetzt völlige Ruhe und Leere. Ich lauschte. Einige Minuten später hörte ich, wie die Erwachsenen aus dem Esszimmer ins Wohnzimmer gingen. Der Vikar sagte etwas, und meine Mutter lachte. Ich schlief ein.

Als ich aufwachte, wusste ich nicht, wie spät es war. Ich hatte sehr tief geschlafen. Das Klagen draußen vor meiner Tür klang anders als alles, was ich bis dahin gehört hatte. Eine völlig fassungslose Stimme kreischte und schluchzte zur gleichen Zeit.

Dann hörte ich, wie meine Mutter mit einer hysterisch-atemlosen Stimme, die ich an ihr gar nicht kannte, einer Stimme, die an das Krächzen eines Vogels erinnerte, sagte: »Immy! Immy, was ist denn los?«

Fünf

»Höchst befremdlich«, sagte meine Mutter zu Tante Ada. »Sie tut fast so, als ob *wir* schuld daran wären.«

Im Januar 1955, eine Woche bevor am Bicknor College das Frühjahrstrimester begann, brach Tante Imogen unter ihren finanziellen Problemen, dem schnöden Verrat ihres Mannes und dem Verlust ihres Kindes buchstäblich zusammen. Sie ließ sich in das Kinghampton Cottage Hospital einweisen und bereits eine Woche später in ein privates Pflegeheim in Budstow. Für die Kosten kam meine Mutter auf. Heute ist mir klar, dass Tante Imogen nach Lizzys Tod eine Art Nervenzusammenbruch erlitten hatte. Sie weigerte sich seither, uns in Finisterre zu besuchen. Ferner weigerte sie sich, meine Mutter, mich oder sogar Esmond zu sehen. Sie suchte die Gesellschaft fremder Menschen.

Meine Mutter wiederum fand das Verhalten ihrer Schwester »höchst befremdlich« und sagte das nicht nur einmal, sondern immer wieder.

Nach der Einweisung seiner Mutter ins Krankenhaus blieb Esmond in Finisterre. Anfangs war dies als vorübergehende Lösung gedacht. Tante Imogen sollte sich zunächst wieder stabilisieren und dann gemeinsam mit Esmond nach Irland reisen, so der Plan meiner Mutter. Doch bis dahin konnte er genauso gut mit mir das Bicknor College besuchen, da er ohnehin schon bei uns wohnte. Als meine Mutter mir diese Neuigkeit eröffnete, umarmte ich sie leidenschaftlich, was ich meines Wissens in meinem Leben kein zweites Mal getan habe. Ja, ich glaube, ich war niemals so glücklich. Damals wäre es mir nicht in den Sinn gekommen, dass meine Mutter vor allem deshalb für Tante Imogen und Esmond aufkam, weil sie ein schlechtes Gewissen hatte.

Ich hatte Esmond bereits von Miss Broadbent-Brown erzählt. »Der werd ich's zeigen«, sagte er, als wir erfuhren, dass er mit mir das Bicknor College besuchen sollte. Am selben Tag brachte ein Gepäckträger einen großen Koffer mit Esmonds Sachen nach Finisterre, was mir als ein wunderbares Vorzeichen dauerhafter Verhältnisse erschien. Als wir die Treppe hinaufgingen, sahen wir unten in der Halle den Koffer. »Warte nur, ich mach die alte Kuh fertig.«

»Pssst«, sagte ich.

»Die alte Kuh«, wiederholte Esmond sogar noch etwas lauter als zuvor. »Sie ist doch eine alte Kuh.«

Wir gingen in mein Zimmer, und ich machte die Tür hinter uns zu.

»Muuh!«, sagte er.

»Sei doch leise. Sonst hört uns noch jemand.«

»Nein, wer sollte uns denn hören? Du musst dir nicht ständig so viele Gedanken machen.«

»Aber was willst du denn mit ihr anstellen?«

»Mit der Kuh? Warte nur ab.« Esmond rüttelte an den Gitterstäben vor meinem Fenster, als ob er sie verbiegen oder aufbrechen wollte. »Keine Sorge. Ich pass schon auf dich auf. Was sollen eigentlich diese Dinger hier? So was Lächerliches.«

»Meine Mutter sagt, dass es zu teuer ist, sie entfernen zu lassen.«

Auf meinem Bücherregal stand eine Spardose, die die Form einer chinesischen Pagode hatte. Sie war fast voll. Ich hatte nicht viele Gelegenheiten, das Geld, das ich darin angespart hatte, auszugeben, und ich wusste, dass einige der Münzen, die ich auf die Seite gelegt hatte, aus Silber waren. Ich nahm das Behältnis von dem Brett und legte es in Esmonds Hände. »Für dich.«

»Nein. Was, wenn das rauskommt?« Esmond war stets vernünftig und dachte außerordentlich praktisch. »Weißt du was: Ich nehme mir nur hier und da ein paar Münzen heraus, wenn ich Geld brauche. Einverstanden?«

Während der ersten Monate, die ich auf dem Bicknor College verbrachte, richteten sich all meine Befürchtungen auf Miss Broadbent-Brown. Manche Lehrer sind emotional intakte Personen; andere brauchen unbedingt ihre Lieblinge; und einige wenige, zum Beispiel Miss Broadbent-Brown, brauchen Kinder, die sie quälen können. Miss Broadbent-Brown hatte mich zu ihrem Opfer erwählt und benutzte mich dazu, sich selbst und die übrige Klasse zu unterhalten.

Auf ihre Weise war sie sogar eine Künstlerin. Sie quälte ihre Opfer nicht mit Daumenschrauben, sondern durch die überlegene Kraft ihrer Persönlichkeit und ihr beträchtliches Wissen. Einmal verwendete ich das Wort »können«, wo »dürfen« richtiger gewesen wäre. Sie verbrachte daraufhin eine ganze Unterrichtsstunde, also volle fünfundvierzig Minuten, damit, sich bis zur bitteren Neige an dieser Verwechslung zu ergötzen. Heute muss ich sogar zugeben, dass sie damals gewiss eine virtuose Vorstellung geboten hat. Doch damals bereitete Miss Broadbent-Brown mir nur die allerschlimmsten Albträume. Ich flehte meine Mutter an, mich von der Schule zu nehmen; ich wagte nicht, ihr die Wahrheit zu sagen, weil ich Angst hatte, Miss Broadbent-Brown könne davon Wind bekommen. Ja, ich lebte vor dieser Frau in so panischem Schrecken, dass ich ihr sogar übermenschliche Kräfte zugetraut hätte.

Das alles änderte sich, als Esmond sich die Dame vornahm. Der Junge war sein Geld wirklich wert. Und er verlegte sich sogleich auf eine grausame Taktik. Im Gegensatz zu den meisten Leuten konnte er wirklich gnadenlos sein, und das war zweifellos eine seiner größten Stärken. Er war nicht etwa sadistisch – beging Grausamkeiten also nicht um ihrer selbst willen –, doch konnte er unerbittlich sein, bis er sein Ziel erreicht hatte.

Ich weiß noch, wie er einmal Katzenexkremente auf Miss Broadbent-Browns Stuhl legte. Das geschah ausgerechnet an einem Nachmittag, an dem die Eltern potenzieller neuer Schüler sich einen Eindruck von dem Institut verschaffen konnten. Die Exkremente hinterließen hinten am Rock der Lehrerin einen feucht-klebrigen Abdruck. Bei anderer Gelegenheit verstaute er diverse Insekten in Miss Broadbent-Browns Pult. Dabei kam ihm noch zusätzlich das Glück zu Hilfe: Die Lehrerin hatte nämlich eine geradezu pathologische Angst vor Spinnen. Nach diesem Zwischenfall genoss sie in der Klasse nie mehr dieselbe Autorität wie zuvor. Esmond war mit einem unglaublichen Einfühlungsvermögen gesegnet. Er ließ die Lehrerin lächerlich erscheinen und sorgte so dafür, dass diese sich meist nicht traute, sich bei ihrem Bruder oder bei Mr. Maulet zu beschweren. Sie war eine stolze, starke Frau – in mancherlei Hinsicht meiner Mutter nicht unähnlich. Und so führte Esmond mir vor, dass eine Stärke sich je nach Situation durchaus auch als Schwäche erweisen kann.

Miss Broadbent-Brown versuchte vergeblich herauszufinden, wem sie diese Politik der Nadelstiche zu verdanken hatte. Sie bestrafte die ganze Klasse. Sie verhörte jeden einzelnen Schüler in einem separaten Raum. Nur ich wusste, dass Esmond hinter alledem steckte. Deshalb hatte ich Angst, dass ich ihn versehentlich verraten könnte. Miss Broadbent-Brown besaß die Fähigkeit, mir den Eindruck zu vermitteln, dass sie durch mich geradewegs hindurchblicken konnte. Aber auch hier erwies sich ihre Stärke als

Schwäche: Als sie mit ihrem Verhör begann, bekam ich es derart mit der Angst zu tun, dass ich in Tränen ausbrach.

»Ach, du grauenhafte kleine Heulsuse«, sagte sie zu mir und entließ mich, ohne meine Antwort auch nur abzuwarten.

Esmond war sehr schlau: Etliche seiner spektakulärsten Streiche hätten ebenso gut Folge einer unglücklichen Fügung sein können wie die Tat eines boshaften Schülers. So besaß etwa der Koch eine ältere Katze, die bisweilen in unserem Teil des Gebäudes umherschlich, so dass durchaus einiges dafür sprach, dass sie ihre Exkremente auf dem Lehrerstuhl in unserem Klassenzimmer hinterlassen hatte. Als Esmond es einmal fertig brachte, eine tote Maus, die Miss Broadbent-Brown in ihrer Handtasche entdeckt hatte, verschwinden zu lassen, noch bevor die empörte Dame mit ihrem Bruder und Mr. Maulet zurückkehrte, ließ er gegenüber den beiden Männern durchblicken, dass die Lehrerin sich die Maus lediglich eingebildet hatte. Je mehr er sie demütigte, umso weniger gelang es ihr herauszufinden, wem sie das alles zu verdanken hatte.

Zugleich schaffte es Esmond, mich vor ihren schlimmsten Wutausbrüchen zu schützen, indem er sich beispielsweise unschuldig nach einem Problem der Metrik erkundigte, einem Gebiet, dem ihre ganze Leidenschaft galt. Ja, sie entwickelte sogar eine besondere Vorliebe für Esmond, da sie selbstbewusste kleine Jungen schätzte, die ihr ein besonderes Interesse an jambischen Pentametern vorheuchelten. Esmond sorgte auch dafür, dass meine Krawatte ordentlich gebunden und meine Schuhe poliert waren. Außerdem half er mir bei den Hausaufgaben. Miss Broadbent-Brown hatte mich nämlich derart demoralisiert, dass ich es kaum fertig brachte, mich auf ihre Stunden angemessen vorzubereiten. Doch seit Esmond unsere Schule besuchte, gewann ich auch innerhalb des Klassenverbandes zusehends an Ansehen, und die Lehrerin fand nicht mehr so viele Vorwände, um über mich herzufallen. Natürlich hatte ich immer noch Angst vor ihr, aber in so abgeschwächter Form, dass ich das Gefühl kaum mehr als solches wahrnahm.

Auch litt ich weiterhin unter Albträumen, die sich jetzt jedoch auf Esmond und meine Angst bezogen, ihn wieder zu verlieren. Ich stellte mir vor, man würde ihm auf die Schliche kommen und ihn der Schule verweisen. Ein anderes Szenario: Meine Mutter hatte beschlossen, ihn wieder zu Tante Imogen zu schicken oder zu unserer Großmutter Bradley in Irland. Oder aber: Er fand mich so langweilig, dass er sich mit einem anderen Jungen zusammentat, mit dem er über mich lachen konnte.

Esmond lachte ständig über mich. Was mir allerdings nichts ausmachte. Ich war sein Narr, seine Kreatur. Ich hatte nichts dagegen, wenn er über mich lachte, solange er es nur allein tat. Ja, ich fand sogar ein gewisses Gefallen an seinem Lachen, da es sich ja auch als Zeichen der Vertrautheit deuten ließ. Und ich wollte unbedingt, dass er mich mochte. Das verdeutlicht auch der folgende Zwischenfall, bei dem es um meinen Spitznamen »Rumpy« ging. Diesen Namen verdankte ich nämlich dem Umstand, dass ich einen ziemlich dicken Hintern hatte.

Es war ganz typisch für das Bicknor College, dass dort der Sportunterricht in Mr. Maulets Händen lag – also ausgerechnet in denen des ältesten und für diese Aufgabe definitiv untauglichsten Mitglieds des Kollegiums. Im Rückblick will es mir sogar so scheinen, als ob Mr. Maulet eine besonders schlecht sitzende Prothese gehabt hätte. Ja, wir machten sogar Witze darüber, dass sein Bein mal wieder geölt werden müsse, und es war gewiss nicht nur ein Scherz, dass seine Prothese quietschte. Er ging, als ob er in sturmgepeitschter See auf dem Deck eines kenternden Schiffes unterwegs wäre. So bewegte er sich – den Oberkörper nach links geneigt – humpelnd dahin und verzog dabei den Mund zu einer gequälten Grimasse. Er hatte fleischige Lippen, vom Tabakgenuss braune Zähne und eine heisere Stimme. Wann immer er sich bewegte oder sprach, war sofort zu erkennen, wie viel Anstrengung ihn das kostete; bisweilen hätte man sogar meinen können, dass jedes seiner Worte und jeder Schritt seine kostbare Lebenszeit über Gebühr verkürzten.

Der Sportunterricht fand in einem großen Raum seitlich des Hauptgebäudes statt. Allerdings diente der Raum nicht nur als Sporthalle, sondern auch als Speisesaal und Aula. Zweimal in der Woche zogen wir unsere weißen Turnhosen und ärmellosen Trikots an. Mr. Maulet lehnte sich gegen den einzigen Heizkörper, den es in dem Raum gab, und wir nahmen in alphabetischer Reihenfolge vor ihm Aufstellung. Dann stieß Mr. Maulet seine Kommandos hervor: »Die Zehen berühren«; »Achtung«; »rühren«. Manchmal kommentierte er unsere Darbietungen aber auch und sagte dann etwa: »Hör mal, Junge. Du musst aufrecht stehen.« Er sprach uns ausnahmslos alle mit »Hör mal, Junge« an, was nicht einmal so unangenehm war, weil es irgendwie unparteiisch klang.

Eines Tages stattete uns Bee-Bee, also Mr. Broadbent-Brown, höchstpersönlich einen Besuch ab. Hier und da unternahm er einen kleinen Inspektionsgang durch die Schule, und zunächst dachte ich, dass er deswegen erschienen war. Wie jeden Tag trug er einen Blazer mit Messingknöpfen und dem Schulwappen vorne auf der Brust. Seine graue Hose mit den messerscharf herausgearbeiteten Bügelfalten saß perfekt, und sein schwarzes Haar hatte einen Glanz, der es wie lackiert erscheinen ließ.

»Fahren Sie fort, Mr. Maulet«, sagte er. Dann schaute Bee-Bee einen Augenblick zu, wie wir uns nach Mr. Maulets Anweisungen verrenkten. Dabei inspizierte er systematisch sämtliche Reihen von links nach rechts und von vorne nach hinten. Ja, er musterte jeden Einzelnen von uns. Dieses Verhalten hatte ich bis dahin noch nie an ihm gesehen. Dann ging er mit weiterhin starr auf uns gerichtetem Blick langsam in dem Raum umher, wobei seine Absätze auf dem nackten Holzfußboden widerhallten.

»Der Junge nimmt eine zu lasche Haltung ein, Mr. Maulet«, sagte er und sprach die Vokale so gedehnt aus, als ob sie ebenfalls eines gymnastischen Trainings bedürften. Offenbar hatte er wie ein Schauspieler Freude am Klang seiner eigenen Stimme. »Oder sehen Sie das anders?«

»Welchen meinen Sie denn, Herr Direktor?«, fragte Mr. Maulet.

Bee-Bee beendete seinen Rundgang und nahm wieder neben Mr. Maulet Aufstellung. Er winkte schwach mit dem Arm. »Der da.« Im Gegensatz zu seiner Schwester war er nicht wirklich bösartig, genoss es aber trotzdem, wenn ihm Respekt entgegengebracht wurde.

»Hör mal, Junge«, knurrte Mr. Maulet. »Komm mal her. Aber schnell.«

Wenigstens sechs von uns schauten sich gegenseitig an. Aber keiner rührte sich.

»Der Junge hinter Chard, Herr Direktor?« Es war typisch, dass Maulet von allen Schülern ausgerechnet Esmonds Nachnamen kannte, obwohl dieser unsere Schule erst seit wenigen Monaten besuchte.

»Nein, nein. Der Knabe rechts von dem Jungen hinter Chard.« Bee-Bee hob den Arm und wies mit dem ausgestreckten Zeigefinger geradewegs auf mich. Eine Welle der Scham überflutete mich. Am liebsten wäre ich im Boden versunken. Ja, ich wollte sterben.

»Hör mal, Junge!«, sagte Mr. Maulet.

Bee-Bee nickte. »Der Junge mit dem dicken Hintern.«

Wie ein Schauspieler betonte er jedes einzelne »i«. Während der folgenden Sekunden herrschte in dem Raum absolute Stille.

»Los, Rumpy«, flüsterte plötzlich jemand.

Er hätte genauso gut brüllen können. Ein – augenblicklich wieder unterdrücktes – nervöses Kichern lief durch die Reihen der Jungen. Auch wenn der Witz auf meine Kosten ging, gelang es mir, durch ein kurzes Schnauben meine Solidarität zu bekunden. Plötzlich bildete die Klasse eine verschworene Gemeinschaft, wie es sonst im Sportunterricht nur sehr selten vorkam.

»Wer hat das gesagt?«, wollte Bee-Bee wissen. »Der Junge soll vortreten.«

Niemand reagierte.

»Rumpy«, sagte Mr. Maulet. »Sehr witzig.«

Dann entrang sich seiner Kehle ein ebenso geräuschvolles wie unartikuliertes Gurgeln. Man hätte meinen können, dass unsichtbare Hände ihn würgten. Gleichzeitig verfärbte sich sein rosa Gesicht zunächst tiefrot und dann violett. Ich bemerkte das strahlende Blau seiner Augen.

»Was haben Sie denn, guter Mann?«, fragte Bee-Bee dröhnend.

Ich wusste die Antwort schon, noch bevor Bee-Bee mit der Frage fertig war. Mr. Maulet hatte einen Lachanfall.

»Nichts, Herr Direktor.« Mr. Maulets Gesicht nahm wieder die übliche Farbe an. »Nur ein Hustenanfall.«

Bee-Bee nickte ungeduldig. »Umso besser. Nun gut.« Dann nannte er den wirklichen Grund seines Besuchs beim Namen. »Leider muss ich die Stunde unterbrechen.« Er beugte sich zu Mr. Maulet hinüber und knickte dabei in der Taille ein, als ob ihm dort jemand ein Scharnier eingebaut hätte. Dann flüsterte er dem Lehrer etwas ins Ohr.

Mr. Maulet, der sich noch immer nicht wieder völlig beruhigt hatte, lehnte sich bescheiden an die Wand. Dann sah der Direktor uns an. Meine schlechte Körperhaltung kümmerte jetzt niemanden mehr. Ich glaube, Bee-Bee hatte das ganze Zwischenspiel lediglich inszeniert, weil es ihm peinlich war, das auszusprechen, was er uns zu sagen hatte.

»Ich habe euch etwas Furchtbares mitzuteilen«, verkündete er.

Ich schloss aus dem Klang seiner Stimme, dass die Königin gestorben war oder dass die Russen über Kinghampton eine Bombe abgeworfen hatten, die zahllose Menschenleben gefordert hatte.

»Jemand hat aus Miss Broadbent-Browns Geldbörse eine Zehn-Shilling-Note entwendet.«

»Quatsch mit Sauce, Junge«, sagte Mr. Maulet, während er uns beim Umkleiden zusah. »Ruhe jetzt.«

Er stand auf der einen, Bee-Bee auf der anderen Seite des Umkleideraums. Einer der Jungen hatte ihn gerade gefragt, ob es nicht möglich wäre, dass ein Einbrecher sich in die Schule eingeschlichen und das Geld gestohlen hatte. Es kam mir vor, als ob eine dunkle Wolke über uns hing. Völlig absurd. Aber plötzlich sollten wir alle für den Diebstahl verantwortlich sein. Ja, wir schämten uns sogar, ohne genau zu wissen warum. Wir akzeptierten, dass Unwissen am Bicknor College nicht als Entschuldigung galt. Einer von uns war allerdings alles andere als unwissend. *Alle für einen,* wie Esmond und ich gerne sagten, *und einer für alle.*

Einige der Details sind mir inzwischen entfallen. Bee-Bees Vorermittlungen hatten ergeben, dass ein Junge aus unserer Klasse das Geld gestohlen haben musste. Deshalb hatte der Schulleiter bereits unser Klassenzimmer und die Kleider durchsucht, die wir im Umkleideraum zurückgelassen hatten. Dabei waren ihm zwar mehrere verbotene Dinge in die Hände gefallen – Süßigkeiten, einige Pencestücke, ein oder zwei Comic-Hefte –, jedoch nicht die Zehn-

Shilling-Note. Was ihn zu der Schlussfolgerung führte, dass der Dieb das Geld am Körper versteckt haben musste.

Also beobachteten uns die beiden Männer aufmerksam, während wir uns umkleideten. Als wir wieder unsere Alltagskleidung anhatten, mussten wir an der Wand Aufstellung nehmen und unsere Sporttaschen zur Inspektion bereithalten. Jeder wusste, dass die Zehn-Shilling-Note nur zwischen den Falten eines Trikots oder vorne in einem Turnschuh versteckt sein konnte. Eine andere Erklärung gab es nicht.

Mr. Broadbent-Brown spannte uns einige Sekunden auf die Folter. Eine kaum erträgliche Nervenprobe. Drei der Jungen weinten. Ich zitterte am ganzen Leib und war den Tränen ebenfalls nahe. Dann schritt er an unserer Reihe entlang, leerte eine nach der anderen sämtliche Sporttaschen und betastete die Schuhe aller Schüler innen mit dem Zeigefinger.

Während er sich so durch die Reihe der Schüler vorarbeitete, sagte er mit einer Stimme, die an überreifen Käse erinnerte, zu jedem der Jungen: »Schau mich an. Kannst du mir in die Augen sehen und *beteuern*, dass du nichts von diesem Diebstahl weißt?«

Wir alle wussten, dass eine derartige Beteuerung eine schwerwiegende Angelegenheit war, bei der wir uns gewissermaßen auf die Heiligkeit und die Autorität Gottes, der Königin und unserer eigenen Mutter beriefen. Als ich an der Reihe war, liefen ganze Tränenströme an meinen Wangen herunter, und ich murmelte, greinte und schniefte mich durch die kurze Beteuerung, die Bee-Bee von uns verlangte. Sogar Esmond schien durch die Bedeutung des Augenblicks irgendwie berührt.

Doch das Geld wurde nicht gefunden. Bee-Bee trug diesen Fehlschlag mit Fassung. Er war davon überzeugt, dass sich die ganze Klasse einer unausgesprochenen Komplizenschaft schuldig gemacht hatte, und fand es deshalb angebracht, sämtliche Schüler zu bestrafen. (Das hatte vermutlich den Zweck, etwaige Denunzianten zu ermutigen. Falls Bee-Bee dies wirklich beabsichtigt haben sollte, verfehlte er sein Ziel allerdings gründlich. Denn auch auf dem Bicknor College galt das übliche lächerliche Tabu, demzufolge es ehrlos ist, etwas zu verpetzen.) Während der folgenden Woche war uns das Spielen untersagt. Außerdem erhielten wir zusätzliche Hausaufgaben aufgebrummt. Und zu guter Letzt bekamen wir noch alle eine Tracht Prügel.

Die nächste Gelegenheit, ungestört mit Esmond zu reden, ergab sich für mich erst, als wir abends wieder zu Hause waren. Nach dem gemeinsamen Teezeremoniell, bei dem meine Mutter den Vorsitz führte, gingen wir nach oben in mein Zimmer. Esmond setzte sich – wegen der noch nachwirkenden Züchtigung ein wenig zaghaft – auf seinen Lieblingsplatz am Fenster.

»Alles in Ordnung?«, fragte er.

Ich brach in Tränen aus.

»Oh, Gott«, sagte er. »Sei doch nicht so bedrückt. Ist doch schon ausgestanden.«

Schließlich wischte ich mir die Tränen weg, putzte mir die Nase und rollte meine linke Socke nach unten. Die Zehn-Shilling-Note steckte unter dem schwarzen Strumpfhalter, an dem die Socke befestigt war. Esmond legte die Stirn in Falten und sah mich an. Nachdem ich die Geldnote auseinander gefaltet, geglättet und getrocknet hatte, erwies sie sich als mehr oder weniger neuwertig. Sie fühlte sich noch ein wenig feucht an, als ich sie ihm gab.

»Um Gottes willen«, sagte er. »Soll das heißen, dass *du* es gewesen bist?« Dann fing er zu meiner Verwunderung an zu lachen.

»Ich hatte schon befürchtet, dass du sauer bist – wegen der Prügel und der zusätzlichen Hausaufgaben.«

»*Du?*« Er drehte den Geldschein hin und her und hielt ihn dann ins Licht. »Und wo hast du das Geld versteckt?«

»In meinem Turnschuh. Im Umkleideraum habe ich die Banknote dann schnell in den Mund geschoben.«

Er überhäufte mich mit Fragen. Immer wieder von Schluchzen unterbrochen – da ich immer noch davon überzeugt war, dass er total sauer auf mich war –, erzählte ich ihm, wie ich an der offenen Wohnzimmertür der Broadbent-Browns vorbeigekommen war und auf dem Tisch die Börse gesehen hatte, aus der eine Ecke des Geldscheins herausgelugt hatte. Alles weitere war dann in höchster Eile und gewissermaßen automatisch geschehen: Nachdem ich mich kurz vergewissert hatte, dass sich außer mir niemand auf dem Gang aufhielt, schnappte ich mir den Geldschein und lief weg, ohne richtig zu begreifen, was eigentlich passiert war. Ja, es kam mir fast so vor, als ob sich vorübergehend jemand anderer meines Körpers bemächtigt hätte. Jemand, der überhaupt nicht furchtsam, gesetzestreu und entscheidungsschwach war. Ja, ungefähr jemand wie Esmond.

»Aber *wieso* hast du das riskiert?«

»Ich habe es für dich getan.«

Er sagte nichts. Hinter ihm ging gerade die Sonne unter. Sein Gesicht lag im Schatten. Das Abendlicht gaukelte mir vor, dass er sich nicht diesseits, sondern jenseits der Gitterstangen, also draußen vor dem Fenster befand; ja, fast schien es mir, als ob wir durch die Stangen getrennt wären. Ich erwartete mit gesenktem Kopf seinen Urteilsspruch.

»Dummer alter Rumpy«, sagte er schließlich.

Das war das erste Mal, dass er mich mit diesem Namen ansprach, und ich sah darin sofort einen ganz besonderen Freundschaftsbeweis.

»Weißt du, meine Spardose ist nämlich fast leer«, erklärte ich. »Deshalb hab ich schon Angst gehabt …«

»… dass ich keine Lust mehr habe, die blöde alte Kuh zu

schikanieren?« Seine Stimme klang jetzt voller. »Keine Sorge. Der werde ich noch eine Lektion erteilen, die sie nie mehr vergisst. Blöde alte Kuh.«

Nein, das war nicht meine Befürchtung gewesen. Ich hatte vielmehr Angst gehabt, Esmond zu verlieren.

»Und wo willst du das Geld verstecken?«, fragte ich.

»Mach dir deswegen keine Sorgen.«

Wieder geriet ich in Panik. Ich sah im Geist schon Polizisten vor mir, die unser Haus durchsuchten. Ich sah Mr. Broadbent-Brown vor mir, der meiner Mutter erzählte, was ich getan hatte. »Angenommen, jemand hat mich gesehen. Sagen wir mal …?«

Esmond ignorierte mich einfach. Er ging quer durch mein Zimmer, rollte den Geldschein zusammen, drückte ihn platt und schob ihn durch den Schlitz in meine Spardose.

»So, das wäre geschafft«, sagte er. »Dort wird sicher niemand nach dem Geld suchen.«

Sechs

»Was für ein hübsches Mädchen«, sagte Tante Imogen, als sie auf dem Schreibtisch meiner Mutter das silbergerahmte Foto sah, das mich im Alter von zwei Jahren zeigte. Dabei ist es vollkommen belanglos, ob Tante Imogen dies bloß sagte, weil sie sich täuschte oder aber weil sie meine Mutter verletzen wollte. Ich sah auf dem Bild *tatsächlich* aus wie ein Mädchen: Das war der Punkt.

Auf sehr frühen Fotografien trage ich das Haar noch lang und bin fast wie ein Mädchen gekleidet. Damals hatte ich große Augen und ein fein geschnittenes Gesicht. Nicht dass meine Mutter Jungen nicht gemocht hätte – für Esmond hatte sie sogar eine ausgesprochene Schwäche. Aber in meinem konkreten Fall scheint es so, als ob sie aus mir, Thomas, ihrem einzigen Kind, eine folgsame Tochter machen wollte. Offenbar sollte ich nämlich genau das werden, was ihr selbst völlig misslungen war; gewiss nicht zufällig wurde meine irische Großmutter nicht ein einziges Mal nach Finisterre eingeladen.

Je tiefer ich mich in meine eigenen oder die Motive der anderen Beteiligten hineinversetze, umso verwirrter bin ich. Falls es im Charakter meiner Mutter so etwas wie einen Grundton gegeben hat, ein Motiv, das in all ihrem Tun irgendwie mitschwang, dann war es zum einen ihre Angst vor fremden Menschen und zum anderen eine nicht minder starke Furcht vor dem Alleinsein. Sie wollte nicht alleine leben. Doch zugleich hatte sie Angst, unter fremde Menschen zu gehen. Der plötzliche Tod meines Vater 1943 muss für sie ein schrecklicher Schock gewesen, ja ihr fast wie ein Verrat erschienen sein. Da lebte sie nun also in einem großen einsamen Haus, dessen Abgeschiedenheit kriegsbedingt sogar noch zugenommen hatte, und musste sich mit der Gesellschaft eines Geistes und eines schreienden Babys begnügen. Kein Wunder, dass sie mich auch viele Jahre später einfach nicht gehen lassen wollte.

Kurz nachdem wir den Brief an meine unbekannte Tochter Alice abgeschickt hatten, versuchte ich Esmond dies alles zu erklären. Wir gingen auf dem Weg spazieren, der zum Blackberry Water und zum Strand hinunterführte. Die Strahlen der niedrig stehenden Abendsonne trieben mir Tränen in die Augen.

»So ein Unsinn«, sagte Esmond. »Wäre deiner Mutter wirklich nach Gesellschaft zumute gewesen, hätte sie doch Großmutter bitten können, bei euch einzuziehen. Die wäre sicher gleich am nächsten Tag hier aufgekreuzt.«

»Nein, das hätte nicht funktioniert. Großmutter hätte sich doch nicht von ihr herumkommandieren lassen. Unsere Granny war doch ihre Mutter. Außerdem …«

»Was?«

»Großmutter war damals schon ziemlich alt. Also sprach alles dafür, dass sie noch vor meiner Mutter das Zeitliche segnen würde.«

»Na gut. Und wieso hat deine Mutter dann nicht wieder geheiratet? Wenn ihr das Alleinsein so zuwider war?«

»Aber wen denn? Sie hat doch hier niemand gekannt. Jedenfalls nicht richtig. Nur Tante Ada und den Vikar. Sie *wollte* doch gar keine neuen Menschen kennen lernen.«

»Und was hat das alles damit zu tun, dass sie unbedingt ein Mädchen wollte?«

»Mädchen bleiben brav zu Hause«, erklärte ich. »Zumindest war das in der Jugend meiner Mutter noch so.«

»Du meinst in den Zwanzigerjahren?«

»Okay. Schon möglich, dass die jungen Mädchen in den Zwanzigerjahren nicht mehr brav zu Hause herumgesessen haben. Nicht in der Realität. Dafür aber in einem traumgeborenen irischen Nimmerland.«

»Vielleicht in irgendeiner gottverlassenen Gegend in der Grafschaft Cork«, sagte Esmond und köpfte mit seinem Spazierstock ein paar Nesseln am Wegesrand.

»Mädchen brauchten damals weder eine Ausbildung noch Geld. Sie brauchten nicht mal einen Ehemann. Sobald sie erwachsen waren, kam es vor allem darauf an, dass sie sich um ihre Eltern kümmerten. Jedenfalls hat meine Mutter im tiefsten Innern so gedacht. Nicht gedacht – *empfunden*. Und deshalb wollte sie aus mir ein Mädchen machen.«

Esmond schnaubte und suchte nach seinen Zigaretten. Er beschleunigte ein wenig seinen Schritt, so dass er jetzt vor mir ging. Anscheinend wollte er nicht mehr mit mir sprechen. Ich lauschte auf unsere Schritte und auf das an- und abschwellende Heulen der Kettensäge; Bronwen machte sich immer noch im Holzschuppen zu schaffen. Der Lärm des Motors war hier draußen deutlicher zu hören als vorher im Haus. Unser kleines Tal, das sich zur Ulvercombe-Bucht hin immer weiter öffnete, hatte die Wirkung eines gigantischen Megaphons.

Der Boden, auf dem wir gingen, war nach dem heißen Sommer völlig ausgetrocknet. Dann kam das Meer in Sicht: ein fast unwirkliches blaues Dreieck, das auf dem Kopf stand. Der bislang sanft absteigende Weg hatte plötzlich ein erhebliches Gefälle.

Rechter Hand hörte ich das Rauschen des Bachs, der an unserem Haus vorbeifloss. Weiter vorne, also im Westen, ragten – wie der Rand eines Tellers – die Klippen auf. Der stetig abfallende Weg beschrieb gemächlich eine Haarnadelkurve und führte dann zum Südufer eines kleinen flachen Sees, der allgemein als Blackberry Water bekannt war. Im Umriss erinnerte das Gewässer an ein Ei, wobei das breitere Ende seewärts lag. Von Osten her mündete ein Bach in den kleinen See, kam auf der Westseite wieder zum Vorschein und löste sich in viele kleine Ströme auf, die sich zwischen den Kieseln verloren und sich dann ins Meer ergossen. Hier und da, vor allem im Spätwinter während der schweren Stürme, brandete die Flut durch die Öffnung in den Klippen in den kleinen See und vermischte sich dort mit dem Wasser des Baches. Auf der Landseite des Sees konnte man die Trittsteine erkennen, die wie Knöpfe an einer Weste von Norden nach Süden aufgereiht waren. Das Gras, das ringsum am Seeufer wuchs, präsentierte sich das ganze Jahr über in üppigstem Grün. Ein Farmer aus Ulvercombe weidete dort seine Schafe. Am Wegesrand wuchsen Brombeersträucher, nicht jedoch am Ufer des Sees.

Als wir noch Kinder gewesen waren, hatten wir gelegentlich hier unten ein Picknick gemacht – meist an dem kleinen Süßwassersee und nur selten direkt unten am Strand. Etwa dort, wo die Trittsteine aufhörten, gab es auf der südlichen Seite des Sees eine ebene Grasfläche von der Größe eines Croquetfelds. Dort hatte meine Mutter früher das rot-weiß karierte Tischtuch zwischen Disteln und Schafdung auf dem kurz geschnittenen stacheligen Gras ausgebreitet. Und auf der dem Meer zugewandten Seite des Tümpels, wo das Wasser schon tiefer war, hatte mir Esmond damals mit unendlicher Geduld einige elementare Schwimmkenntnisse beigebracht.

Ich blickte durch die – seitlich von Hochufern begrenzte – Schlucht stromaufwärts. Von hier aus erschienen die Koniferen, die wir zum Schutz gegen den Wind angepflanzt hatten, wie dunkelgrüne, fast schwarze Flecken. Die Fenster unseres Hauses reflektierten das goldene Licht der Abendsonne. *Geblendet sind die Augen mir,* dachte ich; und wieder kam es mir vor, als ob ein dunkler Schatten über mich hinwegschwebte.

Esmond zündete sich an der noch glimmenden Kippe gleich eine neue Zigarette an. Er blinzelte durch den Rauch zum Haus hinüber. »Schon nächstes Frühjahr wird sich das Haus als wahre Goldgrube erweisen«, sagte er. »Warte nur.«

Ich lächelte. »Keine Sorge: Ich warte ohnehin. Mich kriegt hier keiner weg.«

»Hoffen wir das Beste.«

»Was willst du damit sagen?«

Er nahm einen tiefen Zug von seiner Zigarette und wandte sich ab. »Das Mädchen könnte uns Ärger machen.«

»Du willst doch nicht etwa weg von hier?«, fragte ich ängstlich. Ich wusste noch, was Bronwen einige Stunden zuvor unten im Wohnzimmer gesagt hatte, als ich die beiden belauscht hatte. »Das würdest du doch nicht tun – oder? Egal, was passiert.«

»Keine Panik. Ich sorge schon für dich. Aber ich brauche vielleicht deine Hilfe.«

»Jederzeit«, sagte ich. »Ich tue, was du willst.«

Es gab Phasen, in denen ich eifersüchtig auf Esmond war, was natürlich beinahe unvermeidlich war. Dass auch er mitunter auf mich eifersüchtig war, ist vielleicht nicht ganz so leicht zu verstehen.

Über die Osterferien 1955 stellte Mr. Maulet uns eine Ferienaufgabe. Jeder von uns sollte unter dem Titel »Wie ich mir meine Zukunft vorstelle« einen Aufsatz schreiben. Darin sollten wir erläutern, was wir über unseren beruflichen und privaten Werdegang dachten. Wir sollten also so tun, als ob wir unser eigener Biograf wären, als ob wir uns von außen betrachteten. Wir sollten so tun, als ob wir über jemanden – uns selbst – berichteten, der bereits tot war.

»Ich möchte alles von euch wissen«, sagte Mr. Maulet. Er humpelte langsam durch das Klassenzimmer und bombardierte uns mit seinen Fragen: »Wo ihr gelebt habt; was ihr gemacht habt; ob ihr verheiratet wart; wie eure Kinder waren; wie ihr gestorben seid.« Er grunzte – ob vor Schmerz oder vor Vergnügen ließ sich schwer entscheiden. »Und vergesst eines nicht: Ihr schreibt über den faszinierendsten Menschen der Welt.«

In dem biografischen Aufsatz sollte auch der Satz vorkommen: »So-und-So hat das Bicknor College in Kinghampton besucht und dort für seine Persönlichkeitsentwicklung entscheidende Anstöße erhalten.« Die Arbeit sollte in unserem englischen Übungsheft etwa vier bis fünf Seiten lang sein. Inhaltlich durfte sie die Grenzen des vernünftigerweise Vorstellbaren nicht sprengen. Man durfte also beispielsweise behaupten, dass man es in seinem späteren Leben zum Premierminister gebracht hatte, nicht jedoch zum Beherrscher des Universums.

Esmond und ich schoben die Ausfertigung des Aufsatzes bis zum letzten Ferientag hinaus, einem jener wundervollen Apriltage, die schon eine Vorahnung auf den Sommer wecken, ohne einen freilich durch so lästige Dinge wie Wespen und Touristen oder drückende Hitze zu behelligen. Zum Frühstück verspeisten wir im Esszimmer Cornflakes und gekochte Eier.

»Heute machen wir ein Picknick«, sagte meine Mutter. »Ist das nicht schön, Jungs?«

»Klasse«, sagte Esmond.

»Und wo?«, fragte ich. Das Wort »Picknick« weckte in mir nämlich stets eine gewisse Beklemmung. Außerdem wusste ich, dass Esmond mehr Spaß an Cafébesuchen, Eiscreme und Geselligkeit hatte.

»Ich habe gedacht, unten am Blackberry Water. Ist doch um diese Jahreszeit herrlich dort unten. Wir können es uns dort richtig schön machen, und stören tut uns auch niemand.«

»Aber Mommy ...« Ich wusste, dass meine Mutter es gerne hörte, wenn ich sie »Mommy« nannte. »Wir haben doch unseren Ferienaufsatz noch gar nicht geschrieben. Wollen wir nicht lieber heute Nachmittag nach Budstow fahren?«

In Budstow gab es wenigstens eine Arkade mit Schießständen, Automaten und primitiven Buden mit Gucklöchern, durch die man sehen konnte, was sonst nur hinter abgeschlossener Schlafzimmertür passiert.

»Ach, dort ist es sicher schrecklich voll, mein Junge«, erwiderte meine Mutter. »An so einem Tag.«

»Der Aufsatz geht doch ganz schnell«, sagte Esmond.

»Siehst du«, rief meine Mutter und sah Esmond lächelnd an. »Ihr schreibt jetzt schnell euren Aufsatz, und ich kümmere mich mit Mr. Jodson schon mal um das Essen. Und wenn ihr fertig seid, brechen wir auf.«

»Dürfen wir auch baden?«, fragte Esmond.

»Warum nicht? Obwohl es wahrscheinlich noch sehr kalt ist.«

»Oh, da fällt mir ein: Ich habe ja gar keine Badehose. Wenigstens nicht hier.«

Meine Mutter stand einen Augenblick mit offenem Mund da. Mir war plötzlich mit aus Liebe geborener Gewissheit sonnenklar, dass Esmond überhaupt keine Badehose besaß. Esmond war ja arm.

»Ach, mach dir darüber keine Gedanken«, sagte sie. »Wir finden schon was Passendes.«

»Danke, Tante Fiona.«

Wieder schenkte sie ihm ein Lächeln.

Nach dem Frühstück gingen Esmond und ich in das von meiner Mutter so genannte »Schulzimmer«. Dabei handelte es sich um einen kleinen Raum zwischen dem Arbeits- und dem Wohnzimmer. Die Fenster gingen nach Osten hinaus, und früher hatte der Raum vielleicht einmal als Frühstücks- oder Morgenzimmer gedient. Als dann Esmond nach Finisterre gekommen und auf dem Bicknor College eingeschult worden war, hatte meine Mutter beschlossen, für uns beide ein Zimmer herzurichten, in dem wir unsere Hausaufgaben erledigen konnten. Außerdem durften wir dort spielen, wenn wir uns nicht gerade draußen oder oben in meinem Zimmer aufhielten. (Esmonds Zimmer war zum Spielen einfach zu klein.)

Ich brauchte für den Aufsatz etwa eine Stunde. Allerdings konnte ich mich nur schwer konzentrieren. Mir ging einfach zu vieles durch den Kopf. Esmond wusste genau, wie er meine Mutter dazu bringen konnte, genau das zu tun, was er wollte. Deshalb war ich böse auf die beiden (vor allem jedoch auf meine Mutter). Außerdem passte es mir nicht, dass ich in dem engen Schulzimmer eingesperrt war. Und das alles wurde zudem noch durch die traurige Gewissheit überschattet, dass am folgenden Tag die Schule wieder beginnen würde. Ja, schon am nächsten Tag lag wieder ein grässlicher Schultag vor mir. Schon morgen würde ich Miss Broadbent-Brown wiedersehen, wenn nicht ein gütiges Schicksal sie in der Zwischenzeit ins Jenseits befördert hatte.

Ich schrieb darüber, wie ich mir mein künftiges Leben ausmalte. Aus der Sicht des Kindes gehören sämtliche Erwachsenen-Tätigkeiten einer unendlich fernen Sphäre an. Kein Elfjähriger glaubt ernstlich daran, je erwachsen zu werden. Deshalb liegt es für ihn genauso nahe, später mal ein berühmter Feldmarschall zu werden wie ein Müllmann. Da beide Ziele völlig unerreichbar scheinen, sind die praktischen Unterschiede zwischen ihnen ohne Belang.

In meiner fiktiven Biografie kam ich also im Alter von dreizehn Jahren nach Rosington, also auf jene Privatschule, die auch mein Vater besucht hatte. Jedenfalls hatte ich meine Mutter bis dahin so verstanden, als ob dies ihr Wunsch sei. In Rosington avancierte ich rasch zuerst zum Klassen- und dann zum Schulsprecher. Ich bekam ein Stipendium in Oxford, wo ich Architektur studierte und Gedichte schrieb. Mit zwanzig Jahren ging ich von Oxford nach London. Mein erster Auftrag war es, ein Ausstellungszentrum für ein neues Festival of Britain zu entwerfen. Mein Entwurf war so erfolgreich, dass sofort aus aller Welt weitere Aufträge hereinkamen. Der Präsident der Vereinigten Staaten wollte eine neue Hauptstadt, also setzte ich ihm New Washington in den kalifornischen Wüstensand. Die Russen boten mir ein Vermögen für die Planung einer experimentellen Raumstation in Kamtschatka, doch ich war bereits vollauf mit der Umgestaltung des Buckingham-Palace beschäftigt. Die Königin war über meine Arbeit so erfreut, dass sie mich nicht nur zum Viscount ernannte, sondern gleich noch zum Hofdichter. Ich heiratete – einen blonden amerikanischen Filmstar, obwohl ich zu schüchtern war, dies in meinem Aufsatz zu erwähnen – und zeugte vier Söhne. Ich baute ein großes Haus am Meer, wo ich mit meiner Familie und diversen Haustieren und Freunden lebte. Schließlich verstarb ich mit Ehren überhäuft im Alter von neunundachtzig Jahren im Kreis meiner trauernden Familie.

Als ich fertig war, drehte ich mich um, um zu sehen, was Esmond machte. Er war ebenfalls bereits fertig und starrte aus dem Fenster.

»Darf ich deinen Aufsatz mal lesen?«, fragte ich.

»Wenn du möchtest.«

Er schob mir sein Übungsheft über den Tisch und fing dann an, meinen Aufsatz zu lesen. Sein Text hatte den folgenden Wortlaut: *Das Leben des E. A. Chard. Chard besuchte das Bicknor College in Kinghampton und erhielt dort für seine weitere Persönlichkeitsentwicklung entscheidende Anstöße. Anschließend lebte er und verstarb dann.* Im ersten Augenblick dachte ich, dass Esmond sich über mich lustig machen wollte und seinen Aufsatz in ein anderes Heft geschrieben hatte.

»Das kannst du so doch nicht abgeben«, sagte ich. »Maulet bringt dich um.«

Esmond verzichtete auf eine Entgegnung. Er blätterte die Seite um und las mit gefurchter Stirn meinen Aufsatz zu Ende.

»Bitte sag mir doch, wieso du keinen richtigen Aufsatz geschrieben hast«, flehte ich ihn an.

Er schlug mit den Handflächen auf den Tisch. »Weil ich kein richtiges Leben habe!«, brüllte er.

»Aber Esmond –«

Er fegte mein Übungsheft so vehement beiseite, dass die Seiten wie weiße Flügel zu flattern anfingen. Das Heft fiel zu Boden, und der Umschlag riss sich von den Klammern los, die das Ganze zusammenhielten: ein im Bicknor College mit körperlicher Züchtigung bestraftes Vergehen.

»Alle diese Sachen – die Privatschule in Rosington, das Studium in Oxford und schließlich dein Wirken als Architekt und Dichter –, so etwas könntest *du* vielleicht tun.«

»Aber du doch genauso gut.«

»Oh ja. Was glaubst du eigentlich, wo wir leben? Im Märchenland?«

Ich starrte ihn an.

»Kapierst du denn nicht, dass so eine Ausbildung Geld kostet? Aber für dich ist das natürlich kein Problem.« Esmond war jetzt aufgestanden. »Du hast ja genug Geld – oder vielleicht nicht?«

Er rannte aus dem Zimmer und knallte die Tür hinter sich zu.

Meine Mutter nahm das Picknick ungeheuer wichtig.

In ihren mitteilsameren Momenten ließ sie sich gerne über die Picknicks ihrer Kindheit und Jugend aus: Ihre grandiosen Ausflüge nach Timoleague und Inchydoney Island, nach Courtsmacsherry und Kinsale gehören zum Legendenschatz meiner Kindheit. Für sie war jede dieser Aktionen ein kleines Abenteuer gewesen, bei dem es freilich in puncto Bequemlichkeit und Sicherheit an nichts gefehlt hatte. Wenn man ihren Schilderungen glauben konnte, hatte an den ebenso endlosen wie menschenleeren Sandstränden ihrer Kindheit pausenlos die Sonne geschienen. Die See war damals warm, blau und wundervoller gewesen als irgendein anderes Meer. Die Hummer waren ausnahmslos größer, als die Natur sie sonst zu bieten hat, die Sahne cremiger und der Schinken würziger. Die – natürlich katholischen – Landleute zeigten sich stets von der ehrerbietigsten Seite. Der Vetter Harry war so drollig, dass sich alle ständig vor Lachen bogen. Als Cousine Fanny einmal von der Flut eingeschlossen wurde, eilte ihr augenblicklich ein gewisser Mr. Alfred Chard zu Hilfe, dem das Royal Hotel gehörte und der zufällig Esmonds Großvater war. Arthur Chard kam in den Erzählungen zwar nicht ausdrücklich vor, trotzdem war seine Gegenwart in den Schilderungen meiner Mutter indirekt stets zu spüren. Warum sonst hätten sich ihr diese kindheitlichen Picknicks in ihrer Erinnerung so grandios darstellen sollen? Warum sonst hätte sie uns immer wieder davon berichten sollen? Ja, es scheint fast so, als ob jene weit zurückliegenden Tage für meine Mutter durch immer neue Beschwörungen noch an Zauber gewannen.

Eltern sehen es lieber, wenn ihre Kinder an denselben Altären beten wie sie selbst und gar nicht erst auf die Idee kommen, eigene Heiligtümer zu errichten. Deshalb war es für meine Mutter so wichtig, dass auch ich meine Kindheit als eine einzige Abfolge idyllischer Picknicks an den Gestaden des Meeres in Erinnerung behielt. Deshalb unternahmen wir immer wieder jene langweiligen Ausflüge zur

Ulvercombe-Bucht, die sich durch meine ganze Kindheit ziehen.

Der Strand war winzig. Dank der grauenhaften Atlantikbrandung und der kreischenden Seevögel war dort allerdings für eine eindrucksvolle Lärmkulisse gesorgt. Man brauchte bloß in ein Sandwich zu beißen, schon traten ganze Wespenregimenter in Aktion. Die Kiesel am Strand machten das Gehen und Sitzen so unangenehm, dass sie eigens importiert sein mussten. Unten an den Klippen schob sich eine Doppelreihe rasiermesserscharfer Felsen ins Meer hinaus, die allerlei unangenehme Überraschungen bereithielten: Möwenskelette, heimtückisch glitschigen Tang; ölverschmierte Plastikbehälter und den weißen Schaum diverser giftiger Chemikalien; einmal entdeckten wir dort mysteriöserweise sogar den halb aufgefressenen Kadaver eines Dalmatinerhundes. Am Strand roch es nach Salz und Verwesung.

Später erzählte mir Lilian, dass die Strandräuber aus dem Dorf Ulvercombe früher auf einer Landzunge weiter südlich Leuchtfeuer entzündet hatten, um die Schiffe in die Irre zu führen und an den Felsen weiter nördlich zerschellen zu lassen. Falls gerade Flut war, wurden die Wrackteile und das Strandgut in die Ulvercombe-Bucht getrieben. 1788 hatte sich sogar ein parlamentarischer Untersuchungsausschuss mit dieser Form der Piraterie beschäftigt. Ein Schiff der East India Company aus Bristol war damals an der Stelle auf die Felsen aufgelaufen. Die meisten Mitglieder der Besatzung schafften es sogar, sich an Land zu retten. Dort wurden sie allerdings bereits von den Männern des Dorfes mit Mistgabeln und Keulen erwartet.

»Als schließlich die Küstenwache eintraf«, berichtete Lilian, »hatten sich die Strandräuber längst davongemacht, und von den Seeleuten lebte kein Einziger mehr. Und weißt du was? Nicht einer der Matrosen war ertrunken.«

Für mich war der Strand in der Ulvercombe-Bucht deshalb schon immer mit Blut besudelt: Blut, das wie der Bach aus dem Blackberry Water unmerklich zwischen den Kieseln versickerte. Kein Wunder, dass es dort nach Verwesung roch.

Doch abgesehen davon, dass mir der Ort prinzipiell zuwider war, gab es noch weitere Gründe, weshalb unser Picknick am letzten Tag der Osterferien 1955 so gründlich danebenging. Sie sind auch die Ursache dafür, warum mir die ganze Geschichte noch heute so präsent ist und wieso dieser Tag in meiner Erinnerung für sämtliche Picknicks meiner Kindheit steht, zu denen wir uns dort unten an der Küste einfanden.

Doch ich greife vor. In jenen Tagen war der Weg, der von unserem Haus zum Atlantik hinunterführte, noch erheblich schlechter als heute. Damals wurde er nämlich noch regelmäßig von Traktoren benutzt; befestigt wurde er nach einem Beschluss des Gemeinderats erst 1969. Jedenfalls lehnte meine Mutter es zum damaligen Zeitpunkt strikt ab, für die knapp einen Kilometer lange Strecke von unserem Haus zum Blackberry Water das Auto zu benutzen, es sei denn, der Weg war zufällig einmal vollkommen trocken und frei von tief eingegrabenen Spuren. Ungefähr ein Jahr zuvor hatte sie einen viertürigen Standard Eight-Wagen angeschafft, dem sie entschieden stärkere mütterliche Gefühle entgegenbrachte als mir. Als wir etwas älter waren, machte Esmond sich über diese Tatsache sogar gelegentlich lustig: Ihm leuchtete diese Einstellung meiner Mutter angeblich unmittelbar ein; schließlich hatte der Wagen fast fünfhundert Pfund gekostet, ich dagegen gar nichts.

Also mussten wir zu Fuß gehen. Doch das wäre noch nicht einmal so schlimm gewesen, hätte meine Mutter unter einem Picknick nicht zufällig eine mittlere Großveranstaltung verstanden. Kann sein, dass diese Auffassung in der Vorkriegszeit noch eine gewisse Plausibilität gehabt haben mag. Jedenfalls war sie von erschreckender Schlichtheit: Der Sinn und Zweck eines Picknicks bestand darin, an einem pittoresken Schauplatz in freier Natur das eigene häusliche Leben in seiner ganzen Komplexität neu erstehen zu lassen; und je näher man diesem Ziel kam, desto größer war der Erfolg des Unternehmens.

»Wenn man sich die ganze Arbeit schon macht, möchte man es hinterher wenigstens bequem haben«, sagte meine Mutter bei solchen Gelegenheiten gerne.

Die strikte Befolgung dieses Prinzips besagte, dass unsere Picknicks an der Ulvercombe-Bucht schon deshalb eine Zumutung waren, weil wir den ganzen Hin- und, was noch schlimmer war, auch den Rückweg zu Fuß gehen und dabei noch den halben Haushalt mitschleppen mussten. Vor unserem Abmarsch in Finisterre mussten Esmond und ich uns jedes Mal mitsamt dem Hausrat, den wir zu tragen hatten, im Garten einfinden.

Dann sagte meine Mutter: »Jetzt muss ich die Sachen nur noch mit meiner Liste abgleichen.« Und wenn sie gerade in einer besonders frivolen Stimmung war, sang sie sogar das bösartige kleine Lied *I've got a little list – I've got a little list.* Darin geht es um einen Menschen, der auf einer endlos langen Liste die Namen sämtlicher Leute vermerkt, die er gerne um die Ecke bringen würde.

Jedenfalls war diese Liste ein erschreckend umfangreiches Dokument: das Ergebnis jahrelanger Feldforschung in Großbritannien und Irland. Als unverzichtbar erachtet wurden: ein Primuskocher, Spiritus, Paraffin und Zündhölzer (die während des Marsches tunlichst getrennt zu transportieren waren, damit kein Unglück passierte); ein Kessel, frisches Wasser (der Bach, aus dem sich der kleine Süßwassersee speiste, galt als unrein), eine Teekanne, Tee, eine Dose Zucker und eine Flasche Milch (falls wir Gäste hatten – zum Beispiel Tante Ada –, nahmen wir außerdem noch einen Zuckertopf und einen Milchkrug mit); das rot-weiß karierte Tischtuch, Klappstühle für meine Mutter und etwaige weitere Erwachsene; ein kleiner Klapptisch, der neben ihrem Stuhl stand, und eine blau-orange gestreifte Luftmatratze aus einem widerlich süßlich riechendem Material; Teller, Tassen, Untertassen, Teelöffel, Messer, Gabeln, Dessertlöffel und Servietten; eine Schüssel zum Geschirrspülen; ein Topfkratzer und ein Geschirrtuch; Badesachen und -handtücher; die schwer beladene Handtasche meiner Mutter, in der unter anderem eine Geldbörse, ein Notizbuch, ein Buch aus der Leihbibliothek und eine Rolle Toilettenpapier verwahrt wurden; und – fast nebenher – auch noch diverse Lebensmittel. Überdies gab es etliche optionale Extras: zum Beispiel einen Kochtopf, eine Bratpfanne, weitere Stühle, einen größeren Tisch, einen Erste-Hilfe-Kasten, eine Auswahl an Gesellschaftsspielen, Regenmäntel, Hüte, Schirme und einen mit Segeltuch bespannten Paravent, der regelmäßig umstürzte.

Das hier geschilderte Picknick im April 1955 verlief besonders unglücklich; mag sein, dass es sich meinem Gedächtnis auch deshalb so unauslöschlich eingeprägt hat. Wir mussten den ganzen Weg vom Haus zum Blackberry Water zweimal zurücklegen, um all die Dinge, die meine Mutter für unverzichtbar hielt, an Ort und Stelle zu verfrachten. Esmond war böse auf mich und spielte die beleidigte Leberwurst, und ich fühlte mich einfach miserabel. Er ging neben meiner Mutter her. Die beiden spazierten auf dem gesamten Hin- und Rück- und abermaligen Hinweg vor mir her und plauderten angeregt. Meine Mutter sah immer wieder lächelnd zu ihm hinunter. Ich hörte, wie die zwei lachten.

Einmal drehte meine Mutter sich um. »Los, beeil dich schon. Und mach *bitte* nicht so ein betretenes Gesicht.«

Wir hatten uns unten am Strand kaum im Gras niedergelassen, als Wolken aufzogen und ein frischer Wind aufkam. Vom Meer her wälzten sich in endloser Folge riesige graue Brecher an den Strand. Mit dem strahlenden Apriltag war es jedenfalls für Erste vorbei.

»Ach, wie ärgerlich«, sagte meine Mutter. »Und jetzt kommt auch noch die Flut. Vielleicht sollten wir uns doch ein anderes Plätzchen suchen.«

Also schulterten wir unsere Lasten ein weiteres Mal und gingen durch die Öffnung in den Klippen zum Blackberry Water hinüber. Dann richteten wir uns unweit der Trittsteine auf »unserem Picknickrasen«, wie meine Mutter das Gras dort nannte, abermals ein.

»Würde mich nicht wundern, wenn sich hier nachts die Elfen herumtreiben«, bemerkte meine Mutter. In manchen Situationen kam wieder das neckische junge Mädchen in ihr zum Vorschein. »Habe ich euch schon mal erzählt, wie Tante Imogen und ich versucht haben, einen Kobold zu fangen?«

Genau in dem Augenblick setzte ich mich direkt in einen Haufen Schafskot. Esmond schüttete sich aus vor Lachen, ohne einen Ton von sich zu geben. Meine Mutter war wütend. Sie befahl mir, die Badehose anzuziehen. Ich saß zitternd im Gras.

»Essen«, verkündete meine Mutter kurz darauf. »Ist es nicht herrlich hier draußen?«

Während wir aßen, kreisten über unseren Köpfen in Geiermanier mehrere Möwen. Die belegten Brote schmeckten nach Sand. Ein kaltes klebriges Stück Tomate fiel mir auf das nackte Bein. Da ich es für die Absonderung eines Vogels hielt, fing ich an zu kreischen.

»Um Gottes willen, führ dich hier bitte nicht wie ein Säugling auf«, sagte meine Mutter. »Nimm das Tuch dort drüben in der Schüssel.«

Kurz darauf erbot sich Esmond, den Primuskocher für den Tee meiner Mutter in Gang zu bringen. Zu meinem Erstaunen erlaubte sie ihm, diese ebenso faszinierende wie potenziell gefährliche Aufgabe zu übernehmen, die sonst stets einem Erwachsenen vorbehalten war. Ich dagegen wurde zum Spülen abkommandiert – natürlich mit kaltem Wasser, während ein kühler Westwind durch die Öffnung in den Klippen zu uns heraufwehte.

»Kommt da etwa ein Auto?«, sagte Esmond plötzlich.

Wir lauschten angestrengt. Doch ich hörte lediglich das Kreischen der Möwen, das Tosen der Brandung und das Fauchen des Primuskochers.

»Ich glaube nicht –«

Meine Mutter blickte auf. Ein Auto mit hochtourig laufendem Motor kam den Weg heruntergekrochen.

»Wie ärgerlich«, sagte meine Mutter. »Ich hatte so gehofft, dass wir hier wenigstens zu dieser Jahreszeit keine Ausflügler antreffen. Möchte jemand etwas Obst?«

»Nein, danke«, erwiderte ich.

»Aber das ist gut für dich, Thomas.«

»Ich glaube, das ist Tante Adas Auto«, sagte Esmond.

Kurz darauf erschien der Austin Twelve der Pfarrei auf der Bildfläche. Der Wagen kam langsam durch die letzte Kurve gekrochen und wurde etwa zehn Meter von uns entfernt abrupt zum Stehen gebracht.

»Guter Gott«, sagte meine Mutter.

Ich wusste, weshalb sie überrascht war. Am Steuer saß nämlich der Vikar; Tante Ada hockte neben ihm auf dem Beifahrersitz. Der Vikar nahm sich nur selten die Zeit, ans Meer hinunterzufahren, um dort die Schönheiten der Natur zu genießen und es sich bei einem Picknick gut gehen zu lassen.

Die Kotflügel des Wagens waren total verschmutzt. Tante Ada stieg hastig aus und rannte schwerfällig auf uns zu;

dabei hielt sie ihren geblümten Rock vorne hochgerafft. Sie erinnerte frappierend an ein Gummifass, in dem eine schwere Flüssigkeit hin und her schwappt.

Meine Mutter erhob sich und ging ihr entgegen. »Ada, ich dachte, du wolltest heute nach Budstow fahren.«

Tante Ada war sehr blass; schon der kurze Sprint hatte ihr den letzten Atem geraubt. Sie nahm meine Mutter am Arm und ging mit ihr ein paar Schritte zur Seite. Der Vikar hatte den Motor inzwischen abgestellt und stieg aus dem Austin Twelve. Er war kleiner als Tante Ada und ist mir als völlig monochrome Erscheinung in Erinnerung geblieben: schwarzer Geistlichenanzug, weißer Stehkragen; weiße Haut und schwarzes Haar. Er ging mit sehr großen Schritten, die ihn wohl stattlicher erscheinen lassen sollten, als er wirklich war, zu den Frauen hinüber. Dann fingen die drei an zu tuscheln.

Esmond biss in einen Apfel vom vergangenen Herbst. Wir lagerten die Früchte in Finisterre auf dem Dachboden über der Garage, wo viele von ihnen entweder verfaulten oder von den Ratten gefressen wurden. In diesem Stadium des Frühlings erinnerte die Schale der Äpfel bereits an den sonnengegerbten Teint älterer Zigeuner. Man wusste nie genau, was einen erwartete, wenn man in so einen Apfel hineinbiss. Wenn man Glück hatte, schmeckte das Fruchtfleisch innen süß und sämig, fast wie Dessertwein. Allerdings war Esmond das Glück an diesem Tag nicht gewogen.

Er fing an zu würgen und zu speien. Das Stück Apfel, das er im Mund gehabt hatte, flog in hohem Bogen ins Wasser. Den restlichen Apfel warf er gleich hinterher.

Der Vikar löste sich von den beiden Frauen und kam zu uns herüber. »Alles in Ordnung, Esmond?«

»Ja, danke, Sir.«

»Soll ich dir das Taschentuch geben, Teuerste?«, sagte Tante Ada zu meiner Mutter. Dabei verzog sie – sei es aus

Rührung oder aber weil sie ihr ohne Worte etwas mitteilen wollte – das Gesicht zu einer völlig absurden Grimasse und streckte meiner Mutter ein riesiges frisch gebügeltes Taschentuch entgegen, das wahrscheinlich dem Vikar gehörte.

Meine Mutter nahm es mit einem kurzen Nicken entgegen. Dann holte sie tief Luft und kam zu Esmond und mir herüber. Ich blickte sie erstaunt an.

»Was ist los?«, fragte ich. »Was ist denn passiert?«

Meine Mutter legte den Arm um Esmond und zog seinen Kopf an ihre Brust. Er versuchte sich überrascht aus ihrer Umklammerung zu befreien und machte ein völlig verständnisloses Gesicht. Wenigstens dieses eine Mal war selbst er mit seinem Latein am Ende. Mit der freien Hand reichte sie ihm das Taschentuch. Dabei hielt sie es lediglich mit zwei Fingern an einem Zipfel fest. Das Tuch versperrte mir die Sicht auf Esmonds Gesicht.

»Mein armer Junge«, sagte meine Mutter. »Jetzt bin ich deine Mommy.«

Sieben

»Bist du völlig verrückt geworden?«, sagte Bronwen schneidend.

»Wenn es nach dir ginge, ist doch jeder verrückt, den du nicht verstehst«, entgegnete Esmond. »Und das trifft auf die meisten Leute zu.«

»Manchmal könnte ich dich umbringen.«

»Ja, die meisten Leute. Dich eingeschlossen.«

Sie hatten es sich am Abend nach dem Essen im Wohnzimmer bequem gemacht. Ich lag im Kinderzimmer auf den Knien und hatte die Bodendiele entfernt. Es war zwar gerade erst achtundvierzig Stunden her, seit ich an Alice geschrieben hatte, doch kam es mir vor, als ob ich vor jenem Brief in einer komplett anderen Zeit und an einem anderen Ort gelebt hatte.

»Esmond, sie ist seine *Tochter*. Natürlich merkt sie, dass hier was nicht stimmt, und dann wird sie Fragen stellen.«

»Soll sie doch. Ich habe nichts zu verbergen.«

»Du bist *wirklich* total verrückt.«

»Das Haus macht doch zurzeit einen sehr gepflegten Eindruck. Da haben wir wirklich ganze Arbeit geleistet. Ist doch auf den ersten Blick zu erkennen, dass wir uns um alles gekümmert haben. Wenn wir Glück haben, kriegen wir sogar noch ein paar schöne Herbsttage.«

»Ich glaube, ich hör nicht recht.«

»Brauchst du auch nicht«, erwiderte Esmond. »Tu einfach, was ich dir sage, dann findet sich alles. Du musst mir nur vertrauen.«

Bronwen brach in ein sarkastisches Lachen aus. »Du meinst so wie Rumpy? Wuf, wuf?«

»Richtig. Das ist unser Motto: Alle für einen, einer für alle. Alice trifft morgen Nachmittag mit dem Zug hier ein. Ich habe zu ihr gesagt, dass ich sie in Exeter abhole.«

»Ich finde, du hättest zuerst mit mir sprechen sollen, bevor du sie anrufst.« Bronwen redete zwar immer noch lauter, als man es normalerweise in einem Gespräch unter vier Augen tut, doch klang ihre Stimme jetzt nicht mehr so schneidend. »Verdammt, ich verstehe nun mal nichts von solchen Inszenierungen.«

»Dann setz dich doch erst mal«, schlug er vor.

»Findest du die ganze Sache nicht ein bisschen pervers? Sei doch mal ehrlich: Das ist doch irgendwie krank.«

»Das ganze Leben ist eine Krankheit – eine lange chronische Krankheit, die zum Tod führt.«

Diese Bemerkung war eigentlich völlig untypisch für Esmond. Mir kam es fast so vor, als ob er Lilians Bruder Stephen Sandwell zitierte, der gerne solche Binsenweisheiten von sich gegeben hatte.

»Ach, hör doch auf«, sagte Bronwen. »Du hast zu viel getrunken. Und was für einen Eindruck hat sie gemacht?«

»Jung. Nervös. Etwas kurzatmig. Vielleicht ein bisschen scheu? Und eine sehr angenehme Stimme hat sie. Könntest du vielleicht das Bett im Sterbezimmer frisch beziehen?«

»Warum musst du nur immer dieses Wort benutzen?«

»Der Name passt doch genau. Immerhin sind meine Schwester Lizzy und mein Onkel George in dem Zimmer gestorben. Unter anderem.«

»Aber zuerst musst du noch Rumpy überzeugen. Ich übernehme das jedenfalls nicht. Rumpy fällt in dein Ressort.«

»Okay. Allerdings werde ich ihm erzählen, dass die Idee von dir stammt.« Es folgte ein langes Schweigen. Dann sagte Esmond plötzlich mit völlig veränderter Stimme: »Und jetzt komm schon her. Nein, nicht so – etwas näher, dummes Mädchen.«

Es dauerte nicht lange, bis ich begriff, dass das Gespräch unter mir vorerst zu Ende war und die beiden mit etwas anderem beschäftigt waren. Völlig aufgewühlt legte ich die Bodendiele wieder an ihren Platz. Ich saß auf dem Fenstersitz und betrachtete mein Gesicht, das sich in dem schwarzen Glas spiegelte. Dann lehnte ich meinen Kopf gegen die Laibung und schloss die Augen.

Dass Alice eine reale Person war, war mir erst in dem Augenblick klar geworden, als ich das Testament meiner Mutter in den Händen gehalten hatte. Ich selbst konnte mich nämlich nur an etwas Kleines, Rosafarbenes erinnern, einen unersättlichen kleinen Wurm; etwas, das abwechselnd schrie und schlief und saugte; etwas, das mich damals sehr wenig angegangen war. Da es sonst nichts gab, woran ich mich hätte orientieren können (meine Mutter hatte nämlich alle Fotografien und sonstigen Erinnerungsstücke entweder zerstört oder versteckt), hatte ich mir meine eigene Alice zusammenfantasiert.

Hätte Lilian das Kind damals abtreiben lassen, wäre ich damit vermutlich sogar einverstanden gewesen und hätte mich im Laufe der Zeit an die Vorstellung eines – vorzeitig aus der Welt geschiedenen – hypothetischen Kindes gewöhnt. Doch Alice war noch am Leben, mochte sie auch schon wenige Monate nach ihrer Mutter Lilian aus meinem Dasein geschieden sein. Trotzdem fielen mir manchmal Sachen ein wie: »Wenn Alice noch hier wäre, könnten wir heute ihren einundzwanzigsten Geburtstag feiern« oder: »Eigentlich wäre sie inzwischen alt genug, um zu studieren« oder: »Mein Gott, in dem Alter, in dem sie jetzt wäre, könnte sie schon einen Freund haben.« Doch solche Spekulationen gingen kaum mit intensiveren Gefühlen einher. Sie machten mich froh und traurig zugleich, etwa so, wie wenn man sich alte Fotos anschaut. Mit der gleichen Gewissheit, mit der man weiß, dass die Vergangenheit unwiederbringlich verloren ist, wusste ich oder glaubte ich wenigstens zu wissen, dass ich Alice niemals für mich würde haben können.

Mit dem Tod meiner Mutter veränderte sich dies alles: Plötzlich gewann Alice eine gewisse Realität. Trotzdem war sie für mich auch jetzt noch kaum mehr als ein Wort auf einem Stück Papier; sie blieb eine Abstraktion. Und ich war wegen des Testaments gewiss nicht sauer auf Alice. Nein – ich war sauer auf meine Mutter, die zwar sehr real gewesen, aber jetzt tot war und keinen Unsinn mehr anstellen konnte, nicht auf Alice.

Eines wollte ich allerdings nicht: Alice persönlich kennen lernen. Dazu hatte ich mich zu sehr an das Fantasiebild gewöhnt, das ich mir von ihr gemacht hatte. Mit meiner wirklichen Tochter, also jener konkreten Person, die völlig unabhängig von mir agieren, sprechen und denken konnte, wollte ich am liebsten nichts zu tun haben. Dazu erschien mir die Konstellation, in der wir uns in Finisterre zu dritt eingerichtet hatten, einfach zu harmonisch: wie eine völlig in sich ausgewogene chemische Verbindung. Wenn man diese Verbindung mit einer unbekannten, vielleicht sogar ätherischen Substanz in Kontakt brachte, konnte alles Mögliche geschehen. Allerdings wollte Esmond das nicht begreifen. Wenigstens in diesem einen Fall sollte ich jedoch ausnahmsweise einmal Recht behalten.

In den vergangenen achtundvierzig Stunden hatte ich inständig gehofft, dass Alice klug genug sein würde, die Einladung abzulehnen. Ich vermutete, dass alles von ihren finanziellen Umständen abhing. Ich wünschte, Esmond hätte mir mehr über sie erzählt. Ich wünschte, dass die zwei mir mehr Zeit gelassen hätten, mich auf die neue Situation einzustellen. Und sollte Alice tatsächlich kommen, dann hoffentlich nur auf einen kurzen Besuch. Vielleicht musste ich sie ja nicht einmal sehen. Esmond könnte ihr einfach eröffnen, dass ohnehin kein Geld da sei, wenigstens nicht zu meinen Lebzeiten, und dann würde sie wieder abreisen.

Vielleicht ein bisschen scheu, hatte Esmond über sie gesagt. *Und eine sehr angenehme Stimme hat sie.* Wäre der Vorschlag, sie im Sterbezimmer unterzubringen, von Bronwen gekommen, hätte mich das nicht weiter beunruhigt. Aber es war Esmonds Idee gewesen. Und genau das bereitete mir solches Kopfzerbrechen.

Als meine Mutter kurzfristig den Plan verfolgte, das Sterbezimmer einer neuen Verwendung zuzuführen, war das für mich ein erheblich größerer Schock als Tante Imogens Tod. Kinder haben bekanntlich ein kurzes Gedächtnis. Und Tante Imogen war damals schon seit fast vier Monaten aus meinem Gesichtsfeld verschwunden. Das Sterbezimmer hingegen war uns ständig gegenwärtig.

Die Erwachsenen um uns her taten alles, um Tante Imogens Tod in einem milden Licht erscheinen zu lassen. Nach Darstellung meiner Mutter war ihre Schwester lediglich in eine andere Welt hinübergegangen. Tante Ada faselte gerne etwas von Erlösung. Und der Vikar – der uns am folgenden Sonntag in der Kirche über seine professionelle Sicht der Dinge aufklärte – behauptete sogar, Tante Imogen habe sich jetzt in die himmlischen Chöre zur Rechten Gottes eingereiht und blicke vom Himmel aus auf uns herab. Ich bekam aber auch mit, wie die Jodsons sich über das Thema unterhielten. Mr. Jodson sagte: »Jetzt kann die arme Frau die Radieschen von unten betrachten.« Bei anderer Gelegenheit sagte der kleine Bill, dass sie den Löffel abgegeben habe, und sein Vater ließ verlauten, dass sie »über den Jordan gegangen« sei.

Zum damaligen Zeitpunkt war es mir schlicht egal, wie sie gestorben war. Bill Jodson wusste darüber Bescheid – ich erinnere mich noch, dass er mitunter Anspielungen machte, aus denen ich im Nachhinein gewisse Schlussfolgerungen ziehen kann –, doch hatte er anscheinend Angst, Esmond oder mich in die Details einzuweihen. Erst einige Jahre später erfuhr ich, dass Tante Imogen an jenem schönen Aprilmorgen nach dem Frühstück in dem Pflegeheim in ihr Zimmer hinaufgegangen war. Dort hatte sie ein Bettlaken zerrissen und die Streifen zu einem Seil verknotet und eines der Enden an einem Bein ihres Bettes befestigt. Das andere Ende hatte sie zu einer Schlinge zusammengebunden und sich um den Hals gelegt. Dann war sie aus dem Fenster gesprungen. Die anschließenden Ermittlungen hatten ergeben, dass sie sich nach dem Tod ihrer kleinen Tochter in einem Zustand geistiger Verwirrung selbst erhängt hatte. Ihr Tod sei eine Tragödie, so der Amtsarzt, die man vernünftigerweise weder ihr selbst noch ihrer Familie oder der Leitung des Pflegeheims anlasten könne.

Wenn man Tante Imogens Tod mit einer schweren Wolke vergleicht, die über uns hing, ergaben sich daraus zugleich einige Lichtblicke, die mir nicht entgingen: Das Picknick wurde abgebrochen, und wir konnten mitsamt unserem Krempel im Austin Twelve des Vikars nach Hause fahren. Als wir dort ankamen, nahm der Vikar Esmond beiseite und ging mit ihm in den Garten. (»Er ließ mich niederknien und ein Gebet für meine Mutter sprechen«, erzählte mir Esmond später. »Direkt neben dem Komposthaufen. Und dann hat er mir noch den Hals gestreichelt. Mein Gott.«)

»Was für ein armer Junge«, flüsterte Tante Ada meiner Mutter zu, als wir aus dem Wagen stiegen. »Ist er nicht tapfer?«

»Immerhin war sie auch meine Schwester.«

»Oh, Fiona, bitte verzeih. Ich wollte damit nicht sagen …«

»Ach, das macht doch nichts«, erwiderte meine Mutter in einer Anwandlung spartanischer Selbstverleugnung. »Natürlich hat Esmond unendlich viel mehr verloren als ich.« Dann betupfte sie ihre Augen mit dem Taschentuch. Dabei fiel ihr auf, dass ich noch immer anwesend war und alles gehört hatte. Sie sah mich mit gebleckten Zähnen an. »Geh jetzt zu Mrs. Jodson in die Küche«, befahl sie. »Und sag ihr, dass sie bitte das Teewasser aufsetzen soll.«

Der wirkliche Schock kam freilich erst abends, als alle Besucher gegangen waren. Es war nach dem Essen, und wir saßen zu dritt im Wohnzimmer. Wir hatten kaum einen Bissen herunterbekommen, und Esmond war ungewöhnlich blass. Ansonsten war eigentlich alles wie immer. Jeder gab sich Mühe, so normal wie möglich zu erscheinen. Esmond und ich saßen auf dem Sofa und lasen, beziehungsweise gaben uns den Anschein zu lesen. Plötzlich legte meine Mutter ihr Strickzeug auf die Armlehne ihres Sessels.

»Jungs«, sagte sie. »Ich glaube, es ist an der Zeit für einen Familienrat.«

Das war in der Tat etwas Neues. Von einem Familienrat hatte ich bisher nur in Büchern gelesen. Dort kam so etwas manchmal vor: im Zusammenhang mit mitternächtlichen Festen, Ferien im Zigeunerwagen und allerlei sonstigen Abenteuern, zum Beispiel geheimen Schiffspassagen, irrsinnig spannenden Schatzsuchen und Bösewichtern, die unverständliches Zeug vor sich hin brabbelten.

»Ich wollte dir nur sagen, Esmond, dass du jetzt hier genauso zu Hause bist wie Thomas und ich.«

Esmond starrte auf den Teppich. »Danke, Tante Fiona.«

»Wenn es dir lieber ist, kannst du natürlich auch bei Granny wohnen. Du musst ganz ehrlich sein. Möchtest du lieber wieder nach Irland?«

»Bitte«, sagte er. »Ich möchte bei euch bleiben.«
Die Unterlippe meiner Mutter fing an zu beben. »Ich bin ja so froh, mein lieber Junge. Natürlich möchten wir auch, dass du hier bei uns bleibst, nicht wahr, Thomas?«
»Oh ja«, sagte ich. »Ja, bitte. Auf immer und ewig?«
»Ja, auf immer und ewig«, sagte meine Mutter feierlich. »Amen.«
Esmond sah mich an. Ich wusste, dass er jeden Augenblick in lautes Lachen ausbrechen würde. Er rappelte sich vom Sofa auf und rannte aus dem Zimmer.
»Armer Junge«, sagte meine Mutter leise. »Das alles ist einfach zu viel für ihn. Am besten, wir lassen ihn jetzt ein wenig in Ruhe.«
Kurz darauf kam Esmond zurück. Er entschuldigte sich, weil er so ungestüm aus dem Zimmer gerannt war. Meine Mutter bekundete ihm ihr uneingeschränktes Verständnis. Esmond und ich vermieden es, uns anzusehen. Wir wussten beide, dass wir in schallendes Gelächter ausbrechen würden, falls sich unsere Blicke begegneten.
»Da du jetzt ganz zur Familie gehörst«, sagte meine Mutter, »werden wir uns für dein Schlafzimmer eine Lösung überlegen müssen. Dein derzeitiges Zimmer ist jedenfalls zu klein, finde ich.«
»Wir könnten doch noch ein zweites Bett in mein Zimmer stellen«, schlug ich vor.
»Das wäre, glaube ich, nicht sehr …« Meine Mutter hielt inne und schien über ein passendes Adjektiv nachzudenken. »… hygienisch«, sagte sie dann. Das Wort schien ihr zu gefallen, weil es so wissenschaftlich klang. Jedenfalls wiederholte sie es fast inbrünstig. »Ja, *hygienisch.* Und das Extra-Schlafzimmer würde ich gerne für Gäste freihalten. Ohne ein Gästezimmer geht es einfach nicht. Aber wir haben ja *noch* ein Zimmer. Zwei Gästezimmer sind wirklich des Guten zu viel.«

»Du meinst ...« Esmond schluckte. »Du meinst das Zimmer ...?«

»Aber Mommy, aber du kannst ihn doch nicht in *das* Zimmer stecken«, sagte ich – und zwar lauter, als ich eigentlich beabsichtigt hatte.

»Ich glaube nicht, dass ich dich nach deiner Meinung gefragt habe, Thomas. Oder täusche ich mich da?«

»Aber es hat doch noch nie –«

»Bitte«, unterbrach mich Esmond. »Ich glaube, ich bleibe am besten, wo ich bin, wenn es dir recht ist.«

Meine Mutter war keine sonderlich feinfühlige Frau. Wie die meisten Menschen folgte sie einfach ihren Impulsen, ohne weiter darüber nachzudenken, und war unfähig zur Selbstreflexion. Ja, sie war weder willens noch imstande, über ihr eigenes Verhalten Rechenschaft abzulegen. Jeder halbwegs intelligente Erwachsene hätte natürlich auf der Stelle vermutet, dass es ihr vor allem darum zu tun war, Esmond in das Bett meines Vaters zu stecken. Heute würde ich sagen, dass in ihrem Plan eine Mischung aus Aberglauben und sexueller Frustration zutage trat. Vielleicht kann man darin einfach ihren unbewussten Wunsch sehen, ein Gespenst aus ihrem Dasein zu vertreiben. Schwer zu sagen, ob Esmond dies alles bereits durchschaute oder ob er ihre Motive lediglich erspürte, ohne sich ausdrücklich darüber im Klaren zu sein. War ihm die Idee vielleicht aus diesem Grund so zuwider oder doch eher, weil es sich um das Sterbezimmer handelte, also den Raum, in dem mein Vater gestorben war? Und – was für Esmond gewiss noch viel wichtiger war – natürlich um das Zimmer, in dem die kleine Lizzy gestorben war?

Da sie sich derart in ihre Idee verrannt hatte, war meine Mutter für diesen Gesichtspunkt zunächst völlig blind. Doch schließlich fiel auch bei ihr der Groschen. Sie sah mich mit gebleckten Zähnen an und versuchte verzweifelt, ihren Vorschlag zurückzunehmen, ohne einzuräumen, dass sie einen Fehler gemacht hatte. Ja, sie behauptete plötzlich sogar steif und fest, dass sie die ganze Zeit nichts anderes im Sinn gehabt hatte, als Esmond im Gäste- und nicht etwa im Zimmer meines Vaters unterzubringen. Deshalb warf sie mir nun vor, dass ich sie entweder absichtlich oder aus lauter Dummheit missverstanden hätte. Ich besaß sogar die Klugheit, mich zu entschuldigen, was bei ihr immer gut ankam. Esmond wiederum versicherte sie pflichtschuldigst seiner tiefen Dankbarkeit. Und so kamen wir stillschweigend überein, dass er zum gegenwärtigen Zeitpunkt erst einmal dort wohnen bleiben sollte, wo er bereits war.

»Ich fände es eine gute Idee, wenn wir heute einmal früh zu Bett gingen«, sagte meine Mutter.

»Muss ich morgen in die Schule gehen?«, fragte Esmond.

»Nein, mein Junge, das brauchst du nicht. Möchtest du, dass Thomas zu Hause bleibt und dir Gesellschaft leistet?«

»Oh ja, bitte.«

Noch so eine positive Nebenwirkung. Dank Tante Imogens Ableben brauchte ich in den folgenden Tagen nicht in die Schule zu gehen, so dass mir weitere Begegnungen mit Miss Broadbent-Brown vorerst erspart blieben.

Ich küsste meine Mutter auf die Wange. Normalerweise tat Esmond das Gleiche. Doch an jenem Abend wandte meine Mutter ihm im letzten Augenblick das Gesicht so zu, dass er sie auf den Mund küsste. Ich sah, wie ihre Lippen sich bewegten. Der Kuss widerte mich an. Auch Esmond schien darüber alles andere als erfreut. In der Halle wischte er sich mit dem Handrücken den Mund ab und verzog das Gesicht. Er sagte nichts, bis wir oben waren. Seit unserem Streit im Schulzimmer, der bereits vor dem Picknick stattgefunden hatte, waren wir nicht mehr allein gewesen.

»Blöde Kuh«, sagte er. »Unglaublich.«

Ich war erleichtert, dass er unsere Meinungsverschiedenheit offenbar vergessen hatte. »Ich verstehe das nicht«, sagte ich. »Sie lässt doch sonst auch nie jemanden im Sterbezimmer schlafen.«

»Ach, die alte Schachtel meine ich doch gar nicht, du Blödmann. Ich spreche von *meiner* Mutter.«

In jener Nacht hörte ich, wie Esmond in dem kleinen Zimmer über der Veranda leise schluchzte. Es war das erste und letzte Mal, dass ich ihn weinen hörte. Aus Angst, meine Mutter könnte etwas davon mitbekommen, wagte ich nicht, zu ihm zu gehen. Obwohl ich ohnehin nicht wusste, wie ich ihn hätte trösten sollen.

Am erstaunlichsten war jedoch, wie wenig uns Tante Imogens Selbstmord berührte. In Finisterre und auf dem Bicknor College ging alles seinen gewohnten Gang. Esmond hatte Tante Imogen schon seit Januar nicht mehr gesehen, also reichlich Zeit gehabt, sich an ihre Abwesenheit zu gewöhnen. Meine Mutter trat bereits an ihre Stelle.

Ich glaube nicht, dass außer uns noch jemand Esmond haben wollte. Sein Vater hatte sich seinen familiären Verpflichtungen ohnehin entzogen. Ansonsten gab es auf Seiten der Familie Chard keine weiteren Verwandten. Großmutter Bradley war zu alt, zu schwach und zu arm. Ich glaube, dass meine Mutter von Amts wegen als Esmonds Vormund eingesetzt wurde, obwohl sie ihn nicht offiziell adoptierte. Doch ansonsten wurde er in jeder Hinsicht wie ein Sohn des Hauses, ja wie der Lieblingssohn behandelt. Wenn sie mit Dritten über uns sprach, nannte sie uns in bewusster Mehrdeutigkeit »meine Jungen«. Wenn andere uns als »Ihre Söhne« bezeichneten, war sie entzückt.

Am Bicknor College wussten alle, dass Esmonds Mutter gestorben war und dass er jetzt dauerhaft zu meiner Familie gehörte. Gegen Ende des Sommertrimesters fragte mich ein Junge aus der nächsthöheren Klasse, ob es mich nicht störe, einen Kuckuck in meinem Nest zu haben. Der Junge hieß Corby. Er war fett und rosa wie ein Schwein und hatte eine schmale hochmütige Nase und einen Schopf widerspenstiger blonder Locken. Es war kurz nach dem Mittagessen, und wir hielten uns alle im Freien auf. Corby drückte mich unter Einsatz seines massigen Körpers auf dem Spielplatz gegen eine Wand. Er sah mich höhnisch an und ließ mich nicht wieder los. Dabei rief er immer wieder: »Kuckuck! Kuckuck!« Ich tat so, als ob ich nicht wüsste, was er meinte. Seine Gemeinheit brannte in meiner Seele wie ein loderndes Feuer.

Als wir später auf den Beginn des Nachmittagsunterrichts warteten, erzählte ich Esmond, was passiert war. Von dem Wunsch getrieben, unseren Peiniger möglichst verächtlich zu machen, sprach ich mit ganz ungewöhnlicher Wut.

»Es muss doch einen Weg geben, dieses miese Schwein fertig zu machen«, sagte ich. »Am liebsten würde ich den Kerl umbringen.« Ja, ich ließ mich sogar zu einer Formulierung hinreißen, die ich von Bill Jodson gehört hatte: »So ein dreckiger Scheißer.«

Esmond lachte zwar, zog meinen Vorschlag aber völlig ernsthaft in Erwägung: »Wenn wir ihn umbringen, stellen sie uns nur dumme Fragen.«

»Aber wir können ihn doch nicht einfach so davonkommen lassen.«

»Sagt ja niemand. Allerdings brauche ich dazu deine Hilfe. Einer für alle, Rumpy. Und alle für einen.«

Ein paar Tage später lockte Esmond Corby nach dem Unterricht in die Toilettenräume, die im Schülerjargon nur »Lokus« hießen. Er sagte, er habe Corbys Mütze in einer der Kabinen gesehen, was sogar stimmte, weil Esmond sie nämlich selbst dort deponiert hatte. Der Zeitpunkt war günstig gewählt, weil der Unterricht gerade zu Ende war, die anderen Jungen bereits weg waren, während die Lehrkräfte am anderen Ende des Hauses im Wohnzimmer der Broadbent-Browns gerade ihren Tee tranken. Ich stand auf dem Korridor Schmiere, während Esmond Corby einen Vorderzahn ausschlug und ihm eine blutige Nase verpasste. Dann rief Esmond mich herein. Er hatte Corby bereits in die Kabine gedrängt. Ich half ihm dabei, den Kopf des Jungen in die Toilettenschüssel zu drücken; und ich war es auch, der die Spülung betätigte.

»Mein Gott«, sagte Esmond, »eine Blut speiende Toilettenspülung. Ob der Papst das schon weiß? Wir sind Zeuge eines großen Wunders.«

Das Blut vermischte sich auf dem Porzellan mit dem Wasser und hinterließ Streifen, die wie Erdbeersirup auf Vanilleeis aussahen. Je nach dem Grad der Verdünnung variierte die Farbe zwischen einem kräftigen Dunkelrot und einem blassen Rosa. Noch Jahre später musste ich unweigerlich an Blut denken, wenn ich ein Desinfektionsmittel roch.

»Zusammen sind wir unschlagbar«, sagte Esmond, als wir das Bicknor College durch den Lieferanteneingang verließen. »Und wenn er uns verpfeift, bestreiten wir einfach alles. Das müssen sie uns erst mal nachweisen.«

Am nächsten und am übernächsten Tag ging Corby uns im Pausenhof aus dem Weg. Meine Wut wich zusehends der gewohnten Angst, und mein normaler Zustand stellte sich wieder ein. Doch nichts passierte. Allmählich wuchs in mir die Hoffnung, dass wir ungeschoren davonkommen könnten.

Am dritten Tag erlebte ich jedoch eine böse Überraschung. Mr. Maulet ließ die Klasse gerade im Chor unregelmäßige französische Verben aufsagen. *Nous allons, vous allez, ils vont.* Es war ein heißer Julinachmittag. Der Unterricht neigte sich allmählich dem Ende zu, und unsere Klasse war außer Rand und Band. Ich starrte aus dem Fenster und bemerkte ein kleines schwarzes Auto, das in die Auffahrt einbog und mir merkwürdig vertraut vorkam. Als ich ein paar Sekunden später aus meinen Tagträumen erwachte, begriff ich plötzlich, dass ich soeben den Standard Eight meiner Mutter gesehen hatte. Nur dass sie uns normalerweise weder morgens zum Unterricht brachte noch nachmittags wieder abholte. Üblicherweise fuhren wir entweder mit dem Bus, oder wir konnten bei einem der Mitschüler mitfahren, die in Ulvercombe wohnten.

Dann verkündete die Glocke das Ende des Schultages. Mr. Maulet entließ uns. Ich berichtete Esmond, was ich beobachtet hatte, und sah in seinen Augen eine gewisse Beunruhigung. Unser Opfer hatte uns verpfiffen. Normalerweise wurden die Eltern nämlich nur einbestellt, wenn ein Junge der Schule verwiesen werden sollte.

Verzweiflung ergriff von mir Besitz. Wie ich befürchtet hatte, winkte uns draußen auf dem Gang der Aufsicht führende Primaner mit einer gebieterischen Geste, die er sich vermutlich von Mr. Broadbent-Brown abgeschaut hatte, zu sich. Er befahl uns, vor Bee-Bees Arbeitszimmer zu warten. Ich deutete sein vorwurfsvolles Gesicht sofort als Bestätigung meiner schlimmsten Befürchtungen.

»Und haltet gefälligst den Mund«, zischte er, »sonst setzt es was.«

»Gehst du denn heute gar nicht nach Hause?«, fragte Esmond.

»Natürlich gehe ich nach Hause. Unterstehe dich …«

»Und wie willst du dann wissen, ob wir den Mund halten?«

»Sei nicht so frech«, entgegnete der aufgeblasene Primaner.

»Jesus«, sagte Esmond. »Für so einen Scheißhaufen wie dich gibt es eigentlich nur einen Platz: und zwar die Toilettenschüssel.«

Dann marschierte er los, und ich rannte hinter ihm her. Eigentlich hatte ich erwartet, dass der Primaner uns verfolgen, uns beschimpfen und damit drohen würde, uns bei der Schulleitung zu melden. Doch als ich mich umblickte, war er einfach weg. Esmond blieb vor Mr. Broadbent-Browns Arbeitszimmer stehen und lehnte sich gegen die Wand.

Ich flüsterte: »Meinst du, dass der Bursche weiß, was wir mit –«

»Sicher weiß er das«, sagte Esmond in normaler Lautstärke. »Nicht zuletzt deshalb haben wir es doch getan.«

»Und was sollen wir jetzt machen?«

»Du tust am besten gar nichts, Rumpy. Überlass das Reden mir.«

Er sah mich grinsend an, und im selben Augenblick wurde die Tür des Arbeitszimmers geöffnet.

»Ich brauche kaum zu betonen, wie Leid uns das tut«, sagte Mr. Broadbent-Brown gerade. »Wir hatten große Hoffnungen in ihre beiden Jungen gesetzt. Mr. Maulet hat sogar gesagt, dass die beiden durchaus Chancen auf ein Begabtenstipendium hätten.«

Dann erschien meine Mutter in der Tür. Sie huschte auf den Gang hinaus und hielt die Handtasche fest gegen den Körper gepresst, so als ob sie Angst hätte, dass Mr. Broadbent-Brown sie ihr entreißen wollte.

»Ah, Chard und Penmarsh«, sagte Bee-Bee. »Ich habe die traurige Neuigkeit soeben erfahren.« Dann sah er wieder meine Mutter an. »Falls Sie Ihre Meinung doch noch ändern sollten, lassen Sie mich das bitte wissen, Mrs. Penmarsh. Miss Broadbent-Brown hat erst neulich wieder zu mir gesagt, wie angenehm Esmond immer wieder durch seine Diskussionsbeiträge auffällt.«

Meine Mutter entblößte die Zähne und gab sich redlich Mühe, so etwas wie ein gewinnendes Lächeln zustande zu bringen.

»Und – äh – Thomas macht sich natürlich auch sehr gut. Sehr gut sogar.«

»Wirklich? Umso besser. Und nochmals vielen Dank für alles, was Sie für uns getan haben, Mr. Broadbent-Brown. Und jetzt kommt schon, Jungs.«

Er streckte ihr die Hand entgegen. »Wollen wir hoffen, Teuerste, dass wir es hier lediglich mit einem *Au revoir* und nicht mit einem *Adieu* zu tun haben.«

»Schon möglich«, sagte meine Mutter. »Guten Tag.«

Wir folgten ihr nach draußen ins helle Sonnenlicht. Wie üblich saß Esmond auf dem Beifahrersitz und ich allein hinten, eine Lösung, die allen zupass kam. Wir fuhren schweigend nach Hause. Meine Mutter war eine ziemlich unsichere Fahrerin, und überdies machte ihr die Hitze zu schaffen. Unter ihren Achseln hatten sich in dem Stoff ihres Kleides große Schweißflecken gebildet. Mir fiel im Zusammenhang mit der »traurigen Neuigkeit« nur ein, dass wahrscheinlich wieder jemand gestorben war. Wobei ich mir nicht ganz darüber im Klaren war, was das mit Mr. Broadbent-Brown zu tun hatte.

In Finisterre stieg Esmond aus, um das Gartentor zu öffnen. Dann lief er weiter und machte die Garagentüren auf.

Meine Mutter drehte sich um und sah mich an. »Willst du wirklich unbedingt nach Rosington?«

»Was?«

»Auf die Schule, die dein Vater besucht hat.«

Ich glotzte sie an.

»Um Gottes willen, sieh mich nicht so idiotisch an. Also hör mal zu, Thomas. Du bist jetzt alt genug, um ein Geheimnis für dich zu behalten, wenigstens hoffe ich das. Also, ich habe heute mit dem Leiter unserer Bank gesprochen. Der langen Rede kurzer Sinn: Es ist einfach nicht genug Geld da, um euch beide auf ein Internat zu schicken.«

»Ich will bei Esmond bleiben«, murmelte ich. Meine

Mutter hatte vorher mit mir noch nie über Geld gesprochen. Ich traute meinen Ohren kaum. »Wenn … natürlich nur, wenn du einverstanden bist.«

Sie überhörte meine Worte. »Zwei Jungen sind wesentlich kostspieliger als einer. Es hat mich schon Mühe gekostet, für das Bicknor College plötzlich doppelt so viel Schulgeld aufzubringen. Ein richtiges Internat ist einfach nicht möglich. Das verstehst du doch, nicht wahr?«

»Ja, Mommy.«

»Unter diesen Umständen hat es keinen Sinn, dass ihr weiter das Bicknor College besucht, findest du nicht?«

»Doch, Mommy.«

Esmond kam zurück. Er sah uns fragend an. Wahrscheinlich überlegte er, wieso meine Mutter noch nicht in die Garage gefahren war.

»Ich habe Mr. Broadbent-Brown vorhin mitgeteilt, dass ihr das Bicknor College nach diesem Trimester verlasst. Im nächsten Trimester wechselt ihr auf das Gymnasium in Kinghampton. Je eher ihr dort anfangt, desto besser.«

Ich nickte.

»Und noch eins, Thomas. Sag Esmond bitte nichts davon. Vielleicht würde ihn die Vorstellung quälen, dass er uns eine Menge Geld kostet. Immerhin ist er ein äußerst selbstloser kleiner Junge.« Sie beugte sich aus dem geöffneten Seitenfenster und rief in Kumpelmanier: »Hast wahrscheinlich gedacht, dass wir gar nicht mehr kommen, was?«

Natürlich setzte ich Esmond sofort ins Bild. Bereits damals hegten wir den Verdacht, dass meine Mutter ganz einfach log. Nach ihrem Tod sah Esmond noch einmal die Bücher durch, die sie zu jener Zeit sehr sorgfältig geführt hatte. 1955 hatte sie finanziell noch sehr gut dagestanden. Ihre pekuniären Schwierigkeiten hatten erst Ende der Sechziger-, Anfang der Siebzigerjahre begonnen. Sie hätte es sich also ohne weiteres leisten können, uns auf eines der preiswerteren Internate zu schicken.

Doch das tat sie nicht. Sie benutzte die angebliche Knappheit unserer Mittel und die zusätzlichen Kosten, die Esmond verursachte, vielmehr als bequeme Ausrede, damit sie uns bei sich zu Hause behalten konnte. Anders lässt sich ihr Verhalten nicht erklären. In ihrer Sicht der Dinge gehörten wir einfach nach Finisterre. Außerdem hatte sie Angst davor, sich allein mit den Gespenstern dort herumzuschlagen. Und vielleicht wollte sie auch nicht von Esmond getrennt werden.

Ich glaube, Esmond war damals ungehaltener als ich. Er fühlte sich um etwas Wertvolles betrogen, etwas, das uns von Rechts wegen zustand. Für mich hingegen hatten Finisterre und meine Mutter den großen Vorzug der Vertrautheit. In Rosington wäre ich in eine mir völlig fremde Welt eingetaucht, und ich wusste, dass es mir sehr schwer fallen würde, mich dort zurechtzufinden.

Möglich, dass meine Mutter Esmonds Enttäuschung spürte. Vielleicht hatte sie aber auch Schuldgefühle. Doch wie dem auch sei, sie tat jedenfalls alles, um Esmond enger an sich zu binden. Deshalb machte sie auch besonders viel Aufhebens von seinem Geburtstag, der einige Wochen nach Ende des Trimesters gefeiert wurde.

Esmond wurde zwölf. Wir veranstalteten in Finisterre eine Party. Er bekam reichlich Geschenke, die meisten davon von meiner Mutter. Zudem waren seine Präsente wesentlich kostspieliger als die Gaben, die ich bei solchen Gelegenheiten erhielt. Das teuerste – und überraschendste – dieser Geschenke war ein 22er BSA-Luftgewehr.

Acht

Alice sollte am Donnerstag, dem 3. Oktober, in Finisterre eintreffen.

»Ist das nicht lustig?«, sagte Esmond zu mir. »Ein richtiges Familienfest.«

Sie sollte mit dem Zug aus London in Exeter ankommen. Esmond hatte mit ihr vereinbart, dass er sie am Bahnhof abholen und dann zum Abendessen mit ihr nach Finisterre fahren würde. Am Donnerstag nach dem Frühstück kam er zu mir in die Kinderstube hinauf, um mich über dies alles zu informieren. Mit anderen Worten: Er ließ mich so lange wie möglich im Unklaren, was mich nicht weiter überraschte.

»Wir vier unter einem Dach«, fuhr er dann fort. »Und ausgerechnet unter diesem Dach. Angenehme Vorstellung.«

So lange ich zurückdenken konnte, war Esmond mit Informationen stets äußerst knausrig gewesen, selbst wenn es für solche Geheimniskrämerei eigentlich gar keinen Grund gab. Anscheinend hatte er schon in früher Kindheit instinktiv begriffen, dass es lebenswichtig für ihn war, sich in jeder Situation ein Maximum an Handlungsfreiheit zu bewahren. Deshalb neigte er zur Geheimniskrämerei – eine Gewohnheit, die mich bisweilen verletzte und bei Esmond mit zunehmendem Alter immer stärker wurde. Andererseits: Hat nicht jeder von uns seine Schrullen?

»Die ganze Familie endlich wieder vereint.« Er prustete vor Lachen und fing dann an zu husten. »Wenigstens alle, die noch am Leben sind. Eine Zusammenkunft der Davongekommenen.«

Ohne meine Bodendiele hätte ich natürlich nur halb so viel gewusst. Ja, ich glaube sogar, dass Esmond mich von Alice' Ankunft deshalb so früh am Tage in Kenntnis setzte, weil er in den folgenden zwölf Stunden noch einiges zu tun hatte, um das Haus gemeinsam mit Bronwen für unseren distinguierten Gast in Schuss zu bringen. Offenbar hatte er geahnt, dass selbst mir diese ungewöhnlichen Aktivitäten nicht entgangen wären.

»Oder hast du was dagegen, Rumpy?«

»Nein, gar nicht«, antwortete ich. Glücklicherweise hatte ich reichlich Zeit gehabt, mir diese Frage genau durch den Kopf gehen zu lassen. »Kein Problem. Um ehrlich zu sein, eigentlich habe ich zu dem Punkt überhaupt keine Meinung.«

»Das verstehe ich sehr gut. Muss ziemlich nervenaufreibend für dich sein – so eine Abweichung von unserem gewohnten Programm.«

Esmond saß mit einer Zigarette zwischen den Lippen auf dem Fenstersitz. Da von draußen das Tageslicht hereinfiel, lag sein Gesicht im Schatten. Ich saß neben der Bodendiele in meinem Sessel. Wir führten eine hübsche kleine Unterhaltung. Draußen vor dem Fenster war alles grau und verschwommen. Vom Meer zogen Regenwolken herauf.

»Es gibt da doch so ein Märchen«, sagte ich. »Von einer Prinzessin, die als Säugling ausgesetzt wird und später zu ihrem Vater –«

»Dutzende, würde ich meinen.«

Ich wusste, dass er es eilig hatte, dass er noch etwas anderes loswerden wollte. Also sagte ich, so lange es noch möglich war: »Allerdings verstehe ich nicht ganz: Weshalb hast du sie eigentlich eingeladen?«

»Du musst mir vertrauen.«

»Du tue ich doch ohnehin. Trotzdem: weshalb?«

»Sie ist die Erbin deiner Mutter. Das alles hier gehört ihr.

Du hast an dem Vermögen lediglich einen lebenslangen Nießbrauch.«

»Das weiß ich doch.« Die Verfügung meiner Mutter bedeutete auch, dass ich Finisterre und das übrige Vermögen in meinem Testament nicht Esmond vermachen konnte. Ebenso wenig konnten wir das Haus veräußern und woanders ein neues kaufen, zumindest nicht ohne Einwilligung der Treuhänder. »Das ist ja nichts Neues.«

»Der Punkt ist doch der: Alice könnte uns das Leben ganz schön schwer machen. Wenn sie will, meine ich. Zum Beispiel haben wir hier beträchtliche Veränderungen vorgenommen und niemanden um Erlaubnis gefragt. Andererseits könnte sie uns die Dinge aber auch deutlich erleichtern. Was hältst du zum Beispiel von der Provence?«

Meine Verwirrtheit muss sich in meinem Gesicht abgezeichnet haben.

»Ich meine: Wie fändest du es, dort zu leben?«, sagte Esmond. »Du und Bronwen und ich. Stell dir das mal vor: das Essen und der Wein, die herrliche Landschaft, die riesigen Lavendelfelder. Und dann die viele Sonne. Schluss mit den kalten Atlantikböen. Schluss mit den feuchten Räumen hier im Haus.«

»Aber das erlauben die Treuhänder doch ohnehin nicht.«

»Ich habe zwar keinen Anwalt konsultiert, aber ich glaube, wenn Alice sich mit uns einigt, können die nichts dagegen machen.«

Bei den Treuhändern handelte es sich um den Rechtsbeistand und den Steuerberater meiner Mutter, die beide in Kinghampton ihrem Geschäft nachgingen. Ich fühlte mich durch die zwei groß gewachsenen grauhaarigen Männer jedes Mal ein wenig eingeschüchtert.

»Und wenn die nun meinen, dass Alice noch zu jung ist, um eine solche Entscheidung zu treffen?«

»Aber sie ist doch schon über einundzwanzig.«

»Trotzdem gibt es sicher juristische Probleme.«

»Wieso denn? Außer dir und Alice ist doch von der Sache niemand betroffen. Die Treuhänder sind lediglich verpflichtet, das Vermögen zusammenzuhalten und dafür zu sorgen, dass dir niemand bis zu deinem Tod den Nießbrauch an dem Vermögen streitig macht. Aber wenn du mit Alice übereinkommst, dass ihr das vorhandene Kapital anders nutzen wollt, ist dagegen doch nichts einzuwenden. Warum sollten die Herren sich denn quer legen?«

Ich zuckte mit den Schultern. Hatte ich nicht schon oft genug erlebt, dass Leute aus mir völlig unerfindlichen Gründen gegen etwas Einwände erhoben hatten?

»Du hast doch nicht vor, das Vermögen zu verplempern. Du willst das Kapital lediglich in eine andere Form überführen. Und dabei vielleicht sogar einen Profit machen.«

Wenn Esmond sich für etwas begeisterte, konnte ich ihm einfach nicht widersprechen – doch nicht etwa, weil mir die Schwachstellen in seiner Argumentation entgingen, sondern weil ich es so schön fand, wenn er glücklich war. Deshalb brachte ich es einfach nicht über mich, ihn aus seiner Begeisterung zu reißen.

»Oder empfindest du es als störend, dass die Provence heutzutage fast an eine englische Grafschaft erinnert?«

»Du meinst wegen der vielen Englisch sprechenden Leute?«

Er nickte. »Wie die Toskana. Ich habe auch schon daran gedacht, dass Nordspanien einen Versuch wert sein könnte.«

Burgen in Spanien, dachte ich. Wieso Spanien? Doch dann sagte ich: »Im Märchen ist die Geschichte meist vorbei, wenn die Prinzessin zu ihrem verwitweten Vater zurückkehrt. Sie heiratet den hübschen Prinzen, der sie gerettet hat, und die zwei leben glücklich bis ans Ende ihrer Tage.«

Esmond sah mich durchdringend an. Er erhob sich von seinem Platz und drückte seine Zigarette in dem Aschenbecher aus, der auf dem Kaminsims neben dem Porzellansparschwein stand. Ich hatte den Aschenbecher eigens für ihn dort hingestellt, da sonst in meinem Zimmer nie jemand rauchte.

»Wenn aber der König in Wahrheit gar nicht so erbaut ist«, fuhr ich fort, »und nur so tut – damit die Geschichte gut ausgeht.«

In den nächsten Sekunden schwiegen wir beide. Dann erschien ein Lächeln auf Esmonds Gesicht. »Du redest einen ganz schönen Unsinn daher.«

»Solche Geschichten verschweigen meist mehr, als sie aussagen. Schließlich hat der König die Prinzessin zuletzt gesehen, als sie noch ein Säugling war. Und jetzt kommt sie plötzlich als erwachsene Frau zurück. Kann doch sein, dass er sich inzwischen daran gewöhnt hat, dass es in seiner Umgebung keine Frauen gibt. Außerdem ist eine Burg ohnehin eher was für Männer. Oder er hält seinen künftigen Schwiegersohn für einen unangenehmen jungen Dummkopf.«

Esmond blieb in der Tür stehen und sah mich abermals lächelnd an. »Eine interessante Theorie. Aber ich muss jetzt gehen.«

»Oder aber die Prinzessin blamiert ihren Vater in aller Öffentlichkeit. Schließlich hat sie ja keine standesgemäße Erziehung genossen. Deshalb schiebt sie sich bei einem Staatsbankett die Erbsen mit dem Messer in den Mund. Oder es stellt sich heraus, dass ihr Gemahl gar kein richtiger Prinz ist. Vielleicht ist er ja nur ein Betrüger.«

»Denkbar.«

»Esmond. Was hat es eigentlich mit Alice' Ehe auf sich? Wieso hast du mich angewiesen, in dem Brief zu schreiben, dass es mir Leid tue wegen ihrer Ehe?«

Er zuckte mit den Schultern. Im ersten Augenblick glaubte ich, dass er mich mit dieser Reaktion abspeisen wollte. Doch dann kam er langsam wieder ins Zimmer und baute sich vor mir auf.

»Gute Frage, Rumpy. Vielleicht sollte ich dir das besser erklären. Aber zunächst: Wie wäre deine Geschichte denn im wirklichen Leben ausgegangen?«

»Du meinst, wie es zwischen der Prinzessin und ihrem Vater weitergegangen wäre?« Ich zuckte mit den Schultern. »Ich vermute mal, am Ende hätte es Tränen gegeben. So oder so.«

Schon als ich Lilian Sandwell zum ersten Mal sah, fand ich, dass sie wie eine Prinzessin aussah. Aber nicht wie eine Märchenprinzessin, sondern wie jene junge Frau königlichen Geblüts, deren Gesicht in den Fünfzigerjahren überall zu sehen war: Prinzessin Margaret, die Schwester der Königin.

Ich kann mich noch genau an den Augenblick erinnern, als ich das gedacht habe. Tante Ada hatte uns gerade miteinander bekannt gemacht. Allerdings ließ Lilian sich durch dieses Zeremoniell nicht lange aufhalten. Sie schüttelte vielmehr zuerst Esmond und dann mir mechanisch die Hand und murmelte, dass sie sich um das Essen kümmern müsse, dann war sie auch schon wieder verschwunden.

»Armes Kind«, sagte Tante Ada.

Ich glaube nicht, dass sonst noch jemand die Ähnlichkeit bemerkt hat. Prinzessin Margaret war eine dunkelhaarige, glamouröse junge Frau. Lilian hingegen war damals noch keine vierzehn. Sie hatte blondes Haar und schräg stehende Augen und trug eine Kassenbrille mit einem rosa Gestell auf der Nase. Sie und ihr Bruder Stephen und der gerade verwitwete Vater der beiden waren soeben aus London nach Kinghampton gezogen. Das dürfte im Herbst 1959 gewesen sein. Sie übernahmen den Laden des vormaligen Kurzwarenhändlers in der Bay Street und verwandelten die

Räume in eine Buchhandlung. Privat bezogen sie die Wohnung im ersten Stock.

Das alles wussten wir, weil Lilians Mutter eine Cousine des Vikars gewesen war und Tante Ada die Sandwells deshalb unter ihre ausladenden Fittiche genommen hatte. Dank Tante Ada wurden meine Mutter, Esmond und ich zu der großen Eröffnung der Buchhandlung eingeladen, bei der auch ein Großteil des Kinghamptoner Stadtrats, ein Vertreter der Lokalzeitung und der Direktor des örtlichen Gymnasiums zugegen waren. Schon damals war Kinghampton im Winter ein langweiliges kleines Nest. Auch wenn die Einwohner es nicht zugaben, sie vermissten die Touristen. Und so war selbst die Eröffnung einer kleinen Buchhandlung in der Tristesse der dunklen Jahreszeit eine willkommene Abwechslung.

Dass ich zwischen Lilian und Prinzessin Margaret eine gewisse Ähnlichkeit feststellte, hatte drei Gründe. Erstens fand ich die Kopfform der beiden sehr ähnlich. Zweitens befleißigte sich Lilian jenes forschen, durchdringenden Tons, den ich bereits aus dem Kino und dem Rundfunk kannte und den ich mit den höheren Klassen, besonders aber mit den Angehörigen der Königlichen Familie in Verbindung brachte. Drittens kam Lilian genau wie Prinzessin Margaret aus London und hatte deshalb etwas von jenem weltstädtischen Glanz, den die Prinzessin im Übermaß ausstrahlte.

Bei der Einweihungsfeier gab es für die Kinder frisch gepressten Orangensaft und Sherry für die Erwachsenen. Tante Ada geleitete Esmond und mich zu unserem Gastgeber Mr. Sandwell. Ohne Esmond auch nur eines Blickes zu würdigen, schüttelte er mir die Hand und fragte mich fast verzweifelt: »Lesen Sie manchmal ein Buch?« Der dünne Mann hatte eine Nase, die an den Schnabel eines Vogels erinnerte, und halbkreisförmige Ohren, die im rechten Winkel von seinem Schädel abstanden. Wenn er sprach, machte er in Beckenhöhe merkwürdige Handbewegungen, als ob er diversen Haustieren, die sonst niemand zu sehen vermochte, den Kopf tätschelte.

»O ja«, sagte ich, »ich lese sehr gern.«

»Sehr gut. Ausgezeichnet. Wo steckt denn nur Stephen?«

Dann war Mr. Sandwell auch schon wieder unterwegs, während er mit den Händen pausenlos die Köpfe unsichtbarer Hunde kraulte. Ich sah ihm kurz hinterher. Doch statt sich Stephen zu nähern, entfernte sich der Mann nur immer weiter von seinem Sohn. Er ging zu dem Vorhang hinüber, hinter dem die Treppe verborgen war. Dann blickte er nochmals kurz in dem Raum umher. Ich sah rasch beiseite. Eine Sekunde später war er bereits verschwunden. Nur der Vorhang schwankte noch.

Dann erscholl vom Ladentisch her ein schrilles Kreischen, das an das Wiehern eines Pferdes erinnerte. Ich sah, wie meine Mutter sich vor Lachen bog, was in der Tat nur sehr selten vorkam. Der junge Mann, mit dem sie sich gerade unterhielt, war Lilians Bruder Stephen.

Stephen Sandwell hatte keinerlei Ähnlichkeit mit seinem Vater. Man hätte ihn sogar eher wohlgenährt als dünn genannt; er war eine beinahe stattliche Erscheinung und schien vor Kraft und Energie schier zu bersten. Wie seine Schwester war er blond und hatte genau wie sie ein ebenmäßiges Gesicht. Kurz darauf wandte er sich von meiner Mutter ab und ging in dem kleinen Verkaufsraum umher, füllte Gläser nach, schüttelte Hände und plauderte mit den Gästen. Dann kam er zu meinem Entsetzen schnurstracks auf uns zu.

»Kaufen Sie manchmal Bücher?«, fragte er Esmond.

»Nein, nur selten.«

»Dann müsste ich Sie eigentlich auf der Stelle vor die Tür setzen.« Er schwenkte die Karaffe, die er in der Hand hielt, und hätte fast etwas von der Flüssigkeit verschüttet, die in dem Gefäß war. »Sonst verschwende ich doch bloß unseren guten Orangensaft.«

»Aber mein Vetter Thomas liest sehr gerne.«

Stephen musterte mich. Mir wurde ganz heiß und mulmig zumute. Aber er war nicht an mir interessiert.

»Deshalb sind *Sie* für mich trotzdem ein Verlustposten«, sagte er zu Esmond.

»Oh nein.«

Stephen neigte den Kopf zur Seite. »Können Sie mir das mal näher erläutern?«

»Wenn Sie mich rauswerfen, geht Thomas ebenfalls. Dann verdienen Sie überhaupt nichts an uns. Wenn ich aber bleibe, dann bleibt Thomas ebenfalls und wird künftig Bücher bei Ihnen kaufen.«

Das Merkwürdigste an der Unterhaltung war nicht so sehr, was die beiden sagten, obwohl auch das schon skurril genug war, sondern die Art und Weise wie Stephen und Esmond miteinander sprachen. Ein Außenstehender hätte sie gewiss für alte Bekannte gehalten – nicht unbedingt für Freunde, eher für Sparringspartner. Hätte ein solcher Zuhörer mit geschlossenen Augen daneben gestanden, dann hätte er wohl vermutet, dass die beiden etwa gleich alt sein mussten, und das war nun in der Tat äußerst merkwürdig. Denn in Wahrheit war Esmond erst sechzehn und Stephen bereits zwanzig Jahre alt.

»Dann fangen Sie am besten gleich an«, sagte Stephen zu mir. »Lesestoff finden Sie hier jedenfalls genug.«

Mit einer Flasche in der einen und der Karaffe in der anderen Hand schoss er dann auf die Frau zu, die in Kinghampton die Stadtbibliothek leitete.

»Kaufen *Sie* manchmal Bücher, Madam?«, hörte ich ihn sagen.

»Komischer Vogel«, sagte ich zu Esmond.

»Möchten Sie vielleicht ein Sandwich?«, fragte Lilian.

Sie stand wie aus heiterem Himmel plötzlich hinter uns. Es konnte ihr nicht entgangen sein, was ich gesagt hatte, doch sie ließ sich nichts anmerken. Vielmehr hielt sie Esmond und mir eine leicht beschädigte Fleischplatte unter die Nase. Die Platte war mit Schnittchen voll geladen – großzügig belegten Weißbrotdreiecken, die zwei etwas chaotische Haufen bildeten. Ich zeigte mich wesentlich interessierter, als ich eigentlich war. Die Kanapees erweckten den Eindruck, als ob jemand, der an etwas völlig anderes gedacht hatte, sie hastig zusammengestückelt hätte.

»Kommt auf den Geschmack an«, sagte Esmond.

»Auf den rechten ist Dosenfleisch, auf den anderen Fischpaste und Gurke.«

»Nein, danke.«

»Aber Sie nehmen doch wenigstens eins?« Lilian schob die Platte in meine Richtung und stieß damit gegen meinen Ellbogen. »Irgendjemand muss doch was essen.«

Ich nahm mir ein Sandwich mit Fischpaste. Eine Gurkenscheibe machte sich selbstständig und landete auf dem Teppich. Lilian und ich gingen gleichzeitig in die Hocke, um die Gurke aufzuheben. Einige Augenblicke waren wir ganz für uns. Unsere Köpfe waren kaum einen Meter vom Boden entfernt und berührten sich fast. Ich spürte ihren Atem auf meiner Wange.

»Besonders schön sind die Schnittchen nicht«, murmelte sie. »Und die Fischpaste ist, glaube ich, auch nicht mehr ganz frisch.«

Sie hielt mir die Platte entgegen. Ich legte das Sandwich wieder auf den Teller. Sie hob die Gurkenscheibe auf und legte sie oben auf das Sandwich.

»Nehmen Sie doch Dosenfleisch. Das ist sicherer«, sagte sie leise. »Die Cousine einer Freundin von mir ist gestorben, nachdem sie ein Sandwich mit Fischpaste gegessen hat.«

Wir richteten uns wieder auf. Ich fing an, an meinem Dosenfleischsandwich herumzukauen, weil ich nicht wusste, was ich sonst damit anfangen sollte. Das Brot war schon ein bisschen alt und das rosa Fleisch zäh wie Gummi.

»Das mit den Schnittchen war vermutlich keine gute Idee«, sagte Lilian. »Isst ja kein Mensch davon.«

»Außer Thomas«, sagte Esmond.

»Und Sie möchten sicher keins?«

»Nein, danke.«

»Kann ich Ihnen nicht verübeln.«

Lilian wollte schon weitergehen, doch dann hörten wir plötzlich einen Höllenlärm. Sämtliche Gespräche verstummten. Der Lärm war von der Treppe hinter dem Vorhang gekommen. Ich hatte das Gefühl, dass sich uns jeden Moment ein Grauen erregender Anblick bieten würde. Dann fing der Vorhang unten an zu schwanken. Und auf der Seite lugte eine schwarze Katze hervor. Sie sah uns an und verzog sich dann wieder.

Der unsichtbare Mr. Sandwell stöhnte. Das Stöhnen ging in artikulierte Laute über.

»Oh, verdammt. So eine verdammte Scheiße«, ächzte er.

»Vater?«, rief Stephen, während er sich zwischen den Gästen hindurch einen Weg zu dem Vorhang bahnte. »Vater? Alles in Ordnung?«

»Oh, dieses verdammte Miststück.«

Als wir Lilian und Stephen kennen lernten, hatten Esmond und ich am Kinghamptoner Gymnasium gerade die Kollegstufe erreicht. Unsere Klasse war ziemlich klein, da an unserer Schule nur wenige Fächer angeboten wurden. Deshalb gingen die meisten Schüler nach der mittleren Reife auf eine andere Schule.

Wir hatten uns beide für drei Leistungskurse entschieden. Eigentlich hatte ich vorgehabt, Fächer zu wählen, die mir während meines geplanten Architekturstudiums später einmal nützlich sein würden. Doch das war nicht möglich. Man teilte mir schlicht mit, dass der Stundenplan eine solche Fächerkombination nicht zuließ. Meine Mutter und die Schulleitung waren sich darin einig, dass ich gefälligst von unrealistischen Ansprüchen Abstand nehmen solle. Schließlich habe man mir ohnehin schon gestattet, die Schule zwei Jahre länger zu besuchen als die meisten meiner Mitschüler, und ich solle für dieses Privileg lieber dankbar sein, statt weitere Vorrechte einzufordern.

»Typisch. Wenn man dir den kleinen Finger reicht«, sagte meine Mutter, »nimmst du gleich die ganze Hand.«

Und so belegte ich wie Esmond und fast alle übrigen Schüler der Kollegstufe Englische Literatur, Geschichte und Geografie. Außerdem kam es meiner Mutter durchaus zupass, dass wir an unserer alten Schule blieben: Unter diesen Umständen konnten Esmond und ich nämlich weiterhin zu Hause wohnen, und alles ging, soweit es sie betraf, seinen gewohnten Gang. Weder Esmond noch ich gaben uns in der Schule große Mühe: Der Unterricht in Kinghampton war von eher dürftiger Qualität, die Themen interessierten uns nicht, und wir hatten nur das Ziel, am Ende unsere Abschlussprüfung zu bestehen. Dass wir bisweilen trotzdem etwas Sinnvolles lernten, verdankten wir dem Zufall; mit der Schule jedenfalls hatte es rein gar nichts zu tun. Während der zwei langweiligen Jahre, die wir noch an dem Gymnasium verbrachten, erwies sich nämlich die Buchhandlung in der Bay Street als unser wahres Klassenzimmer und Stephen Sandwell als unser wirklicher Lehrer.

Die freundschaftliche Beziehung entwickelte sich rein zufällig. Esmond und ich brauchten noch einige Bücher für unsere Leistungskurse. Schon wenige Tage nach der großen Eröffnungsfeier statteten wir daher der Buchhandlung nach der Schule einen Besuch ab. Stephen war allein im Laden. Er hatte die Füße auf den Tisch gelegt und hielt eine lange gelbe Zigarette in der Hand. Vor sich auf den Knien hatte er einen geöffneten Gedichtband von Philip Larkin.

Ich hatte eine Liste der Bücher mitgebracht, die wir brauchten. Er warf einen Blick darauf.

»Oh, Gott«, sagte er. »Shakespeare. Muss das wirklich sein?«

Ich nickte. Stephen war in meinen Augen ein Erwachsener, und Erwachsene sagten so etwas eigentlich nicht. Ich wünschte, Esmond würde mir helfen. Doch der kraulte bloß die schwarze Katze unterm Kinn.

»Wie wär's mit *A Taste of Honey*? Shelagh Delaney.« Stephen grunzte. »In dem Text geht es um ein Mädchen aus Salford, die von einem schwarzen Mann schwanger wird. Könnt ihr euch das vorstellen?«

»Nein, nicht richtig.«

»Und weiter?«, fragte Esmond.

»Ein Homosexueller kümmert sich um sie. Sonst interessiert sich ohnehin niemand für sie, wissen Sie. Der Punkt ist doch: Solche Leute gibt es tatsächlich. Solche Sachen passieren nun mal. Solche Texte haben einen Bezug zur Wirklichkeit. Mädchen werden gegen ihren Willen schwanger. Aber dieser andere Mist – Shakespeare, Keats, Jane Austen –, was hat das denn noch mit unserer Welt zu tun?«

»Nichts.« Ich unternahm einen verzweifelten Versuch, das Thema zu wechseln. »Meine Mutter hat gesagt, sie hat mit Ihnen vereinbart, dass wir hier bei Ihnen Bücher auf Rechnung beziehen können.«

»Ach, Geld. Natürlich. Ihre Mutter ist Mrs. Penmarsh, nicht wahr?«

»Ja.«

»Aus Finisterre.« Er sprach den Namen des Hauses betont französisch aus. »Wo das Festland zu Ende ist und der Ozean beginnt.«

Esmond hörte auf, die Katze zu streicheln. »Wir sind beinahe zwei Kilometer vom Meer entfernt«, sagte er.

Stephen zuckte mit den Schultern. »Na ja. Man kann nicht alles haben. Wollen Sie diese ganzen Bücher wirklich kaufen?«

»Tut mir Leid.« Ich kam mir irgendwie schuldig vor. »Das ist unsere Pflichtlektüre.«

»Ich könnte Ihnen wesentlich interessantere Bücher nennen.«

»Zum Beispiel?«, fragte Esmond.

»Zum Beispiel das hier.« Stephen schob den Larkin-Band zu uns über den Tisch. »Ach, verdammt. Warum trinken wir nicht eine Tasse Tee?«

Ich sah Esmond an, und der sagte: »In Ordnung.« Dann streichelte er wieder die Katze, deren zerfetztes Ohr stark blutete.

»Wenn es nicht zu viele Umstände macht«, sagte ich.

»Glauben Sie, ich hätte gefragt, wenn es mir zu viele Umstände machen würde? Im Übrigen lasse ich mich von rein kaufmännischen Motiven leiten. Ist schon mal einer von Ihnen beiden auf einem orientalischen Basar gewesen?«

»Nein.«

»Nun ja. Ich schon. Wenn Sie dort auch nur das geringste Interesse an etwas bekunden, bietet der Händler hinter seinem Verkaufsstand Ihnen sofort ein Glas Tee an. Manchmal sogar, wenn Sie gar kein Interesse signalisieren. Das ist wie ein Köder, mit dem man Kunden einfängt, wissen Sie. Der Händler verschafft sich damit nicht nur die Möglichkeit, einen potenziellen Kunden in ein Verkaufsgespräch zu verwickeln. O nein. Der Mechanismus ist noch viel subtiler. Der Mann weckt nämlich in seinem Gegenüber außerdem eine Art Schuldgefühl. Schlichte Psychologie. Der Kunde hat das Gefühl, dass er etwas kaufen muss, um mit dem Händler quitt zu sein. Kapiert?«

»Glaub schon«, antwortete ich.

»Aber wir wollten doch sowieso etwas kaufen«, sagte Esmond.

»Ah.« Stephen blies eine Rauchwolke in seine Richtung. »Ich blicke natürlich über den Tag hinaus. Schließlich möchte ich, dass Sie mich immer wieder beehren. Nicht nur dieses, sondern auch nächstes und übernächstes Jahr – so lange eben, wie ich hier Bücher verkaufe. Ich möchte, dass Sie bei mir eine ganze *Bibliothek* zusammenkaufen.«

Esmond sah mich an. Stephen kam um den Verkaufstisch herum und stellte sich unten vor die Treppe.

»Lil«, brüllte er. »Setz das Wasser auf.«

»Wie viele Tassen?« rief sie zurück und klang so nah, dass ich mich fragte, ob sie unser Gespräch gehört hatte.

»Vier, wenn du auch eine Tasse möchtest.«

»Ist es Ihrem Vater denn auch recht?«, fragte Esmond.

Stephen stellte sich auf die Zehenspitzen und drehte sich dann abrupt in unsere Richtung. »Mein alter Herr ist heute Nachmittag zufällig nicht da.« Er hob die Augenbrauen. »Andernfalls wäre er sicher stolz auf meine Geschäftstüchtigkeit.«

Er verharrte einige Sekunden in seiner Pose: auf den Zehenspitzen, mit hochgezogenen Augenbrauen, den stämmigen Körper ein wenig in unsere Richtung geneigt. Ich hatte plötzlich das Gefühl, dass er etwas fast Nichtmenschliches an sich hatte. Doch erschien mir das nicht etwa herabsetzend, ich erblickte darin vielmehr ein schlichtes biologisches Faktum. Angenommen, es gäbe Kobolde nicht nur im Märchen, sondern in der Alltagswelt, und sie gehörten einer Gattung zwar menschenähnlicher, aber nicht ganz menschlicher Wesen an, die sich mit dem Menschen kreuzen könnten, dann hätte man vermuten können, dass einer von Stephen Sandwells Großeltern dem Geschlecht der Kobolde angehört hatte.

»Merken Sie sich eins«, sagte er. »Falls Sie Ihr Glück je im Einzelhandel versuchen sollten: Eine Tasse Tee kostet fast nichts, wirkt aber häufig wahre Wunder.« Er öffnete den Vorhang und trat beiseite, so dass wir vor ihm die Treppe hinaufgehen konnten. »Wie Sie gleich sehen werden.«

»Und wenn jetzt ein Kunde hereinkommt?«, fragte Esmond.

»Möglich, aber unwahrscheinlich. Und falls doch, werden Sie bemerken, dass wir für solche Fälle über der Ladentür eine Klingel angebracht haben.«

Ich sah in Esmonds Gesicht jene Anspannung, die bei ihm normalerweise kurz vor einem Wutanfall zu beobachten war. Doch dann nickte er und ging die Treppe hinauf. Ich folgte ihm. Als ich mich an Stephen vorbeischob, stieg mir ein beißender Geruch in die Nase – wie der Weihrauch, der manchmal in der Kirche von Ulvercombe zum Einsatz kam.

Die Stufen knarrten, und einige bogen sich sogar unter meinem Gewicht. Der Läufer auf der Treppe war so abgenutzt, dass das Muster nur noch an den Rändern zu erkennen war. Im Übrigen hatte der Teppich mehrere Löcher.

»Eine lebensgefährliche Konstruktion«, sagte Stephen hinter mir. »Eine perfekte Todesfalle.«

Esmond blickte sich um. »Ist Ihr Vater am Eröffnungstag etwa hier auf dieser Treppe ins Stolpern geraten?«

»Richtig. Armer alter Knabe. Doch angeblich ist er weder über die Stufen hier noch über den Teppich oder seine eigenen Beine gestolpert. Nein, er behauptet, dass Grimalkin ihn zu Fall gebracht hat.«

Stephen hatte kaum zu Ende gesprochen, als die schwarze Katze sich schon zwischen unseren Beinen hindurchschob.

»Natürlich hat der alte Herr den Namen der Katze höchstpersönlich ausgewählt. Obwohl ich nicht glaube, dass Grimalkin ihren Namen mag. Oder irre ich mich da, du kleines Luder? Sie liegt jedenfalls ständig auf der Lauer und wartet nur darauf, den alten Herrn zu Fall zu bringen.«

Die Treppe machte eine scharfe Kurve und endete auf einem kleinen Absatz mit drei geschlossenen Türen. Von diesem Absatz aus führte eine weitere Treppe in den zweiten Stock hinauf. Stephen überholte uns und öffnete die Tür direkt vor uns. Grimalkin schob sich zwischen seinen Beinen hindurch.

Der Raum, in den wir traten, war wie eine Küche eingerichtet. Lilian stand an der Spüle und versuchte eine Bratpfanne sauber zu scheuern. Sie trug noch ihre Schuluniform und darüber eine Schürze. Hinter der Spüle befand sich ein Fenster, durch das man auf einige Hinterhöfe hinaussah. Sie blickte über die Schulter.

»Er hat sich schon wieder über die Plätzchen hergemacht«, sagte sie.

»Ach, der alte Knabe hat doch sonst nichts vom Leben«, erwiderte Stephen. »Kann ich ihm nicht mal verdenken –«

»Wenn du welche möchtest«, fiel ihm Lilian ins Wort, »musst du runtergehen und welche kaufen.«

»Geht auch ohne, glaube ich.« Er wandte sich wieder in unsere Richtung. »Kommen Sie doch herein, und setzen Sie sich. Dann können wir uns an Lilians Gesellschaft erfreuen.«

»Würdest du bitte mal die Milch vom Fenstervorsprung reinholen?«, sagte sie zu ihm. Sie blickte zu Esmond und mir hinüber.

Stephen öffnete das Schiebefenster und holte einen Krug mit Milch herein, der draußen auf dem Vorsprung stand. »Billiger als ein Kühlschrank und bei diesem Wetter genauso wirksam. Lilian, darf ich dir – äh – die Herren Penmarsh vorstellen.«

»Die zwei waren doch schon auf der Party.«

Esmond sagte laut: »Mein Name ist Chard, Esmond Chard.«

»Oh.« Stephen hob in gespielter Übertreibung die Augenbrauen und spitzte den Mund. »Ich dachte, Mrs. Penmarsh hätte gesagt –«

»Und das hier ist mein Cousin, Thomas Penmarsh.«

»Nun denn, dann ist ja alles klar. Thomas und Esmond – Stephen und Lilian. Wir sollten auf übertriebene Förmlichkeiten verzichten. Und nun setzt euch.«

Lilian hatte die Pfanne wieder in die Spüle gestellt und goss gerade den Tee auf. Wir nahmen in der Mitte der Küche an dem Esstisch Platz. Die Tischfläche war rau und etwas klebrig, als ob sie erst kurz zuvor nachlässig mit einem feuchten Lappen abgewischt worden wäre. Abgesehen von dem Gasherd und dem Boiler gab es in dem Raum anscheinend keine Wärmequelle, und es war in der Tat ziemlich kühl. In meiner Ignoranz war ich anfangs etwas irritiert darüber, dass die Küche nicht so sauber und aufgeräumt war wie bei uns in Finisterre.

»Ah«, sagte Stephen und rieb sich die Hände. »Ein köstliches Getränk. Nur dass es leider keinen Rausch verursacht.«

Lilian stellte die Teekanne auf den Tisch. Dann brachte sie Tassen und Untertassen, die zu verschiedenen Service gehörten. Eine der Untertassen auf dem Tisch war für Grimalkins Milch bestimmt. Wir gossen die Milch direkt aus der Flasche in unseren Tee und nahmen den Zucker einfach mit dem Löffel aus der Tüte: für mich der Inbegriff des Bohemiendaseins. Plötzlich fühlte ich mich den kleinlichen provinziellen Konventionen enthoben, die beim Nachmittagstee in Ulvercombe wie ein ehernes Gesetz befolgt wurden.

»Thomas und Esmond wollen in Zukunft ganz viele Bücher bei uns kaufen«, sagte Stephen. »Mrs. Penmarsh hat nämlich für die beiden bei uns ein Konto eingerichtet. Ist das nicht nett?«

Lilian schwieg, was allerdings nicht weiter auffiel, weil Stephen offenbar auf eine Antwort gut verzichten konnte. Sie setzte sich zwischen ihren Bruder und mich auf einen Stuhl und fing an, den Tee einzuschenken. Ich bemerkte, dass sie die Brille nicht aufhatte. Möglich, dass sie die Gläser abgenommen hatte, als Stephen von unten die Teebestellung aufgegeben hatte. Der einzige Hinweis auf die Sehhilfe war eine rosa Druckstelle auf ihrem Nasenrücken.

»Natürlich brauchen die beiden erst mal die nötigen Schulbücher«, fuhr er fort. »Aber dabei werden wir es nicht bewenden lassen. Es ist nämlich nicht unsere Aufgabe zu erziehen – niemand kann andere erziehen –, mögen die meisten Leute auch weiterhin glauben, dass man andere durch so genannte pädagogische Maßnahmen beeinflussen kann. Lächerlich. Nein, was wir Erziehung nennen, ist nämlich im Grunde ein heuristischer Prozess. Uns fällt dabei die Aufgabe zu, liebe Lilian, Thomas und Esmond das nötige Handwerkszeug zu vermitteln, ihnen den *Hammer* in die Hand zu geben, um es einmal so zu sagen.«

Esmond und ich sahen uns an. Für uns hatte das Wort »Hammer« noch eine andere – obszöne – Bedeutung, über die sich unsere Mitschüler gar nicht genug amüsieren konnten.

»Ja, einen *Hammer*«, wiederholte Stephen und gab uns durch die Betonung des Wortes zu verstehen, dass er sehr wohl wusste, was in unseren Köpfen vor sich ging. »Schließlich ist sich nicht mal ein Nietzsche zu schade dafür gewesen, mit dem Hammer zu philosophieren. Was die beiden mit diesem Werkzeug sonst noch anfangen können, werden sie dann schon selbst herausfinden.«

Während wir süßen schwarzen Tee tranken, setzte Stephen seinen Monolog endlos fort. Er entwarf eine Art

Lehrplan für höhere Lehranstalten, in dem er der zeitgenössischen Kultur den Schwerpunkt zuwies. Bei diesem ersten Zusammensein war ich so aufgeregt, dass ich kaum etwas begriff. Ich hörte zum ersten Mal Namen wie Kerouac, MacInnes und Camus, Miles Davis, Thelonius Monk und Jimmy Yancy, Bergman und Truffaut. Andere Namen, die ich zwar schon kannte, tauchten plötzlich in völlig neuen Zusammenhängen auf: James Dean und Marlon Brando zum Beispiel, Elvis Presley und Bill Haley. In der Küche war es sehr kalt. Anfangs wärmte ich meine Hände an der Teekanne, später schob ich sie mir zwischen die Beine.

Während Stephen seine Monologe zum Besten gab, rauchte er pausenlos. Er schob das Päckchen über den Tisch zu uns herüber. Lilian schien davon keine Notiz zu nehmen. Ich schüttelte den Kopf. Esmond, der bereits ein erfahrener Raucher war, nahm eine Zigarette. Und während Stephen unentwegt redete und rauchte, schaute ich – so oft und so intensiv ich mich traute – Lilian an.

Genau wie Stephen hatte auch sie etwas Nichtmenschliches an sich. Ihr Gesicht war ebenso fein geschnitten wie das ihres Bruders, doch ansonsten bestand sie im Gegensatz zu ihm nur aus Haut und Knochen. Anders als bei Stephen, dessen Physiognomie zwischen Fleischwülsten fast verschwand, waren Lilians Züge klar zu erkennen. Ich habe nie ein Gramm Fett an Lilian gesehen, weder damals noch später. Und ich war sicher: Hätte man sie vor eine helle Lampe gestellt, so wäre das Licht auf der anderen Seite ihres zartgliedrigen nackten Körpers zu erkennen gewesen und hätte ihre Knochen wie Schatten in einem roten Dunstschleier erscheinen lassen.

Auch hatte sie gar nichts von Stephens Lebhaftigkeit. Trotzdem wirkte sie kein bisschen lethargisch; vielmehr kam es mir so vor, als ob sie ihre Energie völlig in der Gewalt hatte. Von einer Prinzessin vermochte ich an diesem

Tag im Übrigen nichts mehr an ihr zu entdecken. Und noch eins bemerkte ich bei dieser Gelegenheit zum ersten Mal: nämlich wie fein ziseliert ihre ganze Erscheinung war. Je nach Perspektive und Lichteinfall konnte sie schön sein wie ein unschuldiges Kind und gebot also über einen Liebreiz, der für die meisten Menschen ohne sexuelle Anziehung ist. Dann wieder wirkte sie auf mich fast ein wenig fade: müde, mit knochigem Gesicht, nichts sagend. Bisweilen kamen in ihrem Gesicht aber auch eine gewisse Grausamkeit und eine geheimnisvolle Kraft zum Vorschein: Ja, sie hatte etwas von einer Hexe.

Grimalkin hatte ihre Untertasse inzwischen leer geschleckt und saß schnurrend auf Lilians Schoß. Plötzlich schoss mir der Gedanke durch den Kopf: die Hexe und ihre mysteriöse Vertraute. Lilian blickte auf und sah mich an. Auf ihren Wangen erschien ein Anflug von Farbe. Stephen hatte seine Ausführungen gerade unterbrochen, um sich mit frischem Nikotin zu versorgen und sich Tee nachzuschenken. Anscheinend war er mit seinen Darlegungen gerade am Ende eines Kapitels angelangt.

»Sie ist ganz warm«, sagte Lilian leise, »wie eine Wärmflasche.«

»Ja«, sagte ich. »Natürlich.«

Ich fühlte mich durch ihre Aufmerksamkeit zugleich geschmeichelt und peinlich berührt. In Esmonds Anwesenheit kam sonst fast nie jemand auf die Idee, mit mir zu sprechen. Zu meiner Erleichterung wurde ich jedoch aus meiner Zwangslage befreit. Unten im Laden läutete die Glocke.

»Oh, Gott.« Stephen schob seinen Stuhl zurück. »Der schnöde Mammon hängt mir wie ein Mühlstein am Hals.«

Er öffnete die Küchentür. Draußen auf der Treppe verursachte etwas einen Höllenlärm, rumpelte und polterte. Man hätte fast glauben können, dass sämtliche Bücherregale unter der Wucht eines Erdbebens in sich zusammengekracht waren.

»Oh, verdammt«, schimpfte Mr. Sandwell. »So eine verdammte Scheiße.«

Neun

In der ersten Zeit fand meine Mutter die Sandwells sehr sympathisch, das heißt, sie hatte vor allem einen von ihnen ins Herz geschlossen und hatte gegen die anderen zwei nichts einzuwenden. Ich konnte das anfangs nicht ganz verstehen. Später begriff ich, dass ihre Zuneigung vor allem dem Bild galt, das sie sich von der Familie Sandwell gemacht hatte, weniger der Familie selbst, und dass sie den Buchhändler und seine Kinder aus Gründen schätzte, die den Sandwells selbst gewiss ebenso absurd erschienen wären, wie sie sich Esmond und mir darstellten.

»Ach ja, die Sandwells«, ließ sie sich vernehmen, sobald der Name der Familie fiel, sei es im Dorfladen oder bei einem Nachmittagstee. »Ja, ja – die arme Familie.«

Dabei ließ sie regelmäßig durchblicken, dass sie über die Familie mehr wusste, als sie preisgeben wollte, und dass dieses Geheimwissen das eigentliche Motiv dafür war, weshalb sie mit den Leuten Umgang pflegte, und sei es auch nur, um sich nicht dem Vorwurf der Hartherzigkeit auszusetzen. Im Übrigen waren vier Gründe ausschlaggebend dafür, dass sie die Familie akzeptierte: Erstens war Mr. Sandwells verstorbene Frau eine Cousine des Vikars von Ulvercombe gewesen; zweitens hatten die Leute vorher in London gelebt und sprachen ein sehr gepflegtes Englisch; drittens waren sie ärmer als wir, so dass meine Mutter ihnen mit einer gewissen wohlwollenden Herablassung begegnen konnte; und viertens (und das war entscheidend) behandelte Stephen sie wie eine Göttin. Sobald man diese

Motive einmal durchschaut hatte, ließ sich ihr Verhalten relativ leicht verstehen.

Als Esmond und ich noch zur Schule gingen, nahm das Wohlwollen, mit dem meine Mutter die Sandwells bedachte, manchmal schon fast unheimliche Züge an. War ihr denn gar nicht aufgefallen, dass die Sandwells niemals in die Kirche gingen? Dass Mr. Sandwell ständig auf die Nase fiel und »so eine verdammte Scheiße« sagte, und das auch noch in aller Öffentlichkeit? Dass der Zustand der Wohnung, in der die Leute lebten, schon fast an Verwahrlosung grenzte? Dass der Schlachter und der Lebensmittelhändler ihnen schon keinen Kredit mehr einräumen wollten?

Solche Dinge kamen einem nämlich in Kinghampton und Umgebung unvermeidlich zu Ohren. Außerdem eilte der Familie der Ruf einer fast unverzeihlichen Exzentrizität voraus, der nur dadurch ein wenig abgemildert wurde, dass Kinghampton den Sandwells und ihrer Buchhandlung nach allgemeiner Auffassung ein gewisses intellektuelles Flair verdankte.

Meine Mutter tat so, als ob sie sich in ihrer Bewertung dieser Dinge hauptsächlich von Tante Ada leiten ließ (obwohl es sich im Allgemeinen genau umgekehrt verhielt). Deshalb machte sie sich offiziell den Standpunkt zu Eigen, dass die Sandwells mehr Unrecht zu erdulden hatten, als sie selbst anderen zufügten, und dass jemand der – wie wir alle – selbst im Glashaus saß, nicht das Recht hatte, den ersten Stein zu werfen. Möglicherweise war sie aber auch durch Tante Adas Auskunft beeindruckt, dass Mr. Sandwell vor dem Tod seiner Frau und dem Ausbruch seiner Krankheit eine höhere Position im Innenministerium bekleidet hatte. Doch vor allem war ihre ganz und gar untypische Toleranz wohl auf die gnadenlose Verehrung zurückzuführen, die Mr. Sandwells Sohn ihr gegenüber an den Tag legte.

»Ach, wie wundervoll«, pflegte Stephen zu sagen, wenn

er ihr in Kinghampton auf der High Street begegnete. »Da kommt ja die Herrin von Finisterre.«

»Guten Morgen, Stephen.«

»Von einem *guten* Morgen kann doch wohl nicht die Rede sein, werte Lady? Schließlich handelt es sich dank Ihrer Gegenwart nicht nur um einen guten, sondern um einen geradezu festlichen Morgen.«

»Dummer Junge.«

»Bitte gestatten Sie mir, Ihre Einkäufe zu tragen. Wäre die Welt ein wenig gerechter, Mrs. Penmarsh, dann würden Sie gewiss niemals eine schnöde Einkaufstasche zu schleppen haben. Ja, ginge es auf der Welt mit rechten Dingen zu, sollte Ihnen in gebührlichem Abstand eine ganze Karawane von Lastenträgern folgen – mitsamt Kamelen – , um Ihnen wie einer orientalischen Prinzessin zu dienen.«

»Ach, hören Sie doch mit dem Unsinn auf.«

»Sie haben nun mal ein natürliches Anrecht auf solch orientalischen Glanz. Was man in der Tat nur von sehr wenigen Leuten behaupten kann.«

»Sind Ihnen die beiden Taschen auch nicht zu schwer?«

»Ach, wenn sie nur viermal so schwer wären!«

Stephen sorgte stets dafür, dass diese Situationen nicht zu lange dauerten. Wie Mousse au chocolat sind auch überschwängliche Schmeicheleien nur in kleinen Dosen genießbar. So plump die Strategie auch war, sie erreichte ihren Zweck. Jahre später hatte ich Gelegenheit, Einblick in die Bücher der Buchhandlung zu nehmen. In den ersten beiden Jahren nach der Eröffnung des Ladens zählte meine Mutter, die sich normalerweise in der Stadtbibliothek vor allem mit trivialer Unterhaltungsliteratur versorgte, zu den wichtigsten Kunden der Buchhandlung.

»Ach so, Stephen«, sagte sie, wann immer jemand seinen Namen nannte. »Ein sehr vernünftiger junger Mann, wenn man ihn erst einmal näher kennt.«

Während jener beiden Jahre sammelten sich in dem Bücherregal in meinem Zimmer immer mehr Gedichtbände und Bücher über die Baukunst vergangener Zeiten an. Sogar Esmond bestellte hier und da ein Buch: etwa einen gebundenen James-Bond-Roman oder *Lady Chatterleys Liebhaber*. Meine Mutter beglich ohne Murren die Rechnungen, die wir von den Sandwells bekamen. Sie hatte, glaube ich, kaum eine Vorstellung davon, was Bücher eigentlich kosteten oder welche Literatur wir für die Schule benötigten. Außerdem dürfte ihr nicht entgangen sein, wie viel Freude mir das Lesen bereitete. Vielleicht stellten die Bücher in ihren Augen aber auch ein Mittel der Bestechung dar – oder sie sah darin eine Art Droge, die mich ruhig stellen und dazu bringen sollte, mich mit meinem Dasein in Finisterre für alle Zeiten abzufinden.

Esmond und ich besuchten die Sandwells meist in ihrem Laden. Der alte Mr. Sandwell – der mir damals alt erschien, obwohl er gewiss noch keine sechzig war – ließ sich meines Wissens kein einziges Mal in Finisterre blicken. Möglich, dass meine Mutter ihn auf der Straße erkannt hätte, allerdings glaube ich kaum, dass es umgekehrt genauso gewesen wäre.

Lilian kam in den ersten Jahren ein- oder zweimal nach Finisterre, ohne dass meine Mutter etwas davon mitbekam. So lange ich noch zur Schule ging, interessierte sich meine Mutter nicht für ein linkisches junges Mädchen, dessen Bekanntschaft nach ihrem Empfinden völlig nutzlos war. Stephen war der einzige Sandwell, der zählte.

Mitunter fragte ich mich – nur so aus Neugierde –, was sie wohl gesagt hätte, wenn wir ihr erzählt hätten, wie Stephen wirklich war. Sie hätte uns nicht geglaubt – nicht einmal Esmond, vermute ich. Ja, sie hätte sich nicht mal gestattet, auch nur zu verstehen, was wir ihr sagen wollten.

Dumme Menschen verfügen bekanntlich über die wundervolle Fähigkeit, Dinge, von denen sie nichts wissen wollen, einfach auszublenden. Deshalb sind sie fast unverwundbar.

An einem Frosttag im Januar 1960 kamen Stephen und Lilian mit dem Fahrrad zu uns nach Finisterre. Meine Mutter war nachmittags im Pfarrhaus eingeladen, hatte sich aber aus irgendeinem Grund verspätet. Sie wusste nicht, dass die Sandwells sich angemeldet hatten, und bemerkte glücklicherweise nichts von deren Ankunft. Wir fingen die beiden bereits draußen vor der Tür ab. Esmond schlug vor, einen Spaziergang zu machen, da wir vermuteten, dass wir meine Mutter bei unserer Rückkehr bereits nicht mehr antreffen würden.

Von Finisterre aus gab es eigentlich nur zwei akzeptable Spazierrouten, wenn man es nicht gerade auf eine Kraft raubende Kletterpartie abgesehen hatte: Entweder man ging Richtung Ulvercombe oder genau entgegengesetzt zum Blackberry Water und zum Meer hinunter. Wir entschieden uns für die zweite dieser Routen, um nicht unterwegs meiner Mutter oder Tante Ada zu begegnen.

Stephen war an diesem Tag noch lebhafter als sonst; wahrscheinlich hatte er Amphetamine geschluckt. Er spazierte in seinem offenen Dufflecoat kettenrauchend den Weg hinunter und dozierte über die Vorzüge der okkulten Wissenschaften.

»Wieso hat eigentlich keiner von euch Aleister Crowley gelesen?«, wollte er wissen. »Oder Nostradamus? Oder die alte Mutter Shipton? Guter Gott. Wenn euch jetzt ein Marsmensch sehen könnte, würde er sich fragen, wie es um eure Bildung bestellt ist. Wahrscheinlich würde er sogar glauben, dass mit euch irgendwas nicht ganz stimmt.«

Diese Attacken waren natürlich nicht persönlich gemeint, sie galten mehr oder weniger der ganzen Menschheit, ob tot oder lebendig.

»Einfach unglaublich. Wirklich unglaublich. Da ist im Laufe Tausender von Jahren ein Corpus des Wissens entstanden. Eminent praktisches Wissen noch dazu, mit dessen Hilfe wir Menschen alles erreichen – ja, uns zu den wahren Herren des Universums aufschwingen könnten. Und was macht die Menschheit aus alledem? Dreihundert Jahre behauptet sie steif und fest, dass es dieses Wissen überhaupt nicht gibt. Als man damit nicht weiterkommt, verlegt sich unsere ach so aufgeklärte Gesellschaft darauf, sich über diese Juwele der Weisheit lustig zu machen. Und als unsere großen Gelehrten – wie nicht anders zu erwarten – auch damit scheitern, begnügen sie sich damit, jämmerliche Wissensfetzen zu kreieren. Pseudowissenschaft. Und dann unternimmt die Wissenschaft auch noch den lachhaften Versuch, mit der Weisheit der Alten in Konkurrenz zu treten: der Blutkreislauf – Quatsch; die Newtonsche Physik – Gewäsch; die Evolutionstheorie – leeres Stroh; die Relativitätstheorie – so eine Scheiße; die Atombombe – ach, meine Freunde, sind wir nun Menschen oder Lemminge? Und jetzt erleben wir gerade das Wettrennen im All, das potenziell größte Forschungsprojekt in der Geschichte des gesamten Kosmos. Doch den beiden so genannten Supermächten fällt nichts Besseres ein, als sich wie Kinder darum zu balgen, wer dem anderen die Schau stiehlt. Ja, wirklich, das ist doch wie im Kindergarten.«

»Als ich letzten Winter eine Bronchitis hatte«, sagte Lilian, »hat der Arzt mir –«

»Ich weiß. Antibiotika. Großartig, natürlich. Die Symptome und bloß nicht die Ursachen behandeln: eine an Schwachsinn grenzende Politik. Fortgeschrittene Praktiker der okkulten Wissenschaften wissen schon seit Jahrhunderten, wenn nicht Jahrtausenden, wie man sich Krankheiten am besten vom Leibe hält.«

Dann blieb Stephen abrupt stehen. Wir Übrigen umringten ihn. Wir standen mit roten Nasen da und versuchten uns, so gut es ging, in unseren Mänteln vor der Kälte zu schützen. Über uns stand ein hellblauer Himmel. Stephen warf seine Zigarette weg. Er schob die Hände in die Taschen seines Dufflecoats und bewegte sie dann wie Flügel, als ob er sich frische Luft zufächeln wollte.

»Was wollt ihr eigentlich, liebe Leute? Was wollt ihr wirklich? Wer stellt sich schon diese Frage? Und wenn doch, dann suchen die meisten von uns jedenfalls nicht aufrichtig und sorgfältig genug nach der Antwort. Ich vermute, weil sie Angst haben. Denn wer genau weiß, was er will, der bekommt es meistens auch. Aber die Leute klammern sich ja immer nur an das, was sie schon kennen, oder seht ihr das anders? Also klammern sie sich vor allem an ihre Unwissenheit ... ihre Unzufriedenheit. Sie –«

»Ich möchte genug Geld haben«, sagte Lilian, »und in einem schönen Haus wohnen und Kinder bekommen. Und ich möchte nicht arbeiten.«

Nicht nur Lilians Wortmeldung, sondern auch die Leidenschaft, mit der sie sprach, kam völlig überraschend. Mir fiel wieder ein, wie Esmond sich aufgeführt hatte, als wir Jahre – oder besser eine Ewigkeit – zuvor jenen Aufsatz über unsere Zukunftsträume geschrieben hatten, den Mr. Maulet uns über die Ferien aufgegeben hatte.

Stephen sah Esmond an. »Und du?«

Esmond zuckte mit den Schultern. »Ich wäre gerne reich. Aber das ist ja nichts Besonderes.«

Stephen sah mich an.

»Ich wäre gerne ...« Unvermittelt wurde mir klar, dass ich keine andere Wahl hatte, als die Wahrheit zu sagen. »Früher wollte ich Architekt werden, doch jetzt möchte ich lieber Dichter werden. Allerdings glaube ich nicht, dass ich gut genug dazu bin.«

»Pah!«, rief Stephen. »Ihr seid doch alle gleich. Ihr seht

vor lauter Bäumen den Wald nicht mehr.« Er wies der Reihe nach auf jeden von uns. »Ihr möchtet dies oder jenes oder vielleicht noch etwas anderes. Begreift ihr denn nicht, dass das alles letztlich nur auf eins hinausläuft, und zwar auf *Macht*. Wer Macht hat, kann haben, was er will. Genau das haben die großen Denker der Vergangenheit verstanden.«

»Und was wünschst du dir am meisten?«, fragte Esmond.

Stephen legte die Stirn in Falten. »Hab ich doch schon gesagt: Macht.«

»Und was willst du mit dieser Macht anfangen?«

»Macht bedeutet, dass man in der Lage ist, Menschen und Dinge zu beherrschen. Sogar sich selbst. Sie ist die wunderbarste Sache der Welt. Sie ist wie eine Droge. Sie ist das Einzige, was zu besitzen sich lohnt.« Stephen schlug die Hände zusammen und bewegte sich tänzelnd von uns weg. »Los, kommt schon, Kinder«, rief er. »Wo ist nun euer sagenhafter Strand?«

Er fing an, Unsinn zu reden. Er ersann für jeden von uns einen Limerick. Mir kam es plötzlich so vor, als ob er uns nur ablenken wollte. Vielleicht hatte er ja das Gefühl, mehr von sich preisgegeben zu haben, als er eigentlich beabsichtigt hatte, und nun versuchte er, uns auf andere Gedanken zu bringen.

Unten am Strand in der Ulvercombe-Bucht fanden wir genügend Treibholz, um ein kleines Feuer zu machen. Stephen forderte uns auf, uns an den Händen zu halten und um die Feuerstelle zu tanzen. Er verstand es, selbst das absurdeste Verhalten völlig normal erscheinen zu lassen – was natürlich nicht ohne Wirkung bleibt, wenn man es – wie hier – mit drei ziemlich unbedarften Jugendlichen zu tun hat. Unsere Füße schlitterten und knirschten auf den glatt geschliffenen Steinen. Ich weiß noch, wie ich Lilians Hand hielt. Ihre Knochen erschienen mir so winzig wie die eines Vogels. Und genau das hatte mich von jeher an ihr angezogen: Sie weckte in mir das Gefühl, dass sie noch zerbrechlicher war als ich selbst.

Während wir um das Feuer tanzten, fing Stephen plötzlich an zu singen: »Ringelrangelrose, was raschelt in der Hose, ich nehm 'nen ganzen Strauß, und plötzlich ist es aus.« Zunächst etwas ratlos, stimmten wir schließlich in den merkwürdigen Reim mit ein und wiederholten die Worte wohl hundertmal. Immer wieder, bis mir ganz schwindlig wurde.

»So ist's recht, Kinder«, sagte Stephen, ließ Esmond und Lilian los und klatschte in die Hände. »Wisst ihr, wen wir da gerade besungen haben?« Er hielt inne, um sich im Schutz seines Mantels eine Zigarette anzuzünden. Die Brandung wurde immer lauter, und die Flut stieg höher und höher. Stephen blickte auf und sah uns durch den Rauch mit leuchtenden Augen an. »Den Tod. Wenn ihr es noch genauer wissen wollt: den schwarzen Tod. Die Pest. Legt eure Toten vor die Tür, und möge der Herr eurer Seele gnädig sein.«

Esmond ließ sich vor dem Feuer in die Hocke sinken. Er versuchte sich mit dem glühenden Ende eines Holzstücks ebenfalls eine Zigarette anzuzünden. »Wie meinst du das? Ist doch bloß ein altes Kinderlied, oder?«

»Mit den Rosen sind Pestbeulen gemeint«, erklärte Stephen. »Diese Beulen zogen sich meist wie ein Gürtel oder Ring um den ganzen Körper. Außerdem trugen die Leute früher in Pestzeiten kleine Kräuter- und Blumensträuße in der Tasche mit sich herum, um sich vor der Krankheit zu schützen. Aber natürlich hat das alles nichts genützt. Und ehe sie sich' s versahen, war plötzlich alles aus. Sie fielen einfach um und waren: tot.«

»Wie schrecklich«, sagte Lilian.

»Ja, so war das. Man fiel einfach um, und falls man noch Angehörige hatte, warfen sie einen auf die Straße hinaus und markierten die Tür mit einem Kreuz, um anzuzeigen, dass in dem betreffenden Haus die Pest wütete. Und dann kamen Schubkarren und Männer vorbei und sammelten die Leichen ein und warfen sie in große Massengräber. Ganz besondere Orte.«

»Willst du damit sagen, dass du solche Orte erkennen kannst?« Ich sah im Geiste einen auf allen Seiten von Bäumen gesäumten Londoner Platz vor mir, in dessen Mitte sich statt eines Gartens eine mit Knochen und verwesendem Fleisch gefüllte Grube befand.

»Nicht mit dem äußeren Auge, Thomas. Solche Orte kann man nur erspüren. Wir wissen von einigen dieser Massengräber. Wenn man sich dort aufhält, kann man noch heute die Qualen der dort verscharrten Menschen spüren. Der namenlosen, unerlösten Toten. Andererseits sind solche Massengräber wahre Energiespeicher. Man muss nur wissen, was man zu tun hat, um sich diese Energie zunutze zu machen.«

»Da hilft vermutlich nur die Weisheit der Alten?«, sagte Esmond.

Der Sarkasmus in seiner Stimme war unverkennbar. Doch falls Stephen etwas davon mitbekommen hatte, ließ er es sich zumindest nicht anmerken.

»Sehr allgemein gesprochen: ja«, sagte er. »Aber es gibt natürlich ganz unterschiedliche Techniken.«

»Mir ist kalt«, meldete sich Lilian zu Wort. »Können wir nicht umkehren?«

»Gute Idee.« Ich trat stampfend auf der Stelle, obwohl meine Füße eigentlich warm genug waren.

»Also diese Energie …« Esmond zögerte. »Meinst du, dass man sich damit an Orten aufladen kann, wo Menschen begraben liegen?«

»Kommt ganz darauf an«, entgegnete Stephen. »Das lässt sich immer nur im Einzelfall beurteilen.«

»Mich friert«, sagte Lilian.

»Kirchhöfe und andere Begräbnisstätten sind oft genug eine ziemliche Enttäuschung. Weißt du, religiöse Riten – selbst christliche – sind nicht nur Hokuspokus. Sie können uns durchaus helfen, spirituelle Energien zu erden.« Er fing an zu kichern. »Und zwar in mehr als einem Sinn. Das Problem ist bloß, dass diese Energien gewöhnlich zu wenig gebündelt auftreten. Deshalb kommt der Bestattung gewissermaßen die Funktion eines Blitzableiters zu.«

Lilian ging bereits am Strand zu der Öffnung in den Klippen hinüber, durch die man zum Blackberry Water gelangte. Ich musterte Esmond. Der Wind blies ihm das Haar aus der Stirn und ließ es wie einen dunklen Lichtkranz erscheinen. Er hatte die Stirn in Falten gelegt und war offenbar damit beschäftigt, einen Tabakkrümel von seiner Unterlippe zu entfernen. Ich folgte Lilian.

»Es kann jedenfalls passieren, dass man an Plätzen, wo Menschen nicht nur begraben, sondern tatsächlich gestorben sind, auf größere Restbestände psychischer Energie stößt«, hörte ich Stephen hinter mir sagen. »Deshalb tritt die spirituelle Energie im Umkreis von Pestgräbern häufig in so hoher Konzentration auf, dass ich schon überlegt habe, ob man nicht etliche der Menschen, die dort ruhen, lebend hineingeworfen hat. Wäre doch denkbar oder nicht?«

Ich blickte mich um. Esmond trat die Glut des Feuers auseinander. Er sagte etwas zu Stephen, was ich nicht verstehen konnte, und lachte.

»So ein Unsinn!«, sagte Stephen und schien sich köstlich zu amüsieren. »Wenn ein Mensch gelitten hat, sei es körperlich oder seelisch, ist die Wirkung meist sogar besonders intensiv. Es scheint so, als ob solche Erfahrungen derart verstörend sind, dass die Opfer besonders viel Energie abstrahlen.«

»Wenn er doch nicht immer solches Zeug reden würde«, sagte Lilian.

»Und warum tut er das?«

Sie sah mich an. »Ja, warum tut man bestimmte Dinge? Weil es ihm Spaß macht, nehme ich an.«

Wir gingen schweigend weiter – durch die Öffnung in den Klippen, vorbei an dem kleinen Süßwassersee bis zu dem Weg, der zu unserem Haus hinaufführte. Mir fiel ein Satz aus einem Weihnachtslied ein, in dem die froststarre Welt besungen wird, in die das Jesuskind hineingeboren wird: »Die Erde war hart wie Eisen, das Wasser wie ein Stein.« Ich fing an zu keuchen, weil wir so schnell gingen. Unser Atem bildete vor dem Mund kleine Kondenswölkchen. Mir fiel auf, dass in der schneidenden Kälte, durch die wir gingen, jedes kleinste Geräusch von den Wänden unseres engen Tals widerhallte. Unser Schuhwerk knarrte und knirschte auf dem gefrorenen Boden, und das Echo dieses Knarrens und Knirschens begleitete uns auf dem ganzen Weg. Ich fühlte mich groß und stark, ein mir bis dahin völlig unbekanntes Gefühl. Lilians Scheitel reichte mir kaum über die Schulter. Sie trug einen dunkelblauen Schul-Regenmantel, den sie wegen seiner Farbe an der höheren Mädchenschule in Kinghampton nicht hätte anziehen dürfen. Zudem war ihr der Mantel zu klein. Zwischendurch erhaschte ich immer wieder einen kurzen Blick auf rosa Knie und Handgelenke. Außerdem trug sie wegen der Kälte noch drei weitere Kleidungsstücke, die aus schwarzer Wolle gefertigt waren: eine Pudelmütze, einen absurd langen Schal und ein Paar durchlöcherte Handschuhe. Möglich, dass ihre Mutter diese Sachen für sie gestrickt hatte, es konnte aber auch sein, dass Lilian sie zum Zeichen ihrer Trauer trug.

»Mir ist so kalt«, sagte Lilian. »Ich glaube, mir fallen gleich die Füße ab.«

»Es gibt in der Küche noch Tee und Toast«, sagte ich. »Vielleicht sogar ein Stück Kuchen.«

»Wenn deine Mutter nicht da ist.«

»Und wenn sie nun da ist?«

Lilian schwieg, weil sie meine Großsprecherei vermutlich genauso unglaubwürdig fand wie ich selbst. Wir gingen weiter. Hinter uns hörten wir Schritte, die sich mit dem Echo unseres eigenen Schuhwerks mischten und dann ihrerseits in der froststarren Landschaft einen Widerhall erzeugten. Esmond und Stephen hatten sich anscheinend ebenfalls auf den Weg gemacht.

»Er findet es grauenhaft hier«, sagte Lilian, als ob sie eine Frage beantwortete, die ich gerade gestellt hatte. »Das Land, das Meer. Die Leute. Den blöden Laden.«

»Eine gewaltige Umstellung. Wenn man vorher in London gewohnt hat.«

Sie sah mich an. Ich meinte in ihren rosa geränderten Augen einen Anflug von Verachtung zu lesen.

»Entschuldigung«, sagte ich.

»Du hast ja nie etwas anderes gekannt«, erwiderte sie. »Aber für ihn ist es, als ob man ihn lebendig begraben hätte.«

»Und was ist mit dir?«

»Ich komme schon zurecht. Wenigstens hat man hier seine Ruhe. Und historisch ist die Gegend auch nicht ganz ohne. Ich interessiere mich nämlich sehr für Geschichte.«

»Ich auch.«

»Der Strand, an dem wir gerade waren, heißt doch Ulvercombe-Bucht, nicht wahr?«

Ich bejahte die Frage. Und dann erzählte sie mir, dass 1788 Strandräuber ein Schiff der East India Company hinterlistig auf einen Felsen hatten auflaufen lassen. Danach hatten die Männer aus Ulvercombe die Matrosen unten in der Bucht mit Keulen erschlagen, bis der ganze Strand mit Blut getränkt war. Lilian schilderte mir das Geschehen vollkommen ruhig und sachlich und in allen Einzelheiten. Man hätte meinen können, dass sie damals selbst dabei gewesen wäre. Als sie schließlich fertig war, waren wir fast am Gartentor von Finisterre angelangt.

»Ich brauche unbedingt heißen Tee«, rief Stephen von hinten. »Einen ganzen Eimer Tee.«

Meine Mutter war noch nicht wieder da. Das Vorhängeschloss am Garagentor war an seinem Platz, was bedeutete, dass sie zu Fuß zur Pfarrei hinaufgegangen war. Wir gingen in die Küche. Esmond paffte munter vor sich hin. Sollte meine Mutter sich beschweren, konnte er ja sagen, dass Stephen geraucht hatte. In einer Dose entdeckte ich einen Topfkuchen, den Mrs. Jodson gebacken hatte, und stellte ihn auf den Tisch.

»Bitte, bedient euch«, sagte ich. Ich legte ein großes Messer auf den Tisch, machte mir jedoch nicht die Mühe, Teller hinzustellen. Ich wollte nämlich zeigen, dass ich durchaus das Zeug zu einem Bohemien hatte.

Dann machte ich Tee. Lilian knabberte an einem Stück Kuchen herum, während Esmond und Stephen das Wort führten. Sie redeten immer noch über spirituelle Energien und über Verfahren, sich diese Kräfte zunutze zu machen.

»Zum Beispiel das Licht da oben«, sagte Stephen und zeigte auf die Glühbirne über dem Tisch. »Vor zwei- oder dreihundert Jahren hätten die Leute so etwas für Hexerei gehalten. Eine Erscheinung aus dem Märchen.«

In den Siebziger- und Achtzigerjahren – also zehn bis zwanzig Jahre später – lagen parapsychologische und esoterische Fragen besonders bei jungen und einfältigen Menschen voll im Trend, doch in den Sechzigerjahren waren diese Dinge noch kaum ein Thema. Und wenn doch, dann machte man sich darüber meist nur lustig. In diesem wie in einigen anderen Punkten war Stephen seiner Zeit voraus. Heute weiß ich, wie schwach viele seiner Argumente waren, dass es sich bei den Autoritäten, auf die er sich bezog, meist um Scharlatane handelte und dass viele der Fakten, die er beschwor, nichts als Schwindel waren. Doch wenn ich ihm jetzt abermals zuhören könnte, würde ich ihm vermutlich wieder Glauben schenken. Im Gegensatz zu dem Vikar war Stephen nämlich ein geborener Prediger; er wusste genau, wie man andere überzeugt, und zwar ganz unabhängig vom Inhalt dessen, was er gerade von sich gab. Allerdings lösen solche Überzeugungen sich meist rasch wieder in Wohlgefallen auf, wenn der Prediger nicht mehr da ist.

Ich schenkte den Tee ein und bot den anderen nochmals von dem Kuchen an. Esmond und Stephen schüttelten den Kopf.

»Aber wie stellt man es denn an?«, fragte Esmond.

»Du meinst, höhere Energie anzuzapfen?« Stephen zündete sich eine weitere Zigarette an. »Schwer zu erklären. »Man begibt sich an einen energiegeladenen Ort, macht sich innerlich empfangsbereit und – na ja – konzentriert sich dann halt. Am ehesten lässt sich der Vorgang noch mit dem Aufladen einer Autobatterie vergleichen.«

»Könntest du uns das mal vorführen?«

»Wie – hier?«

Esmond nickte.

»Aber ich brauche dazu eine kräftige Energieladung.« Stephen legte die Stirn in Falten. »Wie gesagt, normale Friedhöfe sind zwar nur bedingt geeignet, aber wir können es ja auf dem Heimweg mal versuchen, wenn du willst.«

»Ich meine nicht auf dem Friedhof in Ulvercombe«, erwiderte Esmond. »Ich meine hier.«

»Hier im Haus?«

»Es gibt oben ein Schlafzimmer, das nie benutzt wird. Wir nennen es das Sterbezimmer.«

»Wirklich? Und wer ist dort gestorben?«

»Meine kleine Schwester.«

Lilian schnappte nach Luft. »Stephen –«

»Nein, keine Sorge.« Esmond sah sie lächelnd an. »Das

ist schon lange her.« Er blickte wieder in Stephens Richtung. »Thomas' Vater ist auch in dem Zimmer gestorben. Das ist sogar noch länger her – im Krieg.« Er sah mich an. »Hab ich Recht?«

Ich nickte.

»Seither hat dort nie mehr jemand geschlafen. Mit Ausnahme meiner Schwester. Und sie ist gestorben.«

»Ist die Tür abgeschlossen?«, fragte Stephen.

»Nein. Tante Fiona hat alles so gelassen, wie es war. Sie verwahrt dort sogar noch einen Großteil der Kleider ihres Mannes. Offiziell tut sie so, als ob der Raum ein Gästezimmer wäre, aber sie lässt nie jemanden dort schlafen.«

Ich war versucht, ihn zu unterbrechen und zu erzählen, dass meine Mutter Esmond das Zimmer angeboten hatte, nachdem seine eigene Mutter gestorben war. Doch in dem Moment warf er mir gerade wieder einen Blick zu.

»Einmal in der Woche wird der Raum entstaubt«, erklärte er. »Und Mrs. Jodson wechselt die Bettwäsche.«

»Wie schrecklich viktorianisch«, sagte Stephen. »Ich hab gedacht, dass es das in diesem Land längst nicht mehr gibt.«

»Du meinst Prinz Albert?«, sagte ich.

Stephen lächelte. »Richtig. Und was hältst du von der Idee?«

»Von mir aus.«

»Thomas hat seinen Vater nie gekannt«, sagte Esmond.

Stephen sah mich immer noch an. »Ich habe vor allem an deine Mutter gedacht.«

Ich wusste nicht, was ich sagen sollte, also zuckte ich bloß mit den Schultern und gab mir Mühe, halbwegs intelligent zu erscheinen.

»Vielleicht kann ich ihr ja irgendwie helfen«, fuhr Stephen fort. »Wenn es in dem Zimmer spukt, ist das wahrscheinlich auf einen alten Konflikt zurückzuführen. Denkbar, dass ich diesen Knoten lösen kann.«

»Ach«, sagte Esmond. »Du meinst wie bei einer Trauerfeier?«

»Man könnte es auch Exorzismus nennen. Obwohl es in den beiden Fällen, mit denen wir es zu tun haben, vor allem darum geht, die Energie zu erden, statt sie in wieder verwendbarer Form zu speichern.«

»Gibt es noch Tee?«, fragte Lilian.

Ich stand auf, um die Teekanne und die Milch zu holen. Sonst wollte niemand mehr etwas. Als ich Lilian etwas Milch nachschenkte, verschüttete ich ein paar Tropfen. Ich glaube, Stephen sah, dass ich zitterte.

»Oder sollen wir es lieber lassen?«, fragte er.

»Nein, nein. Kein Problem.«

»Es gibt wirklich keinen Grund zur Besorgnis. Wir gehen lediglich in das Zimmer hinauf, und zwar möglichst alle vier, bilden dort einen Kreis und halten uns an den Händen.«

»Gut«, sagte ich. »Wird gemacht.«

»Und dann spreche ich kurz eine stumme Formel, wenn ihr wollt; ist aber nicht so wichtig. Obwohl es sehr hilfreich wäre, wenn ihr zwei – also Esmond und du – mit nach oben kommt. Schließlich seid ihr mit den Verstorbenen nahe verwandt.«

»Thomas hat nichts dagegen«, erklärte Esmond und sah mich grinsend an.

Lilian sagte: »Oh, Gott. Bringen wir es endlich hinter uns.«

Wir standen alle vier vom Tisch auf. Esmond und Stephen drückten ihre Zigaretten aus. Mit gewohnter Umsicht schüttete Esmond die Zigarettenkippen in den Kohleherd und öffnete ein Fenster. Dann traten wir in die Halle und stiegen die Treppe hinauf. Esmond ging voraus. Ich bildete das Schlusslicht. Die Sandwells ließen diskret ihre Blicke schweifen und verschafften sich einen Eindruck von der ihnen unbekannten häuslichen Umgebung. Ihr Interesse war mir peinlich: Ich fühlte mich, als hätte man mir die Hose heruntergezogen.

Oben auf dem Treppenabsatz blieben wir stehen. Die Tür zu meinem Zimmer stand weit offen, und die sechs Gitterstangen vor dem Fenster waren deutlich zu sehen. Der Raum konnte nur mein Zimmer sein: Die Regale bogen sich unter der Last der Bücher, die ich bei Stephen gekauft hatte, mein Pyjama war auf dem Kopfkissen meines schmalen Bettes drapiert, und auf dem Tisch lag meine Schultasche. Von draußen drang die helle Januarsonne herein.

»Ach, wenn ich doch nur so einen Ausblick hätte«, sagte Lilian. »Einfach umwerfend.«

Sie blieb ein paar Sekunden in der Tür stehen und starrte durch das Gitter und das enge Tal Richtung Blackberry Water und Ozean. Ich sah sie überrascht an. Mir war dieser Ausblick vertraut, seit ich denken konnte. Nie wäre mir in den Sinn gekommen, dass man davon so hingerissen sein könnte.

Esmond öffnete die Tür zum Sterbezimmer. Dann trat er einen Schritt zurück und ließ Stephen den Vortritt. Stephen blieb etwa dreißig Sekunden auf der Schwelle stehen und wandte uns den Rücken zu. Ich sah das mit Schnitzereien verzierte hohe Bettgestell und den mächtigen Kleiderschrank. In dem Zimmer roch es nach Poliermittel und abgestandener Luft. Dann drehte Stephen sich um.

»Gut, dass ihr mich hergebracht habt«, sagte er. »Hätte man eigentlich schon vor Jahren machen sollen.« Er zeigte auf die Tür neben dem Schrank. »Was befindet sich hinter dieser Tür?«

»Nur eine Art Kleiderkammer«, antwortete Esmond. »Ziemlich geräumig.«

Wir drängten uns in das Zimmer. Dann bildeten wir wie zuvor unten am Strand am Fußende des Bettes einen Kreis. Wieder stand ich Stephen gegenüber. Lilian schien meine

Hand zu drücken – oder war es vielleicht nur eine Einbildung? Als ich sie ansah, starrte sie auf ihre Füße.

Eigentlich hatte ich erwartet, dass ich mir lächerlich vorkommen oder sogar Angst haben würde, doch trat weder das eine noch das andere ein. Wenn überhaupt, war ich vielleicht ein wenig besorgt. Dann hörte ich unten im Haus ein Geräusch. Die Eingangstür fiel ins Schloss. Unser kleiner Kreis löste sich blitzartig auf.

»Huhu«, rief meine Mutter. »Ist jemand da?«

Zehn

Die Ehen in unserer Familie sind eher kurzlebig. Im Schnitt dauern sie etwa zwei, drei Jahre. In jüngerer Zeit hat lediglich Tante Imogens Ehe doppelt so lange gehalten, und ich glaube nicht, dass sie selbst oder Onkel Arthur darin einen Grund zum Feiern gesehen hätte. Meine Mutter hat sich mit dem Begräbnis meines Vaters nicht viel Zeit gelassen, und auch mir selbst erschien es, als ob meine Ehe bereits vorbei gewesen wäre, ehe sie richtig begonnen hatte. Meine Tochter Alice ist dieser Tradition treu geblieben. Wie Esmond mir erzählte, hatte sie sich bereits nach sechs Monaten wieder von ihrem Ehemann getrennt.

»Scheint so, als ob sich die Natur in dem Fall gegen den Wunsch nach materieller Sicherheit durchgesetzt hätte«, bemerkte ich und hoffte Esmond zum Schmunzeln zu bringen.

»Was?«, sagte Esmond und ging zur Tür meines Zimmers hinüber, weil er es eilig hatte. Wieder beschlich mich der Verdacht, dass er noch einiges zu tun hatte, bevor er nach Exeter fahren musste, um Alice abzuholen.

»Ach, egal.«

Er nickte, trat aus meinem Zimmer und machte die Tür hinter sich zu. Ich stand auf und ging zwischen meinem Stuhl und dem Fenster auf und ab, ein müßiger Versuch, vor meinen unangenehmen Gedanken davonzulaufen. Meine merkwürdigen Ahnungen folgten mir wie ein treuer Hund.

Ich hatte gehört, dass Alice' Mann Graham hieß. Er war

wesentlich älter als Alice, was ihm in ihren Augen offenbar eine besondere Attraktivität verliehen hatte: möglich, dass sie damals nicht nur einen Ehemann, sondern einen Vater gesucht hatte. Im vergangenen März hatten die beiden geheiratet, nur zwei Monate nach dem tödlichen Unfall ihrer Pflegeeltern auf der Autobahn. Graham arbeitete für eine Ölgesellschaft und hatte seinen Wohnsitz in Lagos. Denkbar war auch, dass der Umstand, dass Graham ihr die Möglichkeit geboten hatte, sich für eine Weile aus England abzusetzen, Alice besonders für ihn eingenommen hatte.

Alice tat mir aufrichtig Leid. Sie hatte ein schwieriges Jahr hinter sich. Trotzdem war es mir nicht recht, dass sie nach Finisterre kommen wollte. Selbst wenn alles so war, wie es sich nach außen hin darstellte, würde es sicher Ärger geben. Die Begegnung mit Alice würde mich furchtbar aufregen. Und gewiss ging es ihr nicht nur um Trost, sondern auch um Geld. Und wenn sie nun vorhatte, uns in Zukunft regelmäßig zu besuchen? Ich hatte das mulmige Gefühl, dass sie die Absicht hatte, meine ohnehin knappen finanziellen und emotionalen Ressourcen fortan regelmäßig in Anspruch zu nehmen. Vielleicht hatte sie ja gegen die Änderungen, die wir in Finisterre vorgenommen hatten, nichts einzuwenden. Und vielleicht ließ sie sich ja sogar von Esmond dazu überreden, den Erlös aus dem Verkauf unseres Hauses woanders zu reinvestieren. Aber auch wenn sie mit alledem einverstanden sein sollte, hieß das noch lange nicht, dass damit schon alle übrigen Nachteile aus der Welt waren, die sich aus ihrem Besuch ergeben konnten. Außerdem war ich mir gar nicht so sicher, ob ich überhaupt im Ausland leben wollte. Schließlich war ich an Finisterre gewöhnt.

Falls sich die Dinge aber *nicht* so verhielten, wie es im Augenblick noch den Anschein hatte, dann würde sich der Besuch als noch viel riskanter erweisen. Ich ging im Geiste die unliebsamen Konsequenzen durch, die sich aus Alice' Besuch in Finisterre ergeben könnten. Meine Gedanken strömten dahin wie ein Bach, der an einem Strand ins Meer mündet: Zuerst verästelt sich das Wasser zu kleinen Rinnsalen und gräbt Kanäle in den Sand, bildet Tümpel, fließt mal schneller, mal gemächlich dahin und ändert immer wieder völlig unerwartet die Richtung. Und am Ende erweist sich der ganze Aufwand als völlig sinnlos, da sich das Wasser schließlich doch im Meer verliert.

Als Esmond uns erstmals in Finisterre besuchte, erschien ihm der Ort wie der Vorhimmel. Das weiß ich genau, weil er es mir viele Jahre später selbst erzählt hat. Aber ein elfjähriger Junge sieht die Dinge natürlich ganz anders als ein achtzehnjähriger Jugendlicher.

Unsere Abschlussprüfungen legten wir im Juni 1961 ab. Danach ging die Schule noch ein paar Wochen weiter, doch das nahm niemand in unserem Jahrgang mehr besonders ernst. Wir radelten während der Unterrichtszeit sogar manchmal nach Budstow, wo Esmond rauchen, Bier trinken und die Mädchen am Strand beäugen konnte, während ich schreckliche Angst hatte, dass irgendein pflichtbewusster Staatsdiener uns verpfeifen könnte. Esmond hingegen weigerte sich, überhaupt etwas ernst zu nehmen, nicht mal die Mädchen. Ich weiß noch, wie wir einmal am Strand unterwegs waren und zwei Mädchen nur ein paar Meter von uns entfernt auf dem Rücken in der Sonne lagen.

»Schau dir mal die beiden Schnepfen an«, sagte Esmond völlig ungeniert. »Diese Titten. Wenn die aufstehen, kippen sie doch sofort nach vorne weg.«

Die Mädchen hoben die Köpfe und starrten ihn an. Dann fingen sie an zu kichern. Am Ende verbrachten wir den ganzen Nachmittag mit ihnen.

Es war eine merkwürdige Zeit. Wir konnten es beide

kaum erwarten, endlich mit der Schule fertig zu sein. Trotzdem lag die Zukunft wie der Strand von Budstow an einem regnerischen Wintersonntag vor uns: ihre Ungreifbarkeit machte mir Angst. Wenn ich darüber mit Esmond sprechen wollte, wich er aus. Unsere Klassenkameraden wussten inzwischen allesamt, wie es mit ihnen weitergehen sollte: Einer der Jungen, nämlich Bill Jodson, wollte sich an der Universität Leeds immatrikulieren; ein anderer hatte eine Lehrstelle bei einer Bank gefunden; ein dritter wollte seinem Vater bei der Bewirtschaftung der familieneigenen Farm zur Hand gehen.

Eines Abends versuchte ich vor dem Essen mit meiner Mutter über das Thema zu sprechen. Wir waren gerade in der Küche. Esmond mähte draußen den Rasen.

»Es hat doch gar keinen Sinn, zu diesem Zeitpunkt schon über die Zukunft zu sprechen«, sagte sie. »Nicht solange ihr eure Prüfungsergebnisse nicht habt.«

»Ich würde gerne studieren.«

»Das kostet Geld, Thomas. Außerdem seid ihr zu zweit.«

»Aber es gibt doch auch noch Stipendien.«

»Stipendien bekommen Leute wie Bill Jodson.« Meine Mutter schnaubte. Für sie war schon der Gedanke, dass ein Bill Jodson an einer Universität studieren konnte, ein Verbrechen gegen die Natur. »Für Leute wie uns, die ausschließlich von ihrem Kapital leben müssen, ist das nicht so einfach.«

Und dann fuhr sie noch eine Weile in dieser Manier fort. Ihre Argumente waren ungefähr dieselben wie sechs Jahre zuvor, als sie Esmond und mich vom Bicknor College genommen und kundgetan hatte, dass sie uns nicht nach Rosington, sondern auf das Gymnasium in Kinghampton schicken wollte. Es sei einfach nicht genug Geld da, sagte sie – nicht zuletzt, weil sie aus Großmütigkeit Esmond bei uns aufgenommen habe. Allerdings hatte sie sich diesmal noch ganz andere Argumente zurechtgelegt – einschließlich einer vernichtenden Kritik an der Steuerpolitik sämtlicher Nachkriegsregierungen. Im Schlussteil ihrer Ausführungen wies sie dann noch darauf hin, dass ein Universitätsstudium mich körperlich, geistig und seelisch völlig überfordern würde.

Eine Mutter, behauptete sie mit jener Ehrfurcht gebietenden Selbstgewissheit, die ihr stets zu eigen war, könne diese Dinge nun einmal am besten beurteilen.

Ihre Reaktion auf meine Frage kam so blitzschnell und auf breiter Front daher, dass sie mir sorgfältig einstudiert erschien. Trotzdem war ich völlig konsterniert, nichts als ein hilflos stammelndes Würstchen. Ich errötete, ich schwitzte, ich wand mich. Ich bat sie stotternd um Vergebung, schimpfte über die Ungerechtigkeit des britischen Steuersystems und bedauerte zutiefst meinen anmaßenden Wunsch, an einer Universität zu studieren.

»Schon gut, mein Lieber«, sagte meine Mutter und schlug plötzlich einen völlig anderen Ton an: »Ich habe da noch eine kleine Überraschung für dich.«

»Wie meinst du das?«

»Kann ich dir noch nicht sagen. Die Sache ist noch nicht *ganz* unter Dach und Fach.« Dann lächelte sie aufs Bezauberndste, weil sie alles erreicht hatte, was sie wollte. »Aber ich glaube, es wird dir gefallen.«

Nach dem Abendessen unternahmen Esmond und ich unseren gewohnten Spaziergang, damit Esmond rauchen konnte; bei schlechtem Wetter zogen wir uns meist oben in die Mansarde zurück. (Obwohl ich mir alle Mühe gegeben hatte, rauchen zu lernen, hatte ich bei jedem Zug nur einen unwiderstehlichen Brechreiz verspürt.) Wir lehnten uns an den Zaun, der eine der beiden Koniferengruppen von dem abfallenden Gelände weiter unten abgrenzte. Über dem Meer sank die blutrote Sonne langsam dem Horizont entgegen. Ich erzählte ihm, was meine Mutter gesagt hatte.

»Dummkopf«, sagte er. »Warum hast du nicht zuerst mit mir darüber gesprochen?«

»Oh, Entschuldigung.«

»Wenn du unbedingt studieren willst, hätten wir uns vorher was zurechtlegen müssen, bevor du mit ihr sprichst.«

»Aber auch dann hätte das Geld nicht gereicht.«

»Quatsch.«

»Sie hat gesagt, dass sie dir genauso viel geben muss wie mir. Alles andere wäre ungerecht.«

»Oberschwachsinn.«

»Wenn ich doch nur wüsste, was es mit der ›kleinen Überraschung‹ auf sich hat, die sie angeblich noch für mich in petto hat.«

»Kann ich mir schon denken«, sagte Esmond. »Sie möchte dich zum Koch-Gärtner-Chauffeur ausbilden lassen. Und dann bietet sie dir eine Lebensstellung in Finisterre an. Was willst du mehr?«

Esmonds Sarkasmus tat mir körperlich weh. »Und du – was hat du denn für Pläne?«, murmelte ich.

Er wandte den Blick ab. Er hatte eine Zigarette zwischen den Lippen, und hinter ihm ging über dem Meer die Sonne unter. Die Szene hätte genauso gut einer Tabakwerbung entstammen können.

»Eigentlich wollte ich es dir ja schon länger sagen.« Er hielt inne, und mich fröstelte. »Aber ich möchte nicht, dass du darüber sprichst. Noch nicht. Und erst recht nicht mit deiner Mutter.«

Ich nickte.

»Ich gehe nach London«, fuhr er dann fort. »Stephen hat dort einen Freund, der eine Kaffeebar betreibt. Bei dem kann ich vorerst arbeiten.«

»Aber wieso?«

Was ich eigentlich meinte, war, wieso er mich verlassen wollte. Wieso hatte er vor, allein nach London zu gehen?

Wieso hatte er mir bisher nichts davon erzählt? Doch er interpretierte meine Frage ganz anders.

»Für den Anfang ist mir jeder Job recht. Ist mir schnuppe, was ich tue. Ich kann auch als Reinigungskraft oder Spüler arbeiten, ist mir egal. Der Punkt ist doch der: Wenn ich erst mal in London bin, kann ich mich nach was anderem umsehen.«

Ich wandte mich ab, damit er die Tränen in meinen Augen nicht sehen konnte. »Und ich hab gedacht – also ich hatte angenommen –, dass du dir hier in der Gegend was suchst.«

»Warum?«, entgegnete er. »Hier kann man doch nur vor den Touristen buckeln, und selbst das nur sechs Monate im Jahr. In den übrigen sechs Monaten würde ich mich zu Tode langweilen.«

»Sie wird dir verbieten, von hier wegzugehen. Du bist noch nicht volljährig.«

Esmonds Haar leuchtete in der Abendsonne rot auf. Man hätte meinen können, dass darunter eine Schale mit glühenden Kohlen verborgen war und nicht etwa ein Schädel. Ich hatte Angst.

»Sie kann mich nicht aufhalten. Wenn ich erst mal in London bin, findet sie mich ohnehin nicht mehr. Aber so weit wird es gar nicht kommen. Stephen hat gesagt –«

»Stephen?«

»Ja. Er meint, dass wir sie nur ein bisschen bearbeiten müssen. Wir alle, dich eingeschlossen. Wenn ich Glück habe, gibt sie mir sogar ganz offiziell die Erlaubnis.«

»Aber sie will sicher, dass du hier bleibst.« In Wahrheit meinte ich natürlich, dass dies mein Wunsch sei, traute mich aber nicht, es auszusprechen.

»Möglich. Aber Stephen meint, dass sie ziemlich schnell kapieren wird, dass der Spatz in der Hand besser ist als die Taube auf dem Dach. Ich komme zwischendurch mal am

Wochenende zu Besuch und natürlich im Urlaub. Erst recht, wenn sie mich finanziell unterstützt.«

Ich war sprachlos. Mein künftiges Leben lag plötzlich in grenzenloser Trostlosigkeit vor mir. Mir erschienen meine Aussichten so grauenhaft, dass ich sie zu verdrängen suchte und mich lieber einer anderen Ursache meines Unglücks zuwandte: der Tatsache nämlich, dass Esmond zwar mit Stephen Sandwell über seine Pläne gesprochen hatte, nicht aber mit mir.

Esmond drückte die Zigarette aus und schnippte die Kippe ins Gras. »Sobald ich mich dort ein wenig eingerichtet habe – etwas Geld verdiene und eine anständige Wohnung habe –, kannst du ja nachkommen und bei mir wohnen.«

Er unterbrach sich und sah mich mit hochgezogenen Augenbrauen an: Mir war klar, dass er von mir ein Dankeschön oder ein Zeichen der Freude erwartete. Wahrscheinlich hoffte er, dass ich ihn von seinen Schuldgefühlen befreien würde. Ich ließ den Blick in die Ferne schweifen. Die Sonnenscheibe berührte gerade den Horizont. In der V-förmigen Öffnung zwischen den Klippen sah ich die blutrote See.

»Wir können natürlich auch zusammen eine Wohnung nehmen.« Er sprach den Satz ein wenig geistesabwesend aus, als ob ihm die Idee gerade erst in den Sinn gekommen wäre und er die Konsequenzen seines Vorschlags noch nicht recht überblickte. »Wie fändest du das? Oder willst du vielleicht dein ganzes Leben hier unten verbringen?«

»Ich würde gerne mit dir nach London gehen.« Was eine Lüge war. Ich wollte bloß bei Esmond sein.

»Du kannst dort doch genauso gut studieren«, sagte er. »Wenn du wirklich willst.«

Bald nach diesem Gespräch und kurz vor dem Ende unserer Schulzeit wurde Mr. Sandwell in ein Pflegeheim in Budstow eingewiesen.

»Sie haben dem alten Herrn ein Zimmer im Erdgeschoss gegeben«, sagte Stephen, als Esmond und ich ihn bei der Abschlussfeier unserer Schule zufällig trafen. »Äußerst umsichtig. Wenigstens kann er jetzt nicht mehr die Treppe runterfallen.«

Es war dasselbe Pflegeheim, in dem Tante Imogen vor fast sechs Jahren die letzten drei Monate ihres Lebens verbracht hatte. Gut möglich, dass Tante Ada oder meine Mutter Stephen das Heim empfohlen hatte. Obwohl ich es vorziehe, in der Wahl des Heimes eine schicksalhafte Fügung zu sehen oder wie man die Macht auch nennen will, die unser Geschick immer enger mit dem der Sandwells verband.

Esmond äußerte sich nicht zu diesem seltsamen Zufall. Trotzdem dürfte ihm der Name des Pflegeheims kaum entgangen sein. Allerdings hielt ich es für klüger, das Thema tunlichst zu ignorieren. Über Probleme zu reden, verschlimmert sie meistens nur.

Ich habe nie wirklich Aufschluss darüber erhalten, was mit Mr. Sandwell genau los war, weshalb er ständig stürzte und so häufig »verdammte Scheiße« sagte, wieso er beim Sprechen immer mehr lallte und man ihn schließlich in das Pflegeheim einweisen musste. Natürlich hätte ich mich bei Lilian oder sogar bei Stephen nach der Krankheit ihres Vaters erkundigen können, doch das wäre mir peinlich gewesen. Ich hatte Angst, dass sie mich für neugierig halten könnten.

»Ich habe mich mit Stephen beraten«, sagte meine Mutter am ersten Sonntag nachdem wir die Schule abgeschlossen hatten. »Dabei sind wir auf eine Idee gekommen.«

Meine Mutter hatte Stephen und Lilian zum Tee eingeladen – ein ungewöhnlicher Schritt, der Esmond und mich überraschte. Draußen war schönes Wetter, und wir hatten es uns auf dem Rasen in Finisterre bequem gemacht. Während wir uns über die belegten Brote hermachten und die erste Tasse Tee tranken, erkundigte sich meine Mutter bei Stephen und Lilian nach dem Befinden ihres Vaters, den die beiden vormittags im Pflegeheim besucht hatten. Nach Auskunft seiner Kinder ging es dem alten Mr. Sandwell blendend.

»Sicher ist es für alle Betroffenen am besten so«, sagte meine Mutter.

Beim Kuchen und bei der zweiten Tasse Tee kam sie dann auf den eigentlichen Zweck unserer Zusammenkunft zu sprechen. Als sie berichtete, dass sie mit Stephen eine Idee ausgeheckt habe, sahen sich die beiden lächelnd an. Schwer zu beschreiben, wie es aussieht, wenn jemand in einem Liegestuhl eine galante Verbeugung macht, aber Stephen schaffte es.

»Nein, nein, das ist ganz allein Ihre Idee gewesen, meine Liebe, während ich jeden Grund zur Dankbarkeit habe.«

Meine Mutter fing an zu kichern. »Soll *ich* es sagen, oder wollen Sie es lieber tun?«, fragte sie mit einem eleganten Schwenk ihrer Teetasse.

Esmond, der schräg hinter ihr saß, verdrehte die Augen in meine Richtung. Ich war mir bewusst, dass Lilian, die ein Stück abseits von uns saß, das Geschehen mit distanziertem Interesse beobachtete, als ob unser Garten ein Theater wäre und wir ein kleines Stück aufführten, dem sie lediglich als Zuschauerin beiwohnte. Ich schämte mich, dass Lilian meine Mutter in dieser Verfassung erlebte.

»Das können Sie doch viel besser als ich«, schnurrte Stephen.

Plötzlich wusste ich nicht mehr, ob ich vor Scham im Boden versinken oder hysterisch zu lachen anfangen sollte: Ich war felsenfest davon überzeugt, dass Stephen und meine Mutter ihre Verlobung bekannt geben wollten. Wie so oft in Momenten äußerster Anspannung musste ich unversehens an eine völlig belanglose Begleiterscheinung eines solchen Schrittes denken – mir fiel ein, dass ich im Fall einer Heirat fortan Lilians Stiefneffe sein würde.

Meine Mutter sah uns strahlend an. »Da Stephens Vater sich aus dem Geschäft zurückgezogen hat, braucht Stephen natürlich jemanden, der ihm dabei hilft, das Alltagsgeschäft in der Buchhandlung abzuwickeln.«

»Oh, verdammt«, murmelte Esmond und machte ein wütendes Gesicht. Er sah Stephen an.

Der Liegestuhl meiner Mutter quietschte und wackelte, als sie sich jetzt mit dem ganzen Körper in meine Richtung drehte. »Und dabei hat er freundlicherweise an dich gedacht, Thomas. Ich brauche wohl kaum zu betonen, was für eine Chance das ist.«

»Und mir würdest du ebenfalls einen Gefallen tun«, sagte Stephen. »Ich ertrinke förmlich in Arbeit. Vater hat mir hinter den Kulissen doch eine ganze Menge abgenommen.«

Ich war zu verlegen, um etwas Artikuliertes herauszubringen. Ich glaube, dass ich zu husten anfing. Meine Mutter übersah diese Reaktion geflissentlich.

»Stephen hat sich bereit erklärt, dich als Lehrling zu übernehmen, mein Lieber. Und du bekommst von ihm sogar ein Salär. Am Anfang natürlich nicht sehr viel, aber einen ganz hübschen Betrag. Wie findest du das?«

»Danke«, sagte ich automatisch. »Danke.«

»Hab ich mir doch gedacht, dass du dich freust«, erwiderte meine Mutter selbstgefällig. Dann fügte sie mit einem bemerkenswerten Mangel an Takt hinzu: »Eine Tätigkeit im Buchhandel ist schließlich fast so gut wie ein anspruchsvoller Beruf.«

Esmond stellte seine Teetasse auf den Rasen. Er war so wütend, dass man es mit Händen greifen konnte. Seine ganze Erscheinung erinnerte mich an einen Steinblock, der aus dem Rasen hervorwuchs. Er kramte ein Päckchen Zigaretten hervor, schob sich eine davon zwischen die Lippen und ließ sie in den Mundwinkel rollen. Dann klopfte er seine Taschen ab, bis er das vertraute Klappern der Zündhölzer hörte. Meine Mutter hörte das Geräusch und sah ihn an. Er nahm ein Streichholz und zündete sich die Zigarette an. Ihre Blicke trafen sich. Meine Mutter sah zur Seite.

»Noch jemand Tee?«, fragte sie.

Ich glaube nicht, dass außer mir damals jemand die ganze Bedeutung des Augenblicks begriffen hat.

Stephen und Lilian haben – sofern ihnen das Thema überhaupt einen Gedanken wert war – vermutlich angenommen, dass Esmond, da er jetzt mit der Schule fertig war, angefangen hatte, öffentlich vor meiner Mutter zu rauchen. Zumindest wäre eine solche Regelung in jenen weit zurückliegenden Tagen nicht außergewöhnlich gewesen.

Meine Mutter wiederum konnte gar nicht wissen, was genau gespielt wurde: Wie ich bereits ausgeführt habe, war sie eine dumme Frau. Deshalb ließ sie sich (obwohl sie das natürlich niemals zugegeben hätte) immer wieder von Impulsen leiten, die sie selbst nicht recht hätte erklären können. Wenigstens hatte sie anscheinend, mehr oder weniger unbewusst, begriffen, dass Esmond jetzt zu alt war, um ihm in puncto Zigarettenkonsum noch Vorschriften zu machen.

Esmond wusste zwar mehr als die anderen, war jedoch durch seine Wut in seiner Urteilsfähigkeit getrübt. Im Übrigen neigte er ohnehin nicht dazu, sich über seine eigenen Motive Rechenschaft abzulegen; er setzte seine Intelligenz lieber für andere Dinge ein.

Selbst ich habe die ganze Tragweite des Augenblicks damals nicht gleich erkannt. Ich musste erst eine Weile darüber nachdenken: Ich spielte im Geiste mit verschiedenen Optionen, wie man es vielleicht beim Schachspielen tut. Schließlich fand ich die Lösung – Esmond war nicht wütend auf meine Mutter, sondern auf Stephen. Stephen und meine Mutter hatten hinter unserem Rücken etwas ausgehandelt, und Stephen hatte Esmond nichts davon erzählt – genau darin bestand die Kränkung. Und dann war mir alles völlig klar: Esmond hatte es sich zur Gewohnheit gemacht, Stephen ins Vertrauen zu ziehen (und zwar in einem solchen Ausmaß, dass ich häufig eifersüchtig war). Im Übrigen war es Stephen, der darüber befand, welches Maß an Vertraulichkeit ihm genehm war, der Zigaretten und Whisky und (in unserer Schulzeit zumindest einmal) Amphetamine verteilte; und der in London einen entgegenkommenden Freund mit eigener Kaffeebar und einem freien Zimmer hatte. Anscheinend hatte der arme Esmond geglaubt, dass sich zwischen ihm und Stephen ein spezielles Band der Freundschaft entwickelt habe.

Ho, ho, hätte ich am liebsten gesagt. *Ho, ho. Jetzt siehst du mal, wie das ist.*

Esmond hatte bis dahin nicht bemerkt, dass Stephen jedem seiner Freunde das Gefühl einer besonderen Nähe gab. Bei meiner Mutter war ihm das gelungen, indem er ihr wie der Märchenkönigin Gloriana den Hof gemacht hatte. Esmond hatte er für sich eingenommen, indem er ihn wie einen gleichberechtigten Erwachsenen behandelt hatte. Ja, selbst mich hatte er eingewickelt, indem er mir ständig anspruchsvolle neue Bücher beschafft und mit mir darüber so gesprochen hatte, als ob ihm meine Meinung wirklich etwas bedeutete. O ja, eines war mir schon länger klar: Stephen war ein Mensch, der sich emotional prostituierte, und zwar ganz meisterhaft. Das einzig Komische war, dass Esmond so lange gebraucht hatte, Stephen zu durchschauen. Schließlich ging Esmond doch demselben Gewerbe nach.

Ich habe nie einen Menschen gekannt, der den eigenen Körper um persönlicher Vorteile willen prostituierte. Trotzdem gibt es unter diesen Menschen zweifellos welche, die nicht allzu viel von ihrem Geschäft verstehen, während andere durchschnittliche Fähigkeiten besitzen und lediglich eine kleine Minderheit es zu wahrer Meisterschaft bringt. Prostituierte dieser Kategorie müssen über magische Kräfte gebieten: Sie müssen fähig sein, ihre Freier zu verzaubern. Eine gute Prostituierte gibt nämlich jedem zahlenden Kunden das Gefühl, dass ausgerechnet er *die* Ausnahme ist: dass sie nur *ihn* wirklich liebt und begehrt; dass er wie kein anderer ihre Leidenschaften zu wecken vermag; und dass die geschäftliche Basis der Beziehung im schlimmsten Fall belanglos, im besten Fall jedoch ein Scherz ist, über den man sich gemeinsam amüsieren kann.

Wer solch magische Fähigkeiten sein Eigen nennt, kann das Schwarze weiß und die Lüge wie die reine Wahrheit erscheinen lassen. Esmond verfügte über derartige Kräfte.

Ende Juli 1961 ging Esmond mit dem Segen meiner Mutter nach London. Seinen konkreten Ausdruck fand dieses Einverständnis in einem tränenreichen Abschied, einem Koffer voll perfekt gebügelter Hemden, einem nagelneuen Maßanzug und schließlich dem Versprechen einer finanziellen Zuwendung von drei Pfund pro Woche, die monatlich auf ein eigens eröffnetes Konto überwiesen werden sollte.

»Die alte Hexe hat Schuldgefühle«, sagte Esmond zu mir, als wir an seinem letzten Abend Richtung Ulvercombe spazierten. »Gott segne sie.«

»Wieso Schuldgefühle? Weil sie nicht mehr für dich tut?«

»Deshalb und noch aus anderen Gründen.«

Während der verbleibenden Wegstrecke sprachen wir über den Besuch, den ich Esmond in London vielleicht abzustatten gedachte. Im Forley Arms gingen wir direkt an die Bar. Außer uns war niemand dort, weil die meisten Gäste vorne im Schankraum saßen. Esmond übernahm die Bestellung; er sah älter aus als ich, obwohl ihm noch ein paar Wochen bis zur Volljährigkeit fehlten. Der Wirt goss uns feierlich einen Whisky ein, als ob er sich der Bedeutung des Augenblicks voll bewusst wäre. Ich fühlte mich unwohl in meiner Haut, weil ich meinen Erwachsenenstatus noch nicht wirklich ernst nehmen konnte und zudem das Gefühl hatte, dass der Mann uns auslachte.

Dann gingen wir mit unseren Getränken zu einem Tisch am Fenster. Esmond zündete sich die unvermeidliche Zigarette an. Eine Weile nippten wir schweigend an unseren Gläsern. Draußen war es noch hell. Wir konnten Tante Ada sehen, die gerade mit einem Schubkarren in die Einfahrt zur Pfarrei einbog. Sowohl hier im Ort als auch in Finisterre ging alles seinen gewohnten Gang – begriff denn kein Mensch, dass hier und heute eine ganze Ära zu Ende ging?

»Glaubst du, dass du dich in dem Laden wohl fühlen wirst?«, fragte Esmond.

»Kann schon sein.« In Wahrheit hatte ich keine Ahnung. Ich genoss Lilians Nähe, war von Stephen fasziniert und hatte eine Schwäche für bestimmte Bücher.

»Deine Mom wird sicher stinksauer, falls du die Sache schmeißt.«

»Du meinst, um nach London zu gehen?«

»Das würde ihr ganz und gar nicht in den Kram passen. Aber das meine ich nicht. In erster Linie wäre sie nämlich sauer, weil sie dann Geld verlieren würde.«

»Aber eigentlich müsste sie doch Geld *sparen*, wenn ich ausziehe. Erst recht, wenn ich in London einen Job finde.«

»Nein. Die Sache ist doch die: Sie gibt Stephen Geld dafür, dass du bei ihm arbeiten darfst.«

Ich nahm einen Schluck Whisky und fand das Getränk plötzlich ziemlich sauer. »Im Ernst?«

»Ich bin heute Morgen zufällig im Arbeitszimmer gewesen.« Esmond sah mich arglos an. »Da habe ich auf dem Schreibtisch einen Scheck zugunsten des Pflegeheims gesehen, in dem der alte Sandwell untergebracht ist.«

»Glaubst du etwa, dass sie für die Kosten aufkommt?«

»Was denn sonst? Wahrscheinlich ein Steuertrick. Andernfalls müsste Stephen das Geld doch versteuern, das er von deiner Mutter bekommt. Raffiniert. Das muss man ihm lassen.«

Mein Glas war leer. Esmond ging an die Bar, um noch zwei Whisky zu besorgen. Derweil betrachtete ich auf der blank polierten Tischplatte mein verschwommenes Spiegelbild und dachte: *Was bin ich nur für ein dummer Idiot.* Bis dahin hatte ich nämlich angenommen, Stephen habe mir die Stelle gegeben, weil er glaubte, dass ich ihm nützlich sein könnte. Daran zu zweifeln war mir gar nicht in den Sinn gekommen. Nicht sehr angenehm festzustellen, dass man in den Augen anderer Leute sogar noch nutzloser ist, als man selbst vermutet hat.

An der Bar erklang lautes Gelächter: Esmond und der Wirt hatten gerade einen Witz gerissen, wie richtige Männer das in der Kneipe nun mal tun. Dann kam Esmond mit unseren Gläsern zurück und setzte sich wieder.

»Los, komm schon, Rumpy«, sagte er leise. »Was hast du auf dem Herzen?«

»Ach, ich hatte bloß gedacht ...« Ich zuckte mit den Schultern und trank einen Schluck Whisky. »Ist doch ohnehin egal.« Der Whisky brannte in meiner Kehle und trieb mir Tränen in die Augen.

»Konnte ich dir leider nicht ersparen«, ließ Esmond verlauten. »Wenn du nämlich nicht aufpasst, ziehen deine Mutter und Stephen dich voll über den Tisch. Weiß Gott, was sonst noch alles passiert, wenn du auf dich selbst gestellt bist.«

»Ach, ich komm schon zurecht.«

»Nur dass du vergisst, was für ein Typ Stephen ist«, fuhr er fort. »Ich wette, er hätte dich sowieso genommen. Nur dass er der Versuchung nicht widerstehen konnte, deiner Mutter ein bisschen Geld aus der Tasche zu ziehen.« Er sah mich grinsend an. »Kann man ihm das verdenken?«

Am nächsten Morgen fuhr meine Mutter uns nach Exeter. Die Straßen waren voller Touristen. Das Wetter war grau und schwül, und im Wagen erschien es mir unerträglich stickig. Wir kamen viel zu früh an, so dass wir noch eine ganze Weile im Bahnhofsrestaurant herumsitzen mussten. Wir tranken zu viel Kaffee und starrten immer wieder auf die Uhr.

Schließlich fuhr der Zug ein. Esmond bezog in der zweiten Klasse ein Raucherabteil. Meine Mutter schickte mich los, um ein Magazin zu besorgen – *Punch* glaube ich –, damit Esmond unterwegs was zu lesen hatte.

Esmond scheuchte meine Mutter aus dem Zug. Er stand an der Tür und lehnte sich aus dem offenen Fenster. Meine Mutter redete pausenlos auf ihn ein. Sie trug ihm auf, noch am selben Abend eine Postkarte aus London zu schicken; ferner sollte er sein Bettzeug vor Feuchtigkeit schützen und mindestens einen Viertelliter Milch am Tag trinken. Ab und zu sah Esmond mich an. Doch sogleich zog meine Mutter seine Aufmerksamkeit wieder auf sich.

Am liebsten hätte ich sie angebrüllt. Ich wollte, dass sie endlich das Maul hielt. Ich wollte, dass die blöde Kuh sich endlich verpisste und mich mit Esmond und meinem Kummer allein ließ.

Dann wurden die Türen zugeschlagen. Über unseren Köpfen quäkte eine blecherne Stimme. Eine Trillerpfeife schrillte. Ein Träger schob einen Gepäckwagen über den Bahnsteig. Eine Schar grauer Tauben stieg flatternd auf. Esmond winkte. Ich glaube, er lächelte mir zu.

Der Zug setzte sich langsam in Bewegung. Meine Mutter ging nebenher. Die Waggons ächzten und knarrten. Ich konnte kaum noch atmen.

»Esmond!«, rief meine Mutter. »Und vergiss nicht, dich gleich morgen bei einem Arzt registrieren zu lassen.«

Der Zug gewann an Fahrt. Meine Mutter ging immer schneller. Dann fing sie mühsam an zu rennen. Ihre Handtasche baumelte wild hin und her. Mir war bis dahin nie aufgefallen, wie ungeschlacht sie sich bewegte. Sie schaukelte wie ein schwerfälliges Beiboot in tosender See von einer Seite auf die andere.

»Oh – und noch eins, Esmond!«, kreischte sie. »Die Lebertrankapseln sind in deinem Koffer. In der Tasche deiner Tweedjacke.«

Der Zug und der Bahnsteig lösten sich vor meinen Augen in silberne Nebelschwaden auf. Dann sah ich plötzlich für den Bruchteil einer Sekunde wieder meine ungestüm schaukelnde Mutter und Esmonds Kopf und seinen winkenden Arm. Ich drehte mich um und ging Richtung Einlass. Ich wollte nur noch zum Auto zurück und dort auf meine Mutter warten.

Sekunden später wurde mir bewusst, dass ich diese Absicht nicht in die Tat umsetzen konnte. Meine Mutter hatte die Bahnsteigkarten gekauft und eingesteckt. Ohne eine solche Karte konnte ich den Bahnsteig nicht mal verlassen. Nein, ohne meine Mutter ging gar nichts.

Elf

Offenbar hatten die beiden vergessen, mir den Tee zu bringen. Die gewohnte Zeit – 16 Uhr 30 – verstrich, ohne dass etwas geschah. Ich entfernte die Bodendiele zum dritten Mal an diesem Tag von ihrem Platz. Aber auch diesmal geschah unten im Wohnzimmer absolut gar nichts.

Diese neuerliche Abweichung von meinem gewohnten Tagesablauf verstärkte meine Unruhe nur noch. Den ganzen Tag über hatte ich gelauscht, ob unten im Haus insgeheim etwas vor sich ging. Bronwen ließ oft Popmusik laufen, wenn sie die Hausarbeit erledigte, doch heute blieb alles still. Ich lauschte, ob Bodendielen knarrten oder Vorhänge raschelten, ob der Staubsauger heulte oder jemand mit dem Handfeger gegen das Kehrblech stieß, ob Schritte die Treppe herauf- oder hinuntereilten.

Kurz vor fünf Uhr hörte ich, wie Esmond den Wagen anließ. Das Auto – ein großer Volvo-Kombi – gehörte ihm. Wenige Sekunden später schoss eine Katze über den Rasen und verschwand in dem kleinen Gebüsch neben der Auffahrt. Es war die junge getigerte Katze, die uns erst unlängst zugelaufen war.

Da von meinem Zimmer aus weder die Garage noch die Auffahrt zu überblicken war, konnte ich nicht sehen, wie Esmond wegfuhr. Ein Teil von mir wünschte, dass er mich gebeten hätte, mit ihm nach Exeter zu fahren, um Alice abzuholen. Doch ein anderer Teil war sehr froh darüber, dass mir noch ein wenig mehr Zeit zum Nachdenken blieb. Ich bemühe mich wirklich darum, aufrichtig zu sein. Obwohl das nicht ganz einfach ist. Schließlich erzählen wir alle unentwegt Lügen, sogar uns selbst.

Einige Minuten, nachdem Esmond weggefahren war, kam Bronwen laut trampelnd die Treppe herauf. Ich setzte mich in meinen Sessel. Sie stieß die Tür auf und blieb auf der Schwelle stehen. Ich blickte von dem Buch auf, in dem zu lesen ich vorgab. Wir blickten uns an.

»Okay«, sagte sie. »Das Zimmer ist fertig. Im Wohnzimmer sind überall Blumen. Auch das Essen habe ich vorbereitet. Außerdem hab ich wie eine Wahnsinnige gestaubsaugt und geputzt. Jetzt langt's.«

Sie stolzierte durch das Zimmer und ließ sich auf den Fenstersitz sinken. Sie trug eine enge Jeans und ein braunes Sweatshirt und hatte das Haar mit einem schwarzen Samtband nach hinten gebunden. An einem ihrer Oberarme haftete noch Staub.

Ich sagte leise: »Dann hast du also das Mastkalb geschlachtet?«

»Fang du nicht auch noch damit an, Rumpy. Solche Sachen muss ich mir schon ständig von Esmond anhören.«

»Was für Sachen?« Ich war aufrichtig interessiert.

»Worte, die äußerlich etwas anderes sagen, als sie eigentlich bedeuten.«

»Ist das nicht die Definition von Ironie?«

Sie räusperte sich. Plötzlich stieg mir ihr Geruch in die Nase: das muffige Aroma ihrer Haare, der metallische Duft ihres Parfüms, ein Anflug säuerlichen Schweißes. Eine Haarsträhne hatte sich hinten am Kopf aus dem Gummizug gelöst und war ihr in die Stirn gefallen. Sie schob sie sich hinter das Ohr und machte ein wütendes Gesicht, als ob es ihr jetzt endgültig reichte. Ich hatte sie schon früher ein- oder zweimal in dieser Verfassung erlebt.

»Manchmal wäre ich gerne wieder in London. Unglaublich, wie ruhig es hier unten ist.«

»Und was vermisst du am meisten?«

»Leute, Geschäfte, Lokale. Tausend Sachen.« Sie zog ihre Beine auf den Fenstersitz und umschlang sie mit den Armen. »Wie du das bloß aushältst – jahrein, jahraus?«

»Ich habe mich daran gewöhnt.«

»Esmond sagt, dass es die Mühe wert ist.«

Sie starrte mich an, bedrängte mich durch ihren Blick, Esmonds Auskunft zu bestätigen. Doch ich schwieg. Sie trug einen Ehe- und einen Verlobungsring am dritten Finger der linken Hand. Beide Ringe waren aus Gold. Der Verlobungsring war mit einem – von winzigen Diamanten eingefassten – Saphir geschmückt. Er hatte früher einmal meiner Mutter gehört. Ich wusste nicht mehr, ob der Ehering ebenfalls aus ihrem Besitz stammte. Für Frauenhände bestimmte Ringe wirkten an Bronwens kräftigen Pranken mit den kurz geschnittenen Fingernägeln beinahe deplatziert; außerdem schienen ihre Hände nie ganz sauber zu sein.

»Dieses Mädchen«, sagte sie. »Also diese Alice. Seltsame Vorstellung, dass sie deine Tochter ist.«

»Ja.«

Bronwen legte die Stirn in Falten und begutachtete ihre Hände. »Ich hoffe, dass sie zu uns passt.«

»Ist doch möglich, dass wir kaum was mit ihr zu tun haben werden.«

»Mach dir nichts vor, Rumpy. Das Mädchen sucht Familienanschluss. Sonst hätte sie doch nicht geschrieben.«

»Ach, ich hatte eigentlich angenommen, dass sie Geld will.«

»Ja – das vielleicht auch.« Bronwen stand auf und wischte sich die Hände an ihrer Jeans ab. »Gegen Geld hat natürlich niemand was einzuwenden. So sind wir Menschen nun mal.«

Ich zuckte mit den Schultern.

»Ich kann nicht den ganzen Tag hier rumstehen und quatschen.« Sie ging Richtung Tür. »Du und Esmond, ihr seid doch Cousins ersten Grades, oder?«

»Ja, genau.«

»Und wie sind Esmond und Alice dann miteinander verwandt?«

»Er ist ihr Onkel zweiten Grades.«

Sie legte die Stirn in Falten. Anfangs glaubte ich, dass sie ein Gespräch über Verwandtschaftsgrade anfangen wollte, doch dann ging sie einfach aus dem Zimmer und warf die Tür hinter sich zu.

Bronwen war eine stattliche, alles andere als zimperliche Frau, die sich sichtlich Sorgen machte. Gebildet konnte man sie beim besten Willen nicht nennen. Ich überlegte, ob sie wohl wusste, dass die Verwandtschaftsgrade im Gebetbuch der anglikanischen Kirche, dem *Book of Common Prayer,* tabellarisch aufgelistet waren. Oder sie hätte mich einfach fragen können. Meines Wissens gab es nichts, was einen Mann daran hindern konnte, die Tochter eines Vetters ersten Grades zu heiraten; es sei denn, einer der beiden war bereits mit jemand anderem verheiratet.

Meines Wissens haben meine Mutter und Stephen nie richtig gestritten. Ihre Beziehung veränderte sich ganz allmählich über einen Zeitraum von fünf, sechs Jahren. Mir ist damals lange Zeit gar nichts aufgefallen, und ich hatte schließlich mehr Einblick in die Beziehung als irgendwer sonst. Mir ist einfach nicht in den Sinn gekommen, dass es zwischen den beiden Probleme geben könnte.

Die erste dumpfe Ahnung hatte ich im Juni 1963. Stephen und ich waren eines Morgens beide im Laden. Er saß am Ladentisch und blätterte in einem Roman, und ich sortierte gerade eine Sendung frisch eingetroffener Taschenbücher ein. Dann klingelte die Ladenglocke. Miss

Broadbent-Brown kam herein. Sie übersah mich geflissentlich und blickte Stephen an, der den Kopf hob und sie lächelnd ansah.

»Miss Broadbent-Brown. Was für eine angenehme Überraschung.«

»Guten Morgen, Mr. Sandwell. Die alljährliche Abschlussfeier naht mal wieder.«

Sie stand jetzt mitten im Laden. Ich drückte mich hinter ihr vorbei und begab mich in das muffige Kabuff unter der Treppe. Wir erledigten dort größtenteils unseren Papierkram, und der kleine Raum war vom Laden durch einen ähnlichen Vorhang getrennt wie der Treppenaufgang. Miss Broadbent-Brown hatte sich noch nie anmerken lassen, dass sie in mir ihr früheres Opfer wiedererkannte, und ich hatte eigentlich keinen Grund mehr, mich vor ihr zu fürchten. Trotzdem hatte ich sie nicht vergessen. Solche Leute vergisst man nie, selbst wenn man es schafft, ihnen zu verzeihen. Aber selbst das hatte ich nicht getan.

»Die Preisträger haben bereits ihre Wahl getroffen«, verkündete sie. »Hier, bitte schön.«

Ich hörte Papier rascheln. Stephen erwähnte lobend die kluge Auswahl der Bücher, die gewiss die Broadbent-Browns vorgenommen hätten. Tatsächlich war das zu der Zeit, als Esmond und ich noch zur Schule gegangen waren, die gängige Praxis gewesen. Stephen hatte das Geschick, selbst die albernsten Kommentare wie Komplimente klingen zu lassen: »Oh ja, ein Junge, der mit zwölf Jahren bereits Keats liest, wird diesen Dichter ein Leben lang verehren.« Oder: »Oh, *David Copperfield.* In der Tat eine gute Wahl.«

Auf dem Bicknor College wurde um die Jahresabschlussfeier viel Wind gemacht. An diesem Tag präsentierte sich die Schule der Öffentlichkeit, und die Broadbent-Browns waren natürlich ganz erpicht darauf, für ihr Institut neue

Schüler zu gewinnen. Nicht zuletzt deswegen verteilten sie an diesem Tag zahlreiche Preise, die allesamt über unsere Buchhandlung geordert wurden. Außerdem konnten wir noch eine bescheidene Provision dafür einstreichen, dass wir die Geschenkbücher auf besondere Weise binden und mit dem Wappen der Schule bedrucken ließen. Stephen hatte die Broadbent-Browns auch dazu überreden können, ihre Lehrbücher über uns und nicht mehr über die Buchhandlung in Budstow zu beziehen, mit der sie früher zusammengearbeitet hatten.

Also nahm Stephen sich Zeit. Er sprach mit Miss Broadbent-Brown wie ein Bücherfreund zum anderen. »Sie bevorzugen doch sicher die Ausgabe der Oxford University Press, nicht wahr? Die Everyman's-Ausgabe kann ich allerdings auch empfehlen … Ja, ja, hab ich mir schon gedacht, dass Sie den Chapman möchten: ein wenig teurer zwar, aber dafür weiß man, was man bekommt. Finden Sie nicht?«

Inmitten des Verkaufsgespräches erklang erneut die Türglocke.

»Ach ja, der gute alte Quiller-Couch«, sagte Stephen gerade. »Da haben Sie völlig Recht.« Seine Stimme klang plötzlich nur noch halb so verbindlich. »Guten Morgen, Mrs. Penmarsh. Thomas ist im Büro.« Er fing völlig unnötigerweise an, lauter zu sprechen. »Thomas! Deine Mutter ist hier.«

Ich zog den Vorhang zur Seite. Miss Broadbent-Brown studierte gerade einen Katalog und blickte nicht auf. Meine Mutter nickte mir zu. Ihre Schneidezähne blitzten auf.

»Verstehe«, sagte sie. »Ich komme später noch mal vorbei, wenn Sie nicht mehr so beschäftigt sind.«

Dann war wieder die Türglocke zu hören. Meine Mutter schlug die Tür zwar nicht laut hinter sich zu, schloss sie aber schwungvoller als nötig.

»Wer behauptet, dass wir eine neue Anthologie der englischen Dichtung brauchen, dem kann ich leider nicht beipflichten«, vertraute Stephen Miss Broadbent-Brown gerade an. »Ich finde, diese Leute haben es zu eilig, unsere zeitgenössischen Dichter dort aufzunehmen. Wie Dr. Johnson – es war doch Dr. Johnson, nicht wahr? – halte ich sehr viel davon, zunächst das Urteil der Nachwelt abzuwarten.«

Dieser im Grunde unspektakuläre kleine Zwischenfall machte mir klar, dass die Beziehung zwischen meiner Mutter und Stephen sich bereits verändert hatte, ohne dass ich davon etwas mitbekommen hätte. Stephen hatte keinen rechten Verwendungszweck mehr für sie, deshalb rangierte sie auf seiner Prioritätenliste inzwischen sogar hinter Miss Broadbent-Brown. Alles in allem fand ich diese Entwicklung sogar erfreulich.

Im Rückblick will es mir so scheinen, als ob die beiden im Sommer 1961 auf dem Gipfel ihrer – nun, wie soll ich sagen? – »Beziehung« angelangt waren. Es war weder eine Freundschaft noch eine geschäftliche Verbindung, ebenso wenig allerdings eine Liebesaffäre; vielmehr handelte es sich um eine Mischung aus Elementen aller drei Beziehungsarten.

Stephen hatte Geld gebraucht, und meine Mutter hatte es ihm gegeben; meine Mutter wiederum hatte für mich eine Beschäftigung gesucht, der ich von Finisterre aus nachgehen konnte, und Stephen war ihr gerne zu Diensten gewesen. Ich glaube, meine Mutter hatte begriffen, dass sie Esmond ohnehin nicht länger zu Hause würde festhalten können. Auch war sie klug genug zu begreifen, dass er uns zumindest bisweilen mit seinem Besuch beehren würde, wenn sie ihm keine Steine in den Weg legte. Auch hier konnte sich Stephen nützlich machen, indem er Esmond eine Arbeit und eine Unterkunft beschaffte. Im Übrigen dürfte sich meine Mutter der Hoffnung hingegeben haben, dass Stephen ihr dabei behilflich sein würde, Esmonds Entwicklung in London im Auge zu behalten.

Aus ihren Kontoauszügen geht hervor, dass sie Stephen 1961 für seine Dienste mit einem Betrag von vierhundert Pfund entlohnte, die sie hauptsächlich an das Pflegeheim überwies. Im November 1962 hielt sie in einer Notiz fest, dass sie sich zu einer Serie weiterer Zahlungen über eine Summe von insgesamt zweihundert Pfund verpflichtet hatte. (Und sie hielt Wort, obwohl es zu der Zeit zwischen ihr und Stephen schon erhebliche Spannungen gab, und zwar vermutlich weil sie Angst hatte, dass ich sonst den Job verlieren und mich ebenfalls aus Finisterre verabschieden würde.) Obwohl ich nach meinem eigenen Empfinden für Stephen damals nicht nur keine Belastung, sondern sogar ein durchaus nützlicher Mitarbeiter gewesen bin.

»Wir beide ergänzen uns prächtig«, sagte er mehr als einmal zu mir. »Ich kümmere mich um den Verkauf, und du erledigst den Papierkram.« Mitunter tat er sogar vor einem Kunden so, als ob er vor meinem überlegenen Wissen kapitulieren müsse, und sagte etwa: »Ja, der Autor erscheint bei Faber. Aber da müssen Sie sich an meinen Kollegen wenden. Der ist hier bei uns für die moderne Lyrik zuständig.«

Wenn er solche Bemerkungen machte, errötete ich vor Stolz. Freilich wurde dieses Vergnügen stets durch das dumpfe Gefühl getrübt, dass es Stephen mit solchen Auskünften womöglich gar nicht ernst war: Warum sollte er mich nicht hier und da mit einer Schmeichelei beglücken, wenn er ohnehin nichts Besseres zu tun hatte und gerade niemand da war, den er für wichtiger erachtete. Ich war loyal, zuvorkommend und arbeitete so viele Stunden, wie Stephen es für nötig befand – und das alles für einen Hungerlohn. Möglich ist auch, dass er schon zu diesem frühen Zeitpunkt etwas anderes mit mir vorhatte und bereits Pläne sondierte, in denen Lilian eine Rolle spielte.

Manchmal glaube ich, dass Stephen Sandwell für alle Menschen in seiner Umgebung Pläne schmiedete. Jedenfalls hatte er ganz sicher mit Esmond etwas vor. Doch im Gegensatz zu uns Übrigen hatte Esmond auch mit Stephen etwas vor. Immerhin waren die zwei trotz aller Unterschiede gleichberechtigte Partner.

Esmond war nicht sehr schreibfreudig. Hin und wieder schrieb er meiner Mutter, meist hinten auf einer Postkarte: kurzem, nichts sagende Mitteilungen. Mir schrieb er fast nie, aber er rief ein- oder zweimal im Monat in der Buchhandlung an, und zwar meist nachmittags. Manchmal verlangte er ausdrücklich Stephen, doch normalerweise plauderte er einfach mit demjenigen von uns beiden, der zufällig den Hörer abhob. In meiner Einfalt machte ich mir sogar noch Sorgen wegen seiner Telefonkosten.

Ich war sehr einsam ohne ihn. Er hatte fast acht Jahre bei uns in Finisterre gelebt. Ich hatte ihn täglich gesehen, und wir hatten fast alles zusammen unternommen. Ja, er war für mich mehr gewesen als ein Bruder.

Solange ich in der Buchhandlung arbeitete, war alles nicht ganz so schlimm. Am schrecklichsten war es am Abend und an Sonn- und Feiertagen. Vor allem jedoch abends. Die Stunden wollten einfach nicht vergehen. Meine Mutter aß gerne früh zu Abend. Anschließend gingen wir ins Wohnzimmer. Um zehn Uhr machte dann im Wechsel einer von uns eine letzte Kanne Tee. Danach musste man sich wieder hinsetzen und wenigstens eine Tasse Tee trinken, bevor man zu Bett gehen durfte.

Wir hatten in Finisterre keinen Fernseher, zumindest nicht zu Lebzeiten meiner Mutter. Bei unserem Radio handelte es sich um ein älteres Modell, das in der Küche stand. Meist las ich. Ein aufgeschlagenes Buch auf den Knien befreite mich wenigstens von der moralischen Pflicht, mich mit meiner Mutter zu unterhalten.

In dem Raum war es niemals ganz still: die Uhr tickte; Buch- oder Zeitungsseiten raschelten; Stricknadeln klapperten; das Feuer zischte und knisterte; der Wind peitschte Regentropfen gegen das Fenster. Zwischen meiner Mutter und mir herrschte allerdings tiefes Schweigen. Im Verlauf der langen Stunden wurde dieses Schweigen sogar noch tiefer und unüberbrückbarer: Es war, als ob wir uns auf verschiedenen Seiten einer beiderseits von zerklüfteten Eis- und Felsformationen gesäumten Schlucht befanden.

Warum? Warum blieb ich nur in dem Haus? Ich hätte mir genauso gut in Kinghampton eine Unterkunft suchen oder nach London gehen können. Die einzige Erklärung, die mir dazu einfällt, lautet, dass meine Mutter mich gewissermaßen hypnotisiert, meinen Willen außer Kraft gesetzt hatte. Vermutlich ist das nicht einmal etwas Besonderes. Ich habe gehört, dass viele Raubtiere über die Fähigkeit verfügen, ihre Opfer zur Kooperation zu zwingen. Esmond hat mir einmal erzählt, dass unsere Strafanstalten gar nicht funktionieren könnten, wenn die Gefangenen nicht überwiegend bereitwillig kooperieren würden.

Doch wenn Esmond zu Besuch kam, war alles anders. Plötzlich empfand ich unser Haus wieder als ein Heim. Seine Besuche waren wahre Feste – für meine Mutter genauso wie für mich. Selbst das Wetter schien besser, wenn er in Finisterre weilte.

In den ersten Jahren kam er etwa alle zwei Monate nach Hause – häufig bloß für ein Wochenende. Ob er im Winter oder im Sommer kam, meine Mutter machte stets sein Lieblingsessen: eine Art Fleischpastete. Er brachte Fröhlichkeit in unser Leben und Neuigkeiten aus der Welt jenseits von Finisterre und Kinghampton. Außerdem hatte er stets einige Flaschen mit alkoholischen Getränken dabei. Häufig gab er meiner Mutter bei der Ankunft eine Flasche Sherry oder Gin, und dann fingen wir an zu trinken – sogar meine Mutter, die mehr vertragen konnte als ich. Esmond und ich gingen während dieser Besuche mindestens einmal am Tag ins Forley Arms.

Wenn man Leute täglich sieht, bekommt man kaum mit, wie sie sich verändern. Doch seit Esmond in London lebte, registrierte ich jedes Mal ganz genau, was sich an ihm verändert hatte. Seine Koteletten rutschten ihm immer tiefer die Wangen hinunter, und er trug jetzt vorne auf dem Kopf eine Tolle. Einmal erschien er an einem Wochenende mit einem klobigen Goldring, in den er seine Initialen hatte eingravieren lassen. Meine Mutter fand den Ring vulgär. Deshalb gab sie Esmond einen anderen, der früher meinem Vater gehört hatte.

Während eines seiner Besuche fiel mir plötzlich auf, dass Esmond anders roch als früher. Gerüche sind für mich schon immer wichtig gewesen. In London hatte Esmond den süß-sauren tabak- und alkoholgeschwängerten Geruch eines erwachsenen Mannes angenommen, merkwürdig fremd und fast ein wenig unheimlich. Seine Stimme wurde immer tiefer und bekam allmählich die für Schauspieler typische Resonanz; auch sprach er jetzt die Vokale gedehnter.

Es gab noch weitere Veränderungen. Eine davon verletzte mich damals besonders tief: der Umstand nämlich, dass Esmond mir nicht mehr alles erzählte. Er hatte mehr und mehr Geheimnisse vor mir. Die ersten Anzeichen dafür hatte es bereits gegeben, bevor er nach London gegangen war, genau genommen, als wir damals Stephen kennen gelernt hatten. Doch seit Esmond nicht mehr in Finisterre lebte, hatte diese Tendenz sich noch verstärkt. Er berichtete nur noch vage über seine Londoner Aktivitäten; dabei gewann ich den Eindruck, dass er nicht sehr lange in der Kaffeebar gearbeitet hatte. Er sprach angelegentlich davon, dass er freiberuflich in der Unterhaltungsindustrie tätig war, sich aber durchaus auch auf anderen Geschäftsfeldern tummelte.

»Das A und O ist Flexibilität«, sagte er immer wieder zu meiner Mutter und mir. »Wer heutzutage in London vorwärts kommen will, muss andauernd in Bewegung sein.«

Auch seine Unterkünfte wechselte er ständig: zehnmal allein in den ersten achtzehn Monaten. Ich weiß das deshalb so genau, weil ich einmal die Einträge in meinem Adressbuch gezählt habe. Meine Briefe kamen jedenfalls niemals an.

Es war nicht zu übersehen, dass Esmond finanziell gut dastand. Er trug meist modische neue Kleidung und brachte jedes Mal Geschenke mit: teure und kurzlebige Dinge wie exotische Schnittblumen oder handgemachte und mit einer köstlichen Creme gefüllte Schokolade. Er hatte inzwischen gelernt, in London Auto zu fahren, und spätestens seit Ende 1962 kam er mit dem Wagen nach Ulvercombe. In jenen Tagen besaß er eine ganze Flotte von Sportwagen oder konnte zumindest über die verschiedensten Sportflitzer verfügen. Im Sommer fuhren wir mit offenem Verdeck durch die Gegend und röhrten auf den engen Landstraßen zu abgelegenen Pubs, wo Esmond große Portionen Whisky bestellte und stets zu einem Flirt aufgelegt war, wenn zufällig ein halbwegs hübsches Mädchen hinter der Bar stand.

Während seiner Aufenthalte in Finisterre fand Esmond meist genügend Zeit, um auch Stephen einen Besuch abzustatten. Ich weiß noch, dass ich häufig verärgert war, weil ich arbeiten musste, wenn sich Esmond zu Besuch bei uns aufhielt; mir erschien das dann wie reine Zeitverschwendung. Allerdings traute ich mich nicht, das Problem gegenüber Stephen anzusprechen.

Bei einer solchen Gelegenheit brachte mich Esmond im Sommer 1963 an einem Samstagmorgen nach Kinghampton. Damals fuhr er gerade einen roten Triumph-Sportwagen: einen TR oder so was, glaube ich. Obwohl er wie ein

Rennfahrer durch die Gegend raste, hatte ich keine Angst; ich wusste, dass Esmond zu gut fuhr, um einen Unfall zu bauen. Wir parkten direkt vor dem Laden.

Esmond betrachtete das gemalte Schild über der Tür. »Sandwell und Sohn«, las er leise. »Sieht man den alten Mann noch manchmal?«

»Also – äh – ich glaube, Lilian besucht ihn ungefähr einmal die Woche. Oder Stephen.«

»Nein – ich mein hier. Im Laden.«

»Ich habe ihn jedenfalls nie mehr gesehen. Schon seit einem Jahr.«

Er trat in den Laden. Stephen saß bereits hinter dem Verkaufstisch. Nur wenige Zentimeter von seinem Ellbogen entfernt lag Grimalkin – ein anscheinend kopf- und beinloses schwarzes Fellknäuel. Als wir hereinkamen, wedelte Stephen den Rauch beiseite und blickte uns strahlend entgegen.

»Esmond, mein Lieber, du siehst blendend aus. London scheint dir zu bekommen.«

»Ich hab da was für dich. Roger hat mich gebeten, es dir zu geben.«

Roger war der Name von Stephens Freund mit der Kaffeebar. Ich ging davon aus, dass es sich um ein und denselben Mann handelte. Esmond zog ein graues Kuvert aus der Innentasche seines Jacketts und reichte es Stephen, der es ungeöffnet in eine seiner Taschen schob. Das Knistern irritierte Grimalkin. Die Katze hob kurz den Kopf und starrte uns mit Augen an, deren Farbe an dunklen Whisky erinnerte. Ich registrierte gleichgültig, dass vorne auf dem Kuvert kein Name zu erkennen und dass der Umschlag zwar kleinformatig, dafür aber umso dicker war, wie wenn einige mehrfach gefaltete Papierbogen darin verwahrt wären.

»Hast du Lust, dass wir heute Abend mal wieder mit Lilian was trinken gehen?«, fragte Esmond.

Die Formulierung verwirrte mich. Ich war mir nicht sicher, ob die Einladung auch mich einschloss.

»Wunderbar«, erwiderte Stephen.

»Also dann gegen acht? Wir kommen hier vorbei, und dann suchen wir uns in der Stadt ein Lokal.«

Ich war unglaublich erleichtert: Das »Wir« konnte sich nämlich nur auf Esmond und mich beziehen. Kurz darauf ging Esmond, und Grimalkin setzte ihren Schlummer völlig ungerührt fort.

Stephen seufzte. »Der Glückspilz«, sagte er. »Zweifellos frönt er all den herrlichen Lastern, die unsere wundervolle Kapitale zu bieten hat.«

»Zum Beispiel?«, sagte ich.

»Davon schweige ich lieber, mein Junge. Schließlich möchte ich dir nicht die Unschuld rauben. Dazu bist du noch zu jung.«

»Ich bin älter als Esmond.«

»Ja-ha«, sagte Stephen gedehnt. »Kann schon sein. Aber geh doch bitte mal nach oben und versuch Lilian dazu zu bringen, dass sie uns eine Kanne Kaffee kocht. Vielleicht hört sie ja auf dich.«

Während des verbleibenden Vormittags fühlte ich mich unwohl in meiner Haut. Eifersucht und Neugier können manchmal eine ziemlich ungute Mischung eingehen. Außerdem war es extrem heiß. Stephen und ich entledigten uns sogar unserer Jacketts und rollten die Hemdsärmel auf.

Um zwölf kündigte Stephen an, dass er jetzt zum Essen nach oben gehen werde. In den Sommermonaten hielten wir den Laden über Mittag offen, wenn es sich irgendwie machen ließ: Das Geschäft mit den Touristen war zwar unberechenbar, erwies sich jedoch immer wieder als überraschend lukrativ.

Stephen ging langsam nach oben. Dann hörte ich seine Schritte in der Küche. Lilian war nicht da. Ich hörte, wie

Metall gegen Glas klirrte, als er eine Flasche Bier öffnete. Dann war alles still.

Die Kombination von Eifersucht und Neugier hatte einen Groll in mir erweckt, der durch die Hitze des Tages und die Wut darüber noch verstärkt wurde, dass ich während Esmonds Aufenthalt in Finisterre arbeiten musste. Eine andere Erklärung für mein Verhalten finde ich jedenfalls nicht.

Im Laden war keine Menschenseele. Ich stand auf und ging zu dem Kabuff unter der Treppe hinüber. Eigentlich wollte ich nur die genauen Daten von zwei Büchern nochmals überprüfen, die vormittags jemand bestellt hatte. Grimalkin lag schlafend auf der Sitzfläche des Stuhles, über dessen Rückenlehne Stephen seine Jacke gehängt hatte. Der obere Rand des grauen Umschlags lugte aus einer der Seitentaschen hervor.

Grimalkin öffnete die Augen und sah mich hinter dem Stuhl stehen. Die Katze erhob sich langsam und streckte sich. Ich hatte sie nie gemocht und wusste, dass es ihr umgekehrt nicht anders erging. Ich sah in ihr vor allem eine mir feindlich gesinnte Augenzeugin. Sie sprang von dem Stuhl herunter, und kurz darauf hörte ich das Tappen ihrer Pfoten auf der Treppe.

»Das ist nicht fair«, sagte ich leise.

Was ich meinte, war: Ich fand es schlicht unfair von Esmond und Stephen, dass sie Geheimnisse vor mir hatten. Andererseits hatten sie die Übergabe des Kuverts so unbefangen abgewickelt, dass es sich vielleicht gar nicht um ein Geheimnis handelte, sondern lediglich um eine Angelegenheit, die keiner weiteren Erwähnung wert war. Sollte dies tatsächlich der Fall sein, redete ich mir ein, dann würden sie gewiss nichts dagegen haben, wenn ich wusste, worum es sich handelte.

Noch bevor ich richtig begriff, was passierte, hatte ich

das Kuvert bereits in der Hand. Ich betastete es zwischen Daumen und Zeigefinger. Für einen Brief war der Umschlag eindeutig zu dick. Und wieso hatte Roger Stephens Namen nicht auf die Vorderseite geschrieben?

Ich drehte das Päckchen um. Die Klappe auf der Rückseite war nicht ganz zugeklebt. Ich schob den Finger in die Öffnung. Dabei wandte ich kaum Kraft auf; offenbar war die Gummierung irgendwie beschädigt. Möglich, dass das Kuvert vorher an einem feuchten Ort verwahrt worden war. Jedenfalls sprang die Klappe plötzlich wie von selbst auf. In dem Umschlag steckte ein Bündel einmal gefalteter Fünf-Pfund-Noten. Nichts von einem Brief. Nur mehrere hundert Pfund in bar.

Abends gingen wir zu viert in das Mermaid Hotel, den teuersten Gasthof in Kinghampton. Stephen behauptete, die Fischernetze und Pferdegeschirre, die dort an den Wänden hingen, besonders schön zu finden.

Wir saßen an unserem üblichen Tisch in einem Eckalkoven, von dem aus die Bar schnell zu erreichen war. Stephen beobachtete die anderen Gäste. Esmond beobachtete das Mädchen hinter der Bar. Ich beobachtete Lilian.

Sie hatte in dem Sommer gerade die Schule abgeschlossen. In den zwei Jahren, die ich bereits bei Stephen arbeitete, hatte ich mich an sie gewöhnt; meine frühere Scheu ihr gegenüber war verflogen. Häufig ignorierte sie mich einfach. Manchmal unterhielten wir uns. Lilian wirkte immer ein wenig verzweifelt, als ob nur sie den Sand sehen konnte, der durch das Stundenglas rann, als ob allein sie eine Ahnung von der Katastrophe hatte, zu der es unvermeidlich kommen musste, wenn die obere Hälfte des Stundenglases einmal leer war.

Es war für mich so normal, sie ständig im Laden zu sehen, dass ich mir über ihr Aussehen meist gar keine Gedanken machte. Doch an diesem Abend erschien sie mir wie eine Fremde. Nicht nur, dass sie hochhackige Schuhe trug, sie war auch geschminkt und hatte ihre Brille zu Hause gelassen. Außerdem hatte sie das Make-up dazu verwendet, ihre Augen riesengroß und irgendwie katzenartig erscheinen zu lassen. An ihren Wimpern klebten Tuschepartikel. Überdies hatte sie sich ihre – eigentlich mausgrauen – Augenbrauen nachgezogen und anscheinend sogar gezupft. Ihr Mund leuchtete in einem schreienden Rot, das ich von den billigen Lutschern her kannte, die man früher an der Strandpromenade in Budstow hatte kaufen können. Und dann hatte sie sich zu allem Überfluss auch noch mit Parfüm eingestäubt, während sie normalerweise nach Kernseife roch.

Ich musste sie immer wieder anstarren. Auch wenn mir der Anblick nicht behagte – ihr verändertes Aussehen mich sogar erschreckte –, ich musste sie trotzdem andauernd anschauen. Lilian erschien mir unglaublich exotisch. Man hätte meinen können, dass sie einer anderen Spezies angehörte.

»Puh«, sagte Stephen, als Lilian einmal die Toilette aufsuchte. »Ist ja ein Gestank hier wie im Puff.«

Ich betrank mich an dem Abend zum ersten Mal in meinem Leben. Dabei hatte ich das gar nicht vor. Esmond und Stephen tranken Bier und Schnaps, genau genommen zu jedem Bier einen kleinen Whisky, deshalb bestellte ich das Gleiche. Allerdings war mein Magen durch die Kohlensäure und die schiere Quantität des Bieres schlicht überfordert, weshalb ich vor allem dem Whisky zusprach. Sobald ich mein Glas geleert hatte, füllte es sofort jemand wieder auf. Ich dachte, dass es die anderen vielleicht ungehörig finden könnten, wenn ich mit dem Trinken aufhören würde. Hinzu kam noch, dass die anderen pausenlos rauchten und die Luft immer dicker wurde. An die Unterhaltung kann ich mich kaum noch erinnern.

»Macht und Geld«, sagte Stephen, wenigstens glaube ich, dass er so etwas sagte, »sind tatsächlich nur verschiedene Seiten ein und derselben Sache. Und vergesst eines nicht, meine Freunde: Man sollte in ihnen stets nur ein Mittel und nie einen Selbstzweck sehen.«

Als wir am Ende des Abends wieder ins Freie traten, traf mich die frische Luft wie ein Schlag. Zwar hatten sich meine Gedanken auch bereits in dem Lokal unentwegt im Kreis gedreht, doch zumindest war ich körperlich noch halbwegs auf dem Damm gewesen. Jetzt verhielt es sich plötzlich genau umgekehrt. Ich war im Kopf glasklar und torkelte gegen eine Wand.

»Hoppla«, sagte Stephen.

Esmond fasste mich am Arm. Er und Stephen mussten mich zum Auto führen. So gingen wir zu viert in einer schwankenden Phalanx über den Parkplatz. Lilian war zwar ebenfalls nicht ganz sicher auf den Beinen, obwohl das in ihrem Fall auch an den für sie völlig ungewohnten Stöckelschuhen liegen konnte. Sie ging – von mir aus gesehen – auf der anderen Seite neben Esmond und klammerte sich an seinen Arm, und er musste sie nach meinem Eindruck ebenfalls halb stützen.

»Er kann doch bei uns in der Wohnung schlafen, wenn du willst«, sagte Stephen. »Erspart dir vielleicht ein paar Probleme mit der alten Schachtel.«

»Nein«, lallte ich. »Nein, nein, nein.«

»Dann muss er aber auf dem Fußboden schlafen«, sagte Lilian. Sie klang gar nicht betrunken. »Oder in Dads Bett, aber das ist nicht bezogen.«

»Das braucht Esmond doch«, erklärte Stephen. »Aber vorher trinken wir natürlich noch ein paar Absacker.«

»Dann kann Thomas doch im Bad schlafen«, sagte Lilian.

»'schuligung«, lallte ich, da ich den Eindruck hatte, den

anderen zur Last zu fallen. Doch niemand schien mich zu hören. Dann wurde mir plötzlich speiübel.

»Nein danke, lieber nicht«, erwiderte Esmond. »Wir fahren besser wieder nach Finisterre. Wir kommen schon klar.«

»Ach, bleibt doch bitte«, sagte Lilian.

Stephen lachte leise. »Das ist eine völlig sinnlose Bitte, kleine Schwester. Esmond ist ein Mann von unerschütterlichen Entschlüssen. Hast du das noch nicht gewusst?«

Wir erreichten das Auto. Ich wurde auf den tief liegenden Beifahrersitz gehoben. Die Nacht war warm, und Esmond hatte das Verdeck geöffnet.

»Gute Nacht, meine Freunde«, sagte Stephen.

Auf dem Heimweg musste ich mich erbrechen – die Hälfte davon ging in den Wagen. Wir fuhren gerade durch Ulvercombe.

»Keine Sorge«, sagte Esmond. »Das passiert jedem mal.«

Er fuhr an Finisterre vorbei bis hinunter zum Blackberry Water. Dort hielt er unweit unseres Picknickplatzes an und kramte eine Taschenlampe aus dem Handschuhfach. Ich hörte, wie er ausstieg und den Kofferraum öffnete. Dann kam er mit einer Decke und einigen nassen Lappen zurück. Er wischte, so gut es ging, das Erbrochene von meinen Kleidern und von der Außenseite des Wagens. Dabei pfiff er die ganze Zeit – wenn ich mich recht entsinne – das beschwingte kleine Lied »Living Doll«. Vom Ozean wehte eine Brise zu uns herauf. Ein- oder zweimal erbebte ich.

»Fertig«, sagte er irgendwann. »So wird's schon gehen.«

»Entschuldige.« Was mich bis heute am meisten erstaunt, ist nicht die Freundlichkeit, deren Esmond fähig war, sondern die Zärtlichkeit.

»Sei nicht albern. Los, steig wieder ein.«

Ich lehnte mich auf dem Beifahrersitz zurück. Esmond wickelte mich, so gut es ging, in die Decke. Dann öffnete er wieder das Handschuhfach und brachte einen Flachmann zum Vorschein.

»Willst du unbedingt sofort nach Hause?«, fragte er.

»Nein.«

»Gut.« Er ging um den Wagen herum und setzte sich auf den Fahrersitz. Dann nahm er einen Schluck aus der Flasche. »Besser, ich biete dir nichts davon an«, sagte er. Er zündete sich eine Zigarette an und knipste die Taschenlampe wieder aus.

Der beißende Geruch des Erbrochenen war dank des Rauches, des Windes und des geöffneten Verdecks nicht wahrzunehmen. Ich hörte, wie die Wellen auf der anderen Seite der Öffnung in den Klippen den Kiesstrand überspülten. Eine Hand voll Sterne spendete das einzige Licht. Keiner von uns beiden sagte ein Wort, doch handelte es sich um ein völlig entspanntes, freundschaftliches Schweigen. Mein Magen war wieder in Ordnung, und ich hatte das Gefühl, dass in meinem Kopf eine Wiege gemächlich hin- und herschaukelte. Ich tat einfach so, als ob ich mich irgendwo in der Unendlichkeit des Weltalls verloren hätte.

»Eines Tages, Rumpy«, sagte Esmond und schnippte die Asche von seiner Zigarette, »werden wir hier mal die ganze Nacht durchfeiern.«

Noch ein weiteres Ereignis aus dem Sommer 1963 ist mir im Gedächtnis geblieben. An einem Samstagnachmittag fuhr meine Mutter mit mir nach Budstow. Sie hatte beschlossen, dass ich für den Winter einen neuen Mantel und eine neue Tweedjacke brauchte.

Budstow ist im August kein sehr angenehmer Ort. Trotzdem fanden wir schließlich einen Parkplatz. So weit ich zurückdenken konnte, hatte meine Mutter mich meist bei einem Herrenausstatter gleich neben der Kirche eingekleidet. Wir hielten uns dort etwa eine halbe Stunde auf. Dann schlug meine Mutter vor, dass ich unsere textilen Erwerbungen bereits zum Wagen bringe sollte, während sie noch ein paar andere Einkäufe erledigte. Zwanzig Minuten später wollten wir uns am Auto treffen.

Die Straßen waren so überfüllt, dass ich kaum vorwärts kam. Mir war sehr heiß. Meine Mutter war der Meinung, dass ein Mann selbst bei hochsommerlichen Temperaturen ohne ein Jackett und eine Krawatte nicht richtig angezogen sei. Ich beschloss, mir auf der anderen Straßenseite ein Eis zu kaufen. Dann stand ich auf dem Gehsteig und wartete auf eine Gelegenheit, die Straße zu überqueren.

Ein roter Sportwagen kam näher. Allerdings konnte ich nur einen kurzen Blick darauf erhaschen, weil ein langsam fahrender Lkw mir die Sicht versperrte. Als der Lastwagen schließlich an mir vorbei war, war auch von dem Sportwagen nichts mehr zu sehen.

Im ersten Augenblick war ich felsenfest davon überzeugt, dass ich Esmond in seinem Triumph gesehen hatte. Der Mann hinter dem Steuer hatte zwar einen Hut und eine dunkle Brille aufgehabt, trotzdem hätte er ohne weiteres Esmond sein können.

Dann kam ich langsam wieder zur Vernunft. Falls Esmond sich in Budstow aufhielt, hätte er gewiss in Finisterre Quartier bezogen. Außerdem hatte ich noch am Vortag mit ihm telefoniert, und er hatte mehrmals betont, dass er am folgenden Tag – also an diesem Samstag – in Richmond ein Gartenfest besuchen wollte.

Ich verwarf die Idee, ein Eis zu essen, und ging bedrückt zum Auto zurück. Merkwürdig, wie eine plötzlich aufflackernde und sogleich wieder zunichte gemachte Hoffnung einem noch während der nächsten ein, zwei Stunden die Stimmung verderben kann. Ich hockte etwa eine Stunde wie ein Brathähnchen in dem kochenden Auto. Ich versuchte zu lesen, konnte mich aber nicht konzentrieren.

Schließlich kam meine Mutter zurück. Sie war verärgert, weil sie keine passende Wolle für die Strickjacke gefunden hatte, die sie schon beinahe fertig gestrickt hatte. Dabei unterschätzte sie grundsätzlich die Wollmenge, die sie für ihre Strickprojekte benötigte. Ihre schlechte Laune nahm noch zu, als ich sie daran erinnerte, dass ich auf dem Rückweg noch kurz in der Buchhandlung vorbeischauen musste. Ich wollte dort einen Stapel bislang unbeglichener Rechnungen abholen, weil ich Stephen versprochen hatte, den säumigen Kunden am Wochenende eine »Erinnerung« zu schreiben.

»Na schön«, sagte sie und bleckte die Zähne. »Aber wenn du in drei Minuten nicht zurück bist, fahre ich ohne dich nach Hause.«

Wir fuhren in dichtem Verkehr nach Kinghampton. Meine Mutter hielt direkt vor dem Laden und sorgte so dafür, dass der Verkehr in der Bay Street noch mehr ins Stocken geriet. Ich sprang aus dem Wagen. Zu meiner Überraschung hieß es auf einem Schild, das innen in der Tür hing: »Heute geschlossen.« Ich drückte die Türklinke herunter. Abgeschlossen.

Ich blickte über die Schulter zum Wagen hinüber. Meine Mutter starrte vor sich hin und bemerkte mich anscheinend so wenig wie das Hupen des Busses hinter ihr. Zum Glück hatte ich meinen eigenen Schlüssel dabei, und die Tür war nur abgeschlossen und nicht verriegelt. Im Laden war kein Mensch.

»Stephen?«, rief ich. »Ich bin es.«

Ich hörte, dass sich oben jemand bewegte, dann kam Lilian die Treppe herunter. Sie trug ihre Schlappen; ich erkannte das an dem Flap-Flap, das sie beim Gehen erzeugten. Lilian schob den Vorhang beiseite und blickte mich an.

Ihre Augen hinter der Brille waren sichtlich gerötet. Als sie näher kam, sah ich, dass sie ein zusammengeknülltes

Taschentuch in der Hand hielt. Sie ging fast wie eine Schlafwandlerin und kollidierte mit der Ecke unseres Präsentationstisches.

»Was ist los?«, fragte ich. »Lilian, was ist passiert?«

»Geh weg«, sagte sie. »Ich will nicht mit dir sprechen. Ich will mit niemandem sprechen.«

»Aber wieso ist der Laden zu? Und wo ist Stephen?«

Ihr Gesicht erbebte, als ob es sich auflösen wollte.

Ich wiederholte, jetzt lauter als zuvor: »Wo ist er?«

»Er ist bei Vater.«

»Im Pflegeheim?«

»Nein, nein«, flüsterte sie. »Er ist nicht bei Vater. Geht ja gar nicht. Vater ist nämlich tot.«

Während der Stille, die nun folgte, kam Grimalkin durch die offene Tür herein. Die Katze, den Schwanz steil nach oben gerichtet, machte einen Buckel, strich um Lilians Füße herum und miaute. Sie hatte Hunger. Keiner von uns beiden nahm Notiz von ihr. Wieder miaute sie.

Die Reaktionen unseres Geistes sind schwer vorherzusagen. Als Lilian sagte, dass ihr Vater tot sei, erschien vor meinem inneren Auge blitzartig ein Bild; teils eine Erinnerung, teils eine Vision. Ich sah, wie Mr. Sandwell mit den Füßen voran ins Nichts stürzte und gleichzeitig die Köpfe unsichtbarer Hunde tätschelte, die ihn selbst jetzt noch zu begleiten schienen. Und ich hörte ihn sprechen – so laut und deutlich, wie wenn er neben uns im Laden gestanden hätte.

»Oh, verdammt«, sagte Mr. Sandwell. »So eine verdammte Scheiße.«

Zwölf

Selbst wenn man den kürzesten Weg auf der Landstraße nahm, und das würde Esmond ganz sicher tun, waren es von Finisterre nach Exeter rund hundert Kilometer. Etwaige Verzögerungen eingerechnet, schätzte ich, dass die Fahrt insgesamt mindestens vier Stunden dauern würde. Also war anzunehmen, dass er zwischen neun und zehn Uhr mit Alice in Finisterre eintreffen würde.

Gegen halb sieben schob Bronwen den Kopf zur Tür herein und bat mich, auf einen Drink nach unten zu kommen. Sie war schon in voller Kriegsbemalung und trug ein vorne und hinten tief ausgeschnittenes rotes Kleid.

Im Wohnzimmer brannte im Kamin bereits das Feuer. Obwohl es draußen noch nicht richtig dunkel war, zog Bronwen die Vorhänge zu und schaltete die Tischlampen ein. Das künstliche Licht ließ ihren Teint vorteilhafter erscheinen – nicht so fahl, sondern etwas dunkler. Im Hintergrund lief der leise gestellte Fernseher. Sie machte uns beiden einen Gin Tonic. Ich sah ihr vom Sofa aus zu. Dann setzte sie sich in den Sessel, den Esmond sonst meist benutzte, und zündete sich eine Zigarette an. Sie rauchte fast nie.

»Cheers«, sagte sie und ließ die Eiswürfel in ihrem Glas klirren, als sie es zum Mund führte. »Was glaubst du, wann sie kommen?«

»Schwer zu sagen.«

»Wieso?«

»Na ja, hängt vom Verkehr ab. Kann natürlich unterwegs

auch Baustellen geben. Und natürlich passiert es immer wieder, dass Züge sich verspäten.«

»Wenn sie bis halb neun nicht hier sind, ist das Essen ungenießbar.«

»Oje«, sagte ich. »Das wäre aber schade.«

Bronwen sah mich mit böse funkelnden Augen an. Dann starrten wir gleichzeitig den Fernseher an. Ich gab mir redlich Mühe zu verstehen, was die Leute auf dem Bildschirm von sich gaben. Das Fernsehen war erst so spät in mein Leben getreten, dass ich eine eingeschaltete Flimmerkiste einfach nicht ignorieren konnte – vielmehr wäre mir das wie eine Ungezogenheit erschienen, etwa so, als ob man einen Menschen, mit dem man sich in einem Raum befindet, einfach nicht beachtet. In dem grell ausgeleuchteten TV-Studio kamen ständig neue Köpfe ins Bild und verschwanden dann wieder. Ich glaube, dass wir eine Nachrichtensendung sahen, kann mich aber nicht mehr genau erinnern. Wir nippten an unseren Drinks.

Wäre ich nicht der Meinung gewesen, dass es mich nichts anging, so hätte ich Bronwen mitgeteilt, dass Esmond und Alice vermutlich noch später eintreffen würden, als sie befürchtete. Esmond hatte gewiss seine Gründe dafür, weshalb er allein losgefahren war, um Alice abzuholen. Ich nahm an, dass die beiden unterwegs irgendwo halten und etwas trinken würden. Sicher würde Esmond sich die Gelegenheit nicht entgehen lassen, sich ein Bild von Alice zu machen, ohne dass Bronwen und ich ebenfalls um seine und die Aufmerksamkeit der jungen Frau buhlten. Außerdem bot ihm ein solches Tête-à-tête die Gelegenheit, sich von vornherein bei Alice einzuschmeicheln. Denn eines hatte Esmond nach meinem Eindruck von Stephen Sandwell ganz sicher gelernt: nämlich wie wichtig es ist, sich mit den richtigen Leuten gut zu stellen.

Und wer weiß: Vielleicht ließ Esmond sich nicht mal ausschließlich von selbstsüchtigen Motiven leiten. Zumindest konnte man in dem Punkt nicht ganz sicher sein. Vielleicht glaubte er ja, dass Alice ihre neuen Familienangehörigen lieber der Reihe nach kennen lernen und vorweg gerne noch mit Esmond über mich sprechen wollte. Das Bewusstsein, dass ich in Alice' Augen eine Person von einiger Bedeutung sein musste, erfüllte mich mit einem zugleich irritierenden und eigenartig befriedigenden Gefühl.

»Wir werden bald heiraten«, sagte Bronwen. »Sobald die Geschichte mit dem Haus geklärt ist.«

»Ach, tatsächlich. Wie schön.«

»Hat Esmond das nicht erwähnt?«

»Nicht direkt. Also, ich war eigentlich der Meinung, dass ihr schon verheiratet seid.«

»Eheähnliche Lebensgemeinschaft.«

»Wie bitte?«

»Esmond und ich leben juristisch gesehen in einer eheähnlichen Verbindung.« Sie leerte ihr Glas. »Ich habe auf ihn gewartet, weißt du. Die ganze Zeit – als er zum zweiten Mal gesessen hat. Ich habe mich für ihn bewahrt.«

»Sicher hat ihn das … also, er hat sich darüber sicher sehr gefreut.«

»Aber nicht, weil ich sonst keine Bewerber gehabt hätte, das kannst du mir glauben.«

»Würde ich nicht im Traum bezweifeln.«

»Ach, die Männer sind ja so dumm«, sagte sie. »Zuerst schenken sie dir irgendwas, und dann glauben sie, dass du ihnen gleich gehörst.«

Sie starrte in das hell lodernde Feuer, das sie erst kurz zuvor angezündet hatte. Hohe gelbe Flammen leckten hinten an der Kaminwand. Auf das Feuermachen verstand Bronwen sich, das musste man ihr lassen. Da sie gerade eine sentimentale Anwandlung hatte, vermutete ich, dass ich sie gefahrlos etwas fragen konnte.

»Wie lange hat Esmond eigentlich gesessen?«

»Zwei Jahre – trotz mildernder Umstände. Der Richter war ein Arschloch. War doch mit Händen zu greifen, dass Esmond bloß einen Fehler gemacht hat.«

»Ja«, sagte ich.

»Außerdem hat er doch niemandem was getan. War doch ohnehin die Schuld dieser Leute. Wenn sie so viel Wert darauf legen, dass man die Mehrwertsteuer richtig abführt, dann sollen sie gefälligst Steuergesetze machen, die auch der Normalbürger kapieren kann.«

»Ja, das ist allerdings etwas kompliziert.«

»Ach, ist doch lachhaft. Es gibt ein Gesetz für Leute, die sich einen Steuerberater leisten können, und dann noch eins für uns Übrige.«

Sie zog an ihrer Zigarette, hustete und warf den glimmenden Stummel ins Feuer. Ich überlegte, ob sie aufrichtig glaubte, dass Esmond bloß wegen eines harmlosen Fehlers in der Steuererklärung zwei Jahre im Gefängnis gesessen hatte. Ob sie eine Ahnung davon hatte, dass Esmonds einziger Fehler darin bestanden hatte, dass man ihm auf die Schliche gekommen war?

»Wir hätten in London bleiben sollen«, sagte sie plötzlich. »Möchtest du noch einen?«

»Nein, danke.«

»Wie du meinst.« Bronwen stand auf und ging zum Getränkewagen hinüber. »Nicht dass wir dort keine Chancen gehabt hätten. Wir hatten sogar diverse Angebote. Esmond war schon immer außerordentlich kontaktfreudig.«

»Und wieso seid ihr dann hergekommen?«, fragte ich.

Sie war gerade damit beschäftigt, sich einen Gin einzuschenken. Doch inmitten des Vorgangs hielt sie inne, machte ein skeptisches Gesicht und hob das Glas in Augenhöhe. Offenbar war sie mit dem Anblick, der sich ihr bot, noch nicht ganz zufrieden. Also goss sie sich nochmals einen Schuss Gin ein und fügte etwa die gleiche Menge Tonic hinzu.

»Was hast du gesagt?«

»Wieso ihr dann nach Finisterre gekommen seid?«

»Esmond fand es mal wieder an der Zeit, sich zu verändern.« Sie wandte sich ab, um die Verschlüsse wieder auf die Flaschen zu schrauben. Dabei versperrte ihr dunkles Haar den Blick auf ihr Gesicht. »Ob wir vielleicht unser ganzes restliches Leben in London abhängen wollen, hat er damals gesagt. Doch den Ausschlag hat natürlich gegeben, dass du Hilfe brauchtest.«

»Ach so«, sagte ich.

»Du kennst doch Esmond.« Sie geriet ein wenig ins Schwanken, als sie zu ihrem Sessel zurückging, aber ihre Augen waren immer noch hellwach. »Eine Seele von einem Menschen. Cheers.«

»Cheers.«

»Er steht auf dem Standpunkt, dass Leute, die zu einer Familie gehören, zusammenhalten müssen. Schließlich ist Blut dicker als Wasser.«

»Ja«, sagte ich. »Ganz recht.«

»Habt ihr schon mal Blut getrunken?«, fragte uns Stephen am Tag nach der Bestattung seines Vaters. August 1963 – schon fast dreißig Jahre her. Wie die Zeit vergeht!

Niemand sagte etwas.

»Schmeckt erstaunlich gut. Man spürt richtig, wie gut es einem tut – fast wie Ovomaltine oder Bovril.«

Es war ein Samstag. Wir waren auf dem Wanderweg an der Küste unterwegs, der sich südlich von Budstow durch die Klippen schlängelte. Die kurvenreiche Route führte an manchen Stellen steil aufwärts. Rechter Hand eine grasbewachsene Böschung, hinter der das Gelände – wenn auch für uns nicht einsehbar – jäh ins Nichts abstürzte. Lilian ging voran, die Hände in den Taschen ihres Schulmantels vergraben. Esmond war zu der Bestattung eigens aus London angereist. Wann immer der Pfad es zuließ, gingen er und Stephen nebeneinander unter einem großen, schwärzlich grün changierenden Schirm, der Mr. Sandwell gehört hatte. Ich blieb ihnen so nahe wie möglich auf den Fersen.

»Wahnsinnig vitaminreich, glaube ich«, sagte Stephen. »Und natürlich eisen- und kalziumhaltig und so weiter.«

»Und wie sieht's mit Eiweiß aus?«, fragte Esmond.

»Würde mich wenigstens nicht wundern. Ich hatte das Gefühl, dass ich eine komplette Mahlzeit zu mir nehme.«

Obwohl es Mitte August war, begegneten wir unterwegs kaum einem Menschen, da es in Strömen goss. Der Boden war rutschig, und meine schwarzen Lederschuhe waren vollständig mit Schlamm bedeckt. Obwohl wir das Meer nicht sehen konnten, hörten wir deutlich das monotone Krachen der Brecher tief unter uns.

Irgendwie fanden wir den Gedanken tröstlich, dass auch die Urlauber unter dem scheußlichen Wetter zu leiden hatten. Es hatte den ganzen Tag und auch schon am Vortag pausenlos geregnet. (Genau genommen hatte es während der Trauerfeier in der Kirche zu regnen angefangen. Die meisten Trauergäste wurden ziemlich nass. Tante Ada war sogar vor ihrem Haus ausgerutscht und hatte plötzlich in einer Pfütze gekniet.) Wenn wir die Buchhandlung an diesem und am Vortag hätten öffnen können, hätten wir sicher einen guten Umsatz gemacht.

»So viel ist wenigstens klar«, sagte Stephen und schwenkte das Einkaufsnetz, das er in der linken Hand hielt, »wenn man Blut trinkt, muss man sich beeilen, da es sonst gerinnt. Ich persönlich finde übrigens, dass es frisch von der Ader am besten schmeckt.«

»Warte mal kurz«, sagte Esmond. »Ich will mir nur schnell eine anstecken.«

Wir blieben stehen, während Esmond und Stephen sich eine Zigarette anzündeten. Wegen der Regenböen dauerte das einen Augenblick. Lilian, die schon ein kleines Stück vorgegangen war, kam langsam zurück. Sie hatte nichts auf dem Kopf, und ihr Haar war triefend nass. »Abgesoffene Rattenschwänze«, hätte meine Mutter vermutlich schadenfroh gesagt, als ob eine Frau, die ohne Hut ins Freie ging, eine kräftige Regendusche verdient hätte. Als Lilian sich an ihrem Bruder vorbeidrückte, berührte sie mit dem nackten Bein versehentlich das blaue Einkaufsnetz. Sie machte einen Satz zur Seite, als ob das Netz sie gebissen hätte, und wäre fast in dem langen nassen Gras neben dem Weg ausgerutscht.

»Keine Panik«, sagte Stephen.

Sie würdigte ihn keines Blickes. Ihr Gesicht war völlig nass. Wahrscheinlich hatten sich auf ihrer Haut Tränen der Trauer mit Regentropfen vermischt, mutmaßte ich. Sie kam näher zu mir. Sogar an ihren Brillengläsern rann das Wasser in kleinen Bächen herab. Wieder geriet sie ins Stolpern. Ich streckte ihr automatisch die Hand entgegen, die sie sogleich ergriff. Ich gab ein erstauntes Grunzen von mir, so fest war ihr Griff. Doch dann ließ sie mich wieder los und fing an zu schniefen. Offenbar schämte sie sich, dass sie meine Hilfe in Anspruch genommen hatte.

»Augen links«, sagte Stephen. »Marsch, marsch.«

Er und Esmond setzten sich wieder in Bewegung. Von hinten erinnerten die beiden an einen unförmigen, riesigen schwarzen Käfer: vier Beine, über denen ein ausladender, halbrunder Schirm aufgespannt war. Fast bei jedem Schritt prallte das Netz mit seiner Last wie ein obszönes Gehänge von Stephens Oberschenkel zurück.

»Schon seit den frühesten Tagen der menschlichen Kultur«, fuhr Stephen fort, »gilt das Blutopfer als eine Art Sakrament.«

»Oh, Gott«, sagte Lilian. Sie legte ihre Hand auf meinen Arm und blieb stehen.

Ich sah sie an. Als die beiden anderen außer Hörweite waren, fragte ich: »Was ist los? Was fehlt dir denn?«

»Er hat gesagt, wir sollen die Asche mit unserem Blut mischen und das Gebräu dann trinken. Ich hab ihm entgegnet, dass ich ihn umbringe, wenn er das versucht.«

»Das war doch sicher bloß ein Witz.«

»Ein Witz?«

»'tschuldigung.«

»Los, komm schon. Am besten, wir bringen es möglichst schnell hinter uns.«

Wir schlossen wieder zu den anderen auf. Ich warf einen skeptischen Blick auf das Einkaufsnetz. Ich wusste, dass sich ein kleiner grauer Topf samt Deckel darin befand. Der Deckel war mit Klebeband befestigt, was durchaus einen Sinn hatte, weil der Topf bei jedem Schritt gegen Stephens Oberschenkel prallte.

Der Weg führte jetzt nicht mehr so steil bergan. Wir gingen schweigend dahin. Esmond und Stephen warfen ihre abgerauchten Kippen weg. Wir waren jetzt fast vier Kilometer marschiert, deshalb zeigten sich allmählich die ersten Ermüdungserscheinungen, doch dann gelangten wir schließlich in ebenes Gelände. Zwei Wanderer in kurzen Hosen kamen uns entgegen, ein Mann und eine Frau.

»Guten Tag«, sagten sie gut gelaunt.

Wir stiegen über einen Zauntritt. Direkt dahinter verkündete ein Schild, dass wir das Nose-Point-Naturschutzgebiet erreicht hatten. Plötzlich hörte der Schirm auf, sich zu bewegen.

Ich war noch nie an diesem Ort gewesen. Wir befanden uns auf einer seitlich steil abstürzenden Felsformation, die sich wie ein Keil ins Meer hinausschob. Weiter vorne setzte sie sich in Gestalt einzelner Felszacken fort, die wie die Wirbelsäule eines Fabeltiers aus dem tosenden Ozean herausragten. Linkerhand bemerkte ich konsterniert eine Straße und einen großen Rastplatz mitsamt einer Bushaltestelle und einer sorgfältig verrammelten Bude, an der man bei schönem Wetter vermutlich Eis kaufen konnte. Abgesehen von uns vieren war weit und breit kein Mensch zu sehen.

»Ach, wenn ich das geahnt hätte – dann hätten wir das Auto nehmen können.«

»Was soll das heißen, wenn du das geahnt hättest?«, sagte Lilian. »Glaubst du etwa, dass die alten Säcke auf demselben Weg hierher kommen wie wir?«

»Und wieso sind wir dann zu Fuß gegangen?«

Lilian zuckte mit den Schultern. »Es war Stephens Idee, nicht meine.«

Der Schirm machte eine Drehung. »Was war meine Idee?«, fragte Stephen.

»Oben an der Küste entlangzugehen«, erwiderte Lilian.

»Aus zwei Gründen. Erstens: So ein Fußmarsch begünstigt eine meditative Stimmung. Außerdem helfen sanfte rhythmische Bewegungen dabei, paranormale Energien zu kanalisieren. Zweitens: Auch wenn ihr mich für sentimental haltet, aber ich habe gedacht, dass der alte Herr sich darüber vielleicht gefreut hätte.«

»Also glaubst du gar nicht, dass Vater *weiß*, was wir hier tun?«, fragte Lilian.

»Wie meinst du das, Lilian?« Nach einer kurzen, etwas peinlichen Pause sah Stephen wieder mich an. »In seinen jüngeren Jahren ist der alte Knabe nämlich oft tagelang durch Feld und Flur geschweift. Manchmal fast fünfzig Kilometer am Tag. Kannst du dir das vorstellen? Ist mir völlig unbegreiflich. Aber die Freuden der anderen sind uns ja ohnehin meist ein großes Rätsel.«

Stephen ließ seinen Blick über den Rastplatz schweifen. Das Pflegeheim hatte für den Picknickausflug, den man dort einmal im Jahr organisierte, einen Bus angemietet. Das Fahrzeug musste dort drüben auf dem Rastplatz abgestellt gewesen sein. Wahrscheinlich hatte das Pflegepersonal zuerst die komplette Ausrüstung ausgeladen und dann die Fahrgäste. Sicher war Mr. Sandwell noch einer der vitalsten und beweglichsten Bewohner des Pflegeheims gewesen. Wenigstens hatten ihm seine Beine meist noch gehorcht. Und an guten Tagen war er, wie die Schwester Oberin dem Amtsarzt berichtet hatte, sogar noch in der Lage gewesen, einige Fragen aus dem Kreuzworträtsel der *Times* zu beantworten.

»Allerdings habe ich mir den Hinweis verkniffen, dass seine Antworten meistens falsch waren«, hatte Stephen gesagt, als er uns von der amtsärztlichen Untersuchung berichtete. »Das ist man dem eigenen Vater doch schuldig.«

Esmond kramte seine Zigaretten aus der Tasche. Er zog eine aus dem Päckchen und bot Stephen ebenfalls eine an.

»Eigentlich hätte der alte Herr für seinen letzten Ausflug was Besseres verdient gehabt als einen so grauenhaften Autobus, findet ihr nicht?«

Niemand sagte etwas. Esmond und Stephen drängten sich zusammen, um ihre Zigaretten anzuzünden.

»Die meisten der Heimbewohner sind nicht mal auf der Landzunge gewesen«, fuhr Stephen fort. »Man hat sie einfach dort auf dem Acker hinter dem Rastplatz abgefüttert, wisst ihr.«

Wir gingen gemeinsam zur Spitze der Landzunge hinüber. Lilian weinte jetzt ungehemmt, obwohl sie weder schluchzte noch sonst ein Geräusch von sich gab.

»Der alte Herr hat sich gerne mal die Beine vertreten, wenn er dazu eine Gelegenheit hatte. Die Landzunge hier hat er immer geliebt. Einer seiner Lieblingsplätze.«

An Lilians Wangen strömten ganze Tränenbäche herab, als ob jemand hinter ihren Augen zwei Wasserhähne aufgedreht hätte. Ich versuchte ihre Hand zu nehmen – nur Gott weiß, wie lächerlich wir uns meist machen, wenn wir unser Mitgefühl zeigen wollen –, doch sie entzog sie mir. Sie würdigte mich keines Blickes und setzte ihren Weg unbeirrt fort.

Esmond sagte so aufgekratzt, dass ich sofort wusste, wie furchtbar peinlich ihm die Situation war: »Sollten wir das Ritual nicht besser auf Halloween um Mitternacht verschieben, damit es besser wirkt?«

»Ach, ich hab da schon was gemacht«, erklärte Stephen und schwenkte das Einkaufsnetz. »Und zwar gestern Abend. Obwohl der alte Herr und ich Lilians Hilfe gut hätten gebrauchen können. Nur dass meine Schwester leider etwas unpässlich war, hab ich Recht, meine Liebe?«

»Halt doch bitte mal die Klappe.«

»Trotzdem sind wir ganz gut klargekommen. Dieses kleine Ritual hier soll nur an die alten Zeiten erinnern.«

Kurz bevor wir die Spitze der Landzunge erreichten, bog Stephen nach links ab und ging in südlicher Richtung weiter. Wir gelangten in eine flache Senke. Man hätte meinen können, dass ein riesiges Tier mit seinen Reißzähnen einen Mund voll Gestein aus dem Felsen gebrochen und dabei eine etwa anderthalb bis zwei Meter tiefe Mulde geschaffen hatte. In dieser nach Süden hin ausgerichteten Vertiefung war von dem Wind plötzlich kaum noch etwas zu spüren, und auch das Tosen des Meeres war nur noch gedämpft zu hören. Ich hörte das Schreien der Möwen und meinen eigenen Atem. Die federnde Grasnarbe unter unseren Füßen war mit kleinen Steinen übersät.

»Dort drüben ist es gewesen«, sagte Lilian und zeigte auf eine Stelle am Rand der Klippen.

Wir gingen zu der Stelle. Es war leicht zu erkennen, dass sich dort erst unlängst Leute aufgehalten hatten. Im Gras waren noch Autospuren zu sehen; ferner lagen ein paar Eiscremeverpackungen, eine alte Zeitung und eine leere Zigarettenschachtel am Boden herum. Stephen warf seine Zigarette weg und hob die Hand. Wir Übrigen blieben stehen. Er gab Esmond den Schirm. Dann sah er Lilian und mich mit feierlichem Ernst an: Vielleicht wollte er sich vergewissern, dass seine kleine Gemeinde ihm wirklich zuhörte. Dann schwenkte er das Einkaufsnetz und ging auf den Fußballen bis an den Rand des Abgrunds.

»Pass auf!«, schrie Lilian.

Es war nicht zu erkennen, ob er sie gehört hatte. Knapp einen halben Meter vor dem Rand des Felssturzes stoppte er und blieb mit gesenktem Kopf etwa eine halbe Minute reglos stehen. Er hielt das Netz in die Luft, holte den grauen Topf daraus hervor und balancierte ihn in der rechten Hand, als ob er das Gewicht des Behälters schätzen wollte. Dann warf er ihn in hohem Bogen über den Rand des Abgrunds, wo der Topf augenblicklich verschwand.

Wir drei standen einfach da. Keiner von uns sagte ein Wort. Keiner bewegte sich. Ich versuchte mir einzureden, dass wir gerade einen geheiligten Augenblick erlebten. In Wahrheit musste ich jedoch ein Kichern unterdrücken. Ich spürte den Drang, meine Blase zu entleeren. Ich hätte so gerne gewusst, was Lilian wirklich über mich dachte.

Stephen drehte sich mit gesenktem Kopf um und kam sehr langsam zu uns zurück. Während er so dahinschritt, waren seine Wurstfinger damit beschäftigt, das Einkaufsnetz zusammenzulegen: zuerst doppelt, dann vierfach und schließlich – beim zweiten Versuch – sogar achtfach. Kurz bevor er uns erreichte, öffnete er seinen Mantel und schob das kleine blaue Rechteck in die Innentasche über seinem Herzen.

Abends machte meine Mutter Esmond zu Ehren eine Fleischpastete. Wie man einen vernünftigen Teig anrührt, hatte sie noch nie gewusst. Esmond, dessen Geschmack sich in den vergangenen acht Jahren geändert hatte, fiel einfach nichts ein, was er hätte sagen können, um ihr zu vermitteln, dass er fast jedes andere Gericht aus ihrem beschränkten Repertoire vorgezogen hätte.

Vor dem Abendessen saßen wir zu dritt im Wohnzimmer und tranken zu viel Sherry. Außerdem genehmigten Esmond und ich uns oben in der Kinderstube noch ein paar Whisky.

Meine Mutter war gut gelaunt. Wenn andere Leute starben, war sie jedes Mal ganz aufgekratzt. Allerdings durften ihr die Betreffenden weder zu nahe noch zu fern stehen. Mr. Sandwell kam da gerade recht. Sie hatte ihn zwar gut, im Grunde genommen jedoch nur aus zweiter Hand gekannt. Immerhin hatte meine Mutter eine Zeit lang in einer engen Beziehung zu Stephen gestanden. Esmond und ich waren mit den beiden Sandwell-Kindern befreundet. Außerdem war ich Stephens Mitarbeiter. Tante Adas Ehemann und die Frau des Verstorbenen waren Cousins gewesen. Das alles zusammengenommen vermittelte meiner Mutter das Gefühl einer privilegierten Nähe, die allerdings nicht mit den üblichen Verpflichtungen einherging.

Beim Essen löcherte sie uns unentwegt mit Fragen. Wir erzählten ihr alles, was uns vom Nachmittag in Erinnerung geblieben war. Das heißt alles, was nach unserem Dafürhalten für ihre Ohren bestimmt war. Selbst beim Spülen kreiste das Gespräch immer wieder um Mr. Sandwells Ableben. Dann trug Esmond das Tablett mit dem Kaffee ins Wohnzimmer hinüber. Meine Mutter ließ sich in ihren Sessel sinken. »Nun gut«, sagte sie tief befriedigt. »Obwohl das alles in meinen Ohren ziemlich heidnisch klingt.«

Wir hatten früher gegessen als üblich. Draußen war es noch hell. Der Regen hatte zwar aufgehört, doch der Himmel war noch mit düsteren Wolken bedeckt. Am Ende unseres Tals konnte ich das dunkel dräuende Meer erkennen.

»Schalte doch bitte das Licht ein, mein Guter«, sagte meine Mutter zu mir. »Und zieh die Vorhänge zu.«

Sie schenkte den Kaffee ein, und ich verteilte die Tassen. Esmond zündete sich eine Zigarette an. Ich sah, wie er auf die Uhr schaute.

»Die Asche einfach dem Meer zu übergeben«, fing sie wieder an, als ich mich schon in der Illusion wiegte, dass wir das Thema endlich abgeschlossen hätten. »Das finde ich nicht sehr schön.«

»Wenn jemand auf einem Schiff stirbt, wird der Leichnam doch ebenfalls über Bord geworfen«, erklärte Esmond.

»Aber das ist doch etwas völlig anderes. Wenn nun ein Fisch von der Asche etwas frisst und einem Fischer hier in der Gegend ins Netz geht?«

»Dann verspeisen wir den alten Knaben eben«, murmelte Esmond so leise, dass meine Mutter ihn nicht verstehen konnte.

»Ich glaube nicht, dass Fische sich viel aus Asche machen«, sagte ich.

»Und wenn nun ein Fisch die Asche zufällig verschluckt? Die haben doch ständig das Maul offen.«

»Die Wahrscheinlichkeit, dass du von der Asche wirklich etwas isst, beträgt maximal eine Milliarde zu eins.« Esmond lächelte sie an. »Mach dir deshalb keine Gedanken, Tante Fiona.«

»Tu ich aber. Wir kaufen nämlich viel Fisch hier aus der Gegend.«

»Was ich an Fisch am wenigsten leiden kann, sind die Gräten«, sagte ich. Ich habe Fisch noch nie gemocht, und außerdem wollte ich unbedingt das Thema wechseln, bevor Esmond es dahin brachte, dass ich laut anfangen musste zu lachen.

»Ist aber gesund«, sagte meine Mutter gedankenverloren. »Und natürlich wären auch noch einige theologische

Fragen zu klären, Esmond. Ich kann mir nicht helfen, aber nach meinem Empfinden ist Stephen da ein wenig unbesonnen vorgegangen, und zwar ganz unabhängig von dem letzten Willen seines Vaters. Zumindest ist es nicht ganz fair, wie er sich gegenüber dem Vikar verhält, findest du nicht?«

Das war genau eines jener Themen, über die sie sich gerne mit Tante Ada unterhielt. Bislang konnte Tante Ada noch auf das völlig unverdiente Privileg verweisen, dass sie der Trauerfeier beigewohnt hatte. Seit meine Mutter durch uns von dem Asche-Zeremoniell erfahren hatte, herrschte zwischen den beiden Frauen natürlich wieder die vollständige Parität.

»Willst du damit sagen, dass Mr. Sandwell nicht ganz bei Verstand war, als er sein Testament aufgesetzt hat?«, fragte Esmond.

»Wer kann das schon sagen? Jedenfalls gibt es durchaus Leute, die ihn als Exzentriker bezeichnen. Aber wir dürfen uns hier natürlich kein Urteil anmaßen.«

Meine Mutter legte ihr Strickzeug beiseite und fing an, in einer Illustrierten zu blättern. Sie kaufte jede Menge Frauenzeitschriften – hauptsächlich, wie sie sagte, wegen der Rezepte und der Strickmuster. Inzwischen hatte sie das ernste Gesicht aufgesetzt, das sie immer dann machte, wenn sie sich mit Fragen von hoher moralischer Bedeutung befasste. Esmond rutschte unruhig in seinem Sessel hin und her. Er sah mich an und verdrehte die Augen Richtung Zimmerdecke.

»Armer Mr. Sandwell«, sagte sie. »So ein einsamer, unglücklicher Mann. In der Illustrierten hier ist ein Gedicht abgedruckt, das mir vor ein paar Tagen aufgefallen ist. In dem Blatt erscheinen regelmäßig ›Gedichte, die uns das Leben erleichtern‹. Schon mal davon gehört? Manchmal findet man dort wirklich schöne Dinge. Als ich den kleinen

Text hier gelesen habe, musste ich sofort an Mr. Sandwell denken. Endlich frei. Ah, da ist es ja.«

Sie rückte sich die Brille auf der Nase zurecht und fuhr sich mit der Zunge über die Lippen. Dann fing sie an, mit lauter, bebender Stimme die folgende Strophe zu lesen:

Mauern aus Stein müssen kein Kerker sein
Und Eisengitter nicht bedrücken;
Wes Herz ist ohne Schuld und völlig rein,
Der findet selbst in der Bedrängnis sein Entzücken.
Wenn meine Liebe mich befreit
Und meine Seele weitet,
Dann bin ich wie ein Engel allezeit,
Der aller Fesseln ledig durch den Äther schreitet.

»Ist das nicht wunderschön?« sagte sie.

»Oh ja«, erwiderte Esmond. »Kommt mir irgendwie bekannt vor.«

Meine Mutter starrte in das Heft. »Der Verfasser ist ein gewisser Richard Lovelace. Wahrscheinlich ein Pseudonym.«

Ich biss mir auf die Unterlippe. Hätte ich mir nicht selbst Schmerzen zugefügt, wäre ich unweigerlich in brüllendes Gelächter ausgebrochen. Ich schmeckte Blut. »Nein, Mutter«, sagte ich. »Der Verfasser heißt wirklich so. Einer der Kavalierdichter.«

»Oh.«

»Im siebzehnten Jahrhundert«, fügte ich noch hinzu, da mir klar war, dass man die Allgemeinbildung meiner Mutter nicht allzu hoch veranschlagen durfte.

Doch die hatte sich bereits wieder gefangen. »Hab ich mir gleich gedacht, dass das nichts Modernes sein kann. Muss ich unbedingt mal Ada zeigen.«

»Die Strophe gehört zu einem Gedicht, das er im Gefängnis geschrieben hat«, stotterte ich, doch nicht etwa weil ich zu viel Whisky getrunken hatte, sondern weil ich einem hysterischen Ausbruch nahe war. »Ich kann dir das Gedicht ja mal heraussuchen, wenn du möchtest.«

»Oh ja, das wäre sehr nett.«

Natürlich sprach aus meinem Anerbieten der nackte Zynismus, aber ich ging schlicht davon aus, dass meine Mutter ein vollständiges Gedicht in einem Buch eindrucksvoller finden würde als eine einzige Strophe in einer Frauenzeitschrift.

»Ach, übrigens«, sagte Esmond mit gespielter Nonchalance. »Glaubt *ihr*, dass Mr. Sandwell wirklich ausdrücklich darum ersucht hat, dass man seine Asche dem Meer übergibt? Ich vermute eher, das hat Stephen nur geträumt.«

»Oh nein, mein Lieber. Der Vikar hat sich eigens vergewissert. Ich glaube sogar, er hat es sich schwarz auf weiß zeigen lassen.«

»Dann hat er das Testament also wirklich gesehen? Und was wird aus dem Laden und den anderen Sachen?«

»Ah.« Meine Mutter sah ihn an. »Gute Frage. Weiß ich nicht.«

»Könnte doch sein, dass Thomas davon betroffen ist.«

Esmond und meine Mutter nickten gleichzeitig. Offenbar gingen ihre Gedanken in dieselbe Richtung. Ich hingegen war außen vor. Die Intimität zwischen den beiden machte mich eifersüchtig.

Anfangs schien es so, als ob sich durch Mr. Sandwells Tod nichts verändert hätte. Worüber ich zugleich erleichtert und enttäuscht war.

So etwas kommt natürlich immer wieder mal vor. Man überschreitet (meist mehr oder weniger widerstrebend) eine Wasserscheide und glaubt, dass auf der anderen Seite alles anders sein müsse als bislang. Doch zunächst erscheint alles völlig unverändert. Also ist man enttäuscht. Dann entdeckt man allmählich, dass die Landschaft ringsum sich irgendwie verändert hat, dass die Flüsse einem nicht mehr entgegenfließen, dass das Gelände nicht mehr ansteigt, sondern abfällt und dass auch der Ausblick auf die Sonne und die Berge plötzlich anders ist. Aber wie so oft ist das Problem nicht auf die Komplexität dessen zurückzuführen, was wir sehen, sondern auf unsere überaus schlichten Denkgewohnheiten: Und so kommt es, dass wir zum Beispiel eine Wasserscheide mit einer geografischen Linie verwechseln und meinen, es dabei lediglich mit einer eindimensionalen Gegebenheit zu tun zu haben.

An dem Montagmorgen nach der Bestattung des alten Herrn nahm Esmond mich – auf seinem Rückweg nach London – mit nach Kinghampton. Das schlechte Wetter hatte sich zugleich mit dem Wochenende verflüchtigt. Auch wenn Stephen sich sonntags zu der Frage nicht geäußert hatte, nahm ich an, dass es gewiss in seinem Sinne wäre, wenn ich den Laden erst einmal so gut wie möglich weiterführte.

Ich war nervös – zum Teil, weil ich Angst davor hatte, mit der Trauer anderer Menschen konfrontiert zu werden, zum Teil aber auch wegen der anstehenden Veränderungen. Wir trafen vor neun Uhr in der Bay Street ein. Zu meiner Überraschung hing in der Ladentür bereits das GEÖFFNET-Schild. Stephen saß lesend und rauchend hinter dem Verkaufstisch. Er hatte nicht einmal zum Zeichen seiner Trauer eine schwarze Armbinde angelegt. Auch sonst deutete nichts auf den Verlust hin, den er erlitten hatte. Als die Türglocke läutete, blickte er auf.

»Morgen, Jungs«, sagte er. »Thomas, das Bicknor College hat ein Dutzend Lateinbücher für die Unterstufe bestellt. Könntest du das bitte heute früh erledigen?«

»Natürlich.« Hätte er mich gebeten, einen Kopfstand zu

machen, so wäre ich diesem Wunsch gewiss ebenfalls nachgekommen. Für die Elementarstufe lateinische Übungsbücher zu bestellen war in der Tat keine große Affäre. »Ritchie«, murmelte ich und war stolz, vor Esmond mit meinen Fachkenntnissen zu glänzen. »Kann ich direkt bei Longman bestellen.«

»Diese blöden Broadbent-Browns«, sagte Stephen. »Die verlangen jedes Mal, dass man die Sachen möglichst schon gestern für sie erledigt.«

Ich wollte mich gerade in mein Kabuff begeben.

»Und du willst also an diesem schönen Morgen nach London fahren?«, sagte Stephen zu Esmond. »Du Glücklicher. Möchtest du noch einen Kaffee, bevor du fährst?«

»Ja, warum nicht?«

»Thomas, könntest du mal schnell nach oben flitzen und uns einen Kaffee machen, falls Lilian noch nicht auf ist?«

Ich ging langsam nach oben. Ich hörte, wie unten im Laden ein Streichholz entzündet wurde; danach Gemurmel. Oben auf dem Treppenabsatz wartete bereits Grimalkin. Sie saß mit eingedrehtem Schwanz aufrecht neben der Küchentür. Als ich an ihr vorbeiging, sah sie mich völlig teilnahmslos an. Da ich sie weder fütterte und auch fast nie streichelte, rangierte ich in ihrer Wertschätzung unter ferner liefen.

In der Küche war sonst niemand. Stephens Kaffeetasse und sein Müslischälchen standen auf dem Spülbrett. Da das Schälchen makellos sauber war, nahm ich an, dass Grimalkin es ausgeleckt hatte.

Der Wasserkessel war noch warm und fast voll. Ich zündete den Gasherd an und stellte den Kessel wieder auf die Flamme. Wieder nach unten zu gehen, bis das Wasser kochte, lohnte sich nicht, deshalb lehnte ich mich gegen den Tisch. Grimalkin kam herein und ging gemächlich einmal um den Tisch herum. Dabei inspizierte sie vor allem den Fußboden im Umkreis der Tisch- und der Stuhlbeine. Doch blieb ihre Suche vergeblich. Als sie an mir vorbeikam, streckte ich ihr die Zunge heraus. Plötzlich fing die Katze an zu rennen. Man hätte meinen können, dass sie Augen im Schwanz hätte. Ja, sie musste meine kindische Beleidigung gesehen haben und hielt es nicht länger mit mir in einem Zimmer aus.

»Kaffee«, sagte Lilian von der Tür her. »Eine gute Idee.«

Sie war barfuß und trug einen knappen Morgenmantel, der früher einmal rosa gewesen war und von einer Art Schlips zusammengehalten wurde. Sie bückte sich und hob Grimalkin auf, die wie von Sinnen zu schnurren anfing. Ich war froh, dass Lilians Aufmerksamkeit von mir abgelenkt war. Gleichzeitig versuchte ich mich davon zu überzeugen, dass sie unter gar keinen Umständen gesehen haben konnte, wie ich der Katze die Zunge herausgestreckt hatte.

Lilian setzte die Katze wieder auf den Boden und machte sich daran, dem Tier das Frühstück zu bereiten. Dann setzte sie sich an den Tisch, während Grimalkin zu ihren Füßen gierig das Futter herunterschlang. Das Wasser im Kessel fing an zu kochen. Lilian gähnte und rührte sich nicht von der Stelle.

Bis dahin war ich ganz selbstverständlich davon ausgegangen, dass sie den Kaffee machen würde. Wir lebten damals noch in primitiven Zeiten. In der Schule lernten die Mädchen kochen, während die Jungen schreinerten. Nach etwa einer halben Minute dämmerte mir, dass sie sich nicht zu erheben gedachte. Armes Ding, dachte ich. Ihr unnatürliches Verhalten schrieb ich den mysteriösen Wirkungen der Trauer zu. Und vielleicht hatte ich mit dieser Vermutung sogar Recht, allerdings auf eine Weise, die ich selbst nicht richtig verstand.

»Soll ich den Kaffee machen?«, fragte ich superschlau.

Sie schien mich gar nicht zu hören.

Ich rappelte mich auf. Ich wusste durchaus, was ich zu tun hatte, um eine ordentliche Kanne Kaffee zu kochen: Stephen hatte es mir mit seiner fast altjüngferlichen Vorliebe für jedes kleine Detail beigebracht. Allerdings war das unter der unausgesprochenen Voraussetzung geschehen, dass mir diese Aufgabe nur dann zufallen würde, wenn Lilian abwesend oder anderweitig beschäftigt war. Vor ihren Augen hatte ich es noch nie getan. Wenn ich es nun aber dennoch tat, so begab ich mich gewissermaßen auf ihr ureigenes Terrain.

Es grenzte an ein Wunder, dass nichts zerbrach. Meine angeborene Unbeholfenheit wurde mir noch schmerzlicher bewusst, als ich spürte, dass Lilian mir vom Tisch aus mit ihrem geschulten Auge zusah. Als ich mich an der von Hand betriebenen Kaffeemühle zu schaffen machte, verschüttete ich die Hälfte des gemahlenen Pulvers auf dem Abtropfbrett. Anschließend verbrühte ich mir die Hand mit kochendem Wasser. Dann ließ mich auch noch mein Gedächtnis im Stich – wie viele Teelöffel Kaffee musste ich noch mal in die vorgewärmte Kanne geben? –, allerdings nur kurz. Draußen war es inzwischen ziemlich warm, und ich fing fürchterlich an zu schwitzen.

Schließlich war der Kaffee aufgegossen, und auf dem Tablett standen die Tassen bereit. Außerdem hatte ich ein Sieb sowie Milch und (trotz Stephens Missbilligung) eine Schale Zucker für Esmond organisiert. Ich drehte mich um und hoffte, für meine grandiose Leistung wenigstens ein kleines Lob zu erhalten. Doch zu meinem Entsetzen war Lilian offenbar eingeschlafen. Sie hatte den Kopf auf die Arme gelegt, die auf der Tischplatte ruhten. Zu ihren Füßen kaute die grausige Grimalkin auf den letzten Bissen ihres Frühstücks herum.

»Ah – möchtest du die *Lone-Ranger*-Tasse?«, fragte ich.

Sie hob den Kopf und nickte. Die Tasse war nicht etwa ein Erinnerungsstück aus ihrer Kindheit, vielmehr handelte es sich um eine relativ neue Anschaffung; die Sandwells hatten das Gefäß nämlich erst nach ihrem Umzug nach Kinghampton erworben.

»Thomas, hat er schon mit dir gesprochen?«

Ich schüttelte den Kopf. Wir waren so vertraut miteinander, dass ich nicht nur wusste, wen sie meinte, sondern auch, worüber Stephen mit mir sprechen wollte.

»Dad wollte den Laden eigentlich verkaufen.«

»Was?«

»Ich hab gehört, wie er darüber gesprochen hat. Ungefähr vor einem Monat. Der Steuerberater hat Dad an dem Tag im Pflegeheim besucht.«

»Aber ich hab gedacht, dass Stephen alles abwickelt.«

»Nicht alles. Nicht die großen Sachen.«

»Aber wieso wollte er den Laden verkaufen? Damit Stephen nach London gehen kann?«

»Du kapierst mal wieder gar nichts. Dad hat gesagt, dass Stephen uns alle betrügt. Mich. Die Kunden. Ihn. Einfach alle. Er hat gesagt, dass Stephen ungeeignet ist, einen Laden zu führen.«

Ich wusste nicht, was ich tun oder sagen sollte.

»Er hat auch gesagt, dass er seinen Anwalt um Rat fragen will.«

»Was ist mit dem Kaffee?«, schrie Stephen die Treppe hinauf. »Musst du die Bohnen noch rösten?«

»Komme gleich«, rief ich zurück. Ich drehte mich um und goss den Kaffee ein. »Im Ernst?« sagte ich flüsternd zu Lilian.

»Keine Ahnung. Das ist ja das Problem. Du weißt doch, wie Dad war. Er war manchmal etwas durcheinander.«

Ich stellte die *Lone-Ranger*-Tasse vor ihr auf den Tisch. An jenem Morgen erschien mir ihr Gesicht besonders hässlich: weiß und hager und mit rosa Flecken. Sie nippte an dem Kaffee. Der Dampf ließ ihre Brille beschlagen.

»Wird sich schon wieder einrenken«, sagte ich.

»Herrgott, Thomas«, entgegnete sie. »Ach, verschwinde.«

Ich wusste beim besten Willen nicht, warum sie sauer auf mich war. Ich hatte doch bloß versucht, mich so hilfsbereit und einfühlsam zu zeigen wie irgend möglich.

Ich ging vorsichtig mit dem Tablett die Treppe hinunter. Das Gebrabbel unten im Laden hörte augenblicklich auf, und ich fühlte mich plötzlich doppelt verletzt: Lilian hatte mich einfach weggeschickt, und Stephen und Esmond hatten Geheimnisse vor mir. Und am Vorabend hatten Esmond und meine Mutter mich ebenfalls aus ihrem Gespräch ausgeschlossen. Ich fühlte mich schrecklich einsam.

»Hab ich da Lilians Stimme gehört?«, fragte Stephen.

Ich nickte.

Während Stephen und Esmond ihren Kaffee tranken, unterhielten sie sich über London. Ich kümmerte mich unterdessen um die Bestellung des Bicknor College. Wir hatten den Laden ganz für uns. Wegen des schönen Wetters ließ sich kein Kunde blicken.

»Also gut. Ich muss jetzt los«, sagte Esmond. »Dann bis demnächst.«

»Warum verdrängst du es nur, mein Junge? Spätestens in vier Wochen tauchst du doch ohnehin wieder in der Gegend auf. So sicher wie das Amen in der Kirche.«

Esmond grinste. Ich glaube, dass Stephens gestelzter Humor ihm ziemlich auf die Nerven ging, obwohl er sich nie etwas davon anmerken ließ. Er blieb in der Ladentür stehen und sah mich lächelnd an: »Ich melde mich.«

»Kann sein, dass ich meinen Schirm bei dir im Auto habe liegen lassen«, sagte ich. »Vielleicht sollte ich mal nachsehen.«

»Vorsicht ist die Mutter der Porzellankiste«, sagte Stephen. »Ein ausgezeichneter Grundsatz. Mag draußen auch die Sonne scheinen, in diesem Tal der Tränen sollte man sich auf so etwas nie verlassen.«

Er wieherte vor Vergnügen. Ich trat mit Esmond auf den Gehweg hinaus.

»Was ist denn mit dir los?«, fragte er.

Ich zuckte mit den Schultern. »Bist du wirklich im Juli zuletzt hier gewesen? Vor vier Wochen?«

»Das weißt du doch.« Er schob den Arm hinter den Sitz und brachte den Schirm zum Vorschein. »Kommt mir noch gar nicht so lange vor.«

»Ich hatte nämlich den Eindruck, dass ich dich am Samstag in deinem Wagen in Budstow gesehen habe«, sagte ich und nahm den Schirm entgegen.

»Richtig, stimmt *ganz* genau.« Er hob die Augenbrauen. Auf seinem Gesicht lag ein Ausdruck milden Spotts. »Nur dass du zufällig dabei warst, hast du das etwa schon vergessen? Du hast neben mir auf dem Beifahrersitz gesessen, und draußen hat es aus allen Rohren gepisst.«

»Nein. Nicht an *dem* Samstag. Eine Woche früher.«

An dem Samstag, als Mr. Sandwell gestorben war.

Der Ausdruck auf seinem Gesicht veränderte sich. Er erschien mir plötzlich wie ein zorniger Fremder. »Völlig ausgeschlossen«, sagte er. »Mach dich nicht lächerlich. Du weißt doch, dass ich an dem Wochenende in London war.«

»Ach ja – klar doch.« Die Wut in seiner Stimme ließ mich innerlich erbeben. »War vermutlich nur ein ähnliches Auto. Ich hab es ohnehin nur ganz kurz gesehen.«

Esmond zündete sich eine Zigarette an und schnippte das Streichholz in den Rinnstein. »Es gibt doch wirklich genug rote Triumphs hier in der Gegend. Von den übrigen roten Sportwagen ganz zu schweigen. Oder hast du den Fahrer etwa genau gesehen?«

»Nein. Er hatte eine Mütze und eine Sonnenbrille auf.«

»Siehst du, da haben wir's schon. Hast du mich vielleicht schon mal mit Sonnenbrille gesehen? Ich hab doch nicht mal eine.«

Ich sah ihn mit einem blöden Lächeln an. Liebe und Einsamkeit machen Narren aus uns. Esmond verpasste mir einen Klaps auf den Arm und stieg in den Wagen. Der Motor röhrte auf. Er blickte zu mir auf.

»Dummer Rumpy«, sagte er.

Dreizehn

Am Donnerstag, dem 3. Oktober, gegen neun Uhr abends war Bronwen schon ziemlich betrunken. Nach meinen Berechnungen musste sie ungefähr sechsmal so viel Gin getrunken haben wie ich selbst.

Wir waren noch immer allein im Wohnzimmer. Sie saß zusammengesunken in Esmonds Sessel. Ihr rotes Kleid war zerknautscht und an einigen Stellen mit Asche bekleckert. Sie erinnerte irgendwie an eine welke Mohnblume.

Das Reden hatte Bronwen bis dahin fast alleine besorgt. Nicht dass wir viel gesprochen hätten. Ich war mir sogar ziemlich sicher, dass sie neunzig Prozent dessen, was sie auf dem Herzen hatte, für sich behalten und nicht über die Lippen gebracht hatte. Was sie mir von sich gezeigt hatte, war lediglich die Spitze des Eisbergs gewesen, dessen Masse größtenteils unsichtbar unter der Oberfläche dahindümpelte. Zwischendurch verfiel sie immer wieder in Schweigen, um dann unvermittelt etwas von sich zu geben, was mit dem, worüber sie vorher gesprochen hatte, anscheinend nicht das Geringste zu tun hatte. Ich machte eine Art Spiel daraus, die untergründigen Verbindungslinien zwischen den einzelnen Bemerkungen zu rekonstruieren.

»Alice?«, sagte sie und brach abermals das Schweigen zwischen uns. »Hast du den Namen ausgewählt?«

Ich wandte den Blick von dem Fernseher ab. »Nein, das hat Lilian getan. Meine Frau.«

Wenn ich von Lilian als »meiner Frau« oder von Alice als »meiner Tochter« sprach, fühlte ich mich nicht ganz wohl in meiner Haut. Ja, immer wenn ich die Namen der beiden erwähnte, fühlte ich mich dazu gedrängt zu erklären, in welcher Beziehung ich wirklich zu den beiden stand.

Dann saßen wir wieder eine Weile schweigend da, und ich verfolgte abermals das Fernsehprogramm.

»Was ich am schrecklichsten finde«, sagte Bronwen, »ist zu warten. Untätig rumzuhängen und nicht zu wissen, was gespielt wird. Grauenhaft.«

Es war nicht schwierig zu begreifen, dass Alice der Grund für Bronwens Ungeduld war. Aber nach dem nächsten Schweigeintervall erwischte Bronwen mich auf dem völlig falschen Fuß. Sie fing nämlich plötzlich von Beefburgern an und kam dann nach einer weiteren Schweigeminute auf Feuerwehrautos und Sirenen zu sprechen. Kurz darauf befasste sie sich in ihren Ausführungen allerdings schon wieder mit dem Problem des Wartens – diesmal freilich unter anderen Vorzeichen.

»So ähnlich muss es sein, wenn die Geschworenen sich zur Beratung zurückziehen«, sagte sie. »Man denkt, dass sie eigentlich jeden Augenblick wieder reinkommen müssen. Aber sie lassen auf sich warten. Und dann grübelt man zum tausendsten Mal über die Beweise nach, die sie gegen einen in der Hand haben, und dreht jedes Detail hundertmal hin und her. Zugleich sieht man pausenlos die Gesichter der Geschworenen vor sich und wie sie angezogen sind. Immer wieder, damit man auch wirklich nichts übersieht, woraus man darauf schließen könnte, was sie denken. Ziemlich beschissene Situation, kann ich dir sagen.«

»War das damals so, als sie Esmond verknackt haben?«

»Was? Ich habe gerade an eine völlig andere Verhandlung gedacht. Eine Frau, mit der ich mal befreundet war.«

»Und was hat man ihr zur Last gelegt?«

»Totschlag.« Bronwen machte sich an ihrer Zigarettenschachtel zu schaffen. »Diese Frau lebte damals mit diesem

Mann aus der Karibik zusammen – ist ihr nicht gut bekommen. Die beiden hatten einen Streit. Der Kerl hat mit einem anderen Mädchen rumgemacht und es nicht mal für nötig gehalten, das zu verheimlichen. Egal. Jedenfalls hat er ihr ins Gesicht geschlagen, und da hat sie sich mit einem Bratenspieß gewehrt. Ein Unfall. Völlig klar.«

»Und weiter?«

Ich meinte den Prozess. Doch Bronwen verstand mich falsch.

»Der Typ hat den Spieß ins Auge gekriegt. Woher sollte sie … Ja, woher sollte sie denn auch wissen, dass der verdammte Spieß gleich ins Hirn eindringt? Die Knochenmasse hinter den Augen ist nämlich ziemlich dünn. Hast du das gewusst? Und dann gibt es in dem Knochen auch noch Löcher für die Nerven. Scheint so, als ob es schon genügt, dass man jemandem den Finger ins Auge stößt, um ihn zu töten. Wenn man Glück hat. Wenn man richtig zustößt.«

»Glück hat?«, fragte ich.

»Du weißt, was ich meine.« Sie legte die Stirn in Falten. »Ich gehe mal kurz in die Küche und besorge frisches Eis.«

Sie ging aus dem Raum und machte die Tür hinter sich zu. Ich verfolgte wieder das Fernsehprogramm. Bronwen ließ sich eine ganze Weile nicht mehr blicken. Als sie wieder hereinkam, sah ich sofort, dass sie versucht hatte, sich ein wenig herzurichten, dass ihr dabei aber nicht der gewünschte Erfolg beschieden gewesen war. Der Gin hatte Farbe in ihr Gesicht gebracht. Besonders auffällig waren die Nase und die roten Flecken seitlich davon. Sie stellte den Eisbehälter scheppernd auf den Tisch und machte sich einen frischen Drink. Als sie sich wieder setzte, schlug die Uhr gerade halb zehn.

»Kannst du nicht irgendwas sagen, Rumpy? Oder hast du die Zunge verschluckt?«

Ich lächelte. »Entschuldigung«, sagte ich. Ich überlegte

kurz, ob sie sich der Grausamkeit ihrer Wortwahl wohl bewusst war. Wahrscheinlich nicht. Ich vergaß ständig, wie wenig Bronwen eigentlich wusste.

»Das Abendessen ist inzwischen voll hinüber«, bemerkte sie. »Na, wenn schon. Können ja auch Dosenbohnen auf Toast essen, die beiden.«

»Ich hab eine Schwäche für Dosenbohnen«, erklärte ich.

»Kennst du den Witz? Über den Lkw-Fahrer, der in New Orleans mit seinem Laster losfährt? Der Refrain geht ungefähr so: ›Was brauche ich Gas – ich hab doch Dosenbohnen en masse?‹« Sie sah mich mit hochgezogenen Augenbrauen an. Wahrscheinlich hatte ich sie etwas irritiert angeschaut. »Gas, Rumpy. Sagen die Amis, wenn sie Benzin meinen, kapiert?« Dann richtete sie sich plötzlich im Sitzen auf und bekam vor lauter Anspannung ein ganz starres Gesicht. Sie schüttete sich ein paar Spritzer Gin Tonic über das Kleid. »Oh, Scheiße. War da nicht gerade ein Auto?«

»Nein.«

Sie fixierte mich misstrauisch, fast feindselig. »Woher weißt du das denn so genau?«

»Ich habe mein ganzes Leben in diesem Haus gelebt. Ich kenne hier jedes Geräusch.«

Ihre Züge wurden wieder etwas weicher. »So lange an einem Ort.« Bronwen nahm sich eine Zigarette und spielte damit. Sie sah mich durch die Wimpern von der Seite an. Wie ein kleines Mädchen, das sich darüber klar zu werden versucht, ob ein im Zimmer anwesender Erwachsener einschreiten wird, falls es doch noch ein zweites Stück Kuchen nimmt, saß sie grübelnd in ihrem Sessel. »Dieses Gerede von dem Sterbezimmer«, sagte sie. »Das ist doch bloß eine Art Spiel, oder?«

»So haben wir das Zimmer schon als Kinder genannt«, antwortete ich. »Hat nichts weiter damit auf sich.«

»Dann spricht ja nichts dagegen, dass wir sie dort einquartieren«, sagte Bronwen. »Außerdem ist es das bequemste Zimmer.«

»Ich vermute sogar, dass Alice sich dort sehr wohl fühlen wird.«

»Und passieren tut ihr dort doch auch nichts – oder?«

Ich sah sie verständnislos an. »Was?«

»Ach, vergiss es.« Wieder überließ sie sich ihren Gedanken. Einige Minuten verstrichen. »Du hast doch früher mal in Kinghampton einen Laden gehabt, richtig?«

»Richtig, ja.«

Anscheinend war sie über Alice und das Sterbezimmer auf Lilian gekommen: ein unerfreuliches Thema. Deshalb hatte Bronwen Lilian möglichst schnell wieder aus ihren Gedanken verdrängt und sich sicherheitshalber auf das nicht so riskante Terrain von »Sandwell und Sohn« gerettet.

»Und wo genau war der Laden?«, wollte sie wissen. »Es gibt doch heute in Kinghampton gar keine Buchhandlung mehr.«

Ich schüttelte den Kopf. »Das Geschäft war in der Bay Street. In dem Haus, in dem heute die Videothek ist.«

»Erzähl mir davon«, sagte sie.

Ich zögerte, versuchte meine Gedanken zu ordnen.

»Erzähl mir einfach irgendwas, bitte«, sagte sie. »Verdammt noch mal, Rumpy, kannst du mir nicht *irgendwas* erzählen?«

Irgendwie haben wir es nie geschafft, den Namen über dem Ladenfenster zu ändern. Anfangs fanden Stephen und ich es geschmacklos, so bald nach dem Tod seines Vaters eine derartige Veränderung vorzunehmen. Später dachten wir, dass es nur Kosten verursachen würde. Deshalb warteten wir darauf, dass wir in einem guten Geschäftsjahr das nötige Kleingeld einnehmen würden. Und schließlich tat Stephen kund, dass der Originalname sogar eine Art Kapital sei.

»Zwei Generationen – klingt irgendwie seriöser und gut eingeführt«, sagte er. »Am besten, wir belassen es einfach dabei.«

Und dann verschwand das Thema allmählich aus meinem Bewusstsein. Und zwar so vollständig, dass ich den Namen des Ladens auch dann nicht mehr änderte, als ich das Geschäft schließlich ganz alleine führte. Ja, es kam sogar vor, dass Kunden oder Verlagsvertreter »Mr. Sandwell« zu mir sagten. Ich machte mir fast nie die Mühe, sie zu korrigieren, empfand es sogar beinahe als angenehm, mich hinter einem fremden Namen verstecken zu können. Nachdem eine Reihe von Jahren verstrichen war, fragte ich mich allerdings manchmal, ob mich die Leute nun für den Vater oder für den Sohn hielten.

Mr. Sandwell hatte seinen irdischen Besitz in seinem Testament zu gleichen Teilen zwischen Stephen und Lilian aufgeteilt. Dieser Besitz bestand in erster Linie aus dem Mietvertrag für den Laden und die darüber gelegene Wohnung und den Werten, die zum Geschäft selbst gehörten. Der Mietvertrag war noch bis 1978 gültig, und das Testament datierte von 1958. Lilians Anteil sollte bis zu ihrem einundzwanzigsten Geburtstag von einem Treuhänder verwaltet werden. (Hin und wieder kam es mir in den Sinn, dass meine Mutter sich vermutlich durch dieses Beispiel dazu hatte anregen lassen, die Verwaltung ihres Vermögens in ihrem Testament ebenfalls einem Treuhänder zu übertragen.) Mr. Sandwell war offenbar davon ausgegangen, dass Stephen den Laden weiterführen und so lange für Lilian sorgen würde, bis sie sich im Leben ordentlich eingerichtet hatte.

Etwa zwei Monate nach der Bestattung führte Stephen mich mittags in das Mermaid Hotel. Lilian sah derweil im Laden nach dem Rechten. Wir setzten uns an unseren Stammtisch direkt neben der Theke, die erst kurz zuvor mit Ankern aus Hartfaser und muschelbesetzten Fischernetzen neu dekoriert worden war. Stephen trank Whisky und machte sich, wenn er nicht gerade rauchte, an einer Erdnusspackung zu schaffen. Ich trank Orangensaft und kaute lustlos an einem Schinkensandwich herum.

»Ich habe nachgedacht«, sagte er. »Es ist an der Zeit, dass ich dein Gehalt erhöhe. Sagen wir: ein Pfund mehr pro Woche.«

Ich errötete und stammelte ein paar Dankesworte.

»Wir setzen diese Vereinbarung sogar rückwirkend ab Monatsanfang in Kraft. Nein, du brauchst dich nicht zu bedanken. Du hast es dir wirklich verdient, mein Junge.«

Er nahm erneut einen Schluck von seinem Whisky. Ich aß wieder ein bisschen was von meinem Sandwich.

»Manchmal habe ich die Befürchtung«, fuhr er dann fort, »dass du dich vielleicht langweilst. Vielleicht hast du eines Tages schlicht die Nase voll und suchst dir einen interessanteren Job – sagen wir in einer größeren Buchhandlung.«

»Nein, ich bin hier sehr zufrieden. Wirklich.«

»Trotzdem hab ich das Gefühl«, sagte er, »dass es nicht damit getan ist, dass ich dir etwas mehr Geld gebe. Ich muss dir einfach eine sinnvollere Beschäftigung bieten, nicht nur den üblichen Routinekram, nein, eine verantwortungsvollere Tätigkeit.«

»Ich bin ganz zufrieden, ehrlich.«

»Ich muss einfach lernen, öfter Dinge zu delegieren. Darauf läuft es letzten Endes wohl hinaus, alter Knabe. Und vielleicht tut das dem Geschäft sogar ganz gut.«

Er sah mich erwartungsvoll an. Ich hatte zwar den Mund voll, gab aber trotzdem allerlei zustimmende und erfreute Geräusche von mir.

»Ich möchte das Geschäft nämlich gerne erweitern. Ja, ich würde gern eine antiquarische Abteilung einrichten – und vielleicht noch Druckgrafik dazunehmen.«

Ich schluckte. »Und wo sollen wir das alles unterbringen?« Der Laden platzte ohnehin schon fast aus allen Nähten. »Und ob es für so etwas hier in der Gegend Interessenten gibt?«

»Da hast du zwei sehr wichtige Punkte genannt, Thomas. Natürlich stehen wir erst ganz am Anfang, aber vielleicht sollten wir alternative Vertriebswege trotzdem nicht von vornherein ausschließen.«

»Du meinst per Katalog?«

»Vielleicht. Wir könnten aber auch für Privatkunden genau das beschaffen, was sie suchen. In dem Bereich sitzt natürlich das meiste Geld: im oberen Marktsegment. Denkbar wäre aber auch eine Vergrößerung unserer Geschäftsräume oder sogar ein zweiter Laden. Und natürlich muss das alles nicht unbedingt in Kinghampton stattfinden. Egal: Entscheidend ist, dass wir die richtige Zielgruppe ansprechen.«

»Meinst du London?«

»Die ganze Welt steht uns offen, mein Freund. Und jetzt besorge ich dir erst mal einen anständigen Drink, und dann feiern wir deine Beförderung.«

»Ich habe heute Nachmittag noch eine Menge zu tun.«

»Ach, hör doch auf. Außerdem bin ich der Chef, wenn du weißt, was ich meine.«

Er schob das Fischernetz beiseite, das als Vorhang diente, und ließ mich einen Augenblick allein. Als er zurückkam, bestand er darauf, dass wir miteinander anstießen. Eigentlich wollte ich zwar gar keinen Whisky, hatte aber Angst, dass Stephen vielleicht sauer wäre, wenn ich den Fusel unberührt stehen ließ. Nachdem wir angestoßen hatten, fragte ich: »Dann möchtest du also mit den geplanten Veränderungen sofort anfangen?«

»Darauf komme ich noch. Die meisten Unternehmungen dieser Art scheitern daran, dass die Leute nur an die nahe Zukunft denken. Sie haben kein Gesamtkonzept. Es reicht nämlich noch lange nicht aus, bloß ein vages Ziel zu haben. Man braucht auch einen ganz konkreten Maßstab, falls du mir folgen kannst. Ausschlaggebend für den Erfolg eines solchen Unternehmens ist nämlich vor allem, dass jeder einzelne Schritt der Realisierung des Gesamtkonzepts dienlich ist. Bist du noch im Bilde?«

»Ich glaube schon.«

»Also, unser Fernziel sollte die Etablierung einer Buchhandelskette sein: Sortiment, antiquarische und wissenschaftliche Bücher, Fachliteratur, Bücher aus zweiter Hand – alles, was Gewinn verspricht. Dabei treten wir unter dem Namen ›Sandwell und Penmarsh‹ auf.« Er lehnte sich lächelnd zurück. »Da staunst du, was?«

»Du meinst –«

»Richtig. Ich biete dir eine Partnerschaft an. Nicht sofort natürlich, das wäre überstürzt. Das würde auch keinen Sinn ergeben. Aber wenn wir erst mal die Basis für die Realisierung unseres Fernziels geschaffen haben, sieht die Sache schon anders aus.«

»Das ist sehr nett von dir«, sagte ich.

»Wir haben beide unsere Stärken. Ich glaube sogar, dass wir uns ideal ergänzen.«

Ich überlegte, ob die Realisierung dieser Pläne mich womöglich vor die Notwendigkeit stellen könnte, aus Kinghampton und Finisterre wegzuziehen. Das wollte ich nämlich auf gar keinen Fall: nicht nur wegen meiner üblichen Angst vor dem Unbekannten, sondern auch – versuchte ich mir wenigstens einzureden –, weil ich gerne hier lebte. Wenn es uns hilfreich erscheint, verfügen bekanntlich die meisten von uns über die sehr ausgeprägte Fähigkeit, sich selbst etwas vorzumachen.

»Zurzeit«, sagte Stephen, »spricht noch vieles dafür, dass wir unsere Filiale in Kinghampton vorerst weiterführen sollten.«

»Unbedingt.«

»Ja, natürlich, du hast völlig Recht. Im Moment scheint es mir noch geboten, hier vor Ort geschäftlich aktiv zu bleiben. Schließlich ist der Laden eine gute Basis für unseren Expansionskurs. Ein solides Unternehmen, das auch die Banken beeindrucken dürfte.«

»Du meinst, dass wir dann unseren Dispositionskredit leichter erhöhen können?«

Er wischte die Frage mit einer Handbewegung beiseite. »Und vergiss nicht, dass uns das Geschäft hier vor Ort einen gewissen Status verleiht. Außerdem bräuchten wir für einen Umzug natürlich unbedingt Geld.«

»Weiß Lilian schon Bescheid?«

Er zögerte. »Darauf komme ich noch. Was den Laden betrifft, kommt natürlich alles darauf an, dass wir eine aussichtsreiche Geschäftsstrategie verfolgen und uns nicht zum Leichtsinn hinreißen lassen. Wir müssen zwar expandieren, sollten aber keinesfalls etwas überstürzen. Oder siehst du das anders?«

»Nein, ganz und gar nicht – du hast völlig Recht«, antwortete ich. Ich wusste genau, welches Spiel er gerade spielte: die gute alte »Ach-wir-sind-doch-so-dicke-Kumpels«-Nummer. Aber das störte mich nicht. Ich fühlte mich durch den vertraulichen Ton, in dem er mit mir sprach, trotzdem geschmeichelt – und durch die Art, wie er mir den Eindruck vermittelte, dass es ihm ausschließlich auf meine Meinung ankam.

»Und wie genau gehen wir vor?«, fragte ich. »Und was ist mit Lilian?«

»Nun ja. Einer von uns muss natürlich zunächst mal den Markt in London sondieren und dort eine Basis schaffen und die nötigen Kontakte herstellen. Das lässt sich anfangs vielleicht auch nebenbei erledigen, ein oder zwei Tage in der Woche dürften eigentlich reichen. Gleichzeitig führt der andere hier das Geschäft weiter. Was Lilian betrifft, so ist ihre Lage alles andere als erfreulich. Trotzdem ist sie ganz und gar nicht blöde, auch wenn sie das Abitur nicht geschafft hat. Vielleicht kann sie ja im Laden aushelfen. *Deinen* alten Job übernehmen.«

Ich saß schweigend da. Wenn Lilian meinen Job übernehmen sollte, musste ich Stephen ersetzen. Ich war mir nicht sicher, ob ich dazu in der Lage war. Mit den Büchern würde ich schon zurechtkommen, glaubte ich. Das Problem waren die Leute.

»Im Grunde genommen wird sich ja kaum etwas ändern«, sagte Stephen. »Du führst den Laden doch auch sonst oft genug alleine. Und ich werde ohnehin nur ein oder zwei Tage in der Woche in London verbringen.«

»Ja«, sagte ich. »Aber –«

»Wunderbar«, sagte Stephen. »Hab ich doch gewusst, dass du einverstanden bist. Darauf wollen wir anstoßen.« Er hob das Glas und strahlte mich an. »Na dann auf Sandwell und Penmarsh. Und auf alle, die mit uns an Bord kommen. Auf dass unser Unternehmen wachse und gedeihe.«

Meine Mutter betrachtete das neue Arrangement völlig zu Recht mit Skepsis, wenn auch aus den falschen Gründen. Sie hatte von dem Projekt nicht durch mich, sondern durch Stephen Kenntnis erlangt. Am Sonntag nach unserem Mittagessen im Mermaid fuhr er mit dem Fahrrad nach Finisterre hinaus und erwartete uns dort bereits im Garten, als wir von der Kirche nach Hause kamen.

Ich war im ersten Augenblick überrascht, merkte jedoch ziemlich schnell, dass dies für Stephen und meine Mutter ganz und gar nicht galt. Es wurde deutlich, dass Stephen sich schriftlich bei meiner Mutter angemeldet hatte, nur dass keiner von beiden es für nötig befunden hatte, mich darüber zu informieren. Vielleicht hatte Stephen befürchtet, dass ich gegen den Vorschlag, mit dem er gekommen war, etwas einzuwenden hätte. Anscheinend hatte ihn nämlich die Absicht zu uns geführt, meiner Mutter etwas Geld abzuschwatzen.

»Eine absolut sichere Anlage, Teuerste. Außerdem investieren Sie Ihr Geld nicht nur in mich oder meinen Sachverstand oder in eine Branche, in der in den kommenden zehn Jahren viel Geld zu verdienen ist. Sicher wäre dies alles für sich genommen schon eine Investition wert, aber vor allem würden Sie natürlich in Ihren Sohn Thomas investieren.«

Meine Mutter reagierte mit erstaunlichem Geschick auf Stephens Ersuchen. Wir waren inzwischen ins Wohnzimmer gegangen und hatten jeder einen winzigen Sherry vor uns, den kümmerlichen Rest der Flasche, die Esmond bei seinem letzten Besuch mitgebracht hatte.

»Das wäre im Augenblick außerordentlich schwierig«, sagte sie unbestimmt. »Trotzdem hoffe ich natürlich, dass Sie mit Ihrer Idee Erfolg haben. Ja, ich bin sogar ganz sicher.«

Ich hatte die Vermutung, dass sie kein Geld in etwas investieren wollte, was meinen Abschied von Finisterre bedeuten könnte. Obwohl dies natürlich nur für den eher unwahrscheinlichen Fall galt, dass Stephens grandiose Pläne sich tatsächlich in der von ihm prophezeiten Manier realisieren ließen. Außerdem misstraute sie ihm. Andererseits hielt sie es wahrscheinlich für unklug, meinen Arbeitgeber zu kränken: Falls er mich feuerte oder seinen Laden in Kinghampton veräußerte, traute sie mir offenbar so viel Dummheit zu, dass ich mich außerhalb meiner engeren Heimat nach einer neuen Arbeit umsehen könnte. Alles in allem hatte sie offenbar das Gefühl, dass Stephen sie in eine Art Zwickmühle gebracht hatte.

»Es dürfte Sie gewiss beruhigen zu wissen, dass Thomas sich hier um alles kümmern wird«, sagte sie. »Und zwar um *sämtliche* Belange.«

Mit anderen Worten: Sie erinnerte Stephen daran, dass er mich brauchte, damit ich mich um den Laden kümmern und dafür sorgen konnte, dass regelmäßig Geld hereinkam, und damit Lilian etwas zu tun hatte. Ich spielte in seinen Plänen eine zwar untergeordnete, aber trotzdem unverzichtbare Rolle. Sicher war es nicht völlig unmöglich, mich zu ersetzen, doch wäre das ebenso schwierig wie Zeit raubend gewesen. Ob nun zufällig oder ganz bewusst, meine Mutter wies auf diesen Zusammenhang hin, während sie es zugleich ablehnte, in Stephens Projekt Geld zu investieren.

»Er trägt doch ohnehin schon eine Menge Verantwortung«, sagte meine Mutter. »Wie ein erwachsener Mann. Du kannst wirklich stolz auf dich sein, Thomas.«

»Oh ja«, sagte Stephen. »Ich weiß. Schließlich habe ich ihn ja selbst ausgebildet, Mrs. Penmarsh. Ich vermag seinen Wert also durchaus zu schätzen.«

Er sah mich zwinkernd an, wohl um mir zu vermitteln, dass dieser kleine Akt der Herablassung nicht etwa böse, sondern vielmehr scherzhaft gemeint war.

»Eines könnten wir allerdings für Sie tun«, erklärte meine Mutter strahlend. »Ihnen Lagerkapazitäten zur Verfügung stellen. Nicht wahr, Thomas? Ihr braucht doch für die vielen alten Bücher sicher eine Menge Platz.«

»Oh ja, sicher.«

»Der Speicher über der Garage kommt dafür zum Beispiel in Frage. Wenigstens für den Anfang. Es ist ziemlich trocken da oben. Normalerweise verwahren wir dort unsere Äpfel. Dort könntet ihr gewiss eine Menge Bücher unterbringen.«

»Ich kann Ihnen gar nicht sagen, wie hilfreich das wäre«, erwiderte Stephen. »Vielen, vielen Dank.«

»Und was ist mit dem Dachboden?«, fragte ich.

Auch hier hatte meine Mutter auf der Stelle wieder eine Ausrede parat. »Mr. Jodson hat schon mehrmals gesagt, dass dort oben einiges zu reparieren ist. Ja, er glaubt sogar, dass zurzeit eine gewisse Einsturzgefahr besteht. Das kommt also, fürchte ich, nicht in Frage.«

Schon seit einigen Minuten machte sich in dem Zimmer ein immer intensiverer Bratenduft bemerkbar. Drüben in der Küche brutzelte unser Sonntagsbraten im Backofen vor sich hin. Meine Mutter leerte ihr Sherryglas und hievte sich dann aus dem Sessel. Stephen und ich sprangen auf.

»Würdet ihr mich jetzt bitte entschuldigen?«, sagte sie.

Sie hob eine Augenbraue. Stephen raste los, um ihr die Tür aufzuhalten. Sie ging ein, zwei Schritte an ihm vorbei und blieb dann stehen.

»Ich verabschiede mich, glaube ich, schon einmal«, sagte sie. »Sonst kommen Sie noch zu spät zum Mittagessen nach Hause. Schließlich dürfen wir nicht nur an uns denken, Thomas …«

Dann verschwand sie draußen im Gang, bis ihre Schritte weiter hinten verhallten. Die Küchentür wurde geöffnet und wieder geschlossen. Stephen rieb sich die Hände. Er schien entzückt: als ob sie ihm alles gewährt hätte, worum er sie gebeten hatte, ja sogar mehr.

»Das hat nichts mit Überlegung zu tun«, sagte er. »Reiner Instinkt. Kann man ihr nicht mal verübeln. Ist sie nicht herrlich – die Mutter Natur?«

Dann wandte er sich ebenfalls zum Gehen.

Seit Januar 1964 hatten Esmond und Stephen zusammen eine Wohnung in Chelsea. Theoretisch handelte es sich allerdings um Esmonds Wohnung, und Stephen konnte lediglich in einer Art Gästezimmer nächtigen, wenn er in London war. Derselben Theorie zufolge lebte Stephen nämlich eigentlich in Kinghampton, wo er seine Buchhandlung führte und sich um seine heranwachsende Schwester kümmerte. Ja, Stephen schien sogar zu glauben, dass sich in dieser Theorie die Wirklichkeit abbildete. Und selbstverständlich erwartete er von Esmond, Lilian und mir, dass wir so taten, als ob wir dies genauso sahen.

Aber auch Esmond war nur bedingt in Stephens Aktivitäten eingeweiht.

»Stephen?«, sagte er, als er Ende Januar mal wieder ein Wochenende in Finisterre verbrachte. »Den hab ich schon seit Tagen – Augenblick: seit Dienstag – nicht mehr gesehen.«

»Aber er ist doch am Sonntag nach London gefahren. Und er hat Lilian gestern angerufen und gesagt, dass er morgen zurückkommt.«

Esmond zuckte mit den Schultern. »Ich war der Meinung, dass er hier ist.«

»Und ich bin davon ausgegangen, dass er bei dir steckt.«

Es war bereits spät am Freitagabend. Meine Mutter war endlich ins Bett gegangen, so dass ich erstmals an diesem Tag offen mit Esmond plaudern konnte. Esmond hatte es sich in meinem Zimmer mit einer aufgeschraubten Flasche Whisky zwischen den Beinen auf dem Fenstersitz bequem gemacht. Er hatte dunkle Ringe unter den Augen und sah aus, als ob er etwas frische Luft gebrauchen könnte. Sein Haar war ungekämmt und hing hinten über den Kragen. Ich hegte die Vermutung, dass das Großstadtleben ihm so sehr zusetzte, dass er nicht einmal mehr dazu kam, zum Friseur zu gehen. Allerdings traute ich mich nicht, etwas zu sagen, weil ich wusste, dass er das für spießig halten würde.

»Du weißt doch, wie Stephen ist«, sagte Esmond. »Er macht nun mal gerne ein großes Geheimnis aus sich. Und wie läuft das Geschäft?«

»Nicht schlecht.« Ich war stolz auf mich. Klar, in der Weihnachtszeit machen fast alle Buchhandlungen ein gutes Geschäft, aber Lilian und ich hatten trotz Stephens Abwesenheit fast genauso viel Umsatz gemacht wie im Vorjahr. Inzwischen ging alles wieder seinen gewohnt ruhigen Gang. »Hast du schon von der antiquarischen Abteilung gehört?«

»Nein.« Esmond klang, als ob ihm daran auch nichts gelegen wäre.

»Stephen möchte, dass wir in Mr. Sandwells früherem Schlafzimmer eine Abteilung für klassisches und modernes Antiquariat einrichten. Lilian und ich haben sogar schon angefangen. Im Augenblick sortieren wir gerade die Bestände. Obwohl eine solche Abteilung natürlich nichts für das allgemeine Publikum ist.«

»Klingt sehr ambitioniert.« Er trank einen Schluck Whisky direkt aus der Flasche. »Dann nimmt euer Projekt also langsam Gestalt an?«

»Ja, allmählich.«

Ein Bote hatte vor einigen Tagen zwei Kisten mit Büchern abgeliefert: vorwiegend viktorianische Nachdrucke populärer Romane und billige Vorkriegsausgaben der Klassiker. Ich hatte die Vermutung geäußert, dass es für solche Bücher kaum Interessenten geben dürfte. »Das dient doch nur zur Dekoration«, hatte Stephen entgegnet. »Unsere wirklichen Profitchancen liegen ganz woanders.« Dann fing er an, von Auktionen zu erzählen, von Besuchen bei potenziellen Kunden in Mayfair, von handsignierten Erstausgaben, von frühromantischer Druckgrafik. Er hatte sich inzwischen den Jargon eines professionellen Antiquars zu Eigen gemacht, dessen er sich so begeistert befleißigte wie ein kleiner Junge, der gerade eine Kompanie neuer Zinnsoldaten erhalten hat. Außerdem hatte er Visitenkarten drucken lassen: »Stephen J. Sandwell, Sandwell und Penmarsh«; darunter die Adresse von Esmonds Privatwohnung in London und die Anschrift unserer Buchhandlung in Kinghampton. Ich fragte mich, was wohl passieren würde, falls Esmond einmal umziehen sollte.

»Hast du schon mal einen Anruf für Sandwell und Penmarsh bekommen?«, fragte ich Esmond.

Er schüttelte den Kopf. »Aber ich bin ja auch ständig auf Achse. Und hat hier schon mal jemand angerufen?«

»Nein. Bislang nicht. Aber wir stehen ja erst am Anfang.«

»Das glaubst du wirklich, Rumpy?«

»Keine Ahnung. Obwohl ich gerne wüsste, was er wirklich vorhat.«

»Keine Sorge«, sagte Esmond. »Ich pass schon auf dich auf.«

Meine Mutter nannte Lilian meist »deine Hilfskraft« oder das »arme Sandwell-Mädchen«. Wenn sie mit anderen sprach, vor allem Tante Ada, stellte sie Lilians Bedeutung möglichst unter den Scheffel und bemühte sich, mein Licht besonders hell erstrahlen zu lassen. So dumm sie ansonsten auch sein mochte: Die aus ihrer Sicht – so weit es Lilian betraf – wichtigsten zwei Punkte vergaß sie niemals, nämlich dass ich mehr Zeit mit dem Mädchen verbrachte als irgendwer sonst und dass Lilian bereits in zwei Jahren zu fünfzig Prozent an dem Geschäft beteiligt sein würde. Und aus diesem Grund lud meine Mutter das Mädchen eines Sonntags zum Mittagessen ein.

Das alles spielte sich im Frühjahr 1964 ab. Lilian lehnte die Einladung ab, was meine Mutter nur umso mehr in ihrem Entschluss bestärkte, das Mädchen umzustimmen. Lilian behauptete, sie habe einfach zu viel mit der Wäsche und dem Haushalt zu tun. Meine Mutter ließ diese Ausrede nicht eine Sekunde gelten. »Das glaubt sie doch selbst nicht«, sagte sie zu mir, als wir allein waren. Dann zerbrachen wir uns an mehreren Abenden darüber den Kopf, was Lilian dazu bewogen haben mochte, die Einladung abzulehnen. Das heißt, meine Mutter stellte solche Spekulationen an, und ich hörte zu.

Ob Lilians Weigerung auf ihre mädchenhafte Scheu zurückzuführen war? Oder mochte sie uns etwa nicht? Oder reichte es ihr, dass sie bereits im Laden ständig mit mir zu tun hatte? Oder hatte sie vielleicht nichts anzuziehen? Oder war sie zu bequem, um mit dem Fahrrad von Kinghampton nach Finisterre und wieder zurück zu fahren? Oder hatte sie womöglich insgeheim einen Freund? Oder hatte Stephen ihr untersagt, die Einladung anzunehmen?

Im April kam meine Mutter dann eines Morgens in den Laden gerauscht und wiederholte wohl zum dritten oder vierten Mal ihre Einladung. Lilian willigte sofort ein und verlor kein einziges Wort über ihre bisher ablehnende Haltung.

»Oh«, sagte meine Mutter sichtlich erstaunt. »Oh. Wie erfreulich. Und was ist mit Stephen? Den hätten wir natürlich auch gerne dabei.«

»Soweit ich weiß, will er am Wochenende in London bleiben«, sagte ich. »Eigentlich wollte er erst am Montag zurückkommen.«

Abends blätterte meine Mutter in ihrem Terminkalender. »Ach, übrigens. Lilian kommt genau an dem Sonntag zu uns zum Essen, an dem Esmond sich angesagt hat.«

»Ah ja«, sagte ich und las weiter.

»Hast du ihr davon erzählt, dass er kommt?«

»Du meinst Lilian? Nein.« Ich ließ das Buch auf die Knie sinken. »Allerdings habe ich es im Laden in unseren Terminkalender eingetragen. Möglich, dass sie es dort gesehen hat.«

»Natürlich«, sagte meine Mutter errötend und bleckte die oberen Schneidezähne. »Sie kommt bloß, weil *er* uns an dem Wochenende besucht. Hätte ich mir denken können.«

»Ich glaube nicht, dass sie Esmond besonders mag.«

»Mach dich doch nicht lächerlich. Weiß doch jeder, dass sie hinter ihm her ist. Am besten, ich verschiebe die Einladung einfach.«

»Aber das würde sie doch sofort merken.«

»Nicht unbedingt. Wenn nun einer von uns krank wird?«

»Aber wenn Esmond hier ist –«

»Esmond kann doch ruhig kommen, auch wenn einer von uns krank ist. Er gehört doch zur Familie.«

»Möglich, dass sie kein zweites Mal zusagt.«

Meine Mutter fing an zu schnauben und dachte nach. Dabei machte sie ein angestrengtes Gesicht, wie man es manchmal bei Leuten sehen kann, die im Kopf eine komplizierte Rechnung anstellen.

»Kann sein, dass du Recht hast«, sagte sie schließlich. »Aber auf deine Verantwortung.«

Um ehrlich zu sein: Lilian war mir im Laden keine große Hilfe. Es fehlte ihr zwar nicht an der nötigen Intelligenz, doch die Arbeit in einer Buchhandlung entsprach nun einmal nicht dem, was sie sich vom Leben erhoffte.

Auch hatten wir eine völlig unterschiedliche Arbeitsauffassung. Zum Beispiel: Ein- oder zweimal im Jahr häuften sich bei uns plötzlich die Ladendiebstähle, hinter denen meist Jungen vom örtlichen Gymnasium steckten. Ich war darüber zwar jedes Mal erbost, verhielt mich aber nach Möglichkeit so, als ob ich nichts davon bemerkte. Wenn Lilian die Jungen beim Klauen beobachtete, hielt sie ebenfalls den Mund, doch nicht etwa aus Schüchternheit. Nein, sie reagierte auf solche Vorfälle vielmehr mit einer Mischung aus milder Neugier und völliger Gleichgültigkeit.

Doch immerhin saß sie hinter dem Ladentisch, nahm von den Kunden das Geld entgegen, gab ihnen heraus und verstaute die verkauften Bücher in Papiertüten. Im Übrigen hätte sich ganz sicher niemand mit dem Hungerlohn zufrieden gegeben, mit dem Lilian sich begnügte. Gewöhnlich lag Grimalkin auf ihrem Schoß, so dass das verdammte Viech mir wenigstens nicht zwischen den Beinen herumkroch. Und wenn ich mal abwesend war, ging Lilian sogar mitunter ans Telefon.

Sobald ein Kunde sie um eine Auskunft bat, rief sie augenblicklich: »Thomas!« Tatsächlich konnte sie für ein so zart gebautes Mädchen erstaunlich laut schreien. Anschließend klinkte sie sich sofort wieder vollkommen aus dem Geschehen aus und schien den Laden und den Kunden und meine Wenigkeit total vergessen zu haben. Wenn ich dann vorne im Laden erschien, musste der Kunde sein Anliegen abermals vortragen. Lilian dachte gar nicht daran, ihm dabei vielleicht behilflich zu sein. Deshalb vermied ich es tunlichst, darüber nachzudenken, wie sie sich wohl verhalten mochte, wenn ich mal nicht da war.

Nicht dass Lilian hinter dem Ladentisch heimlich gelesen hätte. Genau genommen würde es mich sogar überraschen, wenn sie überhaupt irgendwelche bewussten Absichten verfolgt hätte. Sie war einfach da. Konkret zugegen in dieser Welt war sie allerdings nur körperlich. Ihr Geist hingegen reagierte wie ein unwilliger Gast und zog sich, wenn irgend möglich, sofort wieder in jene geheimnisvolle Sphäre zurück, in der er normalerweise beheimatet war.

Lilian hatte sich schon immer, so gut es ging, aus allem herausgehalten. Obwohl ich den Eindruck hatte, dass diese Tendenz sich in den Jahren, in denen ich sie kannte, immer mehr verschlimmerte. Andererseits hätte sie selbst dies vielleicht gar nicht als »Verschlimmerung« bezeichnet. Sie war nämlich nicht unglücklich.

Was sie wirklich wollte, hatte sie uns bereits anlässlich ihres ersten Besuches in Finisterre offenbart. Das war an jenem Frosttag im Januar 1960 gewesen, als wir zum Blackberry Water und in die Ulvercombe-Bucht hinunter spaziert waren und Stephen uns am Strand aufgefordert hatte, um ein Feuer herumzutanzen, und sich hinterher über Pestgräber und die Energie der Verstorbenen ausgelassen hatte.

Ich möchte genug Geld haben und in einem schönen Haus wohnen und Kinder bekommen. Und ich möchte nicht arbeiten.

Man könnte sagen, dass dieser Herzenswunsch am Ende – wenn auch auf eine etwas merkwürdige Art und Weise – tatsächlich in Erfüllung gegangen ist. Wie ich schon im Zusammenhang mit Tante Imogens erfolgreicher Werbung um Alfred Chards Hand erwähnt habe, ist die Erfüllung eines Herzenswunsches nicht unbedingt eine Glücksgarantie. Außerdem hatte sich Lilian schon sehr früh innerlich so weit von der Welt entfernt, dass daran ohnehin nichts mehr zu ändern war.

Aber gab es für diesen Rückzug und für ihren Wunsch nach materiellem Wohlstand und Kindern nun einen bestimmten Grund? Das glaube ich nicht. Denn solche Gründe kommen selten allein. Meist kommen sie sogar in einem ganzen Knäuel daher, und zwar in ganz unterschiedlichen Entwicklungs- und Verfallsstadien: wie eine große Rattenfamilie, die sich in einem viel zu engen Nest zusammendrängt. Ich werde den oder die Gründe auch in Zukunft wohl so wenig begreifen wie die Motive, die Stephen dazu veranlasst hatten, vor allem nach Macht zu streben, keine engeren emotionalen Bindungen einzugehen und sich nicht mal für Sex zu interessieren.

Obwohl man sicherlich eine Arbeitshypothese darüber aufstellen könnte, warum Lilian anfangs *so* war und sich später in eine bestimmte Richtung entwickelte. Wollte man dies tun, müsste man sich allerdings zunächst etwas näher mit dem Leben und Sterben von Lilians Mutter befassen.

Kaum jemand wusste viel über Mrs. Sandwell zu berichten. Selbst Tante Ada zeigte sich im Hinblick auf die Cousine ihres Mannes ungewöhnlich verschlossen. Wir verstanden lediglich, dass sie tot war und früher einmal an der Universität London Psychologie gelehrt hatte.

»Muss eine außerordentlich begabte Frau gewesen sein, glaube ich«, sagte Tante Ada. Sie konnte es sich bei solchen Gelegenheiten nicht verkneifen, meiner Mutter, die sich der intellektuellen Defizite ihrer eigenen Sippe nur zu deutlich bewusst war, einen kleinen Stich zu versetzen. »Allerdings habe ich sie nie persönlich kennen gelernt.«

Esmond hatte gehört, dass Mrs. Sandwell ganz plötzlich an »Atemstillstand« gestorben war. Wir machten uns sogar die Mühe, uns in dem großen Lexikon in der Schulbibliothek über diesen Befund zu informieren. Am Ende fanden wir lediglich heraus, dass Mrs. Sandwell offenbar einfach aufgehört hatte zu atmen.

Ansonsten kann ich mich nicht daran erinnern, mich für Mrs. Sandwells Leben oder Sterben interessiert zu haben. Stephen und Lilian sprachen nie von ihr. Hätten sie es doch getan, wären Esmond und ich gewiss peinlich berührt gewesen.

Im Frühjahr 1964 wusste Esmond dann noch ein paar weitere Dinge über Mrs. Sandwell zu berichten, die er irgendwo aufgeschnappt hatte. Er erzählte mir davon genau an dem Tag, als Lilian zum ersten Mal bei uns in Finisterre zum Essen eingeladen war. Sicher hätte ich noch andere Quellen zu Rate ziehen können, um den Wahrheitsgehalt seiner Informationen zu überprüfen: zum Beispiel den Totenschein oder zeitgenössische Presseberichte. Aber dazu bin ich nie gekommen. Später hätte ich Lilian auch persönlich fragen können, doch ich genierte mich irgendwie. Außerdem: Wenn sie darüber hätte sprechen wollen, hätte sie gewiss von allein davon angefangen. Ja, ich glaube sogar, dass es mir damals sinnlos erschienen ist, der Sache nachzugehen: Lilian war Lilian, und daran hätte sich auch nichts geändert, wenn ich mehr über ihre Mutter gewusst hätte.

Der besagte Sonntag erwies sich als ziemlich langweilige Veranstaltung. Lilian hatte versucht, sich zurechtzumachen: wie damals an dem Sommerabend, als wir das Mermaid Hotel besucht hatten und ich zum ersten Mal in meinem Leben betrunken gewesen war. Doch an diesem Tag ging es ihr um etwas anderes: Sie wollte sich nicht von ihrer verführerischen, sondern vielmehr von ihrer ehrbaren Seite zeigen.

Eigentlich hatten Esmond und ich vorgehabt, vor dem Mittagessen mit ihr noch schnell irgendwo einen Drink zu nehmen, doch sie wollte sich unbedingt nützlich machen. Ich glaube, sie deckte den Tisch. Während des Essens richtete sie dann ihre Aufmerksamkeit vornehmlich auf meine Mutter und auf Themen, die meine Mutter interessierten. Nicht dass sie aktiv die Gesprächsführung an sich gerissen hätte. Im Gegenteil: Sie war sichtlich scheu, ja fast ängstlich, was ihr in den Augen meiner Mutter freilich ganz und gar nicht zum Nachteil gereichte.

Als wir bei Tisch saßen, zeigte sich meine Mutter mir und sogar Esmond gegenüber ziemlich ungnädig. Möglich, dass sie emotional überfordert war, da sie nur jeweils eine Person mit ihrer uneingeschränkten Zuneigung beglücken konnte. Als wir schließlich beim Nachtisch angelangt waren, fand sie es sogar angeraten, sich kritisch zu Esmonds Frisur zu äußern. Sein Haar war jetzt noch länger als bei seinem letzten Besuch. Ja, es fiel ihm immer wieder so tief ins Gesicht, dass es seine Augen bedeckte.

»Du siehst aus wie ein räudiger Hund, mein Lieber«, sagte meine Mutter. »Was meinen Sie, Lilian?«

Lilian nickte lächelnd.

»Ich hätte dich gestern zum Friseur schicken sollen.«

»Ist in London gerade modern, die Haare lang zu tragen, Tante Fiona«, erklärte Esmond.

»Na und«, entgegnete meine Mutter, die von der Richtigkeit ihrer Auffassungen so vollkommen überzeugt war, dass auch rationale Argumente dagegen nichts auszurichten vermochten. »Wir sind hier nun mal nicht in London.«

Nach dem Mittagessen und dem anschließenden Kaffee machten es sich Lilian und meine Mutter auf dem Sofa im Wohnzimmer bequem. Meine Mutter zeigte ihr Kinderfotos von Esmond und mir. Esmond und ich spazierten unterdessen mit dem Flachmann in der Tasche zum Blackberry Water hinunter.

Es war ein grauer, stürmischer Apriltag. Esmond wollte mir unterwegs etwas sagen, doch der Wind war so laut, dass ich ihn nicht verstehen konnte. Er sah mich grinsend an und brüllte: »Später.«

Der am besten geschützte Platz im Umkreis des kleinen Süßwassersees befand sich an einer Stelle, wo der Weg eine Hundertachtzig-Grad-Kurve beschrieb. Wir ließen uns in die Hocke nieder und taten uns abwechselnd an dem Whisky gütlich. Auch in der Nacht, als ich so völlig betrunken gewesen war, hatten wir an dieser Stelle mit dem Wagen gehalten.

»Was wolltest du vorhin sagen?«, fragte ich.

Esmond reichte mir den Flachmann. »Ich habe in London jemanden kennen gelernt, der früher mal mit den Sandwells zu tun hatte.«

»Ach. Und wann?«

»Ist schon ewig her. Bevor sie hierher gezogen sind.«

Dann berichtete er mir von einem gewissen Ricky, den er vor kurzem kennen gelernt hatte und der früher mal mit Stephen befreundet gewesen war. Die beiden kannten sich aus der Schule, hatten sich jedoch später aus den Augen verloren. Doch Esmond erzählte mir nicht nur von Ricky, sondern auch von dem Ort, wo er ihn kennen gelernt hatte: einem privaten Club in der Rupert Street, wo man Poker spielen konnte. Er schilderte detailliert eine bestimmte

Kartenpartie, bei der Ricky und er zu den Mitspielern gehört hatten und miteinander ins Gespräch gekommen waren. Dabei beschrieb er jeden einzelnen wichtigen Spielzug in solcher Ausführlichkeit, dass ich mich schon zu langweilen begann. Mich interessierten die Sandwells und nicht seine Pokererlebnisse.

»Und wie ist er darauf gekommen, dass du Stephen kennst?«, fragte ich.

»Was? Ach so, ja. Er hat mich gefragt, wo ich herkomme. Und als ich gesagt habe aus Kinghampton, hat er gefragt, ob ich die Sandwells kenne.«

»Wir müssen unbedingt Lilian fragen, ob sie sich noch an ihn erinnert.«

»Lieber nicht.« Esmond hielt inne, um sich eine Zigarette anzuzünden, und ich hatte das Gefühl, dass ihm gerade etwas eingefallen war. Als er weitersprach, klang seine Stimme amüsiert. »Du musst dich vor ihr in Acht nehmen, Rumpy.«

»Wie meinst du das?«

»Ich glaube, sie sieht sich schon als die neue Mrs. Penmarsh.«

»Quatsch!«

»Doch, im Ernst.«

»Hör auf. Das ist mir peinlich.«

»Bringt doch nichts, es zu verdrängen. Es sei denn, du möchtest gerne mit Lilian zum Traualtar schreiten.«

»Aber sie hat doch gar kein Interesse an mir. Wenn überhaupt, interessiert sie sich doch für dich. Das hat sogar meine Mutter gesagt. Weißt du noch letzten Sommer im Mermaid –«

»Ja, ich weiß. Als sie sich so aufgedonnert hat. Willst du denn nichts begreifen? Das kann sie genauso gut deinetwie meinetwegen getan haben. Außerdem ist das schon fast ein Jahr her.«

»Aber sie hat noch nie irgendwas gesagt oder getan.«

»Ach ja? Aber sie arbeitet doch mit dir zusammen – oder etwa nicht? Stephen war damals ganz sicher, dass sie sein Angebot ablehnen wird, besonders bei dem Hungerlohn, den er ihr zahlt. Das Mädchen arbeitet dort nur, um in deiner Nähe zu sein. Das ist doch offensichtlich.«

Ich bin zwar noch nie dem Ertrinkungstod nahe gewesen, trotzdem glaube ich, dass ich mir ungefähr vorstellen kann, wie das ist. Zuerst dröhnt einem der ganze Kopf. Vor dem inneren Auge rast eine Flut sich überschlagender Bilder vorbei. Und dann erhebt sich wie eine riesige Welle plötzlich ein Gefühl der totalen Panik. Doch am schlimmsten ist vielleicht das Bewusstsein der absoluten Unentrinnbarkeit: Man starrt dem Tod ins Gesicht und kann sich einfach nicht abwenden.

Esmond streckte mir den Flachmann entgegen. Ich schüttelte den Kopf und bemühte mich, meiner Angst Herr zu werden. Dann hörte ich mich plötzlich selbst sprechen.

»Und wieso ist sie dann nicht mitgekommen? Warum ist sie dann nicht hier?«

»Ach, komm schon, Rumpy. So naiv kannst du doch gar nicht sein. Natürlich muss sie auch deine Mutter für sich einnehmen.«

»Ich will sie aber nicht heiraten.«

»Dann lass es halt.«

Ich sah Esmond an. Er kannte mich sehr gut. Ich glaube, er hat damals die Angst in meinen Augen gesehen. Er war immer so gut zu mir. Er wusste, dass ich nicht stark war. Er berührte mich am Arm.

»Du musst überhaupt nichts«, erklärte er. »Kapiert? Sollte es Probleme geben, sag mir einfach Bescheid. Dann unterbreite ich ihr, dass sie sich verziehen soll.«

»Aber wenn meine Mutter sie nun mag – *der* kannst du nicht sagen, dass sie sich verpissen soll.«

»Wieso denn nicht?«

»Wegen des Schecks, den sie dir jeden Monat gibt.«

»Ist mir scheißegal.«

Ich schwieg. Esmond rauchte nachdenklich seine Zigarette und legte die Stirn in Falten.

»Danke«, sagte ich.

»Weißt du, was du tun solltest?« Der heisere Klang seiner Stimme erschreckte mich. »Heute Abend mit mir nach London fahren. Pack einfach deine Klamotten und komm mit.«

»Das kann ich nicht.«

»Nein«, erwiderte er traurig. »Das kannst du nicht.«

Er schnippte die Zigarette beiseite und führte den Flachmann zum Mund.

»Ich glaube, wir sollten besser umkehren«, sagte ich.

»Oh ja. Mein Gott, ist ja schon gleich Teezeit. Stell dir nur vor, wir kommen zu spät zum Tee.«

Ich war bereits aufgestanden. Esmond hockte noch am Boden. Er schraubte gemächlich den Verschluss wieder auf den Flachmann und suchte nach einer neuen Zigarette. Vielleicht war er wegen des Whiskys ein wenig ungeschickt. Als er die Zigarette anzündete, fiel ihm das Haar in die Stirn. Es fing an der Flamme des Streichholzes Feuer, und innerhalb von Sekunden brannten ein paar Strähnen lichterloh. Einen Augenblick später stand sein ganzer Kopf in Flammen. Er ließ das Zündholz und die Zigarette zu Boden fallen. Sein Gesicht war so ausdruckslos wie das einer Statue. Ich umfing seinen Kopf mit den Armen und presste ihn gegen meine Brust. Eigentlich hatte ich erwartet, dass das Feuer auf mich übergreifen würde, doch stattdessen erloschen die Flammen so rasch wieder, wie sie entstanden waren.

»Jesus«, sagte Esmond.

Während der folgenden Sekunden hing noch der Geruch der versengten Haare in der Luft. Esmond befreite sich aus meiner Umklammerung, richtete sich auf und betastete sein Haar.

»Danke«, sagte er.

Ich zitterte am ganzen Leib. »Mein Gott, das sah ja grauenhaft aus.«

»War aber nicht so schlimm«, erklärte er. »Ist mir schon mal passiert. Als ich mir morgens im Bett die erste Fluppe angezündet habe. Mensch, bin ich an dem Tag aus dem Bett geschossen – wie eine Rakete.«

»Trotzdem kann man kaum etwas sehen«, sagte ich. Das war in der Tat das Merkwürdigste von allem. Möglich, dass die Brandspuren aus allernächster Nähe noch erkennbar waren, aber von der Stelle aus, wo ich stand, war davon nichts mehr zu sehen.

Esmond fuhr sich mit den Fingern durch das Haar, hob die Zigarette auf und zündete sie im Windschatten seines zusammengekrümmten Oberkörpers an.

»Pass bloß auf«, sagte ich, bevor ich mich bremsen konnte.

»›Mit dem Feuer spielen‹ nennt man das wohl. Los, komm. Wir wollen doch nicht, dass Lilian uns das ganze Teegebäck wegisst.«

Wir gingen – den Wind im Rücken – flott wieder den Weg hinauf.

»Dieser Mann, den du da kennen gelernt hast«, sagte ich. »Ricky, heißt er, oder? Konnte Lilian ihn nicht leiden?«

»Keine Ahnung. Wieso?«

»Weil du gesagt hast, dass wir Lilian nicht auf ihn ansprechen sollen.«

Esmond sah mich an. »Das hat nichts mit ihm persönlich zu tun. Ich glaube, Lilian möchte überhaupt keinen Kontakt mehr mit Leuten, die sie in London kannte.«

»Und warum nicht?«

»Laut Ricky hat Lilians Mutter sich umgebracht. Und Lilian hat die Leiche gefunden.«

Vierzehn

»Die zwei haben sicher einen Unfall gehabt«, sagte Bronwen und verzog das Gesicht. Sie verschränkte die Arme vor der Brust und wiegte sich vor und zurück: versuchte, mit dem einen Teil ihres Körpers ihren übrigen Organismus zu beruhigen.

Ich schüttelte den Kopf. Esmond war kein Typ, der einen Unfall baute.

»Und wo sind sie dann? Schau, es ist schon fast zehn Uhr. Sie müssten doch schon seit Stunden hier sein.«

Ich starrte wieder auf den Fernseher, um mich auf andere Gedanken zu bringen. Bronwens Stimme klang genauso schrill wie die blöde Kettensäge, die sie manchmal benutzte. Sie streckte den Arm aus und schaltete das Gerät mit der Fernbedienung aus. Das Bild fiel in sich zusammen, und die Mattscheibe war plötzlich grau und tot.

»Ich glaube, wir sollten die Polizei anrufen«, sagte sie.

»Ich glaube nicht, dass ihm das gefallen würde.«

»Und wenn sie nun schon … im Krankenhaus sind?«

»Ach, die sind wahrscheinlich nur irgendwo eingekehrt und trinken noch was.«

Die Uhr schlug zehn. Bronwen richtete sich im Sitzen auf und strich ihr rotes Kleid glatt. Sie nahm eine Zigarette, ließ aber ihr Glas unberührt, in dem sich noch ein Rest Gin befand. Sie sog den Rauch tief ein und fing dann an zu husten, bis ihr Tränen in die Augen traten. Doch das Nikotin schien sie irgendwie mit neuer Kraft zu erfüllen. Sie zwang sich dazu, im Unglück anderer Leute Trost zu suchen, begab sich in Gedanken zurück in den Schutz der Vergangenheit.

»Die Mutter – wieso hat sie das getan?«

»Vielleicht hatte sie Angst, dass sie als arme Witwe zurückbleibt«, antwortete ich. »Die Familie hatte kaum Geld, und alle haben geglaubt, dass Mr. Sandwell noch maximal ein bis zwei Jahre zu leben hat.«

»Aber sie hatte doch einen Job.«

»Aber der hat kaum Geld gebracht. Vielleicht war es aber auch gar nicht das Geld. Vielleicht konnte sie es nicht ertragen, ihn allmählich sterben zu sehen.«

»Im Grund genommen hätte sie es schon allein wegen der Kinder nicht tun dürfen. Oder sie hätte wenigstens dafür sorgen müssen, dass die Kinder nicht in der Nähe sind. Ich meine – sich von der eigenen Tochter finden zu lassen, das ist doch krank.«

»Dieser Ricky hat gesagt, dass Mrs. Sandwell schwer depressiv und mehr oder weniger alkoholkrank war. Oder vielleicht hat sie sich einfach nicht für ihre Kinder interessiert. Soll es manchmal geben.«

»Ah, der Fachmann, was?«

Mir fiel ein, dass Esmond einmal eine Andeutung gemacht hatte, der ich – vielleicht fälschlich – entnommen hatte, dass Bronwen keine Kinder bekommen konnte. Während sie sich jetzt über mich lustig machte, hörte ich, wie ein Auto die Auffahrt heraufkam.

»Und die Katze ist auch dabei gewesen«, fuhr ich fort. »Vielleicht dasselbe Tier, von dem ich dir schon erzählt habe: Grimalkin. Erinnerst du dich? So ein ekelhaftes kleines Luder. Ricky hat gesagt, dass die verdammte Katze neben dem Bett gestanden und das Blut aufgeleckt hat.«

»Was willst du eigentlich erreichen? Dass ich hier gleich auf den Teppich kotze? Du bist wirklich der –«

»Hör mal.« Ich stand auf. »Unten ist ein Auto.«

Ich fing an zu schwanken und musste mich an der Armlehne des Sessels festhalten. Obwohl ich nicht zu viel getrunken hatte, waren meine Beine plötzlich völlig kraftlos. Ich hörte unten vor dem Haus den Motor des Volvos.

»Oh, Gott«, stöhnte Bronwen. Sie fuhr sich mit dem Handrücken über den Mund und verschmierte dabei ihren Lippenstift.

Wieder vergingen ein paar Sekunden. Zunächst fiel die eine, dann die zweite Wagentür ins Schloss. Ich richtete mich auf. Bronwen war den Tränen nahe. Merkwürdig, wie sich unsere Rollen an diesem Abend beinahe vertauscht hatten. Als ich sie ansah, kam es mir vor, als ob ihre Schwäche mich mit neuer Kraft erfüllte, und meine Beine trugen mich plötzlich wieder.

Ich durchquerte das Wohnzimmer, öffnete die Tür und trat in die Halle hinaus. Ich blinzelte. *Geblendet sind die Augen mir.* Die Türen zu den anderen Räumen standen offen, und überall brannten die Lichter. Ich drehte den Kopf. Ich erhaschte einen kurzen Blick in das Esszimmer, in die Bibliothek, die Küche, das Schulzimmer, sah die Treppe vor mir. Alles war hell erleuchtet, doch völlig ohne Tiefe: wie ein Bühnenbild. Finisterre war zur Besichtigung freigegeben. Doch es war nicht das Haus, das ich kannte. Vielmehr handelte es sich um eine Theaterkulisse, die Esmond kreiert hatte.

Auf dem Weg zur Eingangstür kam ich wieder zu Verstand. Natürlich: Bronwen hatte die Türen geöffnet und die Lichter eingeschaltet, als sie das Wohnzimmer verlassen hatte, um neues Eis zu holen. Vielleicht hatte sie nur sichergehen wollen, dass Esmond nicht im Schutz der Dunkelheit heimlich nach Finisterre zurückgekehrt war. Ich fragte mich, ob sie auch nach oben gegangen war, ob sie sich die Mühe gemacht hatte, die Vorhänge zu schließen, ob der Anblick der erleuchteten Fenster Esmond vielleicht irritiert hatte.

Im Schloss knirschte ein Schlüssel. Der Briefschlitz wurde geöffnet.

»Sind die Riegel vorgelegt?«, fragte Esmond.

»Das muss Bronwen gewesen sein«, sagte ich und beschleunigte meinen Schritt. »Entschuldigung.«

Ich machte mich an den Riegeln zu schaffen, die noch ganz neu und nur schwer zu bewegen waren. Bronwen hatte auch das Sicherheitsschloss abgesperrt und die Kette vorgelegt. Ich überlegte, ob sie die Hintertür und die Fenster ebenfalls verrammelt hatte. Genau wie früher meine Mutter legten auch Esmond und Bronwen größten Wert auf Sicherheit. Finisterre war eine potenzielle Festung – oder ein Gefängnis.

Ich drehte den Türknopf und zog daran. Die Eingangstür ging auf. Ich wich zurück. Eine fremde Frau, Alice, stand auf der Schwelle. Als sie mich sah, blieb sie abrupt stehen – als ob sie Angst hätte, sich durch eine falsche Bewegung einem lauernden Raubtier auszuliefern. Hinter ihr stand mit gerötetem Gesicht Esmond und sah mich grimmig an. Nur in der nächsten Umgebung des Hauses, also vor der Tür und den Fenstern, war es hell, sonst war weit und breit kein Licht zu sehen. Unsere Nächte in Finisterre waren in der Tat sehr dunkel.

Ich stammelte: »Tut mir echt Leid. Tut mir wirklich Leid.«

Ich hatte mir eingebildet, in Alice' Augen einen Vorwurf zu lesen, obwohl sie für solche Empfindungen eigentlich keinen Grund hatte. Aber ich leide nun einmal ständig unter Schuldgefühlen. Häufig weiß ich gar nicht, was ich Böses getan habe, deshalb kann ich mir auch nicht verzeihen. Auch so ein Erbe, das ich meiner Mutter zu verdanken habe.

Ich weiß nicht mal, ob Alice meine Entschuldigung gehört hatte. In meiner Verwirrung registrierte ich lediglich den Umstand, dass sie eine groß gewachsene junge Frau war, die mit Jeans und einer schweren Jacke bekleidet war. Ihr halb langes dunkles Haar war in der Mitte gescheitelt. Ich erkannte sie nicht. Schließlich hatte ich bis dahin noch nicht mal ein Foto von ihr gesehen. Und als ich sie zuletzt persönlich gesehen hatte, war sie kaum sechs Monate alt gewesen.

»Also dann, gehen wir hinein«, sagte Esmond.

Er schob Alice in die Halle. Sein Atem roch nach Zigaretten und Whisky. Er trug einen großen blauen Rucksack, der durch ein Metallgestell stabilisiert wurde. Alice hatte sich eine Segeltuchtasche über die Schulter gehängt. Sonst schien sie kein Gepäck zu haben.

»Wir haben uns schon Sorgen gemacht«, sagte Bronwen. Ihr rotes Kleid raschelte, als sie durch die Halle auf uns zukam.

Esmond stellte den Rucksack gleich neben der Tür an die Wand. »Tut mir Leid, dass wir etwas spät dran sind; wir haben unterwegs noch eine Pause gemacht und was getrunken.«

Ich sah Alice aus dem Augenwinkel an und bemerkte, dass sie mich ebenfalls musterte. Sie war mindestens fünf Zentimeter größer als ich. Sie hatte einen ähnlichen Teint wie Bronwen, allerdings nicht so fahl, sondern eher cremig, und auch ihre Wangen waren nicht gerötet. Ferner hatte sie eine relativ breite Stirn und ein Gesicht, das am Kinn fast spitz zulief, also herzförmig erschien. Ihre Augen waren klein und die Wangen pausbäckig. Prädikate wie »schön« oder »attraktiv« vermochten sie nicht angemessen zu beschreiben. Zu Alice passten eher so altmodische Wörter wie »sympathisch« oder »einnehmend«. Auch ihre Kleidung hatte nichts spezifisch Weibliches an sich; außerdem erschien sie mir völlig ungeschminkt.

»Alice – das ist Thomas.«

Ich streckte ihr automatisch die Hand entgegen, doch Alice berührte sie kaum. Sie blickte mich so intensiv an, dass ich anfing, mich unbehaglich zu fühlen. Ich fühle mich in Gegenwart von Frauen ohnehin meist ziemlich unwohl. Doch diese ausgedehnte Inspektion war mir besonders unangenehm.

Esmond fasste Alice am linken Ellbogen und schob sie an mir vorbei. »Und das ist Bronwen.«

Ich sah Alice an. Bronwen sagte etwas, was ich nicht verstand. Alice schüttelte den Kopf, und ihr Haar wogte hin und her, allerdings in einem anderen Rhythmus als der Kopf selbst. Sie hatte volles Haar: dick und an den Enden leicht nach außen gedreht. Mir fiel das Märchen ein, in dem die Prinzessin aus ihrem Haar ein Seil verfertigt. Gerne hätte ich Alice' Haar angefasst, um zu spüren, wie kräftig es war. Dann drehte sie sich um, und ich sah, wie sie errötete. Ich hatte ganz vergessen, dass sie noch so jung war. Ich rechnete kurz nach: Ja, sie war vierundzwanzig. Noch fast ein Kind für jemanden, der sich so alt fühlte wie ich.

Alice erklärte, dass sie schon im Zug ein Sandwich gegessen hatte und noch eines in der Kneipe. Ihre Stimme klang, als ob sie die Lippen einwärts gestülpt hätte und sich die Nase zuhielt. Ziemlich hart, fand ich, ja hässlich. Meine Mutter hätte den Akzent wohl als »kolonial« bezeichnet, ein Wort, das sie benutzte, um die Aussprache der weißen Siedler in Afrika, Australien und Asien zu charakterisieren. Allerdings fiel mir auch keine treffendere Bezeichnung ein. Im Gegensatz zu Esmond hatte ich kein Ohr für die verschiedenen Akzente. Ich wusste zwar, dass Alice' Pflegeeltern im Ausland gelebt hatten, hatte aber vergessen wo. Die Leute waren Missionare gewesen: Der Mann – Henry – war Tante Adas Cousin gewesen, und die Frau, deren Name mir nicht mehr geläufig ist, stammte aus der Familie eines niederen Geistlichen. Genau wie die Linkshändigkeit oder die

Huntingtonsche Chorea scheint sich auch die Vorliebe für den geistlichen Beruf in der Familie zu vererben. Und auch was die Fortpflanzung selbst anbelangt, sieht es ganz so aus, als ob sich immer wieder gerne Gleiches zu Gleichem gesellt.

Alice wandte den Blick von Bronwen ab und sah mich an. Ich blickte sofort beiseite. Ich starrte auf die abgenutzten Slipper an meinen Füßen. Ich hatte noch immer die Gewohnheit, die Füße ein wenig einwärts zu stellen, wie ich es schon als Kind getan hatte.

»Wie wäre es mit einem Kaffee?«, fragte Esmond.

Von dem Abendessen im Backofen war keine Rede mehr. Esmond und Alice waren nicht hungrig. Ich vermute, er nahm an, dass Bronwen und ich klug genug gewesen waren, schon alleine zu essen. Da die Küchentür offen stand, hing ein leicht verbrannter Geruch in der Luft. Gewiss hätte meine Mutter sich die Gelegenheit nicht entgehen lassen und eine scherzhafte Bemerkung über das Brandopfer im Backofen gemacht.

Bronwen ging in die Küche. Alice zog die Jacke aus und wandte sich ab, weil sie nicht wollte, dass Esmond ihr dabei half. Nachdem sie das Kleidungsstück abgelegt hatte, war zu erkennen, dass sie einen langen geraden Rücken hatte. Ihre ganze Erscheinung und ihre Art zu stehen hatten etwas Primitives an sich. Ja, ich fand es gar nicht so abwegig, sie mir dabei vorzustellen, wie sie mit einem Krug Wasser auf dem Kopf feierlich eine zweitausend Jahre alte mediterrane Vase umrundete. Mein Gott. Wie affektiert das klingt. Aber mitunter muss man sich wohl affektiert ausdrücken, wenn man aufrichtig und präzise bleiben möchte.

Esmond hängte Alice' Jacke auf. Dann geleitete er die junge Frau, die sich anmutig und ohne Hast bewegte, ins Wohnzimmer. Esmond sagte kein Wort zu mir. Dazu bestand allerdings auch keine Notwendigkeit. Ich wusste ohnehin, dass er gerne einige Minuten zu dritt allein gewesen wäre.

Alice sagte: »Was für ein schönes Zimmer.«

Ich begutachtete die Umgebung einige Sekunden mit ihren Augen. Was für ein Schock, wenn auch ein angenehmer. Da ich das Wohnzimmer nur selten zu sehen bekam, hatte ich es noch so in Erinnerung, wie es vor Esmonds Rückkehr gewesen war. Später, also in den Jahren, bevor Esmond mit Bronwen im Schlepptau wieder in Finisterre aufgekreuzt war, hatten meine Mutter und ich uns nämlich meist in der Küche aufgehalten, weil es dort wärmer war als irgendwo sonst im Haus. So war das Wohnzimmer allmählich immer mehr heruntergekommen: überall dicker Staub und alte Zeitungen. Es war kalt und feucht in dem Raum gewesen, besonders nachdem eine Luftgewehrkugel eine Fensterscheibe zertrümmert hatte.

Alice und ich nahmen Platz; Alice auf dem Sofa, das im rechten Winkel zu meinem Sessel stand, die Umhängetasche neben sich auf dem Boden. Wir vermieden es, einander anzusehen. Alice blickte im Raum umher. Sie hatte das dümmliche Lächeln eines Menschen aufgesetzt, der entschlossen ist, einfach alles schön zu finden, was sich seinem Blick präsentiert. Ich wusste nicht, was ich sagen sollte. Ich schob die Hände zwischen die Beine. Da der Kamin und die Zentralheizung an waren, herrschte in dem Raum eine ziemlich hohe Temperatur. Trotzdem hatte ich kalte Hände. Gleichzeitig redete ich mir ein, dass es keinen Anlass zur Sorge gäbe. Wenigstens war Esmond da.

Esmond war die ganze Zeit auf den Beinen. Er machte sich an den Vorhängen zu schaffen. Er legte ein paar Holzscheite ins Feuer. Als er den vollen Aschenbecher und das leere Glas auf dem Tisch neben seinem Sessel sah, erschien zwischen seinen Augenbrauen kurz eine senkrechte Falte.

»Möchte jemand was trinken?«, fragte er.

Meine Tochter und ich erwiderten gleichzeitig: »Nein, danke.«

»Ich mach mir vielleicht einen Scotch.«

Alice sah mich an. »Etwas schwierige Situation, findest du nicht?«

Mir war solche Direktheit nicht ganz geheuer. »Ja.«

»Tut mir Leid. Vielleicht hätte ich nicht –«

»Tatsächlich gibt es für so eine Situation keinen Präzedenzfall«, unterbrach Esmond sie. »Also bleibt uns gar keine Wahl, als unsere eigenen Regeln aufzustellen. Das nenne ich Pioniergeist …«

Alice sah ihn durchdringend an, und ihr dunkles Haar schaukelte wie ein Vorhang im Luftstrom hin und her. Doch er wollte sie nicht auf den Arm nehmen, sondern sie nur etwas aufmuntern. Dann richtete sie den Blick wieder auf mich. »Hat es dich sehr irritiert, dass ich dir geschrieben habe?«

Ich schüttelte den Kopf. Es war nicht der richtige Zeitpunkt, ihr zu erklären, dass ich den Brief gar nicht wirklich gelesen hatte. Ich war im Kopf noch immer vollauf damit beschäftigt, mich an die merkwürdige und beunruhigende Vorstellung zu gewöhnen, dass diese ganz und gar reale junge Frau und ich verwandt waren. Ich weiß nicht recht, ob mir die Idee angenehm ist, Nachkommen zu haben – dass meine Gene in der Kette der Generationen weitergegeben werden. Angeblich soll es sich dabei ja sogar um eine Art von Unsterblichkeit handeln. Aber ich habe noch nie begriffen, warum ein Mensch unbedingt unsterblich sein möchte. Und außerdem: Was macht eine derart indirekte und völlig unpersönliche Unsterblichkeit schon für einen Sinn?

Esmond setzte sich mit dem Glas in der Hand in seinen Sessel. »Auf euer Wohl«, murmelte er.

»Ich habe ein paar Bücher zu dem Thema gelesen«, sagte Alice. »Ich meine über Pflegekinder, die ihre richtigen Eltern suchen. Ich weiß, dass dabei häufig Probleme auftreten. Für alle Beteiligten. Du musst mir ehrlich sagen, wenn es dir lieber ist, dass ich wieder abreise.« Sie presste die Lippen zusammen und zwang sich, meinen Namen auszusprechen. »Thomas.«

»Bitte«, sagte ich. »Da du schon mal hier bist, musst du natürlich eine Weile bleiben.« Ich sah zu Esmond hinüber und hatte den Eindruck, dass er kaum merklich nickte.

Sie strahlte übers ganze Gesicht. »Oh, ich hatte so gehofft, dass du das sagst. Esmond hat mich zwar schon beruhigt, aber ich wollte es trotzdem von dir selbst hören.« Sie war so schrecklich ernst, dass es mir geradezu wehtat. »Schließlich ist nichts im Leben selbstverständlich.«

»Vernünftige Einstellung.«

Ich überlegte, ob wir in den Augen eines Außenstehenden wohl wie Vater und Tochter erscheinen mochten. Wahrscheinlich nicht. Sie war schwerer gebaut; ihre Ohren hatten eine andere Form als meine, ihre Augen eine andere Farbe; sie hatte dickes dunkles Haar, meines dagegen war früher blond und dünn gewesen; außerdem bot sie einen angenehmen Anblick, was man von mir nie hatte sagen können.

»Tut mir Leid wegen deiner Ehe.«

»Ach, das macht nichts. War halt ein Fehler. Eine Art Panikreaktion, glaube ich. Meine Eltern waren kurz zuvor umgekommen.«

Ihre Augen wurden ganz groß. Ich hatte den Eindruck, dass sie sich gedrängt fühlte, ebenso schmerzlich wie mühsam und völlig unnötigerweise zu erklären, dass Henry und Wie-immer-die-Frau-auch-geheißen-hatte für sie noch immer ihre richtigen Eltern waren.

In dem Augenblick entzündete Esmond ein Streichholz. Alice, die mich angesehen hatte, fuhr zusammen. Sie zitterte am ganzen Körper. Die Fingernägel ihrer linken Hand gruben sich tief in die Handfläche. Erst jetzt begriff ich wirklich, wie nervös sie war. Das Kratzen eines Zündholzes an einer Streichholzschachtel kann ziemlich unangenehm klingen, besonders wenn man nicht darauf gefasst ist. Ich musste unwillkürlich an Krallen denken: an weiße, gebogene Katzenkrallen, die einen Kissenbezug oder ein Stück Haut zerkratzen.

Die Tür ging auf. Bronwen schob sich, ein Tablett in den Händen, rückwärts in den Raum. Esmond sprang auf, um auf dem Tisch Platz zu schaffen.

»Es ist sehr nett von Ihnen, dass Sie sich so viel Mühe machen«, sagte Alice zu ihr.

»Milch?«, fragte Bronwen. »Zucker?«

»Nur Milch, danke.«

Bronwen stellte die Tassen ein wenig zu laut auf die Unterteller und klapperte etwas zu vernehmlich mit den Teelöffeln. Allerdings gerade noch so leise, dass Esmond sich nicht gedrängt fühlte, etwas zu sagen. Sie schenkte den Kaffee ein, und Esmond reichte uns die Tassen.

Während der folgenden Minuten tranken wir unseren Kaffee und sprachen über harmlose Themen: das Wetter in Lagos, das Wetter in London, das Wetter in Finisterre; Langstreckenflüge, Zeitzonen, die Menüs der verschiedenen Fluggesellschaften; die Bettler auf den Straßen Londons. Das Gespräch fand vor allem zwischen Esmond und Alice statt, wobei Esmond den Großteil der Kommentare beisteuerte.

»Also ich könnte jetzt einen Brandy vertragen«, meldete sich Bronwen irgendwann zu Wort. »Wenn wir ohnehin schon feiern. Sonst noch jemand?«

Genau in diesem Augenblick wandte Esmond mir das Gesicht zu. Dann stand er auf und sah mich mit einem Verständnis heischenden Lächeln an. Alice und ich verzichteten auch diesmal auf einen Drink. Esmond schenkte Bronwen einen ganz kleinen Brandy ein.

»Noch Kaffee?«, fragte er und hielt die Kaffeekanne empor.

Ich war der Einzige, der sich nachschenken ließ. Esmond steuerte mit der Kanne in der Hand in meine Richtung. Dabei fiel mir auf, dass er Alice kaum aus den Augen ließ und sie besonders zuvorkommend behandelte. Ein derart gesteigertes Interesse an einem anderen Menschen ist häufig die Vorstufe von sexueller Faszination. Ich glaube, dass Bronwen dies ebenfalls spürte, denn sie räusperte sich und bat Esmond ebenfalls um eine zweite Tasse Kaffee. Das wiederum brachte Esmond so aus dem Konzept, dass er völlig vergaß, meine Tasse nachzufüllen. Er marschierte schnurstracks in Bronwens Richtung, konnte es sich unterwegs aber nicht verkneifen, Alice abermals anzusehen. Als Bronwen dies bemerkte, verlor sie ebenfalls kurzzeitig den Überblick: Sie musste nämlich noch völlig überstürzt ihre unberührte Tasse leeren, bevor Esmond sie erreicht hatte. Dabei verschluckte sie sich und fing an zu husten.

Esmond war nicht mit der nötigen Konzentration bei der Sache. Möglich, dass er etwas Kaffee verschüttete. Jedenfalls schaffte es Bronwen, seine Aufmerksamkeit wenigstens kurzzeitig einzufangen, indem sie wie eine Katze zu fauchen anfing.

»Könnte ich bitte mal das Bad benutzen?«, fragte Alice und sah mich an, da ich offiziell der Gastgeber war.

Esmond sagte: »Ach, das hätten wir dir schon früher zeigen sollen.« Er sah Bronwen an. Eifersüchtig, aber weiterhin folgsam stand sie auf.

»Aber sicher doch«, sagte sie. »Ich zeige es Ihnen.«

»Wir haben nur selten Besuch«, erklärte Esmond. »Deswegen sind unsere sozialen Reflexe auch ein wenig eingerostet.«

An der Tür blickte Alice sich nochmals um. Sie sah mich an. Es ist Unsinn, wenn Leute behaupten, sie könnten in den Augen oder im Gesicht anderer Menschen deren Gedanken lesen. Falls ihnen dies tatsächlich einmal gelingt, dann nur, weil sie in die anderen hineinprojizieren, was sie ohnehin von ihnen erwarten.

»Bitte hier entlang«, sagte Bronwen.

Alice machte ein beinahe bestürztes Gesicht. Hätte jemand mich gefragt, wie dieser merkwürdige Ausdruck auf Alice' Gesicht zu interpretieren sei, hätte ich ihre Reaktion als Angstsymptom gedeutet. In den fünfzehn Minuten, die seit ihrer Ankunft verstrichen waren, war die Farbe allmählich aus ihrem Gesicht gewichen. Möglich, dass ihr die Luft in dem Zimmer zu heiß oder zu stickig war; vielleicht fühlte sie sich aber auch einfach nur schwach. Ihre Haut erschien jetzt fast durchsichtig und war an einigen Stellen etwas gefleckt. Ich überlegte, ob sie wirklich Angst vor uns hatte: zwei Männern in mittleren Jahren und einer beschwipsten Frau in einem zerknautschten roten Kleid. Ich fragte mich, was sie wohl wissen mochte, was man ihr erzählt hatte.

Alice drehte sich um, straffte die Schultern wie jemand, der entschlossen ist, einer Bestrafung mutig entgegenzublicken, und folgte Bronwen aus dem Zimmer. Ich fand, dass man die beiden trotz aller Unterschiede ohne weiteres für Schwestern halten konnte. Beide hatten in etwa dieselbe Größe, Haarfarbe und Figur und auch dieselbe Gesichtsform. Doch zugleich erschienen sie mir so verschieden wie Tag und Nacht. Beziehungsweise kam Bronwen mir wie eine schwache Kopie von Alice vor.

»Ach, ich wollte dir ja noch was eingießen.« Esmond schenkte mir Kaffee nach.

»Die beiden haben ziemlich viel Ähnlichkeit miteinander, nicht wahr?«

»Alice und Bronwen? Ja, sie sind sich in gewisser Hinsicht sehr ähnlich.« Esmond sah mich lächelnd an. »Aber erwähne das um Gottes willen nicht Bronwen gegenüber.«

Er stellte die Kaffeekanne beiseite und setzte sich in den Ohrensessel. Der hintere Teil seines Kopfes lag jetzt im Schatten, während sein Gesicht voll ausgeleuchtet war. Während eines kurzen Augenblicks sah es so aus, als ob er dunkles schulterlanges Haar hätte. Doch das ließ ihn nicht weniger männlich erscheinen. Dafür hatte er ein zu markantes Gesicht. Aber es unterstrich seine Ähnlichkeit mit Alice.

Mitte der Sechzigerjahre ließen sich viele junge Männer unter fünfundzwanzig das Haar lang wachsen, in den meisten Fällen allerdings nur bis knapp über den Kragen. Ich war nie in Versuchung, mich dieser Mode anzuschließen. Doch selbst wenn ich es gewollt hätte, hätte meine Mutter es mir gewiss nicht gestattet. Bei Esmond hingegen verhielt es sich anders.

Meine Mutter ereiferte sich zwar gerne wie ein aufgeregtes Huhn über sein ständig länger werdendes Haar, doch vermochte er sie immer wieder zu besänftigen, indem er besonders nett zu ihr war. »Esau war ein behaarter Mann«, ließ Tante Ada verlauten, und das nicht einmal, sondern wieder und wieder. Wie meine Mutter war sie nämlich der Meinung, dass ein Witz umso besser wird, je häufiger man ihn wiederholt. Wobei das in diesem Fall vermutlich sogar der Wahrheit entsprach. Im Übrigen waren beide Frauen der Auffassung, dass es um einen jungen Mann, der Damen die Tür aufhielt und in der Kirche von Ulvercombe zur Kommunion ging, so schlecht nicht bestellt sein konnte. Wie so viele dumme Leute bildeten sie sich nämlich ein, dass sie hinter die Fassade anderer Menschen blicken konnten.

Eines Freitags im Mai 1966 fuhr Esmond nachmittags in Finisterre vor. Er war von einer ganzen Rasierwasserwolke umgeben und hatte sich das Haar im Nacken bis deutlich oberhalb des sorgfältig gebügelten Hemdkragens schneiden lassen. Anders als sonst trug er auch keine Jeans, sondern eine dunkle Hose und einen Blazer mit Messingknöpfen. Ich dachte: typisch. Wenn alle das eine tun, muss er natürlich das genaue Gegenteil machen. Als meine Mutter seiner ansichtig wurde, verwandelte sie sich augenblicklich von einem gackernden Huhn in eine Katze: Sie schnurrte vor Vergnügen. Und als wir vor dem Abendessen noch einen Aperitif nahmen, fragte sie Esmond, wieso er sich derartig herausgeputzt habe.

»Wurde mal wieder Zeit für eine Veränderung.« Esmond sah sie grinsend an. »Mal im Ernst: Natürlich habe ich es nur getan, um dir eine Freude zu machen.«

Meine Mutter bekundete ihre Freude, indem sie auf dem Sofa mit dem Hintern wackelte. »Du kleiner Schlingel«, sagte sie in bester Schelmenmanier. »Na ja. Jedenfalls siehst du in deiner Kombination viel erwachsener aus.«

Esmond und ich waren zu dieser Zeit fast dreiundzwanzig. Uns war es egal, ob wir erwachsen aussahen; wir fanden, dass wir erwachsen waren, und das schon seit einiger Zeit.

Nach dem Abendessen halfen wir meiner Mutter beim Abwasch und saßen dann mit ihr im Wohnzimmer und tranken Kaffee. Meine Mutter ereiferte sich über dieses und jenes. Besonders erbost war sie über die Jodsons. Sie behauptete sogar, dass die beiden sich für was Besseres hielten, seit ihr Sohn Bill, der mit uns in Kinghampton auf dem Gymnasium gewesen war, sich sehr erfolgreich als Lehrer etabliert hatte.

Etwa gegen zehn Uhr versiegte der Redefluss meiner Mutter einen Moment. Esmond nutzte die Gelegenheit und fragte, ob wir nicht noch irgendwo etwas trinken gehen wollten. Ich war aufrichtig überrascht, dass er mit der Frage so lange gewartet hatte.

»Ja, warum eigentlich nicht?«, fragte meine Mutter. »Ihr zwei könnt ja noch losfahren und euch ein bisschen amüsieren.«

»Kommst du denn nicht mit?«, sagte Esmond zu meinem Entsetzen. »Thomas kann sich doch auf den Rücksitz quetschen.«

»Nein, nein. Das ist zwar sehr lieb von dir, mein Junge, aber ihr werdet euch allein sicher viel besser amüsieren.« Meine Mutter legte in dieser Phase gesteigerten Wert darauf, es Esmond gerade in den kleinen Dingen recht zu machen.

Also holten wir unsere Mäntel und stiegen in den Wagen. Ich war davon ausgegangen, dass wir entweder zum Forley Arms oder zum Mermaid fahren würden. Ja, ich hatte sogar zu Lilian gesagt, dass wir sie vielleicht abholen würden. Doch statt nach links Richtung Ulvercombe bog Esmond nach rechts ab. Er fuhr langsam auf dem holprigen Weg zum Blackberry Water hinunter. Es war ein windstiller relativ warmer Abend. Draußen gab es noch ein wenig Licht – jenes weiche, unwirkliche Zwielicht, das man häufiger nach wolkenverhangenen Tagen beobachten kann. Esmond schaltete den Motor und die Scheinwerfer aus. Auf den letzten fünfzig Metern ließ er den Wagen einfach im Leerlauf rollen. Die Reifen knirschten und gluckten auf den Steinen und dem matschigen Untergrund. Schließlich brachte er den Wagen zum Stehen.

»Wie läuft es eigentlich mit Lilian?«, fragte er.

»Wie immer.«

»Hast du schon was unternommen? Oder sie?«

»Na ja, wir gehen meist einmal die Woche ins Kino. Und manchmal –«

»Darauf wollte ich nicht hinaus, Rumpy. Das weißt du doch ganz genau.«

»Die Antwort lautet *nein*. Es ist nichts passiert.«

»Beruhige dich.« Er berührte mich an der Schulter und öffnete seine Tür. »Komm, Romeo. Lass uns an den Strand gehen.«

Wir traten durch die Öffnung in den Klippen auf den silbrig glänzenden Strand hinaus. Es war gerade Ebbe, und außer uns war niemand dort. Esmond zog etwas aus der Brusttasche hervor, das wie eine große Zigarette aussah. Er zündete das Ungetüm mit dem Feuerzeug an. Die Zigarette flammte am vorderen Ende auf, dann fielen glühende Tabakbrösel zu Boden. Esmond fing an zu fluchen. Kurz darauf brannte die Papiertüte völlig gleichmäßig ab. Allerdings hatte die glühende Scheibe am Ende einen wesentlich größeren Durchmesser als bei einer normalen Zigarette. Ich war unruhig, deshalb drängte ich mich etwas näher an Esmond heran. Ich wollte, dass er mit mir sprach. Ich hatte schon Angst, dass ich alles verdorben hatte, weil ich nicht über Lilian hatte reden wollen. Dann atmete ich einen Schwall von dem Rauch ein, der mich mehr an ein Kartoffelfeuer als an Tabak erinnerte.

»Zieh mal«, sagte Esmond und bot mir die Zigarette an.

»Aber ich rauche doch nicht.« Als Esmond die Augen verdrehte, fragte ich:«Was ist das?«

»Das ist ein Joint.« Er deutete mein Zögern als Ahnungslosigkeit. »Cannabis, Haschisch, Shit.«

Esmond zuliebe zog ich an dem Joint. Ich hatte schon eine Menge unheimliche Geschichten über die grausamen Folgen des Drogenkonsums gelesen und gehört. Aber ich nahm an, dass Esmond schon wusste, was er tat. Und dass er mir nichts anbieten würde, was er für schädlich hielt. Doch leider musste ich von dem Rauch nur husten. Mir war hundeelend.

»Bitte«, sagte ich. »Lass gut sein.«

»Keine Sorge, das Zeug ist klasse«, erwiderte er. »Es wirkt nur bei manchen Leuten, bei anderen nicht.«

Er nahm den Joint wieder entgegen und zog genüsslich daran. Dabei erzählte er mir, dass er schon seit zwei Jahren gelegentlich kiffte. Angefangen hatte er, als Stephen Sandwell einmal von einigen Seeleuten in einer Kneipe im East End ein paar Gramm von dem Zeug gekauft hatte. Stephen hatte Esmond etwas von dem Stoff abgegeben. Inzwischen gehörte das Kiffen laut Esmond schon fast zum guten Ton.

»Ein Verkäufermarkt«, sagte Esmond heiser und fing an zu kichern. »Die Nachfrage übersteigt bei weitem das Angebot. Wenn man den Stoff en gros oder besser noch im Ausland einkauft und dann nach England importiert, kann man ganz ordentlich verdienen.« Er zog an dem Joint, hielt den Rauch in der Lunge und fügte dann leise hinzu: »Mehr als ordentlich sogar.«

»Und das machst du also?«

»Ja. Mit Stephen.«

Natürlich. Die alte Eifersucht kam wieder in mir hoch, doch ich bemühte mich, sie zu ignorieren.

Esmond ließ den Rauch auf einmal entweichen. »Aber natürlich würden wir nie etwas verkaufen, was wirklich schädlich ist.«

»Ist das Zeug denn nicht gefährlich?«

»Wie meinst du das? Süchtig macht es jedenfalls nicht. Und eine Einstiegsdroge ist es auch nicht. All diese Geschichten von den Leuten, die zugekifft im zwölften Stock aus dem Fenster springen, das ist Quatsch, weißt du, totaler Quatsch.«

»Und woher weißt du das?«

Er machte mit dem Joint eine Handbewegung, und die Glut beschrieb vor dem Hintergrund des dunklen Meeres eine erratische Schlangenlinie. »Haben wir gründlich recherchiert.«

»Klar doch. 'tschuldigung. Ich wollte damit nicht etwa sagen ... Also, eigentlich meinte ich nur: Habt ihr denn keine Angst vor der Polizei?«

Schon seit einigen Minuten spitzte ich die Ohren und lauschte angestrengt, ob irgendwo Schritte oder Motorengeräusche zu hören waren. Sicher war Sergeant Swift aus Kinghampton schon mit seinem klapprigen Fahrrad unterwegs und musste jeden Augenblick drüben zwischen den Klippen auftauchen. Denkbar war aber auch, dass uns der Scheinwerfer der Küstenwache von See her ins Visier nahm.

»Keine Sorge«, sagte Esmond. »Glaubst du etwa, dass ich hier kiffen würde, wenn es gefährlich wäre?«

»Aber das kannst du doch gar nicht einschätzen?«

»Doch. Wenn man wirklich vorsichtig ist, kann überhaupt nichts schief gehen. Warum, meinst du wohl, laufe ich in diesem Aufzug herum? Damit ich gerade *nicht* wie ein Hippie aussehe. Das ist ja der Fehler, den die meisten Dealer machen: Sie wollen total hip aussehen und gleichzeitig Geld verdienen. Völlig bescheuert. Stephen und ich sind uns über eines von Anfang an einig gewesen: Wir wollen Geld machen und sonst nichts. Und wir lassen uns nicht erwischen.«

»Verkaufst du das Zeug ... schon lange?«

»Ungefähr seit drei Monaten. Aber nur nebenher.«

Während er rauchte, redete er immer weiter. Er hat sich immer gerne mit mir unterhalten, wenn er bekifft war. Im Rückblick wüsste ich nicht mehr genau zu sagen, was er mir an jenem Abend und was erst später erzählt hat – also in den folgenden vierzehn Monaten. Manche Sachen erzählte er mir mehrmals; und natürlich hatte er seine Lieblingsthemen. Am liebsten sprach er über die Beschaffung und den Vertrieb des Stoffs, über das Geld, das er dabei verdiente, über die Prominenten, mit denen er zu tun hatte: Rockmusiker, Schauspieler und Fotografen – Leute, die von der Presse bereits als die »neue Aristokratie« von »Swinging London« bezeichnet wurden. Außerdem erzählte er mir immer wieder von den Mädchen. In Esmonds Londoner Geschichten kamen immer Mädchen vor: schöne, bereitwillige, dankbare Mädchen; Mädchen, die ganz wild auf Esmond waren.

Stephens Name kam fast nie vor, und das hatte natürlich seinen Grund. Schon damals hatte ich nämlich das dumpfe Gefühl, dass Stephen die graue Eminenz markierte. Er kam in Esmonds Geschichten nur zwischen den Zeilen vor. Ich wusste, dass er im Hintergrund die Fäden zog, und ich ahnte, dass Esmond die meisten Risiken einging.

Esmond hatte einen Hang zum Angeben. Ich glaube sogar, dass der Drang, den großen Mann zu markieren, eines der Motive dafür war, weshalb er sich immer wieder in Finisterre blicken ließ; nicht nur damals in den Sechzigern, sondern auch später noch, als meine Mutter schon tot war. Es ging ihm also nicht nur ums Geld. Er wusste, dass er mir vertrauen konnte. Ich war sein Beichtvater. Vor allem war ich für ihn eine Art Maßstab, an dem er sich messen konnte.

Als er zum ersten Mal in meiner Gegenwart kiffte, beobachtete ich ihn ganz genau und hörte ihm aufmerksam zu. Ich wartete ängstlich auf Abweichungen von seinem normalen Verhalten. Doch das Haschisch schien ihn kaum zu verändern. Er sprach völlig entspannt. Ein- oder zweimal wiederholte er sich. Alles schien ihn zu amüsieren. Ich wollte ihm erklären, dass die berühmten Leute ihn nur mochten, weil er ihnen Drogen verkaufte, und dass er Stephen nicht über den Weg trauen konnte. Doch dann brachte ich nicht den nötigen Mut auf, weil eine solche Mitteilung bedeutet hätte, dass ich mich für klüger hielt als ihn.

»Ich bin schon bald ein reicher Mann«, sagte Esmond. »Echt reich. Und dann höre ich auf zu dealen.« Er kratzte mit dem Schuh eine flache Mulde in den Kies und ließ das Ende des Joints hineinfallen. »Und dann tue ich genau das, wozu ich Lust habe. Und du natürlich auch, wenn du willst. Das Geld reicht nämlich leicht für uns beide.«

»Danke«, sagte ich.

Wir gingen langsam zum Wagen zurück. Bis dahin hatte ich mich nie recht getraut, Esmond zu fragen, wie er eigentlich sein Geld verdiente. Mal hatte er sich vage als »Club-Manager« bezeichnet, dann wieder davon gesprochen, dass er für einen »Freund aus der Autobranche« gegen Provision Fahrzeuge verkaufte, oder aber behauptet, dass er für irgendwelche Pop- und Filmstars als Anlageberater tätig sei. Möglich, dass manches davon nicht ganz falsch gewesen war. Allerdings glaube ich, dass er schon damals eine ganze Weile am Rande der Legalität agiert hatte, wahrscheinlich bereits seit seinem Umzug nach London, und nach meiner Einschätzung hatte Stephen Sandwell ihm dabei auf die Sprünge geholfen. Doch darüber schwieg er sich lieber aus. Ich nehme mal an, dass Esmond sich mit allem befasste, was ohne allzu großes Risiko schnelles Geld versprach. Mitunter drängte sich mir sogar die Frage auf, ob eine ihm gewogene männliche oder weibliche Person, die über die nötigen finanziellen Ressourcen verfügte, ihn mit Geld, teuren Kleidern und ständig wechselnden Sportwagen ausstattete.

Doch das Cannabis-Projekt … das war etwas anderes. Dabei ging es nicht mehr primär darum, es sich gut gehen zu lassen und immer ausreichend Geld in der Tasche zu haben. Nein, bei diesem Geschäft ging es vor allem darum, wirklich reich zu werden. Esmond hatte offenbar begonnen, sich Gedanken über die Zukunft zu machen. Und die treibende Kraft hinter alldem war Stephen. Stephen hatte ja schon immer davon gesprochen, dass er mal was ganz Großes auf die Beine stellen wollte.

»Weißt du, warum Stephen unbedingt reich werden will?«, fragte mich Esmond, als wir wieder im Wagen saßen. »Damit er Macht ausüben und den großen Magier spielen kann. Dazu braucht man nämlich Geld.«

»Ist es nicht eigentlich genau umgekehrt? Wenn man Macht hat, braucht man doch kein Geld, weil man sich die Dinge, die man normalerweise nur für Geld bekommt, ja auf andere Weise beschaffen kann. Oder man bringt andere Leute dahin, dass sie einem ihr eigenes Geld geben.«

Esmond saß kichernd neben mir in dem dunklen Wagen. »Stephen hängt wahnsinnig am Geld. Er behauptet zwar das Gegenteil, trotzdem ist es so. Der würde sogar seine Seele verkaufen, falls der Preis stimmt.«

»Etwa an den Teufel?«

»Apropos. Stephen hat sich für die Sonnwendfeier was Originelles ausgedacht. Dabei ist alles meine Schuld.«

»Ich verstehe nicht ganz.«

Das Feuerzeug klickte. Esmonds Gesicht leuchtete im Schein der Flamme kurz auf.

»Weißt du noch, wie ich mal gesagt habe, dass man hier sicher eine tolle Party feiern könnte? Wir sind vor ewigen Zeiten mal abends hier unten gewesen. Ich glaube, du hast damals gekotzt.«

»Ja, ich weiß.«

»Stephen hat sich überlegt, dass er am Sonnenwendtag ein großes Fest veranstalten möchte. Anfangs ist ihm kein passender Ort eingefallen. Deshalb habe ich gesagt, dass man das doch hier am Blackberry Water oder sogar direkt am Strand machen könnte. Er war total begeistert von der Idee.«

»Aber die Leute kommen doch nicht extra wegen einer Party aus London hierher, oder?«

»Hängt von der Party ab.« Esmond ließ den Motor an. »Vielleicht fällt ihm ja noch was anderes ein.«

»Und, was meinst du, wird meine Mutter dazu sagen?«

»Ich glaube nicht, dass sie eine Einladung bekommt.«

Esmond fing an zu kichern und konnte gar nicht wieder aufhören. Das ganze Auto war von seinem Kichern erfüllt – mein ganzes Bewusstsein. Sogar das leise Tuckern des Motors wurde davon verschluckt. Das Kichern schraubte sich wie eine Wendeltreppe höher und höher nach oben. Ich wollte schon die Tür aufmachen und aus dem Wagen springen, vor dem Gelächter davonlaufen, in der Dunkelheit nach Hause rennen und mich oben in Finisterre unter meiner Bettdecke verkriechen. Aber ich blieb, wo ich war. Ich blieb bei Esmond.

Fünfzehn

Das Sterbezimmer hatte sich verändert. In meiner Kindheit hatte es dort anders gerochen als im übrigen Haus: nach Möbelpolitur und alten Kleidern und nach abgestandener Luft. Ich hatte dort stets den süßen Sog des Verderbens zu spüren geglaubt.

Obwohl das Zimmer reichlich Platz bot, schienen die darin aufgestellten Möbel für einen noch größeren Raum bestimmt. Dank der Anwendungen, die meine Mutter und Mrs. Jodson dem Raum einmal wöchentlich angedeihen ließen, erstrahlten sämtliche Oberflächen in schönstem Glanz. Die Türen, das mit Schnitzereien verzierte Kopfende des Bettes, die Kommode und der große Schrank erinnerten an dunkle Zerrspiegel, in denen man sich als konturlose Gestalt reflektiert fand. Auf dem Linoleumboden lagen ein oder zwei Brücken. Wenn man nicht auf der Hut war, konnte man darauf wie auf einer Bananenschale ausrutschen oder aber darüber stolpern. Außerdem hatte das Sterbezimmer – wie eine Höhle – ein ganz eigenes Echo. Für mich hatte der Ort etwas außerordentlich Männliches an sich, weil ich mich dort an meinen Vater erinnert fühlte.

Im Laufe der Jahre veränderte sich das Sterbezimmer dann ganz langsam. Die Putzwut meiner Mutter ging allmählich verloren, und auch Mrs. Jodson büßte ihre Begeisterung für die Hausarbeit zusehends ein. Ich glaube nicht, dass die Tür zu dem Zimmer in den fünf Jahren vor dem tödlichen Schlaganfall meiner Mutter öfter als einmal im Jahr geöffnet wurde. Es gab dafür einfach keinen Grund.

Und so veränderte sich im Laufe der Zeit auch der Geruch in dem Zimmer. Die Luft wurde immer klammer und salziger und erinnerte an die Ausdünstungen des vom Meer ausgespienen Seetangs. Zugleich wurde das polierte Holz immer stumpfer. Sämtliche Flächen waren mit einer feuchten Staubschicht bedeckt. Neben dem Fenster löste sich die Tapete von der Wand. Oben an der Decke drang in einer Ecke aus dem Dachgeschoss Feuchtigkeit durch das Gemäuer. Die Motten fraßen das Bettzeug, und in dem großen Schrank neben der Kammer fanden wir Mäusekot. Wäre mein Vater wieder zum Leben erwacht, hätte er dennoch in dem Raum sogleich das Zimmer wiedererkannt, in dem er gestorben war. Aber auch das Zimmer selbst starb allmählich dahin, ganz langsam und so würdevoll wie ein Organismus, der sich altersschwach aus der Welt verabschiedet.

Als dann Esmond und Bronwen auf der Bildfläche erschienen, griffen sie wie ein Chirurgenteam, das mit Skalpell, Nadel und Faden einem Krankheitsherd zu Leibe rückt, in diesen Prozess ein. Plötzlich war das Sterbezimmer nicht mehr wiederzuerkennen.

»So, da wären wir«, sagte Esmond zu Alice. »Das hier ist unser schönstes Gästezimmer. Für dich ist uns natürlich nur das Beste gut genug, was, Thomas?«

»Was für schöne Blumen«, sagte Alice. Ich hatte den Eindruck, dass sie die Augen kaum noch offen halten konnte.

»Die hat Bronwen besorgt.« Er fing an zu schnüffeln. »Ich kann keine Farbe riechen, du?«

»Nein. Keine Spur.«

»Wir sind nämlich mit der Renovierung erst vor drei Wochen fertig geworden. Du bist die erste Person, die hier schläft.«

Meines Wissens war Alice die erste Person, die seit Esmonds kleiner Schwester Lizzy im Sterbezimmer schlief.

Wirklich geschlafen hatte Lizzy hier freilich nicht. Denn solange sie noch am Leben gewesen war, war sie ohne Unterbrechung damit beschäftigt gewesen, sich die Seele aus dem Leib zu schreien. Der bislang letzte Mensch, der wirklich in dem Zimmer geschlafen hatte, war höchstwahrscheinlich mein Vater gewesen, und zwar 1943. Nach Bill Jodsons Auskunft war mein Vater im Schlaf gestorben.

Alice sagte ein paar Nettigkeiten über die geblümte Tapete, die Nachttischlampen und die Bilder. Ich persönlich fand das Zimmer grauenhaft: überladen und weibisch.

Esmond legte Alice' Rucksack auf eines der Betten. »Wie man ein Zimmer einrichtet, darauf versteht sich Bronwen, das muss man ihr lassen«, sagte er. »Nicht wahr, mein Herz?«

Bronwen stand neben mir in der offenen Tür. »Besser als wenn kein Mensch in diesem Haus was von diesen Dingen versteht.«

»Nun gut. Thomas' Zimmer ist direkt dort auf der anderen Seite des Gangs, und Bronwen und ich schlafen in dem Raum ein Stück weiter hinten.« Esmond wies mit dem Kopf auf eine Tür auf der gegenüberliegenden Seite des Zimmers. »Und dort ist dein Bad. Vielleicht ein bisschen eng, fürchte ich; war früher mal eine Kleiderkammer. Aber es funktioniert alles.«

Alice erklärte, dass sie wunderbar zurechtkommen würde. Allerdings interessierte sie sich nicht weiter für das Zimmer, sondern spähte durch die offene Tür, in der Bronwen und ich standen.

»Das da drüben ist dein Zimmer, nicht wahr?«, sagte sie zu mir. »Mit den vielen Büchern.«

Ich nickte und blickte über die Schulter. Meine Tür stand offen, so dass man das bis zur Zimmerdecke hinaufreichende Regal zumindest teilweise sehen konnte. Einige der Bretter waren mit zwei Bücherreihen bestückt, außerdem waren noch etliche Stapel auf dem Boden aufgeschichtet.

»War ganz früher mal die Kinderstube«, sagte Esmond. »Deshalb ist das Fenster vergittert. Und natürlich, damit der gute Thomas sich nicht heimlich davonmacht.«

Er blickte mich lächelnd an, und ich lächelte zurück. Da sah man es mal wieder: Wir waren Cousins und Freunde, ja Brüder, wenn auch nicht dem Namen nach. Ich wich einen Schritt zurück, damit er wieder auf den Gang hinaustreten konnte.

»Was hältst du von einem Absacker?«, sagte er zu mir.

»Nein, danke, lieber nicht.«

»Aber *ich* nehme dich gerne beim Wort«, sagte Bronwen. »Wenn du schon davon anfängst.«

»Kann ich mir vorstellen.« Esmond wandte sich wieder in Alice' Richtung. »Schlaf gut. Und melde dich einfach, wenn du was brauchst.«

Dann wünschten wir uns eine gute Nacht. Esmond und Bronwen gingen wieder nach unten. Esmond lachte über etwas, was sie sagte. Ich verschwand in meinem Zimmer. Bevor ich die Tür zumachte, warf ich noch mal einen Blick über den Gang. Alice stand dort und sah mich an. Ich dachte, dass sie noch etwas sagen wollte. Doch sie lächelte nur und schloss die Tür.

In der Nacht konnte ich nicht schlafen. Ich stieg ins Bett und versuchte zu lesen. Ich hörte, wie Esmond und Bronwen, offenbar immer noch gut gelaunt, wieder nach oben kamen. Ich machte das Licht aus. Kurz darauf verschwand auch der Lichtstreifen unter der Tür.

Als ich so dalag, kam es mir vor, als ob das Haus sich wie ein Tier für die Nacht bereitmachte. Ich wollte das Licht nicht anmachen und auch nicht auf die Uhr schauen. Der Wind wurde stärker. Einmal meinte ich, draußen im Gang jemanden zu hören. Doch ich hatte mich wohl getäuscht.

Stephens Sonnenwendparty fand am Johannistag 1966 statt. In den Wochen zuvor dachte ich täglich mit einer Mischung aus freudiger Erwartung und Angst an das bevorstehende Ereignis. Ich hatte eine ziemlich präzise Vorstellung davon, wie es vonstatten gehen würde, und erwartete, dass aus London massenhaft glamouröse Leute in schnellen Autos anreisen würden. Ich erwartete, Gesichter zu sehen, die ich aus der Zeitung oder aus Hochglanzmagazinen kannte. Ich erwartete, dass wir eine klare mondhelle Nacht mit Musik und Tanz erleben würden, samt dem würzigen Geruch der Joints. Ja, ich versprach mir sogar die eine oder andere blitzartige poetische Eingebung. Um für diesen Fall gerüstet zu sein, hatte ich eigens ein kleines Notizbuch und einen Kugelschreiber eingesteckt. Gleichzeitig befürchtete ich, dass es zwischen den Partygästen auf der einen und meiner Mutter und der Polizei auf der anderen Seite zu einer unschönen Konfrontation kommen könnte.

Ich habe bereits zuvor das Bild von der Wasserscheide verwendet: Tatsächlich war die Party für alle Beteiligten eine solche Wasserscheide. Stephen fungierte als Zeremonienmeister. Er war erst kurz zuvor mit einem Kaftan, den er in Marrakesch erstanden hatte, aus Marokko zurückgekehrt. Dieser Kaftan war hellblau und über und über mit silbernem Stickwerk verziert. Stephen war sehr stolz darauf. Am Tag vor der Party kam ich zufällig herein, als er vor dem großen Spiegel in seinem Schlafzimmer auf und ab stolzierte.

»Das ist mein Festtagskleid, mein Junge. Mein heiliges Gewand.«

Meiner Mutter erzählten Esmond und ich, dass wir in Kinghampton zu einer Party eingeladen seien und bei den Sandwells übernachten würden, damit wir nicht mitten in der Nacht wieder nach Finisterre fahren mussten. Meine Mutter gab sich mit dieser Auskunft zufrieden.

»Ist Lilian denn auch eingeladen?«, fragte sie und warf mir einen schelmischen Blick zu.

»Ach, die kommt ganz sicher«, erwiderte Esmond.

Zum Auftakt des Abends gingen wir ins Mermaid, wo Stephen und Esmond sich ein paar Whiskys genehmigten. Stephen hatte noch seine Alltagskluft an. Er war sehr aufgekratzt. Lilian trug ein grünes Minikleid und hatte sich das Gesicht mit Make-up zugekleistert. Nach drei Runden gingen wir zunächst in Stephens und Lilians Wohnung zurück. Dort begab Stephen sich in eines der Zimmer und kleidete sich um. Wir Übrigen saßen derweil in der Küche. Esmond zündete sich eine Zigarette an und starrte zur Decke hinauf. Ich wäre am liebsten zu Hause in meinem Bett gewesen.

Als Stephen aus dem Schlafzimmer trat, fiel mir auf, dass seine Füße und Beine nackt waren. Obwohl ich es nicht mit Gewissheit sagen kann, vermute ich, dass er unter dem Kaftan nichts anhatte. Er hatte eine Ledermappe unter dem Arm, die er auf den Tisch legte. Dann öffnete er die Tasche und holte eine Plätzchendose hervor.

»Und nun feiern wir das Sakrament, meine Lieben. Oder genau genommen: den ersten Akt.«

Er nahm den Deckel ab. In dem Behältnis lagen auf einer Unterlage aus Fett abweisendem Papier vier kleine, ziemlich unregelmäßig geformte Plätzchen, dünne khakifarbene Gebilde, die an ausgedörrte Miniaturkuhfladen auf einer sommerlichen Weide erinnerten.

»Los, Kinder, greift zu«, sagte Stephen. »Esset davon und seid frohen Mutes.«

Esmond lächelte. Er nahm ein Plätzchen, schnüffelte daran und fing dann an, am Rand zu knabbern.

»Was ist das?«, fragte Lilian.

»Genau das Richtige, um uns in Partystimmung zu bringen. Haschplätzchen.«

»Und wie wirken die?«, fragte ich.

Stephen biss in sein Plätzchen. »Ach, ungefähr wie Alkohol. Wenn du Haschisch genommen hast, siehst du die Welt halt in etwas bunteren Farben. Bloß ein harmloser kleiner Rausch, der unserer Sonnenwendfeier einen zusätzlichen Reiz gibt.«

Ich sah Esmond an. Er hielt in der einen Hand ein Plätzchen und in der anderen eine Zigarette. Mir kam es vor, als ob er mir zugenickt und bestätigt hätte, was Stephen kundgetan hatte. Hinterher sagte er, dass ich mich getäuscht hatte.

Ich aß ein Plätzchen. Es war sehr trocken und schmeckte auffallend erdig, aber ansonsten unterschied es sich nicht sonderlich von anderem Gebäck. Ich aß es in drei Bissen und schluckte die halb zerkaute Masse dann herunter. Ich spürte, wie die Stücke durch meine Speiseröhre nach unten rutschten. Dann wartete ich. Doch nichts geschah. Ich war enttäuscht. Ich hatte erwartet, dass die Wirkung des Plätzchens auf der Stelle einsetzen würde, wie ein starkes Getränk, von dem man einen kräftigen Schluck nimmt. Auch wenn man den Rauch eines Joints inhalierte, stellte sich die Wirkung laut Esmond angeblich sofort ein. Aber ich fühlte mich wie immer, nur dass ich ziemlich enttäuscht war. Doch darüber schwieg ich mich aus, da ich mich nicht blamieren wollte. Ich sah die anderen an. Ob sie wirklich etwas spürten? Wie konnte man das eigentlich erkennen? Außerdem mussten meine depressiven Anwandlungen ja nicht unbedingt von dem Plätzchen herrühren. Und wenn nun der Fehler bei mir selbst lag? Ob ich das Plätzchen vielleicht falsch gegessen hatte? Möglicherweise stimmte aber auch mit meinem Stoffwechsel etwas nicht, und ich konnte gar keinen Cannabis-Rausch bekommen.

Als Esmond sein Plätzchen gegessen hatte, ging er aus dem Zimmer. Ich hörte, wie er sich im Bad zu schaffen machte.

»Hat keinen Sinn, noch länger zu warten«, sagte Stephen.

Er holte vier Gläser und stellte sie auf den Tisch. Ich vermutete, dass er uns vor dem kleinen Strandfest noch ein wenig Whisky einflößen wollte. Doch dann öffnete er den Kühlschrank und brachte einen versilberten Krug samt Deckel zum Vorschein. Wie sein Kaftan war auch das Gefäß reich verziert und hatte etwas Orientalisches an sich. Trotzdem war es vermutlich in der Edwardianischen Periode in Sheffield entstanden.

»Und jetzt kommen wir zum zweiten Teil unseres Sakramentes. Den Leib habt ihr ja schon entgegengenommen. Hier folgt nun das Blut.«

Dann füllte Stephen die vier Gläser. Niemand sagte etwas. Stephen schien ein stummes Gebet zu sprechen; zumindest bewegten sich seine Lippen. Das Getränk war purpurrot. Ich hoffte, dass es keinen Alkohol enthielt. Der Whisky und das Plätzchen hatten mich durstig gemacht.

»Was ist das?«, fragte Lilian.

»Habe ich doch schon gesagt: das Blut.«

Die Gläser waren von außen mit einem abstrakten Muster verziert. Mir fiel auf, dass sich Stephen bei der Zumessung der Flüssigkeit an diesem Schmuck orientierte. Er beugte sich über den Tisch, um sich zu vergewissern, dass sämtliche Gläser bis zu der horizontalen Linie am oberen Rand der Verzierung gefüllt waren. Dabei öffnete sich sein Kaftan vorne am Hals und gab den Blick auf seine weiße unbehaarte Brust frei. An seinem Hals baumelte an einem Bindfaden ein auf dem Kopf hängendes Kreuz. Stephen richtete sich wieder auf und grunzte zufrieden. Er reichte Lilian und mir feierlich je eines der Gläser.

»Trinkt, meine Kinderchen«, sagte er. »Das ist mein Blut.«

Schon beim ersten Schluck bemerkte ich, dass er uns Ribena eingeschenkt hatte, einen schwarzen Johannisbeersirup, den man mit Wasser verdünnt. Ich kannte das Zeug noch aus Kindertagen. Ich war darüber so erleichtert, dass mir das Getränk köstlich mundete und ich das Glas rasch leerte. Dann rauschte die Toilettenspülung. Nach dem trockenen Plätzchen fand ich das Getränk besonders erfrischend. Ich hätte gerne noch mehr davon gehabt. Ich sah Stephen an, dessen Glas ebenfalls leer war und der sich gerade den restlichen Saft einschenkte.

»Ein Vorrecht des Zelebranten. Aber wenn du noch Ribena möchtest, die Flasche steht da drüben im Schrank.«

Dann kam Esmond wieder herein. Als er die vier Gläser sah, blieb er stehen und legte die Hand auf die Rückenlehne seines Stuhls.

Stephen sah ihn lächelnd an. »Dort steht dein Glas, mein Junge. Ich hoffe, du bist nicht gekränkt, dass wir schon mal angefangen haben.«

»Das ist doch nicht etwa –?«

Ich bemerkte die Verärgerung in Esmonds Stimme. Er sprach die Konsonanten etwas härter aus als sonst. Seine Lippen waren nur noch schmale Striche. Ich glaube nicht, dass die anderen von dieser Reaktion etwas mitbekamen.

»Genau«, sagte Stephen. »Eine kleine Zusatzanwendung. Unser Sonnenwendtrank. Heute Abend treten wir in Kommunion mit dem Unendlichen und blicken gemeinsam durch ein Fenster in die Ewigkeit. Ja, wir –«

»Das hättest du uns vorher doch sagen müssen.«

Lilian leckte sich die Lippen. »War das LSD?«

»Natürlich war es das.« Stephen zeigte mit dem Finger auf sie. »Das hast du doch ganz genau gewusst. Oder wenigstens vermutet. Oder vielleicht nicht?«

Sie erwiderte nichts. Sie sah ihn nur mit jenem starren Blick an, wie man ihn manchmal an Katzen beobachten kann, wenn sie jemanden durch schiere Willenskraft dazu bringen wollen, klein beizugeben.

»Ich wette, du hast Thomas nicht gesagt, was er da schluckt«, sagte Esmond.

»Aber ich tue euch doch bloß einen Gefallen«, erklärte Stephen und griff nach Esmonds Zigaretten. »Willst du das denn nicht begreifen?«

Natürlich hatte ich schon von LSD gehört, deshalb geriet ich plötzlich in Panik. »Und was passiert jetzt?«

Esmond sagte: »Ich habe noch nie LSD genommen, aber ich bin schon dabei gewesen, wenn andere auf Trip waren. Du wirst dich gleich ein bisschen komisch fühlen.«

»Wenn das keine Untertreibung ist –«, sagte Stephen. »›Wären die Pforten der Wahrnehmung gereinigt, dann könnte der Mensch alles sehen, wie es ist, unendlich.‹«

Diese Worte lösten in meiner Erinnerung einen Widerhall aus. »William Blake.«

»Die Sache ist die«, sagte Esmond, ohne Stephen weiter zu beachten, »die Wirkung dauert ein paar Stunden, und dann ist es wieder vorbei. Mach dir also keine Sorgen. Ich bin ja bei dir.«

»Ach, wie rührend«, sagte Stephen. »Und was ist nun: Möchtest du uns auf dieser Reise begleiten, Esmond? Oder erscheint dir der Alltag bereits hinreichend bewusstseinserweiternd?«

Esmond beugte sich blitzschnell nach vorn. Stephen fuhr erschrocken zurück, weil er glaubte, dass Esmond ihn schlagen wollte. Doch Esmond ergriff nur das einzig noch unberührte Glas und leerte es in einem Zug.

»Mein braver Junge«, sagte Stephen.

»Das bin ich ganz sicher nicht.«

Stephen sah uns lächelnd an. »Was zu tun war, ist getan. Und jetzt, liebe Freunde, kann unser Fest beginnen.«

In den nächsten Sekunden bewegte sich keiner von uns. Lilian starrte auf ihre Hände, die wie Seesterne vor ihr auf dem Tisch lagen. Sie hatte ihre langen, spitz zulaufenden

Fingernägel grün lackiert. Die Farbe ihres Nagellacks unterschied sich nur um Nuancen von der Farbe ihres Kleides.

Ich sah Esmond an. Sein Gesicht hatte sich inzwischen wieder entspannt.

»Du erstaunst mich«, sagte er zu Stephen.

»Ich staune über mich selbst.«

Die beiden starrten sich an. Esmond fing an zu lachen. Stephen stimmte mit ein. Selbst Lilian und ich mussten lächeln, obwohl mir eigentlich gar nicht danach zumute war.

»Fahren wir jetzt zum Blackberry Water?«, sagte Stephen.

Esmond breitete die Hände aus. »Wenn du es wünschst. Wenn wir unbedingt müssen.«

Stephen nahm seine Ledermappe und ging als Erster die Treppe hinunter. Lilian holte noch rasch einen langen Männer-Regenmantel aus ihrem Zimmer und zog ihn über ihr Kleid. Dann ging sie ebenfalls in den Laden hinunter.

»Wo sind denn die anderen?«, fragte ich Esmond auf der Treppe. »Erwarten sie uns schon?«

»Es ist sonst niemand da. Nur wir.«

Wir traten auf die Bay Street hinaus. Es war kalt für die Jahreszeit, und aus dem bedeckten Himmel ging ein unangenehmer Nieselregen nieder. Stephen legte auf dem Gehsteig einen kleinen Tanz hin. Glücklicherweise war sonst niemand unterwegs, der ihn in seinem Partykostüm hätte sehen können. Er erinnerte an ein großes Baby in einem taubenblauen Nachthemd.

Esmond war diesmal in einer großen marineblauen Limousine aus London angereist, nicht mit einem Sportwagen. Innen in dem Wagen roch es nach Leder und Zigarren. Stephen saß neben Esmond auf der vorderen Sitzbank. Hinten drückten Lilian und ich uns jeweils in unsere Ecke und ließen fast einen Meter Abstand zwischen uns. Lilian starrte auf ihrer Seite aus dem Fenster. Als die Lichter von Kinghampton aufhörten, konnte sie kaum etwas anderes sehen als die mit Staub und Regenschlieren bedeckte dunkle Fensterscheibe. Ich selbst war während der Fahrt vor allem damit beschäftigt herauszufinden, ob ich bereits etwas von den Drogen spürte.

»Stephen?«, sagte Lilian, als wir durch Ulvercombe fuhren. »Was ist eigentlich mit der Musik? Hast du nicht gesagt, dass du dein Tonbandgerät mitbringen willst?«

»Wollte ich ja auch, aber ich hab es in London vergessen. Ist doch egal.«

»Und was ist mit dem Tanzen?«

»Ach, wir machen einfach unsere eigene Musik, wie es schon unsere Ahnen vor Tausenden von Jahren getan haben.«

Wir fuhren durch das Tor von Finisterre und dann bergab. Stephen schob sich zwei Zigaretten zwischen die Lippen, zündete sie an und gab dann eine davon Esmond.

Schließlich erreichten wir Blackberry Water, und Esmond hielt den Wagen an. Stephen kurbelte das Fenster herunter. Ich hörte das Rauschen des Meeres. Der Motor kühlte langsam ab und gab dabei merkwürdig knackende Geräusche von sich. Ich fühlte mich fast beängstigend normal.

»Verdammt«, sagte Esmond. »Ich habe meine Uhr zu Hause liegen lassen.«

Lilian erwachte auf dem Sitz neben mir aus ihrer Erstarrung und fing an zu sprechen.

»Verdammt noch mal, Stephen. Wann geht es denn endlich los?«

Und so nahm die lange Nacht am Blackberry Water ihren Lauf. Esmond und ich machten nahe der Öffnung in den Klippen ein Feuer. In seiner gewohnten Umsicht hatte er im Kofferraum seines Wagens Feueranzünder sowie Holzspäne und -scheite mitgebracht. Außerdem sammelten wir unten am Strand noch Treibholz. Während wir mit diesen Vorbereitungen beschäftigt waren, blieb Lilian im Auto sitzen. Irgendwann zog Esmond dann los, um eine halbe Flasche Whisky aus dem Kofferraum zu holen. Sein kleiner Besorgungsgang schien eine halbe Ewigkeit zu dauern.

Stephen ging uns anfangs ein wenig zur Hand. Dann beschloss er – durch den Whisky gestärkt –, in der Dunkelheit an den Strand hinunterzugehen. Wir hörten, wie er unterwegs die Steine verfluchte, gegen die er mit den Füßen stieß. Er muss mächtig gefroren haben. Selbst ich fröstelte, obwohl ich eine dicke Cordjacke, ein Polohemd und eine Jeans anhatte.

Esmond zündete das Feuer an. Wir hockten uns davor und sahen zu, wie die Flammen an den trockenen Holzscheiten emporleckten. Noch strahlte das Feuer zwar fast keine Hitze ab, doch es bot bereits einen wundervollen Anblick. Hier sind alle Elemente versammelt, dachte ich: Feuer und Wasser, Erde und Luft. Ich sann darüber nach, ob es sich bei diesem Gedanken um eine jener mystischen Erfahrungen handelte, die einen LSD-Rausch angeblich begleiten. Keine besonders tief schürfende Erkenntnis, dachte ich.

»Ist das jetzt die Wirkung?«, fragte ich.

»Nein, noch nicht.«

»Aber woran merkt man es denn?«

»Keine Sorge. Wenn es so weit ist, weißt du sofort Bescheid.«

Das Feuer fing an zu prasseln. Die Flammen loderten immer höher. Esmond rauchte eine Zigarette und trank etwas Whisky. Ich sah auf die Uhr und drehte das Handgelenk so lange hin und her, bis ich das Zifferblatt im Feuerschein erkennen konnte. Allerdings waren meine Bemühungen reine Zeitverschwendung: Die Uhr war nämlich bereits um zehn vor zwölf stehen geblieben. *Zeitverschwendung*? Das Wort gefiel mir. Ich gähnte und begriff plötzlich gar nichts mehr: wie absurd, den Mund aufzureißen und zu gähnen, aber noch merkwürdiger kam es mir vor, dass mir das bislang noch nie aufgefallen war.

Esmond warf zwei weitere Holzscheite ins Feuer, so dass die Funken stoben. Wir beobachteten sie. Ich überlegte, warum die Leute eigentlich Feuerwerkskörper kauften, wo man doch schon für den Preis eines Streichholzes die wundervollsten Effekte erzielen konnte.

Stephen fing weiter hinten in der Bucht an zu singen – »heulen« wäre vielleicht die passendere Bezeichnung. Er war unten am Strand, vielleicht dreißig Meter von unserem Feuer entfernt.

»Gesangbuch Nummer vierhundertdrei«, murmelte Esmond.

Ich konnte den Text nicht richtig verstehen. An manchen Stellen erinnerte mich die Melodie an das Kinderlied »Three Blind Mice«. Der Singsang wollte gar nicht wieder enden. Die Flammen schlugen immer höher, und der Wind war ganz wild darauf, sie von der See fortzujagen und durch das enge Tal hinauf nach Finisterre zu treiben. Als ich genauer hinhörte, schien es mir plötzlich, als ob vielleicht gar nicht Stephen, sondern der Wind selbst jenen Singsang angestimmt hatte. Dann zog ich die Möglichkeit in Betracht, dass es sich auch genau andersherum verhalten könnte: dass es sich also bei dem Luftstrom, der die Flammen landeinwärts trieb und mein Haar zersauste, nicht etwa um eine unpersönliche Naturkraft wie den Wind handelte, sondern um eine mächtige Brise, die Stephen in seiner Lunge erzeugte. Ich musste unwillkürlich an die alten Landkarten denken, auf denen die Winde als pausbäckige Cherubim dargestellt sind. Stephen hätte durchaus für eine solche Figur Modell sitzen können. Und dann hatte ich plötzlich die Eingebung, dass die Kartografen früherer Zeiten lediglich festgehalten hatten, was sie wirklich über diese Dinge gewusst hatten. Warum sollte das Blasen und Pusten eines Stephen und ähnlich gelagerter Leute eigentlich nicht der Grund dafür sein, dass auf der Oberfläche unseres Planeten fortwährend Luftströme unterwegs waren? Ja, diese Vermutung hatte für mich plötzlich eine so überwältigende Plausibilität, dass ich sie für die reine Wahrheit hielt. Die Konsequenzen meiner Erkenntnis ließen mich erschaudern.

Ich wollte diese erstaunliche Einsicht unbedingt dokumentieren. Ich klopfte meine Jackentaschen ab und ertastete die Umrisse meines kleinen Notizbuchs. (Dabei wurde mir ganz nebenher noch bewusst, wie herrlich weich sich meine Cordjacke anfühlte. Ich wunderte mich, dass mir das vorher noch nie aufgefallen war.)

Meine inneren Wahrnehmungen und Vorstellungsbilder erschienen mir klarer und lebendiger als je zuvor. Jeder Gedanke, jedes kleinste Gedankenatom, kam mir vor wie ein riesiger Raum, und aus jedem dieser immens großen Räume führten Tausende von Türen hinaus, durch die man in andere Räume gelangte. Hinzu kam noch, dass man die Türen in beide Richtungen öffnen konnte.

Neben mir ließ Esmond vernehmlich den Atem aus seiner Lunge entweichen. Mir fiel wieder ein, dass ich gerade erst über den Wind nachgesonnen hatte. Der Wind, der Stephens Mund entströmte, hatte eine ungeheure Macht. Noch nie hatte ich mich einem Wind so innig und unauflöslich verbunden gefühlt. Ja, dieser Wind – oder um der mysteriösen Kraft einen Namen zu geben: Stephen – hatte buchstäblich von meinem Körper Besitz ergriffen. Ich spürte, wie mein Magen sich hob. Doch die Empfindung hatte nichts mit Übelkeit zu tun. Und dann durchschauderten mich plötzlich vom Beckenboden bis zu den Schultern immer neue Wellen. Ich sah, wie unter der Oberfläche einer grauen See eine riesige windgepeitschte Welle auf die nächste folgte. Dabei gab ein gewaltiger Puls wie ein Dirigent den Takt vor.

Ich überlegte, wie der Wind beziehungsweise Stephen in mich hineingelangt war. Wäre er durch die üblichen Körperöffnungen in mich hineingeschlüpft, also beispielsweise durch den Mund oder die Ohren, hätte ich doch etwas davon merken müssen. Meine Kenntnis der Mikrobiologie war damals so rudimentär und vage wie heute. Trotzdem hatte ich eine ungefähre Ahnung davon, dass unser Körper aus einem dreidimensionalen Geflecht von Molekülen besteht und dass diese Moleküle unglaublich klein sind. Als ich mich nun ganz in diese Vorstellung versenkte, wusste ich plötzlich, dass sie völlig korrekt war: Ja, dieses gigantische Geflecht stand unversehens in seiner ganzen Komplexität im Geiste vor mir. Die Moleküle waren durch winzige, fast durchsichtige Fäden miteinander verbunden. Jedes Molekül besaß ein ganz eigenständiges Leben und atmete im Rhythmus des kosmischen Pulsschlags. Erst jetzt begriff ich, dass es ein »Ich« eigentlich nicht gibt, dass man wegen der Pluralität der kleinsten Lebenseinheiten eigentlich »wir« sagen sollte. Ob sich der Wind vielleicht zwischen den Fäden und den Molekülen hindurch in meinen Körper geschmuggelt hatte? Da er jedoch einmal von meinem Innern Besitz ergriffen hatte, konnte er nun wehen, wohin er wollte. Je länger ich mir diese Hypothese durch den Kopf gehen ließ, umso plausibler erschien sie mir.

»Esmond«, sagte ich, »jetzt kapiere ich es endlich. Stephen hat sich zwischen den Molekülen hindurchgeschmuggelt. Es kann gar nicht anders sein.«

»Was?«

»Stephen hat sich zwischen den Molekülen hindurchgeschmuggelt.«

»Na und?« Esmond legte mir den Arm um die Schultern. »Ist doch völlig schnuppe.«

Sein Gesicht und sein Haar leuchteten im Widerschein des Feuers auf. Er sah im besten Sinne des Wortes wie ein Löwe aus: tapfer, königlich, großmütig.

»Stephen ist ein richtiges Schwein«, sagte Esmond. »Uns bei diesem Wetter hier rauszulotsen.«

»Ganz genau – du hast völlig Recht.«

Als ich so darüber nachsann, schien Stephen mir plötzlich eine erstaunliche Ähnlichkeit mit einem Schwein zu haben. Vielleicht haben wir ja alle Ähnlichkeit mit einem bestimmten Tier, dachte ich. Ich überprüfte meine Theorie an einigen mir bekannten Gesichtern: Lilian erinnerte mich an eine dieser hochgezüchteten, reizbaren Hauskatzen; meine Mutter an ein altes Kaninchen; der Vikar mit seiner gedrungenen Gestalt und seinem dunklen Anzug an einen Panda.

»Stephen hat aufgehört zu singen.« Esmond nahm seinen Arm von meiner Schulter und zündete sich eine Zigarette an. »Dafür hat der Trip jetzt angefangen.«

»Komisch, so hatte ich mir das gar nicht vorgestellt.«

»Nein.«

Ich gähnte, und das Gähnen wollte gar nicht mehr aufhören – weder in der Realität noch in meiner Vorstellung. Innerlich erschien es mir allerdings wie ein mächtiger Wind, der in der Nacht durch die Wüste fegte.

»Esmond«, rief Stephen. »Thomas. Könnt ihr mir mal den Whisky bringen?«

Wir standen auf. Meine Bewegungen kamen mir unendlich langsam vor, freilich nicht weil ich außerstande gewesen wäre, sie richtig zu koordinieren, sondern weil ich mich plötzlich mit einer völlig neuen Empfindungswelt konfrontiert sah.

Das hell leuchtende Feuer befand sich jetzt hinter uns;

vor uns war das Auto, in dessen Scheiben sich der dunkle Himmel spiegelte. Die Regentropfen, die an meinen Wangen herunterliefen, fühlten sich weich wie ein Pelz an. Ich streckte die Zunge heraus und empfand das Wasser als wundervolle Erfrischung.

Auf der uns zugewandten Seite des Autos stand hinten die Tür offen. In dem Winkel, den die Tür mit dem vorderen Teil des Wagens bildete, hatte Stephen sich mit dem Oberkörper voran auf das Dach gestützt. Sein Kopf und seine Schultern erschienen so dunkel wie der Himmel, während sein übriger Körper von der Innenbeleuchtung des Wagens in ein schwaches Licht getaucht wurde. Lilian hatte es sich mit hochgelegten Beinen auf dem Rücksitz bequem gemacht. Sie hatte sich in den Regenmantel eingewickelt. Ihre Augen waren tiefschwarz, weil das LSD ihre Pupillen erweitert hatte, und sie lächelte. Sie erschien mir wie eine Königin.

»Ah, da ist ja das Wasser des Lebens.« Stephen streckte die Hand nach der Flasche aus. Er nahm einen kräftigen Schluck und röchelte dann: »Jesus Christus«, und ich wusste nicht recht, ob er mit diesen Worten nur eine Pause überbrücken wollte oder ob ihn gerade eine neue mystische Erfahrung übermannt hatte.

»Gib mir die Flasche«, sagte Lilian. »Mir ist kalt.«

Sie beugte sich vor und streckte ihm die Hand entgegen. Dabei öffnete sich der Regenmantel. Ihr Kleid hatte sich bis zur Taille hochgeschoben. Ich sah lange nackte Beine und in ihrem Schritt ein weißes Höschen. Sie nahm die Flasche und ließ sich wieder zurücksinken. Dann schlang sie ohne Eile den Regenmantel wieder um sich, bis ihr Körper abermals geschützt war. Dabei war völlig klar, dass sie sich nur deshalb wieder verhüllt hatte, weil ihr kalt war.

»Lilian friert«, sagte Stephen. »Könntet ihr bitte zu ihr in den Wagen steigen und sie ein bisschen aufwärmen? Ich bin dazu im Augenblick zu beschäftigt.«

»Und womit?«, fragte Esmond.

»Hast du es nicht gesehen? Die ganze Bucht ist voll Blut. Jemand muss doch etwas dagegen unternehmen.«

»Sicher die Strandräuber«, sagte Lilian. »Weiß doch jeder.«

»Das Blut ist unter den Kieseln«, erklärte Stephen. »Ein unablässiger Strom. Schmeckt salzig. Kann also nur Blut sein. Was für eine Verschwendung kostbarer Energie. Hast du mal 'ne Zigarette?«

Esmond zündete an der Glut seiner brennenden Kippe eine neue Zigarette an und gab sie Stephen.

Lilian zitterte. »Die armen Matrosen. So viel Blut. O Gott. O Gott.«

»Und dazu noch so überflüssig«, sagte Stephen. »Wenn man die Seeleute vorher richtig geschult hätte, hätten sie es sich sparen können, an Land zu schwimmen, und wären einfach auf dem Wasser gegangen. Das ist gar nicht so schwer.«

»Du meinst wie Jesus?«, fragte ich. »Eine Art Levitation?«

»Ganz genau. Ist doch nichts Besonderes. In Indien schweben die Leute doch ständig über dem Boden. Wenn es ihnen ernst damit gewesen wäre, hätten diese Seeleute ohne weiteres nach Wales gehen können.«

»Mir ist so kalt«, sagte Lilian. »Bitte sorge dafür, dass das Blut endlich verschwindet. Bitte.«

»Aye«, sagte Stephen. »Los, steigt schon in den Wagen. Ich kann im Augenblick nicht aufhören. Ich hab noch was zu tun.«

Er ging zum Strand hinunter. Mir fiel auf, dass er wesentlich lockerer und zuversichtlicher ausschritt als bei seinem ersten kleinen Ausflug. Möglich, dass er wegen der Kälte und der Schmerzen kein Gefühl mehr in den Füßen hatte. Oder aber vor unseren Augen geschah gerade eines jener ganz alltäglichen Wunder, wie es auch die Jünger damals am See Genezareth mit eigenen Augen gesehen hatten.

»Amen«, schrie Stephen. »Von Ewigkeit zu Ewigkeit. Die Herrlichkeit und. Die Kraft und. Dein Reich komme, ich meine: ist dein. Eehh. Denn uns von dem Bösen erlöse.« Der Wind trug seine Worte davon.

»Los, kommt schon herein«, drängte uns Lilian. »Ich friere.«

»Du steigst hinten ein«, sagte Esmond zu mir. »Ich lasse den Motor an und dann dreh ich die Heizung auf.«

Ich krabbelte hinten in den Wagen und schloss die Tür hinter mir. Unter normalen Umständen hätte ich mich ganz sicher nicht so gehen lassen. Aber die Droge hatte fast alle sozialen Hemmnisse beseitigt, die mich sonst wie die Gitterstäbe eines Käfigs umschlossen. Deshalb werde ich auch nie vergessen, dass ich dem LSD einen kurzen Eindruck davon verdanke, was es bedeutet, frei zu sein.

Im Wageninnern erwartete mich eine ganz neue Welt. Hier war es windstill und auch viel wärmer als in dem Universum, das ich soeben hinter mir gelassen hatte. Der Schockzustand, der von mir Besitz ergriff, als ich mich plötzlich in diesem eleganten, auf allen Seiten umschlossenen Raum wiederfand, ließ mich auf der Stelle sämtliche Gedanken an Moleküle, Blut und das Vaterunser vergessen. Erst viel später wurde mir bewusst, dass Esmond weder den Motor noch die Heizung anstellte. Er hatte lediglich einen Vorwand gesucht, damit er nicht hinten in den Fond einsteigen musste.

»Hier, Thomas«, sagte Lilian. »So ist gut.«

Sie musste den Regenmantel aufgeschlagen haben, denn ich spürte die Wärme ihrer weichen Haut. Das Vergnügen, das ich dabei empfand, war von einer derart brennenden Intensität, dass es genauso gut ein stechender Schmerz hätte sein können. Ich versuchte, die Hand wegzuziehen, aber Lilian hatte mich schon am Handgelenk gepackt und zog mich zu sich herab. Wir lagen quer auf dem Rücksitz. Ich mit dem Oberkörper auf ihr, während mein Unterleib und die Beine irgendwo im Fußraum zwischen dem Vorder- und dem Rücksitz hingen.

Alles in bester Ordnung, redete ich mir ein, kein Problem: Ich bin auf Trip, und wenn man auf Trip ist, gibt es keine Grenzen.

Lilian fing an zu kichern. »Deine Hände sind so kalt.«

»Deine auch.«

»Mal sehen, wessen Hände kälter sind. Wir berühren uns beide am Bauch, das ist die wärmste Stelle.«

Ich musste lachen. So befingerten und kitzelten wir uns eine Weile und erfreuten uns an der Nähe des anderen, wie Kinder oder Kätzchen es tun. Unsere Gliedmaßen verschlangen sich ineinander. Esmond riss auf dem Vordersitz kleine Witze und bestärkte uns in der Illusion, dass wir ein völlig harmloses und normales Spiel miteinander trieben. Ja, er kitzelte uns sogar ein- oder zweimal. Mir tat der ganze Bauch weh vor Lachen. Ich wusste genau, dass ich gerade ein unvorstellbar großes Wunder erlebte, das viel bedeutender war als eine schlichte Levitation.

»Mensch, hast du aber schöne Hände«, sagte Lilian. »Das ist mir schon immer aufgefallen. Du musst sie wärmen. Schieb sie mir doch einfach zwischen die Beine. Nicht dorthin, Dummkopf: weiter oben.«

Und so nahmen die Dinge ihren Lauf. Mit einem Teil meines Bewusstseins stand ich gewissermaßen außerhalb des Geschehens und sah nur noch staunend zu. Ich möchte hier nicht jeden Handgriff oder jeden Scherz schildern oder wie unsere Spiele allmählich einen anderen Charakter annahmen. Ich bin noch heute manchmal erstaunt darüber, wie wir diese Verrenkungen auf so engem Raum überhaupt zustande gebracht haben. Die üblichen Maßstäbe für das, was man gemeinhin als unbequem bezeichnet, hatten vorübergehend ihre Geltung verloren. Ich weiß nicht mehr, wie lange das alles gedauert hat. Ich kann mich noch erinnern, dass ich einen Arm streichelte und darüber nachdachte, wie wahnsinnig schön alles ist, wenn man es ganz objektiv betrachtet. Ja, ich war nicht einmal sicher, ob der Arm mir selbst oder Lilian gehörte, und das interessierte mich auch nicht. Entscheidend war einzig die Schönheit des Armes. Etwas später – Minuten? Stunden? – war nicht einmal mehr die Schönheit des Armes entscheidend, sondern seine bloße Existenz.

Vielleicht sollte ich noch darauf hinweisen, dass ich mir schon damals durchaus bewusst war, dass dieser Blick auf die Dinge ganz außergewöhnlich und auf das LSD zurückzuführen war. Ich weiß noch, dass ich mir gewünscht habe, einige der Wirkungen der Droge mögen nie mehr aufhören. (Und in gewisser Hinsicht ging mein Wunsch sogar in Erfüllung, wenn auch anders, als ich erwartet hatte.) Auch möchte ich hier nicht den Eindruck erwecken, als ob ich plötzlich alles im Griff gehabt hätte oder so etwas: Ich gestattete mir keine Freiheiten, zu denen ich nicht ausdrücklich ermuntert wurde. Festhalten sollte ich vielleicht noch, dass ich fast die ganze Zeit von panischer Angst erfüllt war. Oder um es genauer auszudrücken: Ein *Teil* von mir hatte ganz schreckliche Angst. Ich war mir darüber im Klaren, dass ich im Geiste weiter gereist war als je zuvor, und ich war mir nicht sicher, ob ich wieder nach Hause zurückfinden würde. Ich wusste, dass im Hinterhalt Ungeheuer lauerten, die bloß darauf warteten, sich auf mich zu stürzen.

Ich hörte, dass Esmond etwas sagte. Ich achtete nicht auf die Worte, sondern nur auf den schnurrend-weichen Klang seiner Stimme.

»Was?«, sagte Lilian und biss mir ins linke Ohrläppchen.

Wir schüttelten uns vor Lachen. Während wir noch kicherten, hörte ich, dass Esmond wieder etwas sagte: »Ich sehe besser mal nach, was der gute Stephen so treibt.« Ein leises Klicken, dann ein Schwall kühler feuchter Luft. Der Wagen fing an zu schaukeln. Die Tür fiel ins Schloss. Lilian und ich waren allein. Endlich zu zweit, dachte ich in einem Anfall von Größenwahn. Esmond tat mir plötzlich Leid, und ich hoffte, dass er sich nicht ausgeschlossen fühlte. Dann zog Lilian meinen Kopf zu sich herunter und küsste mich zum ersten Mal auf den Mund.

Damals schien es mir so, als ob die lange Nacht am Blackberry Water niemals enden würde. Die Zeit war wie eine unendlich geschmeidige Masse: Sie sprengte alle Grenzen und dehnte sich zur Unendlichkeit. Wie anders soll ich das Gefühl beschreiben, dass ich schon seit endlosen Jahren mit Lilian in diesem Käfig gefangen war?

Als ich einmal durch das Tal gen Osten blickte, glaubte ich, ungefähr an der Stelle, wo ich den Horizont vermutete, ein kleines Licht zu sehen. Auch Finisterre war irgendwo dort oben, doch ich konnte es nicht sehen. Als ich dann – wohl Stunden später – abermals dort hinaufblickte, war es im Osten nicht um einen Deut heller. Wieder nur eine Halluzination? Auf meinen Fingerspitzen tanzten fließende Regenbogen und rankten sich von dort an Lilians Unterkiefer entlang. Am äußersten Rand meines Blickfelds sah ich kleine behaarte Kreaturen, die mit uns in dem Auto waren. Ich berichtete Lilian von diesen Halluzinationen.

»Woher willst du denn wissen, dass es nicht immer solche Regenbogen gibt? Vielleicht sind sie genauso wirklich oder unwirklich wie keine Regenbogen. Nur dass du sie sonst nicht siehst.« Über die kleinen Wesen verlor sie kein Wort. Ich bedrängte sie nicht weiter damit.

Ich wusste, dass ich dem Wahnsinn verfallen würde, sollten Lilian und Esmond mich alleine lassen. Ich hatte den

Impuls, auszusteigen und Esmond zu suchen, aber Lilian wollte lieber im Auto bleiben und reden. Ich versuchte, ihr nicht zuzuhören. Während all dieser Jahre hatte sie geschwiegen. Jetzt hatte das LSD ihr den Mund geöffnet, und sie plapperte wie ein Wasserfall drauflos. Sie wollte mir etwas von ihrer Mutter erzählen, aber nicht etwa darüber, wie sie gestorben war, sondern was sie gesagt und getan hatte. Ich glaube, Lilian hätte sich jedem offenbart. Ich weiß nicht mehr, wie lange sie so sprach. Ein paar Stunden vielleicht. Sie redete und redete, bis sie das Blut an ihrem Regenmantel entdeckte. Dann hielt sie plötzlich inne und fing an zu weinen. Ich hielt sie in den Armen und fing schließlich, von Mitleid überwältigt, ebenfalls an zu weinen. Vor lauter Lachen und Weinen tat mir der Bauch weh. Mir war kalt, und ich wollte etwas Heißes trinken. Wir verfielen in tiefes Schweigen. Immer noch hielten wir uns umschlungen.

»Stephen sagt, dass es meistens so ist«, erklärte Lilian. »Zuerst kichert man stundenlang, und am Ende setzt die Ernüchterung ein. O Gott.«

Ich hatte das Gefühl, dass die Wirkung der Drogen allmählich nachließ. Allerdings verlief der Prozess so langsam, dass ich schon fürchtete, lediglich meinem eigenen Wunschdenken aufgesessen zu sein. Die Halluzinationen und die anderen merkwürdigen Empfindungen waren zwar noch da, aber nicht mehr so intensiv. Die Tyrannei des Hier und Jetzt wurde allmählich schwächer, und vor meinem inneren Auge flackerten hier und da wieder Bilder von anderen Zeiten und Orten auf. Immer deutlicher drängte sich mir der Eindruck auf, dass der fernste Punkt meiner Reise hinter mir lag und ich bereits den Rückweg angetreten hatte. Meine Vorstellungen hatten nicht mehr jenen fiebrigen Charakter wie einige Stunden zuvor. Ja, ich war ruhiger und von einer außerordentlichen Klarheit erfüllt.

»Ich bin ich, du bist du«, sagte ich zu Lilian. »Aber wir sind wir. Zusammen sind wir eine dritte Person.«

»Gott, wie wundervoll«, erwiderte sie.

Ich fühlte mich sehr geschmeichelt. Als ich gerade in meinem Geist nach weiteren Erleuchtungsfragmenten suchte, wurde die Fahrertür geöffnet. Esmond steckte den Kopf ins Auto. Ich hatte ihn völlig vergessen.

»Habt ihr Stephen gesehen?«, fragte er.

»Er ist doch schwimmen gegangen«, sagte Lilian.

Sie lachte, und ich stimmte mit ein. Dann richtete ich mich im Sitzen auf. Plötzlich drang die Welt außerhalb des Wagens wieder in mein Bewusstsein: die kalte salzige Luft und der Gluthaufen, der von Esmonds Feuer geblieben war.

Esmond sah Lilian nachdenklich an. »Aber er ist doch schon stundenlang weg. Kommt mir jedenfalls so vor.«

»Und wenn wir ihn rufen?«, sagte ich.

»Hab ich schon mehrmals versucht. Aber er antwortet nicht. Er muss mich gehört haben, so lang ist der Strand nun wirklich nicht.«

»Woher weißt du denn, dass er unten am Strand ist?«, fragte Lilian. »Ich wette zehn zu eins, dass er auf der Astralebene unterwegs ist, und –« Wieder fing sie an zu kichern. »Und da kannst du natürlich lange suchen.«

»Und wenn er nun spazieren gegangen ist?«, gab ich zu bedenken.

»Ach ja, richtig«, sagte Lilian. »Er ist zu Fuß nach Wales unterwegs. Er macht es Jesus nach und wandelt auf dem Wasser.«

Es war eine äußerst unangenehme Situation. Esmond, Lilian und ich standen noch unter Drogen, waren noch voll auf Trip, wie die Hippies das nannten. Keiner von uns hätte mit einem Außenstehenden ein sinnvolles Gespräch über irgendetwas führen können. Die Mittsommernacht neigte sich langsam dem Ende zu. Bis zum Morgengrauen konnte es nicht mehr lange dauern. Ich war sehr durstig.

»Mein Gott, ist mir kalt«, sagte Lilian.

Ich gab ihr meine Jacke, die sie unter ihrem Regenmantel anzog. Esmond meinte, wir sollten zusammen den Strand absuchen. Wir stolperten über den mit Kieseln übersäten Strand, der zum Meer hin terrassenartig abfiel. Der Regen hatte aufgehört. Der Strand und das Meer lagen im grauen Zwielicht der ersten Morgendämmerung vor uns; noch war nicht deutlich zu erkennen, wo das eine aufhörte und das andere anfing.

Wir waren in unserem Zustand nicht nur anfällig für Selbsttäuschungen, sondern unseren Einbildungen hilflos ausgeliefert. Lilian fing plötzlich an zu kreischen. Sie hatte eine aufgerollte glitschige Schlange entdeckt, die am Fuße der Felsen schlummerte. Ich hörte hinter mir auf den Steinen knirschende Schritte. Die Räuber von Ulvercombe waren am Strand unterwegs und machten so viel Lärm, dass man sie über die Bucht hinweg hören konnte.

»Sie sind noch am Leben, und zwar allesamt«, flüsterte Esmond. »Wir müssen wahnsinnig vorsichtig sein.«

Er sagte nicht, wer »sie« waren, und ich wagte nicht, ihn danach zu fragen.

Es war gerade Ebbe. Unter den Kieseln konnte man an manchen Stellen den feucht glänzenden Sand erkennen. Mein rechter Fuß verschwand plötzlich in einem Loch, und ich stand bis zum Knie im Wasser. Hätte Esmond mich nicht am Arm gepackt, wäre ich gestürzt.

»Er hat gesagt, dass unter den Steinen Blut ist«, wimmerte Lilian. »Schaut nur, er hat wirklich Recht.«

»Stephen!«, brüllte Esmond wieder und wieder. »Ste-eephen!«

Das Glucken des Meeres mischte sich mit dem Röcheln unseres eigenen Atems und mit dem Knirschen unserer

Schuhe auf dem Geröll. Immer wieder hörte ich Stimmen: Esmonds Rufe, das Kreischen der Möwen und fremde Stimmen; auch Esmond konnte sie angeblich hören.

Dann erreichten wir die Wasserlinie. Doch auch dort war weit und breit nichts zu sehen.

»Hab ich es nicht gesagt?«, murmelte Lilian. »Er wandelt auf dem Wasser.«

»Los, kommt schon«, sagte Esmond. »Wir gehen zum Wagen zurück.«

Wir stolperten wieder den Strand hinauf. Ich sah in der Öffnung zwischen den Felsen einen rötlichen Streifen. Die Sonne ging auf. Ich verbannte Stephen vorübergehend in jenes Verlies meines Geistes, wo ich noch eine ganze Heerschar weiterer bedrohlicher Gedanken eingesperrt hatte. Plötzlich fühlte ich mich schuldig. Es ließ sich nicht länger verheimlichen, dass wir nichts Sinnvolles tun konnten. Wir waren ja nicht mal richtig bei uns.

Diese Worte stürzten mich vollends in Verwirrung. Zuerst dachte ich: Aber wenn wir nicht richtig bei uns sind, wo sind wir dann? Stehen wir vielleicht neben uns? Doch was hatte das nun wieder zu bedeuten? Wenn wir tatsächlich neben uns standen, musste es uns ja doppelt geben. Und wenn man diesen Gedanken zu Ende dachte, blieb nur noch der Wahnsinn. Obwohl es ja nur bildlich gemeint war, wenn man von jemandem sagte, dass er »nicht ganz bei sich« sei. Alles nur eine Frage der Etikettierung. Sobald man einer Sache einen Namen gab, war damit auch deren Charakter definiert. Und hinter jeder derartigen Definition verbargen sich immer neue Klassifizierungen. Und so ging es immer weiter, Schicht um Schicht: wie bei einer Kugel, unter deren Oberfläche immer neue Oberflächen zum Vorschein kommen. Und dann fiel es mir wie Schuppen von den Augen, und ich sah, dass ich zeitlebens nichts anderes getan hatte, als immer neue Schichten dieser Kugel freizulegen, weil ich gehofft hatte, irgendwann auf einen harten Kern unverrückbarer Wahrheiten zu stoßen. Und zugleich wusste ich ganz genau, dass ich ewig so weitermachen konnte, ohne eine letzte Wahrheit zu finden, da dieses runde Etwas gar kein Zentrum hatte – ob hart oder weich oder wie auch immer –, weil nämlich in jeder der Schichten, die ich bereits entfernt und achtlos weggeworfen hatte, schon die ganze Wahrheit enthalten war.

Ich war wie erschlagen. Ich hatte soeben eine Entdeckung gemacht, die den Gang der Geschichte völlig verändern musste. Ich wollte Lilian und Esmond unbedingt darüber aufklären. Endlich fand ich sogar die richtigen Worte: anschaulich, prägnant und noch dem schlichtesten Gemüt unmittelbar einleuchtend.

»Es ist wie eine Zwiebel«, sagte ich. Doch niemand hörte mir zu.

Esmond war einfach großartig. Als ich später wieder klar im Kopf war, war ich völlig bestürzt über die Vorstellung, was uns alles hätte passieren können, wenn er nicht auf uns aufgepasst hätte. Wir hätten leicht »voll ausflippen können«, wie die Hippies sagten. Doch Esmond war schlicht zu souverän, um so etwas geschehen zu lassen.

Trotz der Droge wusste er genau, was in unserer brenzligen Situation zu tun war. Draußen war es noch zu dunkel, um systematisch nach Stephen zu suchen, allerdings hätten wir ihn in unserem Zustand ohnehin weder suchen noch Hilfe holen können. Esmond erklärte völlig einleuchtend, dass es nur zwei Möglichkeiten gab: Entweder war Stephen oben an der Felsenküste auf dem Wanderweg unterwegs, oder er musste in tiefe Meditation versunken sein. Sicher wäre er nicht sehr erfreut, wenn wir Hilfe holten. Hinzu kam noch, dass wir es uns in unserem Zustand absolut nicht leisten konnten, die Polizei auf uns aufmerksam zu machen.

Wir schichteten das Feuer neu auf, was einige Zeit in Anspruch nahm, weil uns die Schönheit der züngelnden Flammen über alle Maßen in ihren Bann zog. Trotzdem war diese Arbeit Esmond zufolge unerlässlich, weil Stephen gewiss unterkühlt von seinem Ausflug zurückkommen würde. Lilian hatte Angst, dass das Feuer die Schiffe draußen auf dem Ozean in die Irre führen könnte. Doch ich gab zu bedenken, dass es dazu draußen schon zu hell sei.

Esmond schrieb mit meinem Kuli »SIND GLEICH ZURÜCK« auf eine leere Zigarettenschachtel. Dann fixierte er die Pappe mit einem angespitzten Stock am Boden. Wir stiegen in den Wagen, drängten uns alle drei auf dem Vordersitz zusammen und fuhren ganz langsam zurück nach Kinghampton. Es grenzte an ein Wunder, dass wir unversehrt dort ankamen.

Als wir die Wohnung der Sandwells betraten, hatte ich das Gefühl, wieder in eine längst versunkene Ära meines Lebens zurückzukehren. Die Räume erschienen mir so rätselhaft und beunruhigend vertraut wie eine Landschaft, die ich schon aus vielen Träumen kannte. Wir zündeten den Gasherd an und stellten den Wasserkessel auf das Feuer. Dann ging Lilian nach nebenan, um ein Bad zu nehmen. (Später stellte sich heraus, dass sie nur bis in ihr Schlafzimmer gekommen war. Dort hatte sie – noch immer in ihrem grünen Kleid und dem Regenmantel – vor dem Spiegel gesessen und mit offenem Mund ihr Spiegelbild betrachtet.) Esmond und ich gingen in Stephens Zimmer, um warme Pullover zu holen. Das heißt, genau genommen blieb es bei der Absicht, dies zu tun. Esmond hatte nämlich die Ledermappe aus dem Auto mit nach oben gebracht. Er nahm sie mit in Stephens Zimmer und kramte darin herum, konnte aber am Boden der Tasche nur ein Dutzend Steine – kleine mit Quarz geäderte Kiesel – entdecken, die er in Stephens Papierkorb kippte.

Ich suchte derweil nach den Pullovern. Esmond schob den Arm in den Schornstein und brachte eine verrußte Schachtel zum Vorschein. Er öffnete sie und versuchte gar nicht erst, ihren Inhalt vor mir zu verbergen. Esmond hatte mir schon immer vertraut. In der Schachtel waren ein Bündel Banknoten, eine in Silberpapier eingewickelte Haschischplatte und mehrere Schlüssel verstaut, an denen Schildchen hingen.

»Und kein Wort darüber – okay, Rumpy?«

»Was für Schlüssel sind das denn?«

»Für Schließfächer.«

Dann inspizierte Esmond das restliche Schlafzimmer. Er nahm ein kleines Tagebuch, zwei Notizbücher und ein Bündel Briefe an sich und verstaute alles in Stephens Schweinsledermappe.

»Man kann nie vorsichtig genug sein«, sagte Esmond zu mir. »Aber erzähl Lilian bitte nichts davon. Sie würde sich nur unnötig Sorgen machen.«

Als sich mein psychischer Zustand zusehends wieder normalisierte, verspürte ich im ganzen Körper ein ziemlich unangenehmes Gefühl.

Gegen acht Uhr regte Esmond dann eine Art Arbeitsteilung zwischen uns an. Ich sollte bleiben, wo ich war, und mich um Lilian kümmern. Er selbst wollte nach Ulvercombe fahren, die Ledermappe in Finisterre in der Garage verstecken und dann zum Strand hinunterfahren. Er hoffte, dass er Stephen dort bereits antreffen würde; andernfalls wollte er nach ihm suchen. Falls er meiner Mutter zufällig über den Weg laufen sollte, wollte er sagen, dass wir beschlossen hätten, bei den Sandwells zu frühstücken, und er nur kurz vorbeigekommen sei, um unsere Rasiersachen zu holen.

»Bist du sicher, dass du allein zurechtkommst?«, fragte ich.

»Klar doch. Warum denn nicht?«

Nachdem Esmond weggefahren war, nahmen Lilian und ich gemeinsam ein Bad: eine völlig asexuelle Geschichte, denn wir waren beide in einer etwas müden und gereizten Stimmung. Außerdem gab es im Schein der Badezimmerbeleuchtung eine Menge zu bestaunen: Ich beäugte das Wasser, den Schwamm, die Zahnbürsten, die glitschige Seife und die Klopapierrolle, die neben dem WC hing. Obwohl die Wirkung der Droge schon deutlich nachgelassen hatte, konnte ich immer noch nicht recht begreifen, wie mir die Schönheit dieser Dinge so lange hatte entgehen können.

Das Bad tat uns beiden gut. Hinterher ging Lilian ins Bett. Sie bat mich, mich neben sie zu setzen und ihre Hand zu halten.

»Warum?«, unterbrach sie nach einer Weile unser Schweigen.

»Warum was?«

»Warum ist es wie eine Zwiebel?«

Sechzehn

Esmond verschwendete am Morgen nach Alice' Ankunft keine Zeit. Bereits gegen halb neun erschien er in der Kinderstube. Er hatte seinen roten seidenen Morgenmantel an und hielt ein großes Tablett in den Händen. Ich saß am Fenster und beobachtete die Vögel draußen im Garten.

»Gut«, sagte er. »Ich hatte gehofft, dass du schon auf bist.«

Auf dem Tablett standen vier Tassen Tee. Mir fiel auf, dass Esmond bereits rasiert war. Er stellte das Tablett auf meinen Tisch.

»Ich habe nachgedacht«, sagte er in einem Ton, als müsste er noch einmal auf ein Thema zurückkommen, über das wir schon ausführlich gesprochen hatten. »Ich glaube, dass es besser ist, wenn du ihr den Tee bringst.«

»Findest du nicht, dass Bronwen das vielleicht übernehmen sollte? Schließlich ist sie eine Frau. Also … ich möchte ihr nämlich nicht ungelegen kommen.«

»Quatsch, Rumpy.«

»Wieso?«

»Erstens bist du kein richtiger Mann, du bist ihr Vater. Und wenn hier überhaupt jemand ungelegen kommt, dann sie. Sie wird sich keine Gedanken darüber machen, wer ihr eine Tasse Tee bringt.«

»Trotzdem ist Bronwen … die Dame des Hauses.«

»Aber ich habe Angst, dass Bronwen sie mit dem Tee verbrüht.«

»Soll das ein Witz sein?«

»Ich weiß nicht recht. Außerdem ist es deine Aufgabe. Das kannst nur du übernehmen.«

»Was, ihr den Tee bringen? Das ist doch Unsinn.«

»Du weißt genau, was ich meine. Also geh schon zu ihr und frag sie, wie sie geschlafen hat und ob sie Zucker möchte.«

Ich stand auf. Esmond meinte, dass ich im allgemeinen Interesse versuchen sollte, Alice' Sympathie zu gewinnen. Er gab mir eine Tasse samt Untertasse und tätschelte mir die Schulter, als ich an ihm vorbeiging. Ich überquerte den Gang und klopfte an die Tür. Esmond ging inzwischen mit dem Tablett durch den Gang zu dem Zimmer hinüber, in dem er mit Bronwen nächtigte.

»Wer ist da?«, fragte Alice.

»Ich bin es. Thomas. Ich habe hier Tee.«

»Dann komm doch rein.«

Sie lag noch im Bett. Ihr üppiges dunkles Haar kontrastierte sehr hübsch mit dem weißen Kissen, ihre braunen Augen musterten mich, und zwischen ihren Augenbrauen erschien eine vertikale Falte. Mit Ausnahme meiner Mutter, die natürlich nicht zählte, war Lilian bislang die einzige Frau gewesen, die ich im Bett gesehen hatte.

»Tut mir Leid«, sagte ich und bemühte mich, sie nicht anzustarren. »Ich wollte dich nicht wecken.«

»Macht doch nichts. Ich war ohnehin schon wach.«

Sie richtete sich – noch ein wenig schlaftrunken – langsam auf. Sie hatte ein dickes weißes Nachthemd an, das bis zum Hals zugeknöpft war. Vor ihr auf dem Bett lag ein rötlich braunes Wolltuch, das sie sich um die Schultern drapierte.

Ich stellte den Tee auf den Nachttisch und spulte leise die üblichen höflichen Nachfragen ab. Ja, sie habe sehr gut geschlafen – wie tot, sagte sie. Nein, Zucker nehme sie nicht. Ja, sie werde in einer halben Stunde unten sein.

»Und macht euch keine Mühe wegen des Frühstücks, ich esse nämlich meist nur eine Scheibe Toast oder eine Schale Müsli.« Ihre Beine zuckten unter der Bettdecke: Ich vermutete, dass sie gerne das Bad aufsuchen wollte. Also schob ich mich unter allerlei Verrenkungen wieder rückwärts aus dem Zimmer und machte die Tür hinter mir zu.

Zu meiner Überraschung erwartete mich Esmond bereits wieder in meinem Zimmer. Er saß mit seinem Tee und einer Zigarette in der Hand auf dem Fenstersitz.

»Gut gemacht, Rumpy. Jetzt trink erst mal einen Schluck Tee. Und dann gebe ich dir ein bisschen Schauspielunterricht.«

Es war einer jener kühlen, strahlend hellen Herbstmorgen, an denen man meinen könnte, dass die Welt mit einer E-mailleschicht überzogen ist. Wir erlebten solche Vormittage in Finisterre ziemlich häufig, und ich wusste, dass sie nur zu trügerisch waren. An diesen Tagen wehte nämlich von der See her eine steife Brise zu uns herauf, die schon nach ein oder zwei Stunden – spätestens aber zur Mittagszeit – in kräftige Böen umschlug und meist Regen mit sich brachte.

Esmond wusste das so gut wie ich. Doch beim Frühstück fragte er Alice, ob sie sich ein wenig die Umgebung des Hauses anschauen wolle. Die nötigen Vorkehrungen hatte er bereits getroffen, noch bevor Alice zum Frühstück nach unten gekommen war. Vor allem hatte er beschlossen, dass Bronwen zu Hause bleiben sollte.

»Verstehe«, murmelte Bronwen, als ich mit ihr den Frühstückstisch abräumte, »das Frauchen gehört natürlich in die Küche.«

Esmond führte Alice und mich ins Freie. Eigentlich wollte ich meine Regenjacke mitnehmen, doch dazu ließ er mir keine Zeit. Alice trug nur ein luftiges Sommerkleid und

Sandalen; ihre Beine waren nackt. Esmond ging hemdsärmelig.

Der Garten war nicht in bester Verfassung. Der Rasen hätte mal wieder gemäht werden müssen. Die meisten Beete waren noch mit den Resten abgestorbener Sommerblumen bedeckt. Kurz: Bronwen hatte noch nicht die üblichen Vorkehrungen für den Winter getroffen.

»Wirklich ein schöner Garten«, sagte Alice. »Hier kann man sich wenigstens richtig die Beine vertreten.«

Ich gab mir Mühe, Esmonds Anweisungen zu befolgen. »Ein Garten dieser Größe ist natürlich sehr arbeitsintensiv. Meine Mutter hatte früher sogar einen Gärtner.«

»Verbringt ihr im Sommer viel Zeit hier draußen?«

»Nicht so viel, wie du vielleicht annimmst. Es ist hier draußen nämlich meistens ziemlich windig.«

»Siehst du die Koniferen dort drüben?« Esmond zeigte auf die dunkel dräuenden Bäume. »Ziemlich hässlich, was? Aber ohne diesen Schutz ist es hier in den meisten Monaten des Jahres überhaupt nicht auszuhalten. Du kannst dir gar nicht vorstellen, was für Windstärken wir hier oft haben.«

»Deshalb haben wir an den Fenstern, die zum Meer hinausgehen, auch Läden anbringen lassen«, erklärte ich.

Esmond schlug vor, zum Strand hinunterzugehen und unterwegs noch dem Blackberry Water einen Besuch abzustatten. Als wir aus dem Garten traten, wurde der Wind zuvorkommender Weise augenblicklich stärker. Unten am Blackberry Water war die Sonne dann bereits ganz verschwunden, und über uns zogen mit bedrohlicher Geschwindigkeit die Wolken dahin. Der Bach wäre wohl am liebsten wieder bergauf geflossen.

Der Mülleimer quoll über, und auf dem Boden lagen überall leere Dosen und Glasscherben herum. Esmond spielte den gesitteten Bürger und sammelte den Unrat teilweise auf.

»Dass die Leute einfach nicht nachdenken. Ist doch immer dasselbe mit den Feriengästen.«

»Gibt es viele davon hier unten?«, fragte Alice.

»Im Sommer schon.«

»Ich hatte eigentlich gedacht, dass die Gegend hier noch ein wenig abseits liegt.«

»Was für eine schöne Illusion. Im Sommer haben wir hier das reinste Ferienlager. Auf dem Weg dort drüben sind in der schönen Jahreszeit ganze Touristenkarawanen unterwegs. Manche parken einfach in unserer Einfahrt. Einmal mussten wir sogar einige dieser Leute davon abbringen, ihr Zelt bei uns im Garten aufzuschlagen.«

»Aber es wirkt alles so friedlich.«

»Du müsstest mal in der Hochsaison hier sein. Du kannst dir nicht vorstellen, was für ein Lärm das hier ist. Am schlimmsten sind die Radler. Die liefern sich auf dem Zufahrtsweg regelrechte Wettrennen. Und dann kreuzen bisweilen noch ganze Teenagertrupps mit ihren mobilen Diskotheken hier auf und veranstalten die halbe Nacht einen Höllenlärm.«

Wir traten durch die Öffnung in den Felsen auf den Strand hinaus. Auf dem Kieselgeröll waren an einigen Stellen Ölflecken zu sehen, und näher am Wasser lag Müll.

»In unseren Kindertagen war das alles natürlich noch ganz anders«, erklärte Esmond. »Damals war es hier viel ruhiger, sogar noch in den Fünfziger- und Sechzigerjahren.«

Wir starrten aufs Meer hinaus. Graue Wellen klatschten gegen die Felsen. Von oben fing es an zu tröpfeln.

»Wir gehen jetzt besser wieder nach Hause«, sagte Esmond. »Zu dumm, dass wir nicht mit dem Auto gekommen sind.«

»Aber vor einer halben Stunde sah es doch noch sehr schön aus«, sagte Alice zu seiner Entschuldigung.

»Ja, das stimmt. Aber hier in der Gegend kann man das nie so genau sagen.«

Wir hasteten keuchend den Weg hinauf, während von hinten der Regen auf uns niederprasselte. Als wir schließlich wieder in Finisterre ankamen, waren wir völlig durchnässt und zitterten am ganzen Leib. Bronwen hatte den Kaffee bereits fertig.

Alice versuchte mit ihr ins Gespräch zu kommen. Sie erzählte, dass sie als Kind andere Kinder beneidet habe, die das ganze Jahr am Meer leben konnten.

»Mein Gott«, sagte Bronwen. »Du kannst dir ja nicht vorstellen, was für eine Angst ich vor dem Winter habe.«

An diesem Morgen sah sie alt und leidend aus. Ich bemerkte die Falten in ihrer trockenen Haut und wie steif sie sich bewegte. Wahrscheinlich kam das alles durch den Kontrast mit Alice' Jugendlichkeit besonders deutlich zur Geltung.

Als wir uns ein wenig aufgewärmt hatten, erbot sich Esmond, Alice zusammen mit mir durch das Haus zu führen. Bronwen blieb in der Küche und backte einen Kuchen.

Als wir so von Raum zu Raum gingen, begriff ich plötzlich, dass Esmond die kleine Führung etwas peinlich war. Er war zwar in Finisterre die treibende Kraft, doch andererseits war er dort weder der Besitzer, noch hatte er ein juristisch verbrieftes lebenslanges Wohnrecht. Er musste sich gewissermaßen hinter meinem Status verschanzen und wiederholte deshalb pausenlos: »Thomas hat dies entschieden« und »Thomas hat jenes beschlossen«. Er selbst hingegen trat nur hier und da als brüderlicher Sachwalter und Interpret in Erscheinung. Er erläuterte, welche Maßnahmen wir an dem Haus hatten vornehmen lassen, und betonte, wie wichtig es sei, den Besitz in einem »optimalen Zustand« zu halten.

Alice sprach immer weniger. Doch sie nahm aufmerksam

zur Kenntnis, was sie sah und hörte. In der Kinderstube trat sie an das Fenster und rüttelte an den Gitterstäben, als ob sie ihre Stärke prüfen wollte. Sie wollte wissen, ob ich schon immer in dem Zimmer gewohnt hätte.

»Seit meiner Geburt«, sagte ich. »Mit Ausnahme einiger Monate in meiner Jugend.«

Es folgte ein langes Schweigen. Ich überlegte, ob Alice genug wusste, um zu erraten, weshalb ich damals aus dem Kinderzimmer ausgezogen war.

»Anscheinend hast du ganz die Zeit vergessen, als wir hier renoviert haben«, sagte Esmond schließlich. »Damals hast du doch zwei Wochen in dem Zimmer über der Veranda geschlafen.« Er sah Alice lächelnd an. »Am besten, du schaust es dir gleich selbst mal an. Als ich klein war, habe ich dort gewohnt.«

Hinterher gingen wir nach unten ins Wohnzimmer. Bronwen saß mit zusammengepressten Knien in Esmonds Ohrensessel. Sie hielt eine Illustrierte in der Hand. Ihre Wange war mit Mehl bestäubt, und sie fühlte sich sichtlich unbehaglich und deplatziert.

»Können wir dir noch irgendwie zur Hand gehen?«, fragte Esmond.

»Du meinst beim Kochen? Das Essen dürfte ungefähr in zwanzig Minuten fertig sein.«

»Dann bleibt ja noch Zeit für einen Drink.«

Alice lehnte dankend ab. Wir Übrigen genehmigten uns jeweils ein Gläschen trockenen Sherry. Ich hielt das meine krampfhaft umklammert und wünschte, dass meine Nervosität endlich aufhören würde.

»Vielleicht ist jetzt der richtige Zeitpunkt für die Frage«, sagte Esmond. »Thomas, möchtest du, dass Bronwen und ich von hier fortgehen?«

»Nein. Bitte bleibt.«

Esmond wartete, doch mir fielen beim besten Willen die

passenden Worte nicht ein. Er versuchte mir auf die Sprünge zu helfen: »Natürlich musst du mit Alice darüber sprechen. Ich nehme mal an, dass ihr dabei lieber allein sein wollt.«

Ich schüttelte den Kopf und blickte Alice an, meine Tochter. »Alles eine Frage des Geldes.« Ich sah, wie in ihrem Gesicht plötzlich eine Warnlampe aufleuchtete. »Wie du weißt, also ich … also eh … wird das Haus irgendwann einmal dir zufallen …«

»Wundervoll«, murmelte Esmond.

»… während mir ein lebenslanger Nießbrauch zusteht. Eine sehr vernünftige Regelung. Das Problem ist nur …« Was hatte Esmond noch gesagt? Worin bestand das Problem? Mein Kopf war völlig leer. »Also, das Problem ist nur …«

Esmond beugte sich vor. »Soll ich es lieber erklären?«

»Ja, bitte.«

Er sah Alice an. »Meine Tante – deine Großmutter – hatte nach den vor fünfzig Jahren geltenden Maßstäben ein sehr stattliches Einkommen. Doch inzwischen fließt das Geld nicht mehr so reichlich. Und Finisterre verschlingt eine Menge davon. Als deine Großmutter starb, war schon jahrzehntelang nichts mehr an dem Haus gemacht worden. Deshalb mussten Bronwen und ich Thomas sogar unter die Arme greifen, damit hier nicht alles zusammenkracht. So ist es doch gewesen, Thomas, nicht wahr?«

Ich nickte.

»Nicht, dass uns das etwas ausmachen würde. Schließlich sind wir ja eine Familie. Aber Thomas findet, dass die jetzige Regelung Bronwen und mir gegenüber nicht ganz fair ist. Und leider Gottes müssen wir alle früher oder später an die Zukunft denken.«

»Ja«, sagte ich. »Die Situation ist nicht fair.«

»Andererseits kann Thomas nicht mehr lange so weitermachen wie bisher. Aber es gibt verschiedene Möglichkeiten, Geld zu erwirtschaften. Er könnte zum Beispiel zahlende Gäste aufnehmen, einige der Zimmer mit Frühstück vermieten. Allerdings ist das mit ziemlich viel Arbeit verbunden, und der Profit ist auch nicht gerade umwerfend. Mal ganz abgesehen davon, dass es natürlich alles andere als angenehm und erfreulich ist, das eigene Heim mit wildfremden Menschen zu teilen.«

Er hielt einen Augenblick inne, um seine Worte wirken zu lassen. Ich überlegte, was er Alice über mich erzählt haben mochte. Gelegenheit hatte er dazu reichlich gehabt, als die zwei am Vorabend von Exeter nach Finisterre gefahren waren. Außerdem war kaum zu übersehen, dass ich nicht über die nötigen Fähigkeiten verfügte, eine Pension zu führen. Ich nahm an, dass er meinen Zusammenbruch und meine diversen Gesundheitsprobleme erwähnt hatte. Natürlich nicht im Detail, dachte ich – dazu wusste Esmond zu gut, wie nützlich es sein konnte, sich vage auszudrücken.

»Natürlich haben wir auch eine andere denkbare Alternative durchgespielt: nämlich das Haus zu vermieten. Unter den derzeitigen Bedingungen würden die Treuhänder vermutlich sogar zustimmen. Was bliebe ihnen auch für eine Wahl? Aber die Chancen, das Haus langfristig zu vermieten, sind nur sehr gering. Könnte sogar passieren, dass es sechs Monate im Jahre leer steht.«

»Und ich muss doch irgendwo leben«, unterbrach ich ihn, da mir gerade wieder ein Bruchstück dessen einfiel, was Esmond mir eingebläut hatte. »Und das würde natürlich auch Geld kosten.«

»Deshalb hat Thomas eine andere Lösung vorgeschlagen.« Esmond hielt für den Fall inne, dass ich weiterreden wollte. Doch ich schwieg. »Nämlich das Anwesen hier zu verkaufen«, fuhr er fort. »Keine schlechte Idee. Immerhin handelt es sich um eine bedeutende Kapitalanlage, die unter den gegebenen Umständen bloß vor sich hingammelt. Sicher sind die Touristen ein Ärgernis, aber wenigstens treiben sie die Grundstückspreise und den Wert des Hauses in die Höhe.«

»Ja«, sagte ich und nickte. »Das ist ein sehr gutes Argument.«

Esmond sah mich lächelnd an und wandte sich dann wieder Alice zu. »Falls ihr Finisterre verkauft, würdet ihr dafür so viel Geld bekommen, dass sich plötzlich ganz neue finanzielle Perspektiven eröffnen würden. Ihr könntet einen Teil des Geldes Gewinn bringend anlegen und außerdem noch ein hübsches anderes Haus erwerben. Thomas hat sogar schon daran gedacht, im Ausland etwas zu kaufen. Man bekommt dort nämlich manchmal schon für relativ wenig Geld sehr hübsche Immobilien. Außerdem verzinst sich Immobilienbesitz langfristig gesehen ohnehin besser als fast alle anderen Anlageformen.«

»Außerdem kann man in einem solchen Haus auch noch wohnen«, sagte Bronwen, die ebenfalls einen Beitrag leisten wollte, »während es zugleich an Wert gewinnt.«

»Richtig.« Esmond kehrte Bronwen in seinem Sessel den Rücken zu und schloss sie demonstrativ von der Unterhaltung aus. »Also«, sagte er zu Alice, »so sieht es aus. Natürlich ist er sich darüber im Klaren, dass ein solcher Schritt der Zustimmung aller Parteien bedarf. Das heißt: Außer Thomas müsstest natürlich du einwilligen, und dann noch die Treuhänder. Obwohl die Treuhänder sich gewiss nicht gegen einen vernünftigen Vorschlag stellen würden, wenn ihr, du und Thomas, einen solchen Schritt befürwortet.«

Esmond, Bronwen und ich starrten Alice an. Alice wiederum starrte auf ihre Hände. Ich beäugte ihr pausbäckiges Gesicht. Wie ein Brathuhn, dachte ich: gerupft und grillfertig. Zu meinem Entsetzen empfand ich plötzlich Mitleid mit ihr.

»Tut mir Leid«, sagte Esmond so charmant wie zerknirscht. »Ich ... also wir wollten dich damit nicht überrumpeln.«

»Schon gut.«

»Da uns nicht sehr viel Zeit bleibt, haben wir gedacht, dass es für alle Beteiligten am besten ist, wenn wir das Thema gleich am Anfang deines Aufenthalts ansprechen. Das war doch unsere Meinung, Thomas, nicht wahr?«

»Ja.«

Ich wusste, dass Esmond noch etwas mehr Unterstützung von mir erwartete. Mir fiel eine Bemerkung wieder ein, die er hatte fallen lassen, als er vor dem Frühstück mit mir über das Haus gesprochen hatte. Ich beschloss, davon Gebrauch zu machen. In meinen Ohren klang die Feststellung ziemlich beeindruckend, zeigte sie doch, dass derjenige, der sie aussprach, etwas von finanziellen Dingen verstand und auch nicht vor der Verwendung von Klischees und wackeligen Metaphern zurückschreckte.

»Eine Immobilie, die vernachlässigt wird, kann sich sehr schnell als Mühlstein erweisen«, sagte ich.

Alice glättete mit den Fingern ihren Rock. Sie wirkte besorgt, nicht beeindruckt. Dann blickte sie von ihren Händen auf.

»Da wir gerade von Mühlsteinen reden«, sagte sie zu mir. »Ich bin im vierten Monat schwanger. Mir geht es nicht um eine Immobilie. Ich brauche ein Heim.«

Nach dem Begräbnis erzählte Lilian mir, dass sie schwanger sei.

Zuerst verstand ich sie nicht richtig. Wir standen in Finisterre auf dem Rasen. Im ersten Augenblick hatte ich das Gefühl, dass ihre Worte mich nichts angingen, so belanglos für mich waren wie das Summen einer Biene. Das Begräbnis hatte mich tief berührt, viel mehr als die polizeilichen

Ermittlungen. Um genau zu sein: Es hatte mich angewidert. Ich kämpfte noch immer mit meinem Ekel, während Lilian auf mich einredete.

Stephen Sandwells Leiche hatte fast drei Wochen im Wasser gelegen, bevor das Meer ihn während eines Unwetters an einen gerne von Feriengästen frequentierten Sandstrand spülte. Er wurde von einer Familie aus Birmingham gefunden, und die Entdeckung war eine richtige Sensation. Während der Zeit, die er im Wasser verbracht hatte, war Stephen von der Ulvercombe-Bucht aus rund fünfzehn Kilometer nach Süden abgetrieben. (»Falls er wirklich nach Wales gehen wollte«, sagte Esmond, als er sich nach Abschluss der polizeilichen Nachforschungen voll laufen ließ, »muss er falsch abgebogen sein.«) Unterwegs hatte Stephen seinen Kaftan, das an seinem Hals baumelnde Kruzifix, seine Augen und einen Großteil seines Fleisches und seiner inneren Organe eingebüßt. Identifiziert wurde er anhand seiner Zähne.

Wir hatten ihn am frühen Abend des Tages nach der Party vermisst gemeldet. Vormittags und nachmittags hatten wir alle irgendwie zugänglichen Buchten und Strände beiderseits der Ulvercombe-Bucht auf einer Strecke von rund sieben Kilometern abgesucht und nichts gefunden. Zu dem Zeitpunkt waren wir drei wieder halbwegs normal im Kopf (obwohl die Normalität, in die ich zurückkehrte, dank des LSD-Rausches nicht mehr ganz dieselbe war wie jene, von der ich mich am Vorabend verabschiedet hatte). Wir erzählten meiner Mutter und Tante Ada, dass wir uns Sorgen machten, weil Stephen einen Spaziergang unternommen habe und seither nicht wieder aufgetaucht sei. Tante Ada bat Lilian, im Pfarrhaus zu warten. Lilian brach immer wieder in Tränen aus. Wir hofften, dass die anderen darin eine normale Reaktion auf das Verschwinden ihres Bruders sehen würden.

Esmond und ich gingen auf das kleine Polizeirevier in Kinghampton und berichteten Sergeant Swift, dass Stephen Sandwell verschwunden sei. Erst am Vorabend seien wir zu viert im Mermaid gewesen, sagte Esmond, und hinterher in die Privatwohnung der Sandwells gegangen. Gegen Mitternacht habe Stephen beschlossen, noch ein wenig spazieren zu gehen. Nein, das sei nicht das erste Mal gewesen, dass er so etwas getan habe. Ja, er habe zwar ein paar Gläser getrunken, sei aber durchaus nicht alkoholisiert gewesen. Am Morgen hatten wir dann laut Esmond festgestellt, dass Stephen immer noch nicht wieder da war. Deshalb hatten wir ihn den ganzen Tag gesucht. Ob Stephen vielleicht einen Unfall gehabt hätte? Wir seien ehrlich gestanden aufrichtig besorgt, erklärte Esmond. Nun ja, schon möglich, dass Stephen in den letzten Monaten manchmal etwas *merkwürdig* gewesen sei.

Wir hatten Glück. Die Ermittlungen waren nicht annähernd so schlimm, wie ich befürchtet hatte. Dabei kam uns zweierlei zugute: die verspätete Auffindung der Leiche und der Umstand, dass Stephens Vater in dem Ort als Exzentriker gegolten hatte. Viele Leute waren der Ansicht, dass sich dies von dem jungen Sandwell ebenfalls behaupten ließ. Meines Wissens kam kein Mensch auf die Idee, dass Stephens Tod auf etwas anderes als einen Unfall zurückzuführen sein könnte.

Auch Esmond kam aus London zur Trauerfeier, die eine gute Woche nach dem Auftauchen von Stephens Leiche stattfand. Ich hatte ihn seit dem Tag nach der Party kaum noch zu Gesicht bekommen, obwohl wir mehrere verklausulierte Telefonate geführt hatten. Als wir nach Lilian, meiner Mutter und Tante Ada die Kapelle betraten, erkundigte ich mich nach seinem Befinden.

»Mir geht es glänzend«, sagte er. Er trug einen neuen Anzug und schien überaus zufrieden mit sich. »Wieso fragst du?«

Ich erwähnte Stephens Ledermappe, die Esmond inzwischen aus der Garage in Finisterre wieder abgeholt hatte.

»Ach, *das* meinst du. Keine Sorge. Das ist alles geregelt.« Er sah zu mir herunter. »Übrigens, ich muss dir noch was erzählen. Sag es nicht weiter, aber ich kaufe wahrscheinlich eine Wohnung.«

Er lächelte und betrat genau in dem Augenblick die Kapelle, als der Organist die ersten Töne des Liedes »Jerusalem« anstimmte.

In der Kapelle des Krematoriums starrte ich auf den Sarg. Plötzlich wurde mir speiübel. Ich redete mir ein, dass das Bestattungsunternehmen die Leiche gewiss schön hergerichtet hatte. Aber Stephens Verwesung war natürlich schon so weit fortgeschritten gewesen, dass alle kosmetischen Bemühungen vergeblich geblieben waren. Ich dachte an den zerfressenen Körper in dem Sarg und überlegte, ob die psychische Energie sich einfach in Luft auflöste und ob die seelische Verfassung zum Zeitpunkt des Todes für das weitere Geschick des Verstorbenen eine Rolle spielte. Außerdem spekulierte ich, ob Stephen uns wohl sehen konnte und ob er uns gegebenenfalls eher aus himmlischen, höllischen oder neutralen Gefilden beobachtete. Schließlich überlegte ich noch, wie er genau gestorben sein mochte.

»Schwanger«, sagte Lilian. »Verstehst du: guter Hoffnung. Gesegneten Leibes. Ich kriege ein Kind.«

Ihr gereizter Ton lenkte mich von meinen Gedanken an die Bestattung ein wenig ab. Dann erst begriff ich, was sie gesagt hatte. Ich blickte nervös um mich, weil ich Angst hatte, dass jemand sie gehört hatte. Wir waren alleine im Garten in Finisterre. Meine Mutter hatte es übernommen, die engsten Angehörigen und Freunde des Verstorbenen mit einem Sandwich und einem Glas Sherry zu versorgen. Die übrigen Gäste waren im Haus.

»Aber Lilian … bist du sicher?«

»Meine Tage sind schon zweieinhalb Wochen überfällig. Deshalb bin ich gestern zum Arzt gegangen. Und jetzt bin ich ganz sicher.«

»Und was ist mit … ä … du weißt schon.«

»Du meinst, von wem es ist?« Sie sprach so laut, dass ich mich wieder umblickte. Es war ein warmer Tag, und die Wohnzimmerfenster standen offen. »Da kommt nur einer in Frage. Du.«

»Du meinst: damals am Blackberry Water?« *In der Nacht, als Stephen gestorben ist; der Nacht, als die ganze Welt in ihren Grundfesten gebebt hat.*

»Mein Gott, Thomas! Wo soll es denn sonst passiert sein? Danach ist doch nichts mehr gewesen.«

Ich hätte mich zu gerne mit Esmond beraten. Lilian sah mich erwartungsvoll an. Sie war plötzlich ganz anders als damals nachts in dem Auto. Sie erschien mir wie ein Sammelsurium völlig disparater Elemente: ein sackartiges schwarzes Kleid unterhalb eines farblosen Gesichtes und hellblonder Haare. Sie trug eine Brille, hatte sich aber nicht geschminkt. In ihrem linken Mundwinkel waren Herpesbläschen zu erkennen. Unregelmäßige Zähne. Ich fand nichts von alledem sonderlich attraktiv, weder die Einzelheiten ihrer Erscheinung noch die Gesamtwirkung.

»Und was willst du jetzt machen?«, fragte ich.

»Ja, was machen denn die Leute so, wenn sie ein Kind bekommen?«

»Heiraten, nehme ich an.«

»Lieber Thomas«, sagte sie. »Und ich hab schon gedacht, dass du mich niemals fragst.«

In der kritischen Situation, die sie zu bestehen hatte, erwies sich Lilian als schlaue Taktikerin. Da sie sich meist aus allem heraushielt, vergaß man nur zu leicht, wie flink sie im Kopf war und wie entschlossen sie handeln konnte. Schließlich erweckt auch ein Motor, der gemächlich im Leerlauf vor sich hin schnurrt, keinen besonders kraftvollen Eindruck. Nachdem sie meine schlichte Frage in einen von ihr sogleich akzeptierten Heiratsantrag umgedeutet hatte, bestand sie darauf, dass wir uns augenblicklich wieder ins Wohnzimmer begaben. Dort eröffneten wir – Hand in Hand – meiner Mutter die Neuigkeit. (Ich meine, wir gaben unsere Verlobung bekannt. Lilian fand es klüger, von dem Baby vorerst noch nichts zu sagen.)

»Ich weiß, dass der Zeitpunkt vielleicht nicht sehr glücklich gewählt ist«, sagte Lilian und drückte kräftig meine Hand. »Andererseits bin ich ganz sicher, dass Stephen sich über unsere Verlobung sehr gefreut hätte. Er und Thomas hatten so viel gemeinsam.«

Meine Mutter umhalste Lilian so heftig, dass ich zunächst etwas überrascht war und ihre Motive erst später begriff. »Mein Gott, bin ich froh«, sagte sie. »So unsagbar froh.«

Lilian klammerte sich an meine Mutter und hielt klugerweise den Mund.

»Besonders froh bin ich darüber, dass ihr es uns gerade jetzt gesagt habt, liebe Lilian. Immerhin sind wir doch eine Familie oder werden es zumindest bald sein.«

Der Vikar tat in einer kurzen Ansprach kund, dass jedes Ende auch ein Neubeginn sei. Tante Ada weinte und versuchte alle Anwesenden zu umarmen. Meine Mutter deckte die Gäste, vor allem aber Lilian mit feuchten Küssen ein. Die Ankündigung kam nämlich nicht nur dem Eigeninteresse meiner Mutter entgegen, sie traf auch ihre sentimentale Ader.

Esmond grinste mich an und murmelte, während die Übrigen Lilian umringten: »Da sieht man es mal wieder – alles hat seinen Preis.«

Nachdem die erste Aufregung abgeklungen war, rannte meine Mutter in ihr Schlafzimmer hinauf und kam dann mit einem Amethystring zurück, der früher einmal der Mutter meines Vaters gehört hatte. Offenbar war das Schmuckstück als Lilians Verlobungsring gedacht. Meine Mutter drückte es mir in die Hand.

»Dieser Ring wartet schon seit Monaten auf dich, meine Liebe«, sagte sie zu Lilian. »Vielleicht schon seit Jahren. Eine Mutter hat so etwas im Gefühl.«

Dann verpassten sich die beiden wohl zum dritten oder vierten Mal diverse Wangenküsse. Lilian hielt mir die linke Hand entgegen. Die beiden Frauen spielten ihre Rolle derart souverän, als hätten sie sie vorher tausendmal geprobt. Ich stand währenddessen ziemlich ratlos herum, wie ein Amateur, der an zwei vollendete Profis geraten ist.

»Los, Thomas«, sagte meine Mutter wie eine ausgebuffte Souffleuse. »Du weißt doch, was du zu tun hast.«

Ich betastete Lilians Finger, die trotz des warmen Wetters kalt waren. Ich ließ den Ring fallen. Esmond hob ihn für mich auf. Im zweiten Versuch gelang es mir, das Geschmeide über den richtigen Finger zu streifen.

»Wundervoll«, sagte meine Mutter. »Wie für dich gemacht. Morgen lassen wir ihn dir genau anpassen.«

Im weiteren Verlauf des Tages gaben wir dann erst gar nicht mehr vor, um Stephen zu trauern, sondern feierten stattdessen unsere Verlobung. Selbst ich ließ mich von der allgemeinen Fröhlichkeit anstecken. Die Glückwünsche gaben mir das Gefühl, etwas Vernünftiges getan zu haben. Ich war völlig beduselt: Schließlich kommt es nicht jeden Tag vor, dass man sich mit der eigenen Chefin verlobt und gleichzeitig erfährt, dass man Vaterfreuden entgegenblickt. Andererseits hatte ich ein ziemlich mulmiges Gefühl. Doch vor allem empfand ich es als wohltuend, wenigstens einmal im Zentrum der allgemeinen Aufmerksamkeit zu stehen, auch wenn ich mir diese Zuwendung mit Lilian teilen musste. Zudem kam mir der Umstand entgegen, dass ich eine zwar unverzichtbare, aber vor allem symbolische Rolle spielte. Wie ein konstitutioneller Monarch stimmte ich huldvoll einem ganzen Bündel von Entscheidungen zu, die andere in meinem Namen trafen.

»Ich möchte, dass du dich von nun an hier bei uns ganz zu Hause fühlst, meine Liebe«, sagte meine Mutter zu Lilian. Die beiden saßen nebeneinander auf dem Sofa und konnten gar nicht genug voneinander bekommen. »Und mach dir bitte keine Sorgen darüber, dass ich dir in die Quere kommen könnte. Ich habe schon immer gewusst, dass ich hier das Feld räumen muss, wenn Thomas einmal eine Braut heimführt. Eure Bedürfnisse haben selbstverständlich Vorrang. Alles andere wäre euch gegenüber nicht fair.« Sie seufzte tapfer. »Ich kann mich ja in Ulvercombe nach einem kleinen Bungalow umsehen oder auch in Kinghampton. Wenigstens habe ich es dann nicht mehr so weit zum Einkaufen.«

Lilian sagte kaum ein Wort. Sie betupfte sich die Augen mit dem Taschentuch, lächelte oder machte ein bedrücktes Gesicht, wenn es ihr angebracht erschien, ja, sie ließ sogar zu, dass meine Mutter ihr in Augenblicken tiefer Gefühlsaufwallung die Hand tätschelte.

Tante Ada wiederum plante bereits die Hochzeit. »Hast du schon an einen *Termin* gedacht, Teuerste?«, fragte sie.

Lilian schenkte mir ein Lächeln, das ihr Gesicht schön erscheinen ließ. »Sobald wie möglich«, sagte sie. Sie errötete. Die beiden älteren Frauen waren über Lilians Ungeduld ebenso entzückt wie über ihre mädchenhafte Scheu.

Eigentlich war der Vikar ein Verfechter einer langen Zeit der Prüfung. Aber er sah ein, dass es sich bei Lilian um einen Ausnahmefall handelte. Also schlug er einen Termin Anfang September vor. Wie Stephens Bestattung sollte auch die Trauung im engsten Familienkreis begangen werden, und zwar in der Kirche in Ulvercombe. Leider konnte der Vikar die Trauung nicht selbst vornehmen. Da er Lilians Vetter zweiten Grades war, musste er den Brautführer spielen. Aber zum Glück gab es noch auf Tante Adas Seite der Familie einen erst vor kurzem ordinierten – und noch kürzer verheirateten – jungen Geistlichen namens Henry. Esmond wurde zu meinem Trauzeugen bestimmt. Die Beschaffung von Brautjungfern erwies sich als problematisch, bis Lilian mit ihrer süßen Kleinmädchenstimme kundtat, dass sie, falls niemand etwas dagegen einzuwenden habe, auf Brautjungfern am liebsten ganz verzichten würde. Sie wollte unsere Hochzeit so schlicht wie möglich begehen. Diese Haltung fand allgemeine Zustimmung, und sei es auch nur, weil »schlicht« sich auch als kostengünstig interpretieren ließ.

Nachdem sich alle verabschiedet hatten, gingen Esmond und ich zum Blackberry Water hinunter, weil Esmond dort in Ruhe einen Joint rauchen wollte.

»Glücklich?«, fragte er, als wir den Hohlweg entlanggingen.

»Kann schon sein.«

»Verdammt noch mal. Weißt du das denn nicht?«

»Komplizierte Geschichte.«

»Das hängt ganz von dir ab. Willst du dich wirklich auf diese Heirat einlassen?«

»Ja.«

Es war ein friedlicher Abend. Wir kamen zum Blackberry Water und gingen dann weiter zum Strand hinunter. Auf dem Weg dorthin kamen wir an den verkohlten Überresten unseres Sonnenwendfeuers vorbei. Ich war seit dem Morgen nach Stephens Party nicht mehr hier gewesen. Umso überraschter war ich, dass mir keine Gespenster begegneten. Möglich, dass ich sie mir in Zukunft vom Leib halten konnte, wenn ich mich auf keine Drogenabenteuer mehr einließ.

Esmond zündete den Joint an. Wir starrten aufs Meer hinaus. Nach einer Weile erzählte ich ihm von dem Baby. Er lachte. Er fand die Vorstellung witzig, dass ich demnächst Vater werden würde.

»Das einzige Problem ist meine Mutter.«

Esmond schnaubte. »Weiß sie schon, dass Lilian schwanger ist?«

»Nein, noch nicht. Ich hab schon überlegt, ob wir es ihr nicht sagen sollen.«

»Damit würde ich noch etwas warten. Wart erst mal ab, ob wirklich ein Kind unterwegs ist.«

»Aber Lilian würde sich doch so was nicht ausdenken.«

»Warum nicht? Sie wäre nicht die Erste.«

»Aber sie ist nicht so eine«, erwiderte ich.

»Na gut. Angenommen, sie ist wirklich schwanger, dann bleibt dir nichts anderes übrig, als deine Mutter früher oder später einzuweihen. Wegen der Termine.«

»Was meinst du, sollen wir es ihr besser schon vor der Hochzeit oder erst hinterher sagen?«

»Hinterher. Aber mach dir deshalb keine Sorgen; ist sowieso völlig schnuppe. Du hast doch gesehen, wie die beiden sich heute Nachmittag aufgeführt haben. Sie hätten sich ja fast abgeknutscht.«

Esmond zog an seinem Joint. Ich hielt meine Knie mit den Armen umklammert und blickte aufs Meer hinaus. Alles war so friedlich. Finisterre war weit, ebenso der Laden und Lilian und meine Mutter.

»Zusammen seid ihr fein raus«, sagte er. »Du übernimmst die Buchhandlung. Sie hat ein schönes Haus und vielleicht das Kind. Wer weiß? Vielleicht bekommt ihr ja noch mehr Kinder. Geradezu ideal.«

»Aber du kommst uns doch besuchen? Wie bisher?«

»Natürlich.« Esmond drückte den Joint an einem Stein aus und vergrub die Pappe unter den Kieseln. »Ich hab dir doch von dieser Wohnung erzählt, die ich kaufen will. Sie liegt in einer Seitenstraße der Southampton Row. Ziemlich geräumig, und ein großes Gästezimmer hat sie auch. Du kannst jederzeit kommen und mich besuchen. Alleine, meine ich. Wenn du mal genug hast von den Frauen hier, kannst du auch bei mir wohnen.«

Esmond kam durch Stephens Tod zu einem Haufen Geld. Ich vermute, dass er nicht nur Stephens Anteil an dem gemeinsamen Drogenvorrat übernehmen konnte, sondern auch dessen Gewinnanteil aus den bisherigen Geschäften. Nur Esmond wusste, was sich in den Schließfächern befand. Er wurde sogar mit einer offiziellen Funktion betraut: Nach Abschluss der polizeilichen Ermittlungen bat Lilian ihn, alle nötigen Sachen für sie in London zu erledigen und sich um Stephens Besitz und seine geschäftlichen Angelegenheiten zu kümmern.

Esmond war jetzt der Einzige, der sich mit dem Netzwerk der Händler und Käufer auskannte, das er und Stephen geknüpft hatten. Ich glaube, er war sehr froh über seine neue Unabhängigkeit. Sicher war es ihm nicht ganz leicht gefallen, in Stephens Schatten zu arbeiten.

Lilian bat Esmond und mich, Stephens Zimmer in der Wohnung oberhalb des Ladens auszuräumen. Ich überflog eines der Tagebücher, die Stephen hinterlassen hatte, und war erstaunt, was für ein pubertäres Zeug über seine Satansverehrung und seine paranormalen Ambitionen er dort abgesondert hatte. Er konnte doch nicht im Ernst an diesen Unsinn geglaubt haben.

Am Ende verbrannten wir fast alle seine privaten Papiere, die meisten ungelesen: ungelesen, weil wir befürchteten, dass sie uns langweilen würden, nicht etwa aus Achtung vor Stephens Intimsphäre. Seine Bücher, eine Sammlung, in der Chaucer- und Platonbände ebenso enthalten waren wie Timothy-Leary-Ergüsse und das *Tibetanische Totenbuch,* verfrachtete ich in unsere antiquarische Abteilung unten im Laden. Seine Kleider gaben wir einer Frau, die zugunsten der Pfadfinderinnen einen Wohltätigkeitsbasar organisierte. Es bestand, wie Esmond betonte, kein Grund zur Sentimentalität.

Auch Stephens so vollmundig angekündigtes antiquarisches Unternehmen wickelten wir ab. Was nicht weiter schwierig war. Das Unternehmen bestand nämlich lediglich aus einem Koffer voller Bücher vorwiegend geistlichen Inhalts aus dem siebzehnten und achtzehnten Jahrhundert. Keiner der Bände war mehr als ein paar Shilling wert. Außerdem entdeckten wir noch einige Kataloge und fast fünfhundert Visitenkarten mit dem Aufdruck »Stephen Sandwell, Sandwell & Penmarsh, Raritäten & Antiquarische Bücher, London & Kinghampton«.

Nur im Laden fehlte Stephen mir. Bislang war er für mich stets erreichbar gewesen, wenn auch häufig erst mit erheblicher Verzögerung und nur am Telefon. Schon bevor sein Tod sich bestätigte, machte Lilian mir klar, dass ich fortan die volle Verantwortung für den Laden übernehmen musste. Sie war die Besitzerin, ich der Geschäftsführer. Dabei überließ sie mir sämtliche Entscheidungen. Ja, sie weigerte sich sogar, mir im Laden auch nur auszuhelfen.

»Tut mir Leid, ich bin beschäftigt«, sagte sie bei solchen Anlässen. Oder: »Ich fühle mich nicht besonders wohl.« Dank ihrer Schwangerschaft und der Hochzeitsvorbereitungen hatte sie jede Menge Ausreden parat. Nach einer Weile fragte ich sie erst gar nicht mehr und ersparte ihr damit die Mühe, sich immer neue Ausreden auszudenken. Kann schon sein, dass es etwas zu simpel wäre, ihre Aversion gegen jede andere Tätigkeit als die einer Ehefrau und

Mutter auf das Leben und den Tod der verstorbenen Mrs. Sandwell zurückzuführen; simpel, aber nicht völlig unzutreffend. Jedenfalls kehrte sie am Tag nach Stephens Verschwinden dem Laden und der Wohnung im ersten Stock definitiv den Rücken und wohnte bis zu unserer Hochzeit im Pfarrhaus von Ulvercombe.

Und so war Stephen also binnen kürzester Zeit und ohne größere Anstrengungen unsererseits einfach aus unserem Leben verschwunden. Jeder von uns hat eine Art Schutzpanzer, in dem er sich verstecken, der ihm aber auch zum Gefängnis werden kann. Esmond und ich brachen Stephens Panzer auf und verstreuten die Bruchstücke in alle Richtungen. In gewisser Hinsicht hätte man meinen können, dass er nie gelebt hatte.

Meine letzten Wochen als Junggeselle verbrachte ich in einem Zustand der Benommenheit. Das lag zum Teil daran, dass ich noch weniger Kontrolle über die Ereignisse hatte als üblich. Hinzu kam aber auch, dass mir nach dem LSD-Trip im Vergleich zu den erschreckenden Geschehnissen in meinem Kopf alles andere völlig belanglos erschien. Meine Erfahrungen in jener Nacht hatten nur zu deutlich den willkürlichen Charakter der Annahmen offenbart, von denen ich mich in meinem Leben bis dahin hatte leiten lassen. Viele dieser Annahmen waren so tief in mir verwurzelt, dass ich früher noch nicht einmal etwas von ihrer Existenz geahnt hatte. Jetzt sah ich sie zum ersten Mal deutlich vor mir und begriff plötzlich, was es mit ihnen auf sich hatte, dass es sich dabei um eine Art Magie, den Versuch einer Selbstbeschwörung handelte.

Als nun der Tag der Hochzeit näher rückte, fühlte ich mich mitunter blitzartig in jene Nacht zurückversetzt, in der diese Magie schlicht versagt hatte. Das geschah meist aus heiterem Himmel kurz vor dem Einschlafen. Mein Puls fing plötzlich an zu rasen. Manchmal geriet dabei auch die Maserung in dem Holz meines Nachtschränkchens in Wallung und verformte sich zu grotesken Gesichtern. Wenn ich dann die Augen schloss, stellte ich fest, dass ich die Gesichter auch dadurch nicht vertreiben konnte. Jene anderen Kreaturen, die tief in einem abgespaltenen Teil meines Bewusstseins hausten, kamen zwar nicht zum Vorschein, doch ich spürte, dass sie ihre behaarten Beine bereits streckten und die Federn aufplusterten.

Doch am schlimmsten war: Auch Stephen war dort und hielt sich wie das Phantom in den Eingeweiden der Oper tief in diesem abgespaltenen Teil meines Bewusstseins verborgen. Ich hörte ihn kichern, und ich wusste, dass er noch am Leben war und bloß darauf wartete, meine Energie in sich aufzusaugen.

Doch trotz dieser befremdlichen psychischen Zustände hatte ich das Gefühl, dass meine Mutter noch eine Überraschung auf Lager hatte. In den Tagen vor der Hochzeit ging sie lächelnd im Haus umher und kaute auf ihrer Unterlippe. Auch wurde sie bisweilen in Kinghampton gesichtet. Allerdings wusste ich, dass es völlig sinnlos war, sie direkt auf diese Dinge anzusprechen. Ich hoffte, dass sie vielleicht die Immobilienmakler des kleinen Ortes aufsuchte und nach einem Bungalow Ausschau hielt.

Lilian und ich sollten am Samstag, dem 11. September, getraut werden. Am Freitagabend fuhr Esmond in einem Rolls-Royce vor, den er sich entweder für den festlichen Anlass ausgeliehen oder aber gemietet hatte. Er brachte im Kofferraum einen Leih-Smoking und eine Kiste Roederer mit und dazu noch zirka dreißig Gramm einer erstklassigen Haschischsorte, die in einschlägigen Kreisen als »schwarzer Nepalese« bekannt war. Meine Mutter war in absoluter Hochform. Sobald sie sich unbeobachtet wähnte, stieß sie merkwürdig spitze Schreie aus.

Zum Abendbrot verspeisten wir im Esszimmer Sandwiches mit Schinken und Käse und tranken dazu eine Flasche von Esmonds Champagner. Meine Mutter trank zwei Gläser und legte ein Verhalten an den Tag, das sie selbst wahrscheinlich als »aufgekratzt« bezeichnet hätte. So erging sie sich beispielsweise in scherzhaften Bemerkungen über Esmonds Junggesellenstatus und exhumierte allerlei Witze aus ihrer Pubertät, deren Pointe allerdings meist schon irgendwo unterwegs verloren gegangen war. Schließlich kam sie unter allerlei mädchenhaftem Getue auf den eigentlichen Punkt zu sprechen.

»Ich glaube, diese kleine Zusammenkunft heute Abend ist eine gute Gelegenheit für einen Familienrat«, erklärte sie. »Findet ihr nicht, Jungs?«

»Ja«, sagte Esmond gewohnt höflich, obwohl seine Augen von dem Haschisch knallrot waren und seine Stimme belegt klang. »Ja, eine gute Idee.«

Ich überlegte, ob er noch wusste, dass sie an dem Tag, als seine Mutter gestorben war, ebenfalls einen »Familienrat« veranstaltet hatte.

»Ich habe gerade mein Testament gemacht«, sagte sie. »Eigentlich hätte ich das natürlich schon vor Jahren tun sollen. Aber da Thomas jetzt heiratet …« Sie nahm meine Hand, die ich unvorsichtigerweise auf dem Tisch hatte liegen lassen und drückte sie schmerzhaft. »Wie ihr wisst, betrachte ich euch beide als meine Söhne. Und ich weiß« – sie warf Esmond einen schmachtenden Blick zu – »dass Thomas in dir seinen Bruder sieht. Vielleicht bist auch du schon bald ein verheirateter Mann, Esmond, und musst eine Familie ernähren. Deshalb habe ich beschlossen, dass mein Vermögen zwischen euch beiden zu gleichen Teilen aufgeteilt wird, wenn ich einmal nicht mehr bin.«

Ja, sie sprach wirklich in dieser sentimentalen und aufgeblasenen Manier. Nach meiner Theorie hatte sie den Text größtenteils direkt aus dem Liebesroman übernommen, den sie gerade las. Sie spielte die Rolle der Matriarchin in einer Familiensaga: eine beeindruckende Frau, die weitsichtige Vorkehrungen für die kommende Generation trifft.

Esmond und ich sahen uns an. Meine Mutter wartete. Das Problematische an solchen Ansprachen ist, dass man auf sie nur in ähnlich salbungsvoller Manier reagieren kann.

»Danke«, sagte Esmond. Er räusperte sich. »Das ist wirklich sehr großmütig von dir.«

Ich versuchte ihr ebenfalls zu danken. Ich freute mich wirklich darüber, dass sie Esmond wie meinen Bruder behandelte. Es machte mir auch nichts aus, dass er die Hälfte unseres Vermögens bekam. Doch als ich den Mund öffnete, kam lediglich ein Kichern heraus. Es klang aber nicht wie mein eigenes Kichern. Es klang, als ob es von Stephen wäre.

Siebzehn

»Ach, tatsächlich?«, sagte Esmond, als Alice uns von ihrem Baby erzählte. »*Das* ist ja eine Überraschung. Ist es von deinem Ehemann?«

»Ich glaube nicht, dass es wichtig ist, wer der Vater ist.« Alice' Wangen waren gerötet. »Das Entscheidende ist, ich bin die Mutter. Es ist mein Kind.«

»Ich glaube nicht, dass jemand es dir wegnehmen will.«

»Das Mittagessen müsste allmählich fertig sein«, sagte Bronwen. »Wollen wir jetzt essen?«

Sie musterte immer wieder Alice' Bauch. Von der Schwangerschaft war noch nichts zu sehen. Aber das war bei Lilian in den ersten fünf Monaten auch nicht anders gewesen, außer wenn sie nackt vor einem stand.

Wir aßen in der Küche – Hühnchenpastete, das weiß ich noch, und anschließend Apfelkuchen. Draußen verfinsterte sich der Himmel. Als wir gerade anfingen zu essen, rüttelte eine kräftige Böe an den Fenstern, und der Regen prasselte so laut gegen die Scheiben, dass wir unwillkürlich zusammenzuckten.

»Der Wetterbericht hat für das Wochenende Sturmböen angekündigt«, sagte Bronwen. »Aber man kennt ja diese Wetterfritzen. Sie malen immer alles in den schwärzesten Farben, damit ihnen hinterher niemand einen Vorwurf machen kann – so wie damals bei diesem gewaltigen Orkan. Wann war das noch? Ende der Achtziger?«

Bronwen plauderte über das Wetter. Alice und ich sagten kaum etwas. Esmond starrte während des Hauptgangs meist finster auf seinen Teller. Plötzlich unterbrach er Bronwen mitten im Satz.

»Ein richtiges Kinderessen«, sagte er. »Das passt ja gut.«

Wenn er doch bloß nicht so gereizt wäre, dachte ich. Schlechte Laune konnte ich nämlich überhaupt nicht ausstehen. Mir ist eine lockere und entspannte Atmosphäre am liebsten. Ich kann es nicht leiden, wenn Leute sich anbrüllen. Ebenso wenig kann ich es leiden, wenn halb abgewandte Augen und flüsternde Stimmen unterdrückte Wut signalisieren. Aggressivität beunruhigt mich.

»Möchtest du noch was von dem Hühnchen?«, fragte er Alice.

»Nein, danke. Ich bin satt.« Alice sprach nicht mit Esmond, sondern mit Bronwen. »Obwohl das Essen köstlich schmeckt: richtig gute englische Küche. Hab ich echt vermisst.«

»Bist du sicher?« Esmond gab sich überrascht. »Immerhin musst du jetzt für zwei essen.«

Alice' Lächeln erstarb. »Dann sind wir halt beide satt.«

»Ach übrigens, Thomas«, sagte Esmond. »Hast du nicht gesagt, dass wir gemeinsam die Kontoauszüge durchsehen wollen?«

»Ach ja, richtig.« Ich hatte nichts dergleichen gesagt.

»Warum nicht gleich nach dem Essen?«

»Ja. Gut. In Ordnung.«

»Schön«, sagte er. »Dann wäre das also geregelt.«

Er sah Alice direkt an und versuchte ihr zu suggerieren, dass die Worte mehr zu bedeuten hatten, als sie vordergründig aussagten. Über Finisterre zu streiten hieß auch immer, über mich zu streiten, so viel begriff ich inzwischen.

Direkt nach dem Essen schleppte mich Esmond in das Arbeitszimmer und ließ mich am Schreibtisch meiner Mutter Platz nehmen. Er selbst ging vor dem Fenster auf und ab. So aufgebracht hatte ich ihn zuletzt kurz nach Lilians Tod gesehen.

»Du schuldest ihr gar nichts«, sagte er. »Du brauchst nicht zuzulassen, dass sie sich einfach so in dein Leben drängt.«

Er zündete sich eine Zigarette an und fing an von der Vergangenheit zu sprechen, über die Situationen, in denen er mir geholfen und mich vor meiner Mutter und der restlichen Welt beschützt hatte. Ich ersparte mir den Hinweis, dass er über zwanzig Jahre kaum einen Gedanken an mich verschwendet hatte. Die Stimmung im Haus war ohnehin schon gereizt genug.

»Hab ich es dir nicht gleich gesagt?«, schimpfte er. »Die Frau nimmt, was sie kriegen kann.«

Es klopfte an der Tür. Esmond starrte mich einen Augenblick hasserfüllt an. Dann schoss er quer durch den Raum und riss die Tür auf. Bronwen stand mit einem Kaffeetablett draußen.

»Ich habe gedacht, dass ihr vielleicht –«

»Wo ist sie?«

»Alice? In der Küche. Sie hilft mir beim Aufräumen.«

Esmond schnaubte, als ob seine schlimmsten Befürchtungen sich bestätigt hätten. Er nahm das Tablett entgegen, verabschiedete Bronwen mit einem knappen Nicken und machte ihr die Tür vor der Nase zu. Dann wandte er sich wieder mir zu.

»Siehst du? Jetzt versucht sie sich auch noch bei Bronwen einzuschmeicheln. So ein falsches Luder.«

So fuhr er noch etwa eine halbe Stunde fort. In seiner Wut kam er vom Hundertsten aufs Tausendste und konnte sich gar nicht wieder einkriegen. Ich trank von meinem Kaffee und wartete. Esmond redete unentwegt um den heißen Brei herum. Wie gerne hätte ich ihm Einhalt geboten.

»Sie probiert es einfach mal aus«, sagte er jetzt zum dritten Mal. »Du musst ihr unmissverständlich klar machen, dass sie sich zu deinen Lebzeiten definitiv nicht hier einnisten kann.«

»Aber in einen Verkauf willigt sie sicher nicht ein«, erwiderte ich.

»Dann stehen wir vor einer Pattsituation.«

»Und wenn sie nun Einwände gegen die Veränderungen erhebt, die wir vorgenommen haben? Oder uns alle weiteren baulichen Maßnahmen untersagt?«

»Auf wessen Seite stehst du eigentlich? Hast du völlig vergessen, was ich für dich getan habe?«

»Wie könnte ich? Trotzdem hat es keinen Sinn, sie gegen uns aufzubringen, oder siehst du das anders? Nicht, solange sie die Möglichkeit hat, alles nur noch schlimmer zu machen.«

Esmond ging endlos vor dem Fenster auf und ab. Plötzlich blieb er stehen und sah mich an. Er stand mit dem Rücken zum Fenster, so dass sein Gesicht im Schatten lag.

»Was auch passiert, Alice wird uns nur Schwierigkeiten machen.« Er sprach jetzt ganz leise, fast flüsternd. »Es sei denn, sie stirbt.«

Alice verfolgte eine weniger direkte Strategie. So bekundete sie etwa nachmittags beim Tee ein immenses Interesse an ihrer »richtigen« Familie. Sie bat mich, ihr die Familienfotos zu zeigen. Wir hielten uns gemeinsam mit Esmond, der als Aufpasser fungierte, im Wohnzimmer auf. Bronwen war draußen und hackte Holz.

Alice und ich saßen nebeneinander auf dem Sofa und hatten einen langen, niedrigen Tisch vor uns, auf dem die aufgeschlagenen Alben lagen. Esmond konnte der Versuchung nicht widerstehen, ebenfalls zuzuschauen, als wir uns jetzt durch unsere Vergangenheit blätterten. In den Alben waren Generationen verstorbener Chards und Bradleys vertreten. Ferner gab es Schnappschüsse von Tante Ada und dem Vikar und von Esmond und mir in unseren Kindertagen, als Jugendliche und als junge Männer. Außerdem stießen wir auf Atelieraufnahmen und Fotos vom Bicknor College und aus dem Gymnasium in Kinghampton. Alice musterte die Bilder. Ich glaube, dass sie sogar zwischenzeitlich ein paar Mal das unmittelbare Motiv ihres gesteigerten Interesses vergaß und anfing, nach ihrem eigenen Gesicht oder – als das erfolglos blieb – wenigstens nach einer gewissen Ähnlichkeit mit ihren Vorfahren Ausschau zu halten.

»Was ist das für ein Baby?«, fragte sie und zeigte auf ein Foto, auf dem Esmond und ich mit der kleinen Lizzy zwischen uns auf einer Decke im Garten lagen.

»Meine Schwester«, sagte Esmond. »Sie ist gestorben.«

»Oh. Das tut mir Leid.«

Alice starrte auf das Kind auf dem Foto. Das Telefon läutete. Esmond stand auf, um den Hörer abzuheben. An der Tür sah er mich an, als ob er sagen wollte: »Pass bloß auf, wenn ich nicht da bin.«

»Von meiner Mutter gibt es keine Fotos, nicht wahr?«, sagte Alice. »Oder von mir, wenn wir schon mal dabei sind.«

»Nein, meine Mutter hat sie aussortiert.«

»Aus den Augen, aus dem Sinn?«

»Sie hat es für besser gehalten.« Die Antwort klang hartherzig, deshalb fügte ich hinzu: »Zu der Zeit ist es mir nicht besonders gut gegangen.«

Nach einer Pause fuhr Alice fort: »Es muss herrlich gewesen sein, in einem solchen Haus aufzuwachsen. Mich hat man in meiner Kindheit durch halb Afrika geschleppt.«

»Im Dienste Gottes?«

»Im Dienste Mammons jedenfalls nicht.«

»Und dann haben sie dich hier in England zur Schule geschickt?«

Sie schüttelte den Kopf. »Henry war der Meinung, dass

das Leben in einem Internat der Gesundheit abträglich sei. Also habe ich ständig die Schulen gewechselt. Am meisten Ahnung habe ich von brasilianischen Exportgütern und von den Büchern des Alten Testaments. Nur habe ich leider nichts gelernt, womit ich meinen Lebensunterhalt verdienen könnte.«

Wieder ein längeres Schweigen. Dann nahm Alice ein weiteres Album vom Tisch und fing an, darin zu blättern.

»Schau«, sagte ich. »Das sind meine Eltern am Tag ihrer Hochzeit.«

Sie inspizierte das Foto. »Du siehst deinem Vater aber gar nicht ähnlich.«

Das Gleiche galt für sie. Ich sagte: »Ist vielleicht auch besser so. Er erinnert mich nämlich an Dr. Crippen – du weißt schon, den Mörder.«

Sie kicherte. »Hat er das Haus hier gekauft?«

»Oh ja.«

»Dann stammt das Vermögen der Familie also von seiner Seite?«

Ich nickte. Ob sie mich daran erinnern wollte, dass es sich um Penmarsh- und nicht um Chard- oder Bradley-Geld handelte? Jedenfalls gab es keine Blutsbande, die Esmond als Argument dafür hätte anführen können, dass ihm ein Anteil an dem Vermögen meiner Mutter zustand. Ich überlegte, ob er vielleicht etwas anderes behauptet hatte. Alice saß unruhig neben mir. Sie war sehr ernst, und ihre Jugend ließ sie schön erscheinen. Vermutlich redete sie sich ein, dass das Wohlergehen ihres ungeborenen Kindes auf dem Spiel stehe und sie deshalb ein Anrecht darauf habe, ihre Interessen rücksichtslos zu verfolgen.

Dann kam Esmond wieder in den Raum. Alice und ich blickten auf: Aus seiner Sicht musste es so erscheinen, als ob wir etwas vor ihm zu verheimlichen hätten.

»Da wir gerade alte Fotos anschauen«, sagte er, »hast du

eigentlich welche von deinen Eltern? Ich meine von Henry und Doris. Würde mich mal interessieren, wie Henry sich so entwickelt hat. Wir sind ihm nur einmal begegnet, nicht wahr, Thomas? Auf deiner Hochzeit.«

Ich war erschöpft. Nach dem Abendessen beschloss ich, früh zu Bett zu gehen. Als ich den anderen eine gute Nacht wünschte, sahen sie mich überrascht an.

Nachdem ich im Bad gewesen war, fing Bronwen mich auf dem Gang ab und schob mich zu meinem Zimmer hinüber. Dabei presste sie sogar ihre Brüste gegen mich. Sie stieß die Tür mit dem Fuß hinter sich zu.

»Du musst was unternehmen, Rumpy«, flüsterte sie.

»Wie bitte?«

»Wenn das so weitergeht, dreht er voll durch.«

»Wenn was so weitergeht?«

»Hör doch auf mit dem Schwachsinn, bitte. Sie ist eine sture blöde Kuh, deine Tochter. Sie ist an allem schuld.«

»Wird sich schon wieder beruhigen«, erwiderte ich. »Das Wiedersehen mit ihr ist für uns alle etwas schwierig.«

»Und daran wird sich auch nichts ändern, solange du sie nicht rausschmeißt. Du bist dazu berechtigt. Solange du lebst, gehört das Haus schließlich dir. Kapierst du das denn nicht? Wenn du sie nicht rausschmeißt, wird ihr noch jemand was antun.«

»Ach, Unsinn.«

»Du weißt doch, wie Esmond reagiert, wenn er wütend ist«, sagte sie. »Du solltest das eigentlich besser wissen als irgendwer sonst.«

Sie trat ganz nahe an mich heran. Ihr Atem roch nach Zwiebeln, und ihr Körper verströmte eine muffige Ausdünstung. Eine Brust rieb sich an meinem Arm. Bronwen nahm mein linkes Ohrläppchen zwischen Daumen und Zeigefinger.

»Was machst du da? Lass mich los.«

»Du solltest besser etwas unternehmen«, erklärte sie und kniff in das Ohrläppchen. »Eins sag ich dir: Ich übernehme jedenfalls keine Verantwortung.«

Dann drückte sie noch fester zu. Ich schrie auf. Mit einem wütenden Schnauben ließ sie das Ohrläppchen los und stieß mich auf das Bett. Ich fiel so ungeschickt, dass ich mir die linke Hand am Kopfbrett anschlug.

»Und vergiss eines nicht«, sagte sie. »Esmond hat alles für dich getan. Schon seit eurer Kindheit. Glaubst du etwa, dass du ohne ihn noch hier wärst? Mein Gott, in die Klapsmühle hätten sie dich gesteckt.«

Ich starrte sie an. Bronwen kämpfte mit der gleichen Verbissenheit für Esmond wie Alice für den Fötus in ihrem Bauch. Ich rieb meine schmerzende Hand und wünschte, dass sie mich alle in Ruhe lassen würden. In meinem Kopf ertönte ein Summen, das sich in Wellen immer höher hinaufschraubte. Höher und höher, lauter und lauter: wie das Singen einer Gitarren- oder Geigensaite, die so überspannt wird, dass sie reißt oder der Hals des Instrumentes bricht.

»Na gut«, sagte Bronwen. »Hast du kapiert, worum es geht? Du stehst in seiner Schuld. Und jetzt ist der Zeitpunkt gekommen, dich endlich zu revanchieren.«

Als wir aus Torquay zurückkehrten, war Lilian im dritten Monat. Unsere Flitterwochen waren eine keusche und ruhige Zeit gewesen, da sie die Dinge »dort unten« nicht unnötig beunruhigen wollte.

An unserem ersten Abend in Finisterre sagte Lilian: »Wir bekommen ein Baby.« Es war faszinierend, das Gesicht meiner Mutter zu beobachten. Sie brauchte ungefähr fünf Sekunden, bis bei ihr der Groschen fiel.

»Wann?«, sagte sie grimmig.

Insgesamt nahm sie die Neuigkeit jedoch überraschend

gut auf, nicht zuletzt weil Lilian andeutete, dass dem Akt der Unzucht bereits ein heimliches Verlöbnis vorausgegangen sei. Also habe die Liebe sich einen Weg gebahnt, erklärte meine Mutter. Jungen würden immer Jungen bleiben. Und Mädchen, ließ sie durchklingen, hätten mit alledem ohnehin kaum etwas zu schaffen. Eine junge Leidenschaft sei erblüht und habe schließlich Frucht getragen. Natürlich seien wir sehr, sehr böse gewesen, und unser Betragen sei unter gar keinen Umständen zu billigen. Schließlich halte sie gar nichts von den heute üblichen laxen Sitten. Als sie sich vorstellte, wie Tante Ada und der Vikar auf die Neuigkeit reagieren würden, erschauderte sie. Aber wenigstens hatte der gute Cousin Henry uns im Angesicht des Himmels miteinander verbunden. Besser spät als nie. Und dann fiel ihr noch der Bibelspruch »Wer von euch ohne Tadel ist, der werfe ...« ein. Und hieß es dort nicht außerdem: »Richtet nicht, auf dass ihr nicht gerichtet werdet« – oder so ähnlich? Und ob wir schon einen Namen für das Baby ausgewählt hätten.

Allerdings hatte dieses Entgegenkommen seinen Preis. Meine Mutter erlaubte sich nämlich den Hinweis, dass Lilian gewiss nichts dagegen einzuwenden habe, wenn sie, meine Mutter, sich die Bemerkung gestatte, dass sie, also Lilian, nicht nur als Mutter völlig unerfahren, sondern überhaupt ganz und gar nicht darauf vorbereitet sei, einen großen Haushalt wie Finisterre zu leiten. Ein Haus zu führen sei eine anspruchsvolle Tätigkeit, die einer Zeit raubenden Ausbildung bedürfe. Überdies sei es Lilian kaum zuzumuten, ihr diese schwere Last der Haushaltsführung ausgerechnet während ihrer Schwangerschaft mit ihrem ersten Kind aufzubürden. Schließlich müsse man zuerst an die Gesundheit des kleinen Wesens unter Lilians Herzen denken.

»Leider ist es ja nicht mehr wie früher«, ließ meine Mutter salbungsvoll verlauten, »als man sich noch Personal leisten konnte.«

»Nein«, pflichtete Lilian ihr bei. »Heute muss man alles selbst machen.«

Die einzig vernünftige Lösung, nahm ich an, bestand also darin, dass meine Mutter in Finisterre blieb und Lilian bei der Bewältigung der neuen Aufgaben unaufdringlich zur Hand ging. Und da gab es für Lilian in der Tat einiges zu lernen, zum Beispiel: wie man die Jodsons dazu bringen konnte, gute Arbeit zu leisten; welcher Metzger in Kinghampton bevorzugt in Anspruch zu nehmen sei; warum man den Kamin im Arbeitszimmer keinesfalls bei Ostwind anmachen durfte und wie Esmonds Lieblingsfleischpasteten zuzubereiten waren. Außerdem brachte meine Mutter noch eine ganze Armee von Hilfsargumenten in Stellung: etwa, dass es nicht ratsam sei, Lilian untertags allein zu lassen, und dass weder Lilian noch ich Auto fahren konnten.

»Lass die alte Schachtel auf gar keinen Fall damit durchkommen«, sagte Esmond, als ich ihn am Telefon über den neuesten Stand der Dinge unterrichtete. »Sonst wirst du sie nie mehr los.«

»Na ja, vielleicht braucht Lilian ja wirklich Hilfe.«

»Glaubst du etwa, dass sie für ihr restliches Leben Hilfe braucht? Beziehungsweise so lange deine Mutter lebt?«

»Sie sagt, dass sie nur so lange bleibt, bis wir uns mit dem Baby eingerichtet haben.«

»Schwachsinn.«

»Aber was können wir denn tun?«

»Zieht doch in die Wohnung über dem Laden. Dann hat Lilian Geschäfte und den Arzt in der Nähe, und du könntest sie tagsüber im Auge behalten. Deine Mutter hält es sicher nicht lange allein in Finisterre aus.«

»Genau das habe ich Lilian auch vorgeschlagen. Aber sie war von der Idee nicht sehr begeistert.«

»Du solltest darauf bestehen.«

»Dazu ist es zu spät«, erwiderte ich. »Meine Mutter hat offenbar schon eine Mieterin für uns gefunden. Und natürlich können wir das zusätzliche Geld ganz gut gebrauchen.« Doch in Wahrheit wollte Lilian in Finisterre wohnen: Was sie anbelangte, gab es darüber überhaupt nichts zu diskutieren. »Ich habe versucht, ihr zu erklären, wie es sein wird. Aber sie glaubt mir einfach nicht.«

Am anderen Ende der Leitung wurde ein Streichholz angezündet; irgendwo in London flackerte eine Flamme auf. »Aber sag hinterher bloß nicht, dass ich dich nicht gewarnt habe«, entgegnete Esmond.

Unsere Heirat zog in dem Haus einige Veränderungen nach sich. Als wir aus den Flitterwochen zurückkehrten, stellte ich fest, dass man meine Kleider aus dem Kinderzimmer entfernt hatte. Meine Mutter hatte beschlossen, Lilian und mich in dem bisherigen – wenn auch kaum genutzten – Gästezimmer unterzubringen. Dort waren zwei identische Einzelbetten aufgestellt, die beide mit einer glänzenden lachsfarbenen Daunendecke bestückt waren. Meine Mutter belegte weiterhin das Schlafzimmer, das sie bis zu ihrem Tod behalten sollte. Wenn Esmond zu Besuch kam, schlief er in seinem alten Zimmer über der Veranda. Das Sterbezimmer blieb natürlich ungenutzt.

Bei der voraussichtlichen Mieterin der Wohnung über dem Laden handelte es sich um eine neue Lehrerin am örtlichen Lyzeum. Sie wollte sofort einziehen, da das Trimester schon begonnen hatte. Meine Mutter und Tante Ada hatten sich in unserer Abwesenheit um alles gekümmert. Der Mietvertrag war bereits vorbereitet, und Lilian brauchte ihn nur mehr zu unterzeichnen.

Die Lehrerin war eine stille, selbstgenügsame Frau, die mehr Zeit im Bad verbrachte als irgendein anderer Mensch, der mir je begegnet ist. Obwohl sie selbst es nie erfahren hat, hatte sie einen zwar nur geringfügigen, aber entscheidenden Anteil an den Geschehnissen, zu denen es im Mai 1967 kam. Es zeigte sich nämlich schon bald, dass sie zu den Leuten gehörte, die keine Katzen ausstehen können. Lilian hatte die Möglichkeit erwogen, Grimalkin gewissermaßen als Bewacher im Laden zurückzulassen. Die Katzenphobie unserer Mieterin machte dies allerdings unmöglich.

Deshalb lebte Grimalkin fortan mit uns in Finisterre. Sie war inzwischen ziemlich alt und hatte so ihre – im Großen und Ganzen eher unerfreulichen – Angewohnheiten. So versetzte sie etwa meine Mutter und mich regelmäßig in Angst und Schrecken, indem sie allerlei totes oder sterbendes Getier in die Küche schleppte. Grimalkin vermittelte den Eindruck, dass sie niemanden sonderlich mochte, nicht einmal Lilian. Aber wenigstens tolerierte sie Lilian, weil die es verstand, das Tier stundenlang auf eine ihm genehme Art zu kraulen.

An den langen Herbstabenden verfrachtete ich dann meine Bücher aus dem Obergeschoss nach unten in den kleinen Raum, den wir früher immer als Schulzimmer bezeichnet hatten. Ich beließ sie in ihren braunen Kartons und stapelte diese an der Wand fast bis zur Decke hinauf. Esmond hatte mir nämlich versprochen, mir im Frühjahr dabei zu helfen, richtige Regale zu bauen.

Allmählich gestaltete Lilian die Kinderstube um. Von diesem Zeitpunkt an interessierte sie sich kaum noch für das übrige Finisterre. Sie überließ die Führung des Hauses ausschließlich meiner Mutter, die darüber entzückt war. An manchen Tagen sprach meine Frau Lilian kaum ein Wort mit mir. Während ihr Körper immer runder wurde, fiel ihr Gesicht zusehends ein und bekam etwas Hexenartiges. Wenn sie untertags Hilfe brauchte, wandte sie sich an die Jodsons. Ich war meist in der Buchhandlung. Abends ging sie häufig schon kurz nach dem Essen ins Bett, so dass ich die Abende oft allein mit meiner Mutter im Wohnzimmer verbrachte. Wenn ich dann nach oben kam, war Lilian meist schon eingeschlafen. Manchmal schlief sie auch morgens noch, wenn ich aufstand, und sogar, wenn ich zur Arbeit radelte.

Das Kinderzimmer wurde mit Raufaser frisch tapeziert, geweißelt und komplett mit einem Teppichboden ausgelegt. Dann trafen die Möbel aus Kinghampton und Budstow ein. Schon bald waren der Schrank und die Kommode bis obenhin mit perfekt gefalteten Windeln und Strampelhöschen voll gepackt. Im Dezember richtete Lilian dann den Korb her, in dem das Baby die ersten Wochen seines Lebens schlafen sollte, und stellte ihn in das Gitterbett, damit unser Kind sich von vornherein an die Stäbe gewöhnte. Außerdem gab es in dem Zimmer noch einen Sessel, das einzige Möbel, das Lilian aus ihrer Wohnung mitgebracht hatte. Er stand zwischen dem Gitterbett und dem Fenster. In diesem Sessel konnte sie, die Hände vor sich auf dem Schoß gefaltet, stundenlang untätig herumsitzen. Grimalkin hockte neben ihr auf dem Fenstersitz und starrte Löcher in die Luft.

Erst im Nachhinein habe ich begriffen, wie ruhig jene Monate damals gewesen sind. Zwischen uns dreien herrschte jenes perfekt eingependelte Gleichgewicht, wie es sich erst mehr als zwanzig Jahre später zwischen Esmond, Bronwen und mir wieder einstellen sollte. Doch damals bemerkte das keiner von uns.

»Ich begreife nicht, wie du das aushältst«, sagte Esmond, als er uns Weihnachten besuchte.

Alice Elizabeth Penmarsh kam am 26. März 1967 zur Welt. Allerdings hatte ich nichts damit zu schaffen: Ich war im Laden, als bei Lilian die Wehen einsetzten und meine Mutter sie nach Kinghampton fuhr. Ich war auch im Laden, als das Baby geboren wurde, während meine Mutter sich zu diesem Zeitpunkt in Finisterre aufhielt.

Und so kam Alice im Kreis fremder Menschen zur Welt. Lilian wählte die Namen des kleinen Mädchens aus. Doch das Baby wurde nicht etwa Fiona oder – auch nur nach dem zweiten Namen meiner Mutter – Mary genannt, was meine Mutter mit kalter Wut erfüllte. Dass sie bei der Namenswahl derartig übergangen wurde, betrachtete sie als bewusste Kränkung.

»Wenn ich bedenke, was ich alles für die beiden getan habe«, hörte ich sie einmal zu Tante Ada sagen. »Dann wird mir ganz anders.«

Allerdings hätten ihre Gefühle genauso gut in die entgegengesetzte Richtung ausschlagen können, hätte Lilian sich bloß etwas diplomatischer verhalten. Meine Mutter war eine ebenso dumme wie von ihren Impulsen gesteuerte Frau. Bereits die geringste Ermutigung hätte genügt, und sie hätte ihre Enkelin gewiss abgöttisch geliebt. Aber Lilians Liebe war eine eifersüchtige Liebe.

Im Übrigen zeitigte die Haltung meiner Mutter eine ebenso unmittelbare wie überraschende Wirkung. Während der Tage, die Lilian im Krankenhaus verbrachte, machte ich es mir zur Gewohnheit, sie nach der Arbeit zu besuchen. Eines Abends entdeckte ich bei meiner Ankunft Tante Ada auf dem Besucherstuhl. Mir bot sich ein farbenprächtiger Anblick. Das Zimmer war voller Blumen, und Tante Ada trug ein Kleid, das in einer dicht bepflanzten Rabatte gewiss eine optimale Tarnung garantiert hätte. Lilian saß aufrecht im Bett und hielt die schlafende Alice in den Armen.

»Dann halten wir als den 14. Juni fest?«, sagte Tante Ada gerade. »Ach, hallo, Thomas. Wir sprechen gerade über die Taufe.«

Ich hauchte Lilian einen Kuss auf die Wange, doch sie schien mich kaum zu bemerken. Obwohl normalerweise nicht besonders religiös, nahm sie die Vorbereitungen für Alice' Taufe äußerst ernst.

»Und Paten müssen wir auch noch auswählen«, sagte Lilian. »Es ist so wichtig, dass man dabei keinen Fehler macht.«

»Wir können doch Esmond als Paten nehmen«, schlug ich vor.

»Hm, mal sehen.« Lilian legte die Stirn in Falten. Dann sah sie Tante Ada an. »Tatsächlich habe ich schon überlegt, ob du eventuell bereit wärst, dich als eine der Patinnen zur Verfügung zu stellen.«

»Oh, meine Liebe – natürlich sehr, sehr gerne.« Tante Ada errötete. »Armes kleines Würmchen«, murmelte sie. Ich wusste nicht genau, ob sie Alice oder Lilian meinte. »Ich habe da noch eine kleine Überraschung für euch.«

Sie öffnete ihre Handtasche und kramte ein Kuvert hervor, das sie Lilian überreichte. Lilian, deren Aufmerksamkeit vor allem dem Baby galt, öffnete die Klappe des Umschlags und zog einen Scheck heraus. Sie machte ein ungläubiges Gesicht und starrte dann abermals das Stück Papier in ihrer Hand an.

»Aber das kann doch nicht dein Ernst sein«, sagte sie. »Wirklich, das ist –«

»Doch, das ist mein Ernst, meine Gute. Ich habe letztes Jahr eine kleine Erbschaft gemacht. Nicht dass wir gerade im Überfluss schwimmen.«

»Aber das ist viel zu viel.«

»Ich möchte, dass ihr das Geld in Alice' Ausbildung investiert. Schließlich …« Tante Ada blickte mich an und durch mich hindurch auf ein geistiges Bild meiner verbitterten Mutter. »Möglich, dass sie später mal jede Hilfe brauchen kann.«

Lilian, die noch immer ihr Baby an sich presste, beugte sich vor und streckte Tante Ada einen Arm entgegen. Die beiden Frauen umarmten sich etwas hölzern. An Tante Adas ebenso draller wie faltiger Wange lief eine Träne herunter.

Der Scheck entglitt Lilians Fingern und segelte zu Boden. Ich hob ihn auf. Er war auf Lilians Namen ausgestellt und belief sich auf eine Summe von tausend Pfund.

Alice war zwei Wochen alt, als sie mit ihrer Mutter in Finisterre eintraf. Sie lag jetzt zum ersten Mal im Kinderzimmer in dem Korb, den Lilian in das Gitterbett gestellt hatte. Sie schrie pausenlos. Nur wenn sie gestillt wurde oder schlief, beruhigte sie sich manchmal ein wenig, doch nie sehr lange.

Die Kleine blieb mir fremd, vielleicht weil ich nur selten in ihre Nähe durfte. Sie war unglaublich winzig und hatte ein überaus hässliches bläuliches Gesicht und eine faltige Haut, die schlaff an ihrem Körper herunterhing. Sie erinnerte mich an einen hilflosen Homunkulus, der in kurzer Zeit zu viel Gewicht verloren hatte. Lilian behandelte Alice wie ein unendlich zartes Wesen, das für meine klobigen Pranken, aber auch für die brutalen Hände meiner Mutter viel zu zerbrechlich war. Selbst Grimalkin war im Kinderzimmer unerwünscht. Lilian schreckte nicht einmal davor zurück, das Tier gewaltsam von dort zu vertreiben. Ich vermute, dass ihr die Katze bis dahin als eine Art Ersatzkind gedient hatte, ein Lebewesen, um das sie sich kümmern konnte, doch dieses Bedürfnis wurde jetzt im Übermaß durch ihr wirkliches Kind befriedigt.

Allmählich gewann ich den Eindruck, dass Alice ganz anders war als alle anderen Kinder. Jedenfalls äußerte sich Lilian unentwegt in diesem Sinne: eine Einschätzung, die natürlich nichts weiter war als eine Mutmaßung und keinesfalls eine rational begründete Annahme. In meinen Augen war Alice vor allem eine Ansammlung körperlicher Bedürfnisse und ein Quell unangenehmer Gerüche. So gelangte ich allmählich dahin, ihr die zusehends angespanntere Atmosphäre in Finisterre anzulasten.

Lilian befand sich damals in einer Art Trance: Ihr ganzes Sein kreiste nur um das Baby. Außerdem war sie körperlich sehr geschwächt, weil sie eine schwierige Geburt gehabt hatte und zudem keine Nacht durchschlafen konnte. Auch ließ sie es sich nicht nehmen, Alice selbst zu stillen, obwohl die Hebamme davon abgeraten hatte.

»Sie ist mein Kind«, sagte Lilian. »Außerdem mag sie es.«

Als Lilian aus dem Krankenhaus nach Hause kam, erbot ich mich, ihr bei der Betreuung des Säuglings zu helfen. Ich hätte die Kleine zum Beispiel in den Schlaf wiegen können. Ich hätte sie Lilian nachts zum Stillen bringen können. Ich hätte womöglich sogar lernen können, wie man Windeln wechselt. Wer weiß, vielleicht hätte mir das alles sogar Spaß gemacht. Doch Lilian weigerte sich fast verärgert, diese Möglichkeit auch nur in Betracht zu ziehen. Sie wollte das Baby ganz für sich.

»Ich glaube, ich werde bald verrückt«, sagte meine Mutter, als Alice gerade ihren dritten Tag in Finisterre verbrachte. »Ich kann schreiende Kinder einfach nicht ausstehen.«

Es war ein Sonntagnachmittag Mitte April. Wir saßen allein im Wohnzimmer. Ich versuchte zu lesen. Meine Mutter hatte zwar einen Liebesroman vor sich auf dem Schoß, wollte aber lieber herumnörgeln. Lilian war oben im Kinderzimmer und versuchte vergeblich, Alice zu beruhigen.

»Nach meiner Erfahrung«, fuhr meine Mutter fort, »liegt es nur selten an den Kindern. Meistens ist die Mutter schuld.«

»Ach, das wird sich bestimmt bald legen«, sagte ich.

»Das würde ich nur zu gerne glauben, Thomas. Nur zu gerne.«

Mir spukten plötzlich merkwürdige Gedanken im Kopf herum: Ob meine Mutter ebenfalls an Tante Imogen und die kleine Lizzy dachte? Mir fiel wieder jenes Weihnachten vor fast dreizehn Jahren ein, jene Zeit der Wunder. Und am Ende war Esmond dann ganz zu uns nach Finisterre gekommen. *Auf immer und ewig*. Es kam mir vor, als ob wir in der Falle unserer eigenen Dummheit gefangen saßen, dazu verdammt, bis zum bitteren Ende immer wieder die gleichen Fehler zu machen.

Die Tür, die bereits einen Spaltbreit offen stand, wurde plötzlich noch ein kleines Stück weiter aufgestoßen. Ich sah ängstlich auf. Doch es war nur Grimalkin, nicht ihre Herrin. Das Wimmern über unseren Köpfen wollte nicht enden. Die Katze stolzierte mit hoch aufgerichtetem Schwanz über den Teppich zu dem Kaminvorleger, ließ sich mit den Hinterbeinen darauf nieder und leckte sich zwischen den Beinen. Wie üblich würdigte sie uns keines Blickes.

»Weißt du, was sie heute Morgen von mir verlangt hat?«, sagte meine Mutter. »Sie hat gesagt, dass ich diese widerliche Kreatur dort drüben füttern soll. Nur weil sie das Baby wickeln wollte. Es hätte Alice gewiss nicht geschadet, wenn sie noch ein oder zwei Minuten hätte warten müssen. Wahrscheinlich hätte es ihr sogar gut getan.«

Grimalkin hörte auf, sich zu lecken, und starrte meine Mutter an. Sie gähnte und präsentierte uns dabei ihren rosafarbenen Rachen. Dann fing sie wieder an, hingebungsvoll ihr Geschlecht zu lecken.

»Jedes Kind muss lernen, dass es nicht das Zentrum des Universums ist. Je früher es das begreift, umso besser für alle Beteiligten, das ist jedenfalls meine Erfahrung.« Meine Mutter blickte zur Zimmerdecke auf, über der sich das Kinderzimmer befand. Sie bleckte die Zähne. »Manche Leute«, sagte sie grimmig, »scheinen diese Lektion allerdings nie zu lernen.«

Wir saßen eine Weile schweigend da. Der Säugling schrie jetzt noch lauter und mit einer ebenso monotonen wie penetranten Hartnäckigkeit. Über unseren Köpfen hörten wir Lilians Schritte.

Meine Mutter sagte: »Ha!«, und warf das Bibliotheksbuch Richtung Kaminvorleger, wo es Grimalkin an der Schulter traf. Die Katze kreischte auf und fiel auf die Seite. Sie streckte alle viere von sich und sah plötzlich gar nicht mehr anmutig, sondern lächerlich aus. Sie fuhr blitzschnell die Krallen aus und schlug sie in die dunkelblaue Matte. Dann legte sie die Ohren an und fing an zu fauchen. Eine Katze, die in Panik gerät, ist wahrlich kein schöner Anblick. Für den Bruchteil einer Sekunde sah sie nicht meine Mutter, sondern mich an. Dann schoss sie zur Tür hinaus.

»Oh«, sagte meine Mutter. »Ich glaube, ich habe mein Buch fallen lassen.«

»Ach ja, tatsächlich.«

Bis heute weiß ich nicht, ob sie mich damals hinters Licht führen wollte. Ob sie wirklich glaubte, dass mir entgangen war, wie sie mit dem Buch nach der Katze geworfen hatte? Sie sah mich strahlend an und war plötzlich wieder bester Laune.

»Nun gut, Thomas. Würde es dir etwas ausmachen, das Buch wieder für mich aufzuheben?«

Nachmittags um vier Uhr an jenem Sonntag kochte meine Mutter eine Kanne Tee. Ich brachte Lilian eine Tasse nach oben. Sie saß in dem niedrigen Sessel und hielt Alice in den Armen. Das Baby schlief und atmete schwer. Wegen des pausenlosen Geschreis war der Säugling am ganzen Körper dunkelrot angelaufen, sein Gesicht erinnerte an eine Eidechse, und die kärglichen schwarzen Haarbüschel waren nass und verfilzt. Lilian sah mich zugleich wütend und flehentlich an. Ich war unerwünscht. Ich stellte eine potenzielle Gefahr dar, weil ich das Kind aufwecken könnte. Ich versuchte, Lilians Tee so leise wie möglich abzustellen, dabei klirrte jedoch der Teelöffel.

Meine Frau sagte: »Ha!«, genau wie zuvor meine Mutter, nur leiser.

»Lilian« sagte ich flüsternd. »Ich muss dich etwas fragen. Die Buchhandlung läuft im Augenblick nicht so gut. Ich fürchte, wir müssen unseren Dispokredit demnächst erhöhen. Vielleicht um ein paar hundert Pfund.«

Lilian wiegte das Baby sanft vor und zurück und sah ihm ins Gesicht. Sie gab durch nichts zu erkennen, dass sie mich gehört hatte.

»Ich könnte natürlich auch Mutter fragen, obwohl mir das etwas unangenehm wäre. Du weißt ja, wie das ist. Sie ist in diesen Dingen ziemlich heikel.«

Ich wartete. Den Filialleiter der Bank wollte ich auch nicht fragen. Ich hatte schon immer das Gefühl gehabt, dass er mich verachtete, als Geschäftsmann, aber auch persönlich. Außerdem hatte ich Angst, dass er nein sagen würde und das Gespräch mit ihm noch unerfreulicher verlaufen könnte als gewöhnlich. Ich wartete, aber Lilian sagte nichts.

»Deshalb habe ich gedacht, dass wir uns vielleicht zweihundert Pfund von Alice' Geld borgen –«

»Nein.« Lilian blickte auf. »Das Geld ist für Alice. Verstehst du? Nur für Alice.«

»Aber Lilian«, flüsterte ich, »es wäre doch bloß bis …«

Als ich Lilians Gesicht sah, hielt ich inne. Sie starrte über meine Schulter und war offensichtlich wütend. Ich drehte mich um. Die Tür stand offen. Grimalkin war inzwischen in das Kinderzimmer geschlüpft, und das war mein Fehler.

Lilian warf mir einen vernichtenden Blick zu, weil ich so

blöde gewesen war, und befahl mir, die Katze zu nehmen und aus dem Zimmer zu verschwinden. Aber Grimalkin ließ sich nicht einfangen. Sie versteckte sich unter dem Bett und fauchte mich an und schlug mit den Krallen nach mir. Als sie mir den Unterarm aufkratzte, stieß ich einen Schrei aus. Alice wachte auf und fing an zu weinen.

»Da siehst du, was du wieder angerichtet hast«, sagte Lilian. »Pssst, mein Kleines. Mommy ist ja da.«

Ich zog Grimalkin am Nackenfell unter dem Bett hervor und warf sie auf den Gang hinaus. Dann drehte ich mich nochmals nach Lilian um, doch sie war schon wieder vollauf mit dem Baby beschäftigt. Ich trat aus dem Zimmer und schloss ganz leise die Tür hinter mir. Grimalkin saß auf der Treppe. Meine Verzweiflung über die ungerechte Behandlung, die ich wieder einmal hatte erdulden müssen, schlug plötzlich in blanken Hass auf die elende Kreatur um, die da vor mir auf den Stufen hockte.

»Nimm dich in Acht«, sagte ich zu der Katze und hatte das Gefühl, dass ein grausamer, brutaler Fremder aus mir sprach. »Ich kann dir nur raten: Nimm dich in Acht.«

Dann begriff ich, wie sinnlos die Drohung war. Grimalkin schien es ebenso zu ergehen. Sie saß reglos da und starrte mich an. Ja, sie schien mich zu verhöhnen, sich über meine Ohnmacht zu belustigen. Wieder dieses Summen in meinem Kopf.

»Warte nur. Dir werd ich's noch zeigen.«

An mir lag es jedenfalls nicht, nur an der verdammten Katze. Ich ging in Esmonds Zimmer, wo noch alles genauso war wie früher. Ringsum die Utensilien eines halbwüchsigen Jungen. Ich öffnete die Tür des Wandschranks, wo ganz hinten ein großer langer Karton am Boden deponiert war. In der Schachtel waren einige Tennisschläger mit schlechter Bespannung, ein Spazierstock, ein Element einer Zeltstange und Esmonds Luftgewehr verstaut.

Ich nahm das Gewehr. Sein Gewicht überraschte mich ebenso wie sein ungepflegter Zustand und die Kälte des Metalls. Ich konnte mich noch genau daran erinnern, wie das Luftgewehr in besseren Tagen einmal ausgesehen hatte, damals, als Esmond es noch nach jedem Einsatz liebevoll gereinigt und eingeölt hatte. Ich versuchte den Staub mit meinem Taschentuch abzuwischen. Meine Hände zitterten vor Wut. Dann kam unter all dem Staub der matt glänzende Schaft zum Vorschein, der mit winzigen Farbtropfen bespritzt und an einigen Stellen zerkratzt war. Von manchen Partien war die Lackierung völlig abgeblättert. Auch das Visier war verschmutzt.

Ob die Waffe noch funktionierte? Ich wusste noch, dass Esmond vor jedem Schuss einen langen Hebel betätigt hatte, um die nötige Druckluft zu erzeugen. Er hatte den Hebel zunächst in seine Richtung gezogen und dann wieder nach vorne geschoben, bis der Stahl seitlich des Gewehrlaufs wieder eingerastet war. Der Mechanismus ließ sich zwar nur mühsam bewegen, schien aber noch zu funktionieren. Allerdings schob ich den Hebel nicht wieder ganz nach vorne, da ich noch wusste, wie Esmond einmal gesagt hatte, dass man die Waffe nie ohne Munition abfeuern sollte.

Hinter der Kimme war ein weiterer kleiner Hebel angebracht, den ich um neunzig Grad noch oben drehte, so dass ich in den für die Munition bestimmten Zylinder hineinsehen konnte. Schien alles noch zu funktionieren: Der Zylinder ließ sich leicht bewegen, das Magazin war schmutzfrei und gut geölt.

Jetzt fehlte nur noch Munition. Ich durchsuchte erfolglos die Schachtel, den Schrank und das restliche Zimmer. Während ich nach einer Packung Kugeln suchte, ebbte meine Wut allmählich ab. Ich kam mir überhitzt und dumm vor. Allerdings war die Wut nicht ganz verflogen – sie hatte sich vielmehr bloß zurückgezogen, um auf eine günstigere Gelegenheit zu warten. Und deshalb nahm ich mir vor, mir am nächsten Tag in Kinghampton eine Packung Kugeln zu beschaffen.

Bloß weil keine Munition vorrätig war ... Wäre es mir nämlich an jenem Sonntagnachmittag gelungen, eine Kugel aufzutreiben, könnte Lilian vielleicht noch am Leben sein. Kein sehr angenehmer Gedanke.

An jenem Tag hatten Lilian und meine Mutter beim Abendessen ihren ersten offenen Streit. Vordergründig ging es dabei um die Katze. In Wahrheit drehte es sich jedoch darum, wer in unserer kleinen häuslichen Welt das Sagen hatte. Mir wäre das eigentlich ganz egal gewesen, wenn sie mich nur in Ruhe gelassen hätten. Wenn sie mich doch bloß nicht in ihren Streit hineingezogen und mich einfach in Frieden gelassen hätten.

Kurz darauf stritten sie schon fast jeden Abend. Jede der beiden Frauen beschwerte sich bei mir über die andere. Das wurde so schlimm, dass ich Angst hatte, nach Hause zu gehen. Wann immer es irgend ging, erfand ich eine Ausrede, um abends länger im Laden zu bleiben. Und wenn Alice dann nachts zu schreien anfing, bekam ich Magenkrämpfe, und ich betete, dass sie wieder aufhören möge.

»Das alles ist ganz allein deine Schuld«, zischte meine Mutter, als wir uns eines Abends im ersten Stock auf dem Gang begegneten. »Du bist an allem schuld, Thomas.«

Lilian wiederum redete im Schlafzimmer auf mich ein. »Kannst du nicht mal mit ihr sprechen? Ich glaube, sie wird allmählich senil. Ich kenne die Symptome genau. Bei meinem Vater hat es genauso angefangen.«

»Schließlich ist sie deine Frau, Thomas«, flüsterte meine Mutter. »Und es ist dein Kind. Warum unternimmst du denn nichts?«

»Du musst ihr gegenüber bestimmter auftreten«, sagte

Lilian und verschränkte die Arme unter ihren großen, mit Milch gefüllten Brüsten. »Sonst nimmt sie sich immer mehr heraus.«

Und dann immer wieder dieses Summen in meinem Kopf. Wenn ich nachts die Augen schloss, sah ich Drähte, die in der Dunkelheit schimmerten. Und dann spannten sich die Drähte plötzlich und blitzten wie Messer, und das Summen wurde immer schriller. Ich wusste, dass Drähte gefährlich sind. Ein Käsedraht schneidet. Ein Stacheldraht hat die Funktion, Tiere oder Menschen ein- oder auszusperren. Ein unter Strom gesetzter Draht tötet. Und eine Garrotte blockiert die Luftzufuhr.

Aber selbst in diesem Stadium hätte sich vielleicht noch alles zum Guten wenden können. Wären wir uns selbst überlassen geblieben, hätten Lilian und meine Mutter sich womöglich aus reiner Erschöpfung zu einer Art Arrangement bereit gefunden. Aber wir blieben nicht uns selbst überlassen.

Am Donnerstag, dem 11. Mai, ungefähr einen Monat nach dem ersten offenen Streit, rief Esmond mich nachmittags im Laden an.

»Ich habe vor, euch morgen zu besuchen«, sagte er ohne die sonst üblichen einleitenden Worte.

»Oh, ich habe gedacht, dass du erst übernächste Woche kommen willst.«

»Oder passt es euch nicht?«

»Das einzige Problem ist, dass Mutter am Samstagabend im Pfarrhaus zum Essen eingeladen ist. Ich glaube nicht, dass sie noch absagen kann.«

»Umso besser – was mich betrifft.«

»Aber sie wird sich sicher freuen.« Meine Mutter betrachtete Esmond in ihrem Krieg gegen Lilian nämlich als potenziellen Verbündeten.

Am anderen Ende der Leitung herrschte Schweigen.

»Esmond? Alles in Ordnung?«

»Klar doch. Also dann bis morgen.«

Er legte auf. Dass er seine Pläne geändert hatte, war für sich genommen noch nicht weiter überraschend, schließlich kam es immer wieder mal vor, dass er wegen »geschäftlicher« Verpflichtungen seine Terminplanung umwarf. Aber er war ungewöhnlich kurz angebunden gewesen. Normalerweise plauderten wir noch ein wenig, wenn er mich anrief, und er erkundigte sich nach meinem Befinden. Erst kürzlich hatte er nach dem Baby gefragt.

Am Freitagabend sperrte ich den Laden zu und radelte nach Finisterre hinaus. Ich freute mich schon auf das Wochenende. Allerdings war ich überrascht und ein wenig gekränkt, als ich in der Zufahrt einen Wagen sah – einen für Esmonds Verhältnisse völlig untypisch kleinen grünen Morris Minor. Ich ging ins Haus. Esmond trank mit meiner Mutter in der Küche Tee. Lilian war oben bei Alice. Alles wirkte entspannt und normal: Der Raum war total zugequalmt, Esmond saß lächelnd auf seinem Stuhl, und meine Mutter redete.

Esmond nickte mir zu, was mich augenblicklich beruhigte. Ich grübelte kurz darüber nach, ob ich ihn vielleicht gekränkt hatte. Ich schenkte mir eine Tasse Tee ein und beobachtete ihn, während meine Mutter das Wort führte. Er war nach meinem Empfinden seit seinem letzten Besuch im Gesicht schmaler geworden.

Meine Mutter trank ihren Tee aus und verkündete, dass sie sich jetzt um das Abendessen kümmern würde. »Allerdings habe ich nicht viel da, du böser Junge. Warum hast du uns denn nicht rechtzeitig Bescheid gesagt?«

»Tut mir Leid«, erwiderte Esmond. »Soll ich schnell in die Stadt fahren und uns Fish and Chips besorgen?«

»So ein Unsinn«, sagte sie lachend. »Und jetzt ab – marsch, marsch.«

»Soll ich dir nicht helfen?«

»Ach, du wärst mir nur im Weg.« Die Herrin der Küche ging um den Tisch herum zum Herd hinüber. »Wieso schnappt ihr nicht ein bisschen frische Luft? Könntet ihr beide gut gebrauchen.«

Es war ein schöner Abend. Esmond ging nach oben, um einen bereits vorgefertigten Joint zu holen. Kurz darauf traten wir in den Garten hinaus. Wir spazierten über den Rasen bis zu dem Zaun hinunter, der den Garten auf der zum Meer hin gelegenen Seite abschloss. Hier waren wir durch die Koniferen vor unerwünschten Blicken aus dem Haus geschützt. Esmond setzte an der Sohle seines Stiefels ein Streichholz in Brand. Ich starrte auf das Meer hinaus und betrachtete die untergehende Sonne.

»Irgendwas stimmt nicht«, sagte ich.

»Weiß jemand, dass ich hier bin?«

»Vielleicht Tante Ada. Meine Mutter ist zwar heute nicht in Kinghampton gewesen, aber vielleicht im Dorf. Die Jodsons haben nämlich Urlaub.«

»Meinst du, dass Lilian jemandem was erzählt hat?«

»Kann ich mir nicht vorstellen. Sie ist zurzeit fast ständig zu Hause. Und sie spricht ohnehin kaum. Wieso?«

»Weil ich meinen Aufenthalt hier nicht unbedingt an die große Glocke hängen möchte. Deshalb bin ich auch direkt nach Finisterre gefahren, ohne dich im Laden abzuholen.«

Über diese Auskunft war ich sehr erleichtert. Ich hatte schon Angst gehabt, ich hätte ihn beleidigt. Bis dahin hatte Esmond mich nämlich immer mit dem Auto abgeholt, wenn er es noch vor Ladenschluss nach Kinghampton geschafft hatte.

Nach einem kurzen Schweigen fuhr Esmond fort: »Ich weiß nicht, ob du etwas davon in der Zeitung gelesen hast – jedenfalls hat es in letzter Zeit reichlich Ärger gegeben. Die Polizei ist im Augenblick ziemlich nervig.«

»O Gott. Haben sie dich verhaftet?«

»Nein, ganz so schlimm ist es noch nicht. Allerdings könnte sich das schnell ändern, wenn ich bis Ende nächster Woche nicht fünfzehnhundert Piepen auftreibe. Dann sähe es echt finster aus.«

Mir wurde ganz mulmig zumute. Ich hielt mich an der oberen Zaunstange fest und fixierte meine Fingerknöchel. Esmond zog an dem Joint und hielt die Luft an. Allmählich wurde ich wieder klar im Kopf und überlegte, was ich tun konnte, um ihm zu helfen.

»Ich könnte etwa fünfzig, vielleicht sogar sechzig Pfund –«

»Ich habe einfach verdammtes Pech gehabt. Ich hatte gerade eine neue Lieferung bekommen, weißt du. Mehr als je zuvor. Allerdings habe ich den größten Teil davon noch nicht bezahlt. Die haben mir das Zeug zum Teil auf Kredit überlassen, aus reinem Entgegenkommen. So was gibt es sonst gar nicht. Aber ich hatte ja auch jede Menge Interessenten für den Stoff. Ich hätte die ganze Ladung in drei Tagen verhökern können.«

»Und was ist schief gelaufen? Wollen die Leute das Zeug plötzlich nicht mehr?«

»Doch, natürlich. Die sind sogar ganz wild darauf. Aber ich habe es nicht mehr, sondern die Bullen. Ich hatte den Stoff größtenteils bei einer Braut in der Wohnung versteckt, am Ladbroke Grove. Aber dann haben die Bullen sie hochgenommen.«

»Glaubst du, dass sie dichthält?«

»Sicher nicht, wenn sie wüsste, dass der Stoff mir gehört. Weiß sie aber nicht. Keine Sorge, die können mir nicht nachweisen, dass ich mit dem Acid was zu tun habe. Noch nicht. Möglich, dass sie was vermuten, aber sie können es nicht beweisen.«

»Ich dachte, du verkaufst nur Haschisch?«

»Man muss mit der Zeit gehen.« Die Worte kamen etwas gepresst heraus, als ob er kurzatmig wäre. »Angebot und Nachfrage. Ist ja auch egal. Nur dass auf Acid höhere Strafen stehen als auf Dope. Der Punkt ist: Wenn ich nicht tausendfünfhundert Pfund in bar beschaffe, werden meine Lieferanten verdammt sauer reagieren.«

»Kannst du denen die Situation denn nicht erklären und eine Art Ratenzahlung vereinbaren?«

»Du meinst: über die nächsten hundert Jahre?« Er schnaubte. »Das sind Profis. Die dealen nicht nur, die haben ihre Finger noch in ganz anderen Sachen. Und die haben einen Ruf zu verlieren.«

Er starrte den erst halb abgebrannten Joint an. Dann warf er ihn auf den Boden und stieß ihn mit dem Absatz in die nackte Erde.

»Die machen mich fertig«, sagte er. »Zuerst lassen sie mich von ihren Schlägern auseinander nehmen. Und dann verpfeifen sie mich bei einem der Bullen, die sie auf der Gehaltsliste haben. Dann müssen sie nur noch einen Beweis dafür beibringen, dass ich was mit dem Acid zu tun habe. Dazu reicht schon ein Fingerabdruck.«

»Wenn du mir ein bisschen Zeit lässt, könnte ich vielleicht zweihundert auftun. Ich kann ja versuchen, unseren Dispokredit noch mal zu erhöhen.«

»Danke. Aber das ist zu wenig.«

»Hast du denn noch was von dem LSD? Du hast doch gesagt, dass die Polizei das Zeug größtenteils beschlagnahmt hat.«

»Ein bisschen was.«

»Kannst du das nicht verkaufen?«

»Wenn ich genug Zeit hätte schon. Aber das würde auch nichts ändern. Nicht grundsätzlich jedenfalls. Mit ein bisschen Glück kriege ich dafür vielleicht achtzig, neunzig Pfund. Selbst mit deinen zweihundert Piepen ist das kaum mehr als ein Tropfen auf dem heißen Stein. Und an wen hier in der Gegend soll ich denn schon Acid verhökern? Ich hab doch gar nicht die nötigen Kontakte.«

»Soll das heißen, du hast das Zeug dabei?«

»Hätte ich es lieber den Bullen überlassen sollen?« Esmond kramte seine Zigaretten hervor. »Außerdem ist es gutes Geld wert.«

»Und wo ist es?«

»Im Sterbezimmer.« Offenbar spürte er, wie erschrocken ich war. »Ist doch der sicherste Platz im Haus. Ich hab es im Wandschrank verstaut.« Er zündete sich eine Zigarette an. »Nur für ein, zwei Tage.«

»Esmond – Tante Ada hat Lilian bei Alice' Geburt einen Tausender geschenkt.«

Sein Gesicht hellte sich auf. »Ach, tatsächlich?«

»Lilian hat das Geld zur Bank gebracht. Aber es ist für Alice' Ausbildung bestimmt.«

»Ich brauche das Geld doch nur für kurze Zeit«, sagte Esmond. »Ich zahle ihr auch Zinsen.«

»Ich glaube nicht, dass sie das Geld verleiht.«

»Bist du da ganz sicher?«, fragte er.

»Ja. Gehört schließlich Alice, verstehst du.«

Wir schwiegen beide einen Augenblick. Esmond klimperte mit dem Kleingeld in seiner Jackentasche. Wir dachten beide an die nächstliegende Person: meine Mutter.

»Für die alte Schachtel wäre es überhaupt kein Problem, mir das Geld zu geben«, sagte er leise. »Würde sie doch gar nicht merken. Nicht mal Aktien verkaufen müsste sie. Einen solchen Betrag – vielleicht sogar mehr – hat sie doch locker auf dem Sparbuch.«

Ich fragte ihn nicht, woher er das wusste.

»Wäre ja nur vorübergehend. Gebt mir ein, zwei Monate, dann kann ich die Wohnung verticken. Danach kann ich ihr das Geld leicht zurückgeben.«

»Und was willst du ihr erzählen?«

»Ein betrügerischer Geschäftspartner oder so etwas. Sie würde das Geld doch gar nicht vermissen. Nicht während der paar Wochen. Ist doch völlig ohne Risiko.«

Wir standen abermals schweigend nebeneinander. Ich spielte in Gedanken gerade eine andere Alternative durch.

»Früher oder später erben wir doch sowieso alles, richtig?«, sagte ich nachdenklich.

Esmond wollte meine Mutter nach dem Abendessen fragen. Er bearbeitete sie den ganzen Abend. Er nahm dreimal von der Pastete. Nach dem Essen überredete er meine Mutter, im Wohnzimmer die Beine hochzulegen, während wir den Abwasch machten und Kaffee kochten. Er lauschte mit offensichtlicher Bewunderung, als meine Mutter erzählte, wie sie eine unbotmäßige Verkäuferin in einer Drogerie in Kinghampton zur Schnecke gemacht hatte.

Lilian war unmittelbar nach dem Essen ins Bett gegangen. Als meine Mutter gerade auf Touren kam, wünschte ich leise eine gute Nacht, verdrückte mich aus dem Zimmer und ging nach oben. Unter unserer Tür war kein Licht zu erkennen. Ich warf einen kurzen Blick ins Kinderzimmer. Auf der Kommode brannte ein Nachtlicht. Alice lag ganz ruhig in ihrem Bettchen. Sie schlief seit kurzem nicht mehr in dem Korb. In dem Zimmer war es völlig still.

Ich vermag die Panik kaum zu erklären, die mich wie aus heiterem Himmel überfiel. Ich war plötzlich davon überzeugt, dass Alice aufgehört hatte zu atmen. Möglich, dass meine Mutter auf Zehenspitzen nach oben gegangen war, während Esmond und ich in der Küche gewesen waren und Lilian ihr Bad genommen hatte. Vielleicht war sie aber auch eines natürlichen Todes gestorben.

Zur damaligen Zeit empfand ich Alice bestenfalls als störend, und ihr Tod wäre mir vielleicht nicht einmal völlig ungelegen gekommen. Doch die Biologie hält uns alle zum Narren. Ich hockte mich neben das Bett und lauschte, konnte aber nichts hören. Ich berührte sie. Der winzige Körper unter der Decke regte sich nicht. Ich befingerte einen weichen Arm, kaum dicker als das Bein einer Katze. Ich drückte etwas kräftiger zu.

Alice fing an zu wimmern – gab mit ihrem dünnen Stimmchen einen Laut von sich, der vielleicht zwei Sekunden andauerte. Ihr Arm zuckte. Ich bemerkte, dass ich aus Erleichterung oder Angst oder aber einer Mischung von beidem schwitzte. Ich wartete angespannt. Zu meiner Erleichterung gab sie keinen weiteren Laut von sich, und auch Lilian kam nicht mit wehendem Morgenmantel aus unserem Zimmer herbeigestürzt.

Ich ging wieder aus dem Kinderzimmer und schlich in Esmonds Schlafgemach. Das Licht ließ ich ausgeschaltet. Die Tür stand einen Spaltbreit offen, während ich auf dem Bett saß und wartete. Vom Gang her drang ein Lichtstrahl herein und ließ ein Segment des Kaminsimses aufleuchten. Ich sah schimmerndes Metall: Wenigstens hatte ich daran gedacht, eine Dose Munition zu besorgen. Ich versuchte an gar nichts zu denken.

Unten wurde eine Tür zugemacht. Meine Mutter ging durch die Diele Richtung Küche. Einen Moment später kam sie nach oben. Sie ging kurz in die Kinderstube und dann weiter in ihr Zimmer. Ich schlich auf den Gang hinaus und rannte die Treppe hinunter.

Esmond war noch im Wohnzimmer. Er saß mit angezogenen Beinen in dem großen Ohrensessel. Er hatte ein Glas Whisky in der Hand. Die Flasche stand neben ihm auf dem Tisch.

»Los, nimm dir ein Glas«, sagte er. Dem Klang seiner Stimme nach zu urteilen, hatten wir nicht etwa einen Sieg zu feiern, sondern unseren Kummer zu ertränken. »Mir wachsen zurzeit die Belastungen über den Kopf, lieber Esmond«, äffte er meine Mutter nach. Ja, er entblößte sogar die oberen Schneidezähne. »Da du so gut dastehst, wollte ich dich sogar bitten, auf die monatlichen Zuwendungen zu verzichten.«

»Und was willst du jetzt machen?«, fragte ich, während ich die Flasche aufschraubte.

Esmond sagte: »Ich glaube nicht, dass sie mir meine Geschichte abgenommen hat. Ich habe ihr lang und breit von meinem betrügerischen Partner erzählt. Und weißt du was? Sie wollte was Schriftliches sehen. Mein Wort war ihr nicht genug, oh nein. Dann hat sie gesagt, dass ihr Anwalt vielleicht etwas für mich tun kann, ich solle doch einen Termin mit ihm vereinbaren. Oh ja, und ob ich die Polizei schon eingeschaltet habe. Oh, Jesus.«

»Kannst du dich nicht verstecken oder so was? Oder sogar ins Ausland gehen?«

»Du verstehst offenbar nicht, worum es geht, Rumpy. Diese Leute wissen, wo ich in London wohne und wer meine Freunde sind. Die finden eure Adresse in fünf Minuten raus, wenn sie sich nur etwas Mühe geben. Und hinterher werfen sie das, was von mir übrig bleibt, den Schweinen vor.«

»Wenn meine Mutter doch nur einsichtiger wäre.«

»Sieht nicht danach aus, als ob sie sich in ihrem Alter noch ändert. Ich muss mir was anderes einfallen lassen. Vielleicht gehe ich zur Fremdenlegion.«

»Wenn ich sie doch bloß mit einem Zauberstab in nichts auflösen könnte«, sagte ich. »Wenn sie bloß endlich nicht mehr hier wäre.«

Achtzehn

In Finisterre wurden die Katzen unter den Sträuchern begraben, die den Rasen von der Zufahrt trennten. Meine Mutter sprach von diesem Teil des Gartens meist als dem »Gebüsch«, was allerdings etwas übertrieben war, da es dort nur zwei Schneeballsträucher, einen Lorbeer, einen toten Rhododendron und eine junge Tanne gab, die sich selbst ausgesät hatte.

Gott sei Dank war der Boden an der Stelle sehr locker, und auch die Wurzeln der Sträucher waren weder besonders dick noch mit denen ihrer Nachbarn verschlungen. Es war also ganz leicht, dort ein kleines flaches Grab auszuheben. Den Rest besorgte die Zeit. Ich markierte die Gräber mit Steinen, die ich vom Strand mit heraufbrachte. Allerdings kamen für mich nur ganz bestimmte Steine in Frage: Sie mussten unbedingt Quarzstreifen haben und in der Form einem Ei so nahe kommen wie irgend möglich. Als sich schließlich eine stattliche Anzahl solcher Steine unter den Büschen angesammelt hatte, wurde mir bewusst, dass sie fast genauso aussahen wie jene, die Esmond in Stephen Sandwells Aktentasche gefunden hatte.

Zu der Zeit, als die inzwischen erwachsene Alice in Finisterre auftauchte, lagen elf dieser Steine unter den Büschen. Erst im letzten Januar hatte ich der Sammlung wieder einen Stein hinzugefügt – und zwar zu Ehren eines gelbweiß gefleckten Kätzchens, das sehr jung gestorben war.

Also war das Dutzend fast komplett. Ich spreche hier von gezielten Abschüssen, nicht von Zufallstreffern. Doch was ich jetzt zu erzählen habe, begab sich zu der Zeit, als Esmond und Bronwen gerade in Finisterre eingezogen waren, also kurz vor der Renovierung. Es war eine klare, milde Juninacht, und der Mond stand fast voll am Himmel. Die beiden hielten sich in ihrem Schlafzimmer auf und waren miteinander beschäftigt. Doch ich wollte darüber nicht nachdenken, und so beschloss ich, mein Glück mit dem Gewehr zu versuchen.

Ich hatte mein Fenster ein wenig hochgeschoben. Das Licht war aus, und ich kniete auf dem Boden. Dabei hatte ich die Ellbogen auf den Fenstersitz gestützt und das Luftgewehr zwischen den beiden mittleren Gitterstangen in Anschlag gebracht. Das Gewehr war geladen und entsichert. Ich empfand solche nächtlichen Abschüsse jedes Mal als echte Herausforderung. Doch statt die Sichtverhältnisse zu verbessern, tauchte der Mond nur alles in ein trügerisches, unwirkliches Licht, das Schatten kreierte, wo gar keine waren, und es schwer machte, Entfernungen richtig abzuschätzen.

Ich verharrte etwa zwanzig Minuten fast reglos in dieser Stellung. Geduld ist alles. Plötzlich erschien mein alter Feind auf dem Rasen: der schwarz-weiße Kater mit dem lädierten Ohr. Ich erkannte ihn sogar im Mondlicht. Er war stark und agil, aber für eine Katze ungewöhnlich schwerfällig. Er zog eines seiner Hinterbeine nach. Ich bin ziemlich sicher, dass diese Verletzung auf einen nicht ganz sauber platzierten Schuss zurückzuführen war, den ich im Herbst 1988 auf ihn abgefeuert hatte.

Der Schaft des Gewehres ruhte an meiner Schulter. Ich versuchte, Kimme und Korn in eine Linie zu bringen. Die Katze blieb stehen, hob den Kopf, um zu lauschen. Ich konnte mein Glück kaum fassen.

Zu meinem Entsetzen hörte ich, wie eine Tür ins Schloss fiel und dann Schritte den Gang entlang kamen. Der Gewehrlauf fing an zu wackeln, und die Zielvorrichtung geriet völlig außer Kontrolle. Ich betätigte verzweifelt den Abzug. Die Tür zum Kinderzimmer ging auf. Das Deckenlicht flammte auf. Ich fuhr erschrocken herum. Ich vergaß sogar, nach der Katze zu schauen. Der Schuss war natürlich weit daneben gegangen.

»Mein Gott, Rumpy! Was machst du denn da?« Esmond stand schwankend in der Tür. Ich konnte den Whisky in seinem Atem vier Meter weit riechen. Bis auf ein Handtuch, das er sich um die Hüften geschlungen hatte, war er nackt. »Ist das etwa ein Gewehr?«

»Hm – ja. Es ist sogar *dein* Luftgewehr.«

»Gib her.« Er streckte die Hand aus und trat näher. »Los, mach schon. Das verdammte Ding ist gefährlich.«

Gegen eine tief sitzende Neigung zum Gehorsam ist schwer anzukommen. Ich gab ihm das Gewehr. Dann fragte er nach der Munition, und ich reichte ihm die Packung.

»Worauf schießt du eigentlich?«

»Auf Katzen. Bloß auf Katzen.«

»Machst du das oft?«

»Kommt drauf an.«

»Mein Gott. Ist dir eigentlich bewusst, was passiert, wenn du …« Er hielt inne, legte die Stirn in Falten. »Und seit wann machst du das schon?«

»Seit der Zeit, als du damals weg bist. Aber nur hin und wieder.«

»Aber jetzt bin ich wieder da. Jetzt kannst du wieder damit aufhören – okay?«

Ich nickte.

»Und triffst du die Viecher auch manchmal?«

»Ziemlich oft sogar«, erwiderte ich. Ich war stolz auf meine Schießkünste.

»Und knallst du sie richtig ab?«

»Ja, natürlich. Manchmal zumindest.«

»Und was machst du dann mit dem Kadaver?«

»Die liegen im Gebüsch«, sagte ich. »Was willst du hier eigentlich?«

»Ein Aspirin oder so was. Sonst habe ich morgen früh Kopfweh.« Er zögerte. »Und lässt du die toten Katzen etwa einfach so auf dem Boden liegen?«

»Oh, nein. Die vergrabe ich. Es besteht kein Grund zur Besorgnis, Esmond.«

Die Katzen befanden sich in diversen Stadien der Verwesung. Erst kurz vor dem Tod meiner Mutter hatte ich Grimalkins Grab geöffnet, um zu sehen, was von der Katze noch übrig war. Ich grub sogar doppelt so tief wie sonst, fand aber keinerlei Überreste eines Tierkörpers. Es wollte mir zwar scheinen, dass der Boden an der Stelle eine etwas andere Farbe hatte, aber das kann auch Einbildung gewesen sein. Aber natürlich sehen wir meist ohnehin nur, was wir zu sehen erwarten.

Ob man daraus schließen konnte, überlegte ich, dass auch Lilian bereits komplett verwest war? Ich war mir nicht sicher. Die größere Masse des menschlichen Körpers und der Sarg, in dem eine Leiche untergebracht ist, sollten eigentlich verbürgen, dass der Auflösungsprozess langsamer vonstatten geht.

Ich habe schon wieder den Faden verloren. Sobald man zu viele Fäden gleichzeitig verfolgt, kann es passieren, dass sich die Dinge verwirren und man hier und da den Überblick verliert. Die Katzen habe ich eigentlich nur wegen des kleinen Plausches erwähnt, den ich mit Alice zwischen den Büschen hatte. Deshalb ist mir die Geschichte wieder eingefallen.

Doch alles der Reihe nach. Nach dem Gespräch, das sie am Samstagmorgen unmittelbar nach dem Frühstück mit Esmond geführt hatte, rannte Alice aus dem Haus und suchte Zuflucht in dem schon mehrfach erwähnten Gebüsch. Das war am Samstag, dem 5. Oktober, dem zweiten vollen Tag ihres Aufenthalts in Finisterre.

Alle kamen mit den besten Vorsätzen zum Frühstück nach unten. Wir lächelten uns freundlich an und erkundigten uns wechselseitig, wie wir geschlafen hatten. Wenn einem sonst nichts einfällt, spricht man meist über das Wetter: In unserem Fall kreiste das Gespräch um die Tatsache, dass der Regen und der Wind über Nacht aufgehört hatten, dass aber weiterhin unbeständiges Wetter angesagt war; Alice teilte mit, dass trotz des grauen Himmels zurzeit ein frisches, aber mildes Lüftchen wehte; Bronwen berichtete uns, was sie dem Wetterbericht entnommen hatte; und Esmond sagte, dass er abends die Fensterläden zumachen wollte, um jedes Risiko auszuschließen. Als uns zum Wetter nichts mehr einfiel, machte sich ein peinliches Schweigen breit.

Die drei anderen hatten offenkundig beschlossen, dass offene Feindseligkeiten nicht der richtige Weg seien, um die Meinungsverschiedenheiten wieder zu beheben, zu denen es am Vortag gekommen war. Alice sah trotz der Misshelligkeiten des vergangenen Tages frisch und ausgeruht aus. Sie trug eine Jeans, Turnschuhe und einen hellblauen Pullover. Ihre legere Kleidung kontrastierte mit Bronwens Aufmachung. Esmonds Freundin war stärker geschminkt und eleganter gekleidet als sonst. Er selbst hatte tiefe Ringe unter den Augen und aß lediglich eine halbe Scheibe Toast, wirkte aber halbwegs entspannt. Ja, er gab sich sogar Mühe, sich von seiner angenehmen Seite zu zeigen.

»Ich habe da ein paar Briefe von Henry an Thomas' Mutter gefunden«, sagte er zu Alice. »Vielleicht möchtest du sie dir ja mal anschauen.«

»Meinst du jetzt sofort?«

»Was du heute kannst besorgen … Warum nehmen wir

unseren Kaffee nicht einfach mit ins Wohnzimmer? Dann kann ich sie dir zeigen.«

Was für Briefe? Ich hatte noch nie einen Brief von Henry gesehen. Gewiss hatte er zu dem Zeitpunkt, als er Alice adoptiert hatte, des Öfteren an meine Mutter geschrieben, aber meine Mutter hatte die Briefe nicht verwahrt. Mir fiel auf, dass Esmond nicht mehr so auftrat, als ob er in Finisterre lediglich eine Art Haushofmeister wäre. Ja, er tat nicht einmal mehr zum Schein so, als ob er für irgendetwas mein Einverständnis benötigte. Ich knabberte an meinem Toast herum, während er zwei Tassen auf ein Tablett stellte. Dabei nahm er nicht mehr Notiz von mir als von einer Fliege an der Wand oder von Grimalkin vor dem Kamin.

Nein – *nicht* Grimalkin. Wieso musste ich ausgerechnet in dieser Situation an sie denken? Grimalkin war doch schon lange tot. Sie gehörte zu einer anderen Zeit. Sie lag, den Bauch der Feuerstelle zugekehrt, lang ausgestreckt im Wohnzimmer auf dem Kaminvorleger, während ihre Flanke sich in kurzen Abständen hob und senkte. In meinen Träumen hielt ich die Mündung des Luftgewehrs noch bisweilen etwa zwei Zentimeter über das behaarte Dreieck ihres Ohrs. Sie öffnete die Augen, als ich gerade abdrückte.

Esmond und Alice gingen aus der Küche. Bronwen machte sich an der Spülmaschine zu schaffen. Ich murmelte etwas davon, dass ich meine Brille vergessen hätte, und verdrückte mich aus dem Raum. Ich glaube nicht, dass sie mein Weggehen überhaupt bemerkte. Die Wohnzimmertür war bereits geschlossen. Ich rannte nach oben in die Kinderstube.

Vor unerwünschten Besuchern brauchte ich keine Angst zu haben: Bronwen machte jedes Mal einen Höllenlärm, wenn sie nach oben kam, und die beiden anderen waren ja unten im Wohnzimmer. Ich machte mir nicht mal die Mühe, eigens ein Buch auf den Boden zu legen. Wenige Sekunden später hockte ich bereits auf allen vieren neben dem Sessel. Ich klappte die Ecke des Teppichs zurück, hob die Bodendiele an und schob den Kopf in den Hohlraum zwischen den Balken.

Ich hörte zwar Alice' Stimme, doch im Gegensatz zu Bronwen sprach sie so leise, dass ich sie nicht richtig verstehen konnte.

»Nein, überhaupt nicht«, sagte Esmond. »Wir haben uns gestern gründlich missverstanden. Mein Fehler. Ich wollte mich ohnehin noch deswegen entschuldigen.«

Wieder sagte Alice etwas.

»Sicher können wir das. Und wenn auch nur, um dem armen Thomas die Dinge nicht unnötig zu erschweren. Und da ist noch etwas, was ich dir sagen wollte …«

Dann senkte Esmond ebenfalls die Stimme. Die beiden redeten mehrere Minuten in dieser Weise. Es war zum Verrücktwerden. Ich schnappte einzelne Wörter auf, zum Beispiel meinen eigenen und Bronwens Namen, doch nichts, woraus ich auf den Inhalt des Gesprächs hätte schließen können. Das Einzige, was ich hörte, war ein unverständliches Gemurmel.

Dem Klang seiner Stimme nach zu urteilen, versuchte Esmond zunächst, Alice zu bezirzen. Dann wurde der Ton immer schärfer und härter, und die beiden sprachen schneller. Die Unterhaltung erinnerte mich an ein Tennisspiel zwischen zwei Kontrahenten, die es anfangs gemächlich angehen lassen, bis plötzlich ihr Wettbewerbsgeist erwacht und sie immer verbissener miteinander kämpfen.

»Nein, das werde ich nicht!«, sagte Alice plötzlich laut, deutlich und hörbar aufgebracht.

»Aber erscheint dir das nicht plausibel?«

»Nein, das finde ich überhaupt nicht plausibel. Du bist ja verrückt. Selbst wenn du der letzte lebende Mann auf der ganzen Welt wärst, würde ich dich nicht anrühren.«

Esmond senkte wieder die Stimme. Diesmal meinte ich einen drohenden Tonfall zu vernehmen. Alice reagierte auf diese und seine nachfolgenden Ausführungen sehr einsilbig.

»Überleg es dir«, sagte Esmond schließlich. »Überleg es dir gründlich – immerhin musst du jetzt für zwei denken.«

Dann wurde die Tür ziemlich laut zugemacht. Ich schob das Brett wieder an seinen Platz, glättete den Teppich und rappelte mich wieder auf. Dann stand ich da und hielt mich leicht keuchend an der Rückenlehne des Sessels fest. Mein linkes Knie tat weh, und ich hatte einen Schwindelanfall. Ich weiß nicht mehr, wie lange er dauerte. Sekunden? Minuten? In meinem Kopf ging alles kreuz und quer, und mir war speiübel. Esmond und Alice schienen entschlossen, die Situation eskalieren zu lassen. Ich war mir nicht sicher, ob ich das ertragen konnte.

Ich dachte sogar noch daran, meine Brille einzustecken, bevor ich wieder nach unten ging. Die Türen zum Arbeitszimmer und zur Küche waren zu. Ich ging ins Wohnzimmer, wo ich niemanden antraf, allerdings sah ich durch das Fenster gerade noch, wie Alice quer über den Rasen Richtung Einfahrt ging.

Ich geriet in Panik: Und wenn sie nun einfach wieder abreiste? Ich hatte den Gedanken kaum zu Ende gedacht, als mir auch schon diverse Einwände durch den Kopf schossen. Falls sie tatsächlich abzureisen gedachte, hätte sie doch ihre Sachen zusammengepackt, ihren Mantel angezogen und sich verabschiedet. Außerdem hätte sie ein Taxi bestellt, falls sie nicht wollte, dass Esmond sie fuhr.

Es sei denn, flüsterte mir eine Stimme zu, *Esmond hat ihr so viel Angst gemacht, dass sie nichts anderes mehr im Sinn hat, als von hier wegzukommen.*

Ich raste in die Halle hinunter und schlüpfte durch die Eingangstür nach draußen. Dabei hatte ich es so eilig, dass ich nicht mal den Mantel überzog, obwohl es ziemlich frisch war. Ich machte die Tür, so leise es ging, hinter mir zu. Ich wusste, dass Esmond mich suchen würde. Falls er seinen Willen bei Alice nicht hatte durchsetzen können, würde er natürlich versuchen, mich auf seine Seite zu bringen. Vermutlich war er davon ausgegangen, dass er mich noch in der Küche antreffen würde. Also blieb mir nur sehr wenig Zeit. Möglich, dass Bronwen genauso begierig war, etwas über den neuesten Stand der Dinge zu erfahren wie ich, doch würde er sich von ihr kaum lange aufhalten lassen.

Das Gras war mit schweren Tautropfen benetzt. Schon nach den ersten Schritten auf dem Rasen hatte ich kalte Füße. Als ich an mir herunterblickte, sah ich, dass ich noch meine Hausschuhe anhatte. Kurz darauf war mein Schuhzeug schon völlig durchnässt. Aber ich hatte keine Zeit, nochmals umzukehren und mir wetterfeste Schuhe anzuziehen.

Ich sah, wie zwischen den dunkelgrünen Blättern der Schneeballsträucher etwas Blaues aufblitzte, traute mich aber nicht zu rufen, weil ich Angst hatte, dass Esmond oder Bronwen mich hören könnte. Ich ging mit raschen Schritten auf das Gebüsch zu. Als ich näher kam, wich Alice einen Schritt zurück. Ich dachte, sie wollte weglaufen. Bei der Vorstellung, dass jemand vor mir die Flucht ergriff, musste ich unwillkürlich lächeln. Ich winkte ihr lebhaft zu. Zu meiner Erleichterung blieb sie stehen. Sie kam zwar nicht näher, verharrte aber, wo sie war. Ich ging eilends um einen der Sträucher herum, da ich wusste, dass man uns vom Haus aus hinter den Büschen nicht sehen konnte. Alice sah mich fragend an. Sie schluckte.

»Was willst du?«, fragte sie, und ihre Stimme klang rauer als sonst. »Hat er dich geschickt?«

»Nein. Alles in Ordnung?«

»Wie meinst du das?«

»Was ist denn passiert?«

»Bringt doch nichts, darüber zu sprechen.«

»Er hat dir Angst gemacht«, sagte ich.

Sie wandte sich ab.

»Ich kenne Esmond fast so lange, wie ich lebe. Siehst du die Steine dort im Gras? Die Steine mit den Streifen?«

Alice blickte zu Boden und sah dann wieder mich an. »Ja und?«

»Unter jedem der Steine befindet sich das Grab einer Katze.«

»Und?«

»Du verstehst nicht recht«, sagte ich. »Er knallt die Tiere mit einem Luftgewehr ab, das er in dem Schrank im Arbeitszimmer verwahrt. Dem großen Möbel links vom Kamin.«

Ich stieß mit dem Fuß den Stein beiseite, der das Grab unseres bis dato letzten Opfers, also des gelb-weiß-gefleckten Kätzchens, markierte, das erst seit neun oder zehn Monaten dort vergraben lag.

»Pass mal auf. Ich zeige es dir.«

Ich schob das lockere Erdreich mit dem Schuh zur Seite, bis es einen kleinen Haufen bildete. Dann blitzte etwas Weißes auf – wahrscheinlich der Schädel –, bevor das Erdreich wieder in das Loch rieselte.

»Um Gottes willen«, keuchte Alice. »Er hat gesagt, dass er mein Baby umbringt. Meinen Erben, verstehst du, meinen leiblichen Erben.«

Was für eine merkwürdige Art, über einen Fötus zu sprechen. Ich hörte, wie Esmond vorne auf dem Rasen nach mir rief.

»Thomas! Thomas, wo bist du? Hast du Alice gesehen?«

»Ich weiß nicht, was ich machen soll«, sagte Alice. »Ich weiß nicht, wie ernst es ihm ist.«

»Du solltest Esmond nie unterschätzen.«

»Aber er ist doch gar nichts«, erwiderte sie. »Er hat uns gegenüber keinerlei Ansprüche – und Bronwen genauso wenig. Wir brauchen den beiden doch bloß zu sagen, dass sie gehen sollen. Das Haus hier gehört uns. Und wenn sie sich weigern, rufen wir die Polizei.«

»Klingt sehr einfach, was du da sagst. Aber vergiss die Katzen nicht.«

»Was?«

»Vielleicht gehst du die Sache etwas zu rational an. Aber wer von uns verhält sich schon wirklich rational? Am allerwenigsten Esmond.«

»Schon möglich.« Dabei zuckte sie mit den Schultern, und ich hatte das Gefühl, dass sie im tiefsten Innern davon überzeugt war, dass jeder sich, wenn er nur will, rational verhalten könnte. Alice war in mancherlei Hinsicht tatsächlich noch ein Kind. Und dann fuhr sie fort: »Letzten Endes hängt doch alles von dir ab.«

»Thomas?«, schrie Bronwen. Sie klang weiter entfernt als Esmond; vielleicht hatte er sie in den oberen Teil des Gartens auf der anderen Seite des Hauses geschickt, um nach uns zu suchen. »Alice? Möchtest du noch einen Kaffee?«

Alice sah mich an und hob die Augenbrauen. »Na? Was sagst du dazu?«

In meinem Kopf überschlugen sich die Gedanken. *Um Gottes willen, jetzt fass schon einen Entschluss, Rumpy. So schwer kann das doch nicht sein.* Ich hörte Blätter rascheln und roch frischen Tabak. Esmond trat hinter dem Schneeballbusch hervor. Er erschien groß, attraktiv und distinguiert. In seinem Blazer, der grauen Flanellhose und mit seinen glänzenden schwarzen Schuhen bot er einen beeindruckenden Anblick.

»Ach, da seid ihr ja. Und wie vertreiben wir uns heute den Tag?«

Manchmal hat die Verzweiflung auf den Menschen eine merkwürdige, unvorhersehbare Wirkung. Ich hatte schon immer geglaubt, dass Esmond von seiner psychischen Konstitution her imstande war, jemanden umzubringen, freilich nur widerstrebend und wenn die Umstände ihm überhaupt keine andere Wahl ließen. Ich wusste noch, was er in unserer Kindheit am Bicknor College mit Miss Broadbent-Brown angestellt hatte – in gewisser Weise war der damalige Psychoterror fast schlimmer gewesen, als wenn er sie umgebracht hätte. Hinzu kommt: Die meisten Menschen würden jemandem, der LSD verkauft, gewiss nur einen geringen moralischen Kredit einräumen.

All diese Todesfälle. Wie gern würde ich sie ungeschehen machen: Stephen Sandwell und seinen armen Vater, aber auch Tante Imogen und meine Mutter eingeschlossen. Und natürlich die kleine Lizzy.

Nicht dass damit etwas bewiesen wäre. Beweise sind so schrecklich kalt und rational. Was hat ein Beweis denn mit wirklichen Menschen zu tun? Außerdem will ich ja gar nichts beweisen, weil das die Dinge nur noch zusätzlich erschweren würde. Denkbar ist auch, dass sich jemand dadurch verletzt fühlen würde. Und willentlich verletzen konnte ich noch nie jemanden. Auch meinen lieben Esmond konnte ich nie willentlich verletzen.

Esmond war der Meinung, dass ich ihn am Abend des 13. Mai 1967, einem Samstag, verraten hatte. Er muss angenommen haben, dass ich versucht hatte, zwei Fliegen mit einer Klappe zu töten. *Töten?* Aber es war doch ein Unfall. Niemand stellte das in Frage.

Der ganze Tag war höchst unerfreulich verlaufen. Am Morgen wachte ich mit einem Kater von dem Whisky auf, den Esmond mir am Vorabend verabreicht hatte. Ich erschien als Letzter unten zum Frühstück. Niemand nahm irgendeine Notiz von mir, als ich in die Küche trat. Lilian und meine Mutter, von denen ich eigentlich erwartet hatte, dass sie während Esmonds Besuch ihre Feindseligkeiten einstellen würden, waren damit beschäftigt, sich gegenseitig zu piesacken. Ich ließ mich auf meinen Stuhl sinken.

»Ich wäre dir sehr verbunden, wenn du den Eimer mit den schmutzigen Windeln nicht immer im Bad stehen lassen würdest, meine Liebe«, sagte meine Mutter gerade. »Kein sehr angenehmer Geruch. Und auch nicht gerade hygienisch.«

»Aber ich kann sie doch sonst nirgends hintun«, entgegnete Lilian und starrte auf ihren Teller.

»Wieso verwahrst du sie nicht oben im Kinderzimmer? Das wäre doch für alle wesentlich angenehmer.«

»Aber das wäre nicht gut für Alice. Säuglinge in diesem Alter können sich noch sehr leicht infizieren.«

Meine Mutter kicherte. »Aber der Eimer hat doch einen Deckel.«

»Trotzdem – man kann nie wissen.« Lilian blickte auf. »Aber ich könnte den Eimer natürlich in das andere Schlafzimmer stellen. Das wird doch ohnehin nie benutzt.«

»Nein, meine Liebe. Ich glaube nicht, dass das sehr sinnvoll wäre.« Meine Mutter zeigte kurz ihre Zähne und startete dann aus einer ganz anderen Richtung einen Überraschungsangriff. »Dabei fällt mir ein: War das zufällig deine Milchschale, die ich gestern Abend in der Spüle entdeckt habe?«

»Ich konnte sie leider nicht mehr abspülen, weil Alice plötzlich angefangen hat zu weinen.«

Während Lilian noch sprach, fing Alice wieder an zu schreien. Lilian schob ihren Stuhl zurück und rannte aus dem Raum.

»Wann schreit die Kleine eigentlich nicht?«, fragte meine Mutter, ohne sich an jemand Bestimmten zu wenden.

»Sie hat Blähungen, sonst nichts. Deshalb lässt man ja Babys nach dem Essen auch Bäuerchen machen. Aber das scheint die junge Mutter noch nicht zu wissen.«

Ich versuchte meinen Toast herunterzuwürgen, doch die Krümel blieben mir im Hals stecken, deshalb stellte ich meine Bemühungen nach ein paar Bissen ein. Die beiden anderen tranken Tee. Dann hörte das Weinen auf. Als ob sie die ganze Zeit auf dieses Signal gewartet hätte, atmete meine Mutter laut aus und hob herausfordernd den Kopf.

»Nun gut. Ich fahre heute Morgen in die Stadt. Und was habt ihr so vor?«

Esmond und ich sahen uns an. Er hob die Schultern.

»Dann kümmert euch doch um die Bücher im Schulzimmer«, schlug meine Mutter vor. »Wolltet ihr zwei nicht Regale bauen? Warum messt ihr nicht heute einfach die Wände aus und überlegt euch, was ihr alles braucht?« Sie hielt kurz inne. »Und wegen der Kosten braucht ihr euch keine Gedanken zu machen. Für das Holz und die übrigen Sachen, die ihr braucht, komme ich auf.«

Sie lehnte sich auf ihrem Stuhl zurück und wartete auf eine Bekundung unserer Dankbarkeit. Esmond verwandte seine ganze Konzentration darauf, seine Serviette zusammenzulegen.

»Danke, Mutter«, sagte ich.

»Übrigens«, fuhr sie dann fort und sah Esmond an. »Ich werde heute Abend auswärts essen. Hat Thomas dir das schon gesagt? Ich habe Tante Ada versprochen, ihr bei der Bewirtung des Erzdiakons beizustehen. Der Mann ist neu, und seine Frau soll eher mühsam sein. Aber ich stelle euch eine Kasserolle in den Backofen.«

»Oh, gut«, sagte ich. Der Auflauf meiner Mutter gehörte zu Esmonds absoluten Lieblingsgerichten.

Nach dem Frühstück begaben Esmond und ich uns mit einem Messband in das Schulzimmer. Esmond saß rauchend in dem einzigen Sessel, während ich versuchte, die Wand auszumessen, die wir mit Bücherregalen bestücken wollten. Wir hörten, wie meine Mutter sich im Haus zu schaffen machte. Etwas später steckte sie den Kopf zur Tür herein.

»Braucht ihr irgendwas aus Kinghampton, Jungs?«

»Nein, danke«, sagte ich. »Wir haben uns noch nicht ganz entschieden.«

»Ich bin nicht sehr lange weg. Ich lass mir nur das Haar machen.«

Sie sah Esmond an und zog sich dann zurück. Kurz darauf hörten wir, wie der Wagen ansprang.

»Endlich«, sagte Esmond. Er warf seine Zigarette in den leeren Kamin und stand auf. »Ich möchte mit Lilian sprechen.«

»Wenn es um das Geld geht, kannst du dir die Mühe sparen. Sie wollte mir davon nicht mal was für das Geschäft geben. Und ich brauchte nur ein paar hundert.«

»Das ist was anderes. Hier handelt es sich um einen Notfall.«

Ich schüttelte den Kopf. »Du kennst sie nicht.«

»Fragen kostet nichts. Los, komm schon, Rumpy.«

»Aber ich kann doch ohnehin nichts tun.«

»Kannst du doch. Ich möchte, dass du zuerst reingehst, falls sie Alice gerade stillt oder so. Danach lässt du uns allein.«

Doch wir trafen Lilian ohnehin in der Halle an. Es sah ganz so aus, als ob Alice eingeschlafen war und Lilian sich etwas Tee holen wollte. Esmond zwinkerte mir zu und folgte ihr in die Küche. Trotz der immensen Schwierigkeiten, in denen er steckte, zeigte er sich völlig unbekümmert, ja sogar galant: Wie Robin Hood lehnte er es entschieden ab, sich durch irgendetwas einschüchtern zu lassen.

Ich ging nach oben, da ich nicht den Eindruck erwecken

wollte, dass ich die beiden belauschte. Oben auf der Treppe hatte ich eine Idee. Ich öffnete leise die Tür zum Sterbezimmer. Der muffige Geruch meines toten Vaters schlug mir entgegen. Ich schaltete auf Mundatmung um und trat – instinktiv auf Zehenspitzen – in den Raum. Ich weiß nicht, wem ich meine Anwesenheit verheimlichen wollte. Der große Schrank stand links an der Wand, direkt daneben befand sich die Tür zu der kleinen Kammer.

In der Tür des Kleiderschranks steckte noch der Schlüssel. Als ich an dem Türknauf drehte, ging die Tür auf. Ich taumelte zurück und sah einen kleinen Mann, der ebenfalls zur Seite sprang. Während ich noch nach Luft schnappte, vermochte ich das Geheimnis zu lüften. Wobei es sich gar nicht um ein Geheimnis handelte, sondern lediglich um einen Spiegel auf der Innenseite der Tür.

Die Jacken und Anzüge meines Vaters hingen in Reih und Glied an der Kleiderstange. Um sie vor Staub zu schützen, hatte meine Mutter sie mit Bettlaken und alten Morgenmänteln drapiert. Ich inspizierte die Seitenwände, den Boden und das Wäschefach oben im Schrank. Ja, ich schaute sogar auf der Rückseite nach. Doch vergeblich. Falls Esmond die Wahrheit gesagt hatte, woran ich nicht zweifelte, musste er das LSD irgendwo zwischen den Kleidern meines Vaters versteckt haben.

Ich durchsuchte rasch sämtliche Taschen, keine sehr angenehme Beschäftigung, konnte die Drogen aber nicht finden. Ich zwang mich, einen neuen Versuch zu unternehmen; diesmal klopfte ich vor allem das Innenfutter der Kleider gründlich ab. Ich fing an zu schwitzen und zu husten und fand den Schmutz an meinen Fingern kaum erträglich. Als ich gerade eine Sportjacke abtastete, berührte ich mit dem Handrücken die Rockschöße einer Frackjacke, die unmittelbar daneben hing. Dabei verspürte ich auf der anderen Seite des Materials einen Widerstand. Als ich den Stoff befingerte, entdeckte ich, dass ein mit kleinen Objekten gefüllter Beutel darin versteckt war. Bis dahin hatte ich keine Ahnung gehabt, dass es Frackjacken gibt, bei denen in den Rockschößen kleine Taschen eingenäht sind.

In der Tasche steckte eine schlichte braune Papiertüte, in der mehrere Dutzend kleine Tabletten verstaut waren. Sie waren nicht speziell verpackt und erinnerten mich eher an die Süßigkeiten, die wir früher nach Gewicht bei den Atkinsons gekauft hatten. Ich nahm eine der Tabletten heraus und legte sie auf meine Handfläche. Wirklich erstaunlich, dass diese kleine orange Scheibe das Potenzial hatte, das ganze Leben eines Menschen zu verändern. Hier schien es in der Tat keinen nachvollziehbaren Zusammenhang zwischen Ursache und Wirkung mehr zu geben.

Oh Gott. Jemand kam eilig die Treppe herauf. Ich schob die Tüte wieder in die Fracktasche und schloss die Schranktür. Dann ging ich hastig zu der halb geöffneten Zimmertür. Lilian erschien oben auf der Treppe. Ihr Gesicht war bleich, und hinter ihren Brillengläsern hatte sie die Augen weit aufgerissen.

»Was ist denn?«, fragte ich.

Sie ignorierte mich und ging ins Kinderzimmer. Ich trat aus dem Sterbezimmer, machte die Tür leise hinter mir zu und ging auf Zehenspitzen bis zum Anfang der Treppe.

»Thomas«, flüsterte Lilian hinter mir.

Ich drehte mich um. Sie winkte mich ins Kinderzimmer. Ich versuchte mir eine harmlose Erklärung für meinen Besuch im Sterbezimmer auszudenken.

»Der Kleinen geht es Gott sei Dank gut«, sagte sie und wies mit dem Kopf auf das Kinderbett. »Ich hab schon gedacht, dass er ihr vielleicht was angetan hat. Oder sogar *du*. Aber so etwas würdest du doch nicht tun, nicht wahr?«

»Wovon sprichst du überhaupt?«

»Von Esmond natürlich«, zischte sie. »Er ist verrückt. Er

wollte mich dazu bringen, dass ich ihm Alice' Geld leihe. Und als ich nicht wollte, hat er gedroht, ihr was anzutun. Was ist überhaupt los?«

»Tut mir Leid. Ich begreife gar nichts.« Ich verkrampfte die Hände in den Taschen.

»Red doch keinen Quatsch.« Lilian funkelte mich wütend an. »Er erzählt dir doch alles. Es geht um Drogen, richtig?«

»Na ja – sozusagen. Ja.«

Sie setzte mir ihren langen weißen Zeigefinger auf die Brust. »Alice ist auch dein Kind. Also sag es mir gefälligst. Wozu braucht er das viele Geld?«

Ihr Fingernagel fühlte sich wie die Spitze eines Messers an. Lilian hatte sämtliche Energien in sich aktiviert. Ich suchte innerlich nach einer Entschuldigung für die Kapitulation, um die ich, wie ich wusste, ohnehin nicht herumkommen würde. Was machte es schon aus, wenn ich es ihr sagte? Sie wusste doch ohnehin schon von Esmonds Dealerei. Und wenn sie die Wahrheit erfuhr, würde sie vielleicht auch begreifen, wie dringend Esmond auf ihre Hilfe angewiesen war. Also erzählte ich ihr von dem Acid, das die Polizei beschlagnahmt hatte, und von den Kriminellen, die an Esmond ein Exempel statuieren wollten.

»Schön und gut, aber das ist sein Problem«, sagte Lilian. »Es ist ohnehin höchste Zeit, dass er sich endlich mal fängt und was Gescheites aus seinem Leben macht. Deshalb will ich auch nicht, dass er Alice' Pate wird.«

Der unverhoffte Themenwechsel verwirrte mich. Andererseits gehörte die Patenwahl tatsächlich zu derselben Problematik – also der Frage nach Alice' Zukunft –, mit der Lilian sich bereits seit der Schwangerschaft geradezu zwanghaft befasste.

»Ich weiß, dass du am liebsten Esmond als Paten hättest. Aber das lasse ich jetzt erst recht nicht mehr zu. Er ist einer solchen Aufgabe nicht gewachsen. Deshalb werde ich Henry bitten.«

»Na gut«, erwiderte ich und kam ihr in der Hoffnung, sie in der viel wichtigeren Frage noch umstimmen zu können, ein wenig entgegen. »Ein Geistlicher ist natürlich eine gute Wahl. Und sicher würde Tante Ada sich freuen. Aber vielleicht kannst du Esmond wenigstens das Geld leihen. Er gibt es dir doch zurück, sobald er seine Wohnung verkauft hat.«

»Nein. Du hättest ihn mal hören sollen, Thomas. Er hat uns bedroht. Dich nicht – aber Alice und mich.«

»Ach, ich kann mir nicht vorstellen, dass er das ernst gemeint hat.«

Sie zuckte mit den Schultern. »Natürlich hat er es nicht direkt gesagt. Er ist ja nicht blöde. Aber er hat einige ziemlich miese Andeutungen gemacht.«

»Anscheinend ist er zurzeit etwas durcheinander. Fünfzehnhundert Pfund sind eine Menge Geld.«

»Mir hat er was von tausend gesagt.«

»Vermutlich wollte er dich nicht mit sämtlichen Details behelligen.«

»Und woher will er das restliche Geld nehmen? Etwa Drogen verhökern?«

»Unter anderem – ja.«

»Hat er etwa was von dem Zeug mit nach Finisterre gebracht?«

»Hm – ja.«

»Und mir hat er geschworen, dass er nichts dabei hat. Ich möchte dieses Zeug nicht in der Nähe meines Babys haben.«

Ihre Besorgnis war mir nicht ganz nachvollziehbar. Ja, ich war fast versucht, sie an die Umstände zu erinnern, unter denen sie Alice empfangen hatte. Schließlich war unser eigenes Kind ein LSD-Baby.

»Ist ja gut«, sagte ich. »Du brauchst dir keine Sorgen zu machen. Er hat den Stoff im Sterbezimmer deponiert. Die Trips sind dort im Schrank versteckt.«

»Kannst du nicht etwas leiser sprechen? Jetzt hör mal zu, Thomas. Ich will ihn hier nicht im Haus haben. Er macht nur Ärger.«

»Ach, so ein Unsinn. Außerdem ist er doch hier zu Hause.«

Alice wurde plötzlich unruhig. Drei Sekunden später fing sie auch schon an zu schreien.

»Da siehst du, was du wieder angerichtet hast.«

»Oh, Entschuldigung«, sagte ich.

»Einfach unglaublich, sie spürt ganz genau, dass ich aufgewühlt bin«, murmelte Lilian. »Du gehst jetzt besser.«

Ich schob mich rückwärts aus dem Kinderzimmer und schloss die Tür hinter mir. Ich hörte, wie der Schlüssel einmal herumgedreht wurde, und wusste, dass ich ausgeschlossen war. Außerdem wusste ich, dass Esmond unten auf mich wartete. Ich zog die Hände aus den Taschen und öffnete sie. Dann beäugte ich die orange Pille, die wie ein aggressiver Fleck in meiner linken Hand glühte.

Als ich nach unten kam, saß Esmond bereits wieder im Schulzimmer im Sessel.

»Hat sie es dir erzählt?«, fragte er.

Ich nickte. »Tut mir Leid. Ich habe wirklich versucht, sie umzustimmen.«

»Blöde Zicke«, sagte er leise.

»Und was willst du jetzt machen?«

»Mir bleiben kaum noch Alternativen.« Er stand auf. »Aber wenigstens dir kann ich trauen. Das ist schon mal etwas.«

»Sicher kannst du das.«

»Dann komm und steh Schmiere.«

Wir sahen uns kurz in die Augen. Hier und da kommt man

in einer Freundschaft an einen Punkt, wo die Wege sich ohne weiteres trennen können. Wir hatten gerade einen solchen Punkt passiert und waren trotzdem noch Freunde. Esmond sah mich lächelnd an. Dann gingen wir zum Schlafzimmer meiner Mutter hinauf. Er fand ihre Schmuckschatulle in einer Schublade ihrer Frisierkommode.

»Ich glaube, sie hat ihren Schmuck zum größten Teil auf der Bank deponiert«, sagte ich. »Sie hat nämlich Angst vor Einbrechern.«

»Verdammt, das Zeug ist echt nichts wert.«

Trotzdem ließ er ein paar Ringe in seiner Tasche verschwinden. Dann gingen wir wieder nach unten und schlichen ins Arbeitszimmer. Esmond setzte sich an den Schreibtisch und fing an, die Schubladen aufzureißen.

»Früher oder später wird sie merken, dass die Ringe weg sind«, sagte ich. »Nächste Woche. Nächsten Monat.«

»Vielleicht brauche ich die Klunker ja gar nicht. Aber das Risiko muss ich eingehen.«

Dann wühlte er weiter in den Schubladen herum. Schließlich brachte er ein neues Scheckheft und ein Kuvert mit dem Kontoauszug vom vergangenen Monat zum Vorschein. Das Scheckheft, das sie zurzeit benutzte, hatte meine Mutter sicher in ihrer Handtasche.

»Früher hat sie noch einen Ordner mit Aktienzertifikaten und diversen Papieren in dem Schreibtisch verwahrt. Außerdem ihr Sparbuch. Und dann noch eine große goldene Taschenuhr mit einer schweren Kette.«

»Die stammt noch von meinem Vater«, erklärte ich. »Möglich, dass sie das ganze Zeug in einem Banktresor deponiert hat.«

»Oh, Gott.« Esmond blickte zuerst den Kontoauszug und dann mich an. Ich hatte in seinem Gesicht noch nie eine solche Verzweiflung gesehen. Er stützte die Ellbogen auf den Schreibtisch und nahm den Kopf zwischen die Hände.

»Wieso fälschst du nicht einfach einen Scheck? Du kannst ja vorher ihre Unterschrift üben.«

Er blickte nicht auf. »Vielleicht.«

»Nimm doch einfach ein paar Schecks hinten aus dem neuen Scheckheft. Wie viel ist denn noch auf dem Konto?«

»Ungefähr dreihundert. Denkbar, dass die Bank den Scheck platzen lässt, wenn er nicht gedeckt ist.«

»Na ja. Kleinvieh macht auch Mist.«

»Oh verdammt, Rumpy! Verstehst du denn nicht? Wenn die Bank Nachforschungen anstellt, bin ich doch der Erste, auf den ein Verdacht fällt.« Trotzdem zog er drei Schecks aus der Hülle und schob sie in seine Tasche. »Komm, gehen wir«, sagte er. »Ich halte es hier nicht mehr aus. Wir brauchen jetzt erst mal eine kräftige Dosis Feuerwasser.«

Wir aßen in einem Gasthaus ein Stück abseits an der Küste zu Mittag. Esmond sprach dem Alkohol reichlich zu, die erhoffte Inspiration wollte sich allerdings nicht einstellen. Der Schankraum war fast leer. Es handelte sich um eines jener Lokale, die nur im Sommer drei Monate lang zum Leben erwachen. Wir redeten kaum. Es gab nichts zu sagen.

Wir gingen, als der Wirt uns dazu aufforderte. Draußen stiegen wir in den Wagen. Esmond starrte aufs Meer hinaus. Von der See blies uns ein überraschend kalter Wind entgegen, wie man ihn eigentlich eher im März und nicht im Mai erwartet hätte. Während wir so dasaßen, fing es an zu regnen.

»Kannst du den Wagen nicht verkaufen?«, fragte ich.

»Muss ich wahrscheinlich. Aber ich kriege dafür nicht so viel, wie er wert ist. Ich hab nicht mal einen Fahrzeugbrief. Scheiße, Scheiße, Scheiße!«

Esmond ließ den Motor an und steuerte den laut röhrenden Wagen vom Parkplatz auf die Straße. Auf dem Heimweg geriet der Morris Minor ein paar Mal derart ins Schlingern, dass ich mich an meinem Sitz festklammerte und die Augen schloss.

»Ich muss mich ins Ausland absetzen«, sagte Esmond. »Ja, das wird das Beste sein. Ich versuche, so viel Kohle wie möglich aufzutun, und dann verdrücke ich mich mit dem restlichen Acid ins Ausland.«

Ich sah ihn verblüfft an. »Wann?«

»Morgen verschwinde ich erst mal aus Finisterre, und am Montag oder Dienstag haue ich dann aus England ab. Früher schaffe ich es nicht – ich muss nämlich noch eine Bank aufsuchen und einen Pfandleiher und einen Juwelier. Oh, und natürlich den Wagen verkaufen. Gott sei Dank habe ich wenigstens meinen Pass dabei. Mach mir mal bitte 'ne Zigarette an.«

Ich griff mir seine Jacke, die hinten auf dem Rücksitz lag, und kramte aus der Tasche eine Packung Senior Service und ein Heftchen Zündhölzer hervor. »Weißt du, dass in der Schachtel nur noch eine Kippe drin ist?«, sagte ich, doch er antwortete nicht. Ich gab ihm die Zigarette. »Und wohin willst du gehen?«

»Vielleicht fürs Erste nach Irland. Oder nach Frankreich. Natürlich würde ich gerne in die Staaten gehen, aber dafür braucht man Geld.«

So fuhren wir weiter dahin. Mir standen Tränen in den Augen.

»Egal – nur weg von hier«, sagte Esmond. Er sah mir ins Gesicht, und ich roch seine Fahne. »Aber eines Tages wächst Gras über die Sache. Wirst schon sehen.«

Kurz darauf kamen wir nach Ulvercombe. Auf den letzten Kilometern hatte es immer stärker angefangen zu regnen. Das Auto schlingerte an der Kirche und dem Forley Arms vorbei. Esmond hielt vor Atkinsons Laden an und ging hinein, um Zigaretten zu kaufen. Er ließ das Auto einfach mitten auf der Straße stehen. Auf der Gegenspur hätte kaum ein Motorrad Platz gehabt.

Ich hielt in beiden Richtungen nach anderen Verkehrsteilnehmern Ausschau. Solche Situationen habe ich schon immer gehasst. Wirklich unangenehm, wenn andere Leute sauer reagieren. Wie gedankenlos von Esmond. Ich fühlte mich äußerst unwohl in meiner Haut, egal, ob wir nun ein anderes Fahrzeug behinderten oder nicht. Ich starrte durch die Windschutzscheibe an dem roten Rechteck der Telefonzelle vorbei, die das Ende des Dorfes markierte. Weiter hinten lagen Finisterre und Blackberry Water, die Ulvercombe-Bucht und das Meer. Vor der Telefonzelle stand ein purpurroter Kinderwagen.

Dann wurde die Fahrertür wieder geöffnet, und Esmond stieg in den Wagen.

»Siehst du den Kinderwagen dort drüben?«, fragte ich. »Müsste eigentlich der von Alice sein.«

»Wirklich?«

»Wollen wir sie mitnehmen?«

»Gegen Alice habe ich ja nichts. Aber gegen ihre Begleitung.« Dann stimmte er ebenso laut wie unmelodiös die erste Strophe eines alten Kinderliedes an.

»Aber Lilian wird doch klitschnass, wenn sie bei diesem Wetter zu Fuß geht.«

»Und wenn schon.« Esmond ließ den Motor an. »Das ist ihr Problem, nicht meins. Außerdem haben wir gar nicht genug Platz für den Kinderwagen.«

Abends um drei viertel sieben erschien meine Mutter im Wohnzimmer. Sie stand in der Tür und erwartete unsere Komplimente. Sie hatte eine frische Dauerwelle, war gebadet, sorgfältig gekleidet und parfümiert. Sie trug ein neues Kleid, das sie sich zu Ehren des Erzdiakons und seiner Frau eigens zugelegt hatte.

»Gut siehst du aus«, sagte ich schließlich.

Esmond sagte gar nichts; Lilian war mit Alice oben im Kinderzimmer.

»Ich habe versprochen, etwas früher zu kommen und noch bei den Vorbereitungen zu helfen. Die arme Ada findet solche Anlässe immer sehr belastend.«

»Ich hoffe, du hast einen schönen Abend.«

»Eigentlich fahr ich ja nur hin, um Ada zu helfen. Besonders lustig wird der Abend sicher nicht. Also dann ... die Kasserolle braucht noch ungefähr eine Stunde. Das Essen dürfte leicht für euch drei reichen. Ihr müsst nur noch die Kartoffeln kochen und den Tisch decken. Geschält sind die Kartoffeln schon. Sie sind in dem großen Topf mit dem Holzgriff. Hast du das verstanden?«

»Ja, Mutter.«

Am Ende machten wir uns nur zu zweit über die Kasserolle her. In der Form waren Rindfleischstücke und farblose, weich gekochte Gebilde aufgeschichtet, bei denen es sich einmal um Wurzelgemüse gehandelt haben musste. Esmond murmelte »Drecksfraß«, als er die Bescherung sah. Wir aßen hauptsächlich Kartoffeln und Sauce und spülten die Pampe mit Whisky und Wasser herunter. Zum Nachtisch gab es noch eine Art Rosinenpudding, den ich auf Esmonds Anraten größtenteils in eine alte Zeitung wickelte.

Lilian verzichtete klugerweise ganz auf das Essen, das meine Mutter vorbereitet hatte. Während wir aßen, kochte sie sich ein Ei und machte sich einen Toast. Gleichzeitig brachte sie auf der Arbeitsfläche ein Tablett mit Geschirr und Besteck in Position.

»Ich hoffe, du gehst nicht meinetwegen nach oben«, sagte Esmond.

Sie musterte ihn mit einem katzenartigen, verächtlichen Gesichtsausdruck und sagte zu mir: »Ich möchte bloß Alice im Auge behalten.«

»Geht es ihr nicht gut?«, fragte ich.

»Sie hat furchtbar gefroren, als ich heute Nachmittag mit ihr unterwegs war. Ich fürchte, sie hat sich was eingefangen.«

»Soll ich dir später was zu trinken raufbringen?«

Sie bat um einen Becher Kakao mit Milch. Esmond erzählte etwas von mobilen Milchbars, was sie ebenfalls mit Schweigen quittierte.

»Ich glaube, ich schlafe heute Nacht lieber im Kinderzimmer«, sagte Lilian, als sie mit dem Tablett aus der Küche ging. »Falls Alice mich braucht. Ich hab das Bett schon hergerichtet.«

Ich schloss die Tür hinter ihr.

»Sie hat Angst«, sagte Esmond und lächelte.

Als wir fertig gegessen hatten, setzte ich Milch für den Kakao auf und ging nach draußen, um den Rosinenpudding in den Mülleimer zu werfen. Bei meiner Rückkehr stand Esmond über den Herd gebeugt; zwischen seinen Lippen hing eine Zigarette.

»Wäre fast übergekocht deine Milch«, sagte er. »Wo warst du denn die ganze Zeit?«

»Tut mir Leid. Er ist mir runtergefallen, deshalb musste ich –«

»Was ist dir runtergefallen?«

»Der Rosinenpudding. Deshalb musste ich –«

»Ach, vergiss es.«

Ich rührte den Kakao in der Lone-Ranger-Tasse an und brachte ihn dann zu Lilian nach oben. Während der Kaffee durchlief, spülte ich das Geschirr. In der folgenden Stunde passierte so gut wie gar nichts. Esmond und ich saßen im Wohnzimmer. Er rauchte einen Joint, was er an diesem Ort bislang noch nie getan hatte. Ich fühlte mich so unglücklich wie selten zuvor; ja, ich war vor lauter Besorgnis und Kummer fast krank. Wir sprachen nicht über die Zukunft.

Esmond wollte überhaupt nicht reden. Er saß da, rauchte und starrte auf seine Hände, als ob er sich von seinen Fingern die Lösung all seiner Probleme erhoffte.

Plötzlich hob er den Kopf. »Ich glaube, ich poliere mal wieder ein bisschen meine Fähigkeiten als Fälscher auf.«

»Kann ich dir dabei helfen?«

Er schüttelte den Kopf und erhob sich mit dem glimmenden Joint in der Hand. Zwischen seinen Augenbrauen erschienen zwei senkrechte Falten.

»Das mach ich am besten in meinem Zimmer. Sicher ist sicher.«

Auf dem Weg zur Tür stieß er mit dem Bein gegen die Armlehne des Sofas.

»Bist du sicher, dass du damit nicht lieber bis morgen früh warten solltest? Ich meine, bis du wieder etwas fitter bist?«

Er drehte sich abrupt um. »Hör auf, hier den Schulmeister zu spielen, Rumpy!«, brüllte er. »Ich habe weiß Gott andere Sorgen.«

Dann stürmte er aus dem Zimmer. Ich saß reglos da. Seine Wut lähmte mich buchstäblich. Dass Esmond wütend auf mich war, kannte ich sonst gar nicht. Ich hörte ihn die Treppe hinaufgehen. Dann fiel die Tür zu seinem Zimmer zu. Nimm es nicht persönlich, sagte ich mir. Er hat es bestimmt nicht so gemeint; er ist nur etwas durcheinander und merkt nicht, wie sehr ich mich bemühe, ihm zu helfen.

Ich zog in meinem Sessel die Beine auf die Sitzfläche und hielt meine Knie umklammert. In dieser Stellung muss ich wohl zehn Minuten verharrt sein. Ja, es gelang mir sogar, meine Gedanken frei umherschweifen zu lassen und mich nicht ausschließlich auf mein Elend zu fixieren. Plötzlich fiel mir ein, dass Esmond mich womöglich brauchte, dass er vielleicht annahm, dass ich sauer sei. Wieso ging ich nur so achtlos mit der kostbaren Zeit um, die ich vielleicht noch mit ihm verbringen konnte?

Ich ging leise die Treppe hinauf. Sämtliche Schlafzimmertüren waren geschlossen. Ringsum war es so still, als ob ich allein zu Hause wäre. Doch plötzlich fand ich nicht mehr den Mut, Esmond zu stören. Ich trat in das Zimmer, das ich gemeinsam mit Lilian bewohnte. Bei offener Tür setzte ich mich auf mein Bett. Ich versuchte zu lesen, doch meine Augen wanderten von dem Buch unwillkürlich immer wieder auf den Gang hinaus. Ich konnte den Anfang der Treppe und die Tür zum Sterbezimmer sehen. Einmal glaubte ich, jemanden wimmern zu hören: ein geschlechts- und altersloser Laut, der so schwach war, dass es auch der Wind hätte sein können.

Dann ging eine Tür auf. Draußen auf dem Gang waren Schritte zu hören, und Lilian erschien in der Tür unseres Zimmers. Ihr Haar war ganz wirr, als ob sie mit den Fingern immer wieder kreuz und quer hindurchgefahren wäre. Ich wartete darauf, dass sie etwas sagte. Sie machte den Mund auf, wieder zu und dann wieder auf. Dabei sah sie mich die ganze Zeit mit gefurchter Stirn an: nicht abweisend, sondern überrascht, als ob sie eigentlich jemand anderen auf meinem Bett erwartet hätte.

»Lilian? Alles in Ordnung?«

Ihre Augen waren schwarz und glänzten wie Tropfen feuchter Tinte. »Jetzt geht das *wieder* los«, sagte sie. »Stephen hat es ja gesagt.«

»Stephen ist tot.«

»Hat doch damit nichts zu tun. Wie hat er es gemeint? Ach ja: Flash … Flash hat er es genannt …«

Ich stand auf, ganz langsam, um sie nicht zu erschrecken.

»Er hat gesagt, dass es immer wiederkommen kann. Oh Gott, hoffentlich hört es bald wieder auf.«

Ihr Blick wanderte von meinem Gesicht über meinen Körper bis zu meinen Füßen hinunter. Der Teppich schien sie plötzlich außerordentlich zu faszinieren. Kein sonderlich schöner Teppich: ein rosafarbener Hintergrund, auf dem sich mit geradezu ermüdender Regelmäßigkeit braune und grüne Blumen abwechselten. Wieder öffnete sie den Mund und brachte lediglich ein ungläubig-staunendes O hervor.

»Lilian? Lilian?«

Sie schien mich nicht zu hören, betrachtete vielmehr aufmerksam den Sessel. »Hast du schon gewusst, dass Holz sich bewegt?«

»Nein.«

»Vielleicht ist das auch nur so bei dem Holz, aus dem Möbel gemacht werden.« Sie grub ihre gespreizten Finger in ihren Oberschenkel und zog die Hand dann wie eine Harke mehrmals nach oben. »Ja, ich mache mir Sorgen«, sagte sie. »Ich habe nur leider vergessen, warum.«

»Ist mit Alice alles in Ordnung?«, fragte ich.

»Alice?« Gerade noch hatte sie fast flüsternd gesprochen, doch jetzt schlug ihre Stimme beinahe in ein Kreischen um. »*Alice*? Was ist mit ihr?«

Sie drehte sich um und stolperte aus dem Zimmer. Ich folgte ihr auf dem Fuß. Draußen auf dem Gang blieb sie so abrupt stehen, dass ich mit ihr kollidierte. Esmond stand in der Tür zum Kinderzimmer. Mit der einen Hand hielt er die Tür fest, mit der anderen stützte er sich gegen den Rahmen. In dem Zimmer hinter ihm war es dunkel und völlig still. Er blickte uns lächelnd entgegen.

»Ah, da seid ihr ja«, sagte er immer noch lächelnd. »Ich habe nur gedacht, dass ich Alice schreien höre. Was ist denn los?«

»Lilian sagt, sie hat das Gefühl, als ob sie auf Trip wäre … dass sie gerade einen Flash hat oder wie man das nennt.«

Im Haus war alles still. Selbst der Wind hatte aufgehört. Es kam mir vor, als ob Lilian nicht mehr atmete. Esmond wollte anscheinend gar nicht mehr aufhören zu lächeln. Offenbar amüsierte er sich glänzend.

»Warum gehen wir nicht einfach ins Sterbezimmer?«, sagte er. »Sonst wecken wir noch das Baby.«

Neunzehn

Das Summen in meinem Kopf ließ sich nicht mehr ignorieren.

Esmond hatte beschlossen, dass wir Alice unsere viel gepriesene Küste und ein paar pittoreske Dörfer zeigen wollten. Auf dem Heimweg nach Finisterre wollten wir dann in Kinghampton Station machen und im Mermaid Hotel zu Mittag essen. Als er diesen Entschluss verkündete, hielten wir uns gerade alle vier im Wohnzimmer auf. Wir tranken Kaffee und taten so, als ob zwischen uns alles zum Besten stünde.

»Kein besonders schöner Tag für einen Ausflug, Liebling«, ließ Bronwen verlauten. »Und es soll sogar noch schlechter werden.«

»Aber das ist es doch gerade«, erwiderte Esmond. »Wir wollen Alice die Gegend hier so zeigen, wie sie wirklich ist. Natürlich hat sie ihren ganz eigenen Reiz. Zweifellos. Trotzdem ist das hier keine Postkartenidylle und auch ganz anders, als die Touristen es vielleicht erleben. Wir leben hier nämlich in einer ziemlich brutalen Gegend.«

»Brutal«, sagte Alice. Mir fiel auf, dass sie es seit dem Gespräch, das sie nach dem Frühstück mit Esmond geführt hatte, vermied, ihn anzusehen.

»Ja, früher hat es hier mal viele Strandräuber gegeben. Die Kerle haben falsche Signallichter aufgestellt und die Handelsschiffe vom Weg abgebracht und an den Felsen zerschellen lassen.« Er kramte seine Zigaretten hervor und fügte genüsslich hinzu: »Am Strand hat sich der Brandy aus den angespülten Fässern dann mit dem Blut der Seeleute vermischt. Auch in der Ulvercombe-Bucht lagen damals einige Wracks.«

Alice sah mich fragend an. Ich nickte.

»Übrigens«, fuhr Esmond fort, »deine Mutter hat eine Menge über die Strandräuber gewusst. Das kannst du doch bestätigen, Thomas, nicht wahr? Hast du eigentlich noch welche von Lilians Büchern?«

»Möglich. Aber nicht in meinem Zimmer. Es könnten noch welche in den Teekisten sein.«

»Thomas hat mindestens ein Dutzend Teekisten voller Bücher«, sagte Esmond zu Alice. »Oben unter dem Dach auf einem der Speicher. Manchmal frage ich mich, wie lange die Zwischendecke das Gewicht noch trägt. Eigentlich totale Platzverschwendung.«

Während Esmond sprach, sah Bronwen uns abwechselnd an und ließ den Blick dann wieder auf Esmonds Gesicht ruhen. Ich glaube, sie vermutete, dass irgendetwas passiert war. Liebe kann zwar blind machen, sie kann den Blick aber auch außerordentlich schärfen.

Eine Viertelstunde später zogen wir warme Mäntel an und marschierten Richtung Garage.

»Ich fahre nur schnell den Wagen raus«, sagte Esmond.

Die Garage war klein und der Volvo groß. Esmond quetschte sich zwischen dem Auto und der Wand hindurch. Wir Übrigen standen daneben und sahen zu. Mir fiel auf, dass auf der uns zugewandten Seite zwischen dem Wagen und der Wand zwei feuchte Flecken auf dem Betonfußboden zu sehen waren. Merkwürdig, dass es dort feucht ist, dachte ich. Esmond hatte den Betonfußboden nämlich selbst gegossen und schien sehr stolz darauf zu sein. Erst vor einigen Tagen hatte er noch gesagt: »Der Boden ist jetzt wirklich knochentrocken. Merkwürdig, was so ein bisschen Beton ausmacht.« Unter diesen Umständen konnte es sich bei den feuchten Flecken also eigentlich nur um noch nicht ganz getrocknete Fußabdrücke handeln, die jemand früher am Morgen dort hinterlassen hatte.

Der Anlasser fing zwar an zu arbeiten, doch der Wagen sprang nicht an. Offenbar etwas mit den Zündkerzen. Esmond versuchte es abermals, wieder vergeblich. Die Batterie klang nach meinem laienhaften Verständnis allerdings kräftig genug. Er versuchte es noch dreimal und stieg dann wieder aus.

»Tut mir Leid«, sagte er. »Könnte an der hohen Luftfeuchtigkeit liegen. Am besten, ihr geht wieder ins Haus, und ich schau nach, was mit dem Auto los ist.«

Wir Übrigen gingen wieder ins Haus. Bronwen sagte, dass sie noch Gemüse für das Abendessen zu putzen habe – oder sogar für das Mittagessen, falls der Wagen nicht anspringen sollte. Alice bot ihr an, ihr zu helfen, und die beiden Frauen verschwanden in der Küche.

Einer plötzlichen Eingebung folgend, stieß ich die Tür zum Arbeitszimmer auf. In dem Raum war es völlig still. In der Luft hing ein Geruch von Politur und Tabak. Auf dem Schreibtisch standen lediglich das Telefon und ein Aschenbecher. Mein Blick fiel auf den Schrank, der links vom Kamin stand. Das Möbel war vielleicht einszwanzig hoch und nahm die ganze Breite des Alkovens ein. Es war genauso alt wie Finisterre selbst.

Wohl jeder von uns lässt sich in seinem Tun bisweilen von spontanen Regungen leiten. Dabei spalten wir uns gewissermaßen in zwei Personen auf, von denen die eine das Unerwartete tut, während die andere dabei überrascht und nicht selten besorgt zusieht.

Ich ließ die Zimmertür offen, ging um den Schreibtisch herum und zog auf der rechten Seite die zweite Schublade von unten heraus. Die Lade kam völlig geräuschlos zum Vorschein. Darin war ein Schlüsselbund verwahrt. Lauter kleine Schlüssel, die zu irgendwelchen Kisten, Schubladen und Schränken gehörten. An einigen hingen sogar noch die gelben Schildchen, die mit Bindfadenenden daran befestigt waren. Auf einem der Schildchen war in der Handschrift meiner Mutter *Schrank Arbeitszimmer* vermerkt.

Im Haus war alles still. Als ich die Schranktür aufschloss, drang von draußen der Lärm des ächzenden Volvo-Anlassers zu mir herein. Das Luftgewehr lag im obersten Fach. Munition war offenbar keine da, jedenfalls sah ich nichts dergleichen, aber das störte mich nicht weiter. Ich berührte die Waffe nicht einmal. Dann machte ich die Schranktür wieder zu, ließ sie aber unverschlossen und legte die Schlüssel wieder in die Schreibtischlade.

Die Halle erschien mir wie ein rettender Ort: Als ich dort eintrat, verschmolzen die beiden Aspekte, in die ich mich aufgespalten hatte – also der beobachtende und der handelnde Teil meiner Persönlichkeit –, wieder zu einer Einheit. Ich ging ins Wohnzimmer und schnappte mir eine von Bronwens Illustrierten. Ich starrte auf das Titelblatt: eine Frau mit leuchtend roten Lippen und fast unnatürlich weißen und ebenmäßigen Zähnen. Dann fiel die Eingangstür ins Schloss, und ich hörte, wie Esmond durch die Halle ging. Er kam ins Wohnzimmer.

»An der Feuchtigkeit liegt es nicht«, sagte er. »Wahrscheinlich die Benzinpumpe.«

»Kannst du sie reparieren?«

»Dazu müsste ich das ganze Ding auseinander nehmen.« Er hielt mir die geöffneten Hände entgegen; sie waren mit Öl verschmiert. »Ich glaube, das lasse ich lieber machen. Dazu ist das Leben zu kurz.«

»Dann können wir also nicht fahren?«

»Nein. Wir müssen uns irgendwie selbst beschäftigen, vielleicht Karten spielen oder so was.« Er beugte sich zu mir herunter, und ich roch Öl und Tabak und spürte seinen

Atem an meinem Ohr. »Und du hältst dich gefälligst an die Spielregeln, Rumpy, verstanden. Wie gesagt: Das Leben ist einfach zu kurz für solche Sachen.«

Er sah mich lächelnd an und ging dann weg. Das Summen in meinem Kopf nahm noch etwas zu.

Um die Mittagszeit rüttelte der Wind bereits an den Fensterläden.

»Sieht nicht gut aus«, sagte Esmond. »Fast ideales Wetter für Strandräuber. Echt unangenehm.«

Nach dem Essen ging ich nach oben in mein Zimmer. Ich machte die Tür zu, rollte den Teppich zurück und entfernte die Bodendiele. Aber ich wollte nicht lauschen, diesmal nicht. Vielmehr schob ich den Ärmel meines Pullovers hoch und langte mit dem Arm in einen der Zwischenräume zwischen den Balken. Ich berührte mit den Fingern eine kalte runde Dose und zog sie aus dem Versteck hervor. Die Dose war mit Staub bedeckt. Auch diesmal fand ich sie überraschend schwer.

Nachdem ich am Boden wieder alles in Ordnung gebracht hatte, setzte ich mich und machte die Dose mit einem Papiertaschentuch sauber. Ein paar Mal Wischen reichte bereits, und schon war der vertraute blaue Deckel mit dem Bild einer Wespe in der Mitte deutlich zu erkennen. »500 Eley Wasp«: 500 Wespenstiche aus Blei und – zumindest in einer idealen Welt – 500 vorzeitig verendete Katzen. Ich öffnete die Dose und rührte mit dem Zeigefinger in den silbrigen Bleikugeln herum. Mein Reservevorrat. Als Esmond das Gewehr konfisziert hatte, hatte er auch die Dose mit der Munition an sich genommen, die ich bis dahin benutzt hatte. Möglich, dass er sie versteckt hatte; ebenso gut könnte er sie aber auch einfach weggeworfen haben. Wenigstens hatte er nicht gefragt, ob ich noch mehr Kugeln in meinem Besitz hatte. Folglich hatte ich es ihm verschwiegen.

Jemand klopfte an meine Tür. Ich stand auf und hätte fast die Kugeln verschüttet. Ich schob die Dose zwischen die Armlehne und die Sitzfläche meines Sessels.

»Herein.«

Alice trat ein. Ich hatte mir schon gedacht, dass sie es sein musste, da weder Esmond noch Bronwen vorher geklopft hätten.

»Thomas«, sagte sie. »Hast du zufällig meinen Schlüssel gesehen?«

»Welchen Schlüssel?«

»Für die Tür zu meinem Schlafzimmer. Gestern Abend war er noch da.«

»Du kannst ja meinen nehmen, wenn du möchtest.«

Sie warf einen Blick auf das Schloss meiner Tür. »Aber der ist ja auch nicht da.«

Ich stand auf, und wir traten in den Gang hinaus. Im gesamten ersten Stock fehlten in sämtlichen Türen die Schlüssel.

»Merkwürdig«, sagte ich. »Gestern waren sie also noch da?«

»Zumindest meiner.«

Wir gingen wieder in die Kinderstube. Alice setzte sich in meinen Sessel. Sie verschränkte die Hände vor dem Bauch.

»Wenn einer von uns beiden Esmond darauf anspricht«, sagte ich nachdenklich, »könnte es so aussehen, als ob –«

Alice brachte mich durch eine Handbewegung zum Schweigen. »Ja, ich weiß.«

»Und wenn du von innen einen Stuhl unter die Türklinke schiebst?«

»Findest du, dass ich hysterisch reagiere? Ich habe schon gehört, dass schwangere Frauen manchmal merkwürdige Fantasien haben …« Sie strich sich das Haar mit den Fingern zurück. »Ach, ist ja völlig lachhaft.«

»Keine Ahnung«, sagte ich. »Ich hab keinen Schimmer.«

»Aber du kennst ihn doch schon dein ganzes Leben. Du musst doch wissen, wie er ist.«

Ich stand am Fenster und schaute in den Garten hinunter. In dem Gebüsch neben der Auffahrt wiegten sich die Sträucher im Wind. Auf dem Rasen lagen abgefallene Blätter, und von der grauen See schoben sich dunkle Wolken landeinwärts. Ich fühlte mich durch die Situation schlicht überfordert, auf ein mir unbekanntes Territorium gedrängt. Immerhin war das hier mein Fenster, mein Haus, mein Garten.

»Er ist im Gefängnis gewesen«, sagte ich. »Bronwen übrigens auch, glaube ich.«

»Und weshalb?«

»Wenn ich es recht interpretiere, hat sie ihren Freund aus Eifersucht umgebracht. Dabei hat sie ihm einen Bratenspieß ins Auge gestoßen. Totschlag, nehme ich an.«

»Oh Gott.« Alice verknotete ihre Finger. »Und Esmond? Was hat der getan?«

»Er war in eine große Betrügerei verwickelt. Eine Mehrwertsteuergeschichte. Dürfte rund zehn Jahre her sein. Außerdem haben sie ihn in den Sechzigern mal verknackt, weil er LSD verkauft hat und wegen Diebstahl – er hat meine Mutter damals um ein paar Sachen erleichtert. Sie hat ihn daraufhin aus unserer Familie verstoßen. Verdammt viktorianisch, was?«

»Klingt in meinen Ohren völlig einleuchtend«, erwiderte Alice.

»Die Geschichte hat ihn damals, glaube ich, furchtbar verletzt. Immerhin war er hier zu Hause, und sie hatte ihn bis dahin wie einen Sohn behandelt. Woraus er wohl gewisse Hoffnungen abgeleitet hatte, wie man so sagt. Eine Zeit lang hat sie ihn mir sogar vorgezogen.«

»Entscheidend ist doch: Hat er schon mal physische Gewalt angewendet? Weißt du zufällig, ob er bislang nur Katzen oder auch schon mal einem Menschen was getan hat?«

Ich zuckte mit den Schultern. Ich blickte in den Garten hinaus, sah Alice nicht an. »Mir hat er jedenfalls nie was getan.«

»Aber anderen Leuten?«, fragte Alice hartnäckig. »Wolltest du das damit andeuten?«

»Manchmal. Ich weiß noch, dass es da in unserer Schule mal einen Jungen gab. Aber das war nicht etwa sadistisch oder so was. Nicht, dass du dir falsche Vorstellungen machst. Esmond tut alles, was er tut, stets aus gutem Grund.«

»Mit *gutem* Grund?«, schnaubte Alice. »Und der gute Grund ist natürlich immer genau das, was seinem Vorteil dient, was?«

»Aber das ist doch fast immer gemeint, wenn jemand sagt, dass er etwas aus gutem Grund tut.«

»Er hat heute Morgen etwas Merkwürdiges zu mir gesagt. Deshalb habe ich mir überlegt, ob er vielleicht schon früher mal einen guten Grund gesehen hat, jemanden umzubringen.«

Ich schwieg.

»Los, sag schon«, drängte sie mich.

»Natürlich sind da ein paar Personen, die ziemlich früh von uns gegangen sind«, erwiderte ich bedächtig. »Zum Beispiel seine Schwester. Die kleine Lizzy. Man hätte ihn damals gewiss nicht gebeten, ganz hier zu bleiben, wenn sie noch am Leben gewesen wäre. Meine Mutter konnte nämlich Babys nicht ausstehen.«

»Und was ist seiner Schwester passiert?«

»Sie war noch sehr klein. Heute würde man ihr trauriges Geschick vielleicht als plötzlichen Kindstod bezeichnen. Ich habe den Sarg selbst gesehen. Ganz winzig. Fast wie ein Spielzeug.«

»Oh, das tut mir Leid.« Alice musste meine Qualen gespürt haben. »Jetzt setz dich doch erst mal.«

Ich kauerte mich auf den Fenstersitz. Bronwen ging gerade unten am Haus vorbei. Sie trug einen großen Korb mit Holzscheiten. Ich stellte mir vor, was für starke und muskulöse Arme sie haben musste. Sie blickte nicht zu meinem Fenster hinauf.

»Und dann hat es da noch ein paar weitere Situationen gegeben. Und andere Leute.« Ich sah Alice an. »Oder vielleicht … Ach, keine Ahnung. Woher soll ich das wissen? Am besten, wir schweigen darüber. Lass es einfach gut sein. Bringt uns beiden nichts – weder dir noch mir. Und Beweise hat man auch nie gefunden.«

»Meine Mutter?«, flüsterte sie atemlos. »Meinst du, er hat meiner Mutter was angetan?«

Als Lilian zu schreien anfing, legte Esmond den Arm um sie. Sie verstummte augenblicklich. Ihre Pupillen waren so groß, dass ihre Augen fast schwarz erschienen. Sie erstarrte und sah plötzlich aus wie eine Schaufensterpuppe. Er führte sie in das Sterbezimmer.

»Ganz ruhig, ist ja schon gut«, sagte er zu ihr. »Kein Grund zur Panik. Befolge nur meine Anweisungen.«

Völlig mechanisch sagte ich: »Und alles auf Erden wird gut sein.«

In dem dunklen Kinderzimmer fing Alice an zu schreien. Lilian begann zu stöhnen und versuchte sich aus Esmonds Armen zu winden.

»Ganz ruhig«, flüsterte Esmond ihr ins Ohr. »Thomas kümmert sich um Alice. Er ist doch ihr Daddy.«

»Nein, lass mich zu ihr«, sagte Lilian.

»Augenblick noch. Nur Geduld.«

Die Brille rutschte ihr von der Nase, und Esmond zertrat sie dummerweise, als er sie ins Sterbezimmer schob.

»Los, bring mir schon ihre Handtasche«, sagte er zu mir. »Und dann schau gefälligst nach dem verdammten Baby.«

»Aber Esmond –«

Ich hatte kaum angefangen zu sprechen, da hörte ich, wie Lilian sagte: »Was? *Verdammt*? Mein Baby ist nicht verdammt.«

Ohne auf ihre Worte einzugehen, erklärte Esmond mit leiser Stimme: »Sie wird es später nicht bereuen. Sie weiß doch ganz genau, dass sie sonst schon sehr bald noch so einen Flash bekommen wird. Und zwar wieder und wieder.«

»Das meine ich doch gar nicht.«

»Ich will nicht, dass Alice in die Hölle kommt!«, kreischte Lilian. »Lasst mich zu ihr.«

Sie klammerte sich mit einer Hand außen am Türrahmen fest. Esmond fluchte. Klauenartige Fingernägel suchten auf dem lackierten Holz verzweifelt einen Halt. Lilian stieß keuchend ein ums andere Mal die Worte »Baby« und »verdammt« hervor. Ich sah, wie das Blut aus ihren Fingern wich, als sie sich verzweifelt an dem Holz festklammerte.

»Dumme Zicke«, sagte Esmond.

Er schälte ihre Finger gewaltsam einzeln von dem Türrahmen. Lilians Stimme klang plötzlich ganz heiser, aller sanfteren Nuancen beraubt, bis sich ihrer Kehle nur noch hässliche, schrille Töne entrangen. Dann war die Hand verschwunden und Esmond ebenfalls. Die Tür fiel ins Schloss. Ich sah die Kratzspuren auf dem Holz – oder meinte zumindest, solche Spuren zu sehen. Als ich später nochmals nachsah, waren sie allerdings verschwunden.

»Verdammt«, hörte ich aus dem Sterbezimmer, doch jetzt, da das Wort durch die Tür gedämpft wurde, klang es gar nicht mehr so schlimm. *»Baby!«*

Alice' Geschrei erinnerte inzwischen an das an- und abschwellende Gejaule eines Polizeiautos. Ich schloss die Tür zum Kinderzimmer, um die Lautstärke ein wenig zu reduzieren, und ging dann eilends in das Schlafzimmer, das ich gemeinsam mit Lilian benutzte. An dem üblichen Platz auf dem Toilettentisch konnte ich ihre Handtasche nicht entdecken.

Deshalb suchte ich mit zunehmender Verzweiflung nach der Tasche: neben dem Bett, im Kleiderschrank, auf dem Stuhl. Irgendwann ging ich wieder ins Kinderzimmer und schaltete dort das Licht ein. Das Schreien war ohrenbetäubend. Ich sah die Tasche sofort: Sie stand auf dem Tisch am Kopfende des Gitterbetts.

Ich sah auch Grimalkin: Sie hockte unter dem Tisch und fühlte sich anscheinend pudelwohl, weil sie sich an diesem Ort eigentlich gar nicht aufhalten durfte. Wir hatten beide in dem Zimmer nichts zu suchen, doch sie beäugte mich mit einer Geringschätzung, die zu implizieren schien, dass ich hier der einzige Eindringling sei. Ich spuckte in ihre Richtung.

»Warte nur«, sagte ich. »Du elende Kreatur. Du dreckiger Sukkubus.«

Das Summen in meinem schmerzenden Kopf wurde wieder lauter. Ich machte eine unkontrollierte Handbewegung und stieß dabei die Lone-Ranger-Tasse um, die neben der Tasche auf dem Tisch stand. Die Tasse fiel zu Boden, zerbrach aber nicht. Das Baby schrie.

Zitternd vor Wut ging ich über den Gang. Die Tür zum Sterbezimmer war zu. Ich klopfte an. Einen Augenblick später nahm Esmond die Handtasche entgegen. Obwohl ich Lilian nicht sehen konnte, hörte ich sie schluchzen.

»Bring Alice um Gottes willen nach unten«, murmelte Esmond. »Irgendwohin, wo Lilian sie nicht hören kann.«

»Nein!«, schrie Lilian plötzlich mit ihrer merkwürdigen neuen Stimme. Allerdings glaube ich nicht, dass sie mit mir oder mit Esmond sprach. »Du Idiot, dort kannst du sie nicht hinlegen. Auf den Steinen ist doch Blut, siehst du das nicht?«

Esmond seufzte und schloss die Tür. Im Kinderzimmer

entdeckte ich, dass Grimalkin noch immer neben dem Bett hockte. Diesmal ignorierten wir uns einfach. Alice lag – unter einem Berg von Decken begraben – auf dem Rücken in ihrem Bettchen. Ihr Gesicht war rot angelaufen, die Augen hatte sie zugepresst. Sie kreischte weiterhin unaufhörlich. Bis dahin hätte ich mir niemals vorstellen können, dass in einem so kleinen Körper so viel Wut gespeichert sein konnte.

»Pssst«, sagte ich leise. »Pssst – bitte.«

Alice schien mich nicht zu hören. Ich beugte mich über ihr Bettchen und berührte sie sanft an der Schulter, erzielte damit jedoch keinerlei Wirkung. Ich schob ihr die Hände unter die Achseln und hob sie schwungvoll hoch. Dabei überschätzte ich den nötigen Kraftaufwand, weil ich sie für viel schwerer hielt, als sie wirklich war. Sie schoss in die Höhe, und ihr Kopf wurde zuerst nach hinten und dann nach vorne geschleudert. Das Schreien war augenblicklich vorbei, vermutlich vor lauter Erstaunen. Dann lehnte ich sie an meine Schulter, wie ich es bei Lilian gesehen hatte, und klopfte ihr behutsam auf den Rücken.

Nun passierte zweierlei gleichzeitig: Alice musste aufstoßen, während an ihrem unteren Ende ein gedämpftes Grummeln erscholl. Ich bemerkte, dass sie unterhalb der Taille völlig nass war. Wieder fing sie an zu schreien.

»Nein!«, kreischte Lilian nebenan im Sterbezimmer. *»Nein, nein, nein!«* Die Silben waren so klar voneinander getrennt wie einzelne Hammerschläge.

Ich ging mit Alice auf dem Arm die Treppe hinunter. Ich wusste nicht, was ich tun sollte. Die ganze Situation war so unerfreulich, dass ich am liebsten angefangen hätte zu heulen. Wieder dieses Summen in meinem Kopf – fast ein Rauschen. Zuerst ganz leise wie das monotone Plätschern ferner Wellen. Doch dann wurde der Summton mit jedem Schritt schriller und schriller. Trotz des irritierenden Geräusches hatte ich nicht vergessen, was Esmond von mir erwartete: dass ich mich mit Alice aus Lilians Hörweite entfernte. Ich nahm an, dass er Lilian dazu bringen wollte, ihm einen Scheck über die tausend Pfund auszustellen. Als Gegenleistung würde er ihr gewiss eine Wiedervereinigung mit Alice in Aussicht stellen. Doch solange Lilian Alice schreien hörte, konnte sie sich natürlich nicht auf die nächstliegenden Dinge konzentrieren. Zumindest nicht in ihrem derzeitigen Zustand. Nicht solange sie völlig außer sich war.

Die Küche befand sich vom Sterbezimmer aus gesehen am anderen Ende des Hauses. Außerdem war es dort warm. Ich wusste noch, dass meine Mutter häufig gesagt hatte, dass Säuglinge unbedingt Wärme brauchen. Also ging ich durch die Halle, während Alice mir ins Ohr schrie und Lilian über mir kreischte. Dabei überlegte ich, was ich anstellen musste, um eine Windel zu wechseln.

Plötzlich hörten das Schreien und das Kreischen auf. Ein paar Sekunden lang herrschte im Haus völlige Stille. Dann wurde die Stille durch ein lang gezogenes Schrillen der Türglocke zerrissen.

Der Summton in meinem Kopf wurde immer lauter. Ich weiß nicht mehr, wie lange ich in der Halle stand und die Eingangstür anstarrte. Alice lag wie ein feuchtes warmes Bündel an meiner Schulter. Dann fing die Glocke wieder an zu klingeln. Esmond erschien oben an der Treppe.

»Du musst aufmachen«, flüsterte er. »Sag, dass Lilian außer Haus ist und dass du dich derweil um das Baby kümmerst, kapiert?«

Dann verschwand er wieder. Ich ging mit Alice auf dem Arm langsam zur Tür. Als ich gerade dort ankam, klingelte die Glocke zum dritten Mal. Ich entriegelte die Tür und öffnete sie.

Draußen herrschte ein merkwürdiges graues Dämmerlicht, und ich konnte vier dunkle Gestalten erkennen. Von einem Auto war nichts zu sehen. Die Besucher, die mir allesamt fremd waren, kamen näher und traten in das Licht, das aus der Halle nach draußen drang. Noch bevor ich etwas sagen konnte, drängten sie sich – je zwei zu beiden Seiten – an mir vorbei ins Haus.

»Mr. Penmarsh, richtig?«, sagte einer von ihnen, ein groß gewachsener Mann in einer Lederjacke. Er roch nach toten Tieren und Whisky. »Mr. Thomas Penmarsh?«

Dann waren da noch zwei andere Männer, die jünger waren als der Erste. Sie hatten mächtige Schnauzbärte, wie sie manchmal auf Bildern südamerikanischer Revolutionäre zu sehen sind. Die vierte Person war eine Frau von Mitte vierzig. Auch sie hatte einen Schnurrbart, der es freilich in puncto Üppigkeit mit der Manneszierde ihrer Kollegen nicht aufnehmen konnte.

»Wir sind von der Polizei, Sir.«

Der groß gewachsene Mann nannte einen Namen – vermutlich seinen eigenen. Klang wie »Heaven« oder »Hebburn«. Dann hielt er mir ein Blatt Papier unter die Nase. Ich konnte den Text nicht lesen, weil der Mann zugleich mit mir sprach und auch Alice wieder zu schreien anfing.

»Nach oben«, sagte Heaven-oder-Hebburn zu mir.

Ich bekam kaum noch Luft. Die Frau, deren Gesicht im Profil an ein Hackbeil erinnerte, nahm mir Alice weg. Alice brüllte lauter denn je. Ich ging die Treppe hinauf: links von mir der groß gewachsene Mann, rechts einer der Schnauzbärte. Die beiden anderen blieben unten in der Halle. Der groß gewachsene Mann sagte etwas zu mir, was ich aber wegen Alice' Geschrei und des Summens in meinem Kopf nicht verstehen konnte. Ich wünschte, dass Esmond mir irgendwie helfen würde, doch der war gar nicht mehr da. In der Ferne hörte ich ein mysteriöses Trommeln, das an ein hysterisches Tamtam im tiefsten Urwald erinnerte.

In der Kinderstube war alles dunkel, und die Tür stand

einen Spaltbreit offen. Oben im Gang allerdings hatte ich das Licht angelassen.

»Ist das eine Brille?«, fragte der Schnauzbart und zeigte auf die Glasstücke und das verbogene Drahtgestell am Boden.

Ich nickte.

»Das machen wir später.« Heaven-oder-Hebburn öffnete die Tür zum Sterbezimmer. »Zuerst kümmern wir uns mal um den Schrank dort drüben und um den verdammten Radau.«

Im Sterbezimmer trommelte jemand gegen Holz. Wo war Esmond nur geblieben? Alice weinte. Nur wegen dieser blöden Hackbeil-Frau.

»Machen Sie den Schrank auf«, schnauzte der groß gewachsene Mann mich an.

Ich sah ihn verständnislos an. Der Schnauzbart trat vor und schob den Riegel zur Seite. Die Tür flog auf.

»Jesus«, sagte einer der beiden und stieß einen Pfiff aus.

Die beiden Männer traten in Aktion; ich wich ein paar Schritte zurück. Zwischen ihren mächtigen Schultern hindurch konnte ich in das dunkle Innere des Schrankes blicken, das an die Lagerstatt eines Tieres erinnerte. Und dann war auch das Tier selbst zu erkennen: bleichgesichtig und wimmernd hockte es auf allen vieren in seinem Gefängnis. Es hatte lange, staksige Extremitäten und sah mit dunkel glänzenden Augen zwischen völlig zerwühlten Haaren hervor – Lilian, meine Frau. Der Summton in meinem Kopf schwoll so laut an, dass der Lärm fast mein Hörvermögen überstieg.

Alice kreischte vor Wut, als ob die Hackbeil-Frau sie mit einer Nadel gestochen hätte. Lilian kam geradezu aus dem Schrank herausgeflogen und schoss zwischen den beiden Männern hindurch. Der Jüngere wollte sie aufhalten, doch sie schlug ihm die Fingernägel in die Wange. Der Polizist stieß einen Schrei aus und hob abwehrend die Hand. Lilian schoss an mir vorbei zur Tür hinaus. Die beiden Männer rannten ihr nach und schoben mich dabei wie ein Stück Treibholz auf einer Welle vor sich her.

Gewissermaßen im Vorbeiflug sah ich, wie Grimalkin aus dem Kinderzimmer auf den Gang hinausflitzte. Die Katze läuft sicher vor Esmond weg, dachte ich, also muss Esmond noch im Kinderzimmer sein. Oder ob das Tier seinem Frauchen hinterherrannte? Jedenfalls prallten Grimalkin und Lilian oben an der Treppe zusammen. Alice schrie unten in der Halle, und Lilian folgte blindlings dem Sirenenruf ihrer Tochter.

Grimalkin war vielleicht eine Zehntelsekunde vor Lilian an der Treppe. Der Zusammenstoß der beiden erfolgte mit jener surrealen Unausweichlichkeit, die das Lächerliche mit dem Tragischen gemein hat. Grimalkins behaarter Körper wickelte sich um Lilians rechten Unterschenkel. Die Katze fing an zu kreischen.

Lilian geriet ins Stolpern. Plötzlich war sie nicht mehr die Mutter, die ihrem Kind zu Hilfe eilt. Auch ein richtiger Mensch war sie nicht mehr, ebenso wenig Hexe oder Frau oder ein außer sich geratenes verzweifeltes Tier. Vielmehr war sie eine Puppe, die die Treppe hinunterpurzelte, eine Akrobatin aus dem Spielzeugland.

Lilians Kopf schlug auf einer Stufe auf. Zwar konnte ich den Aufprall des Schädels auf dem Holz nicht sehen, doch ich hörte das Krachen. Und das kannte ich ganz genau: Denn ich hörte es jedes Mal, wenn ich den Abzug des Luftgewehrs betätigte.

Ich stand oben an der Treppe und blickte hinunter. Lilian lag – mit dem Gesicht nach oben – halb auf der Treppe, halb auf dem Boden unten in der Halle. Ein Zucken ging durch ihren Körper, als ob ein Stromschlag sie getroffen hätte. Dann lag sie völlig reglos da.

Der groß gewachsene Mann in der Lederjacke stieß mich beiseite und rannte die Treppe hinunter. Alice brüllte auf dem Arm der Hackbeil-Dame. Der jüngere Mann direkt neben mir hatte zwei Blutstreifen auf der Wange.

»Bitte legen Sie ihr etwas über das Gesicht«, flüsterte ich.

Dann sah ich, wie Esmond plötzlich auf der anderen Seite hinter dem blutenden Mann stand. Ich war erleichtert, ihn zu sehen, hatte allerdings hochgradig Angst um ihn. *Hau ab,* wollte ich sagen, *hau ab, solange es noch geht.*

Der Mann in der Lederjacke, der sich über Lilians Leiche gebeugt hatte, blickte auf. »Da ist Chard«, sagte er. »Greift ihn euch.«

»Du kleiner Judas«, sagte Esmond, ohne die Hand an seinem Arm, die fremden Leute, das Stimmengewirr, das Kreischen und Weinen weiter zu beachten. Genauso gut hätten wir zwei ganz allein im Haus sein können.

Er hätte mir besser trauen sollen. Sein Judas war Lilian gewesen.

»Bitte decken Sie ihr Gesicht zu«, sagte ich. Dann wandte ich mich ab – von Lilian, von Alice, von Esmond.

Zwanzig

Ich sah Alice an, die mit gesenktem Kopf in meinem Sessel saß, und hoffte, dass sie nicht anfangen würde zu weinen. Im Gang wurde eine Tür zugemacht. Zwei Personen gingen die Treppe hinunter. Ungefähr zwanzig Minuten zuvor waren Esmond und Bronwen nach oben gekommen, um ihr gewohntes Mittagsschläfchen zu machen; jetzt gingen sie wieder nach unten.

»Angeblich hat die Polizei damals einen anonymen Tipp bekommen«, fuhr ich fort. »Obwohl die Londoner Polizei die Kollegen hier in der Gegend ohnehin schon gebeten hatte, Esmond im Auge zu behalten. Deshalb hatte man im örtlichen Rauschgiftdezernat beschlossen, in Finisterre eine Razzia durchzuführen. Die Leute wussten genau, was sie taten. Sie gingen direkt zum Kleiderschrank und machten sich sofort an der Frackjacke meines Vaters zu schaffen. Die einzigen identifizierbaren Fingerabdrücke, die sie dort entdeckten, stammten von Esmond. Und als sie ihn dann durchsuchten, fanden sie auch die Ringe und die Schecks.«

»Hat die Polizei je herausgefunden, von wem der Tipp damals stammte?«

»Von einer Frau, die ein sehr gepflegtes Englisch sprach. Ja, so haben sie sich damals ausgedrückt.«

»Lilian.« Alice zögerte. »Meine Mutter. So muss ich sie ja wohl nennen, nicht wahr? Immerhin hat sie es für mich getan.«

»Obwohl nie jemand den Beweis erbracht hat, dass es

Lilian gewesen ist. Auf der anderen Seite: Wer soll es sonst gewesen sein?«

Alice sagte nichts. Mir fiel auf, dass es mich nicht störte, wenn sie schwieg. Noch ein Punkt, der für sie sprach. Außerdem erleichterte sie mir die Situation, indem sie darauf verzichtete, mich direkt anzusehen.

»Der Richter hat eindeutig erklärt, dass Esmond die moralische Verantwortung für Lilians Tod trägt. Das weiß ich von meiner Mutter. Lilian hatte gar keinen LSD-Rückfall. Die Polizei hat nämlich im Bodensatz ihrer Kakaotasse Acid-Spuren gefunden. Der Anklagevertreter hat deshalb behauptet, dass Esmond ihr das Zeug heimlich gegeben und es ganz bewusst darauf angelegt habe, sie durch Einschüchterung zur Überlassung des Darlehens zu bringen. Esmond wiederum hat versucht, sich damit herauszureden, dass sie ihm das LSD wahrscheinlich gestohlen habe und er ohnehin erst durch sie und ihren Bruder mit Drogen in Kontakt gekommen sei.«

Angeblich hatten die beiden ihn »angeturnt«, wie Esmond das nannte. Was für eine absurde Formulierung. Klingt fast, als ob sich Menschen wie Lichtschalter einfach ein- und ausschalten lassen.

»Esmond hat gesagt, dass sie auf einem Horrortrip war und er ihr bloß helfen wollte. Nach seiner Darstellung hatten die Polizisten Lilians Tod zu verantworten, weil sie Lilian einen solchen Schrecken eingejagt hatten. Aber das hat ihm niemand abgekauft.«

»Hast du das alles von deiner Mutter erfahren? Wieso weißt du das eigentlich nicht aus erster Hand? Warst du denn in dem Verfahren nicht als Zeuge geladen?«

»Nein, ich war bei dem Prozess nicht dabei. Die Polizei hat mich bereits vorher vernommen, und ich habe mein Bestes getan. Allerdings war ich damals mehr tot als lebendig. Man hatte nämlich eine Art Zombie aus mir gemacht.«

Tagsüber Librium und Valium und (falls es mir sehr schlecht ging und das Summen unerträglich wurde) Largactil; in den langen komatösen Nächten dann Seconal und Natriumamytal. Selbst nach meiner Entlassung aus der Klinik musste ich weiterhin Tabletten und Pillen einnehmen: und zwar rote und blaue, weiße und gelbe, ein ganzes Arsenal von Psychopharmaka, die meine Mutter mir nur allzu bereitwillig verabreichte.

»Aber ich verstehe nicht ganz«, sagte Alice. »Selbst wenn Esmond etwas in den Kakao getan hat – woher wollte er wissen, dass meine Mutter auf einem LSD-Trip überhaupt in der Lage sein würde, ihm einen Scheck auszustellen?«

»Wenn nicht nachts, dann halt am folgenden Morgen.«

»Am nächsten Morgen hätte sie doch zur Polizei gehen oder Hilfe holen können.«

»Und was hätte sie sagen sollen? Sie hatte doch keine Beweise. Selbst wenn man in ihrem Blut LSD hätte nachweisen können. Damit wäre noch lange nicht bewiesen gewesen, dass sie das Zeug nicht selbst eingenommen hatte.« Ich hielt inne. »Ich glaube, das hat Esmond alles bedacht. Früher oder später hätte Lilian ihm den Scheck ohnehin ausgestellt. Weil er ihr nämlich sonst heimlich noch eine Dosis LSD verpasst hätte. Vielleicht hat er sogar damit gedroht, *dir* was von dem Zeug einzuflößen.«

»Werden wir nie erfahren …«

»Nein. Weil Lilian tot ist. Nur Esmond weiß, was er damals zu ihr gesagt hat. Nur Esmond weiß, was er damals vorgehabt hat.«

Alice sah mich an. Ihre Augen glitzerten. »Ich kann es nicht glauben. Ich kann einfach nicht glauben, dass jemand so grausam sein kann.«

»Musst du aber«, erwiderte ich. »Schon aus Selbstschutz und um deines Kindes willen.«

Sie sah zur Seite. »Und was ist dann aus dir geworden?«

»Einige Zeit später durfte ich wieder zur Arbeit gehen. Das hat mir ein bisschen geholfen. Außerdem haben meine Mutter und die Pillen gemeinsam dafür gesorgt, dass es mir schon bald so vorgekommen ist, als ob keiner der anderen je gelebt hätte, jedenfalls nicht so konkret, wie du und ich jetzt hier anwesend sind. Lilian und Esmond kamen mir im Laufe der Zeit immer unwirklicher vor, und ich hatte das Gefühl, dass es schon immer nur uns zwei gegeben hatte.«

»Und was war mit mir?«

»Darum haben sich meine Mutter und Tante Ada gekümmert. Um dich, meine ich. Ich weiß noch, dass ich etwas unterschreiben musste. Meine Mutter sagte, dass ein Säugling sie überforderte – und mich ebenso. Das war kurz vor ihrem Tod. In ihren Augen war es eine Art Vorsehung, dass Henry und Doris keine Kinder haben konnten und dich gerne nehmen wollten. Außerdem sei Henry ja sogar eine Art Verwandter, sagte sie. Deshalb würde uns keine andere Wahl bleiben, als das zu tun, was für dich, aber auch für alle anderen Betroffenen das Beste sei.«

Ich hielt inne, wartete auf Alice' Reaktion; wartete, nehme ich an, auf eine Art Absolution. Die mir jedoch nicht gewährt wurde.

»Tut mir Leid«, sagte ich. »Bist du jetzt böse?«

»Wieso sollte ich böse sein? Außerdem: Was würde das ändern?«

»Und was hast du für Pläne?«

Alice hob den Kopf. »Ich muss an das Kind denken. Genau wie damals meine Mutter.«

»Verstehe.«

»Ich sollte besser wieder abreisen.«

»Aber ich möchte, dass du hier zu Hause bist«, sagte ich. »Du und das Baby.«

»Ja, ich auch, aber nicht, solange Esmond hier ist. Das hat er doch deutlich genug gemacht: entweder er oder ich.«

Alice stand auf. Sie ging langsam durch das Kinderzimmer. Sie war ein groß gewachsenes, langbeiniges Mädchen: eine attraktive Erscheinung, genau wie Esmond. Ich saß auf dem Fenstersitz, und sie blickte zu mir herunter.

»Warum sagst du den beiden nicht einfach, dass sie verschwinden sollen?«, murmelte sie.

»Weil das nicht so einfach geht«, antwortete ich. »Verstehst du das nicht? Nicht solange Esmond im Spiel ist.«

»Du meinst, dass er sich weigern würde zu gehen? Dann können wir ja die Polizei rufen.«

»Aber er würde sicher zurückkommen. Nächste Woche, nächsten Monat, nächstes Jahr. Das Haus hier ist sehr abgelegen. Es gibt keine Nachbarn. Und natürlich wäre er zutiefst verstimmt.«

»Aber das können wir doch nicht zulassen.«

»Nach meiner bescheidenen Erfahrung können sich manche Menschen ziemlich viel erlauben«, sagte ich und inspizierte meine Hände. »Man muss nur bereit sein, ein bisschen rücksichtsloser zu sein als die anderen.«

Alice seufzte. »Ich muss an das Baby denken«, wiederholte sie. »Ich bestelle jetzt ein Taxi.«

»Dann willst du also wirklich abreisen?«

»Ist am besten so. Und am Montag gehe ich zu einem Anwalt. Komm doch einfach mit.«

»Oh nein, das kann ich nicht.«

»Wieso denn nicht? Wäre doch viel besser, wenn wir gemeinsam auftreten.«

Ich sah durch das regennasse Fenster in das Dämmerlicht hinaus. Der Nachmittag neigte sich dem Ende entgegen. Plötzlich wurde mir bewusst, dass wir bereits seit Stunden hier oben in dem Zimmer hockten. Ich überlegte, was Esmond denken und was er im Schlafzimmer mit Bronwen angestellt haben mochte. Der Abend nahte, und ich hatte Angst.

»Wieso nicht?«, wollte sie abermals wissen.

Weil ich es nicht mag, dachte ich. Weil ich in Finisterre zu Hause bin. Weil es sich um eine Privatangelegenheit handelt und ich nicht möchte, dass Außenstehende ihre Nase da hineinstecken. Weil ich dabei ohnehin nur vom Regen in die Traufe gerate. Weil ich zu viele Bedenken dagegen habe.

»Eine schwierige Entscheidung«, sagte ich. »Ich muss noch mal darüber nachdenken.«

Sie presste die Lippen zusammen. Dann sagte sie: »Hast du was dagegen, wenn ich mal das Telefon im Arbeitszimmer benutze? Und würdest du mich bitte begleiten?«

Draußen auf dem Gang zögerte sie, nur ganz kurz, dann ging sie zur Treppe hinüber. Mutig war sie, meine Tochter. Wir waren gerade halb die Treppe hinuntergestiegen, als Esmond aus der Küche trat. Er lachte über etwas, was Bronwen hinter ihm sagte. Als er die Tür hinter sich schloss, blickte er auf und sah uns. Sein Lachen erstarb.

»Vorsicht«, sagte er und schaltete das Licht ein.

»Was ist denn?«, fragte ich.

»Bronwen wäre heute früh beinahe gestolpert.« Er blickte uns lächelnd entgegen. »Sie hätte ziemlich übel stürzen können.«

Gestolpert?, dachte ich. *Stürzen?* »Wieso ist sie denn gestolpert?«

»Weiß ich nicht. Aber du weißt ja, wie sie morgens ist – völlig verschlafen. Trotzdem sollten wir dafür sorgen, dass der Teppich auf der Treppe sich nicht wieder losreißt.«

Ich inspizierte den Teppich. Er war mindestens zwanzig Jahre alt. Ich konnte mich noch erinnern, wie Mr. Jodson ihn mit Nägeln befestigt und geschimpft hatte, weil der neue Teppich so breit war, dass sich die alten Stangen nicht mehr verwenden ließen. Meines Wissens hatte sich der Teppich allerdings bis dahin noch nie von den Stufen losgerissen.

»Sicher ist sicher«, sagte Esmond. »Besonders in deinem Zustand, Alice.«

Als wir nun weiter nach unten gingen, hielt Alice sich am Handlauf fest. »Ich muss mal telefonieren.«

»Fühl dich hier bei uns ganz wie zu Hause.« Esmond sah mich lächelnd an. »Oder besser bei Thomas.«

»Ich brauche ein Taxi, das mich heute Abend nach Exeter bringt.«

»Was?« Esmond schien völlig perplex: das heißt, er sah aus wie jemand, der den Überraschten und Bekümmerten spielt. Ja, seine Reaktion stand in einem fast beleidigenden Missverhältnis zu ihrem Anlass. »Warum, um alles in der Welt, willst du denn heute schon wieder abreisen? Wir hatten so gehofft, dass du wenigstens noch übers Wochenende bleibst.«

»Ich muss wieder nach London ... Ich ... also ich habe da noch einen Termin, den ich völlig vergessen hatte.«

»Das ist aber wirklich schade, findest du nicht, Thomas? Ausgerechnet jetzt, da wir uns gerade ein wenig kennen gelernt haben.«

»Tut mir Leid.«

»Kann man nichts machen.« Esmond trat beiseite, um ihr den Vortritt zu lassen. »Aber du kommst doch mal wieder her, nicht wahr?«

»Das hoffe ich«, erwiderte Alice. »Das hoffe ich sogar sehr.«

»Und lass bis zu deinem nächsten Besuch nicht wieder so viel Zeit verstreichen.« Er folgte ihr durch die Halle und öffnete ihr dann die Tür zum Arbeitszimmer. »Ich bin schon ewig hier in der Gegend nicht mehr Taxi gefahren. Thomas, deine Mutter hat doch gelegentlich eines bestellt, nachdem sie damals das Auto abgeschafft hatte. War das eine bestimmte Firma?«

»Hm – weiß ich nicht mehr genau.« Ich machte das

Licht an. »Aber ich glaube, sie hatte da jemanden in Kinghampton.«

Esmond kam nun ebenfalls in den Raum und fing an, im Branchenverzeichnis zu blättern, das auf einem Stapel anderer Telefon- und Adressbücher oben auf dem Schrank lag. »Augenblick mal. Ja, hier ist es: Finbury, James? Micron Mini-Cabs? R.T. Taxis?«

»Mr. Finbury ist richtig«, sagte ich. »Meine Mutter mochte ihn, weil er die Gewerkschaften nicht ausstehen konnte.« Außerdem hatte er noch was gegen Katholiken, Beamte, vorehelichen Sex, Touristen und Ausländer jedweder Couleur, vor allem aber schwarzer Hautfarbe.

Alice nahm den Hörer ab. »Wie lautet die Nummer?«

»Neun-acht-drei –«

»Die Leitung ist tot«, sagte sie.

Draußen prasselte der Regen gegen die Fensterscheibe. Ich blickte erschrocken auf und sah, wie mir mein eigenes blasses Gesicht verschwommen entgegenstarrte. Außerhalb des Hauses war es inzwischen vollkommen dunkel, und die Scheibe wirkte wie ein schwarzer Spiegel.

»Lass mich mal.«

Esmond nahm ihr den Hörer aus der Hand. Als sich ihre Finger berührten, zog sie die Hand abrupt zurück.

»Mausetot«, sagte er. »Wahrscheinlich die Leitung. Kein Wunder bei dem verdammten Wetter.«

»Und wie lange dauert die Reparatur?«

»Keine Ahnung. Ich weiß ja nicht mal, was für die Störung genau verantwortlich ist. Wahrscheinlich ist das ganze Dorf von der Außenwelt abgeschnitten. Jedenfalls hoffe ich das. Weil die Telefonfritzen den Schaden dann schneller beheben, als wenn nur wir betroffen sind.«

»Und was ist mit dem Auto?«, fragte Alice. »Kannst du mich wenigstens nach Kinghampton fahren? Kann ich dir das zumuten?«

»Sicher kannst du das. Nur dass der Wagen kaputt ist, wie du dich vielleicht erinnerst.«

»Hast du nicht gesagt, du wolltest jemanden kommen lassen, der ihn repariert?«

»Die in der Werkstatt haben gesagt, dass sie heute jemanden vorbeischicken. Allerdings hat sich noch niemand blicken lassen. Wahrscheinlich müssen die bei dem elenden Wetter 'ne Menge Autos abschleppen. Als ihr von oben gekommen seid, wollte ich gerade noch mal dort anrufen.«

»Kannst du den Wagen nicht selbst reparieren?«, fragte ich.

»Ich kann's mal versuchen. Morgen früh. Aber wenn es so weiterregnet, ist der Weg morgen früh ohnehin unpassierbar, auch wenn der Wagen funktioniert.«

»Wieso das?« Alice kam um den Schreibtisch herum und blieb neben mir stehen.

»Bronwen hat vorhin im Radio gehört, dass wir hier in der Gegend an vielen Stellen Land unter haben. Bei dem Wetter ist man wirklich besser unter einem schützenden Dach aufgehoben. Ist denn dein Termin so wichtig?« Seine Stimme klang aufrichtig besorgt, überhaupt nicht spöttisch.

Alice nickte.

»Wann genau hast du denn diesen Termin?«, fragte Esmond. »Wenn du ihn für nachmittags vereinbart hast, könntest du vielleicht sogar noch rechtzeitig hinkommen.«

»Na ja. Hoffen wir das Beste.«

»Glücklich ist, wer vergisst, was nicht zu ändern ist.« Er sah uns grinsend an. »Das haben die alten Schachteln doch früher immer gesagt. Ich geh jetzt nach draußen und schließe die Fensterläden. So ein Sauwetter. Übrigens, Bronwen hat gerade Tee gemacht, falls ihr Interesse habt.«

Er ging aus dem Zimmer. Ich hörte, wie die Küchentür auf- und dann wieder zugemacht wurde.

»Die alten Schachteln?«, fragte Alice leise, als wir wieder in die Halle traten.

»Meine Mutter und Tante Ada.«

»Manchmal komme ich mir so dämlich vor«, sagte sie. »Und wenn ich mir das alles nur einbilde?«

»Was Esmond heute früh zu dir gesagt hat, das hast du dir doch nicht eingebildet.«

»Nein. Aber vielleicht habe ich es falsch verstanden. Vielleicht habe ich –«

Die Küchentür ging auf.

»Möchte einer von euch Tee?«, fragte Bronwen. Sie bewegte sich mit der abstoßenden Geschmeidigkeit einer wohlgenährten Katze.

Alice hatte oben noch etwas zu erledigen. Ich setzte mich an den Küchentisch. Bronwen schenkte uns Tee ein und nahm dann auf dem Stuhl mir gegenüber Platz. Wir waren alleine – die Fensterläden auf der dem Meer zugewandten Seite des Hauses sturmfest zu verschließen war eine Zeit raubende Sache.

»Ist ja ein richtiger Orkan da draußen«, sagte sie zufrieden. »Wahrscheinlich haut der Sturm heute Nacht ein paar Bäume um. Wieso will Alice denn so plötzlich wieder abreisen?«

»Ich glaube, weil sie sich hier nicht besonders wohl fühlt«, erwiderte ich. »Außerdem hat sie morgen Nachmittag einen Termin.«

»Was Geschäftliches?«

Sie gab sich so wenig Mühe, ihre Skepsis zu verbergen wie meine Mutter, als Tante Imogen sich damals bemüht hatte, ihr die häufige Abwesenheit ihres Mannes zu erklären.

»Weiß ich nicht genau.«

»Und weshalb fühlt sie sich hier nicht wohl?« Bronwen griff nach Esmonds Zigaretten, die auf dem Tisch lagen. »Passt ihr vielleicht der Service nicht?«

Sie schob sich eine Zigarette zwischen die Lippen und zündete ein Streichholz an.

»Frag lieber Esmond.«

So verstrichen einige Sekunden. Ich trank einen Schluck Tee und hörte, wie oben die Toilettenspülung rauschte. Das Streichholz in Bronwens Hand war inzwischen fast abgebrannt. Sie blies es gerade noch rechtzeitig aus und ließ das verdrehte und verkohlte Holzstäbchen dann auf den geschrubbten Kiefernholztisch fallen.

»Was soll das heißen: *Frag lieber Esmond?*« Sie griff blitzartig nach meinem Handgelenk und drückte es gegen den Tisch.

»Gar nichts. Am besten, du vergisst es einfach. Bitte.«

Der Druck ihrer Finger wurde stärker. Sie waren rau und rissig und an einigen Stellen etwas schmutzig; Gärtnerhände eben. Ich versuchte ihr meine Hand zu entziehen. Mir stiegen Tränen in die Augen.

»Los, raus damit. Spuck es schon aus!«

»Er hat ihr erzählt, dass ihr zwei – also, dass du und er – nicht richtig verheiratet seid.«

Sie versetzte mir mit der Rückseite der anderen Hand einen Klaps auf die Wange. Sie hatte noch immer die Zigarette zwischen den Lippen, so dass ihr Mund seitlich leicht herunterhing, als ob sie einen Schlaganfall gehabt hätte.

»Du bist ein Lügner«, murmelte sie. »Weißt du, was dein Problem ist, Rumpy? Du bist eifersüchtig.«

Ich ließ den Kopf hängen. »Aber ich habe doch nur gesagt, was Alice mir erzählt hat. Das war auch der Grund, weshalb sie heute Morgen in den Garten gerannt ist. Dir kann doch nicht entgangen sein, dass es heute früh Ärger gegeben hat?«

Sie wirkte plötzlich völlig kraftlos. Ich glaube, sie dachte über die Ereignisse des Vormittags nach und sah sie in einem ganz neuen Licht. Sie ließ meinen Arm los.

»Augenblick mal ...«, sagte sie. »Ich glaube ... Warte mal.«

Sie zündete sich die Zigarette mit einem zweiten Streichholz an und ließ die beiden abgebrannten Zündhölzer gedankenverloren eines nach dem anderen in den Aschenbecher fallen. Dann inhalierte sie zweimal und versuchte die Asche von ihrer Zigarette abzuklopfen. Als dies nicht gelingen wollte, da sich noch kaum Asche gebildet hatte, schien sie verwirrt. Sie drehte die Glut ihrer Zigarette so lange auf dem Rand des Aschenbechers hin und her, bis sich ein paar schuppenartige graue Flocken davon lösten. Der Erfolg dieses Unternehmens schien sie neu zu beflügeln.

»Vielleicht hat er tatsächlich so etwas gesagt. Kein Grund zur Beunruhigung. Trotzdem leben wir in einer eheähnlichen Gemeinschaft, das kann niemand bestreiten.« Sie sprach mit weicher, einschmeichelnder Stimme, was mich nicht weiter verwunderte, da sie einen von uns beiden, am liebsten beide, unbedingt vom Wahrheitsgehalt ihrer Worte überzeugen wollte. »Ist ihm vielleicht nur so rausgerutscht, als sie über was ganz anderes gesprochen haben. Alice' Ehe zum Beispiel. Falls sie überhaupt verheiratet war.«

»Als sie in den Garten gerannt ist, wollte sie vor ihm fliehen.«

»Vor Esmond? Ach, so ein Quatsch.«

Die Tür ging auf, und Alice kam herein.

»Frag sie doch selbst«, sagte ich. »Frag sie doch, warum sie weggelaufen ist. Frag sie doch, was Esmond ihr vorgeschlagen hat. Frag sie, was er getan und was er gesagt hat.«

»Also?«, sagte Bronwen. »Du hast ja gehört, was Thomas gerade gesagt hat. Was hat es mit alledem auf sich? Hat mein Mann dir einen Antrag gemacht?«

Alice errötete und schwieg.

Bronwen schob ihren Stuhl zurück und stand auf. »Los, raus damit. Ich habe ein Recht, es zu wissen.«

»Tut mir Leid«, erwiderte Alice. »Ich hab damit gar nichts zu tun gehabt, das kannst du mir glauben. Ich ... ich muss schnell noch mal nach oben, ich hab was vergessen.«

Dann drehte sie sich um und stolperte aus dem Raum.

»Unangenehme Geschichte«, sagte ich und wünschte von ganzem Herzen, dass diese scheußliche Situation bald ein Ende finden würde. »Jetzt verstehst du vielleicht, wieso sie abreisen wollte.«

»Und wenn sie nun ebenfalls lügt?«, flüsterte Bronwen.

Draußen in der Halle waren Schritte zu hören. Jemand pfiff ein Lied. Ich trank meinen Tee aus und erhob mich von meinem Stuhl.

»Da kommt Esmond«, sagte ich. »Wieso fragst du ihn nicht selbst?«

»Dieses Haus ist ein Gefängnis«, flüsterte Alice.

Sie hatte kaum zu Ende gesprochen, als das Licht ausging. Es war nach dem Abendessen, und ich war allein mit ihr oben in der Kinderstube. Wir hatten uns damit herausgeredet, dass wir eine Gedichtanthologie suchen wollten, die Lilian mit nach Finisterre gebracht hatte.

Wenn es um mich her plötzlich dunkel wird, bekomme ich es mit der Angst zu tun. Ich hab dann sofort das Gefühl, dass mich jemand durch einen Zauber geblendet hat. Alice' Hand berührte meinen Arm. Ich fuhr zurück, obwohl ich wusste, dass außer ihr niemand da war, der mich berühren konnte. Wir hockten gerade vor einer der Bücherkisten.

»Und jetzt?«, fragte sie noch immer flüsternd.

»Keine Ahnung.«

»Lach mich bitte nicht aus, aber ich habe furchtbare Angst. Hast du zufällig eine Taschenlampe? Oder Kerzen?«

»Nicht hier im Zimmer. In der Küche.«

»Nicht mal Streichhölzer?«

»Nein, leider nicht.«

Sie tastete nach meiner Hand und hielt sie fest. »Ich mag es überhaupt nicht, wenn es dunkel ist«, sagte sie. »Das ist wie im Gefängnis.«

»Das Haus hier ist wirklich ein Gefängnis. Da hast du völlig Recht.«

Die Türen, die ins Freie führten, waren allesamt abgesperrt und verriegelt. Einige der Fenster waren mit Läden verrammelt, die Übrigen hatten fast ausnahmslos ein Schloss. Vor meinem Fenster waren Gitterstangen angebracht. Die Schlüssel hatte Esmond. Doch selbst wenn es uns gelingen sollte, aus dem Haus zu fliehen, waren wir Gefangene des Sturms. Esmond hatte berichtet, dass ihn der Orkan fast umgeworfen hatte, dass der Hohlweg nur mehr ein Sturzbach war und dass mindestens zwei der Koniferen drüben in dem kleinen Wäldchen umgestürzt waren. Und das Auto funktionierte auch nicht – hatte Esmond wenigstens behauptet.

»Ob das Telefon wieder geht?«, sagte Alice. »Oh, Gott. Wie dumm von mir, solche Angst zu haben.«

»Hör mal«, flüsterte ich ihr ins Ohr. »Du weißt doch, dass in dem Schrank unten im Arbeitszimmer Esmonds Luftgewehr verwahrt ist. Vor dem Abendessen habe ich noch eine Dose mit passender Munition entdeckt und zu dem Gewehr in den Schrank gelegt.«

»Ja und?« Sie reagierte vor lauter Angst fast verärgert. »Willst du dich über mich lustig machen?«

»Du könntest das Gewehr doch heute Nacht mit in dein Zimmer nehmen. Vielleicht fühlst du dich dann etwas sicherer.«

»Das bringt doch nichts. Ist doch bloß ein Spielzeug.«

»Du würdest dich wundern.«

»Egal. Jedenfalls glaube ich nicht, dass ich –«

Das Licht ging wieder an. Alice und ich sahen uns blinzelnd an. Sie nahm die Hand von meinem Arm und richtete sich auf. Ich kam mir blöde vor, wie man es halt tut, wenn plötzlich das Licht angeht; ihrer natürlichen Umgebung beraubt, erscheinen unsere Kümmernisse und Ängste, die in der Dunkelheit aufblühen, im Licht nur umso lächerlicher.

Irgendwo im Haus wurde eine Tür zugeworfen: in der Küche vielleicht oder im Wohnzimmer – jedenfalls im Erdgeschoss. Wenn jemand in Finisterre eine Zimmertür zuknallte, wackelte gleich das ganze Haus.

»Hau endlich ab!«, brüllte Bronwen. »Du verlogenes Schwein! Du mieser Scheißer!«

Ich hörte auf der Treppe Esmonds Schritte. Alice zog ein Buch aus der Kiste und tat so, als ob sie darin blätterte. Kurz darauf kam Esmond in die Kinderstube. Er atmete schwer, und sein Gesicht war stärker gerötet als sonst. In der linken Hand hielt er eine große Taschenlampe. Er stand schmallippig in der Tür und musterte Alice und mich misstrauisch.

»Ich möchte mit dir sprechen«, sagte er.

»Mit wem von uns beiden?«, fragte Alice.

»Nur mit Thomas. Wenn du also bitte …«

Er hielt die Tür auf und starrte Alice mit hochgezogenen Augenbrauen an. Sie blickte ängstlich in meine Richtung und ging dann langsam aus dem Zimmer. Ich überlegte, ob ihre Angst primär ihr selbst oder jemand anderem galt. Esmond machte die Tür hinter ihr zu. Er blickte im Zimmer umher. Dann fixierte er mich und musterte mich von Kopf bis Fuß. In seinem Gesicht war keine Spur von Sympathie.

»Was ist los?« Mein Mund war wie ausgedörrt, und mir blieb schon die Luft weg, noch bevor ich die drei Wörter ausgesprochen hatte.

Er schwieg, aber seine Augen ruhten jetzt wieder auf meinem Gesicht. Er hatte zwar in den vergangenen Stunden reichlich getrunken, war aber, glaube ich, noch nicht wirklich alkoholisiert. Obwohl es ihm bereits schwer fiel, seine Bewegungen zu koordinieren. Er ging zum Kamin hinüber und stellte die Taschenlampe auf den Sims.

»Alle für einen«, sagte er. »Einer für alle. Mein Gott, was für ein Schwachsinn.«

»Wieso das …?«

»Das solltest du doch am besten wissen.« Er kam näher und beugte sich so tief zu mir herab, dass unsere Gesichter sich fast berührten. »Und jetzt erkläre mir gefälligst: Wieso hast du Bronwen davon erzählt?«

»Wovon?«

»Halt mich nicht zum Narren.«

»Du meinst, davon, was du zu Alice gesagt hast?«

Er nickte. Er schwankte vor und zurück. Seine Augen waren blutunterlaufen. Ich hörte Schritte auf der Treppe.

»Ist das Bronwen draußen auf der Treppe?«, fragte ich.

»Versuch nicht abzulenken. Schau mich an. Wieso hast du Bronwen das mit Alice erzählt?«

»Sie hat mich so lange gelöchert …«

»Oh ja, davon versteht sie was.« Er setzte mir den Zeigefinger auf die Brust.

»Aber ich hab ihr doch ohnehin fast nichts erzählt. Ich –«

»Woher weißt du überhaupt, was ich zu Alice gesagt habe? Hast du uns etwa belauscht?«

»Nein, natürlich nicht. Alice hat es mir im Garten erzählt.«

Während ich noch sprach, hörte ich draußen im Gang einen dumpfen Schlag. Esmond schien keine Notiz davon zu nehmen.

»Scheint so, als ob ihr euch mittlerweile verdammt nahe gekommen seid – du und dein Töchterchen«, sagte er. »Dann hat sie sich also an Daddys Schulter ausgeweint. Wie rührend. Wie sagt man noch: Blut ist dicker als Wasser? Wie abgeschmackt. Das alles nimmt noch ein böses Ende.«

»Aber das stimmt doch gar nicht. Sie hat nur ein paar Andeutungen darüber gemacht, was du ihr angeboten hast.«

»Weißt du, was ich glaube?« Esmond packte mich an den Schultern und drehte mich so, dass ich mit dem Rücken zum Fenster stand. »Du allein bist schuld an allem. Wenn ich dich nicht für zu dämlich halten würde, würde ich sogar sagen, dass du ganz bewusst versucht hast, alles zu sabotieren.«

»Bitte, Esmond, so etwas würde ich doch nie –«

Er legte mir die rechte Hand so auf die Brust, dass er mit Daumen und Zeigefinger vorne meinen Hals umschloss. So stand er einen Augenblick schweigend da. In meinem Kopf summten die Leitungen, als ob sie in einem Orkan ungebärdig hin und her schaukelten. Ich hörte draußen vor der Tür wieder ein Geräusch – ein Kratzen, als ob jemand einen schweren Gegenstand über den Gang schleppte.

»Aber sagen wir mal, du wärst dazu imstande. Nur mal angenommen. Was für einen Grund solltest du haben, alles kaputtzumachen?« Während er sprach, drängte er mich langsam zurück. »Trotzdem sollte man den kleinen Thomas nicht unterschätzen. Den Fehler haben in der Vergangenheit schon andere gemacht. Und wohin sind sie damit gekommen …?«

»Esmond, ich schwöre dir –«

»Deine Schwüre kannst du dir sparen.«

Draußen im Gang klirrte Glas. Esmond ließ meinen Hals los, ging zur Tür und machte sie auf.

»Oh, *Gott.*«

Ich folgte ihm zur Tür und spähte ihm über die Schulter. Esmonds Kleider und Schuhe lagen in einem wilden Durcheinander draußen auf dem Gang. Ich sah eine Haarbürste, einen Rasierer, eine Tube Zahnpasta und eine

Whiskyflasche. Neben einem umgestürzten blauen Koffer lag ein ganzer Haufen Glasscherben.

Die Tür zum Sterbezimmer stand ein paar Zentimeter weit offen. Ich hatte den Eindruck, durch den Spalt eine Bewegung zu sehen. Dann erschien plötzlich Bronwen in der Tür des Zimmers, das sie mit Esmond bewohnte, und warf ein halbes Dutzend Taschenbücher auf den Haufen.

»Ich will deinen Dreck in meinem Schlafzimmer nicht mehr sehen«, erklärte sie.

»Aber es ist doch auch mein Schlafzimmer.«

»Damit ist es vorbei, Schatzi. Hast du das immer noch nicht kapiert? Zu seinen Lebzeiten ist Thomas hier der Chef und hinterher Alice.«

»Und was hast du vor? Willst du etwa den Rest deines Lebens in dem Zimmer dort verbringen?«

»Mach dich nicht lächerlich. Morgen fahre ich wieder nach London.«

Esmond bewegte sich in ihre Richtung. »Ich verstehe ja, dass du sauer bist.«

»Ach, das ist dir tatsächlich schon aufgefallen?«

»Und ich verstehe auch, warum. Aber können wir nicht wenigstens noch mal darüber reden?«

Er streckte ihr die Hand entgegen. Doch sie bog den Oberkörper zurück.

»Wenn du mich noch einmal anfasst, bringe ich dich um«, sagte sie.

Dann knallte sie ihm die Tür vor der Nase zu. Einen Augenblick später hörte ich, wie der Schnapper von Alice' Tür einrastete.

»Scheiße«, sagte Esmond. Er wandte sich wieder in meine Richtung; sein Gesicht war hasserfüllt. »Das ist alles deine Schuld.«

»Glaubst du, dass sie es ernst meint?«

»Dass sie mich umbringen will? Mach dich nicht lächerlich. Die kriegt sich schon wieder ein. Aber bei dir brauchen wir uns dafür sicher nicht zu bedanken.«

Ich ging wieder in die Kinderstube. Er folgte mir, machte die Tür hinter sich zu und kam dann langsam näher. Ich wich Schritt um Schritt weiter zurück.

Mir war klar, dass ich alles vermeiden musste, was ihn noch mehr reizen könnte. Bei Esmond kam man mit Sanftmut meist am weitesten. *Selig die Sanftmütigen, denn sie werden die Erde erhalten.* Ich wusste noch gut, wie Tante Ada uns diesen hehren Grundsatz in der Sonntagsschule eingebläut hatte. Einmal im Jahr hatte dort nämlich die Bergpredigt auf dem Stundenplan gestanden. In einer solchen Unterrichtsstunde hatte Esmond Tante Ada mal gefragt, ob das restliche Universum unter diesen Umständen den Starken vorbehalten sei. Falls dies der Fall sein sollte, hatte er damals durchblicken lassen, könne er auf die Erde gut verzichten. Doch bekanntlich wird man mit zunehmendem Alter immer bescheidener. Deshalb hatte Esmond das restliche Universum inzwischen wohl abgeschrieben und war genauso erdverhaftet wie wir übrigen Menschen.

»Wenn ich so darüber nachdenke, was ich alles für dich getan habe«, sagte er, »könnte ich kotzen. Ja, echt – dann wird mir speiübel. Die Hälfte der Sachen hier gehört mir, das weißt du ganz genau. Die Hälfte von allem. Das hat deine Mutter mir versprochen. Und du bist es mir schuldig.«

»Ja, weiß ich doch«, erwiderte ich. »Aber ich hatte nichts damit zu tun, dass sie ihr Testament geändert hat. Das habe ich dir doch schon x-mal gesagt. Ich glaube, sie hat gewusst, dass ich ohnehin alles mit dir teile, was mir gehört.«

Ich stieß mit den Beinen rückwärts gegen den Fenstersitz und stellte überrascht fest, dass ich plötzlich saß.

»Oh ja, das glaube ich dir gern.« Esmond nahm mein Kinn zwischen Daumen und Zeigefinger und zwang mich, ihn anzusehen. »Allerdings nur bis zu einem gewissen

Punkt. Die Situation hat sich schlagartig verändert, seit Alice hier aufgekreuzt ist. Zumindest scheinst du das zu glauben. Aber da täuschst du dich.«

»Was hast du mit ihr vor?«

»Wie meinst du das?«

»Ihr einfach die Schlüssel wegzunehmen. Außerdem hab ich heute Morgen in der Garage feuchte Fußabdrücke gesehen. Hast du vielleicht an dem Auto herumgemacht, damit es nicht anspringt? Und das Telefon ...«

Er machte mit der freien Hand eine wegwerfende Bewegung. »Spar dir die Mühe.«

»Und was ist mit dem Licht?«

»Das kannst du getrost der Vorsehung anlasten – also dem Orkan, der draußen tobt.«

»Aber du hast doch ganz massiv versucht, sie einzuschüchtern oder etwa nicht? Sie ist dir genauso im Weg wie damals Lilian.«

»Hab *ich* Lilian vielleicht das Acid gegeben?«, sagte er. »Ich hab die ganze Zeit geglaubt, dass es sich um einen Rückfall handelt, bis man mir vor Gericht plötzlich diese Geschichte unter die Nase gerieben hat.«

»Dann hat sie es wahrscheinlich selbst genommen.«

»Schwachsinn. Und das weißt du ganz genau. *Du* hast ihr das Zeug gegeben.«

»Aber das hab ich doch für dich getan«, erwiderte ich. »Ich wollte dir doch bloß helfen.«

»Und früher – hattest du da etwa auch nur die Absicht, mir zu helfen? Ich meine, als Lizzy gestorben ist? Weil du genau wusstest, dass ich nach Lizzys Tod hier in Finisterre bleiben würde.«

Ich schwieg.

»Ich habe damals zwar nichts gesehen«, sagte er, »aber ich habe gehört, wie du ins Sterbezimmer gegangen bist. Allerdings habe ich erst später kapiert, was sich dort abgespielt hat. Du hast ihr ein Kissen aufs Gesicht gelegt – oder willst du das bestreiten?«

Die Leitungen sangen lauter als je zuvor, sie fingen fast an zu kreischen: wie Bronwens Motorsäge. Ich hatte irrsinnige Kopfschmerzen. Wenn ich doch nur mit einem Zauberspruch alles wieder so schön machen könnte wie früher, dachte ich.

»Natürlich habe ich niemandem erzählt, dass du Lilian eine LSD-Pille in den Kakao getan hast«, fuhr Esmond fort. »*Alle für einen und einer für alle.* Schließlich bin ich ein Gentleman. Allerdings hätte es mir ohnehin wenig genützt. Ich hätte ja nichts beweisen können. Trotzdem habe ich damals und auch früher hauptsächlich geschwiegen, weil ich mir eingebildet habe, dass du das alles nur für mich getan hast.«

»Das stimmt ja auch. Genauso war es.«

»Aber natürlich habe ich mir nur was vorgemacht. Letzten Endes hast du es nämlich für dich getan. Du tust doch alles nur für dich, hab ich Recht, Rumpy?«

»Nein, das stimmt nicht.«

»Du wolltest, dass ich bei dir bin, und du wolltest in dem Haus hier leben. Weil du nämlich ein Parasit bist. Und das Haus und ich sind dein Wirtsorganismus.«

Er ließ mein Kinn los, zündete sich eine Zigarette an und ging ruhelos im Zimmer auf und ab. Ich blieb auf dem Fenstersitz hocken.

»Doch jetzt scheinst du es dir plötzlich anders überlegt zu haben«, sagte er leise. »Finisterre möchtest du zwar behalten. Aber was meine Person anbelangt, hast du deine Meinung offenbar geändert. Außerdem willst du nicht, dass das Haus verkauft wird. Und Bronwen wird dir auch allmählich lästig, was? Jetzt fändest du es plötzlich netter, mit Alice hier zu wohnen. Bequemer.«

»Nein – wirklich, das bildest du dir alles nur –«

»Das will ich auch hoffen. Loyalitäten entwickeln sich nämlich nicht von einem Tag auf den anderen. Das kann Jahre dauern. Wusstest du das? Und man wirft sie auch nicht innerhalb von ein paar Tagen einfach über Bord; so was lässt nämlich Narben zurück.«

Er hielt inne. Ich nickte.

»Und was ist jetzt zwischen uns, Rumpy? Gilt noch das alte Motto ›Alle für einen, einer für alle‹?«

»Aber natürlich«, antwortete ich. »Daran wird sich nie was ändern.«

»Wenn du zwischen einem Leben hier in diesem Haus und mir wählen müsstest, wofür würdest du dich dann entscheiden?«

»Für dich natürlich«, sagte ich. »Das ist doch völlig klar. Unter allen Umständen.«

»Dann beweise es mir.«

»Und was soll ich tun?«

»Jetzt hör mir mal gut zu. Ich werde dir nämlich jetzt etwas prophezeien«, erklärte Esmond. »Deine Dankbarkeit kannst du mir hinterher immer noch beweisen. Und zwar wirst du Alice davon überzeugen, dass es besser ist, diese unbezahlbare Immobilie hier zu verkaufen. Und noch eins: Du wirst sie gefälligst dazu bringen, dass sie sich aus unserem Leben verpisst. Habe ich mich klar ausgedrückt?«

»Ja, natürlich. Aber wie soll ich das anstellen?«

»Dir wird schon was einfallen.«

»Ich werde mein Bestes tun. Im Laufe der Zeit kann ich sie vielleicht –«

»Und solltest du bei ihr auf Granit beißen, gibt es noch andere Mittel und Wege …«

»Ich verstehe dich nicht ganz.«

»Dann streng dich gefälligst an. An Fantasie fehlt es dir nun wahrlich nicht.«

Er drückte seine Zigarette aus und nahm seine Taschenlampe vom Kaminsims. Als er zur Tür ging, wurde das Singen in meinem Kopf immer schriller und klang fast wie das Jaulen liebeskranker Kater. Ich sah im Geiste Grimalkin vor mir, die im Wohnzimmer auf dem dunkelblauen Kaminvorleger lag. Von oben betrachtet erschien die Katze fast unbeschädigt, trotzdem hatte meine Mutter die Matte damals weggeworfen. Eine Gewehrkugel, die einen Körper direkt durchschlägt, verursacht meist nur ein kleines, akkurates Einschussloch, doch dafür ist die Austrittswunde umso größer.

Esmond blieb in der Tür stehen und sagte leise: »Und noch eins, Rumpy. Du stehst nicht nur tief in meiner Schuld, du bist auch auf mich angewiesen. Du brauchst mich, damit ich für dich sorge.«

Das war das Letzte, was er zu mir sagte. Er hatte den Satz kaum beendet, als das Licht plötzlich wieder zu flackern anfing und dann ganz erlosch.

Einundzwanzig

Wie damals wurde ich auch diesmal wieder durch die Schreie aus dem Schlaf gerissen.

Ich lag mit geschlossenen Augen da – in jenem Grenzbereich zwischen Wachen und Schlafen. Das Summen hatte aufgehört, aber ich war trotzdem traurig und verwirrt. Nichts würde je wieder wie früher sein. So viel wusste ich, ohne zu wissen, warum. Unversehens waren die Jahre wie weggeblasen, und ich war wieder das aus dem Tiefschlaf gerissene Kind. Ich hörte, wie Tante Imogen kreischte und schluchzte. Wieder hatte ich das entsetzliche Gefühl, dass sich die Zeit nicht zurückdrehen lässt.

Ich öffnete die Augen und sah, dass es jenseits des vergitterten Fensters hell war. Diesmal erwachte ich nicht mitten in der Nacht, sondern an einem Sonntagvormittag, dem 6. Oktober. Diesmal schlief nicht die kleine Lizzy im Sterbezimmer, sondern Alice. Ich setzte mich auf, schlug die Bettdecke zur Seite und griff nach meinem Morgenrock. Die Vorhänge hatte ich offen gelassen. Draußen vor dem Fenster sah ich den blauen Himmel, an dem weiße Streifenwolken dahinzogen. Der Sturm hatte sich selbst den Garaus gemacht.

Das Kreischen wollte und wollte nicht aufhören. Wie scheußlich. Ich hielt unter dem Bett nach meinen Hausschuhen Ausschau. Dann klopfte jemand an die Tür und öffnete sie einen Spaltbreit.

Alice' Kopf erschien in dem Spalt. »Das ist Bronwen«, sagte sie. Das Kreischen war so laut, dass sie die Stimme erheben musste. »Ich glaube, du solltest besser kommen.«

Ich schob die Füße in meine Hausschuhe und stand auf. »Wo ist sie denn?«

»Unten.«

Sämtliche Schlafzimmertüren standen offen. Ich spähte in das kleine Zimmer oberhalb der Veranda. Esmonds Habseligkeiten lagen auf einem Haufen am Boden. Das Bett war gemacht. Dann folgte ich Alice mit tapsigen Schritten Richtung Treppe.

Sie hatte ihr weißes Nachthemd an; der dicke Baumwollstoff war völlig zerknittert. Sie war unfrisiert, und ihr Haar stand an einigen Stellen in Büscheln vom Kopf ab. Sie erschien mir wohlig warm und verströmte jenen süß-sauren Geruch, den man häufig an Leuten bemerkt, die gerade aus einem langen Schlaf erwacht sind. Auf der Treppe schien sie sich plötzlich daran zu erinnern, dass sie vorsichtig gehen und sich am Geländer festhalten musste.

Bronwen war unten in der Halle gleich neben der Wohnzimmertür. Sie hockte an die Wand gelehnt am Boden und hielt die Knie mit den Armen umschlungen. Sie hatte, glaube ich, nur einen roten Frotteebademantel an, sonst nichts. Sie hatte sich erbrochen. Als sie uns kommen sah, hörte sie auf zu kreischen. Sie fing an zu keuchen und schnappte nach Luft und wiegte sich vor und zurück. Ihr Mund stand offen. Auf ihren Lippen glänzte der Speichel. Sie blickte uns mit riesigen, fragenden Augen entgegen.

»Was ist denn los?«, fragte Alice. »Was ist denn passiert?«

Ich ging an den beiden vorbei. Die Wohnzimmertür stand halb offen. Ich stieß sie ganz auf.

»Das hier«, sagte ich.

Der große Sessel, den Esmond meist benutzte, lag direkt in meinem Blickfeld. Auch jetzt saß Esmond in dem Möbel: den Rücken gekrümmt, die Beine geöffnet, das Kinn auf der Brust, die nach oben geöffneten Hände auf den Oberschenkeln. Sein Körper hing ein wenig schräg in dem Sessel: Offenbar hatte er noch versucht aufzuspringen, es jedoch nicht mehr geschafft und war in den Sessel zurückgesunken. Er trug noch dieselben Kleider wie am Vortag – den eleganten Blazer und die graue Flanellhose –, in denen er immer so vorteilhaft ausgesehen hatte, wenn wir mittags im Restaurant des Mermaid Hotels gespeist hatten. Jetzt war der Blazer mit Asche beschmutzt, und die Hose hatte im Schritt einen dunklen Fleck.

Es gab in dem Raum nur eine Lichtquelle: die Stehlampe hinter dem Sessel. Die Fensterläden und Vorhänge waren geschlossen.

Ich ging bedächtig in Esmonds Richtung. Es schien mir wichtig, mich leise zu bewegen und möglichst wenig Lärm zu machen. So bewegte ich mich wie ein wohlerzogener Ungläubiger in einer fremden Kirche langsam vorwärts.

»Ist er wohlauf?«, fragte Alice, die hinter mir stand.

Wir stellen so viele Fragen, auf die wir die Antwort bereits kennen. Sie folgte mir in das Zimmer. Bronwen blieb, wo sie war, und atmete hektisch ein und aus.

Was tut man eigentlich in einer solchen Lage, um normal zu erscheinen?, dachte ich. Wie verhält man sich in einer derartigen Situation?

Auf dem Tisch neben dem Sessel stand eine fast leere Flasche – und ein Glas, in dem sich noch ein Rest Whisky befand. Außerdem sah ich dort noch die Taschenlampe, einen Aschenbecher, eine Packung Zigaretten und eine Schachtel Streichhölzer. In dem Aschenbecher lagen drei Zigarettenstummel. An einem der Filter hingen noch die verglühten und erkalteten Überreste einer sonst weitgehend intakten Zigarette. Und dann lag auf dem Tisch noch eine kleine runde Dose mit einem blauen Deckel, auf dem die Umrisslinien einer Wespe zu erkennen waren.

Die Luft im Wohnzimmer war stickig. Noch dominierte der erkaltete Zigarettenrauch des Vortags, doch dieser Geruch wurde bereits von einem Gestank verdrängt, wie man ihn vielleicht auf einer ungepflegten Toilette erwartet.

»Siehst du das Gewehr?«, flüsterte Alice.

Das BSA-Luftgewehr lag mit dem Lauf voran zwischen Esmonds Beinen, während der Schaft auf dem Teppich ruhte. Das Holz schien frisch poliert, und sogar das Metall hatte einen matten Schimmer.

»Am besten, wir berühren nichts«, sagte sie.

Ich ließ mich neben dem Sessel auf die Knie nieder und berührte eine von Esmonds Händen. »Fühl mal«, sagte ich. »Eiskalt. Schrecklich kalt.« Dann sah ich ihm ins Gesicht. Ich blickte in eines jener Gesichter, wie man sie aus Träumen kennt: Wenn einem zum Beispiel die eigene Mutter den Rücken zukehrt – und sich dann plötzlich umdreht und durch einen hindurchstarrt und man unversehens in das feindselige Gesicht einer Fremden schaut.

Esmonds Mund stand offen. Die Augen ebenfalls. Aus einem kleinen Loch im rechten Augapfel sickerte zähflüssiges Blut, in das sich die strohgelbe gallertartige Masse des Glaskörpers gemischt hatte. Die Blutspur lief wie eine lang gezogene einzelne Träne an seiner Wange herunter und dann an seinem Hals entlang weiter nach unten, bis sie hinter seinem Kragen verschwand. Der rot-gelbe Streifen auf Esmonds Haut hätte auch aus abgekühltem Wachs modelliert sein können.

Alice berührte die Hand. Ich hörte, wie sie zweimal schluckte. »Er ist ganz kalt«, sagte sie. »Scheint so, als ob er schon seit Stunden so dasitzt. Ist das nicht das Luftgewehr, von dem du gesprochen hast?«

»Ja. Also hast du es gestern Abend nicht mit nach oben genommen.«

»Natürlich nicht.«

»Wäre vielleicht besser gewesen.«

»Wie meinst du das?«

Ich stand auf und entfernte mich ein paar Schritte von der Leiche. Meine Beine zitterten. Ich musste mich auf das Sofa setzen. Esmond war wieder einmal weggegangen, und diesmal hatte er mich für immer verlassen. Schwer zu begreifen: diese Endgültigkeit. Ich versuchte dieses unumstößliche Faktum im Geist zu erfassen, doch es flatterte wie ein Schmetterling immer wieder davon. Esmond war weder in London noch im Gefängnis. Diese Abwesenheit war anders als alle unsere Trennungen bisher. Er war schlicht nicht mehr da.

»Wie meinst du das?«, fragte Alice abermals, und ich wusste, dass ich ihr unbedingt eine Antwort geben musste.

Lizzy und Lilian, meine Mutter und jetzt sogar Esmond: Eigentlich sollte man vermuten, dass es mit der Zeit leichter wird, den Tod nahe stehender Menschen zu verkraften, nicht schwerer. Vielleicht erschien es mir in diesem Fall aber auch nur deshalb schwerer, weil es sich bei dem Toten dort drüben um Esmond handelte. Esmond war schon immer etwas Besonderes gewesen; er hatte schon immer alles anders gemacht als alle anderen.

Ich wandte den Kopf Richtung Tür. Bronwen lehnte im Rahmen. Alice setzte sich neben mich auf das Sofa und nahm meine Hand.

»Wenn du das Gewehr mit nach oben genommen hättest«, sagte ich zu ihr, »hätte Esmond es nicht im Schrank gefunden.«

»Aber das konnte ich doch nicht ahnen«, sagte sie abwehrend, obwohl ich ihr gar keinen Vorwurf gemacht hatte.

»Esmond würde sich nicht umbringen«, erklärte Bronwen. *»Niemals.«*

»Wirklich nicht?«, sagte ich.

»Warum sollte er?«

»Ich nehme an, dass ihm nicht mehr viel geblieben war, wofür er hätte leben können. Wir alle haben ihn – jeder auf seine Weise – unsere Ablehnung spüren lassen. Außerdem« – ich wies mit dem Kopf auf den Whisky – »war er vermutlich sturzbetrunken.«

»Er ist nicht der Typ«, sagte Bronwen.

»War nicht«, hauchte Alice.

Ich ließ ihre Hand los und rieb mir die Augen. »Dann kann es nur ein Unfall gewesen sein.«

»Verdammt, können wir nicht etwas tun, damit er uns nicht die ganze Zeit so anstarrt?«, sagte Bronwen.

»Wir könnten sein Gesicht abdecken«, erwiderte ich. »Oder in ein anderes Zimmer gehen.«

Keine der beiden Frauen rührte sich.

Dann fing Bronwen wieder an: »Esmond hätte niemals ein Gewehr geladen, es auf sein Auge gerichtet und dann abgedrückt. So etwas tut man nicht aus Versehen. Möglich, dass Esmond betrunken war, aber er war doch nicht blöd.«

»Und wie ist es dann passiert?«, fragte Alice.

»Einer von euch … Er hat dort drüben im Sessel geschlafen. Er war völlig chancenlos. Er … er …« Bronwen fing wieder an zu keuchen. Sie fuchtelte wie wild mit den Händen in der Luft herum. Man hätte meinen können, dass ihr ein unsichtbares Wesen an die Gurgel wollte.

»Soll ich dir einen Schluck Wasser holen?«, fragte Alice.

»Nein. Einer von euch beiden ist hier in dem Zimmer gewesen und hat das … das Ding da drüben auf sein Auge gerichtet.«

»Aber wieso denn, Bronwen? Weshalb sollte Thomas oder ich so etwas tun?«

»Weil ihr Angst vor ihm hattet. Alle beide. Weil ihr nicht wusstet, was er tun würde.«

»Wir sind hier in England, nicht im Wilden Westen. Aber egal. Warum sollten wir ihn umbringen?«

»Thomas stand in seiner Schuld. Das hat Esmond immer wieder gesagt.«

»Wenn überhaupt, war es genau umgekehrt. Du und Esmond – ihr seid Thomas' Gäste. Ich übrigens auch.«

»Du verdrehst alles.«

»Halten wir uns doch mal an die Tatsachen«, sagte Alice leise. »Der einzige Mensch, der einen Grund hatte, Esmond zu töten, bist du. Thomas und ich haben beide gehört, was du gestern Abend zu ihm gesagt hast.«

»Verdammte Hexe.«

»Bronwen, ich behaupte ja gar nicht, dass du ihn getötet hast. Natürlich hast du das nicht getan.«

»Ein Verbrechen aus Leidenschaft?«, murmelte ich. »So dürfte ein Gericht den Fall unter den gegebenen Umständen wohl beurteilen.«

»Wir sollten besser mal schauen, ob das Telefon wieder geht«, sagte Alice und stand auf. »Wir müssen nämlich einen Arzt anrufen. Und die Polizei.«

Sie blieb reglos sitzen und wartete. Auch ich machte keine Anstalten aufzustehen.

»Oh, Gott.« Bronwen fing an zu zittern. »Gott allein weiß, was in Esmonds Kopf vorgegangen ist. Der Ärmste war ja völlig durcheinander. Der arme Kerl.« Ihre Wangen waren tränenüberströmt. »Vielleicht hat er wirklich nicht mehr ein noch aus gewusst. Ich weiß es nicht. Ich weiß überhaupt nichts mehr. Ja, wahrscheinlich hat er sich wirklich selbst umgebracht.«

»Richtig«, sagte ich. »Keine Frage, es war Selbstmord. Armer Esmond.«

Bronwen setzte sich auf den Boden. Sie stützte den Kopf in die Hände.

Ich stand auf und folgte Alice ins Arbeitszimmer. Die Schranktüren waren weit geöffnet. Alice stand neben dem Schreibtisch und blickte mich erwartungsvoll an. Ich nahm den Hörer von der Gabel. Ich hörte das Freizeichen. Die Wahltasten tanzten vor meinen Augen. Mir war eiskalt. Ich fing an zu zittern. Ich kann nicht klar denken, wenn ich friere.

»Möchtest du, dass ich es tue?«, sagte Alice.

»Oh ja, bitte. Wenn es dir nichts ausmacht.«

»Keine Sorge. Ich mach das schon.« Sie nahm mir den Hörer aus der Hand. »Setz dich lieber hin. Du stehst unter Schock.«

Ich setzte mich auf den Schreibtischstuhl. Alice tippte die Nummer ein. Dann wartete sie darauf, dass sich am anderen Ende jemand meldete. Dabei lächelte sie mich an und strich sich mit der Hand über den Bauch. Als sie die oberen Schneidezähne entblößte, fühlte ich mich plötzlich an meine Mutter und an Tante Imogen erinnert. Aber man kann die Zeit ja bekanntlich nicht zurückdrehen.